우리 집에는 쥐가 있다

2023

OHWOO's STORY MATE

우리 집에는 쥐가 있었다

김수지 장편소설

관람하시는 길

#Prologue

달칵, 등 뒤로 문을 닫은 뒤 주렁주렁 팔에 매달고 있던 비닐봉지를 내려놓았다. 그는 어깨와 머리에 쌓인 눈을 털어 내고 신발장 위에 올려놓은 마른 수건으로 대충 물기를 닦아 냈다.

잠깐 편의점에 갔다 왔을 뿐인데도 손발이 얼음장처럼 차갑게 식었다. 잘 벗겨지지 않는 운동화를 벗어 가지런히 세워 두고 안으로 들어서자, 머리끝까지 이불을 뒤집어쓰고 있던 여자가 부스스 고개를 들었다. 방 안이 어두웠는데도 그는 그녀 특유의 나른한 표정을 또렷이 볼 수 있었다.

"……어디 갔다 와?"

"잠깐 편의점에요. 계란이랑 어묵이랑 햇반 사 왔어요."

"라면은?"

"사 왔어요. 좀 덜 매운 걸로 사 왔는데……."

"에이, 얼큰한 걸로 사 오지. 맥주도 사 왔어?"

"안 사 왔는데……. 다시 나가서 사 올까요?"

"아니, 됐어. 그냥 먹지, 뭐."

그녀가 흐음, 하고 노곤한 한숨을 내쉬고는 베개에 얼굴을 반쯤 묻은 채 졸린 눈으로 그를 올려다보았다. 그 나른한 시선에 외투를 벗는 손이 긴장으로 굳어진다.

우습지만 늘 그랬다. 그녀의 눈길이 닿은 것만으로 온몸의 신경이 곤두서서는 어찌해야 좋을지 모르게 되어 버린다.

문득 그녀가 킬킬거리며 웃었다. 서툰 손길에 싸구려 외투의 지퍼가 엇물려 내려갈 생각을 않는 것이다. 그는 당황스러운 시선만 던졌다.

"이리 숙여 봐. 내가 해 줄게."

"제, 제가 할게요."

"어허, 이리 오래도."

그녀가 상체를 비스듬히 일으켜 세우며 그를 향해 손을 뻗었다. 그 바람에 이불 밖으로 뽀얀 젖가슴과 희고 매끄러운 어깨가 드러났다. 얼굴이 확 달아오르고, 아랫도리가 뻐근해졌다.

그는 시선 둘 곳을 몰라 방황하면서도 그녀가 내민 손 앞으로 얌전히 다가섰다. 단단히 맞물려 있던 지퍼는 그녀가 솜씨 좋게 몇 번 흔든 것만으로 주욱 내려갔다. 그녀가 자연스럽게 그의 어깨에서 외투를 벗겨 내 바닥에 아무렇게나 던져 놓으며 말했다.

"내가 네 옷 벗기는 거 하난 잘하잖아."

얼굴이 화끈거렸다.

"……현수 씨는 뭐든 잘해요."

"하하, 그거 왠지 야하게 들린다."

"그, 그런 뜻이 아니라……."

"그럼, 내가 못해?"

"아, 아뇨. 못하긴요! 너무 잘해서……."

채 말을 잇지 못하고 어물거리며 한 손으로 얼굴을 감싸 쥐었다. 거울을 보지 않아도 귀까지 빨개졌다는 것을 알 수 있었다. 그런 제 반응이 재미있는지, 그녀가 작게 웃음을 흘렸다. 그는 끄응, 낮은 신음을 흘렸다.

"자꾸 놀리지 말아요."

"내가 놀리는 거 좋아하면서 내숭은. 자, 이리 와."

그녀가 킬킬거리며 그가 들어올 수 있는 자리를 만들어 주려는 듯 이불을 젖혔다. 그 바람에 이불 속에 가려져 있던 그녀의 알몸이 온전히 드러났다.

발갛게 홍조가 올라와 있는 부드러운 피부, 날씬한 허리 곡선과 뽀얗고 매끄러운 허벅지, 바로 몇 시간 전까지 그의 다리 사이를 압박하던 녹녹한 부분까지 무심코 훑어 내리던 남자는 마른침을 삼켰다.

눈에 띄게 긴장한 그의 모습에 그녀가 다시 소리 내어 웃는다.

"왜 네가 부끄러워해. 부끄러워해도 내가 해야지."

"부, 부끄러워하는 게 아니라……."

"매일 나랑 더한 것도 하면서, 뭐가 새삼스러워서 이렇게 빨개지실까."

어쩔 줄 몰라 쭈뼛거리는 그를, 그녀가 싱글싱글 웃는 낯으로 이끌었다. 그 손길을 따라 침대 위에 무릎을 대고 고개를 숙이자 그녀가 따뜻한 손으로 차갑게 식은 목덜미를 감싸 쥐고 가볍게 문질러 주었다. 아주 사랑스러운 무언가를 만지듯 조심스러운 손길이었다. 그녀가 그런 식으로 만질 때면 가슴께가 알싸하게 아파 온다.

그는 낮은 한숨을 토해 냈다.

그녀의 가느다란 손가락이 천천히 위로 올라와 얼굴을 감미롭게 어루만지더니, 곧 머리칼 속으로 들어왔다. 기분 좋은 온기에 등줄기가 떨려 온다.

시간이 얼마가 지나든 그녀에게 익숙해지는 일은 없을 것이다. 그에게 그녀는 늘 지나친 자극이었다. 머리를 아찔하게 하는, 뼈까지 노곤하게 하는 어지러운 열이었다. 그는 뜨거운 눈으로 부푼 입술과 하얀 피부 위에 찍힌 장미 꽃잎 같은 흔적들, 풍만하게 부푼 가슴과 그 끝의 산호색 유두까지 천천히 훑어 내렸다. 이런 것들에 덤덤해지는 날이 올 거라고는 도무지 생각할 수가 없다.

"밖에 많이 추운가 봐. 몸이 차게 식었다."

"네, 또 눈이 오고 있어요."

"으이그, 지겹다."

그녀가 그를 잡아당겨 이불 속으로 이끌었다. 비누 냄새가 밴 따뜻한 살결이 차갑게 식은 그의 몸을 부드럽게 감싸 왔다.

어떻게 모든 게 다 이토록 사랑스러울 수 있을까. 천박하지 않게 야한 여자.

그녀에게 닿을 때마다 저도 모르게 움츠러들고 만다. 만지고 싶은 욕구 때문에 가슴이 타들어 가는 거 같은데, 머리는 브레이크를 건다. 너 같은 게 함부로 손대서는 안 돼, 하고.

문득 그녀가 그의 셔츠 자락에 고양이처럼 뺨을 비비더니 낮은 한숨을 내쉬었다.

"너 발도 차."

"미, 미안해요. 차갑죠?"

그가 그녀의 미끈한 다리에 얽혀 들어 있는 다리를 치우려 했다. 하지만 그녀가 더 단단하게 다리를 감아 그의 발을 자신의 다리 사이에 끼웠다.

"전기장판 온도 좀 올려야겠다. 이러고 있으면, 금방 녹을 거야."

그녀가 그의 허리에 팔을 둘러 꽉 끌어안았다. 성적인 열기와 거의 비슷한 수위로 노곤한 열기가 솟아올랐다. 상반된 두 가지 기분에 동시에 취할 수 있다는 게 신기하기만 하다. 그는 나른한 온기에 취해 살며시 눈을 감았다.

내일은 날이 더 추웠으면 좋겠다.

눈이 더 많이 내렸으면 좋겠다.

그들이 누워 있는 이 작은 아파트 외의 세상은, 눈 속에 파묻혀 보이지 않게. 많이. 많이.

#1장

온 도시에 폭설주의보가 내렸다. 저녁부터 내리기 시작한 눈이 순식간에 발목 위까지 쌓여 걸을 때마다 푹푹 꺼졌다. 어디 뉴스를 보니 강원도에는 눈이 배꼽까지 차더란다. 하루 종일 포클레인 같은 기계로 푹푹 눈을 퍼내는 뉴스만 보던 현수는 아무 생각 없이 맥주를 사러 밖으로 나갔다. 재난이야 오든 말든 오픈 중인 편의점에 경의를 표하며 혹시 몰라 있는 돈 탈탈 털어 컵라면에 계란까지 잔뜩 샀다. 하지만 돌아오는 길, 겨우 2, 30분 남짓한 사이에 무릎까지 올라온 눈을 보고서야 번뜩 깨달았다.

'폭설주의보라잖아. 나 왜 외출한 거지?'

편의점 보고 킬킬거릴 게 아니었다. 자신의 멍청함에 경외를. 해가 갈수록 뇌세포가 죽어 나가는 게 몸소 느껴진다.

'이제 어쩐다…….'

내복 하나 없이 청바지 바람으로 쫄랑쫄랑 기어 나온 상태였다. 양말은 두 개나 껴 신었지만 얼었다 녹은 신발이 눅눅해져 어느새 축축하게 젖어 버렸다. 집에 가는 동안 동상이나 걸리지 않으면 좋으련만.

그녀는 낡은 우산을 펼쳐 들고 가는 내내 5분 간격으로 우산 위에 쌓이는 눈을 털어 냈다. 눈의 무게 때문에 우산살이 휘어질까 진심으로 걱정된다. 그녀는 어깨를 한껏 웅크리고서 성큼성큼 걸음을 옮겼다. 언 얼굴에 닿는 칼 같은 바람. 풀풀 날리다 머리칼에 허옇게 맺히는 눈. 자기 동네에서 조난당하는 바보는 정말이지 되고 싶지 않은데……. 어쩐지 불안하다. 눈 때문에 택시를 잡으려야 잡을 수도 없었다. 겨우 20분 남짓 거린데도 갈 길이 천길 같아 한숨을 내쉬었다.

버스는 이미 운행이 중지되어 있었고, 그나마 불이 켜져 있던 가게들도 셔터를 내리고 있었다. 무릎까지 올라오는 눈을 헤치며 겨우겨우 낡은 아파트 앞에 도착했을 즈음에는 히말라야 등반이라도 한 양 피폐한 몰골이었다. 그녀는 깜빡이는 불빛에 의지해 겨우겨우 아파트 현관에 올라섰다. 후미진 주택가에 그나마 하나 있던 가로등은 지난밤 취객이 뭘 던져 깨뜨리는 바람에 꺼졌다 켜졌다 영 시원찮았다. 반딧불처럼 정신없이 깜빡거리는 전등을 보며 한 번 혀를 끌끌 차고는 뻑뻑해서 잘 접히지 않는 우산을 과격하게 툭툭 쳐서 겨우 접었다. 복도가 질척해지면 관리인이 잔소리를 할 테니까 건물 안으로 들어가기에 앞서 바지에 묻은 눈을 탈탈 터는데 어디선가 부스럭거리는 소리가 들려왔다. 그녀는 힐끗 고개를 돌렸다.

'고양인가?'

소리가 난 곳은 전봇대 옆자리였다. 쓰레기 버리는 곳도 아닌데 항상 묵직한 쓰레기봉투니 무단 투기된 가구니 하는 게 쌓여 있는 곳. 거기에도 역시나 눈이 수북이 쌓여 있었다. 눈을 가늘게 뜨고 바라보길 잠시, 곧 어깨를 으쓱였다. 그냥 바람 소린가 하고 뒤돌아서는데 다시 한 번 부스럭 소리가 들려온다.

뭐가 있긴 있는 모양이네. 문득, 매일 쓰레기통을 뒤적거리는 서너 마리의 고양이가 머릿속을 스치고 지나갔다. 가끔 거리를 어슬렁거리는 유기견도 떠오른다. 뭐가 되었든 말 못 하는 우매한 짐승이 죽어 가고 있는 거라면 인간으로서 자비심을 발휘해야 될 타이밍이 아닌가. 삽으로 눈을 퍼 나르다 그곳에 같이 냉동되어 있던 동물의 일부를 퍼내는 불상사는 진심으로 피하고 싶다.

'별수 없나…….'

한숨을 내쉬며 도로 눈을 밟았다. 부디 양호한 모양새의 동물이 거기 있기를 바라며 전봇대 앞으로 다가섰다. 일부 부위가 냉동되어 다 죽어 가는 동물도 처치 곤란이 아닌가.

그녀는 조심조심 몸을 숙였다. 하지만 무단 투기된 가구 뒤에 웅크리고 있었던 것 동물이 아니었다.

'인형?'

순간 마네킹이나 실물 크기의 비스크 인형 같은 게 버려져 있는 줄 알았다. 눈이 소복이 쌓인 희미한 빛깔의 머리칼이 깜빡이는 불빛 아래 주황빛으로 빛나고 있었다. 그녀는 고개를 더욱 낮게 기울여, 무릎 위에 한쪽 얼굴을 기댄 채 쪼그려 앉아 있는 앳된 얼굴의 남자를 유심히 살펴보았다.

"……."

인간미 없게 느껴질 정도로 단정하고 창백한 얼굴에서 초점 없는 눈동자가 천천히 위를 향했다. 순간 등골이 오싹했다. 조카의 돌피 인형을 봤을 때와 비슷한 기분이 밀려들었다. 예쁘지만 지나치게 정교해서 오히려 섬뜩하게 느껴지던 인형을 연상시키는 얼굴…….

길게 내리깐 속눈썹 아래 자리한 눈동자가 희미하게 흔들리지 않았다면, 정말로 버려진 인형인 줄 알았을 것이다. 그녀는 잠시 주저하다 그의 팔을 슬쩍 건드렸다.

"이봐요. 왜 여기 이러고……."

말을 채 끝마치기도 전에 입을 다물었다. 꺼질 듯이 초점 없는 눈동자가 심상치 않았다. 핏기 하나 없는 입술과 얼어붙은 맨손가락이 눈에 들어왔다. 그리고 다음 순간 기함했다.

앳된 얼굴의 그 남자는 단추가 다 떨어지다 못해 소매가 찢어져 반쯤 덜렁거리는 셔츠 차림이었고, 아래에도 무릎 부분이 해어진 청바지 한 벌만 입고 있었던 것이다. 심지어는 신발도 한쪽 발에만 신고 있었고, 그나마도 낡아 빠져 보온이 되는지 의심스러웠다. 거기에 셔츠 사이로 드러난 파리한 피부 위에는 할퀸 자국과 울긋불긋한 울혈이 빼곡했다.

그뿐만 아니었다. 자세히 보니 턱 밑에도 희미하게 멍 자국이 나 있었고, 입술 부근에도 검붉게 핏물이 배어 있었다. 아무래도 심상치 않은 일을 당한 모양이었다.

그녀는 눈을 가늘게 떴다.

경찰에 신고라도 해야 하는 걸까?

주머니를 뒤적여 보았지만 설상가상 휴대전화도 두고 나왔다. 머리가 지끈거렸다. 순간, 그냥 모른 척해 버릴까 하는 생각이 엄습해 왔다. 복잡한 일에 휘말리고 싶진 않았다. 그렇게 잠시 갈등하고 있는데, 텅 빈 듯 공허한 눈이 곧 그녀에게 관심을 잃은 듯 천천히 아래로 내려갔다. 그 무기력한 모습이 그녀 안의 무언가를 건드렸다.

"저기, 집이 어디예요? 여기서 이러고 있으면 죽어요."

"……."

"혹시 노숙자예요? 아니면 가출 청소년? 아무리 갈 데가 없어도 그렇지, 이러다 눈사람 되겠어요. 이 눈, 밤새 안 그칠 거라는데……."

남자는 반응이 없었다. 제가 하는 말을 제대로 알아듣기나 하는 건지도 알 수 없었다. 혹시 진짜로 위험한 상태인가?

"잠깐만요. 연락처가 있는지만 좀 볼게요."

그녀는 그의 바지 주머니를 뒤적였다. 남자는 고개만 푹 숙인 채 옴쭉도 하지 않았다. 밀어내지도, 움츠리지도 않는다.

주머니는 텅 비어 있었다. 휴대전화나 지갑, 신분증은 고사하고 동전 하나도 들어 있지 않았다. 심각하게 미간을 찡그리는데 남자의 한숨이 이마에 닿았다. 깜짝 놀랄 정도로 서늘한 숨결에 그녀는 화들짝 놀라며 두르고 있던 목도리를 풀어 남자의 목에 칭칭 감아 주었다. 남자는 얼어붙은 것처럼 미동도 하지 않았다. 순간 덜컥 겁이 났다.

이러다 진짜 집 앞에서 송장 치우는 거 아닌가.

"이봐요. 정신 좀 차려 봐요. 누구라도 좋으니 연락 가능한 번호라도 알려 주면, 내가 안에 들어가서……."

그녀는 남자의 어깨에 손을 올렸다가 소름 끼칠 정도로 차가운 감촉에 움찔했다. 반대로 남자는 그녀의 온기에 놀란 것 같았다. 마치 무기질처럼 감정 없는 공허한 눈동자가 저를 보며 희미하게 흔들린다.

그 순간, 그녀의 전신에 알 수 없는 한기가 흘렀다. 남자가 느끼고 있는 추위가 마치 자신의 것처럼 느껴졌다. 남자는 당장이라도 눈앞에서 바스러질 것처럼 보였다. 더없이 위태롭고, 연약하고, 황폐한 두 눈. 그건 그녀가 거울을 통해 늘 보던 것이었다.

그녀는 알 수 있었다.

이 남자는 절망하고 있었다.

논리로는 설명할 수 없는, 불가사의한 교감이었다. 그녀는 천천히 참고 있던 숨을 내쉬었다.

"이…… 이봐요. 움직일 수 있겠어요?"

그는 텅 빈 눈으로 가만히 그녀를 올려다보기만 했다. 그 모습이 더없이 처연하고 무구해 보였다. 잠시간의 침묵 끝에 그녀는 다소 충동적으로 내뱉었다.

"일단…… 우리 집으로 갈래요?"

그가 입을 벌렸다. 대답인지 신음 소리인지 알 수 없는 불분명한 소리만 새어 나왔다. 그녀는 인상을 찡그리며 얼음장 같은 남자의 손가락을 살짝 쥐어 보았다. 본능적으로 온기를 갈구하듯 그가 미미하게 마주 잡아 왔다.

그녀는 그의 얼굴을 내려다보며 천천히 다시 물었다.

"우리 집으로 갈래요? 오케이면 고개라도 끄덕여 봐요."

멍하니 눈을 깜빡이던 남자가 천천히 고개를 끄덕였다. 그녀는 비틀거리는 남자를 부축해 집으로 이끌었다.

방에 들어가자마자 보일러 온도부터 높였다. 워낙 낡은 건물이라 외풍이 심해 30도 이상부터는 아무런 의미가 없었지만 안 하는 것보단 나을 것 같았다. 그녀는 전기난로까지 꺼내 켠 다음 남자를 방 안으로 이끌었다.

"괜찮아요?"

남자는 멍한 얼굴로 고개만 끄덕였다. 그녀는 그의 몸에서 킁킁 냄새를 맡아 보았다. 술 냄새가 나는 건 아니었다. 아무래도 가벼운 쇼크 상태인 것 같았다. 그녀는 웅크린 채로 미세하게 떨고 있는 남자의 어깨 위에 이불을 둘러 주고는 뻣뻣하고 창백한 손을 문질렀다. 아무래도 감각이 무뎌진 상태인 듯싶었다.

그녀는 재빨리 욕실에 들어가 좁은 욕조 안에 물을 받았다. 한참 만에 따뜻한 물이 나왔다. 욕조에서 물이 새지 않게 마개를 단단히 고정하고 다시 남자를 흔들었다.

"이봐요. 지금 물 받고 있어요. 옷 벗고 씻을 수 있겠어요?"

축 늘어져 있던 남자가 그제야 고개를 든다. 그녀는 예상보다 더 처참한 몰골에 일순 할 말을 잃었다. 파랗게 질린 입술 아랫부분은 찢어져서 거뭇하게 피가 굳어 있었고, 관자놀이는 뭐에 빗겨 맞은 듯 보랏빛으로 멍들어 있었다. 엉망으로 헝클어진 머리칼, 목덜미에서 가슴팍까지 이어지는 얼룩덜룩한 멍 자국……. 밝은 빛 아래 적나라하게 드러난 폭력의 흔적에 그녀의 얼굴이 딱딱하게 굳어졌다.

"혹시…… 경찰에 신고해야 하는 상황이에요?"

남자는 눈꺼풀을 느릿하게 깜빡거리기만 했다. 그녀는 인상을 찡그렸다. 아직 덜 녹아서 그런 건가, 원래 좀 흐리멍덩한 건가. 그때, 갈라진 입술이 살짝 벌어진다 싶더니 소름 끼치도록 예쁘장한 얼굴과 어울리지 않는 낮은 바리톤의 음성이 흘러나왔다.

"신고…… 하면 나도 잡혀 가요."

"……."

"돈 받고 합의하에 한 거거든요."

긴 속눈썹에 감싸인 서글서글한 눈매가 살짝 가늘어지더니 초승달 모양으로 아름답게 휘어졌다. 남자의 그 웃음은 상황과 어울리지 않을 정도로 단정했다. 입술 끝이 아주 조금 위로 올라가고, 눈매가 약간 가느다래졌을 뿐인데도 망가진 인형 같은 얼굴이 우아하고 매혹적인 분위기를 자아냈다.

그녀는 멍하니 눈을 깜빡였다. 그의 눈동자는 회색 빛깔이 감도는 연한 갈색이었다. 결이 선연한 유리알 같은 잿빛 눈동자가 비인간적이라고 느껴질 만큼 깨끗한 이목구비에 더해지니, 남자는 정말로 인형처럼 보였다. 그것도 주인한테 학대받고 망가진 채 버려진 인형.

잠깐 할 말을 잃고 그를 바라보던 현수는 곧 신경질적으로 머리를 쓸어 넘겼다. 뭔가에 연민을 느껴 본 지 오래라 갑작스럽게 피어난 감정에 당혹감이 들었다.

"제 구실을 못했나 보네. 그런 데 버려져 있었던 걸로 보아."

신랄한 말에 남자는 조금 놀란 듯했다. 그녀는 그의 어깨를 감싼 담요를 치우고 자리에서 일으켜 세웠다.

"따뜻한 물에 몸을 좀 녹여요. 저체온증, 우습게 봤다간 큰일 나니까."

"……."

"지금 혈색이 하나도 없어요. 손끝 발끝 다 파랗잖아요. 빨리 혈액을 순환시켜 주지 않으면 동상으로 잘라 내야 할지도 몰라."

짐짓 겁주는 듯한 음성에 남자가 당황한 기색이 어린 눈으로 제 창백한 손끝을 내려다보았다. 그 모습이 어린 소년처럼 어수룩해 보인다.

'그러고 보니 몇 살이지?'

아닌 게 아니라 호리호리하고 마른 체구에 창백한 피부, 서글서글한 이목구비까지. 그는 생각보다도 더 앳된 얼굴을 하고 있었다. 설마 미성년자는 아니겠지?

그녀는 어기적어기적 욕실로 들어가는 남자를 미심쩍은 눈으로 바라보았다. 에이, 이미 이렇게 된 거 아무렴 어떤가. 머리를 긁적거리다 그가 입을 만한 옷이나 찾아볼 생각에 서랍을 뒤적거렸다. 언뜻 보기에도 마른 체형이라 뭘 던져 주더라도 그렇게 꽉 낄 염려는 없을 것 같았다.

그녀는 집에서 막 입고 다니는 헐렁한 박스 티와 지난달에 시장에서 여성용으로 착각하고 잘못 산 남성용 수면 바지를 꺼내 들었다. 옷을 착착 펼쳐 대충 크기를 가늠한 뒤에 다시 접어 욕실 문 앞에 가져다 놓았다. 그리고 재빨리 옷을 갈아입었다. 남자보단 양호한 상태였지만, 그녀 역시 허술한 옷차림으로 눈 속을 헤치고 온 뒤라 못지않게 얼어 있었다.

차게 식은 손발을 전기난로 앞에 내밀어 비비는데 갑자기 욕실 안에서 쿵쾅거리는 요란스러운 소리가 들려왔다. 그녀는 기겁하며 욕실 문을 열었다. 욕실 선반에 쌓아 뒀던 목욕 용품을 쓰러뜨린 듯 잡다한 물건들이 바닥에 이리저리 뒹굴고 있었고, 남자는 욕조 옆에 알몸으로 웅크린 채 꼼짝도 않고 있었다. 혹시라도 의식을 잃은 건가 싶어 허겁지겁 그의 몸을 흔들었다.

"이봐요! 왜 그래요? 넘어졌어요?"

"아뇨, 갑자기……."

"혹시 머리가 어지러워요?"

남자가 고개를 끄덕였다. 거짓 하나 없이 남자의 얼굴은 정말로 백지장처럼 하얗게 질려 있었다. 안 되겠다 싶어서 샤워기를 들고 따뜻한 물이 나오도록 조절한 뒤 그의 몸에 끼얹었다. 남자가 괴로운 듯 펄쩍 뛰어올랐다. 그의 여위고 창백한 몸이 적나라하게 드러났지만 두 사람 다 신경 쓰지 않았다.

"너, 너무 뜨거워요!"

"아니에요. 미지근한 물이에요. 몸이 너무 차서 그렇게 느껴지는 거예요."

"하지 마요. 아, 아파!"

마치 끓는 기름이라도 쏟아부은 양 남자가 욕실 바닥에 주저앉은 채로 구석진 곳까지 뒷걸음질 쳤다. 그러고는 무자비하게 쏟아지는 물을 피하려는 듯 한껏 몸을 웅크리고서 무릎 사이에 얼굴을 파묻었다.

"따, 따가워요. 그만……."

"가만있어요. 피부에 혈액 순환이 돼서 그래요."

그녀는 피하려는 남자의 손을 잡고 그의 어깨와 가슴팍에 물을 끼얹었다. 동양인에게서 보기 힘든 밀랍처럼 희고 투명한 피부가 울긋불긋 달아올랐고, 맞아서 부르튼 곳은 검게 멍이 들 참인지 색깔이 선명해졌다. 그녀는 남자의 차가운 손을 잡았다. 물 나오는 게 영 시원찮은 샤워기 하나 가지고는 힘들겠다 싶어서 바가지로 욕조의 물을 퍼내 그에게 뿌리기까지 했다. 쏟아지는 물에 그가 움찔거리다 파르르 웅크렸다.

"살이 가렵고…… 아파요."

"곧 괜찮아져요."

그 희미한 애원을 그녀가 냉정하게 잘라 버렸다. 남자가 끙, 하고 낮은 신음을 내쉰다. 그러거나 말거나 그의 몸에 따뜻한 물을 뿌리며 쉴 새 없이 손이나 팔, 다리 같은 곳을 문질렀다. 점점 혈액이 도는지 남자의 창백한 피부에 희미하게 홍조가 올라온다.

"좀 괜찮아요?"

"으……. 괘, 괜찮아요……."

"그럼 욕조에 조금 더 몸을 담그고 있다가 나와요. 여기 샴푸랑 샤워젤, 써도 되고요. 타월은 저기 서랍장에 있어요."

남자의 발갛게 달아오른 얼굴이 어색하게 밑으로 내려간다. 그제야 그녀는 초면의 남자가 제 앞에 알몸으로 있다는 걸 자각했다. 당황하는 기색을 보이지 않으려 애쓰며 태연하게 자리에서 일어나 욕실 바깥으로 나갔다. 잠시 머뭇거리다 문가에 뒀던 옷가지를 슬쩍 욕실 안 선반에 올려놓아 주었다.

"이건 갈아입을 옷이에요. 사이즈가 맞을 만한 게 마땅히 없어서……. 벗은 옷은 세탁기 안에 넣어 두면 돼요."

"……고, 고맙습니다."

그녀는 욕조에 시선을 두지 않은 채 덤덤히 말하고는 욕실 문을 닫았다. TV를 켜니 전국에 폭설주의보가 내려 비상이라는 뉴스 보도가 흘러나왔다. 그녀는 자신이 사는 지역을 가리키며 눈이 몇 날 며칠 계속될 거라고 하는 앵커의 얼굴을 질린 눈으로 보았다. 어디의 판자촌 지붕이 내려앉았더라, 어디에 차가 다 파묻힐 정도로 눈이 많이 내렸더라 하는 보도가 줄줄이 이어졌다.

'이 건물도 어지간히 낡았는데, 설마 눈 때문에 무너지고 그러진 않겠지?'

에이 설마. 제 황당한 생각에 피식 웃는데 달칵하고 욕실 문이 열렸다.

"저기……."

"아, 다 했어요? 근데…… 생각보다 옷이 좀 작네요."

남자는 말없이 고개를 숙여 발목 위까지 껑충 올라오는 바지 자락을 보았다. 보라색 바탕에 우스꽝스러운 토끼 무늬가 그려진 수면 바지가 영 어색한 듯 보였다. 위의 셔츠도 얼추 품은 맞았지만 소매가 좀 짧은 것 같았다. 웅크리고 있어 영 왜소해 보이더니만 생각보다 어깨가 넓고 팔다리가 길었다.

"괜찮을 줄 알았는데…… 불편하죠? 그래도 내가 가진 옷 중에선 그게 제일 큰 거예요. 세탁기 돌릴 때까진 그거 입고 있어요."

"아, 네에……."

"방이 좀 쌀쌀해요. 그러고 있지 말고 이리 와 앉아요. 여기가 그나마 따뜻해요."

남자는 머뭇머뭇 가만히 서 있기만 한다. 잠깐 그를 지켜보다 그녀는 곧 TV로 시선을 옮겼다. 한참이나 그 자리를 서성거리는 듯하더니만 곧 그녀에게서 멀찍이 떨어진 자리에 어설프게 엉덩이를 걸치고 앉는다. 현수는 TV에 시선을 고정시킨 채 무심히 그에게 두툼한 담요를 건넸다. 남자가 움찔하더니 조심스럽게 받아 들었다.

'무슨 겁 많은 동물 하나 주워 온 거 같네.'

현수는 TV를 보는 척하며 희미하게 웃었다. 꽁꽁 얼어붙은 꼴이 망가진 인형 같더니만, 이제 보니 경계심 많은 작은 동물에 더 가까워 보인다.

"발 시리지 않아요? 양말 줄까요?"

"아, 아뇨. 괜찮아요……."

제 쪽으로는 시선도 주지 않아 긴장을 풀고 있었는지, 갑자기 말을 걸자 흠칫하는 기색이다. 혹시 예고 없이 욕실에 난입한 것 때문에 날 경계하나 싶어 그를 향해 고개를 돌렸다가 인상을 찌푸렸다. 좀 전에도 울긋불긋했던 멍이 벌써 시커멓다. 입술은 퉁퉁 부르트고 있었고, 길고 하얀 목덜미에 자리한 손톱 자국도 시뻘겋게 부어올라 있었다. 관자놀이의 멍도 점점 부푸는 기색이다. 어지간히 얻어맞았나 보다.

"심하네."

"네?"

"얼굴요."

"아……."

남자가 머쓱한 듯 손을 들어 제 얼굴을 살짝 가렸다. 그랬다가 통증을 느낀 듯 어깨를 움찔거린다. 그녀는 한숨을 내쉬며 자리에서 일어나 냉동실을 뒤적였다. 지난번에 동태를 구입할 때 함께 온 아이스팩 두 개가 구석에 찌그러져 있었다. 타월을 하나 꺼내 그것을 적당히 감싼 뒤 남자에게 내밀었다.

"냉찜질을 해 주면 부기가 좀 가라앉을 거예요."

"……고맙습니다."

"약도 좀 발라야겠는데……."

남자가 괜찮다고 웅얼거렸으나 그녀는 못 들은 척 침대 밑에 넣어 둔 수납장을 뒤적였다. 얼마 안 가 뽀얗게 먼지가 쌓인 구급상자를 발견해 낼 수 있었다.

"뭐, 별건 없고 연고랑 소독약은 있을 거예요."

물티슈로 대충 약 상자를 닦고는 뚜껑을 열었다. 소독약, 멍든 데 바르는 고약, 상처에 바르는 연고, 가을에 수납장을 달아 보겠다고 망치질했다가 아주 제대로 삐끗한 손목에 뿌렸던 스프레이까지…….

무슨 약인지 알 수 없는 것들을 구석에 밀어 두고 반창고와 상처에 바르는 연고 몇 개를 꺼내 들었다. 그러고는 화장솜에 소독약을 묻힌 뒤 남자의 까진 목에 대뜸 들이댔다. 그러자 멀뚱히 그녀를 지켜보던 남자가 놀란 듯 몸을 뒤로 뺐다. 현수는 머쓱하게 손을 내렸다.

"아, 미안해요. 내가 원래 좀……. 혼자 할래요?"

"……."

"일단 이걸 바르고 말린 다음에 연고를 바르면……."

남자는 솜을 쥐고 어째야 좋을지 모르겠다는 양 가만히 있었다. 거참 답답한 청년일세. 그녀는 인내심 좋게 웃어 주고는 남자가 움츠리건 말건 그냥 거침없이 화장솜으로 상처를 쓸었다.

"아."

남자가 쓰라린 듯 작게 신음한다. 그러거나 말거나 꼼꼼하게 상처를 소독하고, 그 위에 연고를 찍어 발랐다. 남자의 찢어진 입가에도 대충 약을 발라 주고 수건에 손을 닦았다. 남자는 좀 묘한 표정이었다. 놀란 것도 같고, 당황한 것도 같고, 어찌해야 좋을지 몰라 안절부절 가시방석에라도 앉은 듯한 표정.

하긴, 어지간한 철면피가 아니고서야 생면부지의 사람 집에서 씻고, 옷을 갈아입고, 약까지 처덕처덕 바르고 있는 게 편안하겠는가. 묘한 분위기의 남자였지만, 생각보다 이상한 인간 같지는 않아 보였다. 이 상황을 불편해한다는 건 그래도 정상적인 감각을 지닌 사람이란 뜻이 아닌가.

"얼굴에 아이스팩 대고 있어요. 뭐 따뜻한 거라도 가져다줄 테니까. 커피는 좀 그렇고…… 코코아라도 괜찮아요?"

그녀는 설렁설렁 부엌 선반 위에서 조그만 주전자를 집어 들어 물을 채웠다. 워낙 좁은 아파트라 몇 걸음 떼면 부엌이고, 몇 걸음 떼면 침대였다. 좁다란 곳에 다닥다닥 들어찬 가구가 꽤 갑갑한 모양새임에도 역시나 혼자 사는 사람 눈에는 휑하기 마련이다. 그런데 자신 외의 다른 사람이 있다는 것만으로도 좀 아늑해 보였다.

'내가 혼자서 오래 살긴 했구나.'

남자 하날 주워 와서는 별생각을 다 하고 있다.

하긴, 여기 들어온 지 4년째니까 꽤 되긴 했다. 그녀는 가스 불 위에 주전자를 올려놓은 다음 서랍을 열어 천원마트에서 사 모은 싸구려 차를 쭉 훑었다. 핫초코 상자를 꺼내 열어 보니 딱 두 봉 남아 있다. 봉지를 뜯어 머그컵에 코코아 분말을 쏟는데, 문득 등 뒤로 짙은 그림자가 졌다. 그녀는 고개를 돌렸다. 언제 다가온 것인지 무표정한 얼굴의 남자가 바로 등 뒤에 서 있었다.

"왜요? 뭐 필요한 거라도……."

남자가 갑자기 손을 뻗어 그녀의 한쪽 얼굴을 감싸 쥐었다. 현수는 눈을 가늘게 떴다. 그녀를 내려다보는 남자의 얼굴은 플라스틱 가면을 쓴 것처럼 무표정했다. 그가 속눈썹을 살짝 내리깔자 그 묘한 회갈색 눈동자 위에 그늘이 드리워지며 검은빛으로 물들었다. 그 모습이 너무나 생기 없어 보여 그의 입술이 자신의 입술에 살짝 닿았다 떨어지는 순간에도 현수는 아무런 감정도, 심지어는 경계심도 느낄 수 없었다.

꼭 마네킹과 입을 맞춘 것 같았다.

"이게, 무슨 뜻이에요?"

"……고마워서요."

남자의 목소리는 여태까지 중 가장 차분했다. 그의 낭창낭창한 몸이 그녀를 향해 유연하게 구부러졌고, 현수는 싱크대 앞까지 밀려났다. 그가 다시 한 번 그녀의 입술 위에 자신의 입술을 대었다가 뗐다. 그러더니 혀를 내밀어 벌어진 입 안으로 슬그머니 밀어 넣었다가 빼고는 마치 반응을 살피듯이 유심히 내려다보았다.

"도와주셨으니까…… 보답해 드리고 싶어요."

"그러니까, 보답의 키스다?"

"……이걸로는 아무래도 부족하죠? 더한 것도 해 줄 수 있어요. 같이…… 자 드릴까요? 잘해 드릴게요."

그녀는 눈을 깜빡였다. 자신을 물끄러미 내려다보는 투명한 눈동자 위에는 아무런 감정도 떠올라 있지 않았다. 딱히 빈정거리는 것 같지는 않았다. 어떤 면에서는 불편해하는 것처럼 보이기까지 했다. 마치 부담스러운 호의를 갚고 마음이 편해지고 싶은 것처럼 느껴진다.

그녀는 대답을 기다리듯 가만히 서서 자신을 내려다보는 남자를 물끄러미 응시했다.

그러자 대답이 없는 것을 예스라는 뜻으로 이해했는지, 남자가 한 손으로 그녀의 추리닝 지퍼를 주욱 내리고는 얇은 면 티셔츠 위로 봉긋한 가슴을 부드럽게 움켜쥐었다. 길고 큰 손이 크기를 가늠하듯 면 브래지어 위로 그녀의 가슴을 가볍게 주무르다가 도톰한 유두 끝을 손가락으로 꼬집었다.

그녀는 살짝 인상을 찡그렸다. 남자가 다른 손을 셔츠 밑으로 집어넣고 반대쪽 가슴을 브래지어 속에서 끄집어냈다. 섬세하게 생긴 외모와 어울리지 않게 그 손길은 어딘지 모르게 우악스럽고 기계적이었다.

욕망이라곤 내비쳐지지 않는 건조한 눈매가 쓱 가늘어지더니 그가 고개를 숙여 쇄골 한쪽에 살짝 입술을 누른다. 그러고는 셔츠를 위로 밀어 올려 오스스 소름이 돋아 있는 맨살을 한 손으로 감싸 쓰다듬었다. 배꼽을 지분거리던 손가락이 다음 순간 추리닝 바지 속으로 들어와 속옷 위를 덮었다.

그녀는 그 거친 손길에 살짝 움찔했다. 남자의 단단한 손가락이 팬티 위를 더듬거리다가 안으로 비집고 들어오려는 순간에서야 그의 손을 잡아 저지했다. 힐끔, 그가 그녀를 올려다본다. 의아함이 담긴 그 눈빛에 그녀는 가볍게 웃었다.

"주부가 오늘 저녁 반찬으로 쓸 고등어를 만지는 손길도 이것보단 다정하겠다."

남자의 눈이 휘둥그렇게 뜨였다. 당황스러운 기색이 가득하다.

"어……. 혹시 제가 아프게 했어요?"

"아프단 소리가 아냐. 지금 네가 하는 게 별로라는 뜻이지."

그녀가 그의 손을 바지 속에서 끄집어냈다. 주섬주섬 속옷을 제자리로 정돈하고는 그의 몸을 살짝 뒤로 밀어냈다.

"돈 받고 남이랑 자 주는 사람치고, 솜씨가 별로다."

"……."

"뭐, 그렇다고 내가 그쪽 업종에 있는 사람이랑 자 본 건 아니지만."

그녀가 눈을 가늘게 뜨고 씩 웃자 얼떨떨한 잿빛 눈동자가 아슬아슬하게 흔들렸다. 그녀는 활짝 열린 추리닝 지퍼를 쭉 올리고는 남자의 굳은 얼굴을 한 손으로 부드럽게 토닥였다.

"이런 쪽의 보답은 됐어. 이상한 병이라도 옮으면 곤란하기도 하고."

남자는 그녀가 뺨이라도 후려갈긴 듯한 표정이었다. 멍한 눈동자가 움찔, 어둡게 가라앉는다. 그가 그녀의 몸에서 화들짝 떨어지듯 한 발짝 뒤로 물러났다.

"벼, 병 같은 거 없어요……."

"아니면 다행이지만, 혹시 모르잖아."

남자가 잘근 입술을 깨물었다. 고개를 아래로 떨구는 모습에 약간의 양심의 가책이 느껴졌다. 그녀는 한숨을 내쉬고는 머리를 긁적이며 말했다.

"그런 표정 짓지 마. 나로서는 내 몸을 지키기 위한 최소한의 방어를 한 거니까. 너도, 별로 내키지도 않으면서 보답이 어쩌고 하는 말로 처음 보는 사람이랑 관계를 가지려 들지 말라고."

"저는……"

"뭐라고 하려는 게 아니야. 오해하지 말라는 거지. 내가 널 데리고 들어온 건 인간으로서 최소한의 도리 때문이지, 반반해 보이는 남잘 주워다가 어찌해 보려고 하는 게 아니니까."

남자는 어떻게 반응해야 좋을지 모르겠다는 표정이었다. 우물쭈물하는 그를 재차 밀며 그녀가 인상을 찡그렸다.

"가서 앉아 있어. 코코아 타다 줄 테니까."

그는 안절부절못하며 여자의 뒷모습을 힐끔거렸다.

좌불안석이란 게 바로 이런 걸까.

타인을 편안하다고 느껴 본 적도 없지만, 이렇게나 불편하다고 느껴 본 일도 없었던 것 같다. 하지만 두려움이라기보단 어찌 대해야 좋을지 알 수 없는 데서 오는 불안감에 가까웠다.

'단순히 오지랖 넓은 착한 사람은 아닌 거 같은데…….'

그렇다고 그에게 특별히 바라는 게 있는 것 같지도 않았다.

그는 속에서 이는 희미한 불안에 입술을 깨물었다. 처음 여자를 마주했을 때만 해도 그는 제대로 된 생각을 할 수 없는 상태였다. 딱히 생에 대한 미련이 없다는 생각이 들다가도, 막상 육체적 한계에 다다르면 그 순간의 고통을 벗어나는 것 말고는 아무것도 생각할 수 없게 된다.

피곤하면 자는 것 외엔 바라지 않게 되고, 배가 고프면 죽고 싶단 생각 따윈 사라지고 뭘 좀 먹었으면 좋겠다는 생각에만 사로잡힌다. 너무 추우면, 매춘부의 집이든 살인자의 집이든 상관하지 않고 기어들어 가 몸을 녹이고만 싶어진다.

후에 어떤 대가를 치러도 좋으니, 일단은 그 고통스러운 순간에서 벗어나기만을 바라게 되는 것이다.

'매춘부로도, 살인자로도 보이진 않으니까 그나마 운이 좋았던 걸까.'

바지런히 뭔가를 부스럭거리는 여자를 그는 조심스러운 눈길로 지켜보았다. 스스로가 간사하게 느껴진다. 끔찍한 한기 속에서 덜덜 떨고 있을 때엔 차라리 어디 한두 군데 부러져도 좋으니 따뜻한 이불 속에 눕고 싶단 생각만 간절했는데, 막상 혹한을 피하고 나니 지금 상황이 거북하기만 했다. 그는 도무지 마음을 놓을 수 없어 몸을 웅크렸다. 여자가 그와 자길 바란 거였다면, 그녀의 말마따나 반반한 남자 하날 주워다가 어찌해 보려는 거였다면, 그는 차라리 안심할 수 있었을 것이다.

이유가 있는 친절은 믿을 수 있다. 자신에게 무언가 바라는 게 있는 사람은 해치려 들지도 않고, 난폭하게 굴지도 않는다. 때문에 속내를 알게 되면 차라리 마음이 놓였다. 그를 불안하게 하는 것은, 이유 없는 친절이었다. 그것처럼 얄팍하고 믿을 수 없는 것은 없다.

"얼음찜질."

"……네?"

화들짝 놀라 고개를 들었다. 여자가 어깨 너머로 고개를 돌리며 입에 티스푼을 물고 우물우물 말한다.

"얼음찜질 계속하고 있어. 부기 좀 빠지게."

그는 시키는 대로 발치에 떨어져 있는 아이스팩을 주워 들었다. 여자가 쟁반에다 하얀 머그컵 두 개를 담아 들고 그의 앞에 다가섰다. 그리고 비스듬하게 세워져 있는 좌식 테이블 위에 쟁반을 내려놓았다. 그는 멀뚱히 그것을 바라보았다. 찰랑이는 짙은 갈색 액체에서 물큰물큰 달큼한 향기가 올라온다.

달콤한 향기.

그는 눈을 깜빡였다. 그런 걸 온전히 만끽해 본 적 있던가. 그가 기억하는 냄새는 늘 코를 찌르는 독한 화장품 냄새와 호스티스들이 사용하는 비싼 향수 냄새, 취객의 몸에서 나는 악취, 비릿한 분비물에서 나는 역겨운 냄새, 좁은 창고에서 나는 퀴퀴한 냄새 같은 것들뿐이었다.

좋은 향기는 언제나 그를 스쳐 지나가 버린다.

손댈 생각은 않고 멀뚱히 보고만 있는 그가 이상했는지, 여자가 의아한 듯 물어 왔다.

"혹시 단 거 싫어해?"

"아, 아뇨. 싫어하지 않아요."

익숙하지 않을 뿐이지. 애매하게 말끝을 흐리며 그는 조심스러운 손길로 머그컵을 받아 들었다.

"저기…… 아까는……."

"응?"

"아까, 그거…… 불쾌하셨다면 죄송했습니다."

여자가 고개를 돌려 그를 응시했다. 꼼꼼히 살피는 듯한 그 시선에 그는 움츠러들었다. 가만히 침묵하던 여자가 갑자기 생긋 웃음을 머금었다.

"됐어. 불쾌하지 않았어."

"……."

"뭣 좀 먹을래?"

"네?"

"당장 먹을 만한 게 카스텔라밖에 없긴 하지만."

그가 대답하기도 전에 그녀는 냉장고에서 케이크 상자를 꺼내 들고 있었다. 접시에 대고 빵을 자르다가 갑자기 시선을 두리번거린다.

"그러고 보니 아까 라면 샀는데, 차라리 그거 끓여 줄까?"

"아뇨, 괜찮아요. 저는 이거면……."

"저녁 먹었니? 그럼 이거라도 먹어. 좀 차갑긴 하지만 코코아랑 먹으면 괜찮겠네."

그녀는 그의 말을 귀담아들을 생각이 없는 것 같았다. 잘라 낸 빵 조각 하나를 입에 물고 우물거리며 여자가 그의 앞에 카스텔라 조각과 작은 포크를 내밀었다. 그는 애매한 웃음을 머금으며 그것을 받아 들었다. 그러고 보니 오후쯤 술집에서 먹은 차가운 핫도그 하나 외엔 하루 종일 아무것도 먹지 못했다. 그것마저도 얼마 안 있어 게워 내지 않았던가. 그는 카스텔라를 조금씩 잘라 코코아와 함께 먹었다.

달다. 코코아는 혀가 아릴 정도로 달았다.

그는 잘 넘어가지 않는 다디단 빵을 목구멍에 밀어 넣으며 옆에 가만히 앉아 있는 여자의 옆모습을 힐끔거렸다. 그녀는 이상하게 느껴질 정도로 그를 편하게 대하고 있었다. 조금도 경계하거나 불편해하는 기색이 없다. 마치 길거리에서 동물을 주워 온 듯 태연하다.

그 본인의 말처럼, 정말로 집 앞에서 사람이 죽도록 방치할 수도 없어 마지못해 집에 들인 걸까.

"더 먹을래?"

"아뇨. 괜찮습니다."

"흐음."

"저기……."

"응?"

"아까 일로 기분 상했다면, 정말로……."

여자가 눈살을 찌푸리며 그를 돌아봤다. 어딘지 모르게 못마땅해하는 눈길에 그는 입을 다물었다. 그녀가 갑자기 손을 뻗어 그의 앞머리를 살짝 쓸어 넘겼다. 거기에 난 상처를 살피는 듯, 너무나 자연스럽게 만져 오는 통에 그는 일순간 멍해졌다.

"자꾸 그러지 마."

"네?"

"그만 사과하라고."

"……."

"아까부터 움찔움찔. 내가 무서워? 명색이 남자나 돼서 왜 그렇게 주눅 들어 있어? 설마 힘으로 내가 널 어쩌겠니. 네가 일단 나보다 키도 크고 힘도 센데, 무서워해도 내가 무서워해야지, 왜 네가 그렇게 몸을 사려?"

"아, 저기 전……."

"내가 무슨 괴물이라도 된 거 같잖아. 내가 여자치고 덩치가 좀 있긴 하지만, 그래도 진짜 남자 힘은 못 당하니까 긴장 풀어."

그는 할 말을 찾지 못하고 당황하며 우물거렸다. 그 와중에도 스스로를 가리켜 덩치 있다고 말하는 여자가 우스웠다.

키가 제법 큰 편이긴 했지만 마른 축에 가까운 체형과 가늘고 긴 목덜미……. 여자는 얼핏 보기에도 덩치 있다는 표현과는 어울리지 않았다.

그는 새삼 그녀의 모습을 살폈다. 힐끔힐끔 훔쳐본 모습과는 사뭇 다른 인상이었다. 시원하게 뻗은 눈매 안에서 또렷이 바라보는 검은 눈동자가 반질반질하다. 끝이 조금 뻗친 긴 생머리는 어깨를 부드럽게 덮고 있었는데, 그것은 어딘지 모르게 날카로워 보이는 그녀의 외모에서 유일하게 온화해 보이는 요소였다.

빈정거리는 듯한 미소가 걸린 입가. 위로 치켜 올라간 길쭉한 눈매와 갸름한 턱 선. 뾰족한 콧대에 약간 도드라진 광대뼈. 거기에 어딘지 모르게 편안하고 여유 있어 보이는 행동.

그녀는 꼭 길고 날씬한 샴고양이 같은 인상을 풍겼다.

"무서워하는 게 아니라……."

불편해서요. 그는 입술을 깨물었다. 그 대답은 불쌍한 남자 하날 도와주려 한 그녀의 선의에 실례되는 대답이 아닌가. 하지만 그가 말하지 않아도 여자는 그가 하려는 말이 뭐였는지 알겠다는 양 미소를 머금었다.

"편히 있으라고 해 봤자, 별로 도움 되지 않겠지? 근데 진짜 편안하게 있어도 돼. 뭐 대단한 집구석이라고, 생색낼 건덕지도 없는데."

여자가 털털하게 웃었다.

그는 어색하게 눈을 굴리기만 했다. 그녀의 집은 확실히 빈말로라도 정성스럽게 꾸며 놓았다곤 할 수 없었다.

좁은 집에 어울리지 않게 큰 벽걸이 TV, 조금만 기대도 끼익하는 소음이 나는 싱글 침대, 그리고 그 침대 위에 널브러져 있는 노트북과 투박하게 느껴질 정도로 큰 헤드폰. 비교적 새것으로 보이는 수납장 위에는 잡지와 화보집처럼 보이는 책들이 어지럽게 쌓여 있었고, 한쪽 면의 칠이 벗겨지고 있는 책꽂이에는 원서로 보이는 책들과 뭔지 알 수 없는 잡동사니들이 꽉 들어차 있었다. 군데군데 누렇게 빛이 바래 있는 흰 벽지, 그 위로 어지럽게 붙어 있는 찢겨진 잡지와 영화 포스터, 그리고 폴라로이드 사진들.

옛날 모친과 살던 지하 단칸방과 비교해 나을 게 없는 꾸밈이다. 아니, 차라리 화장품과 향수 냄새가 그득 배어 있던 모친의 집이 더 여성스러웠다. 여자의 방은 꼭 반항적인 10대의 아지트 같은 인상을 풍겼다. 난잡하고, 여러 가지 불량품과 잡동사니가 어지럽게 쌓여 있고, 중고 가구와 쓰레기장에서 대충 주워 온 듯한 소품들이 듬성듬성 놓인 공간.

여자가 좀 머쓱한 듯 씩 웃었다.

"너도 이왕 길바닥에 나앉아 있을 거면, 좀 부자 동네에서 하지. 돈 많고 예쁜 여자가 한눈에 반해서 궁궐 같은 집에 머물게 해 줬을 텐데."

"……."

"아, 이거 빈정거리는 거 아냐. 음, 내 말버릇이 원래 조심성이 없어. 그냥 주절거리는 거니까 기분 상해하지 말고."

"기분…… 안 상해요."

그는 물끄러미 반쯤 비어 있는 머그컵을 들여다보았다. 벌써 미지근하게 식어 있었다. 난로 옆은 제법 따뜻했지만 방 안의 공기는 서늘했다. 옆에 닿은 벽에서도 냉기가 밀려들고 있었다. 그는 힐끔 침대 옆에 자리한 좁은 창문을 올려다보았다. 어둠 속에서도 흩날리는 눈송이를 볼 수 있었다. 바람이 거세게 유리창을 흔들었다.

"어디 연락해야 될 데 있으면 전화 써도 돼."

"연락할 데…… 없어요."

"가족이나 친구, 아무도?"

그는 우스꽝스러운 수면 바지 아래로 삐쭉 튀어나와 있는 자신의 발등을 내려다보았다. 내색하지 않으려 했지만 절로 목소리에 긴장감이 감돌았다.

"……아무도요."

"갈 데는?"

여자가 신중한 눈길을 보내 왔다. 무슨 생각을 하는지 쉬이 읽을 수 없는 표정이었다. 한시 빨리 쫓아내고 싶은 걸까.

확실히, 처음 보는 낯선 사람을 아무 이유 없이, 오로지 선의만 가지고 제집에 머물게 해 줄 사람은 없을 것이다. 그는 물기가 마르지 않은 머리를 쓸어 넘기며 덤덤하게 말했다.

"일하던 곳으로 돌아가면 돼요. 계속 거기서 지냈고……."

“집은 없어?”

그는 대답하지 않았다. 하지만 그것만으로 충분한 대답이 되었던 듯싶었다. 여자가 작게 한숨을 내쉬었다. 잔뜩 긴장하고 있던 그의 몸이 움찔절로 굳어졌다.

“어쨌든, 오늘은 여기서 자는 수밖에 없겠다. 밤새도록 폭설이래. 차편도 끊겼고, 네 옷도 지금 빨고 있으니까. 하긴, 다 말라도 그걸 입고 어딜 갈 순 없겠지만.”

여자의 목소리는 차분했다.

곰곰이 생각에 잠긴 표정으로 턱을 쓰다듬던 여자가 자리에서 일어나 벽장문을 열었다. 위 칸에는 이불이, 아래 칸에는 옷가지들이 꽉 들어찬 공간에서 뭔가를 넣었다 뺐다 하면서 꽤 오래 뒤적거리던 여자가 이윽고 꽃무늬 전기장판과 두툼한 이불 한 채를 찾아냈다. 꽤 오래 묵혀 둔 이불인 듯, 이불 여기저길 주무르며 킁킁 냄새까지 맡더니 그를 돌아보며 머쓱하게 웃는다.

“여름 내내 묵혀 놨던 이불이라 좀 찜찜할 거야. 그래도 한번 빨고 넣어 뒀던 거라 꽤 깨끗해.”

“…….”

“음, 보다시피 원룸에다 침대는 하나밖에 없고. 바닥에서 자도 되지?”

“…….”

“보일러 선이 엉망이라 바닥이 어떤 데는 차고 어떤 데는 뜨겁고 그래. 전기장판을 깔면 낫긴 한데, 사실 이것도 좀 시원찮거든. 그래도 눈 속에서 자는 것보단 낫겠지.”

그의 대꾸는 필요 없는 듯했다. 여자가 부지런히 상을 치운 다음 바닥에 쌓여 있던 책도 한구석에 착착 쌓아 밀어 두고 침대 옆에 이불을 깔았다. 그러고는 그 위에 전기장판을 깔고, 두꺼운 겨울 이불 한 채와 베개를 하나 꺼내 들었다. 그는 그 모습을 안절부절못하며 지켜보았다. 여자에게 재워 달라고 할 생각까지는 없었던 것이다. 하지만 이런 날씨에 무작정 떠날 수도 없는 노릇이라 그는 엉거주춤 서서 여자의 눈치만 살폈다.

꼼꼼하게 그의 잠자리를 마련해 주던 여자가 그런 그를 웃는 낯으로 돌아보며 말했다.

"시간도 늦었는데, 일단 자자."

"아……, 저기."

"응?"

"……고맙습니다."

결국 그렇게 말하는 수밖에 없었다. 그는 공연히 따끔거리는 목덜미를 어루만졌다. 여자의 호의가 고마운 것과는 별개로 마음 한구석이 불편했다. 무엇으로 갚아야 좋을지 알 수 없는 빚이 쌓이는 기분이었다. 거북해하는 그의 얼굴을 바라보며 여자가 문득 후 하고 한숨을 내쉬었다.

"되게 안쓰럽네."

나직한 중얼거림에 날카로운 것에 푹 찔린 듯 배 속이 저릿해져 왔다. 그는 고개를 수그렸다. 무슨 이유에선지 여자의 얼굴을 똑바로 볼 수가 없었다. 얼굴이 달아오르는 기분이었다.

"불 끌게."

달칵 소리와 함께 묵직한 어둠이 내려앉았다. 눈을 몇 번 깜빡이다 그는 더듬더듬 이부자리를 찾아 누웠다. 여자 역시 침대에 누웠는지 스프링이 끼익거리는 소음이 잠깐 들렸다. 그는 이불을 어깨까지 끌어 올리고 베개에 얼굴을 묻었다. 여름 내내 묵혀 두었다던 이불에선 섬유 유연제 냄새와 자연스럽게 배어든 방향제 냄새가 났다. 어쩐지 마음이 편해지는 냄새였다. 그는 깊게 숨을 들이마셨다.

그때, 자는 듯 조용하던 여자가 어둠 속에서 말을 걸어왔다.

"그러고 보니 이름도 모르네."

그는 한참 동안 머뭇거리다 답했다.

"지효……."

"……."

"민지효예요."

"나는 서현수."

다시 조용했다. 태연하게 굴었지만 여자도 처음 보는 남잘 집 안에 들인 채 잠을 청하기는 어려운지 이리저리 몸을 뒤척였다. 그녀가 다시 물어 왔다.

"너 근데 몇 살이야? 설마 미성년자는 아니지?"

"스, 스물다섯이에요."

"뭐? 말도 안 돼."

"뭐가 말이 안 돼요?"

"어떻게 그 얼굴로 스물다섯이야. 피부 보니까 완전 애기던데."

"……그러는 그쪽은 몇 살인데요?"

"난 서른하나. 내가 여섯 살 많으니까 말 편하게 해도 되지?"

그는 어둠 속에서 눈을 굴렸다.

이미 편하게 말하고 있지 않았던가. 여기서 더 편하게 말하면 대체 어떻게 되는 거지? 멀뚱거리는데 갑자기 끼익하는 거친 스프링 소리가 들리고, 여자가 빼꼼 아래에 누운 그를 향해 고개를 내밀었다.

"왜? 싫어? 기분 나빠? 다시 존대해 줘?"

"아, 아뇨……. 그냥 편하게 말씀하세요."

"야, 아무리 그래도 말씀이 뭐냐, 말씀이. 연장자라고는 하지만 내가 뭐 할머니도 아니고."

"……그, 그럼 편하게 말하세요?"

뭐가 웃긴지 여자가 갑자기 킬킬거리며 웃음을 흘린다.

"너 좀 귀엽다."

화끈하고 얼굴이 달아오르는 게 느껴졌다. 놀리는 듯 가벼운 어투에 어쩐지 약이 오른다. 처음 느껴 보는 감정에 당황하는데 침대 위에 엎드려 그를 내려다보던 여자가 몸을 길게 빼고서 그를 향해 몸을 숙였다.

그 바람에 긴 머리칼이 그의 얼굴 위로 사르륵 몇 가닥 흘러내렸다. 그는 몸을 굳힌 채 그녀가 자신을 향해 다가오는 것을 바라보았다. 여자의 손이 그의 이불 속으로 들어오더니 바닥을 더듬더듬 짚었다.

"다행이네. 전기장판 아직 작동하나 보다."

그는 몸을 굳힌 채 그녀가 그의 이불을 정리해 주는 걸 지켜보았다. 어둠 속에서도 그녀가 살포시 웃는 것을 볼 수 있었다. 그 미소가 그의 안에 있던 무언가를 건드렸다. 예민하고 약한 부분을.

"어때? 춥진 않아?"

"……네. 따뜻해요."

"다행이네. 그럼 잘 자."

여자가 침대 위에 누웠고, 그는 멍하니 천장을 바라보았다. 기분 좋은 향기. 어지럽고 좁다란 정사각형 천장. 따뜻하고 부드러운 이불. 여자가 움직일 때마다 나는 침대 스프링 소리.

그는 곧 눈을 감았다.

이유 없는 친절은 아주 짧다. 날이 밝으면 이 순간도 끝나 버릴 것이다. 그는 자신이 지내던 술집 창고의 차가운 간이침대를 떠올려 보았다.

거칠고 낡은 이불. 곰팡이 냄새. 페인트 가루가 바스러져 흘러내리는 벽. 술 냄새와 시끄러운 음악 소리. 여자들의 신음 소리…….

그게 그가 돌아갈 집이었다.

찰나의 온기는 마음을 불편하게 할 뿐이다. 그는 애써 잠을 청했다.

#2장

그는 웅크린 채로 숨을 죽였다. 누구의 눈에도 띄지 않게 깊이 몸을 숨겨야 한다는 생각이 얼핏 들었지만, 굳어진 몸은 옴짝달싹도 하지 않았다.

살포시 열린 문 사이로 아지랑이처럼 올라오는 연기. 달칵하고 라이터에 불이 켜지는 소리가 들렸다. 텁텁하고 시큼한 냄새가 코끝을 찔렀다. 바닥에 널려 있는 빈 주사기. 곧이어 헐떡거리는 소리가 들려왔다. 여자들의 누에처럼 하얀 몸이 기이한 형태로 일그러지며 꿈틀거린다.

개구리처럼 양다리를 까뒤집고 끙끙거리는 여자. 찌걱찌걱 기묘한 소리를 내며 그 위에서 거칠고 불규칙한 숨소리를 내는 남자. 그 옆에서는 두 명의 남자가 한 명의 여자에게 달라붙어 꿈틀거리고 있었고, 여자는 산발을 한 채 신음과 욕설을 연신 내뱉었다.

반지하방 특유의 퀴퀴한 공기에 비릿한 냄새가 섞여 들어갔다. 그 역한 냄새에 점점 숨이 막혀 온다. 여자가 갑자기 깔깔깔 웃음을 터뜨렸다.

뭐가 우스운지 남자의 배 밑에 깔려 출렁출렁 흔들리며 웃었다. 이 쌍년이 왜 웃고 지랄이야. 남자가 계속해서 허리를 움직이며 주먹으로 여자의 머리통을 갈겼다. 인형처럼 휘청거리면서도 여자의 낄낄거리는 웃음소리는 그치지 않는다.

그는 귀를 틀어막았다. 남자의 험악한 욕설보다도, 그들이 하는 행위보다도, 여자의 웃음소리가 그의 공포심을 고조시켰다.

문뜩, 여자와 뒤엉켜 있던 사람 중 하나가 "아, 오줌 마려" 하면서 휘청휘청 일어났다. 그리고 그가 숨어 있는 화장실로 다가섰다. 그는 벽에 바짝 붙었다. 하지만 그가 어디로 더 숨기 전에 달칵하고 문이 열렸다.

눈이 아플 정도로 형형한 형광등 불빛이 얼굴에 따갑게 와 닿았다. 그는 나무껍질 뒤에 숨어 있던 벌레처럼 몸을 웅크렸다. 남자 역시 어린 남자애를 발견하고 놀란 듯 끅, 하는 이상한 소리를 냈다. 겁에 질린 아이의 시야에 남자의 풀린 눈, 침이 질질 흐르는 젖은 입가, 그리고 듬성듬성 수염이 나 있는 턱이 하나하나 들어왔다. 남자가 투박하고 큰 손을 내밀었다. 악취가 풍겨 왔다. 그가 숨어 있던 화장실 지린내보다 더 기분 나쁜 악취. 남자가 씩 누런 이를 드러내며 웃었다. 이게 뭐야. 여기 쥐새끼가 숨어 있었네.

"야! 왜 그래?"

그는 헉, 소리와 함께 번쩍 눈을 떴다. 번쩍. 얼굴 위로 쏟아지는 찌릿한 빛이 아프게 동공을 찌른다. 그는 거의 본능적으로 팔로 머리를 감싸며 웅크렸다.

파르르 척추를 타고 잔떨림이 일어난 것과 거의 동시에 희미한 샴푸향이 콧속을 찔렀다. 그는 제 앞에 무릎을 구부리고 있는 여자를 놀란 눈으로 바라보았다. 막 샤워를 끝내고 나온 것인지 여자의 머리는 젖어 있었고 발갛게 홍조가 어린 목에는 수건이 감겨 있었다. 여자가 흑요석처럼 까만 눈으로 그를 걱정스럽게 내려다보았다.

"괜찮아? 가위에 눌리는 거 같던데."

"아, 아뇨……. 괜찮아요."

"잠자리가 불편해서 그런가?"

"아뇨. 아니에요. 그냥……."

그는 멍한 눈을 깜빡였다. 여자의 말간 얼굴을 보자 불편하게 뒤틀리던 배 속이 이상할 정도로 빠르게 잠잠해졌다. 긴장으로 꽈악 조여진 위장이 순식간에 풀어졌다. 그는 흐트러진 머리칼을 쓸어 넘기며 식은땀으로 축축한 이마를 문질렀다. 새벽녘까지 뒤척거리다 어느새 잠이 들었던 듯, 아파트의 좁은 창문 틈으로 밝은 빛이 새어 들어오고 있었다.

"너 어제 머리를 세게 맞거나 한 거 아니야? 처음에는 괜찮아도 나중에 후유증이 나타나는 경우도 있잖아. 혹시 속이 울렁거린다거나, 어지럽진 않아?"

"아, 아뇨. 괜찮아요. 원래 잠을 잘 못 자는 편이라……."

"아까부터 무조건 괜찮대. 예고 없이 픽 쓰러져서 식겁하게 하지 말고, 어딘가 이상한 거 같다 싶으면 바로 말해. 나 진짜 송장 치우게 하지 말고. 너한테 뭔 일 생기면 경찰한텐 뭐라고 말하니."

그는 할 말을 찾지 못하고 멍한 시선만 던졌다. 걱정해 주는 것 같기도 하고, 걱정해 주지 않는 것 같기도 하다. 괜히 쓰러져서 곤란하게 하지 말라는 말인데, 어째서 조금도 야박하게 들리지 않는 걸까.

그가 갈피를 잡지 못해 우물우물하는데, 생각할 겨를도 없이 여자의 손이 무심히 그의 이마에 달라붙어 있는 머리칼을 쓸어 넘겼다. 마치 오랫동안 알아 온 사람을 대하듯 너무나 자연스럽게 만지는 통에 어떠한 혐오감도, 경계심도 느낄 수가 없었다. 그렇게 하는 게 너무나 당연한 것 같고, 대수롭지 않게 느껴졌다.

"샤워하고 싶으면 해. 땀을 많이 흘렸다."

"아…… 감사합니다."

그는 이불을 젖히고 자리에서 일어났다.

약간 서늘한 방 공기가 닿자 그제야 제가 누워 있던 잠자리가 얼마나 따뜻하고 포근했는지 깨달았다. 전기장판에 뜨끈뜨끈하게 달궈진 겨울 이불은 후끈한 김이라도 올라올 정도로 따뜻했다. 그걸 괜히 만지작거리다가 차곡차곡 갰다. 여자는 잠깐 밖을 보고 오겠다며 점퍼 하나만 대충 걸치고 밖으로 나갔다.

이불을 장에 넣어 둘까 하다가 마음대로 가구에 손대는 게 찜찜해 한쪽으로 밀어 두었다. 그리고 욕실로 들어가 간단하게 샤워를 했다. 관자놀이와 입술 부근에 난 상처에 물이 닿자 좀 쓰라렸지만 참지 못할 정도는 아니었다.

대강 비누칠을 해 세수를 하고는 재빨리 옷을 입었다. 손가락에 치약을 묻혀 대충 이를 닦고 밖으로 나오자 그새 어깨와 머리에 허옇게 눈이 쌓인 여자가 빨갛게 언 발가락을 오므리며 아파트 안으로 들어서고 있었다. 양말도 신지 않고 맨발로 나갔다 온 듯했다.

"으, 발 시려."

"……."

"야, 밖에 장난 아니다. 세상에, 길이 눈에 폭 파묻혔어. 눈이 여기까진 오겠다."

그녀가 제 허리춤을 툭툭 쳤다.

"……아직도 눈 내려요?"

"그래. 새벽에 잠깐 그쳤다가 아침부터 다시 내리기 시작했나 봐. 바람 부는 게 장난이 아니야. 무슨 남극 같아. 너 일단 일하는 데에 연락해라. 지금 교통편도 다 끊겼대."

그는 애매한 표정으로 머뭇거리기만 했다. 여자가 의아한 시선을 던진다.

"왜? 전화 안 해도 돼?"

"안 해도 돼요. 어차피…… 낮엔 영업 안 하거든요."

"아아……."

여자가 살짝 인상을 찡그렸다. 무슨 말을 할지 몰라 절로 몸에 힘이 들어갔다. 하지만 여자는 어깨를 으쓱거리기만 했다.

"그럼, 일단 얼굴에 약 좀 바르자. 이리 와 봐."

"저, 저는 괜찮아요."

"뭐가 또 괜찮아요야. 이리 와 앉아. 어차피 너 아니면 처박아 두고 썩힐 약이었는데, 이럴 때 좀 써 보고 그러는 거지."

그가 당황하거나 말거나 여자는 무덤덤한 얼굴로 그의 손을 잡아끌어 침대 아래 앉힌 다음, 대뜸 그의 얼굴에 약을 발라 주기 시작했다.

부드럽고 꼼꼼한 손길이 상처에 닿자 그가 움찔했다. 쓰라림보다도 손가락이 거의 스칠 듯 말 듯 피부 위에 닿는 느낌에 가슴팍까지 간지러워진다. 툭툭 내뱉는 퉁명스러운 말투와 달리 그녀의 손길은 너무나 조심스럽다. 그는 마치 자신이 깨어지기 쉬운 뭔가가 된 듯한 기분을 느꼈다.

"역시 좀 부었다. 찜질을 더 해야 될 거 같은데?"

"괘, 괜찮아요."

"무조건 괜찮대."

여자가 피식 웃었다. 그 웃음에 그의 얼굴이 벌겋게 달아올랐다. 무안함에 고개를 푹 수그렸다. 그러다 바로 눈앞에 있는 뽀얗게 부푼 동그란 젖가슴을 보고 흠칫 다시 시선을 위로 올렸다. 여자가 그 모습을 보고는 재밌다는 양 또 웃었다.

"뭐 해?"

"아, 아뇨. 그냥 저기……."

"어젠 대담하게 막 만지더니 오늘은 숙맥처럼 부끄러워하네. 너 되게 웃긴다."

"……."

"자, 다 됐다. 다른 데는 네가 발라. 나는 아이스팩 좀 다시 얼려야겠다."

그는 쩔쩔매며 시선만 간신히 옆으로 돌렸다. 그녀가 청바지에 감싸인 긴 다리를 휘청거리며 부엌으로 들어간다. 부엌이라고 해 봐야 거실과 부엌의 경계선도 애매했지만.

"집에 먹을 만한 게 영 시원찮은데……. 김치랑 라면, 찬밥 남은 거 쪼끔 있는데 괜찮아?"

"아, 저는 괜찮……"

"그놈의 괜찮아 좀 그만해. 너도 아침은 먹을 거 아냐."

그는 입을 벌렸다가 다물었다. '네, 잘 먹을게요. 뭐든 상관없어요'라고 할 만큼 변죽이 좋은 것도 아니고, 그렇다고 '됐어요. 안 먹어요' 하고 고집을 부릴 만큼 자존심이 센 것도 아니다. 그저 남에게 아무 대가 없이 무언가를 받는 게 어색하기만 했다.

그가 어쩔 줄 몰라 하는 사이 여자는 물을 받고 라면을 몇 개 꺼내 수프를 풀고, 거기에 김치를 마구마구 집어넣었다. 물이 끓자 면을 넣고 계란도 두 개나 넣어 풀었다. 보글보글, 매운 냄새가 올라오자 배 속에선 절로 꼬르륵 소리가 났다. 라면이 끓는 사이 그녀는 냉장고에서 찬밥을 꺼내 전자레인지에 돌리기까지 했다.

"아침부터 라면 먹어도 되니? 난 익숙한데. 음, 소화 잘 안 되겠지?"

"……."

"그래도 안 먹는 것보단 낫겠지. 이것 좀 상에 갖다 놔. 라면 다 익었어."

그는 그녀가 시키는 대로 김치 통, 그릇에 담긴 밥, 숟가락, 젓가락을 상으로 차례차례 옮겼다. 그녀가 행주로 냄비를 들고 와 호들갑스럽게 식탁에 올려놓았다. 노란 양은 냄비 안에서 계란을 푼 라면 국물과 둥둥 뜬 면발이 모락모락 뽀얀 김을 내뿜었다.

맵고 얼큰한 냄새가 코를 찔렀다. 여자가 먼저 숟가락으로 국물을 떠 마시고는 아저씨처럼 캬, 하는 소리를 냈다. 그 모습에 그의 입에도 침이 고였다. 그녀가 라면을 건져 그릇에 덜어 주곤 작은 국자로 국물과 계란을 떠서 그 위에 부어 주었다. 그것을 그의 앞에 밀어 놓고는 제 그릇에도 푸짐하게 라면을 덜어 후룩후룩 잘도 먹기 시작했다.

"뭐 해, 안 먹고."

"……잘 먹겠습니다."

"오냐."

그는 꼬들꼬들한 면발을 가득 입에 밀어 넣었다. 좀 짜고, 매웠다. 그런데 앞에 앉은 여자가 하도 맛있게 먹어서 그 역시 뜨거운 김을 확확 뿜어 대는 면발을 허겁지겁 먹기 시작했다. 여자가 밥도 덜어서 그 위에 국물을 가득 부어 주었다. 그는 깡마른 사람답지 않게 볼을 볼록 부풀려 가며 시원시원 밥을 먹는 여자를 신기한 눈으로 힐끔거렸다.

"여기, 김치라도 많이 먹어. 내가 라면만 먹고도 여태까지 살아 있는 건 아무래도 이 김치 때문인 거 같아. 이게 그나마 몸에 좋은 거니까 팍팍 먹어 둬."

"아……, 네."

"그래도 운이 좋아서 밥이 남아 있는 거야. 내가 한 달에 딱 한 번 밥하는데, 그때 해 놓은 걸 냉동실에 얼려서 한 달을 버티거든. 보통은 이때까지 안 남아 있어. 아, 햇반 나오고 더 밥하지 않게 된 거 같아. 인스턴트의 발전이 자꾸 날 나태하게 만든다니까."

여자가 후루룩 국물을 마셨다. 그는 여자가 젓가락으로 북북 찢어 올려 주는 김치를 열심히 먹으면서 대충 부엌을 살폈다.

뭔가가 타서 눌어붙었던 흔적이 남아 있는 싱크대와 가스레인지. 편의점에나 있을 법한 커다란 전자레인지. 그 밑에 자리한 쓰레기통에는 여자의 말처럼 인스턴트 음식의 봉지나 포장 상자 같은 게 비죽비죽 튀어나와 있었다. 라면 봉지, 카레 상자, 볶음밥 포장지, 빵 봉지, 인스턴트 수프.

'나도 별다를 거 없나.'

그 역시 딱히 하루 세 끼를 꼬박꼬박 챙기는 편은 아니었다. 식사라고 할 만한 음식을 먹는 일은 손에 꼽을 정도다. 그는 그때그때 먹을 수 있는 것으로 대충 끼니를 때웠다. 그것은 대개 안주로 쓰이는 과일이나 고기, 술, 길거리에서 파는 것들이었다.

"음, 가게도 문을 안 열 거 같고. 뭐, 다른 걸 먹이고 싶어도 눈 그칠 때까진 라면밖에 먹을 게 없을 텐데 괜찮겠어?"

"……네?"

"눈보라 말이야. 기상청에 의하면 밤까지 계속된대. 그때까진 밖에 못 나갈 거 같은데."

'일단, 그때까진 있게 해 주겠다는 걸까?'

그는 눈을 깜빡이다 천천히 고개만 끄덕였다. 갑자기 내쫓진 않을 것 같아 생각지도 못한 안도감이 들었다. 그리고 안도하고 있는 자신이 싫었다. 하지만 그는 자존심도, 갈 곳도, 몸 편히 누울 곳도, 무엇 하나 가지고 있는 게 없었다.

"폐를…… 끼쳐서 죄송합니다."

여자가 후루룩 들이켠 면발을 몇 번 씹지도 않고 삼키더니 웃었다. 고양이처럼 치켜 올라간 눈을 가늘게 휘며 재미있다는 양 웃는 모습이 어딘지 느긋해 보인다. 쓱 가늘어진 눈초리로 그를 올려다보던 여자가 다시 라면 국물을 후룩거렸다.

"폐는 무슨. 변변치 않은 집구석에, 변변치 않은 식사에. 선심 쓰는 기분도 안 난다."

"아, 아니에요. 도와주시지 않았다면, 전 얼어 죽었을 텐데요."

"민지효 씨."

그는 움찔했다. 여자가 볼이 미어터지도록 면발을 집어넣고는 우물우물 씹었다. 속을 알 수 없는 섬묘한 표정으로 한동안 그를 빤히 올려다보던 여자가 문뜩 꿀꺽 입에 든 걸 삼키며 입술을 당겨 웃는다.

"고마우면, 설거지는 네가 해라."

그는 멍한 눈만 깜빡였다.

눈보라는 생각보다 길었다. 잠깐 그쳤다가 저녁이 될 즈음 바람이 더 심해졌다. 창문이 쉴 새 없이 덜컥거리는 바람에 여자가 한동안 끙끙거리며 테이프로 고정시켜 둬야 했다. 그래도 바람이 휘몰아치는 요란한 소리는 계속되었다.

그들은 TV를 켜 놓고 나란히 앉아 그 소리를 듣고 있었다. 여자는 한동안 노트북을 들고 뭔가를 하는 듯 달각거렸고, 전화기를 붙들고 몇 군데 통화를 하는 것도 같았다. 하지만 그나마도 무슨 내용인지 알 수 없는 짧은 대화 몇 마디에 끝이 났다.

그 이후 그녀는 투박하게 느껴질 정도로 큰 헤드셋을 머리에 쓰고 침대에 기대앉아 노트북만 들여다보았다. 그런 여자의 눈치를 보던 것도 잠시, 그녀가 자신의 존재를 잊은 게 아닐까 할 정도로 가만히 제 할 일만 하자 그도 곧 긴장을 풀었다.

그러다 배가 고파졌는지 헤드셋을 벗은 여자가 한마디 툭 내던졌다.

밥 먹자.

여태 한마디도 없이 제 할 일만 하던 사람이 갑자기 말을 걸어오는 통해 무어라 반응해야 좋을지 알 수 없었다. 여자는 어지간히 마이페이스인 듯하다.

여자가 자리에서 일어나 다시 라면을 끓여다 주었다. 그것을 나란히 마주 앉아 나눠 먹고, 여자가 뜯어 준 칫솔로 이를 닦았다. 그러고 나선 또 나란히 앉아 TV를 봤다. 9시 뉴스가 한창 진행 중이었다. 여기도 폭설 피해, 저기도 폭설 피해. 휘휘 눈 휘날리는 날카로운 바람 소리가 뉴스 속에서도 생생하게 들려온다. 그러다 갑자기 지직거리는 소리와 함께 TV가 꺼지더니, 그 바로 다음 순간 깜깜한 어둠이 내려앉았다. 몇 번인가 껌뻑이던 불빛이 완전히 꺼졌다.

"뭐야?"

"……정전인 거 같은데요."

"진짜, 가지가지 한다."

여자가 어둠 속에서 툴툴거렸다. 곧이어 어둠 속에 하얀 불빛이 번쩍였다. 여자가 휴대전화로 여기저기 비추더니 얼마간 떨어진 자리에 앉아 있는 그를 비추며 말했다.

"잠깐 좀 보고 올게."

"……네."

여자가 몇 걸음 떼다 어딘가에 부딪쳤는지 악, 소리와 함께 작은 욕설을 내뱉었다. 하도 여기저기 물건을 쌓아 둬서 몇 번인가 더 부딪치는 듯싶었다.

그는 휴대전화 불빛에 의지해 신발장 안을 살피는 여자의 뒷모습을 걱정스러운 눈길로 바라보았다. 퓨즈를 살피는지 달칵거리는 소리가 났다. 하지만 여전히 불은 들어오지 않았다. "에이, 뭐야" 하고 투덜거리며 여자가 신경질적으로 머리를 넘기더니, 곧 휴대전화를 들고 어딘가에 전화를 걸었다.

"관리실이죠? 여기 301호인데요. 지금 전기가 나가서…… 네, 네……. 예? 그럼 당장 어떻게……. 지금은 어떻게 안 된대요? 아, 진짜……. 끄응……, 알겠습니다. 네에……."

"뭐가…… 잘못됐대요?"

그가 그녀의 곁에 가 서며 물었다. 여기저기 우당탕거리며 부딪쳤던 그녀에 비해 그는 멀쩡하게 그녀가 있는 곳으로 다가섰다. 여자가 짜증 섞인 투로 말했다.

"웬 미친놈이 이 눈 속에 차 끌고 나가려다가 전봇대에 제대로 박았단다. 요 옆에 전봇대 쓰러졌대."

"네에?"

"에이 씨, 별 황당한……. 아무튼 지금 당장 누가 와서 봐 줄 수도 없고, 이 근처 몇 군데 다 나갔나 보더라. 그나마 보일러는 비상용 자가 발전기로 돌려 준다고 하는데, 다른 건 어떻게 안 된다네."

여자가 욕설 몇 마디를 더 중얼거리더니 계속 툴툴댔다.

"이제 어쩌냐. 여기 보일러 돌려도 추워서 전기장판이나 난로를 써야 그나마 잘 만한데."

"이불을 두껍게 덮으면……."

"그래도 추울 거야. 아, 진짜 짜증 나게. 어떤 놈인지 걸리기만 해 봐."

여자가 허공에 주먹질을 해 댔다. 그러다가 또 뭔가를 잘못 건드렸는지 악 소리와 함께 주먹을 움켜쥐고 욕설을 중얼거렸다.

"괘, 괜찮아요?"

"으, 괜찮아. 진짜 되는 일 없네. 가서 앉아 있어. 일단 보일러 온도나 좀 높일게."

"네에……."

여자가 투덜거리다 또 어딘가 부딪쳐 통탕거렸다. 차라리 내가 하는 게 나을 거 같은데……. 여자는 영 밤눈이 어두운 듯싶었다. 보일러를 만지작거린다 싶더니, 이번엔 벽을 더듬어 벽장문을 여는데 또 어딘가 발을 찧고 난리다.

"아씨, 누가 여기다 책 쌓아 뒀어!"

"……."

"나구나. 나밖에 없구나. 어지럽힘으로 흥한 자, 어지럽힘으로 망한다더니, 내가 딱 그 짝…… 악!"

"저, 저기…… 여기 가만히 계세요. 제가 할게요."

보다 못한 그가 그녀에게 다가서 붙잡았다. 가늘고 부드러운 팔이 손에 닿자 움찔, 그의 몸 어딘가에서 불편한 기분이 들었다. 손에 와 닿는 그 감촉은 어딘가 통명스럽고, 느긋한 여자의 무뚝뚝함과 사뭇 달라서 일순 당황스러운 기분이 들었다. 그는 그 기분을 내색하지 않으려 애쓰며 그녀를 조심스럽게 앉아 있던 자리로 이끌었다.

"여기…… 앉아 계세요."

"아, 고마워."

"아녜요."

"그럼 거기 벽장문 좀 열고, 안에 남아 있는 이불 다 꺼내 줘."

"여기요?"

"응. 이불 두 장밖에 없지?"

그는 더듬더듬 이불을 찾았다. 여자가 휴대전화 불빛을 비춰 주자 그나마 수월했다. 여름용인 듯 얇은 이불이 두어 장 나왔다.

"그거라도 없는 것보단 낫겠지."

그녀가 더듬더듬 침대 위에서 이불과 침대 커버까지 아래로 내렸다.

그는 이불을 들고 멀뚱히 그 모습을 바라보았다. 여자가 베개를 바닥에 내리는 것을 보고서야 그는 그녀가 바닥에서 자려고 한다는 걸 깨달았다. 묘한 긴장감에 목구멍이 조여들었다.

"저기……."

"어? 아, 전기장판 안 되면 외풍이 심해서 침대에서는 못 자거든. 보일러 선이 있으니까 바닥이 그나마 따뜻해. 오늘은 나도 여기서 좀 잘게."

"아……, 그럼 제가 위에서 잘게요."

차곡차곡 이불을 정리하던 여자가 고개를 들고 그를 올려다보았다. 하지만 어둠 속이라 표정을 볼 수 없는 듯 여자가 한숨을 내쉰다.

"민지효 씨, 안 덮칠 때니까 걱정 마."

"아뇨! 그런 뜻이 아니라…… 부, 불편하실까 봐……."

"아무리 좁다지만, 두 사람 누울 정도는 되잖아. 여기 네가 눕고, 내가…… 여기 누우면 돼. 불편할 거 뭐 있어. 별로 잠버릇이 심한 거 같지도 않던데."

"그저…… 신경 쓰이실 거 같아서……."

"신경 안 써. 나 되게 무디단 소리 많이 듣거든?"

별로 자랑할 만한 이야긴 아닌 것 같은데 여자는 뻐기는 말투였다. 그는 무심코 웃음이 나올 것 같아서 놀랐다. 누군가가 한 말에 웃어 본 게 언제였는지 기억나지도 않았다.

"민지효 씨, 아직 감이 안 오겠지만, 지금 비상사태야. 여기가 상상 이상으로 더 낡았어. 보일러 선도 엉망이라 정말로 추울 거야. 이불을 최대한 겹쳐서 덮는 게 좋을 거 같으니까, 이부자릴 좀 가까이 붙인다. 괜찮지?"

과장된 말투 때문에 진담인지 농담을 하는 건지 알 수 없었지만 일단은 고개를 끄덕였다. 여자가 즉시 이불을 겹쳐 놓았다. 그런 여자가 새삼

별스럽게 느껴졌다.

뭐 하던 놈인지도 모르는 생면부지의 남자를 이렇게까지 무방비하게 대하는 이유가 뭘까.

그녀는 정말로 조금도 그를 불편해하거나 경계하지 않는 듯했다. 심지어는 불결하게 여기는 기색도 없었다. 그는 부산을 떠는 여자를 멀뚱히 바라보다가 조용히 그녀 곁으로 다가가 이불을 정리하는 것을 도왔다.

각각 두 겹씩 이불을 덮고도 여자는 더듬더듬 양말을 찾아 껴 신고는 그에게도 한 켤레를 내밀었다. 거절했다가는 억지로 신겨 줄 기세라 받아 들고 고분고분 신었다. 그녀의 말처럼 아파트 내부 공기는 정말로 싸늘했던 것이다. 이불 밖에 두면 손이 시릴 정도였다.

"아으, 아닌 밤중에 홍두깨라더니, 전봇대 박은 놈, 누군지 걸리기만 해 봐라."

"……."

"어쩐지 좀 미안하네. 덜컥 데려와 놓고 도움다운 도움은 못 주고……. 이거야 밖이나 안이나 별 차이가 없으니."

"아니에요. 도와주시지 않았다면, 전 그대로 동사했을 텐데요."

"끄응, 뭐 여기서 설마 진짜로 얼어 죽고 그러진 않겠지?"

그는 웃었다. 서서히 전기장판 온도가 빠지고, 서늘한 공기 때문에 손발이 시리긴 했지만, 견디지 못할 정도는 아니었다. 여자가 어깨 위에 숄을 걸치고 다시 더듬더듬 부엌으로 걸어갔다.

"뭐 따뜻한 거라도 마시자. 최대한 몸을 보온해야…… 악!"

"저기, 제, 제가 할게요."

"아냐, 앉아 있어."

쿠당탕하는 소리가 들렸다. 그는 여자의 머리 위로 떨어지려는 주전자를 아슬아슬하게 잡았다. 심장이 쿵쾅거렸다. 여자가 어색한 웃음을 흘리며 그를 돌아봤다.

“아무래도 네가 하는 쪽이 낫겠다.”

그는 안도의 한숨을 내쉬었다. 여자가 그의 뒤에서 휴대전화 불빛을 비춰 주는 동안 그는 주전자에 물을 담고, 가스레인지 불을 켰다. 여자가 가리키는 대로 찬장에서 전지분유 가루를 꺼냈다. 티스푼 대신 숟가락으로 컵에 분말을 적당히 덜었다.

잠시 후, 물이 끓자 조심조심 컵에 따랐다. 그러고는 대강 내용물을 휘저어 풀어 준 다음, 주전자를 안쪽으로 밀어 두고 조심스럽게 자리로 돌아왔다. 그나마 온기가 감도는 이불 속에 몸을 묻으니 나른하고 포근한 기분이 밀려들었다. 그렇게 나란히 앉아 달콤한 우유를 홀짝거리기를 얼마일까, 여자가 한숨을 내쉬며 말했다.

“찜질방에라도 갈 수 있으면 좋으련만.”

어림도 없다고 말하는 양 창문이 바람에 밀려 덜커덩 흔들렸다. 그녀가 인상을 쓰며 “저건 무슨 짓을 해도 별수 없네” 하고 중얼거렸다. 그는 빤히 그녀의 얼굴을 바라보았다.

“……많이 추우세요?”

“응? 넌 괜찮아?”

조금 춥긴 하지만 못 견딜 정도는 아니었다. 그 역시 히터 하나 놓인 지하실 창고에서 자고 깨고 했던 터라 추운 것에는 익숙했다. 하지만 어깨를 움츠린 채 이불을 턱까지 끌어 올리고 있는 여자는 그렇지 않아 보인다.

“저기…….”

“응?”

“제, 제가…….”

“응.”

"제가, 그쪽으로 갈까요?"

여자가 멈칫하는 게 느껴졌다. 그는 묘한 긴장감에 마른침을 삼켰다. 어두운데도 그녀의 표정을 보는 데는 문제가 없었다. 가늠하는 듯한 신중한 눈길에 그는 허겁지겁 덧붙였다.

"나쁜 뜻은 없어요. 붙어 있으면 좀, 덜 추우니까……. 많이 추우신 거 같아서. 어, 불쾌하지만 않다면…… 저기……."

"응. 이리 와."

그는 말을 멈췄다. 여자가 이불을 슬쩍 들춰 그가 들어올 자리를 만들어 줬다. 먼저 말을 꺼내 놓고서도 그는 망설였다. 타인과 닿기 전에 느끼던 두려움에서 기인한 망설임은 아니었다.

나긋한 손과 동그란 어깨, 저를 빤히 올려다보는 새까만 눈동자……. 어쩐지 그런 것들이 그를 머뭇거리게 만들었다.

그는 천천히 무릎으로 기어가 그녀의 옆에 앉았다. 그녀가 이불을 끌어당겨 그와 자신의 몸 위에 덮었다. 그의 어깨에 그녀의 어깨가 닿았다. 은은한 샴푸 향기에 아랫배가 오그라들었다. 여자가 그의 옆에 몸을 붙이며 살포시 소리를 내어 웃는다.

"그러네."

"……네?"

"이러고 있으면 좀 따뜻하겠다."

그녀가 작은 고양이처럼 몸을 동그랗게 말고 그의 옆구리에 기대 왔다. 어째선지 가슴 한구석이 뻐근했다. 그는 옴짝 못 하고 가만히 앉아 그 느낌이 가라앉길 기다렸다.

"야, 긴장 풀어. 안 잡아먹는다니까."

"……그런 거 아니에요."

"대범한 건지, 소심한 건지……. 너 되게 이상하다."

"그쪽도……."

그는 처음으로 좀 불퉁한, 불만스러운 듯한 기색이 어린 음성으로 말했다.

"그쪽도 만만치 않아요."

뭐가 웃긴지 여자가 그의 가슴팍에 대고 낄낄거리며 웃었다. 그게 너무 간지러워서 그는 발가락을 오므렸다.

"내가 괴상하단 소릴 좀 듣긴 하지."

"자랑은 아닌 거 같은데……."

"너, 사실은 은근히 성격 있지?"

그는 어색하게 눈을 굴리기만 했다. 여자가 피식 웃으며 그의 옆구리에 더욱 바짝 몸을 붙였다.

"야, 팔 좀 둘러 봐. 나 진짜 추워."

"……."

"아, 좋다. 너 체온이 좀 높구나?"

"……저기."

"응?"

"아, 아무것도 아니에요."

"싱겁긴."

여자가 다시 웃었다. 그는 애써 눈을 감았다. 부드럽고 가녀린 어깨가 가슴팍에 와 닿는다. 파르르 눈꺼풀이 떨리는 기분. 그런 기분, 단 한 번도 느껴 본 적이 없어서 그는 좀 어리둥절한 상태로 몸을 긴장시켰다. 그는 한참이나 잠들지 못했다.

온몸에 식은땀이 흐른다.

여자가 남자의 바지 자락을 끌어 내리곤 크게 입을 벌렸다.

끈적끈적하고, 축축하고, 미끈미끈한 혀가 벌겋게 부푼 살을 야금 삼켜 버린다. 아프도록 달아오른 살덩이를 쪽 빨아들이며 끝을 이로 잘근잘근 씹었다. 그는 비명을 삼켰다.

여자는 포식자다.

그는 집어삼켜지고 있었다.

고음의 웃음소리. 매니큐어를 칠한 손톱 끝이 아프게 살을 할퀸다. 그는 이를 악물었다. 여자가 빨갛고 살집이 많은 입술로 입맛을 다신다.

맛있겠다. 뚝뚝 침을 흘리는 혀. 희고 차가운 살덩어리. 출렁출렁 흔들리고 어그러지는 가슴. 크고 흰 애벌레다. 비대하게 살찐 애벌레가 제 몸 위에서 꿈틀꿈틀, 입을 크게 벌린다. 그는 고개를 뒤로 젖혔다. 벌레가 달라붙어 온몸의 진액을 다 빨아먹을 듯 떨어지지 않는다. 숨 죽인 신음이 목구멍을 틀어막았다.

죽을 것 같은 질식감. 혐오감. 두려움.

온몸이 벌겋게 달아오르고, 그는 곧 터져 버린다. 빵빵하게 부푼 풍선처럼 터져 바닥에 끈적끈적한 체액을 흘리며 뭉개진다. 그 살점들을, 흩어진 그의 잔해를 여자가 게걸스럽게 주워 삼켰다. 여자가 쌔액 웃는다. 아, 맛있다.

"야! 괜찮아?"

"……."

"눈 떠 봐! 정신 차려!"

그는 번쩍 눈을 떴다.

여자의 손이 어깨에 닿아 있다는 것을 제일 먼저 깨달았다. 온몸에 소름이 돋았다. 그는 거의 반사적으로 여자를 뿌리치고 몸을 웅크렸다. 어둠 속에서 한참이나 가쁜 숨을 몰아쉬고서야 제 몸이 온전한 상태이고, 벌레 따윈 어디에도 없다는 것을 인식할 수 있었다. 그는 가늘게 흐느끼는 듯한 소리를 토해 냈다.

몸이 뻣뻣하게 굳어져 아팠다.

더욱 비참한 것은 단단하게 발기해 있는 남근이었다.

예민한 살갗이 속옷 속에서 벌겋게 부풀어 끔찍한 둔통을 호소해 왔다. 혐오감에 숨이 턱 막혀 왔다.

"저기…… 괜찮아? 어디 아픈 거 아니야?"

"마, 만지지 마요."

"왜 그래? 또 가위에 눌린 거야? 보니까 거의 경기를 일으키던데, 너 혹시 간질이나 뭐 그런 거……"

"손대지 말라고요!"

여자가 흠칫 손을 움츠렸다. 놀란 듯 깜빡거리는 검은 눈동자. 그는 입술을 깨물었다.

"나…… 지금 섰어요. 나한테 당하고 싶은 거 아니면 건드리지 마요."

"……."

"젠장, 만지지 말라고……."

여자의 손이 천천히 그의 얼굴에 와 닿았다. 그는 흠칫했다. 무표정한 얼굴, 따뜻한 눈동자. 보드라운 손가락이 그의 뺨 부근을 조심스럽게 더듬는다.

"너…… 울어?"

확, 하고 목에 걸린 불덩어리가 넘어오는 기분이었다. 그는 그녀의 손을 잡아당겨 바닥에 눕혔다. 그녀의 몸 위로 올라가 이를 악문다. 가느다랗고 나긋나긋한 육체의 감촉에 온몸의 신경이 곤두섰다. 어둠 속에서도 하얗게 빛나는 얼굴을 내려다보며 그는 형형하게 눈을 빛냈다.

그녀도 여자였다. 그녀도 벌레였다.

"해 달라는 거죠? 사실은…… 내가 해 주길 바라는 거죠? 그래서 자꾸 나한테 손대는 거야. 그래서 만지는 거잖아. 그럼 그렇다고 말만 하면 됐을 텐데, 왜 아닌 척해요? 괜히 헷갈리게……. 말만 하면, 난 무슨 짓이든 다 해 줄 거예요. 제일 더러운 곳을 빨아 달라거나, 부끄러운 자세를 취해 달라거나……. 주문만 해요. 다 들어줄게요."

"……."

"어딜 만져 줄까요? 사실, 밑에도 젖어 있죠? 내가 이렇게 해 주길……."

그녀의 바지 속으로 손을 밀어 넣던 그는 곧 흠칫하며 굳어졌다. 가느다란 손가락이 그의 눈가를 부드럽게 훑었다. 두려움 혹은 분노, 흥분, 어떤 감정의 파편도 느낄 수 없는 담백한 손길이었다.

"하고 싶은 건, 네 쪽인 거 같은데?"

"나, 나는……!"

"난 흥분 안 했어, 조금도. 넌…… 아닌 거 같지만."

그녀가 보란 듯이 무릎으로 단단하게 부푼 그의 하체를 건드렸다. 흠칫 그가 움찔거리며 그녀의 몸 위에서 일어났다. 그의 발갛게 달아오른 눈길이 여자의 차분한 얼굴 위를 헤맨다. 여자가 살짝 인상을 찡그리며 낮은 한숨을 내쉬었다.

"내가 너무 생각 없이 붙어 잤어. 한창때 남잔데 그럴 수도 있지. 좀 떨어져서 잘게. 설마 얼어 죽기야 하겠어."

"난! 나는……, 그런 거 하고 싶지 않아요! 원하는 건 항상 상대편이에요. 기분 좋다고 느껴 본 적 없어. 구역질 나고, 불쾌하기만 해! 이건 그냥 노동일 뿐이야. 원하는 걸 얻기 위해 상대가 바라는 대로 봉사해 주는…… 수단일 뿐이라고요."

"아, 그러세요."

"싫어도 어차피 날 만지니까, 건드리니까…… 대가를 받는 게 뭐가 나빠요. 다른 건, 나는 다른 방법은…….”

“참내, 누가 나쁘대? 흥분 좀 가라앉혀.”

확 하고 목까지 열기가 달아올랐다. 그는 이를 악물었다.

왜 이 여자에게 변명을 하고 있는지 알 수가 없다. 여긴 너무 따뜻하다. 여자가 춥다고 하는 이유를 도무지 모르겠다. 뇌까지 녹아서 이성적인 생각을 할 수가 없었다.

불덩이를 집어넣은 듯 목 안쪽이, 배 속이 홧홧하고 뜨거웠다. 그 열을, 당혹감을 어쩌지 못하고 눈을 질끈 감자 후드득 눈물이 쏟아졌다. 그는 손으로 얼굴을 가렸다. 자신이 왜 우는지 알 수가 없었다. 여자가 그런 그를 가만히 올려다보며 낮은 한숨을 내쉬더니, 어린아이라도 달래듯 그의 머리를 쓰다듬었다.

“진정 좀 하라니까.”

“내가…… 왜 갑자기 이러는 거죠?”

“나쁜 꿈을 꿔서, 그래서 그래.”

“꿈이 아니었어요. 그건 진짜예요. 매일 밤 일어나는 일요.”

“…….”

“어제 유부녀를 상대했어요. 술집에 와서 내 손에 주소를 적어 주곤 그리로 오라고 했어요. 오갈 데 없는 내가 불쌍하다고, 재워 준다면서. 여자는 그냥 평범한, 정말 평범해 보이는 중년이었어요. 하지만 날 만질 때는 달랐죠. 얼굴이 벌겋게 달아올라서는, 약이라도 한 것처럼 달려들어요. 전 운이 나빴어요. 그 여자 남편한테 걸렸거든요. 죽이겠다고 덤벼드는데 신발도 못 신고 도망쳐 나왔어요. 바로 어제 그랬어요.”

그가 살짝 웃었다. 그의 귀에도 바람 빠지는 소리처럼 들렸다.

“…….”

여자는 아무 말도 없었다. 자신의 머리를 만지는 손길에도 멈칫거리거나 움츠리는 기색이 없었다. 그게 더더욱 그의 신경을 곤두서게 만들었다.

"항상, 항상 기분 좋은 건 상대 쪽이에요. 몸이 달아서 날 짓뭉개 버리죠. 괴상한 소리를 내면서. 그러면 나는 벌레처럼…… 거기에 깔려 짓물러서 터져 버려요. 난……, 나는 그렇게 살아요."

왜 이런 얘기를 쏟아 내고 있는 걸까.

밤. 사방에 자욱한 어둠.

여자는 자신의 얼굴을 온전히 보지 못할 것이다. 잔떨림이 등을 스치고 지나갔다. 문뜩 여자가 손을 들어 그의 얼굴을 세웠다. 어둠 속에서도 그녀의 까만 눈동자가 또렷이 응시해 오는 것을 느낄 수 있었다.

"그럼 나랑 한번 해 볼래?"

침착한, 담담하기까지 한 음성.

그는 바로 알아듣지 못하고 눈꺼풀을 깜빡였다.

"난 별로 너한테 몸이 달고 그러지 않았거든."

부드러운 손가락이 다정하게 그의 눈가를 쓸어 냈다.

"내가 너, 기분 좋게 해 줄까? 나 말고 너."

멍하니 그녀의 얼굴을 바라보았다. 머릿속에 순간적으로 빠르게 많은 생각이 오갔다가 사라졌다.

아니라고 했지만 결국 그 짓을 바라는 거잖아. 잠깐의 냉소. 역시나 하는 마음. 무슨 소릴 하는 거야, 하는 혼란. 그리고 거의 동시에 배 속에서 진득하게 고조되는 이상한 흥분.

"싫거나, 불쾌하거나 하면 말해. 너 내쫓거나 하지 않겠다고 약속할게. 기분 나쁘면 바로 스톱. 어때?"

"……."

"기분 좋게 해 줄까?"

조용한 물음. 딱히 도발하려는 것도 아니고, 희롱하려는 것도 아닌 듯한 그 담담한 물음에 목 안쪽이 꽉 조여졌다. 파르르 아랫배가 떨렸다. 괴로울 정도로 단단하게 부풀어 오른 몸이 꿈틀거리며 고통을 호소했다. 그는 여자의 눈을 바라보았다. 그녀가 다시 말했다.

"내가 따뜻하게 해 줄까?"

그녀가 그를 향해 몸을 기울였다. 가슴팍에 가볍게 손을 올려놓았다. 자르르 희미한 떨림이 거기서부터 퍼져 나갔다.

언제나 불쾌감만을 자아내던 육체의 흥분이 처음으로 묘한 기대감을 불러일으킨다. 항상 타인의 욕구를 충족시키기 위해서만 사용하던 몸뚱이였다. 자기 자신의 욕구를 해소하기 위해 타인의 손길에 몸을 맞기는 것은 어떤 기분인지, 처음으로 호기심이 일었다. 그는 질끈 눈을 감았다가 떴다.

욕망의 흔적은 일절 찾아볼 수 없는 담백한 얼굴이 눈에 들어온다. 그 차분한 얼굴을 가만히 내려다보다가 천천히 고개를 끄덕였다. 그러자 여자가 싱긋 입술을 당겨 웃었다.

"이리 와."

그녀가 그의 셔츠 자락을 위로 잡아당겼다. 그는 팔을 들어 올렸다. 머리 위로 옷을 벗어 던지자 서늘한 공기가 피부에 달라붙었다. 그리고 그보다 차가운 손가락이 가슴팍에 와 닿았다. 그는 파르르 떨며 몸을 움츠렸다. 차가워서 그러는 걸 알았는지 여자가 키득거리며 웃었다.

"미안. 차갑지?"

"……."

여자가 제 손에 입김을 호호 불더니 그의 목덜미에 언 손등을 대었다. 역시나 서늘한 그 감촉에 그는 자라처럼 목을 움츠렸다. 재밌다는 양 여자가 다시 웃었다. 그는 좀 곤란 눈길을 던졌다.

"……따뜻하게 해 준다면서요."

"일단 내가 따뜻해져야 너도 따뜻하게 해 주지."

"그, 그런 게 어딨어요."

"흐음, 컴플레인이 들어오네. 알았어. 따뜻하게 해 달라, 이거지?"

여자가 그의 다리 사이에 기어들어 와 그의 목덜미에 하아 하고 따뜻한 입김을 불었다. 그 간지러운 감촉에 그는 몸을 움츠렸다. 그녀가 키득거리며 웃는다. 그 웃음소리에 아랫배가 긴장하며 단단하게 조여들었다. 그녀가 장난스럽게 팔딱거리는 목덜미를 날름 핥자 그는 거의 반사적으로 그녀의 허리를 붙잡았다. 하지만 여자가 단호하게 그 손을 치웠다.

"첫 번째 규칙, 내 몸에 손대지 말 것."

"하, 하지만……."

"봉사는 됐어. 내가 네 기분을 좋게 해 주는 거잖아. 만지는 쪽은 나야. 넌, 가만히 있어."

그 목소리에는 어딘가 거역할 수 없는 부분이 있었다. 부드럽게 웃으며 내리는 명령. 그가 천천히 손을 치우자 잘했다는 양 여자가 그의 뺨에 살짝 입술을 눌렀다. 어린아이에게 하는 듯한 가벼운 접촉에 흠칫 몸이 떨렸다.

그녀가 반대쪽 뺨에도 쪽, 입술을 눌렀다. 그 다정한 행동에 놀란 것도 잠시, 그녀의 가느다랗고 부드러운 손가락이 그의 목덜미를 부드럽게 주무르더니 뒷머리로 들어가 부드럽게 만지작거렸다. 기묘한 애무란 생각이 들었다. 섬세한 손가락이 머리칼을 헤집으며 조심조심 두피를 쓰다듬었다. 절묘한 압박에 순간적으로 낮은 신음을 흘릴 뻔했다. 마치 고양이를 어루만지는 듯한 섬세한 손길에 등줄기에서 힘이 빠져나갔다.

"네 머리칼 정말 부드럽다……."

여자가 귓가에 대고 웃음기 어린 목소리로 속삭였다. 간지럽다. 그녀에게서 기분 좋은 냄새가 났다. 따뜻한 물속에 몸을 푹 담그고 있는 양, 어깨에서 허리까지 긴장이 풀린다. 하지만 그와 반대로 아랫도리는 단단하게 긴장하며 잔뜩 부풀어 올랐다. 품이 편안한 바지였는데도 가로막고 있는 게 답답하게 느껴질 만큼. 그는 당혹스러운 눈으로 그녀의 얼굴을 올려다보았다.

"왜? 기분이 별로 안 좋아?"

"아, 아뇨."

"그래?"

그녀의 손가락이 천천히 그의 관자놀이에 난 상처 부분을 조심조심 더듬다가 천천히 아래로 내려와 상처 때문에 거칠거칠해진 입술 언저리를 헤맸다.

"에이, 이 모양이라서 제대로 키스도 못 하겠다."

그러면서 여자는 반대편 입꼬리에만 쪽 하고 입술을 눌렀다가 뗐다. 어린애에게나 할 법한 가벼운 입맞춤에 아랫배가 간지럽다. 그는 어리둥절한 눈으로 그녀의 얼굴을 올려다보았다. 대체 이 여자는 뭘 하고 싶은 걸까. 머릿속이 혼란스럽다.

그녀가 희미한 미소를 입가에 머금은 채 몸을 가까이에 댔다. 부드러운 옷에 감싸인 몸이 포근하게 그의 몸을 감싸 왔다. 다정하게, 부드럽게…….

애틋하게 느껴질 정도로 따뜻한 포옹이었다. 귓가에 새털 같은 부드러운 웃음소리가 스친다.

"어때? 기분 나빠?"

"……아뇨."

"그럼 기분 좋아?"

"……."

"난 기분 좋아. 끌어안고 입을 맞추고……. 그러면 외롭지가 않거든. 사람 체온만큼 따뜻한 게 없어. 더 가까이 닿으면 틀림없이 기분 좋을 거야. 그런 걸 느껴 본 적이 없다니, 좀 안타깝다."

"나, 나는……."

"넌 어떤지 몰라. 하지만 난 그랬어. 혼자는 외롭지. 외로운 게 꼭 싫고, 고통스러운 건 아니지만…… 가끔은 추워. 둘이면 따뜻하잖아. 난 그래서, 안고 있는 게 좋아. 그래서 안는 거야. 네가 추워 보이고, 내가 추우니까."

그녀의 목소리가 어둠 속에서 아지랑이처럼 울렸다. 조곤조곤 옛날 얘기를 해 주듯, 혹은 다정한 밀어를 속삭이듯. 그 부드러운 목소리가 마음 어딘가를 할퀴고 지나갔다. 그는 검은빛으로 반질거리는 그녀의 눈동자를 바라보았다. 가슴속에서부터 잔떨림이 일었다. 그의 눈동자가 서서히 열기를 품는 걸, 어떤 갈망 같은 무언가를 품는 걸 느낀 듯 여자가 조용히 웃는다.

"더 만져 줄까?"

그는 고개를 끄덕였다. 그녀의 손가락이 그의 쇄골을 섬세하게 어루만지다 가슴팍을 더듬었다. 그녀의 손길이 계속될수록 피부 위로 축축하게 땀이 배어 나오는 것을 느낄 수 있었다. 그는 이를 악물었다. 야윈 가슴에서 잘게 떨리는 근육 하나하나를 섬세하게 더듬던 손끝이 이윽고 그의 젖꼭지 부분을 동그랗게 문지른다. 그는 움찔하고 어깨를 떨었다.

"싫어?"

그는 신음을 삼키며 절레절레 고개를 흔들었다. 그녀가 엄지와 검지로 유두를 쥐고 부드럽게 문지르자 거의 본능적으로 허리가 들썩거렸다. 그는 다리 사이에 앉아 있는 그녀의 무릎에 고통스럽게 달아오른 부분을 대고 문질렀다.

그녀가 허리를 구부려 그의 가슴팍에 혀를 댔다. "에이, 짜다" 하고 작게 웃더니 거기에 쪽 하고 입술을 누른다. 녹아날 듯 간질간질함 숨. 간신히 상체를 지탱하고 있던 팔에서 힘이 빠져나갔다. 이불 위로 쓰러지는 그의 몸 위로 그녀의 몸이 엎어졌다. 가슴팍을 묵직하게 누르는 무게감에 그는 끄응, 하는 신음 소리를 내뱉었다. 이렇게 온화하고 애가 타는 듯한 전희는 경험해 본 적이 없었다.

"왜, 아파?"

"아, 아뇨. 그냥……."

"그럼 기분 좋아서 내는 소리일까?"

"……."

"묵비권을 행사하시겠다?"

흐응, 하는 느긋한 웃음소리를 낸 여자가 다리를 벌리고 그의 배에 걸터앉아 몸에 걸치고 있던 셔츠를 머리 위로 벗어던졌다.

그는 끅, 하고 이상한 숨소리를 내뱉었다. 조그만 브래지어에 감싸인 동그란 가슴. 얼굴과 어깨를 감싸고 흘러내리는 검은 머리칼. 부드러운 곡선을 그리는 잘록한 허리와 납작한 배. 움푹 파인 배꼽.

그의 눈은 지나치게 좋았다. 어두운 방 안의 희미한 실루엣만으로도 그녀의 모습을 어렵지 않게 담아낼 수 있을 정도로.

여자가 등 뒤로 브래지어 호크를 끌러 그것마저 벗어 던졌다. 그녀가 그를 향해 몸을 숙이자 뽀얀 젖가슴이 동그랗게 출렁였다. 그녀가 그의 가슴팍에 자신의 맨가슴을 대고 부드럽게 문질렀다.

"아, 저, 저기…… 흡."

그는 손을 뻗어 그녀의 가슴을 움켜쥐려 했다. 하지만 그녀가 솜씨 좋게 그의 손을 치워 냈다. 목 안쪽이 바짝 타는 느낌이다. 그녀의 머리카락과 살결에서는 무척이나 기분 좋은 냄새가 났다. 묵직한 살덩어리가 제

가슴팍에서 부드럽게 뭉개지며 위아래로 쓸리는 게, 녹아날 듯 기분 좋다.

왜 점점 끈적해지는 애무가 역겹지도, 불쾌하지도 않은지 의아했다. 오히려 그녀를 만지고 싶어서, 부드러운 가슴에 얼굴을 파묻고 싶어서 배 속이 타들어 가는 것 같았다.

"넌 만지지 말라니까."

"하, 하지만……."

"쯧, 손 들어."

"네?"

"만세 하라고."

끄응 하는 낮은 신음 소리를 내며 촉촉이 젖은 눈으로 그녀를 올려다보았다. 단호한 표정으로 내려다보는 눈. 몸을 일으켜 그녀가 그의 배에 손을 짚는다. 아랫배가 단단하게 오므라들었다. 그녀의 몸이 다시 자신의 몸을 따뜻하게 덮어 줬으면 좋겠다. 차가운 공기가 와 닿자 전신의 근육들이 오그라들고, 젖꼭지가 단단하게 뭉쳐졌다.

"빨리 손 들어. 안 그럼 그만한다."

그녀가 폭군처럼 재촉했다. 그는 멍하니 눈을 깜빡였다. 싱글싱글 웃는 얼굴. 한참을 멀뚱멀뚱 있자 여자가 혀를 차며 그의 위에서 일어나려고 했다. 그는 의식할 새도 없이 그녀의 팔을 잡았다. 그녀가 생긋 웃는다.

"자, 만세."

"……."

"어허, 만세."

결국 시키는 대로 손을 들어 올렸다. 그녀가 자신이 벗어 던진 옷가지를 들고 그의 팔에 둘둘 감았다. 하지만 그는 얼굴 바로 위에서 흔들리는 동그란 가슴 때문에 여자가 위에서 무슨 일을 벌이는지 신경 쓸 새도 없었다. 엉뚱한 데 정신 파는 사이 양팔이 단단하게 묶였다.

당황하여 팔을 비틀어 보았지만 속박은 생각보다 튼튼했다. 벌떡 몸을 일으키려는데 그녀가 부드럽게 그의 가슴팍을 내리눌렀다.

“자, 넌 가만히 누워서, 서비스 받기나 해.”

“이, 이건 좀……”

“걱정 마. 진짜로 기분 나쁘다거나, 그만둬 주길 바란다면 그렇게 할 거니까. 진짜 멈추고 싶으면 그렇다고 말해. 풀어 줄게.”

그녀가 그의 가슴팍에 엎드린 채로 생긋 웃었다. 가슴 안쪽이 파르르 떨렸다. 그건 두려움과는 확연히 다른 감정이었다. 달아오른 아랫도리를 지그시 누르는 동그란 엉덩이. 매끈매끈하고 따뜻한 피부. 얼굴 위로 쏟아지는 길고 차가운 머리칼. 여자가 그의 이마에, 뺨에 살짝살짝 입을 맞췄다. 애가 바짝 탔다.

“정말로, 불쾌하면 참지 말고 말해야 해? 나중에 덮쳤다고 딴소리하지 말기. 쌍방 동의하에 한 거임.”

“아, 안 해요. 안 해요.”

의식하기도 전에 재촉하는 음성이 터져 나왔다. 그는 신음을 삼키며 눈을 질끈 감았다. 화끈거리는 하체의 통증은 이제 참기 힘들 정도였다. 미적거리는 여자가 미웠다. 그는 그녀의 엉덩이 아래에서 허리를 들썩거렸다. 점점 달궈지던 열이 서서히, 그리고 빠르게 목까지 치밀어 몸이 확확 타는 것 같았다. 그의 목에 자잘한 키스를 흩뿌리던 여자가 고개를 들었다.

“많이 급해?”

그는 흥분으로 붉어진 눈을 질끈 감으며 고개를 위아래로 끄덕였다. 이토록 초조하고 다급한 기분은 처음이었다. 가슴이 갈가리 찢기는 것 같았다. 불덩이라도 들어 있는 듯 아랫배가 뜨끈뜨끈했다. 두 다리에 빳빳하게 힘이 들어가고, 팬티 안에서 벌겋게 달아오른 남성은 더한 자극을 기다리면서 움찔거리고 있었다.

그녀가 엉덩이를 살짝 뒤로 빼며 지그시 압박하자 헉, 하고 낮은 신음이 터져 나왔다. 그는 고개를 뒤로 젖히며 뽀얀 입김을 토해 냈다. 자신의 숨이 시야에서 뿌옇게 흐려지는 것을 보고서야 제 몸이 얼마나 달아오른 상태인지 자각할 수 있었다.

"참을 수 있으면, 조금만 더 참아 봐. 난 아직 느낌이 안 와."

"하, 하지만……. 으윽……."

반사적으로 손을 뻗으려 했지만 단단하게 옭아매고 있는 천 때문에 옴짝달싹도 할 수 없었다. 억지로 풀어내려 할수록 천은 더 강하게 꼬이기만 했다. 그는 신음했다. 그녀의 손가락이 배꼽 부근을 만지작거리다가 살이 없어 홀쭉한 곳에 자잘하게 박혀 있는 근육들을 더듬었다.

그녀의 눈길에 희미한 감탄의 기색이 어렸다. 민지효는 마냥 깡마른 체형은 아니었다. 제법 힘든 일을 많이 했는지, 무용수처럼 길고 날씬한 몸에는 자잘한 근육들이 지문처럼 박혀 있었다. 여위었지만 힘이 느껴지는 단단하고 유연한 몸. 그가 그 아름다운 육체를 조급하게 꿈틀거렸다.

그녀의 까만 눈이 슬쩍 가늘어졌다. 남자의 달아오른 눈빛이 그녀 안의 무언가를 건드렸다. 망가진 인형처럼 공허해 보이던 청년이 발갛게 달아올라 흐트러지는 모습은 상상 이상으로 고혹적이었다. 만약 그녀가 카메라를 들고 있었다면 망설임 없이 셔터를 눌렀을 것이다.

"그만해요. 너무…… 괴로워."

"그만해? 멈출까?"

단단하게 뭉쳐진 조그만 젖꼭지를 애무하던 손가락이 떠났다. 그는 울 것 같은 얼굴로 그걸 바라보았다. 손이 묶여 있지 않았다면 그걸 붙잡아

다시 제 가슴팍에 붙여 놓았을 것이다. 아니, 그녀를 눕히고, 터질 것 같은 아래를 좀 어떻게 해 달라고 애원이라도 했을 것이다. 그는 입술을 깨물었다.

"진짜 멈춰?"

"……아, 아뇨. 멈추지 마요. 계속…… 으윽……."

그가 흑, 하고 급하게 숨을 들이켠다. 그녀의 입술이 가슴팍을 살짝 깨물더니 잘근잘근 장난치듯 잇자국을 낸다. 그 입술이 서서히 젖꼭지 쪽으로 다가서자 온몸의 신경이 그곳에 집중된 듯 파르르 떨렸다. 약 올리는 것처럼 그녀의 이가 가슴팍 위를 한참 헤매다 거길 살짝 혀로 빨아 준다. 아랫배에 힘을 줘 참지 않았다면 곧바로 사정했을 것이다.

끄으응. 입술이 짓뭉개지도록 깨물었다. 부드럽게 거길 핥던 입술이 천천히 내려와 너무 뭉쳐져서 빳빳하게 아픈 아랫배까지 잘근잘근 깨문다. 간지럽고, 그 이상으로 온몸이 아프다. 자신의 가슴팍과 배 위로 흘러내려 흩어지는 검은 머리. 부드럽고 따뜻한 손가락. 말랑말랑한 혀와 입술.

이런 거…… 새삼스러울 것도 없어. 아무것도 아니야. 아무것도 아니야. 아무것도 아니야.

"흡!"

그는 가쁘게 숨을 들이켰다. 그녀가 바지를 끌어 내려 팬티 위로 뚜렷하게 부풀어 있는 그것을 살살 쓰다듬었다. 허리 뒤에서부터 등까지 짜르르 전류가 흘렀다. 그는 그녀의 손바닥에 필사적으로 허리를 밀어붙였다. 여자의 부드러움에 애가 탄다. 미칠 것 같다. 이런 흥분도, 피가 마르는 듯한 갈망도, 느껴 본 적이 없다.

"아차, 깜빡했다."

"으…… 네?"

"너 콘돔 있어?"

그는 물기 어린 눈을 크게 뜨고 그녀의 낭패한 듯한 얼굴을 바라보았다. 목 안쪽이 바짝 조여지는 기분이었다. 준비했던 피임 기구는 재킷 안에 넣어 뒀었다. 아마 그 여자의 집에 있겠지. 그는 망설이다 천천히 고개를 저었다. 눈을 굴리던 여자가 슬그머니 손을 치운다.

정말로 미칠 것 같았다. 한순간도 더 기다리고 싶지 않았다. 어떻게든 되고 싶었다. 하지만 그녀는 애매한 웃음만 흘렸다.

"나도 없는데……. 어쩌지?"

"그, 그럼……."

"일단, 그만할까?"

그는 벌게진 얼굴을 푹 숙였다. 차마 싫다는 말은 할 수 없었다. 하지만 입에서는 이미 거부하는 듯한 신음 소리가 새어 나왔다. 여자는 미안한 표정이었다. 그게 어쩐지 더 얄미웠다. 그는 당장이라도 터질 것 같은데 여자는 태연하다.

"어떡하지……. 못 참겠어?"

격하게 고개를 끄덕였다. 여자가 으으 하는 낮은 신음을 토해 냈다. 난처해하는 게 노골적으로 드러나는 그 소리에 울컥 눈물이 다 날 것 같다. 기분 좋게 해 준다더니 이게 뭐야. 묶어 두고는……. 그렇게 반론이라도 해 보려고 하는데 여자가 갑자기 자리에서 일어나 추리닝 바지를 벗었다. 뽀얗고 긴 다리가 어둠 속에서 하얗게 드러난다.

벌거벗은 여자 따위 새삼스러울 것도 없는데, 너무 흥분한 탓인지 여자의 몸에서 시선이 떨어지지 않는다. 동시에 가슴속에 안도감이 퍼져 나갔다. 그녀가 팬티 한 장만 걸친 채로 다리를 벌리고 그의 허리 위에 앉은 것이다. 그의 속옷과 그녀의 속옷. 얇은 천 두 장을 사이에 두고 아프게 부어오른 그의 남성이 뜨거운 그녀의 여성에 부드럽게 눌렸다.

"으! 아……."

"그냥 문지르기만 하는 거야."

그녀가 지그시 압박했다가 허리를 천천히 앞뒤로 움직였다. 그는 흡, 하고 숨을 들이켰다. 뜨겁게 눌러 오는 부드러운 허벅지와 엉덩이의 감촉에 눈앞이 흐려졌다. 가슴팍에 올라앉은 손이 땀 때문에 조금씩 미끄러졌다. 그는 허리를 들썩거렸다.

지독한 고문을 당하는 기분이었다. 진짜로 섹스를 하는 것보다 더 야하게 느껴졌다. 여자의 유연한 몸이 날씬한 물고기처럼 유하게 휘어진다. 만지고 싶어. 땀으로 매끄럽게 번들거리는 가슴에 혀를 대고 싶다. 온몸이 달아오른다. 목을 조여 오는 듯한 욕망과 머리를 녹이는 듯한 쾌감에 질끈 눈을 감았다.

얇은 천을 사이에 두고 꿈틀거리는 그의 남성과 수풀에 감싸인 뜨뜻한 여성이 느릿하게 마찰했다. 지그시 눌렀다가 부드럽게 천천히 비빈다. 축축하게 젖어 든 얇은 천이 성기에 질척하게 들러붙었다. 그녀가 흘리는 건지, 그가 흘리는 건지 알 수 없다. 이건 너무 괴롭다. 여자의 안에 들어가고 싶다고, 들어가고 싶다고, 그래서 미칠 것 같다고 느껴 본 건 처음이었다.

"으……, 죽겠어요."

"기분 안 좋아?"

"이, 이상해요. 이런 거……. 으, 미칠 거 같아요."

"난…… 기분 좋은 거 같아."

여자의 나른한 목소리에 파르르 심장이 떨린다. 촉촉이 젖은 눈동자가 말가니 내려다본다. 막 물에서 건져 낸 물고기처럼 그는 몸부림쳤다. 꿈틀거리며 안달을 했다. 묶인 팔이 팽팽히 당겨진다. 손이 풀리면 어쩌고 싶은 건지 불확실하다. 그냥 그녀를 눕히고, 속옷을 벗기고, 그 안에 파고들면, 그래서 불덩이같이 뜨겁게 배 속에 들어차 있는 걸 그녀 안에 쏟아부으면, 그러면 편해질 것 같다.

축축하게 젖어 달라붙은 천은 이제 제 구실을 하지 못하고 두근두근 맥박 치는 남성을 자극하기만 한다. 그 위로 미끌미끌 스치는 그녀의 뜨거운 살의 감촉이 선연하게 느껴졌다.

맥박치는 성기가 화끈거렸다. 그 선연한 열기에 뒷덜미가 다 저릿했다. 뚝뚝 떨어지는 땀방울이 가슴팍을 간지럽혔다. 힘에 부치는지 그녀가 그의 위로 몸을 숙이자 검은 머리카락이 폭포수처럼 쏟아져 그의 몸을 덮었다. 시야가 흐릿하다. 두 사람의 몸에서 김이라도 올라올 듯 열이 났다. 그는 몸서리치며 허리를 치켜들어 그녀의 엉덩이에 제 몸을 꾹 눌렀다. 순간적으로 온몸에 단단하게 힘이 들어갔다. 빳빳하게 곧추서는 듯한 감각. 그는 전신을 팽팽하게 긴장시킨 채 사정했다.

강렬한 쾌감에 허덕거리는 소리가 입가에서 새어 나왔다. 그녀가 그의 절정을 도와주려는 듯 지그시 엉덩이를 누르며 부드럽게 압박해 왔다.

아, 미칠 것 같았다.

그는 거칠게 숨을 헐떡이며 그녀의 음부에 대고 하체를 격렬하게 비볐다.

얼마나 그러고 있었을까, 몸에서 힘이 쭉 빠져나갔다. 그는 축 늘어진 채 거친 호흡을 내뿜었다.

“괜찮아?”

이런 물음, 이상하다. 괜찮아? 섹스를 해 놓고 상대편에게 그런 질문을 받아 본 건 처음이었다. 물론, 이 경우엔 한 건지 안 한 건지 모르겠지만.

그녀가 머리 위로 손을 뻗어 그의 손을 풀어 주었다. 그는 멍하니 눈을 깜빡이다가 손을 들어 무심코 그녀의 얼굴을 만졌다. 발갛게 달아오른

숨을 내뿜는 부드러운 입술을 보자 입 안이 말라 왔다. 그녀가 그의 손에 자신의 얼굴을 기대며 물었다.

"어땠어? 이래도, 상대편만 기분 좋은 거야?"

그는 멍하니 눈을 깜빡였다. 부드럽게 웃는 얼굴을 보자 멍한 머릿속에 다시 혼란이 들어찬다. 왜 끝나고 난 다음에도 여자에게선 따뜻하고 좋은 냄새가 나는 걸까. 피부에 와 닿는 끈적끈적한 살결의 느낌이 불쾌하지 않았다. 성교 뒤에 엄습해 오던 혐오감도, 차디찬 공허함도 없었다.

왜 이 순간만이 다른 것인지 도무지 알 수가 없었다.

"진짜 별로였나 보네."

"아, 아니에요."

"그럼 기분 좋았어?"

"아, 그게……."

아무런 대답도 못 하고 우물거리자 솔직한 건지, 솔직하지 않은 건지 잘 모르겠다며 그녀가 웃었다. 그 웃음소리를 멍하니 들었다. 그녀가 찝찝하다며 팬티를 벗고 알몸으로 그의 옆에 누웠다. 그 역시 끈적끈적한 체액으로 들러붙은 속옷을 벗고 돌아앉아 티슈로 대충 아래를 닦았다. 그녀가 제 옆자리에 누우라는 양 잡아당기자 그는 그 옆자리에 털썩 드러누웠다.

창문에 파랗게 새벽빛이 아른거렸다. 문뜩 그는 거센 바람 소리가 좀 잠잠해졌다는 것을 깨달았다. 뿌옇게 휘날리던 눈의 그림자가 더 이상 비치지 않는다. 이제 눈보라가 그친 걸까. 가슴 한구석이 스산해졌다.

한참이나 둘은 말이 없이 누워 있었다. 자는 듯 마는 듯 나긋나긋한 숨을 내쉬던 여자가 문뜩 입을 열었다.

"너, 갈 데 없다고 했지?"

"……."

"그럼 당분간 여기서 살래?"

멈칫 굳어져 있던 그는 천천히 그녀의 얼굴을 돌아보았다. 까만 눈동자가 살피듯 빤히 저를 바라보고 있었다. 무슨 생각을 하는지 읽을 수 없는 차분한 눈길에 희미한 경계심이 일었다.

"무슨, 뜻이에요?"

"무슨 뜻이겠어. 여기서 살겠느냐는 뜻이지. 낡긴 했지만 노숙하는 것보다야 낫겠지. 네가 갈 데가 있다면 얘긴 다르겠지만."

"……왜요?"

그가 이해할 수 없다는 듯 물었다. 여자가 자신도 왜 그런 제안을 했는지 잘 모르겠다는 듯이 가만히 그를 살피다가 가볍게 내뱉었다.

"그냥."

여자의 입가에 희미한 미소가 떠올랐다.

"네가 마음에 들어서?"

"……."

"싫으면 말고."

순간적으로 많은 생각이 머릿속에 떠올랐다가 사라졌다. 이 여자가 바라는 게 뭘까. 섹스 파트너를 원하는 건가?

확실히 여자는 이상할 정도로 제게 호의적이었다. 하지만 제게 성적으로 강하게 끌리는 것 같지는 않았다. 아마 가벼운 흥미 이상의 감정은 아닐 것이다.

보통 그 정도 감정으로 같이 살자고 제안할 수도 있나? 어쩌면 자신에게 동정심을 느끼고 쓸데없는 오지랖을 부리는 것일지도 모른다. 그는 입술을 깨물었다. 가슴속에 갈등이 일었다.

이 제안을 받아들여도 되는 걸까. 어쩌면 여자에게 다른 남자가 있을 수도 있다. 또 무슨 봉변을 당하게 될지 모른다. 애초에 어떤 사람인지도 잘 모르면서 이 여자는 왜…….

그런 생각들로 복잡한 머릿속이 정리되기도 전에 그는 이미 대답을 하고 있었다.

"……그래도 된다면요."

무심코 내뱉고는 스스로에게 놀라 눈을 크게 떴다. 좋아? 정말로? 그래. 나쁘지 않은 얘기일지도 모른다. 술집 창고의 히터가 망가지는 바람에 호스티스들의 집을 전전하며 지내는 중이 아니었던가.

이 여자, 저 여자의 장난감이 되어 주며 하루하루를 버텼다. 서현수라는 이름을 가진 여자의 장난감이 되지 못할 이유가 없다. 어차피 자신은 누군가에게 기생하며 살아갈 수밖에 없는 인간이 아닌가.

그런 냉소적인 생각을 하는데, 여자가 조심스럽게 몸을 기대 왔다.

"너 있고 싶을 만큼 있어."

그는 입을 다물었다. 부드러운 몸이 그의 옆구리를 파고든다. 그것만으로 또다시 아래가 단단해졌다. 손 한 번 못 대 본 말랑한 가슴이 그의 팔에 부드럽게 눌렸다. 그는 발갛게 달아오른 눈가를 이불 속에 파묻었다. 그녀가 하암, 하고 나른한 한숨을 내쉬었다. 그 부들부들한 숨이 가슴팍을 간질였고, 그는 다시 강한 욕망에 휩싸였다. 하지만 그녀는 더 이상 성적 유희를 즐길 생각이 없었다.

"그럼 좀 자자. 피곤하다."

그녀가 그의 어깨에 이마를 누른 채 눈을 감았다. 그는 어둠 속에서 멍한 눈을 몇 번 깜빡이다 생각했다.

정말로, 이상한 여자와, 만나게 됐다고.

#3장

요란한 휴대전화 벨 소리에 잠이 깼다.

방 안에 불을 켜 놓은 상태라 한순간 낮인지 저녁인지 분간할 수가 없었다. 그녀는 멍한 눈을 몇 번인가 깜빡이다가 휴대전화를 집어 들었다.

혹시 지효가 또 생존 확인을 하려고 전화한 건가 싶었는데 휴대전화에 뜬 이름은 다른 사람의 것이었다.

박선우

그녀는 껄끄러운 이름을 짜증스레 바라보았다.

'에이 씨.'

휴대전화를 매너 모드로 돌려 버리곤 미적미적 자리에서 일어났다. 편도선이 퉁퉁 부어 따끔따끔한 목에 미지근한 보리차를 넘기며 엉망으로 헝클어진 머리를 몇 번 쓱쓱 쓸었다.

계속해서 끈질기게 울리던 휴대전화가 꺼진다 싶더니 디리릭, 하고 이번엔 문자가 뜬다.

전화 받아라. 나 쫓아가게 하지 말고.

성질 급한 녀석답게 곧바로 다시 전화가 진동했다. 끄응 앓는 소리를 내다가 결국 받았다.

– 야! 서현수! 내가 전화 씹지 말랬지!

이게 기차 화통을 삶아 먹었나. 굵고 우렁찬 목소리가 전화기 너머에서 쩌렁쩌렁 터져 나오는데, 일순간 고막이 다 저릿할 정도였다. 쓸데없이 에너지만 넘치는 놈답게 음량 데시벨이 높다.

– 이 새끼, 꼭 서너 번은 걸어야 받지. 그 따위로 좀 살지 마!

"에이 씨, 머리 아프니까 소리 지르지 마."

– 뭐야, 목소린 또 왜 그래? 너 감기 걸렸어?

"어."

– 내 그럴 줄 알았다. 넌 생활이 개판이라 그 모양인 거야. 맨날 이상한 거나 주워 먹고, 밤낮 수시로 바뀌고. 그러니까 면역력도 개떡이지. 무슨 세 살 배기처럼 독감 유행할 때마다 다 걸리고, 감기 철이면 안 까먹고 꼬박꼬박 감기 다 걸리고, 추우면 추운 대로 앓아눕고. 아주 자알 살고 있네.

"어. 고맙다. 너도 잘 살아라. 끊는다."

– 야! 끊지 마. 끊으면 너 죽고 나 죽는 거야.

"아씨, 골 아파. 소리 좀 지르지 마."

– 그럼 내 승질 긁지 마!

앤 작은 소리를 낼 줄 모르는 건가. 멍하니 고개를 들고 시계를 보았다. 천원마트에서 산 벽걸이 시계가 째깍째깍, 어느새 10시에 가깝다. 저녁 먹고 약기운에 깜빡 잠든 듯싶다. 깔깔한 입에 보리차를 몇 모금 더 흘려 넣고 시끄러운 전화기에 귀를 댔다.

"그래서, 무슨 용건?"

– 하여간 싸가지가 바가지…….

"용건 없으면 끊는다."

– 내일부터 내 스튜디오로 나와. 와서 스태프로 일해.

이게 아주 대놓고 명령조네. 그녀는 빽빽한 눈을 데구루루 굴렸다. 안구가 다 뻐근하다. 열 때문에 욱신욱신 기분이 나쁘다. 주섬주섬 미지근해진 물수건을 눈 위에 올렸다.

– 내 말 듣고 있는 거야?

"듣고 있어."

– 그럼 다음 주부터 9시에 나와.

남자가 고압적인 말투로 통보해 왔다. 그녀는 코웃음을 쳤다.

"싫어."

– 나와.

"안 나가."

– 죽을래?

"나 진짜 머리 아프거든? 끊는다."

– 에이 씨, 누가 너보고 사진 찍으래? 그냥 와서 거들기나 하라고. 새끼, 네가 뭐 딴 일 착실히 하면 나도 안 들쑤시는데, 것도 아니잖아. 백수 짓 고만하고 나와서 스태프 일이라도 해.

"나 일하는 거 있어."

– 웃기지 마. 번역 알바 몇 개 받아서 끼적대는 게 다겠지. 안 봐도 훤하다. 그 거지 같은 데서 은둔형 외톨이로 품 공삭히고 있잖아. 선심 써서 써먹어 준다고 할 때 잔말 말고 나와. 나 너한테 집착하고 그러지 않아. 너 정도

되는 찍사 널렸거든? 그러니까 빼지 말고 나와. 나오라고.

그녀는 천장을 올려다보며 한숨을 내쉬었다.

'역시 사진 찍게 할 생각이잖아.'

"돈 안 돼서 싫어."

– 내가 너 하는 알바보다 더 쳐줄게.

'……게다가 충분히 집착하고 있어.'

"생각해 볼게."

– 생각? 새앵각? 웃기지 마! 방구석 백수 주제에 무슨 생각! 닥치고 무조건 나와!

"나 진짜 아프다. 눈앞이 어지러운 게……. 어라, 나 기절하려나 봐. 귀도 멍멍한 것이……"

– 쇼하고 있네. 너는 만성 감기잖아! 까불지 말고 '예'라고 해! 그냥 '예' 하라고!

"눈앞이 어질어질……. 나 이제 기절한다, 기절. 잘 살아라."

– 야! 서현수! 너 끊지……!

뚝, 하고 전화를 끊었다. 그러자 무섭게 휴대전화가 다시 진동했다. 그녀는 가차 없이 배터리를 분리해 버렸다. 이 자식은 왜 빽하면 한 번씩 전활 해서 사람을 들쑤시는지 몰라. 거기 일손이 딸리는 것도 아닐 텐데.

인상을 팍 찡그리며 지끈지끈한 골을 문지르다 주섬주섬 냉장고로 기어갔다. 목이 뻑뻑한 게 먼지 덩어리 하나가 걸린 양 답답하다.

감기를 걸려도 하필 목감기. 가볍게 몸살을 앓는 정도면 얼마나 좋은가. 그런데 코가 막히고, 목은 잠기고, 분비물은 줄줄. 귀찮기 그지없는 악성 감기다.

휴지를 대충 뽑아 킁, 하고 코를 풀고 냉장고에서 차가운 보리차를 꺼내 마셨다. 보리차가 물보단 좀 마시기 편하다고 했더니 지효가 잔뜩 끓여 놓고 나갔다. 반은 미지근한 거, 반은 냉장고에 넣어서 차갑게 식힌 거. 바지런하고 세심한 녀석 같으니라고.

'지금쯤이면 일하고 있으려나.'

그녀는 컵에다 입을 댄 채로 인상을 찡그렸다. 민지효는 밤이 되면 꼬박꼬박 밖으로 나갔다. 그러고는 새벽이면 너털너털 돌아온다. 한 번도 외박을 한 적은 없었다. 정시 퇴근, 정시 출근. 우스울 정도로 규칙적이다. 한 달 걸러 아르바이트를 바꿔 치우는 자신에 비하면 성실하다는 느낌마저 든다. 그 생각에 저도 모르게 웃었다.

참 알 수 없는 애다. 업소에서 일하는 주제에 착실하고 순진해 뵈는 인상에, 어울리지 않는 성실함까지……. 그게 참 묘하다. 온갖 험한 꼴은 다 보며 살아온 것 같은데, 그런 사람 특유의 비열함이나 야비함을 조금도 찾아볼 수 없다.

단정한 외모에 품위 있는 태도, 부드럽고 온화한 말투……. 언뜻 보기에는 넉넉한 집안에서 반듯하게 자란 도련님이 아닐까 싶을 정도였다. 그 괴리감이 참 신경 쓰였다.

닳아빠진 애도 아닌 것 같은데, 왜 적성에 안 맞는 일을 하며 스스로를 괴롭히는 걸까.

'뭐, 걔가 무슨 일을 해서 먹고살든 내가 참견할 일은 아니지…….'

그녀는 어깨를 한 번 으쓱했다. 민지효를 주워 온 지 어느덧 3주가 지났다. 그동안 그들은 나름대로 서로에게 적응한 상태였다. 비록 무슨 사이냐고 물으면 무어라 답해야 좋을지 알 수 없는 애매모호한 관계였지만, 겁 많은 동물처럼 그녀를 경계하던 지효도 점차 그녀에게 마음을 연 듯 보였고 그녀 역시 지금의 생활에 즐거움을 느꼈다.

약간의 동정심과 흥미, 그리고 동질감에 휩싸여 충동적으로 손을 내밀었던 것에 비하면 꽤나 양호한 결과라고 할 수 있다.

'……괜히 지뢰를 건드려 지금의 관계를 망칠 필요는 없지.'

그녀는 뒷머리를 한 번 긁적이고, 어두운 현관문을 한번 힐끔거렸다. 바람이 세차게 몰아칠 때마다 부실하기 그지없는 문이 한 번씩 덜컹거렸다.

민지효는 오늘도 새벽이 지나서야 돌아올 것이다. 옷은 따뜻하게 입고 나갔을까. 저번에 목도리를 하나 사다 줬더니 꼬박꼬박 챙기기는 하던데……. 아무리 그래도 영 부실하게 입고 다닌단 말이지.

"내가 지금 누굴 걱정하냐."

민지효가 아무리 부실하게 입고 다녔어도 정작 감기 걸린 건 집구석에서 꽁꽁 싸매고 있었던 서현수였다. 한숨을 폭 내쉬고, 뜨끈뜨끈한 눈을 식히기 위해 아이스팩을 꺼내 수건으로 감싼 다음 눈두덩 위에 올려 두고 침대 위에 누웠다.

아, 민지효, 올 때 라면이나 사 왔으면 좋겠다.

문이 덜컹 열리는 소리에 잠에서 깼다.

비몽사몽인 와중에 벌써 새벽인가 하는 생각이 제일 먼저 들었다. 끄응 신음을 내뱉으며 고개를 드니 민지효가 눈에 띄게 헉헉거리며 서 있는 게 보인다. 그녀는 눈두덩에 올려 두고 있던 수건을 치웠다. 아무래도 TV 소리를 듣다가 다시 잠들었던 듯하다.

그녀는 으음, 하고 마른 목에 침을 넘키며 자리에서 일어났다.

"벌써 왔어? 잠깐 존다는 게 꽤 오래 잤나 보네."

얼굴이 발갛게 달아오른 민지효가 마라톤이라도 한 양 거친 숨을 몰아쉬며 빤히 자신을 바라보았다. 그녀는 인상을 찡그렸다.

그제야 남자의 흐트러진 차림새가 눈에 들어왔다. 머리는 바람 때문인지 엉망으로 헝클어져 있었고, 목도리는 목에 감지도 않은 채 손에 둘둘 말고 있었다. 지퍼가 활짝 열린 채로 점퍼는 어깨에 아슬아슬하게 걸려 있었고, 얼굴만이 아니라 귀에서 목덜미까지 벌게진 채로 뚝뚝 땀을 흘리고 있었다.

"왜 그래? 무슨 일 있어? 세상에, 땀 좀 봐. 너 혹시…… 뛰어온 거야?"

"저, 전화……."

말하기도 버거운 듯 헉헉하고 숨을 들이켠다. 그녀는 휴대전화를 들었다. 아까 꺼 놓고는 그대로 깜빡한 듯했다. 설마설마하며 기절이라도 할 듯 숨을 몰아쉬는 남자를 돌아보았다.

"너, 나랑 전화 안 돼서 달려온 거야?"

남자가 얼굴에 흐르는 땀을 소매로 훔치며 슬쩍 시선을 피했다.

그녀는 입을 떡 벌리다가 수건을 주워 들어 그의 목에 감아 주었다. 김이라도 올라올 듯 땀이 고여 있는 목덜미에서 턱, 이마까지 닦아 주자 발간 얼굴이 더 발개진다. 촉촉하게 물기를 머금은 눈이 파르르 흔들리며 살짝 아래로 깔렸다.

"전화, 몇 번이나 했는데……."

"잠깐 꺼 놓는다는 게 그만 깜빡 잠들었어."

"그, 그럴 거라 생각은 했는데…… 혹시나 싶어서요."

"혹시나? 혹시나 뭐가. 지금 몇 시야? 윽, 너 일하던 중에 온 거구나? 지금 시간에 버스도 안 다닐 텐데, 설마 여기까지 뛰어온 건 아니지? 버스로 거의 20분 거리라며."

"아, 아니에요. 요 앞까지 택시 탔어요."

"이 바보야. 전화 안 되면 그냥 자나 보다 하지, 뭘 뛰어와. 내가 뭐 어린애야? 얘 숨찬 것 좀 봐. 오려면 느긋하게나 오지, 이게 뭐야."

"저, 저도 처음에는 조금…… 걱정되는 정도였는데……. 현수 씨, 혹시

나 또 열 때문에 휘청휘청하다 뭐 밟고 쓰러진 건 아닌지, 그러다가 어디에 머리라도 찧어서 기절했을 수도 있고……. 갑자기 열이 올라서 의식불명이 됐다든가……. 차 끓여 마신다고 물 올려놓고는 그냥 잠들어 버렸을 수도 있고……. 점점 별별 생각이 다 들잖아요."

"참나, 어이가 없어서. 너 되게 웃긴다. 네가 무슨 어린 자식 혼자 두고 일하러 나간 주부니?"

황당한 얼굴로 웃으면서 헉헉거리는 남잘 침대 위로 끌어당겼다. 탈진한 것처럼 털썩 주저앉으며 차갑고 뜨거운 몸을 푹 기대 온다.

거의 끌어안다시피 부축해 주자 그가 고개를 그녀의 어깨 위에 기대며 후, 하고 깊은 숨을 내뱉었다. 안도한 것도 같고, 기운 빠진 것도 같은 소리였다.

"현수 씨, 맨날 뭐 밟고 넘어지고, 불 올려놓고 깜빡하고, 문도 안 잠가 놓고 자고, 그러잖아요."

"그래도 여태껏 문제없이 잘 살아왔거든요? 내가 무슨 유치원생도 아니고 어련히 알아서 할까."

"갑자기 전화도 안 되니까……."

좀 억울한 듯 남자가 그녀의 어깨 위에 이마를 누르며 칭얼거렸다. 그녀는 인상을 찡그리며 더듬더듬 그의 옷 속에 손을 넣어 보았다. 외투 안쪽의 니트가 땀으로 흠뻑 젖어 있었다. 택시 탔다는 건 거짓말인 듯했다.

몇 번 잡으려고 시도하다 맘이 급해져서 무식하게 달려왔겠지. 황당하고 어이없긴 해도, 그만큼 걱정해 줬다는 뜻이기에 막 뭐라고 할 수도 없었다.

그녀는 축 늘어진 지효의 등에 팔을 둘러 부드럽게 토닥여 주었다. 그러다 아슬아슬하게 어깨에 걸려 있는 외투를 잡아당겨 벗겨 주자 그가 순순히 팔을 뺐다. 그녀는 옷을 바닥에 내려놓고 수건으로 땀에 젖은 목덜미를 부드럽게 닦아 주었다. 얼마나 급하게 뛰어온 것인지 뒤통수의 부들부들한 머리카락이 온통 축축하게 젖어 있었다.

"거의 라스트를 끊은 마라토너 수준이네."

"……땀 냄새 많이 나죠?"

지효가 머쓱한 듯 떨어지며 킁킁 제 팔에서 냄새를 맡는다. 그녀는 고개를 설레설레 흔들었다.

"지금 땀 냄새가 문제야? 일단 씻고 나와. 이러다 너까지 감기 걸리겠다."

"그러고 보니 감기는 좀 어때요?"

"감기는 아주 건재하시다. 난 죽겠고. 빨리 씻고 옷 갈아입어."

그녀가 재촉하자 못 이긴 듯 미적미적 자리에서 일어나 옷가지를 챙겨 들고 욕실로 들어갔다. 그녀는 바닥에 떨어져 있는 외투를 주워서 옷걸이에 걸고 지끈거리는 머리를 살짝 문질렀다. 상태가 좀 나아진 듯도 싶고, 그대로인 것도 같았다.

짜증 어린 한숨을 푹 내쉬며 싱크대로 가서 차가운 물로 대충 얼굴을 닦았다. 하도 코를 풀어서 그런지 코끝이 쓰리다.

'아닌 밤중에 홍두깨라더니…….'

힐끗 욕실 문을 한 번 보고 방에 널려 있는 수건 중 하나를 주워 얼굴을 닦았다. 괜히 미안해지려고 한다. 그녀는 뜬금없이 전화해서 들쑤신 박선우에게 속으로 작게 욕설을 퍼부었다. 하여간 인생에 도움이 안 돼, 넌.

그사이 대충 머리만 감았는지 금세 민지효가 문을 열고 나왔다.

"따뜻한 물 잘 나와?"

"아, 네. 근데 그냥 미지근한 물로 하고 나왔어요."

"왜? 뜨거운 물로 하지."

"좀 더운 거 같아서……."

"젊다. 역시 어린애들은 체력이 좋아."

"……현수 씨도 젊어요."

"말만이라도 고맙다."

피식 웃으며 냉장고 문을 여는데 수건을 머리에 올려놓고 대충 물기를 닦던 남자가 슬쩍, 뒤에 와서 선다. 의아한 마음에 고개를 돌리자 바로 위에서 빤히 내려다보고 있는 무표정한 눈동자와 정면으로 마주쳤다. 촉촉이 물기를 머금은 그늘진 얼굴은 너무나 정교해서 일견 섬뜩하게까지 느껴졌다. 위험한 구석이라곤 눈을 씻고 봐도 찾아볼 수 없는 순한 녀석이란 거 아는데도…… 그렇게 무표정하게 있을 때면 저도 모르게 움찔하게 된다.

"저도…… 어린애 아니고요."

"어?"

"저 어린애 아니라고요."

진지한 목소리. 그런 주제에 오래 시선을 맞추지 못하고 눈을 내리깐다. 그 모습이 마치 토라진 어린애 같아서 살짝 웃고 말았다.

"야, 뭐 그런 걸로 정색하고 그러냐. 네가 나보다 한참 어린 건 맞잖아."

"……그래도, 어린앤 아니에요. 어른이에요."

그렇게 고집 부리면 더 어린애처럼 보이는데. 싱긋 웃으면서 툭툭 어깨를 두드렸다.

"그래그래. 너 어른이야. 내가 말실수했어."

"……."

"너도 뭐 마실래? 오렌지 주스 남았던데."

"……제가 할게요. 현수 씨는 자리에 누워 있어요. 필요한 거 있으면 가져다줄게요."

"됐어. 죽을병 걸린 것도 아니고 고작 감긴데. 그래도 같이 사는 사람이라고 걱정해 준 게 기특해서 내가 뭐라도 해 줘야지. 아, 아예 야식이라도 해 줄까? 햄이랑 계란 남아 있잖아. 마늘 넣어서 오므라이스라도 만들어 줄게."

"전 괜찮으니까, 누워 계세요."

"거참……."

"현수 씨, 또 열 올라요."

"알았어, 알았어."

팔을 붙잡고 재촉하는 데 못 이겨 그녀는 결국 침대 위에 누웠다. 남자가 수건으로 머리를 문지르며 냉장고에서 오렌지 주스를 꺼내 따라 준다. 그녀가 받아 들고 마시는 사이, 다 녹아 미지근한 아이스팩을 다시 냉동실에 넣고 새것을 꺼내 수건으로 돌돌 만다. 그것을 베개 옆에 두고는 손을 뻗어 머뭇머뭇, 그녀의 이마를 짚었다. 살짝 닿았다가 조심스럽게 떨어지는 손길에 그녀는 살짝 웃었다.

"뜨거워?"

"조금요."

"열이 잘 안 내려가네."

"아무래도 병원 가 보는 게 좋지 않을까요?"

"됐어. 병원 가 봤자 주사 한 대 맞고 약 먹고 하는 게 다일 텐데, 뭐. 하루 이틀 더 앓다가 곧 괜찮아지겠지."

"그래도……."

"괜찮다니까."

옆에 걸터앉은 남자의 얼굴이 희미하게 찌푸려진다. 못마땅해하는 기색을 감추지 못하는 그 표정에 그녀는 키득거리며 웃었다. 컵을 옆으로 치우고 손을 뻗어 남자의 얼굴을 장난스럽게 툭툭 쓰다듬자 뽀얀 볼이 화르륵 붉어진다. 꼭 유럽계 백인처럼 피부가 하얘서 그런지 조금만 붉어져도 바로 티가 났다.

"걱정해 주는 건 고마운데, 중병 환자 취급 하는 것 좀 관두시죠. 고작 감기 걸린 거 가지고."

"고작 감기라뇨. 벌써 3일째, 아니 4일째잖아요. 어젠 갑자기 열이 올라서 얼마나 놀랐는데……."

"내가 원래 좀 그래. 겨울이면 한 번씩 앓고 지나가거든. 아마 내일쯤이면 괜찮아질걸."

"현수 씨는 첫날에도 그랬어요. 내일이면 괜찮아질 거라고 호언장담해 놓고는 다음 날 바로 앓아눕고."

그가 뚱한 얼굴로 꽤 고집스럽게 책망했다. 할 말이 없어 그녀는 어깨만 으쓱했다. 어지간히 놀랐던 모양이다. 그럴 만도 했다. 옆에 누워 있는 여자가 뜨끈뜨끈 달아올라서는 춥다고 부들부들 떨고 있었으니.

"내일도 괜찮아지지 않으면 병원 한번 가 보기예요."

"거참 끈질기네."

"현수 씨."

"알았어. 알았으니까, 빨리 자. 너도 피곤할 거 아니야. 오늘도 바닥에서 자라. 기침은 이제 안 하는데, 그래도 혹시 모르니까."

남은 오렌지 주스를 쭉 들이켜고 대충 침대에 누우려는데 우물쭈물 옆에 가만히 앉아 있는 민지효가 눈에 들어온다. 의아한 시선으로 응시하자 눈치를 보는 듯 살짝 내리깔고 있는 눈과 마주쳤다. 힐끔 뭔가를 바라듯 쳐다보다가, 곧 화끈 얼굴을 붉히며 시선을 피했다가, 다시 힐끔 쳐다보는 눈.

아하. 그녀는 의미심장한 웃음을 머금으며 그의 무릎 옆으로 엎드렸다. 움찔. 잿빛 눈동자가 파르르 떨린다. 침대 위에 구부리고 있는 그의 한쪽 무릎에 손을 올리며, 씨익 웃었다.

"너, 사실은 내가 걱정되는 게 아니라, 혼자 자기 외로워서 그러는 거구나?"

"아, 아니에요. 걱정되는 것도 맞는데……."

"아니야? 그럼 혼자 자도 돼?"

"……."

"아닌 척하면서, 사실은 되게 엉큼하다니까."

킥킥 웃으며 말하자 그가 입술을 깨물며 얼굴을 발갛게 물들인다. 당황한 눈가가 촉촉해지는 게 귀여워서 무심코 뽀뽀하려다가 제가 현재 전염병 환자라는 사실을 떠올리고 멈췄다. 하지만 코앞까지 왔다가는 멀어지는 것에 민지효는 숨기지 못하고 아쉬운 눈을 한다. 진짜 솔직한 건지 솔직하지 못한 건지 모르겠다.

"외로워도 좀만 참으시죠, 민지효 씨. 감기 옮기면 미안하니까 오늘도 침대 밑에서 자."

"나는 옮아도 상관없는데……."

어라, 진짜 쌓인 건가. 귀까지 빨개져서는 제 딴에는 꽤 용기 내서 꺼낸 게 분명한 그 말에 그녀는 눈을 굴렸다. 남자는 차마 고개를 들지 못하고 가만히 앉아 있기만 했다. 잠시 그 모습을 내려다보다가 그녀는 가볍게 놀리는 듯한 음성으로 말했다.

"너, 은근히 밝힌다."

"……."

"밑에서 자."

그 단호한 말에 영롱한 눈동자가 촉촉해진다. 꼭 주인에게 발로 차인 강아지 같은 그렁그렁한 눈망울에 살짝 마음이 약해지려 했지만, 그녀는 마음을 다잡았다. 솔직히 이 남자도 그리 건강해 보이진 않는다.

민지효가 주섬주섬 자리에서 일어나 밑에 이부자리를 깔았다. 그녀는 되게 쓸쓸하고 외로워 보이는 그 뒷모습을 애써 무시하며 자리에 누웠다.

잠시 뒤에 달칵하고 불 끄는 소리와 함께 방 안에 어둠이 내려앉았다. 이불이 바스럭거리는 소리. 잠시 동안 어둠 속에서 침묵하던 그녀는, 결국 상처받았을 게 분명한 섬세한 남자에게 슬쩍 입을 열고 만다.

"지효야."

"……네?"

"손 잡아 줄까?"

침대 밑으로 한쪽 손을 내렸다.

"손 잡고 자자."

"……."

약간 차가운 손가락이 조심조심, 머뭇거리는 게 느껴질 정도로 살짝 손을 잡아 온다. 그녀는 그 손을 잡아당겨 손가락을 엮었다. 미미하게 손끝이 떨리는 게 느껴진다. 조용히 웃으면서 나긋나긋 속삭였다.

"잘 자."

한참 동안이나 조용하던 어둠 속에 희미해서 들릴 듯 말 듯 그의 목소리가 부드럽게 울린다.

"……현수 씨도 잘 자요."

남자에게 손을 댄 날 아침, 현수는 나름대로 자기반성을 했다.

안 덮친다고 큰소리쳐 놓고 덮쳤다. 그들은 그나마 온기가 감도는 바닥에서 켜켜이 이불을 뒤집어쓰고서 딱 붙어 누워 있는 상태였고, 이불 속에서 맞대고 있는 몸은 알몸.

뭐, 영화에 흔히 나오는 장면처럼 살을 맞대고 추위를 견뎌야 하는 극악한 상황까진 아니었지만, 그래도 이불 밖에는 싸늘한 공기가 감돌고 있었다. 욕실로 가서 씻고 옷 갈아입기도 귀찮아서 얼굴에 철판을 깔고 남자에게 찰싹 들러붙었다.

오랜만에 느껴 보는 타인의 온기가 참을 수 없을 정도로 좋았다. 그리고 정말이지 이 아파트는 빌어먹게 추웠다.

그녀는 남자가 내비치는 불편한 기색을 눈치채지 못한 척 오후까지 버텼다. 그러다가 배가 고프고 허리가 아파서 더는 못 누워 있겠다 싶을 때 뻔뻔한 얼굴로 일어나 옷을 입었다. 그러고는 얼굴이 발그스레해서는 눈도 못 맞추는 숫기 없는 남자가 화장실로 숨은 사이 태연하게 라면을 끓였다.

아침 겸 점심으로 라면을 사이좋게 나눠 먹고 또다시 부르르 떨리는 몸을 찰싹 붙였다. 남자는 어린애처럼 체온이 높다. 타이밍 좋게 참 잘 주웠구나 하는 생각이 들 정도로.

사실 그에게 이 집에서 같이 지내지 않겠느냐고 제의하지 않았더라도, 그들은 꼬박 이틀 동안 이어진 폭설 때문에 밖으로 나갈 수 없는 상황이었다. 전기는 그 이틀 동안에도 계속 나간 상태였고, 관청에선 어떻게 해주고 싶어도 눈 때문에 갈 수 없다는 답변만 던졌다. 다른 곳으로 피난을 가고 싶어도 남자에겐 마땅한 옷도 없고, 길은 완전히 눈 속에 파묻힌 데다가 하늘에 구멍이라도 난 듯 끊임없이 눈은 펑펑 쏟아졌다. 방 안의 온도는 보일러를 열심히 돌려 겨우 냉장고를 면한 수준. 그렇다 보니 그들은 거의 조난이라도 당한 형색이었다.

불도 들어오지 않아 어두컴컴한 방에서 할 거라곤 노트북 충전지가 다 닳을 때까지 다운 받아 놓은 토크 쇼를 보는 게 전부. 6시만 넘겨도 깜깜해지는 바람에 책도 읽을 수가 없었다.

그들은 두런두런 시답지 않은 잡담을 주고받다가 노곤해지면 딱 붙어 잠들기를 반복했다.

그러는 사이 남자가 흥분한 적도 있었지만, 둘 다 아무 말도 하지 않았다. 남자는 그냥 돌아누웠고, 현수도 매너 있게 모른 척해 주었다. 그건 자연스러운 생리 반응일 뿐이지 저와 어쩌고 싶다는 뜻이 아니었으니까.

변명 같겠지만, 그녀는 딱히 그를 어찌해 보겠다고 같이 살자고 제안한 게 아니었다. 정전이 됐던 날 밤, 남자는 고독하고 지쳐 보였다. 거기에 한순간 마음이 끌렸다. 비참해 보이는 그를 위로해 주고 싶었다. 하지만 솔직히 다시 반복하고 싶은 생각은 없었다. 남자는 노골적으로 저를 불편하게 여기는 듯했고, 그녀는 싫다는 사람을 어떻게 해 보려고 할 정도로 남자가 고픈 상태가 아니었다.

'그러니까, 이런 관계가 된 걸 굳이 따지자면, 얘 쪽에 원인이 있는 거 같은데…….'

녹아서 흐물흐물해진 아이스팩을 집어 들어 머리맡에서 치운 현수는 제 침대 위, 자신의 허리 밑에 웅크리고 누워 있는 남자를 보며 눈을 가늘게 떴다.

앤 대체 어느새 또 올라온 걸까. 그것도 이렇게 불편한 자세로.

그녀는 푹 하고 한숨을 내쉬었다. 도대체 경계심이 많은 건지 적은 건지 모르겠다. 한동안은 구석에 웅크리고 앉아 재촉하지 않으면 곁에 다가오지도 않던 녀석이, 이제는 어느 순간 정신 차리고 보면 찰싹 달라붙어 떨어지지 않는다. 어떤 면에선 본인도 제가 그러는 걸 자각하지 못하는 것 같았다.

'……이건 뭐, 겁 많은 동물 하나를 길들인 거 같네.'

그녀는 고개를 절레절레 흔들며 보드라워 보이는 희미한 갈색 머리칼 아래로 뽀얀 얼굴을 내려다보았다. 여드름 자국 하나 없는 투명한 피부가 살짝 발그스레하다. 혹시라도 감기가 옮은 건가 싶어서 살짝 이마를 짚어 보았다. 딱히 뜨겁지는 않다. 그냥 홍조가 진 듯싶다.

'진짜 예쁘게 생기긴 했다.'

어디 한구석도 모나고 각진 데 없는 정교한 얼굴이었다. 완벽하게 균형을 이루고 있는 정교한 이목구비와 백마노처럼 빛나는 하얀 피부, 보드라워 보이는 투명한 갈색 머리카락……. 힘없고 가난한 처지에 이런 비현실적인 미모는 불행을 부르는 요소로 작용했을 것이다.

여태 사는 게 쉽진 않았을 거란 생각이 들었다. 성격은 내성적인데, 외모는 사람들의 주목을 끌어모은다. 여러모로 트러블이 많았을 것 같다.

'본인이 요령만 있었다면 이 얼굴만 가지고도 뭘 해 먹고 살든 살았을 텐데…….'

그녀는 이마를 덮는 머리칼을 슬쩍 넘겨 주었다.

끼라도 좀 있으면 연예계 쪽으로 나가 대성할 수 있었을 텐데. 그만큼 눈에 띄는 외모였다. 하지만 숫기 없는 성격으로 보건대, 연예계의 치열한 경쟁 속에서 살아남을 수 있을 것 같지는 않았다. 그렇다고 돈 많은 호구 하나 물어 호의호식할 수 있는 타입도 아니었다. 타인을 이용하기는커녕 이용만 당하다가 피가 말라 죽기 좋은 성격.

'그나저나 난 왜 이른 아침부터 얘의 장래를 걱정하고 있는 걸까. 내 사는 모양새도 거기서 거기건만.'

다시 한숨을 내쉬면서 슬쩍 보들보들한 머리칼을 매만져 보았다. 움찔, 민지효의 눈가가 파르르 떨린다. 그런 주제에 가만히 자는 척이다.

'더 만져 달라는 건가.'

조심스럽게 관자놀이 부근을 문질러 주자, 얼굴이 아까보다 빨개진다. 완전 티 나는 주제에 어설프게 자는 척이라니. 슬쩍 웃음이 나려 했다.

경계심이 많은 만큼 정에 굶주릴 대로 굶주린 남자였다. 그녀도 잘 알고 있었다. 고독에 지치고 모든 게 허무하게 느껴지는 순간에 손을 내밀어 준 사람이 어떤 의미로 다가오는지. 자신이 이 남자에게 어떤 의미로 자리 잡고 있는지도 자각하고 있었다.

그녀 역시 고독에 지쳐 있었던 만큼, 민지효가 품고 있는 감정의 본질을 파악하지 못할 리가 없었다. 때문에 그가 자신에게 마음을 기울이는 게 느껴질 때마다 약간의 죄책감이 느껴졌다.

저보다 외로운 게 분명한 남자를 통해서 제 외로움을 더는 비겁한 짓을 하고 있다. 마치 미끼를 주어 길들이듯이 남자가 원하는 걸 조금씩 주면서 그가 저에게 쏟는 애정을 즐기고 있는 것이다.

'얘도 외롭고 나도 외롭잖아. 살 비비며 서로 위로하는 게 뭐가 나빠.'

흠칫.

손가락으로 귀 근처를 만지자 간지러운지 남자가 어깨를 움찔했다. 그녀는 작게 웃으면서 부드럽게 귓바퀴를 쓰다듬었다. 눈꺼풀을 조심스럽게 떤다. 하지만 눈을 뜨진 않는다.

더 해 달라는 건가. 혹시, 깨어나면 어색할까 봐 눈을 못 뜨는 걸까. 그녀는 슬쩍 웃으며 허리를 구부려 남자의 귓바퀴에 날름 혀를 집어넣었다. 길고 늘씬한 몸이 굳어지며 눈에 띄게 힘이 들어가는 게 느껴졌다. 낄낄 웃으면서 그녀가 그의 몸 위로 올라가 엎드렸다.

"민지효 군, 자는 척하려면 좀 제대로 하시죠."

"……."

"지금 눈 안 뜨면 뽀뽀 안 해 준다."

깜빡이며 올라가는 투명한 눈꺼풀. 촉촉한 회갈색 눈동자가 힐끔 올려다본다. 그녀는 씩 웃으며 그의 입꼬리 양쪽에 쪽쪽 번갈아 가며 입을 맞추었다.

"감기 나은 거 같아서 기념으로."

"……나을 때도 전염력이 있는데."

"그으래? 그럼 더 하면 안 되겠네."

한껏 심각한 표정을 지으며 남자의 위에서 몸을 일으키려 하자 다급한 손이 허리를 꽉 붙잡는다. 그녀는 씨익 웃었다.

"이번에 네가 감기 걸리면, 내가 간호해 줄게."

"……."

"죽도 먹여 주고, 열도 식혀 주고. 영화에서 보니까 막 춥다고 떨면 알몸으로 안아 주기도 하던데. 안 그래도 한 번쯤 해 보고 싶었다? 아예 안 아픈 게 최고지만, 너 아프면 내가 책임져 주지, 뭐."

그는 잠시 동안 말이 없었다. 그녀는 살짝 웃었다. 투명한 눈동자가 희미하게 일렁이더니 서서히 어두워진다. 그게 무슨 뜻인지 너무나 잘 알고 있었다. 그가 제 배 위에 엎드린 여자를 떨리는 손으로 끌어당기며 상체를 세웠다.

"현수 씨……."

단단하게 부푼 아랫도리가 은근하게 아랫배에 눌린다. 귀까지 발갛게 달아오른 얼굴. 그가 촉촉한 눈으로 뭔가를 바라는 것처럼 올려다본다.

"컨디션 안 좋으니까…… 무리겠죠?"

아, 이거다. 얘의 이 눈이 문제다. 그날 밤, 민지효의 안에서 뭔가에 눈뜬 듯했다. 얌전하게 눈치만 보던 녀석이 언제부터인가 조심스럽게, 하지만 끈질기게 성애를 조르기 시작했다. 꼭 처음으로 쾌락을 맛본 10대처럼 때론 꽤 집요하게 매달리기도 한다. 문제는 그럴 때마다 울상으로 붉어지는 얼굴에 마음이 약해져 받아 주게 된다는 것이다. 반대로 더 괴롭혀 주고 싶다는 생각도 들지만.

그녀는 그의 붉어진 얼굴을 내려다보다 입술 끝을 비틀며 꽤나 얄미워 보이는 미소를 머금었다.

"너 말야. 내가 감기로 고생하는 것보다, 이쪽이 더 문제였던 거지?"

"아, 아니에요. 나는…… 읏, 누르지 마요. 아파."

"거짓말. 기분 좋으면서."

"현수 씨……. 으읏."

꿈틀거리던 남자가 그녀의 엉덩이를 움켜쥐며 하체를 비벼 왔다. 민지효가 꼭 배고픈 강아지 같은 눈으로 올려다보며 졸랐다.

"현수 씨……, 하면 힘들겠죠?"

"힘들다고 하면 안 할 거야?"

"힘들면……."

차마 말이 이어지지 않는지 우물우물 고개를 숙여 버린다. 정말 지나치게 솔직하다니까. 그녀는 슬쩍 웃었다. 그런데 좀 괘씸하다. 낫자마자 기다렸다는 양 그거나 조르고. 아니, 자극한 건 내가 먼저였나?

"현수 씨, 살살 하면 안 될까요?"

"민지효 군, 어째 점점 뻔뻔해져."

"으…… 현수 씨가……."

애처롭게 속삭이며 제 머리를 그녀의 목덜미 근처에 문지른다. 보들보들한 갈색 머리칼이 부드럽게 피부를 간질이는 느낌에 그녀는 작게 키득거렸다. 꼭 새끼 강아지처럼 끙끙거리던 민지효가 그녀의 몸을 뒤집으며 위로 올라왔다. 울먹이는 음성. 흥분으로 붉어진 얼굴. 파르르 떨리는 눈가. 이런 얼굴을 보면, 결국 넘어가고야 만다.

그녀는 푹 한숨을 내쉬며 달래듯이 보드라운 얼굴을 토닥였다.

"대신, 부드럽게 하자?"

"으응……."

입술을 누르며 그가 급하게 바지를 끌어 내린다. 양심이 쿡쿡 찔렸다. 진짜로 이럴 생각으로 같이 살자고 말한 건 아니었는데……. 아니, 이젠 무슨 변명을 해도 늦었나.

이내 그녀가 살짝 미간을 찌푸렸다. 사실, 먼저 자극한 건 얘 쪽이었는걸. 파르르 열에 들뜬 듯한 눈매로 빤히 올려다보는 눈을 마주하면서 그녀는 제 양심에 대고 항변했다. 이건 민지효 탓도 있다고.

"현수 씨, 죽을 거 같아요."

"죽지 마."

"현수 씨가……"

"알겠으니까, 응? 좀만 참아 봐."

"너무해."

그녀는 낄낄거리며 웃었다.

"넌 너무한 거 좋아하잖아."

민지효와 처음으로 끝까지 간 건, 끝간 데 없는 폭설이 그치고도 거의 일주일이 지난 뒤였다.

드디어 폭설이 그친 날, 하루 종일 거리가 시끌벅적했다. 봉사 활동을 나온 사람들과 정부에서 나온 용역들이 길에서 눈을 퍼 나르느라 바빴고, 좀 더 넓은 길로 나가면 굴착기 같은 게 다니면서 산더미 같은 눈을 쓸고 다녔다. 반쯤 기울어 있던 전봇대도 관청에서 나온 사람들이 손봐 준 덕에 그날 저녁이 되기 전에 다시 전기가 돌아왔다.

그녀는 꽁꽁 껴입고 나가 남자가 입을 만한 옷 한 벌, 운동화 한 켤레, 양심적으로 밥을 좀 먹어야겠다는 생각에 2킬로그램짜리 쌀을 샀다. 그리고 인스턴트 카레, 소시지, 꽁치와 참치 통조림, 만 원에 세 장 하는 남자 속옷을 챙겨 왔다.

한껏 장을 본 뒤에는 집으로 돌아와 간만에 요리다운 요리를 했다. 꽁치 통조림에 김치와 무를 넣어 찌개를 끓이고, 언제 썼는지 까마득한 밥솥을 꺼내 밥도 하고, 계란부침도 했다. 그 모습을 신기하게 바라보는 민지효에게 상을 차려 주고 배불리 먹은 다음에는 TV를 보고 놀았다.

전기장판과 전기난로가 되기 때문에 더 이상 붙어 잘 필요도 없었다. 그녀는 다시 침대에서 잤고, 민지효는 바닥에 이불을 두껍게 깔고 잤다. 쟤도 이제는 내 눈치 좀 안 보고 맘 편히 자겠지, 하는 생각에 그녀는 마냥 마음을 놓았었다.

그리고 다음 날은 중고점에서 공짜로 낡은 수납장 하나를 얻어 와 남자에게 가져올 물건이 있으면 챙겨 오라고 말했다. 그는 일하는 곳에서 몇 가지 소지품을 챙겨 왔다. 조금 얇은 옷 몇 벌과 비교적 새것으로 보이는 가죽 구두 한 켤레, 그리고 지갑. 그것들을 정리해 집구석에 차곡차곡 두고, 또 같이 밥을 먹었다.

하지만 나갔다 돌아온 뒤, 민지효는 계속 뭔가 할 말이 있는 것처럼 눈치를 살폈다. 그래 놓고는 뭔가 용건이 있냐고 물으면 어물어물 넘기기만 했다.

그땐 의아한 얼굴로 어깨를 한 번 으쓱이고 말았다. 그가 왜 그렇게 힐끔거리며 머뭇거렸는지 알게 된 건 며칠이 지난 다음이었다.

그날, 빨래를 돌리기 전에 주머니를 확인하다 남자의 바지 뒷주머니에서 콘돔을 발견했다. 당시에는 대수롭지 않게 선반 위에 올려놓고 잊어버렸다. 하지만 잠깐 편의점에 갔다 온다며 외출했던 민지효는 의외로 그걸 보고 파랗게 질렸다.

"저, 저기…… 이건요……."

"그거 네 바지 뒷주머니에서 나왔어. 빨래는 죄다 세탁기 돌렸다."

"이, 이건요. 별 뜻이 있는 건 아니고요. 그, 혹시 모르니까…… 진짜 이상한 뜻은……."

마치 못 보일 것이라도 보인 양 당황해서는 어쩔 줄 몰라 하는 모습에 그녀는 슬쩍 웃고 말았다.

"야, 뭘 그렇게 당황해. 알아. 너 일할 때 쓰려고 가지고 있는 거잖아. 너 진짜 숫기 없다."

"……."

"자기 전에 차라도 한잔할래?"

주섬주섬 싱크대를 정리하다 대답이 없어 올려다보니, 얼굴이 눈에 띄게 굳어진 남자가 주먹까지 쥐고 있다. 슬쩍 시선을 내리깐 민지효가 살짝 잠긴 음성으로 말했다.

"일할 때 쓰려고 가지고 있었던 거 아니에요. 그런 일…… 이젠 안 해요."

"……어?"

"여태까진 잘 곳이 없어서…… 재워 주는 대가로 해 달라고 하니까 응했던 거예요. 상황이 급하면 그런 일 하고 돈을 받은 적도 있지만…… 이젠 그런 일 안 해요."

"그렇구나……."

"그러니까, 이건……."

남자의 얼굴이 서서히 붉어진다. 고개는 점점 푹 아래로 꺼졌다. 차마 말을 잇지 못하고 미세하게 떠는 그 모습이 무엇을 의미하는지 모를 만큼, 그녀는 멍청하지 않았다. 슬쩍 테이블 위의 콘돔을 보았다. 그리고 마치 나쁜 짓 하다 들킨 어린애처럼 굳어져선 안절부절못하고 있는 남자를 힐끔 쳐다보았다.

"그럼, 저건 나랑 하려고 준비한 거네?"

화르륵. 원래 잘 빨개지는 얼굴이긴 했지만, 그 순간만큼은 말 그대로 삶은 문어처럼 새빨개졌다. 목덜미에서 귀까지 홧홧 달아올라서는 마치 뜨거운 물을 끼얹은 물고기처럼 펄쩍 뛰어올랐다.

"그, 그런 게 아니라 그, 그날 밤에 그게 없어서……, 저기 너무, 괴로웠기 때문에……. 아, 아뇨. 기분이 나빴다는 건 아니고요. 호, 혹시 모르니까 그, 그렇다고 뭘 바란다는 뜻은 아니고요. 그, 그……, 만약에 그, 그럴 수도 있으니까……. 만약에요."

"아하, 만약이라."

흠칫, 남자가 눈에 띄게 움츠러들었다.

"그…… 죄, 죄송합니다."

"뭐가?"

"아뇨. 저기……."

그녀는 손을 뻗어 그걸 쥐고 처음 보는 물건인 양 요리조리 보았다. 그동안 민지효는 옆에 서서 매 맞기 전 기립해 있는 초등학생처럼 고개를 푹 숙이고 있었다. 그녀는 잠시 뜸을 들이다 물었다.

"혹시 이 집에 있게 해 주는 대가로 자 줘야겠다고 생각했어?"

"아, 아뇨! 그, 그런 게……."

차마 말을 잇지 못하고 있다. 조금은 생각했었나 보다. 그럴 만도 하다고 이해하기 때문에 별로 기분이 상하거나 하진 않았다.

"아니면, 내가 요구할지도 모른다고 생각했다거나……."

"……."

"하긴, 그렇게 생각할 만도 하지. 내가 요구하면 넌 어쩔 수 없이 봉사할 생각이었던 거구나?"

"그, 그런 게 아니에요!"

당황한 얼굴로 굳어져 있던 남자가 갑자기 번쩍 고개를 들었다.

"보, 봉사한다거나 그런 생각, 안 했어요. 요, 요구할지도 모른다고 생각한 건 맞지만, 싫다든가 그런 게 아니라……. 저기, 그때…… 되게 기분이 좋았거든요. 근데…… 여, 역시 그, 그냥 그거만 하는 건 좀, 참기 힘들었기 때문에…… 그, 그래서 가지고 있었던 거지. 대가라든가, 그런 생각은…….”

흔들리는 눈동자로 울먹이며 횡설수설한다. 그녀는 눈을 가늘게 떴다. 아름다운 얼굴이 핏기를 잃어 창백하고, 긴장된 몸은 잘게 떨린다.

그 순간 그녀는 묘한 기분이 들었다. 자신보다 키도 크고, 야리야리해 보여도 일단 남자니까 힘도 셀 게 분명한 남자가 제 앞에서 완벽한 약자처럼 보이는 게 참 이상했다.

만약 그가 나쁜 마음을 먹고 겁탈이라도 하려 들면 자신은 제대로 저항하지 못할 것이다. 그런데 이런 것까지 사 놓고는 자신의 눈치나 보고 있었다는 사실이 어쩐지 우스웠다. 그리고 묘한 가학심이 들었다. 현수는 삐딱한 미소를 머금었다.

얘가 사람을 변태로 만드는 재주가 있네.

“그, 그래도, 기분 나쁘시죠. 죄송합……”

“지효야.”

“……네?”

“이거 나랑 쓸까?”

동그랗게 떠진 눈동자. 일렁일렁 가늘게 떨리는 그 눈빛에 그녀가 살짝 웃어 보였다.

“기껏 샀는데 아깝잖아. 응?”

“아…….”

“싫으면 말고”

“아, 아뇨.”

“어? 싫어?”

“아뇨, 아뇨. 싫은 게 아니라…….”

“그럼?”

놀리듯 웃는 얼굴에 창백했던 남자의 얼굴이 화끈, 다시 꽃 피는 것처럼 붉어진다.

"……좋아요."

그녀는 웃으며 천천히 옷을 벗었다. 머리 위로 티셔츠를 벗어 던지고 브래지어 호크를 끌러 내렸다. 남자의 눈동자에 열기가 고이고, 목덜미에 단단하게 힘이 들어가며 힘줄이 팽팽해졌다. 꽤나 만족스러운 반응이다. 그녀는 곧바로 바지도 벗어서 던졌다. 팬티 하나만 걸친 채 그의 앞으로 가 침대 위에 무릎을 대었다. 가늘게 떨리는 그의 손을 잡아당겨 가슴으로 이끌자, 침을 삼키는 듯 목울대가 크게 울렸다. 그 뻔한 반응에 그녀는 소리를 내어 웃었다.

"너무 긴장하지 마. 너 그러면 제대로 안 선다?"

"그, 그런 걱정은……."

"흐응? 그래?"

그가 가슴을 주무르는 사이, 남자의 상의 단추를 하나하나 풀어 내리던 그녀가 힐끗 아래를 본다. 그 시선을 느낀 듯 그가 살짝 숨을 들이켰다. 민지효 말처럼, 걱정할 필요는 없는 듯했다. 추리닝 바지 밑에서 눈에 띄게 부푼 부분이 꿈틀 움직이는 게 또렷하게 보였다. 그는 다시 키득거렸다.

"역시 젊다는 건 좋은 거구나."

"현수 씨도…… 젊어요."

"거참 고맙다."

"정말이에요."

어린애 취급을 받았다고 느꼈는지 좀 뚱한 음성으로 그가 웅얼거린다. 조심조심 보드랍게 가슴을 만지작거리던 손이 살짝 끄트머리를 쥐고 비틀었다. 그녀는 슬쩍 미간을 찌푸렸다. 처음에도 느꼈지만 애무에 능숙한 타입은 아니었다. 거친 걸 좋아하는 여자만 상대했다든가, 아니면 받기만 했다든가…….

"조금 살살해."

"아, 미안해요. 아파요?"

"응……."

손길이 조금 조심스러워졌다. 그가 섬세한 손가락으로 리드미컬하게 그녀의 가슴을 주무르다 한 손을 아래로 내려 팬티 위를 감싸 쥐었다.

그녀는 움찔했다. 손바닥으로 살살 문지르다 대뜸 손가락이 팬티 속으로 기어들어 오더니 안으로 들어가려 했다. 그녀는 몸을 움츠리며 그 손을 멈춰 세웠다. 갑작스러운 제지에 놀란 듯, 남자가 당황스러운 눈을 한다.

"아파요?"

"당연히 아프지."

"죄, 죄송해요……."

"가슴 다음엔 바로 거기야? 너, 생각보다 막 까진 건 아닌가 보다."

무슨 뜻인지 바로 이해하지 못한 듯 어리둥절한 눈이다. 그녀는 그의 상체에 걸쳐져 있는 옷을 벗겨 바닥에 내던지고는 확 뒤로 밀어 버렸다. 그 몸 위로 올라앉으며 씨익, 제 딴에는 꽤 요염해 보인다고 자부하는 미소를 머금었다.

"발랑 까진 내가 하나하나 가르쳐 줘야지."

"……저, 저기."

"여자는 말이야. 생각보다 더 섬세하다? 느끼는 곳이…… 더 많아."

무슨 뜻인지 알아들은 듯, 남자의 눈이 파르르 떨린다. 남자의 눈이 거의 검은색으로 보일 정도로 어둡게 가라앉았다. 거기에 적나라하게 드러난 욕망이 너무나 자극적이었다. 본인은 자각하지도 못한 채 무방비하게 드러낸 원초적인 욕구.

그녀는 달래 주듯 하얀 뺨에 쪽, 하고 입술을 누르고는 그의 배 위에 다리를 벌리고 앉아 엎드렸다. 뽀얀 허벅지가 야릇하게 벌어지는 모습에 그의 눈시울이 붉어졌다. 희고 낭창낭창한 몸이 흥분 때문인지 점차 붉은 기운을 띠었다.

"현수 씨……."

"응? 너무 재촉하지 마. 느긋하게. 응?"

"하지만…… 읏."

남자의 꿈틀거리는 허리를 허벅지로 단단하게 조이며 그의 가슴팍에 손을 짚어 마사지를 하듯 부드럽게 쓰다듬었다. 발그스레한 피부에 점차 미끈미끈 땀이 뱄다. 허리를 구부려 거기에 혀를 대었다가 살며시 입술을 눌렀다. 참지 못하겠다는 듯 남자가 등 뒤로 팔을 둘러 그녀를 꽉 끌어안았다. 그 바람에 가슴이 맞닿았다. 그녀는 미끈미끈한 맨살을 위아래로 마찰시키며 이를 세워 남자의 어깨선 위에서부터 목선까지 야금야금 깨물었다. 그의 입에서 가늘게 허덕이는 듯한 신음 소리가 새어 나왔다.

"너무 애태우면…… 오히려 괴로워요."

"정말?"

"으, 현수 씨……."

평소에도 어울리지 않게 저음이라고 생각했던 목소리가 거의 갈라질 듯한 중저음까지 내려앉았다. 그녀는 씩 웃으며 그의 귓가에 입술을 살짝 눌렀다.

"조금만 더 참아 봐. 응?"

귓가에 뜨거운 입김을 흘리며 말하자 그가 자라처럼 목을 움츠렸다. 그녀는 가늘게 웃으며 그의 목에 팔을 감고 그의 귓불을 살짝 물고 잡아당겼다. 그의 몸이 바들바들 떨린다.

이번에는 슬쩍 혀를 내밀어 그의 귀 안쪽을 핥았다. 귓바퀴를 부드럽게 훑다 슬쩍 안쪽을 찌르자 남자가 흠칫했다. 등 뒤에 둘러진 그의 팔에 아플 정도로 힘이 가해진다. 격렬한 반응에 여성으로서의 만족감이 차올랐다.

"지효야, 입 벌려 봐. 키스하자."

잘 훈련된 충견처럼 남자가 입을 벌렸다. 그녀는 아랫입술을 살짝살짝 깨물다가 혀로 살짝 훑었다.

애가 타 못 기다리겠다는 양 그가 혀를 내밀어 그녀의 입술을 핥았다. 손을 올려 그녀의 뒤통수를 붙잡고 제 쪽에서 먼저 허겁지겁 입술을 삼켰다. 입 안으로 밀려든 혀가 그녀의 혀를 부드럽게 얽어맸다. 그의 입에서 헐떡임과 함께 칭얼거리는 소리가 새어 나온다. 되게 야하다.

"헉, 으흡……. 으, 으음……."

누글누글하게, 끈적끈적하게 서로의 타액이 섞인다. 뜨거운 숨이 야릇하게 섞여 들어갔다. 그녀는 그의 머리를 감싸고 있던 손을 내려 야윈 목을 쓸어내렸다. 가슴께에 손가락을 대고 부드럽게 어루만지자 손가락 아래에서 미세한 근육들이 긴장하는 게 느껴졌다. 살짝 입술을 떼어 내자 불만스러운 듯 남자의 입에서 앓는 소리가 새어 나왔다. 그녀는 달래듯이 그의 뺨 양쪽에 입술을 누르고는 손을 내려 그의 바지 속에 집어넣었다.

"혀, 현수 씨……."

"아파?"

고개를 절레절레 흔든다. 그녀는 팬티를 젖혀 뜨겁게 꿈틀거리는 걸 조심조심 손에 쥐었다. 흡, 하고 그가 제 입을 틀어막았다. 손에 힘을 주자 움찔거리며 몸을 부르르 떤다.

"으……."

그녀는 그의 허벅지 사이에 무릎을 꿇고 앉아 그의 바지와 속옷을 끌어 내렸다. 그가 엉덩이를 들어 벗기기 쉽게 협조했다. 답답하게 누르고 있던 게 사라져서 홀가분한지 잔뜩 흥분해 벌겋게 부푼 남성이 움찔거리며 떨렸다. 그녀는 그의 머리칼 색보단 조금 짙은 빛깔의 수풀 위에 우뚝 솟은 커다란 성기를 보며 눈을 동그랗게 떴다.

"……의외로 크네?"

"으, 의외로?"

"아니, 너 얼굴만 보면…… 좀, 작을 거 같았거든."

"나, 나, 나 안 작아요!"

"응, 안 작네."

그녀는 어색하게 웃었다. 그 얼굴에 그게 무지막지스레 큰 쪽이 오히려 깨는데……. 남자들은 빠짐없이 그런 데 예민한 모양이다.

"저기, 너무 빤히 보시면……."

"응? 그럼 눈 감고 해 줘?"

"아니, 그게……. 윽, 현수 씨가……."

그녀는 굵게 일어서 있는 것을 양손으로 살며시 감아쥐었다. 흡, 하고 급한 숨을 들이켜며 그가 고개를 뒤로 젖혔다. 뜨끈뜨끈한 살이 손 안에서 더 크게 부푸는 게 느껴졌다.

조심스럽게 손에 힘을 줘 쥐었다가 풀자 그가 입술을 짓뭉개며 허덕이는 소리를 냈다. 그녀는 고통스러워 보일 정도로 단단하게 긴장하고 있는 허벅지를 쓰다듬어 주면서, 다른 한 손으론 벌겋게 부푼 걸 쥐고 끄트머리를 엄지로 부드럽게 둥글렸다. 거의 숨넘어갈 것처럼 헐떡인다. 꼭 작은 동물 한 마리를 괴롭히는 기분이었다. 도망칠 생각도 못 하고 손아귀에서 꼬물거리면서 떨기만 하는 그런 힘없는 동물 말이다.

"혀, 현수 씨, 저…… 못 참겠어요."

"조금만 더 참아 봐. 오래 참아야…… 나중에 더 기분 좋아."

"하, 하지만 혀, 현수 씨."

나른한 미소를 머금으며 미끄덩거리는 민감한 살을 힘줘 꾹 쥐었다. 아픔을 느낄 정도였는지 살짝 신음을 흘리며 그가 그녀의 팔을 붙잡는다. 달래듯 야릇하게 문지르며 쓸어 주자 뒤로 넘어가며 이를 악문다. 붉게 달아오른 눈가가 촉촉이 젖어 가는 것을 그녀는 신중한 눈으로 바라보며 절묘하게 애무해 갔다.

문뜩 그가 눈을 뜨고 그녀를 보았다. 시선을 맞춘 지 얼마 되지 않아 그가 자신을 쥐고 있는 그녀의 손을 치우고는 팔을 잡아당겨 침대 위로 눕혀 버렸다. 그리고 그 위로 제 몸을 덮으며 급하게 그녀의 팬티를 끌어 내렸다. 어찌나 다급한지 채 전부 벗겨 내지도 못한 속옷이 한쪽 다리에서 덜렁거리는 채로 그가 허벅지 사이에 자리를 잡았다.

손으로 촉촉이 습기를 머금고 있는 부분을 쓰다듬다가 길게 제 손가락을 쭉 밀어 넣는다. 약간 아팠지만 못 참을 정도는 아니었다. 그녀는 작게 신음하며 몸을 뒤로 유연하게 휘었다. 그가 미끈거리는 속살을 손가락으로 휘젓다가 도저히 흥분을 참지 못하겠는지 다리 사이에 아플 정도로 단단히 일어선 것을 슬쩍 밀어붙였다. 뜨거운 감촉에 그녀는 흠칫하며 엉덩이를 뒤로 뺐다.

"지효야, 콘돔, 콘돔!"

그녀가 피하는 게 불만스러운 양 그가 엉덩이를 움켜쥐고 고개를 흔들었다. 막무가내로 밀어붙이는 행동에 그녀가 휙 남자의 귀를 잡아당겼다.

"아, 아파요."

"콘돔 해야지!"

"윽, 자, 잠깐만요."

더듬더듬 콘돔을 쥐고 떨리는 손으로 포장을 뜯었다. 급하고 어눌한 손놀림에 혹시라도 찢을까 싶어 그녀는 그걸 빼앗아 들었다. 그러고는 끝을 쥐고 조심스럽게 씌워 주자 그의 입에서 갈라지는 듯한 신음 소리가 새어 나왔다. 더 이상 견디기가 힘들다는 듯 그가 그녀의 손을 치우고 허겁지겁 다리 사이에 제 허리를 집어넣었다. 그리고 예고도 없이 단번에 밀고 들어왔다.

“아, 아아…….”

“야, 아파.”

“미안해요. 근데…… 아, 현수 씨, 어떡해요……. 못 기다리겠어요.”

발갛게 달아오른 얼굴이 제 위에서 울먹거렸다. 그녀는 거북하게 들어차 있는 것에 미간을 모았다. 아플 정도로 빠듯하게 안을 채우고 있던 게 움찔거리더니 리드미컬하게 움직이기 시작했다. 그녀는 쑥 빠져나갔다 밀고 들어오는 것에 맞추어 허리를 움직였다.

그의 떨리는 손이 어째야 좋을지 모르겠다는 양 그녀의 머리맡에서 헤맸다.

그 손을 마주 잡아 깍지를 꼈다. 겁먹은 동물같이 항시 움츠리고 있던 몸이 역동적으로 움직이며 뜨거운 열기를 내뿜었다. 몽롱하게 흐려진 눈동자가 멍하니 그녀를 내려다보았다.

땀이 뚝뚝 떨어지는 얼굴. 뿌옇게 터져 나오는 입김. 헐떡이는 숨소리.

“지효야, 조금만, 조금만 천천히…….”

“흐윽……. 모, 못 하겠어요. 내 마음대로…… 안 돼요.”

거의 흐느끼는 듯한 소리를 흘리며 그가 꿈틀거렸다. 어쩔 줄 몰라 하는 그 표정에 가슴 어딘가에서 떨림이 일었다. 그는 완벽하게 그녀에게 몰입하고 있었다. 그리고 그녀는 그런 그를 비교적 침착한 상태로 올려다보고 있었다. 한 사람이 완전히 자신에게 얽매여 있다는 설명 못 할 만족감이 내부에서 천천히 부풀어 올랐다.

고통스러운 듯 얼굴을 일그러뜨리며 몰아쉬는 숨. 꽉 움켜쥐고 있는 손. 울먹이는 눈.

소름 끼치도록 예쁘다. 앤 지금 날 원하고 있는 거구나.

그런 생각이 야릇한 감정을 고조시켰다. 내가 누군가의 이성을 송두리째 뒤흔들고 있다. 마치 물에 빠진 사람처럼 절박하게 내 안에서 몸부림치고 있다. 안타까움과 만족감이 동시에 들었다. 살과 살이 스치고, 숨과 숨이 섞이고, 깊숙이 연결된 채 노골적으로 서로를 느낀다.

항상 머리 한구석에 나 있는 구멍. 그 정신적인 결핍감이 일순간 빠듯하게 채워지는 듯하다.

"지효야……."

"혀, 현수 씨. 아, 어떡해……. 으윽……."

그녀는 그의 허리에 다리를 감았다. 빠르게 흔들리는 몸이 마치 질주하는 기수처럼 팽팽하게 긴장되었다. 율동적으로 움직이던 몸이 점점 빨라지고, 리듬은 불규칙적이 되었다.

그가 어느 순간 고개를 뒤로 치켜들고 몸을 부르르 떨었다. 그의 젖은 얼굴을 따라 목덜미까지 또르르 흐른 땀방울이 뚝뚝 떨어졌다. 그녀는 혀를 내밀어 그걸 맛보았다. 그가 격렬하게 숨을 토해 냈다. 그리고 곧 그녀의 몸 위로 죽은 것처럼 늘어졌다.

뜨거운 몸이 기분 좋게 미끈거린다. 나른한 만족감. 하아, 하고 깊은 숨을 몰아 내쉬며 그녀가 그의 어깨에 입술을 눌렀다. 그가 살짝 고개를 들었다. 얼떨떨하고 뭔가에 충격을 받은 듯한 얼굴이었다. 그걸 멍하니 마주 보다가 슬쩍 웃었다.

"되게 끝내준다. 그치?"

그가 멍하니 눈을 깜빡였다. 쪽 하고 입을 맞추자 그제야 정신을 차린 듯 얼굴이 천천히 달아올랐다.

난생처음으로 오르가슴을 느낀 사람처럼 멍한 남자를 빤히 바라보며,

그녀는 제 안에서도 한순간 부풀어 올랐던 느낌을 모르는 척 태연하게 웃어 넘겨 버렸다.

그날 이후, 그들은 그런 애매모호한 상태를 계속 지속해 나갔다. 같은 집, 같은 침대에서 자고, 때로는 아니, 사실 굉장히 자주 섹스를 하지만 연인은 아닌 관계. 그렇다고 섹스 파트너냐고 하면, 그것도 아니다. 연인이 아니면 그것밖에 없겠지만, 그렇게 치부하기엔 좀 더 긴밀한 유대가 그들 사이에 있었다.

남자는 놀랄 정도로 빠르게 그녀에게 몰두하고 있었고, 그녀는 그걸 모르는 척 받아 주었다. 무감각해 보이는 그의 내부에, 실은 애정에 목말라 있는 부분이 있다는 건 어렵지 않게 눈치챌 수 있었다. 그녀는 그것을 채워 주었다. 그리고 그에게서 자신이 원하는 바를 얻어 냈다.

그건 추운 겨울, 짝 없는 짐승 둘이 우연히 같은 굴에 틀어박혀 온기를 나누는 것과 마찬가지였다.

하지만 그 이상은 아니었다.

때마침 곁에 있었던 사람에게서 온기를 구한다. 다정함을 원하는 사람끼리 그걸 나눈다. 그뿐이었다. 전혀 모르는 타인일지라도 뜨거운 피와 살, 그리고 고독을 품고만 있다면 그 순간만큼은 교감할 수 있다.

혼자서는 도저히 견디기 힘들 만큼, 올해 겨울은 유난히 지독했다.

#4장

쨍그랑!

과일 안주가 가득 들어 있던 그릇이 바닥에 나동그라졌다. 시끄러운 음악 소리가 요란하게 울리고 있었음에도 사람들은 소란을 귀신같이 눈치 채고는 웅성거렸다.

지효는 유니폼 위의 얼룩덜룩한 음식물 찌꺼기를 손끝으로 훑어 조심스럽게 털어 내며 살짝 고개를 들었다. 그러자 술기운으로 벌겋게 달아오른 얼굴에 일그러진 웃음을 가득 머금은 남자가 와락 멱살을 거머쥐었다.

“이거 아주 웃기는 새끼네. 손님 기분을 상하게 했으면 넙죽 무릎 꿇고 사과부터 해야지, 자기 옷부터 닦는 거 봐라.”

“야, 너 미쳤냐? 왜 그래?”

“놔둬라. 재 벼르고 있었잖아. 꼴리는 대로 하게 둬.”

그의 일행으로 보이는 남자 셋이 낄낄거리며 야유했다. 지효는 가느다랗게 뜬 눈으로 덩치가 큰 남자의 얼굴을 올려다보았다.

선이 거친 얼굴이 언뜻 눈에 익다. 수시로 드나드는 단골 중 하나였다. 점장이 조심해서 접대해야 한다고 좀 유난을 떠는 손님. 있는 집 자식이라는 것, 그리고 올 때마다 소란을 피운다는 것 외엔 잘 모르는 사람이었다.

그가 친구 서너 명을 이끌고 하이에나처럼 입성하면 꽤 인기 있는 호스티스 네다섯 명은 그 룸에 달라붙어 서비스를 해야 하고, 누군가를 상대로 화풀이를 하고 싶어 하면 누구든 그 상대가 되어 주어야 한다는 것 외에는. 그리고 그 상대는 민지효가 이 가게에 들어온 이래로 변한 적이 없다.

"야, 이 새끼야! 왜 말이 없어. 고개부터 숙이고 사과하라고. 너 때문에 술상이 다 엎어졌잖아!"

"……죄송합니다."

"이거 봐라, 이거 봐. 야야, 이게 지금 죄송한 얼굴이냐? 너희가 보기엔 얘가 지금 죄송해하는 거 같냐?"

남자가 툭툭 손가락 끝으로 지효의 이마를 찔렀다. 그는 눈을 내리깔았다. 그가 서빙하던 쟁반은 남자의 손에 걸려 장렬하게 널브러진 상태였다. 테이블 위와 바닥에는 깨진 양주병, 컵, 안주들이 쏟아져 그야말로 엉망진창. 남자가 그것을 손가락으로 가리키며 언성을 높였다.

"이거 지금 어쩔 거냐고, 이거."

"새끼, 왜 불쌍한 애 붙들고 자꾸 시비냐. 먹고살 게 좀 놔둬라."

"씨발, 안 닥쳐?"

육포 하나를 입에 물고 질겅질겅 씹던 친구 하나가 경박한 웃음을 흘리며 끼어들자 남자가 거칠게 소리쳤다. 다른 남자들 입에서도 몇 마디 욕설과 웃음소리가 흘러나왔다.

지효는 슬쩍 눈길을 돌려 주변을 살폈다. 웅성웅성 수십 쌍의 시선이 자신에게 와 박히는 게 느껴졌다. 기분이 나쁘다기보다는 피곤함이 밀려들었다. 그는 차라리 몇 대 맞고 빨리 이 상황이 끝났으면 싶었다.

"새끼야, 입이 얼었냐? 왜 말이 없어?"

"……당장 치워 드리겠습니다, 손님. 정말로 죄송합니다. 술과 안주는 다시 가져다 드리겠습니다."

"지금 치우는 게 문제야? 너 때문에 내 기분이 지금 더러워졌잖아. 어? 어떻게 책임질 건데? 어떻게?"

"……."

"새끼 또 입 다무는 거 봐라."

점점 세기를 더하며 이마를 찌르던 손으로 이젠 주먹을 쥐어 가슴께를 위협적으로 툭, 쳤다. 지효는 휘청하고 뒤로 물러나다 바닥에 떨어져 있던 쟁반을 밟았다. 그러다 미끄러져 털썩 바닥에 주저앉고 말았다. 그 모습을 보고 남자가 웃음을 터뜨렸다. 소동이 점점 커지자 춤을 추던 사람들, 손님을 접대하던 호스티스 몇몇과 보타이를 맨 남자 몇이 고개를 디밀었다.

"민지효, 왜 그래?"

"뭐야, 무슨 일이야?"

호스티스 하나가 다가와 일으켜 주려 하자 그는 조심스러운 손길로 그 팔을 치우며 자리에서 일어났다. 이제 남자는 서비스가 개판이라느니, 이 따위로밖에 못 하냐느니 고래고래 소리를 질러 대기 시작했다.

안 되겠다 싶었는지 점장이 나서서 수습했다. 그는 빨리 저리로 가 있으라는 점장의 눈짓에 슬금슬금 물러났다. 술기운이 올랐는지, 아니면 사람들이 북적거리자 주의력을 잃은 건지 평소 꽤 집요하게 물고 늘어지던 남자는 민지효가 사라지는 것도 눈치채지 못하고 버럭버럭 언성만 높였다.

"저 새낀 왜 허구한 날 와서 지랄이야."

거의 도망치다시피 휴게실로 들어가자 뒤따라온 호스티스가 등 뒤로 문을 닫으며 히스테릭하게 외쳤다. 그는 뒤도 돌아보지 않고 구석진 곳에 있는 자신의 로커 문을 열었다.

얼룩덜룩한 소매 커프스단추를 끄르는데 여자가 타월을 꺼내 건넸다. 그는 받아 들 생각은 않고 잠깐 그걸 보기만 했다.

"뭐 해? 얼른 받아."

"……고맙습니다."

끈적끈적한 손을 타월에 닦고 마저 단추를 풀었다.

여자는 나갈 생각이 없는 듯 약간 덜컹거리는 의자에 긴 다리를 꼬고 앉았다. 허벅지까지 내보이는 짧은 치맛자락이 살짝 올라가며 거의 팬티 아래까지 드러났다. 그는 시선을 바로 하고는 몰래 한숨을 삼켰다.

여자가 왜 뒤따라 들어왔는지는 명백했다. 기분이 가라앉는다.

"저기……."

그 여자를 자주 보았고, 몇 번인가는 그녀의 집에서 잤던 적도 있었는데, 정작 이름이 뭔지는 생각이 안 났다. 그는 애매하게 호칭을 흐리다 뒷말을 이었다.

"옷을 갈아입고 싶은데……."

"갈아입어. 누가 뭐라니? 볼꼴 못 볼꼴 다 본 사이에 새삼 내외할 거 있어? 서로 더한 꼴도 봤는데."

확실히 온몸을 핥듯이 달라붙는 여자의 눈빛은 새삼스러울 것도, 특별할 것도 없었다. 그는 곧 젖은 소매를 접어 올리고는 얼룩진 조끼를 벗어 걸었다.

그는 여자의 이름도 기억하지 못했고, 그녀와 뭘 어떻게 했는지도 기억하지 못했다. 그건 너무나 일상적으로, 너무나 의미 없이 벌어지는 일이었다. 화장실을 하루에 몇 번 가는지 휴지는 몇 장 썼는지 일일이 기억하는 사람은 없다.

여기에는 너무나 많은 여자가 있고, 그 여자들은 모두 자신의 이름으로 불리지 않는다. 그들은 모 연예인, 모 아이돌 가수, 모 유명 여배우의 이름으로 불린다.

눈이 누굴 닮으면 그 이름을 제 가슴께에 건다. 코와 입매가 누구누구를 닮으면 그 누구누구 이름을 건다. 인기 있는 연예인의 이름은 꼭 두 명 이상 있었다. 세 명까지는 매니저가 허락하지 않지만, 두 명까지는 봐준다.

술에 취한 사람이 '누구누구를 데려와!' 하면 둘 중 누굴 데려가도 손님은 잘 모른다. 점장은 인기 있는 연예인 이름은 자주 불리기 때문에 그래도 두 명은 있어야 한다고 했다.

그들이 어떤 명패를 걸든 그건 그 정도 의미밖에 되지 않는 것이다. 일종의 브랜드고 간판인 셈이다. 섹스도 그렇다. 그건 여자들의 업무 중 하나였고, 그는 딱히 그것을 경멸할 생각은 없었다. 사실 그럴 주제도 못 됐다. 그건 그냥 먹고살기 위해, 혹은 가지고 싶은 것을 사기 위해, 또는 카드 빚을 갚기 위해 그들이 선택한 일일 뿐이다.

그 역시 마찬가지였다. 섹스는 단지 살아갈 수단에 불과했다. 여자들은 남자들에게 쾌락을 팔고 그 대가로 돈을 받는다. 그리고 민지효는 그런 여자들의 욕구를 해결해 주는 대가로 의식주를 해결한다. 그것은 침대에 누워서 잠을 자고, 화장실에 가서 변을 보고, 배가 고프면 식사를 하는 것처럼, 살기 위해서 해야 하는 일 중 하나에 지나지 않았다.

그런 것에 오르가슴을 느끼는 사람은 없다. 때문에 지효는 정말로 한 번도, 쾌락을 느껴 본 적이 없었다. 단 한 번도.

"더 가까이 닿으면 틀림없이 기분 좋을 거야. 그런 걸 느껴 본 적이 없다니, 좀 안타깝다."

그는 거의 무의식중에 현수를 떠올렸다. 그녀의 부드러운 손길과 애태우는 웃음소리를 떠올리자 몸이 불안정하게 들떴다.

그뿐만이 아니었다. 아랫배는 나비라도 들어 있는 것처럼 근지럽고 배속은 기묘하게 울렁거렸다. 최근 그는 정말로 이상했다. 그녀를 떠올리는 것만으로도 몸이 반응을 보인다.

그는 입 안의 살을 잘근잘근 깨물었다.

차라리 감기에 걸렸으면 좋았을 텐데. 그러면 그 핑계로 일하러 나오지 않아도 됐을 것이다. 따뜻한 침대에 누워서 그녀의 간호를 받을 수도 있겠지. 그녀가 죽을 먹여 주고, 열을 식혀 주고, 따뜻하고 부드러운 알몸으로 끌어안아 주었을 것이다.

곧이어 온몸이 만신창이가 될 걸 그랬나 하는 후회가 뒤따른다. 남자에게 몇 대인가 얻어맞았다면, 그녀는 그 상처를 보고 동정해 주었을 것이다. 좀 퉁명스럽게 툴툴거리면서도 섬세한 손길로 상처 하나하나에 약을 발라 주고, 멍이 든 곳은 찜질을 해 주겠지. 온몸이 멍투성이가 되면 온몸에 그 손길이 닿을 것이다. 마치 깨지기 쉬운 유리를 다루듯 조심스럽고, 부드럽게…….

"야, 너 요즘은 어디 붙어 자냐?"

그는 흠칫 망상에서 벗어났다. 제가 보내는 신호를 무시하는 것에 약이 올랐는지 여자가 새치름해진 표정으로 제 코앞에서 인조 속눈썹을 펄럭였다.

"애들한테 물어보니까 지금 너 재워 주는 애들 없다더라. 너 한동안 가게 안 나왔을 때, 어느 년이 꽁꽁 감춰 둔 거냐고 유나가 아주 지랄을 했는데. 그년이 너 진짜 좋아하잖아."

"……."

"그래서 누구야? 여기 애들 아니면 손님이야? 저번에 뒤룩뒤룩 살찐 년이 너한테 찝쩍대던데. 요즘은 그년 집에 가서 붙어먹는 중이니? 남편도 있다던데 열나게 밝힌다더라. 여기 시도 때도 없이 들락거리는 거 보면 돈은 좀 있는 거 같던데."

"……무슨 말을 하고 싶은 거예요?"

"미리 예약이나 할까 하고. 그년한테 떨어져 나오면 내 집으로 갈래? 요즘, 스폰서도 잘 안 잡히거든."

"됐어요."

"어쭈, 뭐가 있긴 있나 보네?"

빼곡히 큐빅이 박혀 있는 긴 손톱이 그의 얼굴에 와 닿았다. 여자가 그의 턱을 쥐고 요리조리 살펴보더니, 끈적끈적한 립글로스 범벅인 입술을 뒤틀었다.

"매일 빌빌거리더니 요즘은 안색도 좋고, 그렇게 피곤해 뵈지도 않고. 어디 부잣집에 들어앉아 호의호식하나 보다고 계집애들 말 많던데, 정말 그런 거야?"

"……."

"하여간 재주도 좋아. 넌 가만 보면 웬만한 텐프로보다 실적이 좋은 거 같더라. 한 번도 네 물주 끊기는 걸 본 적이 없어. 어지간히도 잘 문다니까. 아, 혹시 이번엔 년이 아니라 놈이니?"

"……."

"아까 그 새끼가 왜 너만 보면 지랄발광인 줄 알아? 소희가 그러는데, 그놈 게이라더라. 전에 보니까 약이라도 빨았는지 눈깔이 풀려서는 룸에서 친구놈 하나랑 뒤엉켜 있더란다. 그치가 너만 보면 못 잡아먹어서 안달을 하는 이유가 다 있더라고. 제정신이 아니라서 그렇지 돈 씀씀이 하난 끝내 준다던데. 네 생각은 어때?"

여자가 삐뚜름한 미소를 머금으며 도발하듯 올려다봤다. 그는 가만히 아무 말 없이 그녀의 얼굴을 빤히 내려다보기만 했다. 그러자 여자의 느물느물한 얼굴이 서서히 굳어지더니 곧 암팡지게 일그러졌다.

"왜 대답이 없어? 지금 내 말 씹어? 쥐뿔도 없으면서 자존심은 있다는 거야? 웃겨. 남창 새끼가. 넌 우리보다도 싸구려잖아. 우린 그래도 비싼 값에 팔기라도 하지, 돈 몇 푼에 마구 굴리는 주제에."

"……."

"또 입 다무는 거 봐라. 병신 새끼. 무슨 소릴 들어도 한 마디도 못 해."

여자가 거칠게 손을 털어 냈다. 그 동작에 살짝 뺨이 긁혔다. 살갗이 인 것 같진 않지만, 따끔했다. 그걸 손끝으로 쓸다가 고개를 치켜들고 있는 여자를 바라보았다. 더 할 말 있으면 하라는 듯. 그러자 여자가 악을 썼다.

"씨발. 그 표정, 얼마나 소름 끼치는 줄 알아?"

여자가 살짝 몸서리를 치더니 날카로운 하이힐을 또각이며 시끄러운 음악 속으로 사라져 버린다.

그는 주섬주섬 옷을 갈아입고 밖으로 나갔다. 그를 본 웨이터 하나가 소릴 질렀다.

"야! 10번 테이블에 서빙해. 또 엎으면 아구창 날아갈 줄 알아!"

그는 잠깐 미안해졌다. 이런 곳에서 그녀를 떠올린 것만으로도 마치 그녀에게 오물을 묻힌 것 같아서.

그는 창문 하나 없는 지하실 방에서 사생아로 태어났다. 아버지는 누구인지 모른다. 그를 낳은 여자는 자신을 자주 찾던 미군 셋 중 하나일 거라고만 했다. 하지만 한 번도 그들을 본 적은 없었다. 혹 만났다고 해도 모르고 지나쳤을지도 모른다.

괭장히 많은 남자가 여자를 찾아왔고, 그는 그들을 하나하나 기억하지 못한다.

그의 어머니는 창녀는 아니었지만, 거의 창녀나 다름없었다. 그녀는 유흥업소에서 노래 부르는 일을 했다. 실력은 별로였지만 반반한 얼굴로 남자들의 관심을 한 몸에 끌어모았다. 허벅지까지 드러나는 짧은 치마에 가슴골이 훤히 내비치는 꽉 끼는 옷을 입고 그녀가 무대에서 흐느적거릴 때면 남자들은 시선을 떼지 못했다. 그녀의 형편없는 노래는 별문제가 되지 않았다. 남자들은 그녀를 매우 좋아했다.

여자는 거의 대부분 술에 취해 있거나 약에 취해 있었지만, 그렇게 가혹한 어머니는 아니었다. 감정적으로 기복이 매우 심하고 불안정했지만 대개 그에게는 다정했다. 맨정신일 때는 제법 챙겨 주려고 하기도 했고, 그렇지 않을 때도 그를 때리거나 학대한 적은 없었다.

문제는 그녀를 둘러싼 환경과 그녀가 데려오는 남자들이었다. 그는 때때로 남자들에게 맞기도 했고, 그녀가 그들을 상대하는 동안에는 수시로 굶기도 했다.

그래도 그녀를 원망한 적은 없었다. 깨어 있을 때는 제게 잘해 주려 노력하는 걸 알고 있었기 때문이었다. 그녀는 자신을 사랑했다. 때로는 매달리듯 예뻐해 주기도 했다. 하지만 그가 기억하는 아주 어린 시절부터, 그 여자는 정신적으로 그보다 미숙하고 연약한 상태였다.

어린아이처럼 충동적이고 감상적이며 유혹에 한없이 약한 인간. 타인이 떠미는 대로 살아온 여자.

그녀는 뻔한 도피처로 파고들었다. 알코올 중독, 마약 중독. 그가 중학교를 다닐 즈음에는 상습적으로 손목을 긋기 시작했다. 대개 가벼운 흉터만 남기고 끝났지만 여자는 습관적으로 그 행위를 반복했다. 남자들이 집에 출입하는 횟수가 증가했고, 곧 그녀의 반지하 방은 약을 하는 창녀들이 드나드는 아지트로 변해 갔다.

그러다가 결국은 끝이 났다.

약물 과용으로 여자가 죽자 그는 복지 시설로 들어갔다. 하지만 고아원 내에서 벌어지는 원내생들의 폭행을 견디다 못해 거기서도 도망쳐 나왔다. 그 다음부터는 학교도 제대로 다니지 못하고 숙식이 제공되는 주유소 아르바이트나 터미널 휴게소 같은 데서 노동 착취를 당하며 몇 년을 전전했다.

노숙을 한 적도 있었고, 식사를 거르는 일도 허다했다. 그러다 열아홉 살이 되자마자 군에 입대했다. 잠을 잘 곳이 있고, 매 끼니를 거르지 않을 수만 있다면 차라리 그게 낫겠다고 생각했지만 오산이었다.

외부와 차단된 폐쇄적인 공간에서, 가냘픈 외모에 예쁘장한 얼굴, 소년 티 물씬 풍기던 민지효는 그리 달가운 대상이 아니었다. 모두가 그에게 이상한 경멸감 같은 것을 품게 된 보였다. 그들은 억눌린 성욕에서 기인한 뒤틀린 분노를 그를 통해 배출하고자 했다. 그나마 가벼운 폭력이나 괴롭힘 정도의 선에서 끝났지만, 때로는 직접적으로 추행을 하는 놈도 더러 있었다. 지옥 같은 2년을 보내고 제대한 다음에는 차라리 모든 것에 무감각해졌다.

그는 그저 죽지 못해 하루하루를 살아갈 뿐이었다. 할 줄 아는 것 하나 없이, 가진 것 하나 없이, 배운 것 하나 없이 흘러가는 대로 살았다. 돈 많은 여자의 장난감 노릇을 해 주며 한동안 꽤 호화롭게 산 적도 있고, 그 여자의 부모에게 내쫓겨 너덜너덜해진 꼴로 거리에 버려진 적도 있었다.

연예인이 되어 보지 않겠느냐며 꼬드긴 남자를 따라갔다가 게이클럽 같은 데 끌려갈 뻔한 적도 있고, 거기까진 아니었지만 호스트 정도는 했었다. 하지만 말재간도 없고, 어딘가 음울한 민지효에게 사람들은 금방 흥미를 잃었다. 이 나이 먹도록 제대로 배운 것 하나 없어 할 수 있는 일도 없고, 결국 클럽에서 삐끼 노릇을 하거나 바에서 웨이터 겸 전시품 노릇을 하며 연명하는 게 전부.

그는 그런 무기력한 생물이었다. 예쁘장한 외모 외엔 아무것도 가진 것 없이 바닥을 기어다니는 생물. 그에게 호기심을 느끼고 접근하는 사람들은 늘 있었지만, 그런 얄팍한 관심은 오래 가는 법이 없었다. 마치 죽은 사람처럼 음습하고 정적인 그에게서 그들은 곧 매력보다는 오싹함을 느꼈다.

그는 점점 병적일 정도로 무감각해져 갔다. 기쁨도, 쾌락도, 느끼는 법을 잊어버렸다. 생물이 가지는 기본적인 욕구 외의 격렬한 무언가를 느껴 본 일이 없다. 자신의 상황에 분노하는 일조차 없었다. 완벽하게 무력감을 학습한 생물은 제게 가해지는 고통을 가만히 받아들일 뿐이었다. 도망치려고도, 벗어나려고도 하지 않는다.

그는 최대한 둔감해지는 것으로 자신을 보호했다. 배고픔. 수면욕. 배변욕. 그 외의 불필요한 감정은 흘려버렸다. 그는 늘 자신이 반쯤 죽어 있다고 느꼈다.

“현수 씨…… 한 번만 더 하면, 힘들까요?”

하지만 지금, 늘어져 있는 여자의 말랑한 몸 위에 살며시 제 몸을 기대며 달아오른 눈빛을 보내는 남자는, 그 시체 같던 민지효가 아니었다.

꺼질 듯이 황폐했던 눈동자에 주체 못 할 열기를 가득 담고 여자의 노곤한 웃음을 바라본다. 그는 이전에는 느껴 보지 못한 갈망에 몸이 타들어 가는 걸 느꼈다.

가슴이 조여드는 그 알싸한 통증은, 그녀를 만나기 전에는 존재하는지도 몰랐던 것이라 어떻게 대처해야 좋을지 알 수 없었다. 그저 제 안에서 북받쳐 오는 것을 어쩌질 못하고 오로지 그녀에게 쏟아붓기만 할 뿐이었다. 그녀가 그걸 받아 주기에 그는 헤어나지 못하고 점점 더 그 감각에 빠져들었다.

이제 갓 태어난 새끼가 맹목적으로 어미를 바라보듯 그녀를 바라보자 가늘게 킥킥 소리를 내어 웃는다.

“완전 여리여리하게 생겨 가지고는, 너 의외로 집요해.”

“……싫어요?”

“난 너처럼 젊지가 않아서, 하루에 몇 번씩 하자고 매일 덤비면 체력적으로 못 견뎌.”

“……그렇게 나이 든 사람처럼 말하는 것 좀 관둬요. 나랑 별로 차이도 안 나 보이는데.”

“장난해? 20대랑 30대가 같니? 완전 애기 피부를 해서는……. 자랑은 아니지만, 내 생애에 동안이라는 소린 들어 본 적도 없어.”

“현수 씨 피부도 되게 좋아요.”

힐끔 그가 그녀의 뽀얗게 드러난 가슴을 바라보며 웅얼거렸다.

그게 얼마나 부드럽고 말랑말랑하고 촉촉한지. 분홍빛이 발그스레하게 감도는 가슴을 보노라니 입에 침이 마른다. 스스로를 불감증이라고, 혹은 너무 많이 노출돼서 오히려 아무것도 느끼지 못하게 된 상태라고 생각했던 게 믿어지지 않는다. 그녀의 곁에만 가도 온몸이 달아오르고, 남성은 아플 정도로 부풀어 오른다. 예전에는 흉물스럽고 혐오스럽게만 느껴졌던 성기의 변화가 이젠 기대감마저 불러일으켰다.

“현수 씨는…… 보드랍고, 예뻐요.”

그가 손을 뻗어 예민하게 부푼 가슴을 쓰다듬자 그녀의 입에서 나른한 숨결이 새어 나왔다. 심장이 아프게 조여들었다. 그는 슬그머니 그녀의 허리를 끌어안았다. 하지만 낙지처럼 엉겨들려는 걸 그녀가 단호하게 밀어냈다. 그의 입에서 칭얼거리는 소리가 새어 나왔다.

"현수 씨이……."

"진짜로 안 돼. 나 오늘 나간단 말이야. 지금 자도 몇 시간 못 자는데……."

그녀가 창밖으로 파랗게 밝아 오는 하늘을 바라보며 한숨을 내쉬었다. 그는 그녀의 목덜미에 비비적거리던 머리를 슬쩍 들었다.

외출? 그가 알기로 여자가 밖에 나가는 경우는 편의점에 갈 때 정도였다. 집에서 항상 뭘 하는지 컴퓨터를 붙들고 뚝딱거리거나 TV를 보거나 하던 사람인지라, 일정이 있다는 게 의아했다.

"오늘…… 무슨 일 있어요?"

"어, 별건 아니고, 약속이 있어서."

"무슨 약속이요?"

그녀가 대답하는 대신 가만히 그를 응시하기만 했다. 그제야 그는 자신이 주제도 모르고 캐물은 건가 싶어 뜨끔했다. 흠칫, 그녀의 몸에서 손을 떼며 얼버무리려는데 그녀가 희미한 미소를 머금으며 입을 열었다.

"언니가 온다고 해서 만나기로 했거든."

"아……."

그는 그 미소에 안심하며 어깨에서 힘을 뺐다.

"형제가 있구나."

"응, 언니 하나뿐이지만. 나이 차이가 많이 나서 그렇게 친하진 않아."

"몇 살 차이 나는데요?"

"열한 살."

그는 힐끔 그녀의 표정을 살피고 더 물어도 되는 건지 잠깐 갈등했다.

언니 말고 다른 가족들은 있는 걸까? 있다면 왜 따로 사는 걸까? 없다면 언제부터 혼자였을까? 근질근질 부풀어 오르는 그런 질문들에 그는 당혹감을 느꼈다. 이전에는 누굴 알고 싶다고 느껴 본 일이 없었다. 타인을 유해하거나 무해하거나, 그런 식으로만 인식해 왔던 터라 익숙지 않은 호기심을 어떻게 해소해야 좋을지 알 수 없었다. 괜히 살피며 우물쭈물하는데 그녀가 재미있다는 양 웃었다.

"궁금한 거 있으면 물어봐. 대답해 줄 테니까."

"아, 저기…… 언니분은 어디 다른 지역에서 사세요?"

"응. 우리 언니는 대구에서 과수원 해."

"그렇구나."

"나도 거기서 살았는데, 대학 간다고 서울로 유학 왔지. 언니는 거의 가출이나 다름없다고 하지만."

"……가출요?"

"가족들은 반대하는데 그냥 내 멋대로 대학교 원서 넣고 붙자마자 배낭에 짐 싸 들고 훌훌 와 버렸거든. 학비는 대출 받고, 기숙사 들어가 살면서 생활비는 알바로 벌고, 뭐 그렇게 살았어. 혈기 넘치던 반항아였지."

단조로운 목소리에 뭐가 재밌는지 드문드문 웃음기가 묻어난다. 그는 묘한 눈길로 그녀를 바라보았다. 혈기 넘치던 반항아. 그녀와 어울리는 것 같으면서도 뭔가 어울리지 않는다.

따뜻하고 부드럽지만, 어딘가가 무료하고 권태로워 보이는 그녀에게 그런 열정을 불어넣은 게 대체 무엇이었을까. 그녀가 갑자기 그의 목에 팔을 둘러 끌어안고 크게 하품을 했다. 그러고는 그의 어깨에 머리를 기대며 장난스럽게 말했다.

"그때 내 눈에 걸렸으면 네가 먼저 뻗었을걸? 내가 생각해도 기운이 넘치고 정력적이었거든. 진짜, 제대로 미쳤었지."

"……뭐에요?"

결국 그는, 궁금증을 참지 못하고 그 질문을 토해 냈다.

"뭐에, 미쳤었는데요?"

그녀가 흘깃 그를 올려다보았다. 어딘가 어두침침하게 느껴지는 시선이었다. 하지만 그 서늘한 눈빛은 졸음에 겨운 듯 아래로 내려온 눈꺼풀 밑으로 순식간에 사라져 버렸다. 그녀가 무성의하게 대꾸했다.

"몰라."

"……."

"잊어버렸어, 뭐에 미쳤었는지."

그러고는 그의 어깨에 머리를 기댄 채 곧 잠에 빠져들었다. 그는 가만히 천장만 올려다보았다. 가슴에 닿는 그녀의 고른 숨결이 조금 서늘하게 느껴졌다.

위잉거리는 소음에 눈을 떴을 때, 그녀는 헤어드라이어로 머리를 말리고 있었다. 방금 막 씻고 나왔는지 물기 어린 몸에 속옷만 걸치고서 거울 앞에 선 모습을 멍하니 바라보자, 그녀가 고개를 돌려 미안한 듯 말했다.

"깼어? 시끄럽지? 잠깐만, 금방 끝낼게."

"아니에요. 천천히 해요."

그녀가 작게 웃으며 다시 거울로 시선을 돌렸다. 그는 가물가물 졸린 눈으로 그녀가 긴 머리카락을 말리고, 고데기로 웨이브를 마는 모습을 지켜보았다. 새벽까지 가게에서 일을 하고 돌아와선 그녀와 섹스를 하고 거의 해가 뜰 즈음 눈을 붙였다.

때문에 몹시 피곤한 상태였음에도 그는 눈에 힘을 주어 가며 그녀가 치장하는 모습을 구경했다. 여자들이 자신을 꾸미는 모습은 질리도록 봐왔는데도 그녀가 꽤 능숙하게 머리를 손질하고, 화장을 하는 모습이 어쩐지 신기하게 느껴진다.

"아이 씨, 간다니까."

그녀가 가늘게 울리는 휴대전화 진동에 팍 인상을 쓰며 외쳤다. 그는 이불을 코 위까지 끌어 올리며 작게 웃었다. 약속 시간에 늦은 건지 그녀의 손이 제법 분주하다.

자연스럽게 컬을 만 머리칼을 어깨 위에 늘어뜨리고, 내복 대신 스타킹을 신고 그 위에 블랙 스키니를 걸친다. 그런 다음 검은색 브래지어 위에 빨간색 브이넥 스웨터와 롱재킷을 재빠르게 걸쳐 입고 화장대 앞에 앉아 화장을 마무리했다. 그는 그녀가 눈가에 살구색 아이새도를 바르고 아이라인을 그린 다음, 꼼꼼히 마스카라를 칠하는 것을 홀린 듯 바라보았다.

꽤 재빠른 손놀림이었다. 채 20분이 되지 않아 모델처럼 멋지게 변한 모습에 졸음이 싹 달아났다. 그녀가 입술 위에 붉은색 립스틱을 덧바르다 그의 열렬한 시선을 느꼈는지 거울을 통해 씩 웃어 보였다.

"나 괜찮아?"

"너무…… 예뻐요."

그는 적당한 말을 찾지 못하고 그렇게만 답했다. 이보다 더 화려하게 치장한 여자들을 매일 보는데도 그녀가 잠깐 사이에 여성스러우면서도 멋있게 차려입은 모습이 왠지 더 충격적이었다.

언제나 대충대충 입거나, 아예 벗고 있는 것만 봐서 그런 걸까. 아니, 그런 게 아니더라도 날카로워 보이는 얼굴에 걸맞은 도회적인 화장과 세련된 옷차림을 한 그녀는 꼭 패션 잡지에서 막 빠져나온 것처럼 멋있었다.

"현수 씨가 차려입은 거, 처음 봐요."

"그런가?"

그녀가 가방에 소지품을 정신없이 챙기다 좀 머쓱한 듯 씩 웃었다.

"하긴, 집에서는 내 꼬락서니가 말이 아니지."

"……집에서도 예뻐요."

"민지효 씨, 목소리 떨린다."

"지, 진짜예요."

"립서비스인 거 아는데도, 기분은 좋네. 옜다, 서비스."

그녀가 립스틱을 입술에 듬뿍 바르더니 그의 귀를 양손으로 잡고는 장난스럽게 입술을 꾸욱 눌렀다. 자신의 입술 자국이 도장처럼 선명히 찍힌 것을 보며 그녀가 킬킬거리며 웃었다. 그는 얼굴을 발갛게 물들였다.

"지효 씨, 입술이 아주 섹시해졌네?"

"자, 장난치지 마요."

당황스러운 마음에 손등으로 입술을 누르자 붉은 립스틱이 묻어났다. 그녀가 키득거리며 거울을 보고 뭉개진 립스틱 자국을 조심조심 고쳤다.

"나 집에서 퍼져 있는 꼴 보면 우리 엄마도 돌아앉았는데, 그 몰골을 보고 예쁘다 해 주는 네 심성이 갸륵하다."

그는 웃지도, 인상을 쓰지도 못하고 "진심인데" 하고 웅얼거리며 이불을 코 위까지 끌어 올렸다. 확실히 부스스한 몰골에 손에 잡히는 대로 대충 옷만 걸치고 있는 그녀는, 남자들이 흔히 예쁘다고 하는 모습과는 동떨어져 있을 것이다. 그럼에도 불구하고 그녀는 예뻤다. 브래지어도 안 하고서 목이 늘어진 셔츠를 입고 돌아다닌다거나, 팬티 차림으로 이불 속에서 자다가 두 치수는 더 커 보이는 점퍼만 맨몸에 대충 걸친 채 부엌이나 화장실을 간다거나.

숱 많은 머리는 엉망으로 헝클어뜨린 채 퀭한 눈으로 휘청휘청 긴 팔다리를 허우적거리며 걸어다니는 모습은 확실히 '멋있다'는 말보다는 '귀엽다'는 말이 어울린다. 그리고 참을 수 없을 만큼 섹시했다. 새초롬하게 치켜 올라간 눈을 졸음에 겨운 듯 나른하게 뜨고서 퉁퉁 부은 입술로 씩 미소를 머금을 때면 심장이 다 조여들었다.

"맞다. 너 몇 시에 나가?"

"……7시까지요."

"무슨 놈의 가게가 열두 시간 이상 막 부려 먹냐?"

"……."

"에이, 시간이 좀 애매하겠다. 혹시라도 나 오기 전에 나가게 되면 문은 그냥 잠그고 나가. 피곤할 텐데 더 자고."

"……네."

"배고프면 아무거나 꺼내 먹어. 아, 어제 카레 사 놨다. 파인애플 든 거."

그는 고개를 끄덕였다. 그녀가 신발장을 뒤져 꽤 높은 굽의 가보시 부츠를 꺼내 신었다. 야윈 발목 아래 가느다란 힐이 아슬아슬하다. 그는 살짝 인상을 찌푸렸다. 운동화를 신고서도 어딘가 위태위태한 그녀의 걸음을 생각하면 저 신발로 눈이 얼어붙은 도로를 걷는 것은 너무나 무모한 일이었다. 말리고 싶었지만 그럴 새도 없이 그녀는 재빨리 신을 신고 가방을 챙겨 들었다. 그러고는 휴대전화를 들고 어딘가로 빠르게 문자를 보냈다.

"에이, 잔소리 잔뜩 듣게 생겼네."

"……."

"지효야."

"네?"

"이리 와 봐."

휴대전화 액정을 들여다보며 그녀가 까딱까딱 손짓만으로 그를 부른다. 쫄랑쫄랑 현관 앞까지 가자, 그녀가 고개를 들어 그의 얼굴을 본다. 힐 때문에 눈높이가 비슷해져서 그녀의 얼굴이 바로 코앞에 있었다. 너무 가까운가 싶어 슬쩍 뒤로 물러나려는데 쪽 하고 그녀가 그의 입술에 도장을 찍었다.

"갔다 올게."

"아, 네."

그는 멍하니 입술을 가렸다. 그녀가 씩 웃더니 살랑살랑 손을 흔들며 문 밖으로 나섰다. 쾅 하고 닫힌 문. 어둑한 현관에서 한쪽 손등으로 입술을 누르고 있다가 그는 고개를 푹 숙였다. 손등으로 살짝 문지르자 붉은 립스틱이 묻어난다.

얼굴이 화끈화끈 달아올랐다. 그는 손바닥으로 양 뺨을 감쌌다. 입술에 남은 끈적끈적한 감촉이 조금도 불쾌하지 않았다. 아니, 오히려 몸이 뜨거워지는 기분이었다. 심장이 쿵쿵거리고 관자놀이에서 맥박이 팔딱팔딱 뛰는 게 느껴졌다. 그녀는 너무나 손쉽게 그의 뼈까지 흐물흐물 녹여 버린다.

'화장품 냄새가, 이렇게 기분 좋은 거였나?'

왜 그녀가 주는 감각은 이렇게나 특별한 걸까. 심장이 아프게 조여 오는 듯한 기분에 그는 한동안 현관에 우두커니 서서 움직이지 못했다. 멍하니 눈을 깜빡거리다가 침대로 돌아와 눕고서도 잠에 들 수가 없다.

가슴이 들뜨고, 기분은 몽롱하다. 늘 그림자처럼 흐릿하고 두루뭉술했던 세계가 놀랍도록 선명하게 느껴져 도리어 어지러웠다. 이렇게 평화로워 본 적도, 이렇게 혼란스러워 본 적도 없었다. 다채로운 감정의 파도에 이리저리 휩쓸리느라 정신없는 나날. 언제부터인가 그는 밖에 나가도, 안에 있어도, 그녀에 관한 것을 생각하게 되었다. 아니, 그녀에 관한 것만 생각하게 되었다.

그가 자각하기도 전에 그녀의 존재가 그의 내부를 점령해 버렸다. 미처 막을 새도 없었다. 그녀는 그의 신경 끝을 조여 고통스럽게 하고, 가슴을 쥐어뜯는 것처럼 아프게 하는 동시에, 달콤한 늪에 잠겨 허우적거리게 만든다. 상냥하면서도 심술궂은 여자. 그 손아귀에서 이리저리 장난감처럼 다뤄지고 있는데도, 그것이 참을 수 없을 만큼 기분 좋기만 하다니.

'남의 노리개 노릇이, 역시 체질에 맞는 걸까.'

스스로에 대한 냉소적인 생각이 잠깐 떠올랐다. 하지만 그녀 외의 다른 누군가의 손길이 닿는다고 생각하면 온몸에 소름이 돋았다. 최근엔 여자들의 끈적한 시선이 제 몸에 닿는 것만으로도 격렬한 혐오감이 밀려들어 주체할 수가 없을 정도였다. 일상생활의 한 부분에 불과했던 일들에 더 이상은 무덤덤할 수가 없었다. 그녀가 그 행위를 특별하게 만들어 버렸기 때문이었다.

'왜 그녀만 다른 건지는 모르겠지만…….'

누구도 제게 서현수와 같은 반응을 불러일으킬 수 없다는 것만큼은 확신할 수 있었다. 그녀는 특별했다. 짓궂은 심술이나 독설로 문뜩 가슴을 선뜩하게 만들어 놓고는 곧 아무렇지도 않은 얼굴로 씩 웃으며 안아 주는 여자. 장난치듯 희롱하며 아플 정도로 감각을 고조시켜 놓고는, 부드럽게 위로하듯 어루만져 주는 여자. 그는 무력하게 놀아날 뿐이었다. 그녀가 주는 모든 것을 허겁지겁 게걸스럽게 받아 삼키며.

그는 지난밤 매끄럽게 자신을 받아들였던 그녀의 감촉을 떠올리며 나지막한 신음을 토해 냈다. 떠올리는 것만으로도 사타구니가 화끈거렸다.

이전에는 이런 느낌을 받아 본 적이 없었다. 섹스를 할 때 생리적으로 반응하긴 했지만, 언제나 기묘한 불쾌감과 혐오감, 그리고 공허함을 느꼈다. 그는 왜 사람들이 많은 돈을 지불해 가면서까지 그런 자학적인 행위를 하려고 하는지 이해할 수 없었다. 하지만 그녀를 통해 쾌락을 배우고, 그게 고통스러울 정도로 기분이 좋다는 것을 깨달은 뒤에는 그들을 이해할 수 있었다. 왜 그걸 얻기 위해 몸부림치는지.

아마 그녀의 품에서 몸을 떨고, 헐떡거리며 애원하는 그의 얼굴은 그들의 얼굴과 다르지 않을 것이다. 어쩌면 그들보다 더 집요하고 탐욕스러운지도 모른다.

반면, 서현수는 절대로 욕망에 무너진 얼굴을 하지 않는다. 그저 나른한 열기가 감도는 검은 눈을 가늘게 뜨고서 희미하게 웃을 뿐이었다. 심지어는 절정에 달하는 순간에도 미간에 살짝 주름을 잡을 뿐, 그녀는 흉하게 얼굴을 일그러뜨리거나 하지 않는다. 처음에는 제가 너무 서툴러 절정을 느끼지 못하는 게 아닌가 싶었을 정도였다.

최근에야 그녀가 최대한 자신을 억누르며 모든 감각을 조용히 음미하는 타입이라는 것을 알게 되었다. 절정이 다가오면 그녀는 마치 맛있는 요리라도 음미하듯 지그시 두 눈을 감고서 뻣뻣하게 몸을 경직시킨 채 희미하게 몸을 떠는 것이다. 그 모습을 떠올리는 것만으로도 사정할 것 같은 기분이 들었다.

그는 화끈거리는 얼굴을 이불 속에 파묻었다. 바지 속에 갇힌 남성이 아플 정도로 크게 부풀었다. 그는 끙, 신음을 삼키며, 침대 위에 엎드려 달아오른 아랫도리를 꾹 눌렀다. 이불에 배어든 그녀의 냄새가 온몸을 기분 좋게, 혹은 고통스럽게 감싸 왔다.

"으……."

그는 베개에다 얼굴을 파묻으며 신음을 삼켰다. 그녀의 안으로 들어가고 싶다. 그 갈망이 너무나 커서 때로는 주체할 수가 없을 정도였다. 이제는 욕망을 충족시키기 위해 전 재산을 가져다 바치는 사람들의 심정을 완벽하게 이해할 수 있었다.

마치 짠 소금물을 마시기 시작한 것처럼 갈증은 점점 깊어졌다. 아무리 해도 모자라다. 자신의 안에 이런 욕정이 숨어 있었다는 게 어떤 면에서는 섬뜩하기까지 했다. 쾌락을 통해 위로를 얻으려 했던 모친. 나는 그녀의 자식이었다. 여태까지 아무것도 느끼지 못했던 것은 욕망이 너무나 컸기 때문일지도 모른다는 생각이 들었다. 그녀를 만남으로써 그는 자신을 새롭게 자각하게 되었고, 자신이 얼마나 탐욕스러운 존재인지 알게 되었다.

그는 낮은 숨을 삼키며 허리를 시트 위에 문질렀다. 온몸이 눅눅하게 가라앉는 듯하다. 머리꼭대기까지 이불을 뒤집어쓰고, 베개 속에 얼굴을 파묻었다. 아무리 아랫도리를 문질러도 가라앉을 기미가 보이지 않아 손을 내려 단단하게 부푼 성기를 움켜쥐었다. 위아래로 한참을 문지르다 꾹 쥐어짜 보았지만 사정할 기미는 보이지 않았다. 발기 상태가 너무 오래 지속되어 괴로웠다. 그는 눈을 질끈 감았다.

'현수 씨…….'

그는 시트 위에 몸을 내리누르며 그녀의 안에 있을 때처럼 허리를 움직여 보았다.

이제는 그녀가 자신에게 어떤 의도를 가지고 있든지 상관없다. 아니, 차라리 그녀가 자신을 이용해 주었으면 했다.

원하는 게 있다면, 뭐가 됐든 줄 거야. 뭐든지 할 거다. 그녀가 원하는 것이라면 정말로 뭐든지. 그렇게 하면 그녀가 갑자기 돌아서 버릴까 봐, 어느 순간 나를 차가운 겨울 속으로 내쫓아 버릴까 봐 불안에 휩싸이는 일도 없겠지. 갈 곳이 없다는 건 더 이상 문제가 되지 않았다. 하지만 그녀가 더 이상 만져 주지 않고, 안아 주지 않고, 장난을 치며 즐겁다는 듯 웃어 주지 않으면, 그것은 견딜 수 없다. 그런 생각만으로도 눈앞이 캄캄해졌다.

'차라리 이용당한다면…… 그쪽이 좋겠어.'

아무런 쓸모 없는 것보다 그게 낫다. 그녀에게 유용한 존재가 되고 싶다. 쓸모없는 쪽보다는 이용가치 있는 쪽이 좋아. 그녀가 원하는 거라면 무엇이든 해 주고 싶은데, 할 수 있는 게 아무것도 없다는 게 점점 괴로워지고 있었다. 가슴 한구석에서 늘 초조함을 느낀다. 스스로의 무능함이 이처럼 고통스럽게 다가온 적이 없었다.

한참이나 베개 속에 얼굴을 파묻고 깊은 숨을 들이마시던 지효는 이내 몸을 단단하게 긴장시켰다. 그리고 손을 올려 다급하게 티슈를 찾았다. 이윽고 아랫배에 고여 있던 정액이 뿜어져 나왔다. 그는 티슈로 성기를 감싸 쥐고서 입술을 짓씹었다.

끈적끈적한 것을 조심조심 닦아 내고는 침대 위에 드러누워 눈을 감았다. 자기 스스로를 위로한 뒤에는 늘 씁쓸한 공허감이 엄습해 온다. 꽉 잠긴 목에 숨을 삼키며 그는 어둠 속에서 눈을 깜빡였다.

빛이 잘 들지 않는 방 안. 바람이 불 때마다 덜컹거리는 창문. 숨을 내쉴 때마다 콧속으로 밀려드는 싸한 공기. 그는 부드러운 이불 속에 몸을 파묻었다. 따뜻한 온기가 몸을 감싸 온다.

이 아파트는 꼭 그녀 같다. 추운 듯 따뜻한 듯.

그는 눈을 감았다.

방금 헤어졌는데, 왜 이렇게 그리운 걸까.

저녁이 되자 그는 어김없이 가게에 나갔다. 잠깐이라도 그녀와 마주칠까 싶어 집에서 미적거리다 오픈 시간에 늦어 매니저의 심기를 건드렸다.

매니저는 단단히 벼르고 있었던 듯 30분가량 독설을 토해 냈다. 그럴만도 했다. 그는 일을 잘하는 것도 아니었고 딱히 싹싹하게 구는 것도 아니었다. 그를 여성 손님들에게 소개해 주며 뒤로 챙기던 수입마저도 없어졌으니 더 이상 그를 봐줄 필요성도 느낄 수 없을 것이다. 설상가상 술에 취한 여자 하나가 서빙하는 데까지 뒤따라와 속옷 속에 지폐를 찔러 넣어 주는 걸 거절했다가 소란까지 벌어졌다.

화가 난 손님을 달래느라고 굽실거려야 했던 매니저는 잔뜩 성질이 나서 구둣발로 그의 정강이를 걷어찼다.

그는 내내 욱신거리는 통증에 끙끙 앓다가 잠시간 틈을 내어 화장실에 들어갔다. 바지를 걷어 보니 보라색으로 피멍이 들어 있었다. 찬물을 적신 타월로 욱신거리는 부분을 식히는데 소음이 났다.

덜컹.

그는 눈을 깜빡이며 남자 화장실 안으로 들어온 여자의 얼굴을 보았다. 노란색으로 염색한 긴 머리를 길게 늘어뜨리고서 두 눈을 촉촉하게 빛내는 여자. 단번에 여자의 이름을 떠올리지 못해 힐끔 명찰을 보았다. 하지만 확인할 새도 없이 여자가 성큼성큼 그의 코앞까지 다가왔다.

"여긴, 남자 화장실이에요."

"알아."

"……."

"너 괜찮은지 걱정돼서 쫓아왔어. 매니저 오빠, 요즘 히스테리 너무 심하다. 많이 아파?"

여자가 손을 뻗자 그는 거의 본능적으로 뒤로 물러났다. 그 노골적인 거절에 여자의 얼굴이 희미하게 굳어졌다. 그는 다시 여자의 가슴께를 보았다.

유나. 그제야 언뜻 기억이 난다.

가끔 근무 중에도 그를 화장실이나 빈 룸에 끌고 가서 섹스를 요구해 오곤 하던 여자다. 표면적으로는 꽤 친절하게 대해 줘서 한동안은 이 여자의 집에서 신세를 진 적도 있었다. 하지만 너무 집요한 탐닉에 질려 그 이후로는 슬금슬금 피해 다니던 대상이었다. 여자는 온화해 보이는 얼굴에 어울리지 않게 꽤나 사디스트적 성적 취향을 가지고 있었다.

한 번은 이상한 사이트에서 주문한 최음제를 그에게 사용해 하루 종일 구토까지 하게 한 적도 있었다. 최대한 얽히고 싶지 않아 그는 여자의 옆으로 슬쩍 비켜섰다. 지나가려고 했지만 재빨리 여자가 앞을 가로막았다.

"어머, 뭐야. 민지효, 지금 나 피하는 거니?"

"……."

"웃긴다. 내가 뭘 어쨌다고? 기껏 걱정해 줬더니."

"……."

"너 요즘 하는 짓이 영 요상해. 이 예쁜 얼굴에 손자국 난 거 봐. 뻣뻣하게 굴어 봤자 너만 손해라는 거……."

그는 뻗어 오는 손을 피해 고개를 뒤로 젖혔다. 여자의 얼굴이 일순 미묘하게 뒤틀린다.

"요즘, 비싸게 군다더니 정말인가 보네."

"……."

"어디 고상한 취향의 여자한테라도 붙어먹는 중이니?"

그는 여자의 얼굴을 가만히 내려다보다가 여자의 옆을 지나가려 했다. 그러자 여자가 그의 팔을 암팡지게 붙잡았다.

"뭐야, 너 지금 나 무시하는……"

"손대지 마!"

그것은 이성을 거치지 않은 본능적인 혐오였다. 마치 벌레라도 붙은 양 여자의 손이 닿은 자리에 오스스 소름이 돋았다. 그는 여자에게서 황급히 떨어졌다.

언제나 쥐 죽은 듯 고분고분하던 남자가 갑자기 언성을 높인 것에 놀란 듯, 여자가 눈을 휘둥그렇게 떴다. 하지만 미처 자각할 새도 없이 터져 나온 격렬한 감정에 그 본인이 더 놀란 상태였다. 그는 황급히 화장실 문을 나섰다. 하지만 여자는 참으로 끈질겼다.

"지금 뭐야? 너 지금 나한테 소리친 거야? 네가? 민지효가 나한테?"

"……."

"하, 기가 막혀서. 너 돌았니? 눈에 뵈는 게 없어? 네가 누굴 뿌리쳐?

내가 더러워? 걸레야? 넌 더하잖아! 더한 놈이잖아! 네까짓 게 뭔데 날 무시해!"

"……."

"야, 이 새끼야! 거기 서라고!"

여자의 우악스러운 손길에 옷자락이 우두둑하고 찢어졌다. 그는 살점을 파고드는 날카로운 손톱에 인상을 찡그렸다. 얼굴이 벌겋게 달아오른 여자가 그의 앞을 가로막고 씩씩거렸다.

"민지효, 넌 우리 남창이잖아. 어떤 년한테 붙어사는진 몰라도, 이 짓 한두 번 해 봐? 왜 새삼 빼고 지랄이야. 그년이 평생 너 데리고 산대? 하! 그년한테 떨궈지면, 그땐 또 이년 저년 기웃거리면서 구걸하고 다닐 놈이! 그때가 돼서 갈 데도 없으면 넌……"

"상관없어요."

"뭐?"

"……그 사람이 날 버리면, 그냥 어디든 처박혀 죽어 버릴 거니까, 상관없다고."

여자가 멍하니 입을 벌린다. 무슨 의미인지 스스로 생각해 보기도 전에 자연스럽게 흘러나온 말이었다.

내뱉고 나서야 그는 그 말이 제 진심이라는 것을 깨달았다. 무력하고, 아무것도 가진 게 없는 민지효는, 서현수의 동정마저도 없으면 죽을 게 분명했다. 애초에 생에 대한 기본적인 본능만으로 이어지던 삶이었다. 죽는 것보다는 쉬우니까 살아지는 삶.

그때와 지금, 뭔가가 다르다는 것을 그는 알고 있다. 그녀가 일깨운 그 감각을 잃고는 살아갈 수 있을 것 같지 않았다. 그녀가 없으면 그는 가슴 속부터 얼어붙어서 죽을 게 분명했다.

"그러니까, 당신 차례는 안 와. 그건 당신 다리 사이를 비집고 들어가느라 구역질을 참아야 할 일도 없다는 뜻이지."

조용조용 담담하게 흘러나온 말에 여자의 얼굴이 새파랗게 질렸다. 그는 그 모습을 가만히 내려다보다가 천천히 뒤돌아섰다. 다음 순간, 앙칼진 고함 소리가 등 뒤로 울려 퍼졌다. 그는 어깨를 내려치는 둔탁한 충격을 받고 앞으로 휘청 쓰러졌다. 근처에 아무렇게나 세워 둔 빗자루 같은 것을 여자는 사정없이 휘둘렀다.

그는 거의 본능적으로 머리를 감쌌다. 욕설이 뒤섞인 괴성을 질러 대며 여자가 날카로운 구두 굽으로 복부를 짓이겼다. 그는 쿨럭거리며 그녀의 다리를 붙잡았다. 여자가 엄청난 힘으로 걷어찼다. 알아들을 수 없는 비명을 내지르며 날뛰는 여자를 겨우겨우 붙들었지만, 소용이 없었다. 이성을 잃고 미친 듯이 손을 휘두르는 통에 광대뼈를 얻어맞았다.

그는 본능적으로 여자를 밀쳤다.

휘청하며 여자의 몸이 뒤로 넘어갔다. 진한 마스카라가 시커멓게 번지며 검은 눈물이 흘러내렸다. 핏발 선 눈을 시뻘겋게 뜨고서 사납게 노려보는 눈. 울음으로 일그러진 얼굴. 갑자기, 일전에 이름도 기억나지 않는 여자가 빈정거리며 한 말이 떠올랐다.

"그년이 너 진짜 좋아하잖아."

모른다. 그게 뭔지.

다만 이런 게 애정이라면, 그는 이보다 더 흉측한 것은 세상에 없을 거라고 생각했다.

휘청휘청, 그는 엉엉 우는 여자를 두고 복도를 빠져나왔다. 뒤도 돌아보지 않았다.

달칵하고 문 여는 소리에 여자가 돌아본다. 그는 신발을 벗는 척하면서 고개를 푹 숙였다.

"어라? 일찍 들어오네? 아직 3시밖에 안 됐는데."

"왜…… 안 자고 있어요? 일찍 나가서 피곤했을 텐데."

"뭐가 일찍이니? 12시에 나갔는데. 그보다 너, 냉장고 문 열어 보니까 뭐 먹은 흔적이 없더라. 지효 씨, 여기서 더 마르면 갈비뼈 부대껴서 그거 할 때 아플 텐데?"

그녀가 놀리듯 말했다. 그는 그녀와 눈도 마주치지 못하고 우물쭈물 점퍼를 벗었다. 등을 돌리고 옷걸이 앞에서 미적거리는데 그녀가 옆에 와서 서는 게 느껴졌다.

"뭐야? 너 왜 그래?"

"별건 아니고……. 그냥……."

그녀가 빗자루에 얻어맞은 팔을 건드리는 바람에 움찔하며 움츠렸다.

눈치 빠른 그녀가 금세 뭔가 이상하다는 걸 눈치챘는지, 팔꿈치 부분을 쥐며 조심스럽게 당겼다.

"민지효, 뒤돌아서 봐."

"……."

"빨리."

화가 난 듯 목소리가 점점 딱딱해진다. 그는 머뭇거리다 그녀를 향해 돌아섰다. 그녀의 날카로운 눈길과 마주치자 움찔 몸이 굳어졌다.

냉랭한 시선이 엉망으로 멍든 얼굴을 차분히 헤맨다. 심장이 조여드는 기분이었다. 그는 손을 들어 얼굴을 감쌌다. 그녀가 단호하게 그 손을 치워 냈다.

"아, 저기, 이건……."

"……치정 사건에 휘말리기라도 했어?"

화가 난 듯한 음성에 창백하게 질려 고개를 숙였다. 등 뒤로 식은땀이 흐르는 기분이었다. 그는 변명처럼 "그런 거 아니에요"라고 웅얼거리기만 했다.

그녀가 잠시 동안 침묵하다 그를 이끌어 침대 가에 앉혔다.

"일단 상처 좀 보자."

"전 괜찮……"

"민지효, 그놈의 괜찮아 소리, 듣고 싶지 않아."

"……."

"옷 벗어 봐."

"……."

"빨리."

그녀가 날카롭게 재촉한다. 어쩐지 눈물이 날 것 같았다. 우물쭈물 상의를 벗는 동안 그녀는 꼼짝도 않고 서서 화난 듯 굳어진 얼굴로 가만히 서 있었다. 그가 옷을 벗어 바닥에 내려놓자 꼼꼼한 눈길이 울긋불긋한 그의 몸을 차근차근 살핀다.

퍼렇게 멍든 어깨, 단단한 막대기가 낸 긴 자국, 광대뼈의 멍, 팔뚝의 손톱자국, 피멍이 든 복부…….

"……뭐로 맞은 거야?"

"잘 기억 안 나는데……. 빗자룬가?"

그녀의 한쪽 눈썹이 위로 치켜 올라갔다. 그는 움찔하며 고개를 푹 숙였다. 꼴사나운 모습만 내보이는 것에 기가 막힌 것일까.

차가운 표정에 가슴이 철렁 내려앉는 것 같다. 잔뜩 긴장하고 있는데 어깨의 시퍼런 자국 위로 그녀의 조심스러운 손길이 내려앉았다. 그는 어깨를 움츠렸다. 그녀의 입에서 한숨이 새어 나왔다.

"……일단, 약이라도 좀 바르자."

그는 주인한테 혼난 강아지처럼 시무룩하게 고개를 수그렸다. 부스럭부스럭 약을 찾아 가지고 온 현수가 그의 옆에 엉덩이를 걸치고 앉아 조심조심 약을 찍어 발라 준다. 그는 힐끔 그녀의 얼굴을 살피다가 다시 고개를 숙였다. 이런 순간에도 그녀의 손길이 좋기만 하다니, 나는 대체 어떻게 된 걸까.

"부러지거나 한 건 아니겠지?"

한참 동안이나 말없이 뜨거운 물에 적신 수건으로 상처를 찜질하고 약을 발라 주던 그녀가 혼잣말처럼 중얼거린다. 그러고는 이를 악문다. 냉랭하다 못해 좀 살벌한 분위기에 그는 어쩔 줄을 몰라 했다. 여태껏 한 번도 그녀가 화를 내는 것을 본 적이 없었기에 더욱 당혹스러웠다.

"혀, 현수 씨……."

"……."

"이거, 정말로 별거 아니에요. 그냥, 손님 하나가 화가 나서……"

"화가 나서 널 때렸어?"

"갑자기 달려드는 바람에 미처 피할 새도……"

"민지효, 그건 절대로 별거야."

그 목소리는 너무나 단호했다. 그는 슬그머니 고개를 들어 그녀의 얼굴을 바라보았다.

찡그린 눈가. 단단하게 다물린 입술. 단순히 화가 난 것을 넘어, 그녀는 속상하고 슬픈 듯했다. 그는 어리둥절했다.

왜 그녀가 그런 표정을 짓는 걸까.

그가 막 그 이유를 물으려는데, 그녀가 먼저 입을 열었다.

"민지효, 너 두들겨 맞는 게 좋아?"

"……아뇨."

"정말 참견 안 하려고 했는데……."

다소 거칠게 머리를 쓸어 넘긴 그녀가 쏘아붙이듯 말을 이었다.

"너, 그 가게 그만두면 안 돼?"

그는 멍하니 그녀의 얼굴을 바라보았다. 일순간 머릿속으로 오만 가지 생각들이 교차했다.

그건 내가 거기 나가는 게 싫다는 뜻일까. 그런 거겠지. 하지만 전에는 그가 무슨 일을 하든 신경도 쓰지 않는 기색이었는데……. 그래서 나는 더……. 아니, 일단 뭐라고 대답해야 하는 거지? 그 일이라도 하지 않으면 돈은? 난 그녀의 집에서 얹혀살면서 뭘 해야 하는 거지?

하지만 대답은 순식간에 나왔다.

"그만둘게요."

그 대답을 하자 놀랄 정도로 마음이 편해졌다. 그녀가 원한다. 못 할 게 없었다. 그녀가 자신에게 뭔가를 요구한 적이 없었기에 더욱더. 가슴이 아플 정도로 뛴다.

목이 메는 듯한 그 기분을 그는 애써 억눌렀다. 굶어 죽게 돼도 상관없다는 생각이 들었다. 죽기 살기로 다른 일을 찾으면 된다. 내쫓기면 또 다른 일을 하고, 내쫓기면 또 다른 일을 하고.

그녀가 싫어하는 건 죽어도 하지 않을 생각이었다. 그래서 쓸모없는 내가 아무것도 못 하고 굶어 죽게 돼도, 아무 상관 없다.

그녀가 하지 말라고 했잖아. 그럼 이제 절대 안 해.

"이제…… 거기 안 나갈게요."

좀 더 분명한 어조로 답하자, 그녀의 얼굴이 희미하게 밝아진다.

"그래. 잘 생각했어. 일이라면 다른 것도 얼마든지 있잖아. 이왕이면 낮에 할 수 있는 일을 찾아보자. 그럼 너랑 내 생활 사이클도 맞출 수 있고. 그리고 나 집에서 설렁설렁 노는 거 같아도 나름 용돈벌이 정도는 한단 말야. 지금 당장 굶어 죽을 염려는 하지 않아도 돼."

그는 그녀가 하는 말마다 무조건 고개를 끄덕였다. 그녀의 말이라면 뭐든지, 뭐든지 다 들어주고 싶다.

날 미워하지 않았으면 좋겠어. 싫어하지 말았으면 좋겠어. 좋아해 줬으면 좋겠어.

무의식중에 밀려든 생각에 그는 흠칫 굳어졌다. 설마 나는 그녀의 애정을 바라고 있었던 걸까. 그 생각에 가슴이 덜컥 내려앉았다. 그녀는 분명 특별한 존재였다. 너무나도 특별하다. 하지만 그것과 별개로 그는 다른 누군가에게 의미 있는 존재가 되고 싶다고 바란 적이 없었다.

갑자기 머리가 혼란스러워진다. 그녀는 대체 자신에게 있어서 어떠한 존재가 되어 가는 것인가.

두서없는 생각들로 방황하고 있는데 당장이라도 다른 일자리를 알아보자며 노트북을 펼치던 현수가 고개를 들어 그의 얼굴을 노려보았다. 그는 공황 상태에서 벗어나 목을 움츠렸다. 그녀가 살짝 이를 갈더니, 대뜸 휴대전화를 집어 들었다.

"그 새끼 얼굴 기억해?"

"네?"

"너 폭행한 인간."

"아, 저기……."

"이왕 관둘 거, 꿇릴 게 없잖아. 그 인간, 폭행죄로 고소해 버리자. 하는 김에 그 가게도 고소해 버릴 거야. 너 가끔 멍들어서 왔던 거, 그때마다 매번 꼭 때리는 손님이 있었을 리는 없고. 거기서 일하는 누군가가 그런 거지? 내가 벼르고 있었어."

그녀가 휴대전화를 만지작거리더니 그에게 들이댔다. 그는 놀라 뒤로 물러났다. 하지만 바로 코앞에 다가온 휴대전화 카메라를 피할 길이 없었다. 그녀가 까득 이를 갈았다.

"증거 사진이라도 남기자."

"고, 고소까지 할 필요 없어요. 그렇게 일을 크게 만들고 싶지도 않고…….”

“고소 안 하고 넘어간다고 해도, 일단 증거는 남겨야 돼. 나중에 다 써먹을 때가 있다고.”

“현수 씨, 정말로 이럴 것까진……”

“가만있어. 얼굴, 등, 배, 다 찍어야 돼. 나쁜 놈들. 사람을 어떻게 이 꼴로.”

“겉보기만 이렇지, 별로 아프지 않아요.”

“말이야, 빵구야. 가만있어. 내가 이래 봬도 왕년에…….”

그녀가 문뜩 말을 멈춘다. 그는 의아한 눈으로 휴대전화 액정을 들여다보는 그녀의 얼굴을 바라보았다. 붉으락푸르락하던 얼굴이 천천히 펴지더니, 곧 고개를 갸웃한다. 그녀가 그를 한 번 보고, 휴대전화 액정을 한 번 본다. 그러고는 뭔가를 새로 설정하는 듯 휴대전화 화면을 이리저리 터치하더니, 다시 그의 얼굴을 뚫어져라 살핀다.

“현수 씨?”

휴대전화 화면을 들여다보며 그녀가 각도를 재듯 손을 요리조리 움직였다. 불편한 마음에 살짝 얼굴을 가리자 그녀가 손을 잡아 단호하게 내렸다. 그녀는 꼭 뭔가 이상한 걸 보기라도 한 듯, 좀 의아한 표정이었다.

“현수 씨, 왜 그래요?”

“어? 아니…….”

“저기, 정말 굳이 이렇게까지 하지 않아도 돼요. 문제를 만들고 싶지도 않고…….”

“아……, 아아.”

그녀는 뭔가 다른 것에 정신이 팔리기라도 한 듯 건성이었다. 그 느릿한 반응이 의아하다. 긴장하며 그녀의 눈치를 살피는 동안 좀 심각한 표정을 짓던 현수가 찰칵, 사진을 찍었다. 그는 놀라며 고개를 숙였다.

"고개 들어 봐."

"현수 씨, 이제 그만둘 건데, 이런 거 하지 않아도……."

"고개 좀 들어 보래도."

강경한 어조에 그는 우물쭈물 고개를 들었다. 그녀가 찰칵, 한 번 더 셔터를 눌렀다. 그러고는 휴대전화를 들여다보다가 다시 고개를 들어 그를 본다.

"……."

그 눈빛은 이전과는 달랐다. 마치 색다른 무언가를 발견한 듯한 표정이었다.

그 이질적인 표정에 의아하던 것도 잠시, 그녀가 갑자기 김빠진 웃음을 흘렸다. 그게 무슨 뜻인지는 모르겠지만, 그는 현수가 웃었다는 것만으로도 마음이 놓였다. 그녀가 휴대전화를 내려놓고 자리에서 일어났다.

"상처에 찜질 좀 더 해야겠다. 내일이면 온몸이 욱신거릴걸?"

"아, 네."

"상처도 있겠다, 당분간은 집에서 쉬는 게 좋겠다. 며칠 동안 나랑 빈둥거리면서 휴식이나 취할래?"

"……네."

그녀가 성큼성큼 싱크대 쪽으로 이동해 찜질 팩을 준비했다. 그는 그 모습을 물끄러미 살펴보았다.

찰칵 소리에 예민하게 날이 서던 눈동자. 그건 뭐였을까.

#5장

"언제까지 그러고 살 건데? 너 가족들 반대도 다 무릅쓰고 그거 하겠다고 집까지 나간 애야. 뒤도 안 돌아보고 뛰쳐나갔다고. 그랬으면, 죽자 살자 하고 있어야 하는 거 아니야? 너 이제 서른하나야. 그 일 하는 것도 아니고, 그렇다고 제대로 취직할 생각도 없고, 그 창고 같은 데 처박혀 살다 죽을 거니? 대체 왜 그러고 살아? 이도 저도 아니면, 맞선이라도 보고 결혼이라도 하든지!"

멍하니 침대 위에서 등을 기대고 앉아 탁탁 수첩을 펜으로 두드렸다. 오랜만에 만난 언니의 잔소리가 머릿속에서 윙윙거린다. 조카와 형부의 안부를 묻는 몇 마디 말이 끝나면 늘 이어지곤 하던 설교였다.

한두 번 듣는 소리도 아니고, 어깨 한 번 으쓱이는 걸로 넘겨 버리곤 했던 말들이 왜인지 계속 신경 끝을 건드린다.

이도 저도 아닌 삶을 사는 서현수. 그렇게 좋아서 하던 일도 내던지고는 흔들흔들 흘러가는 대로 사는 서현수.

"그러지 말고 대구로 내려와. 거기, 그 집 같지도 않은 데서 너 대체 뭐 하고 있는 거니?"

글쎄, 뭐 하고 있는 걸까.

그녀는 힐끔, 옆자리에 엎드린 채로 곤히 자고 있는 민지효를 내려다보았다. 광대뼈 부근에는 보랏빛으로 퍼렇게 멍이 들어 있다. 지난밤 찜질을 해 준 덕인지 부기는 빠졌지만, 멍자국은 며칠 갈 것 같다.

그녀는 손을 뻗어 남자의 이마와 눈가를 덮고 있는 머리칼을 살짝 쓸어 올려 주었다. 얇은 눈꺼풀. 눈 밑에 길게 그림자를 드리우는 숱 많은 속눈썹. 홍조가 도는 뺨과 선홍빛 입술.

곤히 잠든 남자는 꼭 추운 날, 난롯가 옆에 몸을 동그랗게 말고 누운 작은 동물 같았다. 노곤해 보이기도 하고, 어딘가 안쓰러워 보이기도 하고.

그건 그를 볼 때마다 느끼던 감정이었지만, 이번에는 색다른 호기심이 섞여들었다. 그녀는 처음 만나는 사람을 보듯, 남자의 단정한 얼굴을 조목조목 뜯어보았다. 비현실적일 정도로 정교한 이목구비와 투명한 피부, 색소가 옅은 머리칼과 섬세한 골격, 갸름한 턱 선……. 다소 중성적인 얼굴이었다.

'엄밀히 말해 프레임에 맞지 않는 얼굴은 아니지만…….'

피사체로서 민지효?

그녀는 미간을 찡그렸다. 아예 생각해 본 적이 없다고 한다면 거짓말이다. 이 정도로 수려한 용모는 연예계 내에서도 찾기 힘들었다. 하지만 그런 식으로 남자에게 강한 흥미를 느낀 적은 없었다. 아니, 그가 아닌 다른 누구에게라도 그런 흥미를 느낄 일은 없을 것이다.

이미 서현수의 찍사 본능은 퇴색되다 못해 먼지로 흩어져 버린 지 오래. 어떤 대상을 보고서 그걸 찍고 싶다는 생각에 사로잡혀 정신이 나가 버린 일, 아득하다.

특히나 민지효는 그런 대상으로 매력적인 타입도 아니었다. 과거, 무엇을 보든 그걸 어떤 식으로 찍어야 할지만 오롯이 생각하던 시절의 서현수가 지금의 민지효를 만났다 하더라도, 그에게서 피사체로서의 매력을 느꼈을 것 같지는 않다.

그는 지나치게 잘 정돈된 얼굴을 가졌다. 얼굴의 좌우 대칭이 거의 완벽했고, 이목구비도 조화로웠다. 골격의 비례도 누가 계산이라도 해서 제작한 것처럼 균형이 잘 잡혀 있었다. 지나치게 완벽해 마치 공장에서 막 빠져나온 마네킹을 보는 것 같은 느낌마저 들었다.

무엇보다 민지효에게서는 기이할 정도로 사람 냄새가 안 났다. 마치 뿌연 안개에 둘러싸인 것처럼 느껴질 정도였다.

그녀는 피식 웃었다. 설령 제가 찍고 싶다고 해도, 이 숫기 없는 남자가 협조해 줄 것 같지도 않다.

'애를 제대로 찍는다면, 인간을 찍는다는 느낌보다는 플라스틱 인형을 찍는 것 같은 기분이 들 것 같아.'

그나마 욕망에 휩싸여 있을 때의 민지효는 섬뜩할 정도의 매력을 발산했다.

하지만 그는 렌즈와 조명 앞에서는 움츠러들 타입이었다. 자신을 과시하길 즐기는 나르시시스트 기질은 1밀리그램도 찾아볼 수가 없다. 뛰어난 외모를 제외하면 모델로서의 자질은 제로.

그런데도 그녀는 왜인지 그 생각에서 벗어나지 못한 채 그의 얼굴을 뚫어져라 응시했다. 거기서 뭔가를 찾아내고 싶은 듯.

그러다 보는 데서 그치지 않고 그의 얼굴을 손끝으로 더듬어 가기 시작했다. 그게 영 간지러웠는지 얼마 지나지 않아 눈꺼풀이 파르르 떨리더니 천천히 위로 올라왔다. 잠에서 덜 깬 흐릿한 눈동자가 깜빡깜빡 멍하니 그녀를 응시해 온다.

“잘 잤어요?”

“미안. 깨웠어?”

“아니에요. 지금 몇 시예요?”

“11시.”

“어, 웬일이에요. 현수 씨가 오전 중에 다 일어나 있고.”

“야, 그러니까 내가 맨날 늦잠 자는 거 같잖아.”

“그럼 아니에요?”

어쭈, 이젠 제법 놀리기도 하네. 그녀는 건방진 소릴 하는 민지효의 뺨을 손가락으로 꾹 눌렀다. 남자가 베개에 얼굴을 묻고서 알아들을 수 없는 소리를 웅얼거렸다.

“거의 매일 밤새워서 놀고 오후 3시까진 자잖아요.”

“이런 배은망덕한 인간을 보았나. 내가 밤에 못 자는 건 누구누구랑 놀아 주느라 그런 거잖아.”

툴툴거리던 민지효가 그들이 밤마다 하는 ‘놀이’를 떠올리는지 얼굴을 빨갛게 물들였다. 하지만 단지 수줍음 때문만은 아닌 듯, 이불 속에서 남자의 손이 꾸물꾸물 올라오더니, 곧 맨다리를 더듬어 왔다. 그녀는 기막힌 얼굴로 그를 내려다보았다.

“너 말이야. 온몸이 울긋불긋 퍼레서는, 일어나자마자 나랑 그러고 싶어?”

“보기에만 요란하지, 별로 안 아픈데.”

“아, 그러셔?”

그녀는 손에 쥐고 뱅뱅 돌리던 펜 끝으로 퍼렇게 멍든 남자의 어깨를 쿡 찔렀다. 제법 아팠는지 움찔하며 눈에 눈물까지 핑글 머금는다. 슬슬 다리 사이로 기어들어 오던 손이 기가 죽어 도로 나갔다.

"너무해……."

"민지효 씨는 그럴 기분 나는지 모르겠지만, 나는 아바타랑 하고 싶은 마음은 없어."

"아, 아바타?"

"온몸이 시퍼렇잖아."

"그, 그 정도는 아니에요!"

"네가 네 등을 못 봐서 그래. 섹시미랑은 거리가 멀거든?"

그가 너무하지 않느냐는 눈으로 빤히 올려다보다가 기가 팍 죽었는지 곧 꾸물꾸물 몸을 동그랗게 말고는 이불을 머리끝까지 뒤집어썼다. 거북이가 제 껍질에 틀어박힌 형상에 웃음이 났다. 그녀는 킬킬거리며 이불을 툭툭 잡아당겨 그를 흔들었다.

"뭐 하는 거야. 일어나야지."

"……내버려 둬요."

"뭐 그런 걸로 삐치고 그래?"

"……."

"너 예쁘게 멍 빠지면, 대신 내가 좋은 거 해 줄게."

"……좋은 거?"

"응. 너, 기분 좋은 거."

이불을 들추며 서현수는 어린애를 꼬여 내는 사기꾼처럼 상냥한 미소를 머금었다. 그 달콤한 목소리에 혹한 듯 이불 속에서 빼꼼 얼굴을 내민 남자가 순진한 표정으로 빤히 올려다본다. 기대감이 찰랑거리는 눈동자. 이렇게 예쁜 얼굴을 하고서는 꽤나 속물적인 망상을 하는지 뺨이 점점 상기된다. 제 욕망을 조금도 숨길 줄 모르는 그 무방비한 눈길에 순간적으로 묘한 기분이 들었다. 꽤 섹스에 몰입하고 있는데도 민지효에게선 밝히는 남자 특유의 끈적끈적함을 조금도 느낄 수 없었다. 거의 매일 끈질기게 조르며 채근해도, 그건 마치 어린아이가 초콜릿에 중독되어서는 먹고 또 먹어도 더 달라고 조르는 것 같은 인상을 풍겼다. 그는 자신의 욕구를 감출 줄도 모르고, 그래야 한다는 생각조차 하지 못하는 듯싶었다. 때 묻은 듯, 때 묻지 않은 듯, 이상한 남자.

"정말로 지금은, 안 돼요?"

그녀는 그의 애처로운 얼굴을 빤히 내려다보다가 힐끔 그의 하얗게 드러난 등에 알록달록 멍든 자국으로 시선을 옮겼다. 남자의 애원에 약해지던 마음이 바로 싹 식어 버렸다. 그것도 꽤 심술궂게.

그녀는 흐음, 하는 나른한 소리를 내며 그의 얼굴 가까이 자신의 얼굴을 가져다 댔다. 키스라도 기대하는지 남자의 얼굴이 점점 달아오른다. 바로 코앞까지 다가서서 그녀는 애타는 듯 올려다보는 남자의 얼굴을 손가락으로 쭈욱 밀어젖혀 버렸다.

"안 돼."

"현수 씨이……."

"지효 씨, 파스 냄새 풀풀 풍기면서 하는 유혹은 그다지 매력적이지가 않아. 약 발라 줄 테니까 잠 깼으면 세수나 하고 나오세요."

민지효가 불만스러운 듯 한참 동안 뚱한 눈빛을 보내다 결국 미적미적 자리에서 일어나 욕실로 들어갔다. 어깨가 축 처져서는. 피식 웃으며 그녀도 대충 이불을 정리하고 일어났다.

샤워를 하는지 곧 물 흐르는 소리가 들려왔다. 그녀는 대충 휘갈겨 쓰던 메모장을 정리했다. 인터넷에서 포토샵 작업이나 이미지 편집, 번역, 워드나 엑셀 작업 의뢰 같은 걸 대충 몇 개 해서 보내는 일만 거의 석 달 가까이 반복해 온 터라 슬슬 돈이 바닥 나고 있었다. 집 전세겠다, 이것저것 잔재주를 동원해 용돈벌이 정도는 하고 있겠다, 가끔씩 언니가 구호물품도 보내 주겠다, 헐렁헐렁 살아도 딱히 밥 굶고 세금 밀리고 하는 건 아니었지만, 이번 달 보일러 요금이 장난이 아니다. 밤낮이 바뀐 덕에 전기세도 만만치 않은데 전기장판, 전기난로, 과다 사용한 TV와 컴퓨터…….

문제는 이번 달 생활비도 만만치 않은데 당장 다음 달도 걱정이라는 사실이었다. 알바를 몇 개 더 건져야 하는 건가.

'것도 별 돈은 안 되지만…….'

한 건에 3만 원에서 5만 원, 많아 봐야 8만 원. 에누리도 없다. 코끝을 찡그리며 대충 카드 내역서를 훑어보다 공책에 껴 놓고 책꽂이에 꽂았다. 진짜 몸으로 뛰는 알바를 해야 하는 건가? 방구석에 처박혀 지내는 게 적성에 딱이건만. 그녀는 뻣뻣한 목덜미를 주물렀다. 스트레스를 받을 때면, 이런 혹사는 시키지 말라고 호소하듯 목 근육부터 굳는다. 손으로 이리저리 아픈 부위를 주무르는데, 그새 다 씻었는지 민지효가 목에 수건을 감고 나왔다.

"다 했어? 약 발라 줄게. 이리 와."

"괜찮아요. 약은 안 발라도 돼요."

"뭐가 또 괜찮아야. 이리 와 앉아. 파스라도 뿌려 줄 테니까."

"파스 냄새 나는 남자는 매력적이지 않다면서요."

남자가 뚱한 얼굴로 시선을 피하며 수건으로 제 머리를 말리는 척한다. 그 모습에 웃음이 나올 것 같았다. 하지만 짐짓 정색하며 심각한 어투로 말했다.

"그래. 그러니까 약 좀 바르자, 민지효. 안 그럼 지효 씨가 너무 매력적이라서 내가 부상자를 막 덮칠지도 모르잖아. 파스를 팍팍 뿌려야 네가 안전하다니까."

"……맨날 놀리기나 하고."

매번 놀릴 때마다 얼굴이 빨개지는 너도 문제가 있다고. 그녀는 싱글

싱글 웃으며 그의 팔을 잡아끌어 침대 위에 앉게 했다. 가볍게 등 뒤에 남은 물기를 수건으로 닦아 주고 분무형 파스액을 조심조심해서 뿌렸다. 빨리 흡수되도록 손으로 등을 문지르자 아픈 듯, 엷은 피부가 움찔거리며 긴장했다. 안쓰러운 마음에 한숨이 터져 나왔다.

"배도 봐. 아주 피멍이 들었네."

"정말로, 별로 안 아파요."

"하여간 무조건 아니라지."

스프레이 뚜껑을 닫고 상처 난 부위에는 밴드도 꼼꼼히 붙여 주었다. 찢어진 입술 부근에도 연고를 발라 주려고 고개를 드니, 상기된 얼굴로 빤히 내려다보는 남자와 눈이 정면으로 마주쳤다.

그의 눈에 잔떨림이 지나갔다. 당황한 듯 곧바로 그걸 감춰 버렸지만, 그녀는 무방비하게 드러난 그의 갈망을 놓치지 않았다. 충족해 주고 싶은 마음이 없는 것도 아니다. 하지만 남자의 멍투성이 몸이 눈에 들어오면 마음이 싸악 식어 버린다.

현수는 인상을 찡그렸다. 그의 몸에 남은 폭력의 흔적을 보는 것만으로도 기분이 엉망이 되었다. 그가 고집스럽게 별것 아니라는 양 구는 태도도 보기 싫었다. 그녀는 손을 치우고는 자리에서 일어났다. 분명히 침울한 눈을 하고 있을 남자를 모른 척하며 약상자를 정리했다. 곧 그도 주섬주섬 자리에서 일어나 맨몸에 옷을 걸쳤다.

"아침으로 먹을 만한 게 없나?"

그녀는 대충 어지러운 방을 정리하고는 뭐라도 먹을까 싶어 냉장고를 뒤적거렸다. 인스턴트 카레 몇 개만 남아 있고, 정작 밥은 없었다. 심지어는 쌀 한 톨도 없다. 시켜 먹을까 싶어 뒤를 돌아보자 차분히 이불을 개고 있는 남자의 모습이 눈에 들어왔다.

처음 봤을 때부터 호리호리하고 마른 체형이긴 했지만, 어쩐지 더 여원 듯했다. 거지 같은 데서 일하면서 얻어맞기나 하고, 적선한답시고 살게 해 준 집구석에서 밥다운 밥을 얻어먹는 것도 아니고, 매번 방구석에서 뒹굴뒹굴하다 군것질이나 해 대는 여자 때문에 덩달아 몸에 안 좋은 것만 섭취 중인 남자. 갑자기 양심이 따끔거린다.

'여기 들어와 살면서 더 마른 건 아니겠지?'

힘들게 사는 앤데 도움은커녕 제 뒤치다꺼리나 시키고 있지 않나.

뒷머리를 긁적거리다가 그를 불러 세웠다.

"지효야."

"네?"

"밥도 없는데 나가서 외식이나 하자."

바닥에 쌓여 있는 책과 과자 봉지를 치우던 남자가 눈을 동그랗게 뜬다.

"어제 언니가 용돈 좀 주고 갔거든. 우리 고기나 먹으러 가자."

"아, 저기……"

"오늘 날씨도 좋대. 나 잠깐 씻고 나올 테니까, 너도 옷 갈아입고 있어."

그녀는 그가 대답하기도 전에 속옷을 챙겨 들고 욕실로 들어가 버렸다.

대충 머리를 만지고, 화장을 하고, 옷을 입는 동안 민지효는 뒤에서 안절부절못했다. 은근슬쩍 화장실에 가는 척하며 거울 앞에서 머리를 몇 번인가 매만지다 얼굴의 멍이 영 신경 쓰이는지 계속 만지작거렸다. 그러고는 옷도 두 번이나 갈아입었다.

그녀는 몰래 웃었다. 결국 그는 얼마 전에 그녀가 사다 준 싸구려 청바지와 가지고 있는 옷 중 제일 깔끔해 보이는 아이보리색 폴라티를 입고,

낡았지만 깨끗하게 다림질한 코트를 걸쳤다.

평소 어딜 나가든 제 외모에 신경 쓰는 걸 본 적이 없던 터라 그녀가 준비하는 내내 거울 앞에서 얼쩡거리는 게 어쩐지 귀여웠다. 매너 있게 모른 척하며 준비를 마치고 부츠를 신는데, 민지효가 운동화를 신으려다 슬쩍 제 구두를 꺼내 신는 걸 보고는 참지 못하고 결국 웃음을 터뜨리고 말았다.

남자의 얼굴이 빨갛게 달아올랐다. 현관문을 걸어 잠그고 거리로 나가는 내내 민망한 듯 그는 얼굴을 푹 숙인 채로 걸음을 빨리했다. 그녀는 그의 뒤를 재빨리 따라가며 웃음기 담긴 목소리로 놀렸다.

"야, 뭘 그렇게 민망해해. 귀여워서 웃은 건데."

"……귀엽다고 하지 마요. 그냥 난, 둘이 어디 나가는 건 처음이고 하니까……."

그녀는 또다시 새어 나오는 웃음을 참기 위해 허벅지를 꽉 꼬집었다.

"그러고 보니 그러네. 그동안 어딜 같이 나가고 하는 일이 없었네. 하다못해 편의점을 가더라도 둘 중 하나만 가고 하니까."

"……그랬어요. 그런데 하필, 얼굴이 이럴 때에 나가자고 하고."

말하고 보니 또 제 얼굴이 신경 쓰이는지 한 손으로 멍든 부분을 살짝 가리며 만지작거린다. 머쓱해 보이는 그 모습에 그녀는 결국 또다시 웃음을 흘리고 말았다.

민지효의 걸음이 또 빨라진다. 그녀는 그 잰걸음을 따라잡으며 그의 팔을 잡아당겨 가리지 못하게 팔짱을 꼈다. 그가 당황한 낯으로 내려다본다.

"혀, 현수 씨……."

"뭘 그렇게 가려. 멍들어도 잘생겼구만. 어? 아닌 게 아니라 이렇게 보니 좀 터프해 보이네, 민지효 씨."

"터, 터프……."

"터프하고 잘생긴 민지효 씨, 좀 천천히 걸읍시다. 고깃집 도망 안 갑니다."

쑥스러운 듯, 기쁜 듯, 뚱한 듯, 애매하고 복잡한 표정을 짓는 남자를 끌고 그녀는 여유롭게 눈 쌓인 거리를 걸었다. 골목을 빠져나와 시내로 나오자 햇볕이 잘 드는 거리가 한눈에 들어왔다.

평일 이른 시간이라 그런지 차도 별로 없고, 사람도 별로 없다. 버스를 탈까 하다가 간만에 많이 춥지도 않고 해서 좀 걷기로 했다. 팔짱을 끼고서 콧노래를 흥얼거리고 있자니 기분이 제법 괜찮다.

"아, 저기 보이지? 저 가게가 싸고 맛있다."

"저기요?"

"응. 맛집이라 원래 사람이 바글바글한데 아직 점심시간 전이라 그런지 자리가 많네."

아직 12시가 채 안 된 시간이기에 점심을 먹으러 온 사람도 몇 없는 듯했다. 근처에 회사 건물이 많아서 시간이 조금만 더 지나면 와이셔츠맨들로 가득 찰 게 분명했다. 그녀는 쇼윈도를 통해 몇몇 테이블에만 서너 사람이 앉아 있는 것을 힐끗 확인하고는 그를 이끌고 가게 안으로 들어갔다.

신발을 벗고 온돌 위에 올라서니 바닥이 뜨끈뜨끈했다. 곧 들이닥칠 손님들을 위해 난방을 세게 돌려 놓은 듯했다. 그들은 가게의 제일 구석진 곳에 자리를 잡고 앉았다.

"뭐 먹을래? 안심, 등심까지는 무리겠지만 그래도 돼지고기는 넉넉히 시킬 수 있어. 언니가 두둑이 주고 갔거든."

"전 아무거나 괜찮아요."

"아무거나가 뭐야, 기껏 사 주는 건데."

"현수 씨가 먹고 싶은 걸로 시켜요. 저도, 그게 좋아요."

메뉴판을 읽다가 힐끗 그를 보았다. 가게 내부를 두리번거리던 그가 눈이 마주치자 어색하게 뒷머리를 쓸어내린다. 전처럼 많이 움츠러든 모습은 아니었지만, 어울리지 않는 자리에 온 듯 불편해 보이는 기색은 여전했다.

그녀는 그가 또 살짝 멍 자국을 만지는 걸 보고는 피식 웃었다. 어지간히 신경 쓰이는 모양이다. 그러게 왜 맞고 다니니.

"그럼 돼지갈비 시킨다. 여기선 그게 제일 맛있거든. 양도 푸짐하고. 이모! 여기 돼지갈비 3인분이랑 된장찌개 하나, 밥 한 공기 주세요. 아, 밥은 둘이서 나눠 먹자. 고기를 많이 먹어야 하니까."

"……네."

"어? 두 공기 시켜?"

"아, 아뇨. 한 공기요."

"그래, 고기 모자라면 더 시키자."

곧이어 나물무침이며 갖은 마른 밑반찬, 살얼음 낀 동치미, 빨갛게 버무린 게장에 파채, 온갖 양념장들이 상 위에 빼곡히 들어차기 시작했다.

그녀는 불판이 들어오기가 무섭게 점원이 가져다주는 고기를 올렸다. 지글지글 고기 굽는 소리에 절로 입맛이 돌았다. 고기가 익는 동안 현수는 이 반찬 저 반찬 열심히 뒤적였다. 반면 민지효의 젓가락질은 영 시원찮았다. 그녀는 고기를 뒤집으며 그를 향해 눈살을 찌푸렸다.

"음식이 입에 안 맞아?"

"아니에요. 맛있어요."

"그럼 팍팍 좀 먹어라. 바짝 말라서는. 뭘 그렇게 깨작거려? 그 나이 때는 쇠도 씹어 먹는다는데. 너 몸무게 얼마나 나가?"

"아, 안 재 봐서 잘 모르는데……."

"사실 나랑 비슷한 거 아냐?"

"아, 아니에요!"

"안 재 봤다면서 어떻게 알아. 설마 나보다 가벼운 건 아니겠지?"

"절대 아니에요! 어떻게 그렇게 돼요! 키도 내가 더 크고, 그리고 현수 씨도 말랐으면서……."

"난 그래도 제법 근육이 있다고. 그리고 키 별로 크게 차이도 안 나는 거 같은데?"

"나도 근육 있어요! 그리고 키도 분명히 차이 나요. 현수 씨가 키스할 때마다 목을 수그려야 해서 얼마나 불편한데요!"

발끈한 듯 제법 목소리가 컸다. 그 소릴 들었는지 몇몇 사람이 웃음을 흘렸다. 그녀는 힐끔거리는 사람들에게 넉살 좋게 씩 웃어 주고는 발끈한 민지효를 살살 달랬다.

"그래그래. 네가 훨씬 더 커."

"다음에 목욕탕 가서 키랑 몸무게 분명히 재 올 거예요. 현수 씨랑 못해도 15킬로그램은 차이 날걸요."

어이구, 15킬로그램씩이나.

자길 과대평가하는 건지, 아님 날 과대평가해 주는 건지. 그녀는 속으로 피식 웃으며 그러라고 대충 대답하고는 고기를 자르기 시작했다. 약이 오른 듯 민지효가 제법 씩씩하게 젓가락질을 하며 음식을 입에 집어넣기 시작했다. 의외의 단순한 모습에 자꾸 웃음이 나려는 걸 그녀는 꾹 참았다.

고기를 굽는 족족 열심히 먹다 보니 2인분을 더 추가해 총 5인분을 둘이서 먹어 치웠다. 눈치나 보며 깨작거렸을 민지효도 몸무게 발언은 제법 충격적이었던지 꾸역꾸역 열심히 잘도 먹었다. 구수한 된장찌개까지 싹싹 비웠다.

말 그대로 목까지 찰 정도로 과식해서는 한동안 둘은 앉은 자리에서 일어나지도 못했다. 입가심으로 사탕을 하나 입에 물고 커피까지 한 잔 손에 들고 밖으로 나오니, 정말로 무리를 했는지 남자는 파리하게 질려서 있는 것도 힘든 듯 비척거렸다.

"가다 소화제 하나 사야겠다."

"괜찮……. 아뇨, 하나 사서 먹어요."

"그래도 잘 먹었지?"

"으, 으응……."

고개를 끄덕거리려다가 속이 올라올 것 같은지 얼굴이 퍼레져서는 입을 틀어막는다. 그녀 역시 과식하기는 했지만 쫄쫄 굶다가 한 번에 폭식하는 게 버릇이 되어 있어서 그런지 민지효만큼은 아니었다. 원래 입 짧은 남자가 평소의 몇 배나 되는 양을 한꺼번에 먹었으니 죽겠을 거다.

'너무 부추겼나?'

배불리 잔뜩 먹이고 싶은 선의에 의한 부추김이었으나, 과하면 모자람만 못하다더니 딱 그 짝이 아닌가. 파리한 민지효의 얼굴을 보고 있자니, 나중에는 거의 장난기로 이것저것 먹어 보라고 권했던 게 살짝 미안해졌다. 그녀는 약국에 들러 산 위청수 하나를 그의 손에 쥐여 주는 것으로 양심에 면죄부를 주었다.

"고맙습니다."

"뭘. 소화도 시킬 겸 좀 걷다가 들어갈래?"

"……으응."

"그렇게 힘들어?"

"아니에요. 그냥 좀 속이 더부룩해서 그렇지, 괜찮아요."

괜찮지 않은 거 같은데.

그녀는 걱정스러운 눈으로 보다가 곧 주머니에 손을 찔러 넣은 채로 천천히 걷기 시작했다.

공원을 한 바퀴 돌자 좀 나아졌는지 그의 얼굴도 조금 괜찮아졌다. 시답지 않은 잡담을 주고받으며 벤치에 앉아 있다가 다시 걷는데 주머니 속에서 휴대전화가 울렸다. 슬쩍 보니 박선우, 그 원수가 또 전화질이다. 그녀는 바로 수신거부 단추를 누르고 주머니 속에 도로 넣었다. 남자가 의아한 눈으로 돌아보았지만 아무것도 아니라는 양 어깨만 으쓱이고 말았다.

하지만 이번엔 제법 집요하다. 아니, 이번에도 집요하다. 두세 번인가 끊겼다가 다시 걸려 오는 전화에 짜증이 나서 결국은 휴대전화를 꺼내 들었다.

"미안, 잠깐만 전화 통화 좀 하고 올게."

"아…… 네."

"잠깐 앉아서 쉬고 있어."

남자를 벤치 근처에 남겨 두고 멀찍이 떨어지며 전화를 받았다.

"왜 또!"

– 너 이 새끼, 전화 매너가 그따위밖에 안 돼? 그리고 내가 받을 거면 한 방에 받으라고 말했지!

"안 받으면 못 받는 상황이구나 하고 좀 끊으면 안 되냐? 집요하게 계속 걸어야겠어?"

– 웃겨. 백조 주제에 무슨 대단한 일이 있어서 전화까지 못 받아. 네 경우에는 처자느라 못 받든지, 귀찮아서 안 받든지 둘 중 하나잖아.

"자느라 못 받든 귀찮아서 안 받든, 네 전화는 정말이지 달갑지 않거든? 제발 연락 좀 자제하자."

– 나쁜 새끼.

그녀는 힐끗 지효를 돌아보았다. 그는 벤치에 앉을 생각은 않고 우뚝

선 채로 이쪽을 바라보고 있었다. 슬쩍 미간을 찌푸린 그녀는 다시 전화기로 신경을 돌렸다.

"그래서 왜 전화했는데?"

– 안 죽고 살아 있나 싶어서 전화했다!

"안 죽고 살아 있다. 됐지? 끊는다."

– 야, 서현수!

"아, 제발 소리 좀 지르지 마."

– 너 진짜 일 안 할 거야? 벌써 몇 년째야! 그만하면 됐다고. 이젠 일하란 말이야.

"나 일하고 있어."

– 내가 무슨 말 하는지 알잖아.

"……."

– 다음 달에 공모전 있어. 아마추어 대회지만 제법 유명한 공모전인 데다가 프로 통관문으로 유명한 대회야. 너 제대로 활동해 보기도 전에 접었잖아. 다시 시작하기 딱 좋은 기회라고 생각 안 해?

"안 해."

– 씨발.

"박선우, 지치지도 않아? 무슨 의리에서 김빠진 콜라 같은 날 정신 차리게 만들려고 애쓰는지 모르겠는데, 그 바닥이 할 맘도 없는 인간이 어중간하게 찍어서 먹히는 데야? 아니잖아. 이제 그만 좀 해."

– 너야말로 그만 좀 해! 그거 안 하면 너 뭐 하고 살 건데? 서현수가 사진 안 찍으면 뭐 하고 살 거냐고. 네가 제대로 살고 있었으면 나도 내버려 뒀어!

"어떤 게 제대로 사는 건데? 밥 잘 먹고, 잠 잘 자고, 그러고 살면 충분한 거 아니야?"

– 네가 짐승이야?

"그래. 짐승이야. 나 말야, 괜한 고집 부리는 거 아니야. 계속 하고 싶은 거였으면 안 접었어. 무슨 말이 오가든 안 접었어. 그냥 식은 거야. 뭘 보든 시시하고, 싱거워. 느낌이 없어. 뭘 찍고 싶다는 생각……."

그녀는 거의 무의식중에 민지효를 다시 돌아보았다.

추운 듯 어깨를 움츠리고서 가만히 앙상한 나뭇가지를 올려다보고 있는 남자. 바스스 부서질 듯 창백한 겨울 햇살 아래, 남자의 형상은 당장이라도 흩어질 듯 흐릿했다. 외롭고 추워 보이는 그 뒷모습이 일순간 그녀의 눈 속을 찌르고 들어왔다.

"그런 생각…… 안 들어."

그가 그녀의 시선을 느끼기라도 한 듯, 고개를 돌려 그녀를 마주 보았다. 멀찍이 떨어진 자리에서 마치 길 잃은 어린아이처럼 바라보는 눈동자.

그의 외로움이 한순간 그녀의 안까지 침투해 들어온 기분이었다. 갑작스럽게 솟아오른 그 느낌이 너무나 강렬해서, 그들 사이의 시간이 잘려 나간 듯한 기분마저 들었다. 겨울 햇살 속에 당장이라도 녹아 버릴 듯 보이던 남자가 다음 순간 제게로 고개를 돌렸다.

정적인 얼굴 위에 일순 맹목적인 무언가가 떠올랐다 사라진다. 순간, 머릿속에서 불빛이 번쩍였다.

– 웃기지 마. 서현수가 카메라 없이 어떻게 살아? 넌 네 눈깔 빼놓고 평생 살 거야? 웃기지 말라고 그래. 너 4년 전만 해도……

"……미안. 끊을게. 나중에 다시 전화해."

– 야, 서현수! 너 진짜……!

"나중에 통화해."

그녀는 전화를 끊고 남자에게로 몸을 돌렸다. 때마침 날카로운 바람이 그에게 몰아쳤다. 낡은 코트 깃이 펄럭거렸다. 가느다란 그의 머리칼도 바람에 헝클어졌다. 메마른 바람의 감촉이 싫은지 남자의 미간에 살짝 주름이 잡혔다. 그러다 때마침 그녀가 전화 통화를 끝낸 것을 봤는지 한 걸음씩 성큼성큼 다가왔다.

그녀는 점점 가까워지는 그의 모습을 묘한 미시감에 휩싸인 채 바라보았다. 창백한 겨울 속의 민지효가 일순간 그녀의 프레임 속으로 걸어 들어왔다.

"뭐, 안 좋은 전화예요?"

"잠깐만, 거기 가만히 있어 봐."

"네?"

"그 자리에 서 보라고. 고개 들고…… 응, 그렇게."

"현수 씨?"

그녀는 거의 본능적으로 그의 모습을 네 개의 선으로 잘라 냈다. 구도를 정하고, 남자의 표정과 신체를 가장 적절한 형태로 나누었다. 마치 해부하듯 정교하게. 왜 그러는지는 알 수 없었다. 제 안에서 익숙한 감각이 되살아났다. 그녀는 그 느낌에 집중했다.

뭔가를 찍고 싶다는 생각, 해 본 지 오래되었다. 이미 식어 버렸다고 생각했다. 그 어떤 장엄한 풍경도 그 감각을 되살려 주지는 못했다. 서현수는 그냥 생각했다. 그게 뭐였든지 간에 자기 안에서 죽어 버린 모양이라고. 그 정도의 짧은 열정이었던 거라고. 이렇게나 허무하게 식어 버릴 걸 제가 한순간의 혈기에 홀려 착각했던 것이라고.

"현수 씨, 왜…… 그래요?"

갑작스러운 그녀의 행동에 당황한 듯 그의 눈빛이 불안하게 흔들렸다. 그 모습은 곧 머릿속에서 가장 적절한 형태로 토막 난다. 찰칵. 머릿속에 플래시가 터졌다. 찰칵. 찰칵. 그녀는 뚫어져라 그의 얼굴을 올려다보았다.

"뭐가…… 잘못됐어요?"

"아니야. 잘못된 거 없어. 그냥……."

순간적으로 무슨 말을 해야 할지 알 수가 없었다. 지금 갑작스럽게 되살아난 이 감각을 어떻게 해석해야 하는 걸까. 제 안에서 무언가가 꿈틀거린다. 전신에 오싹 소름이 돋았다. 그녀는 당황스러운 기분을 감추며 애써 가볍게 말했다.

"오늘 날이 너무 좋아서 그런가? 그냥……."

"……."

"그냥, 기분이 좀 묘하네."

그녀는 방 안의 싸한 공기에 어깨를 움츠렸다. 그가 그녀의 무릎 사이에 자리를 잡고 앉아 브래지어 앞에 달린 호크를 끌러 냈다. 그러자 토실토실한 가슴이 비죽 고개를 디밀었다. 그 부드러운 둔덕 위에 콧대를 비비며 보라색 브래지어 컵을 슬그머니 열었다.

추위 때문인지, 흥분 때문인지 산호색 유두가 빳빳이 발기해 있었다.

아, 정말 예쁘다.

그는 손을 올려 부드러운 가슴을 감싸 쥐었다. 어색하게 느껴질 정도로 조심스러운 손길에 그녀가 살짝 웃음을 흘렸다.

"왜 매번 그렇게 긴장하니? 네가 하고 싶다고 졸라 놓고."

"그, 그거랑 그거는 다르잖아요……."

그는 제가 무슨 말을 하는지도 모르는 채로 웅얼거렸다. 손에 와 닿는 따뜻하고 부드러운 감촉에 내장이 다 녹아내릴 것 같다. 무게를 가늠하듯 손 안의 살을 쥐고 매만지다 말랑한 감촉을 음미하며 살살 주물러 보았다. 그러자 그녀가 가느다란 한숨을 내쉰다. 제 손길에 그녀가 쾌락을 느끼고 있다고 생각하니 가슴이 조여들었다.

"너도 벗어야지."

"……조금 이따가요."

그는 그녀의 벌어진 다리 사이에 자신의 무릎을 밀어 넣으며 고개를 숙였다. 도톰한 산호색 젖꼭지를 엄지와 검지 사이에 쥐고 살살 굴리자 그게 손 안에서 점점 단단해진다. 그녀의 쇄골 부위에 혀를 대어 핥다가 빳빳해진 젖꼭지를 입 안에 넣고 부드럽게 빨았다.

그녀의 목 안에서 억눌린 신음 소리가 새어 나온다. 너무나 나른하고 사랑스러운 소리였다. 목 안이 뜨거워졌다. 누군가를 애무하는 게, 그래서 상대방이 기분 좋아지는 게 이렇게나 만족스러운 행위였다니. 왜 이전에는 몰랐던 걸까. 아니, 모르는 게 당연했다. 그 누구도 그녀와 같진 않았을 테니까.

"너도 빨리 벗어. 나도 해 줄게."

"……저는, 이따가요."

"웬일이야. 지효 씨가 다 참고. 내가 만져 주는 거 좋아하잖아."

그녀가 그의 머리카락 속에 손가락을 파묻으며 장난스럽게 말했다. 그는 발갛게 상기된 얼굴로 모른 척 그녀의 가슴을 빠는 데만 집중했다.

그녀의 말처럼 이렇게 만지고, 핥고, 깨물고, 그래서 그녀가 만족스러운 한숨을 내쉬는 것도 좋았지만, 그 이상으로 그녀의 손길이 닿는 게 좋았다. 그녀가 해 주는 건 뭐든 전부 다 자지러지게 좋았다.

"그래도…… 나중에요. 지금은, 그냥 내가 할래요."

그는 촉촉이 젖어 발그스름한 젖꼭지를 한 번 핥아 주고는 반대쪽 가슴으로 입술을 옮겼다. 그렇게 가슴을 빠는 동안 그녀가 날씬한 팔로 그의 머리를 감싸 안고 부드럽게 쓰다듬어 주었다.

그는 황홀경에 휩싸여 부드러운 피부 위에 코를 비비고, 몰캉한 살점을 살짝살짝 이로 깨물어 자국을 남기고, 매끈한 등을 손끝으로 더듬어 척추 뼈를 하나하나 어루만졌다. 애무하고 있는 건 그이건만 점점 절정으로 치달아 가는 것도 민지효 쪽이었다. 그녀의 피부에서 나는 옅은 보디 샴푸 냄새만으로 남성이 터질 듯 팽팽히 부풀어 올랐다.

그는 가쁜 숨을 삼키며 그녀의 겨드랑이 사이에 팔을 집어넣었다. 그러고는 상체를 꽉 붙들어 안고서 가느다란 목덜미에서부터 동그란 어깨와 섬세한 쇄골, 그 밑으로 이어지는 가슴 능선까지 구석구석 핥아서 맛보고 빨아들여 붉은 자국을 남겼다.

오감이 그녀를 느끼기 위해 존재하는 것 같았다. 그녀의 냄새. 그녀의 촉감. 그녀의 맛. 그녀의 소리. 그 외엔 전부 다 아무런 의미도 없었다. 심장이 아플 정도로 격하게 뛰고, 그 통증마저도 너무나 감미롭게 느껴진다.

그는 그녀의 가슴골에 코를 파묻고 숨을 깊이 들이마셨다. 그녀가 기체였다면, 그는 내쉬는 숨 없이 계속해서, 폐가 터지도록 들이마시고 또 들이마셨을 것이다. 그래서 질식해 죽어 버렸을 것이다. 그래도 좋을 만큼 그녀가 좋았다.

너무 좋아.

"되게…… 기분 좋다."

그녀가 나른하게 잠긴 음성으로 말했다. 날카로운 것으로 심장을 할퀴는 것 같았다. 그 알싸한 아픔에 그는 가쁜 숨을 몰아쉬었다. 아랫배가 단단히 조여들고, 성기는 당장이라도 터질 듯 고통스럽게 움찔거린다.

그는 손을 내려 그녀의 바지를 아래로 끌어 내렸다. 팬티까지 벗겨 내던지곤 하얗게 드러난 다리 사이의 거뭇한 수풀을 흐려진 시선으로 훑었다. 너무 노골적이지 않게, 하지만 충분히 그가 만지고 볼 수 있게 벌어진 허벅지.

그는 한 팔로 그녀의 허리를 감아 끌어당기며 다른 손으로는 그 사이를 만지기 시작했다. 손끝에 닿는 미끌미끌한 촉감에 목구멍이 바짝 조여든다.

그는 발갛게 부푼 살을 부드럽게 벌리고 그 사이에 손가락을 조금씩 밀어 넣었다. 부드러운 입구가 유연하게 벌어지다 꽉 조여들었다.

손끝으로 미끄덩한 살을 뭉글뭉글 부드럽게 어루만지며 천천히, 조금씩 안으로 밀어 넣었다. 가장 민감한 부분을 찾아내 부드럽게 압박하자 그녀가 꽉, 그의 손가락을 조여 온다. 숨이 턱까지 차서 넘어가는 느낌이었다.

그녀를 느끼고 싶다. 더 많이. 더 깊이. 그녀의 내부를 나로만 가득 채우고 싶다.

심장이 아플 정도로 뛰었다. 그는 점점 빠르게 손가락을 움직였다. 그러자 그녀가 허벅지를 뻣뻣하게 굳히며 고개를 뒤로 젖혔다. 서늘한 방 안에 그녀의 숨이 구름처럼 뽀얗게 흩어졌다. 그는 고개를 숙여 그것을 들이마셨다. 그녀의 벌어진 입술 사이에 자신의 혀를 밀어 넣고 조심스럽게 핥는다.

끈적끈적한 타액을 맛보고, 숨과 숨을 섞고, 집요하게 애무를 이어 갔다. 마침내 뜨겁고 빡빡한 속살이 파르르 경련을 일으켰다. 그 야릇한 감각을 흠뻑 음미했다. 위험 수위까지 도달한 욕망으로 인해 눈앞이 아득해지는 기분이었다.

"현수 씨는, 너무 예뻐요. 너무…… 너무 예뻐."

그녀가 지그시 감고 있던 눈을 떠 새까만 눈동자로 몽롱하게 그를 바라보았다.

숨이 막힌다. 어떻게 이런 사람이 이 세상에 존재할 수 있는 걸까. 어떻게 그런 기적이 내게 일어난 거지?

"지효야. 이제 그만…… 하자."

"현수 씨……."

"응? 이제 하자. 나…… 못 참겠어. 이제 넣어 줘."

가슴이 파르르 떨렸다. 그녀가 "빨리" 하고 달콤하게 귓가에서 재촉했다. 그 목소리만으로 바로 절정에 달할 것 같았다. 그녀의 손이 그의 청바지 단추를 열고 지퍼를 내렸다. 꽉 조여 오는 목에 그는 힘겹게 침을 넘겼다. 당장이라도 사정할 듯 가늘게 경련하는 불그스름하게 달아오른 살덩이에 그녀의 손이 와 닿는다. 그는 눈을 질끈 감았다. 그리고 급히 다시 떴다.

몽롱하고 아찔한 감각에 휩싸여, 그녀의 하얀 손가락이 자신의 발간 남성을 쥐고 조심스럽게 주무르는 것을 바라보았다. 아랫배가 아플 정도로 조여들었다.

더는 지체할 수 없었다. 더는.

그의 손이 다급하게 침대 위를 헤매자 그녀가 먼저 콘돔을 찾아 껍질을 깠다. 그러고는 얇은 비닐을 그의 남성에 능숙하게 씌워 주었다. 그는 바지를 채 다 벗기도 전에 그녀의 다리 사이에 자리를 잡았다.

그녀가 목을 끌어안자 조심스럽게 안으로 밀어 넣었다. 가슴이 타들어 갈 정도로 느릿하게.

그녀의 꿈틀거리는 미세한 움직임. 가는 떨림. 무엇 하나 놓치지 않고 선명하게 느낄 수 있도록. 그녀가 고양이처럼 목을 가늘게 떨며 신음한다.

"으응……, 좋아."

"저도…… 저도, 좋아요. 너무 좋아."

좁고 미끈한 통로에 빠듯하게 밀고 들어가자 척추가 저릿해질 정도의 쾌락이 밀려들었다. 당장이라도 쌀 것 같아 그는 움직임을 멈추고 깊게 숨을 몰아쉬었다.

그리고 허벅지를 양손에 쥐고 넓게 벌리며 조금 더 깊숙히 밀어 넣었다. 뜨거운 점막이 뱀처럼 느릿하게 출렁이며 성기를 꽉 조여 온다. 그는 숨가쁘게 허덕였다. 등 뒤로 땀이 주르륵 흘러내렸다. 그녀가 혀를 내밀어 그의 턱 끝을 핥았다. 거기에 맺힌 땀방울을 발간 혀끝으로 훑고는 "쓰다" 하며 웃는다.

울컥, 속에서 뭔가가 치밀어 올랐다. 뜨끈한 게 가슴에서 목까지 까맣게 태운다.

미칠 것 같다. 이렇게 가까이에 있는데도, 왜 충분할 만큼 가깝지는 않은 것일까.

그는 끊임없이 안으로, 안으로 밀고 들어갔다. 그대로 그녀의 일부가 되어 버리고 싶었다. 살과 살이 붙어 버려서, 그대로 그녀를 이루는 세포가 되고 싶었다. 두 번 다시 떨어지고 싶지 않아. 눈앞이 새빨갛게 물드는 듯했다.

갑자기 격해지는 움직임에 그녀의 몸이 뒤로 넘어갔다. 그는 침대 위에 그녀를 눕히고 그 위로 올라가 격렬하게 허리를 움직였다. 아무리 깊숙이 들어가도 부족했다. 좀 더 안쪽으로 침범하는 법을 알고 싶다.

더, 더 가까워지고 싶어.

충족되지 않는 욕망 때문에 애간장이 바짝 타들어 갔다. 온몸이 부풀어 터질 것 같다. 그는 그녀의 엉덩이를 움켜쥐고 어떻게든 자신에게로 더 가까이 끌어당기려고 애를 썼다.

그녀의 손가락이 그의 허리춤을 맴돌다가 그의 셔츠 자락을 위로 끌어올렸다. 그는 흠칫, 그녀의 손을 붙들었다. 그녀가 불만스럽게 눈썹을 들어 올린다.

"왜?"

"아직, 멍 다 안 빠졌는데……."

"만지면 아파?"

"그런 게 아니라, 현수 씨가…… 머, 멍든 거……."

예쁘지 않다고, 매력적이지 않다고 했잖아요. 그렇게 말하고 싶었지만, 허리에 날씬한 다리가 감기자 폐부에서 공기가 쑥 빠져나가는 바람에 뒷말을 이을 수가 없었다. 그녀가 아플 정도로 끈끈하게 남성을 조여 왔다.

"읏."

그는 흐느끼는 듯한 신음을 흘리며 이를 악물었다. 어떻게든 참지 않으면 그대로 갈 것 같았다. 그가 모든 움직임을 멈추고 그 강렬한 느낌을 이겨 내려고 하는 동안, 그녀는 그의 옷자락을 능숙하게 벗겨 냈다. 정신을 차릴 수가 없었다.

"……정말이네. 아직 좀 불그스름하다."

"으읏, 혀, 현수 씨……."

"그래도 많이 열어졌네. 건드리면 아파?"

"아뇨. 아윽……. 저, 저기, 현수 씨, 조금만 힘 좀 빼 주세…… 으!"

눈을 질끈 감았다. 아찔하다. 죽을 것 같다. 그녀가 그의 어깨에 입술을 대었다. 말캉한 혀를 대어 살점을 맛본다. 눈앞이 새까매진다. 이대로 그녀에게 잡아먹혀도 좋을 것 같다는 생각이 들었다.

"불쌍해라……."

그녀가 느릿하게 조였다가 힘을 푼다. 야금야금 정말로 먹어 치우는 것처럼. 그를 삼킬 것처럼.

그는 그녀의 어깨에 고개를 묻고 무력하게 몸을 떨었다. 쾌감이 너무나 커서 오히려 고통에 가깝게 느껴졌다. 허리에 감긴 다리를 꽉 움켜쥐고 그는 거의 발작하는 것처럼 허리를 움직이기 시작했다.

무언가에 쫓기는 것처럼 절박하게 몸부림쳤다. 끝까지 다다르고 싶었다. 아니, 영원히 끝나지 않았으면 좋겠다. 자신이 정확히 뭘 원하는지도 알 수 없었다.

그는 넘어갈 듯 숨을 몰아쉬며 자신의 아래에서 흔들리는 그녀의 얼굴을 내려다보았다. 파리한 눈빛. 그 흐릿한 눈동자가 까맣게 가라앉는다. 그게 비수같이 망막을 찌르고 들어왔다.

고통, 그리고 기묘한 쾌락.

그는 가장 깊숙한 곳까지 파고들어 뻣뻣하게 몸을 굳혔다. 척추를 따라 엉치뼈에서부터 허리, 등, 머리까지 전류가 흘렀다.

섬묘한 질식감에 휩싸여 그는 그녀를 우악스레 끌어안았다. 이대로 그녀의 일부가 되어 버렸으면 좋겠다는 생각만 하염없이 들었다. 떨어지고 싶지 않다. 떨어지고 싶지 않아. 죽어도 떨어지고 싶지 않아.

"흐, 흐으."

가라앉지 않는 사정의 쾌락을 어쩌질 못하고 몸을 부르르 떨었다. 그녀가 제 어깨 위에 놓인 그의 머리를 부드럽게 쓰다듬어 주었다. 한참이 지나서야 그는 겨우 고개를 들었다. 노곤한 얼굴의 그녀가 뭔가 생각에 잠긴 듯 잠잠한 눈으로 물끄러미 그를 바라보고 있었다.

그녀의 무표정한 얼굴에 그는 흠칫 굳어졌다. 갑자기 머릿속에 찬물이라도 끼얹은 듯 오싹한 한기가 온몸을 휩쓸었다.

"아……. 미, 미안해요. 제가 너무 거칠었죠? 아팠어요? 너무 흥분해서……."

"어? 그런 거 아니야. 난 괜찮아."

"무겁죠? 잠깐만요. 금방…… 뺄게요."

"아니라니까. 잠깐만 이대로 있어 봐."

몸을 일으키려는데 그녀가 다시 끌어당기는 바람에 철퍽, 그녀의 위로 엎어졌다. 미끌미끌 땀에 젖은 피부가 찰박하고 기분 좋게 밀착된다. 그는 신음을 삼키며 달아오른 눈가를 그녀의 어깨 위에 문질렀다. 그녀가 살짝 웃는다. 하지만 생각에 잠긴 듯 어딘가 멍해 보이는 표정이었다. 잠시 동안 망설이던 그는 결국 그녀에게 물었다.

"저기……."

"응?"

"요즘, 혹시 뭐 걱정거리라도 있어요?"

"어? 왜 그런 생각을 해?"

"그냥…… 자주 멍한 거 같고."

"아, 그냥 생각할 게 좀 있어서 그래. 걱정은 아니고. 그냥."

그냥 무슨 생각요? 그는 그 질문을 삼켰다.

더 알고 싶다. 더 가까워지고 싶다.

그의 모든 생각과 관심은 그녀를 향해 고정되어 있었다. 하지만, 그녀는 다르다.

그는 불안을 감추기 위해 애쓰며 "그렇구나" 하고 웅얼거리기만 했다. 평소라면 눈치 빠르게 그의 불안을 알아차리고는 가벼운 장난으로 안심시켜 주었을 그녀가 그냥 "응" 하고는 침묵에 잠겨 버린다.

그는 잠시 동안 가만히 있다가 그녀의 위에서 천천히 몸을 일으켰다.

그녀의 다리를 벌리고 부드럽게 남성을 꺼내 끈적끈적한 콘돔을 벗겼다. 그녀가 티슈 몇 장을 뽑아 주었다. 그것으로 아래를 대충 닦고 어중간하게 엉덩이에 걸쳐져 있는 바지와 속옷을 마저 벗었다.

그녀는 속옷을 챙겨 입기도 귀찮은 듯 그냥 알몸 위에 대충 시트를 끌어 올리며 침대 위에 누워 버렸다. 그 모습을 잠깐 바라보다가 그는 머뭇머뭇 다시 입을 열었다.

"저기, 저 빨리 아무 일이나 찾아볼까요?"

"응? 갑자기 왜?"

"아뇨……. 벌써 일주일째 아무것도 안 하고 집에만 있었잖아요."
"겨우 일주일짼데, 뭐. 당장 굶어 죽을 정도도 아니고, 급할 거 없잖아. 좀 만 더 뒹굴뒹굴하자."
"하지만……."
그는 힐끔 그녀의 얼굴을 보았다. 저렇게 말하지만 혹시라도 내가 귀찮아진 건 아닐까. 집에서 그녀와 함께 있을 때면 그는 그녀와 닿고 싶다는 생각밖에는 하지 않게 된다. 그리고 자기도 모르게 자꾸 조르고, 만지고, 채근하고 만다. 그녀가 그런 자신을 지겨워하면 어떻게 하지? 그런 불안 때문에 초조하다. 하지만 그런 마음을 아는지 모르는지 그녀가 눈살을 찌푸리며 되묻는다.
"아니면, 혹시 나랑 둘이서만 있는 게 불편해서 그래?"
그는 펄쩍 뛰었다.
"그, 그런 거 아니에요! 저보단 현수 씨가……"
"내가 너랑 있는 거 불편해하는 거 같아?"
"……."
"네가 일하고 싶은 거면 말릴 순 없지만, 나랑 이렇게 조금만 더 놀면 안 될까. 응?"
그는 차마 고개를 들 수가 없었다. 바보 같은 표정을 짓고 있을 게 분명하기 때문이다.
그는 새 속옷을 꺼내 입는 척하며 느릿느릿 고개를 끄덕였다. 한참 뒤에 고개를 들자 빤히 자신을 바라보는 눈과 마주쳤다. 그녀가 물끄러미 바라보며 손짓한다.
"그만 미적거리고 이리 들어와. 나 추워. 안아 줘."
"……네."
그는 충실하게 그녀의 옆으로 가 이불 속으로 들어갔다. 맨살에 닿는 부드러운 감촉에 가슴이 간질간질, 두근두근. 성욕과 상관없이 그 촉감만으로 그는 오르가슴에 다다른다. 그녀가 유연하게 그의 몸에 팔을 감아 나른하게 안겨 왔다.

그는 조심조심 그녀의 등을 끌어안았다. 베개에 나란히 얼굴을 파묻은 채 서로를 끌어안고 있다가, 슬쩍 그녀의 눈을 들여다보았다. 그녀가 가늘게 눈꼬리를 휘며 웃는다.

"너랑 있으면, 머릿속에서 찰칵 소리가 나는 거 같아."

"네?"

"내 옛날 버릇이야. 왠지 그냥 지나쳐 버리기 아까운 순간에, 나도 모르게 머릿속으로 셔터를 눌렀거든. 찰칵하고. 요즘 문뜩문뜩, 그 소리가 들려."

그는 눈을 깜빡였다. 가만히 그녀가 그를 바라보았다. 까만 눈동자가 뭔가를 곰곰이 생각하는 듯 물끄러미 주시한다.

"더 이상 들릴 일이 없다고 생각했는데……."

"아……."

찰칵? 사진 찍는 소리인가?

그는 멍한 눈으로 그녀의 얼굴을 바라보았다. 그녀는 관찰하는 듯한 시선으로 그를 빤히 살피고 있었다. 생각에 잠긴 듯한 얼굴로 잠시 침묵하던 현수가 다시 입을 열었다.

"시간이 지나면, 식어 버릴 줄 알았어. 그런데…… 아닌가 봐."

"저기……, 죄송해요."

"뭐가 죄송해?"

"무슨 말인지 잘 모르겠어요."

"그게 왜 네가 사과할 일이야."

그녀가 킬킬거리며 웃었다.

메마른 눈매가 나른하게 가늘어진다. 하지만 흥미로운 대상을 보는 듯한 시선은 그대로였다. 격렬한 섹스를 나눈 상대에게 보내는 것치고는 너무나 건조한 시선에 불안해지던 것도 잠시, 그녀가 친근한 음성으로 말을 이었다.

"나 옛날에 사진 찍는 일 했었어."

"사진…… 요?"

"응."

그는 눈을 깜빡였다.

사진가. 그녀와 어울리는 직업이다.

하지만 지금은 하지 않는 걸까? 왜? 질문을 던져도 그녀가 불쾌해하지 않을지 확신할 수 없어 망설이는데, 그녀가 툭 내뱉었다.

"네 사진, 찍어 봐도 될까?"

"어…… 제 사진요?"

"응."

"지금?"

"아무 때든."

"가, 갑자기…… 왜요?"

"그냥, 갑자기 찍고 싶어져서."

무슨 뜻일까? 왜 내 사진을 찍고 싶다는 거지?

그는 눈을 깜빡거리며 그녀의 차분한 눈길을 마주 보았다. 그의 혼란스러움을 알아챘는지 그녀가 살짝 웃음을 흘렸다.

"너무 이상하게 생각하지 마. 그냥, 문득 옛날 생각이 나서 그러는 거니까. 네가 싫다고 하면 억지로 강요는 안 할 거야. 꼭 하고 싶다는 게 아니고, '그냥 한번 찍어 봐도 돼?' 정도니까."

"혹시, 요즘 멍했던 거……, 그거 때문이에요?"

"응? 그거?"

"갑자기 사진 찍고 싶어져서, 그랬던 거냐고요."

"아…… 응, 비슷해."

"……현수 씨가 찍고 싶으면, 얼마든지 찍어도 돼요."

그는 그녀의 눈을 진지하게 마주 보았다.

"현수 씨가, 저 도와줬잖아요. 잘해 주시고……. 저도 현수 씨한테 도움 되는 거면, 뭐든 해 주고 싶어요."

"어……, 고마워."

단지 그것뿐만은 아니었지만, 그는 그 이상의 말은 삼켜 버렸다.

그녀가 그에게 해 준 건, 도와준 것 이상이었다. 잘해 준 것, 그 이상이었다. 하지만 그에 대해서도 더는 말하지 않았다. 어차피 말로는 표현할 수 없다.

잠시 묘한 표정을 짓던 그녀가 곧 평소의 나른한 얼굴로 돌아와 살짝 웃는다.

"음. 그럼, 내일 카메라부터 찾아서 봐야겠다. 필름 남은 게 있나 모르겠네."

"……."

"나 꽤 잘 찍는다? 예쁘게 나오면 너 줄게."

"……네."

"사실, 하도 안 찍은 지 오래돼서 실력은 다 녹슬었겠지만."

"……현수 씨가 찍어 주는 거라면, 이상하게 나와도 좋아요."

"야, 아무리 그래도 이상하게는 안 나와. 나 제법 잘 찍었다고. 아무리 녹슬었어도 아마추어 수준 정도는 나오겠지."

그녀가 꽤 뻐기는 말투로 말했다. 그는 자꾸 목 안에 치미는 물음을 삼켰다. 그런데 왜 그만둔 건데요?

그녀가 살짝 웃으며 그와 그녀의 몸 위로 이불을 바짝 끌어 올렸다. 그는 어둠 속에서 그녀의 갸름한 얼굴이 나른한 졸음과 엷은 기대감에 잠겨가는 모습을 바라보았다.

"이제 그만 자자. 졸리다."

"네……. 잘 자요, 현수 씨."

"응, 너도."

"생각보다 상태가 괜찮네."

먼지가 쌓인 박스에서 조명과 렌즈, 그리고 꽤 전문적으로 보이는 도구들을 꺼내 정리하던 현수가 마지막으로 카메라를 들고 한참을 점검하더니 만족스럽게 웃었다.

그는 바닥에 늘어진 물건들을 호기심 어린 눈길로 훑어보았다. 카메라와 렌즈는 알아보겠는데, 그 외의 물건은 어떤 용도로 쓰이는 건지 알 수가 없었다. 그녀는 그 중 몇 개를 제외하고 나머지는 대충 다시 박스 안에 욱여넣었다. 그 다음에는 냉장고를 뒤적이더니 작은 상자를 하나 꺼냈다. 그 안에서 랩에 싸인 필름이 한 무더기 쏟아졌다.

"역시 남아 있었네……."

그녀는 그것들을 하나하나 확인하더니 몇 개만 남겨 두고 나머지는 쓰레기통에 집어던졌다. 그러고 난 다음에는 마른 수건으로 카메라를 닦고, 렌즈를 한참이나 손질하고, 카메라 속 건전지를 확인했다. 그 손길이 너무나 자연스럽고 능숙했다.

'정말로 사진가였구나.'

딱히 의심한 건 아니었지만, 왠지 신기하게 느껴진다. 그녀는 장난감을 가지고 놀듯 한참 동안이나 카메라와 몇 가지 도구를 매만졌다.

그러다 느닷없이 번쩍, 플래시를 터뜨렸다. 그는 깜짝 놀라 목을 움츠렸다. 그러자 눈에 카메라를 대고 있던 여자가 고개를 들고 씩 웃는다.

"필름 유통 기한은 한참 지났지만, 대충 쓸 수 있겠는데."

"그럼, 이제 찍는 거예요?"

그는 어색한 눈길로 동그란 카메라 렌즈를 힐끗거렸다. 그녀가 카메라를 한쪽 눈에 대더니 그를 돌아본다.

그는 반사적으로 몸을 뒤로 뺐다. 그녀가 작게 웃음을 흘린다.

"내가 뭐 총이라도 겨누니?"

"그, 그냥…… 좀 어색해서요."

"음. 너 사진 잘 안 찍는구나?"

그는 머쓱하게 목덜미를 쓸었다.

사실 군대에 가기 위해 주민등록증을 받으려고 사진을 찍었던 게 그가 자청해서 찍은 유일한 사진이었다. 그때 동네 사진관에서 4천 원을 주고 카메라 앞에 섰고, 몇 시간 뒤 머리를 박박 깎은 어수룩하고 부자연스러운 표정의 남자가 찍힌 사진을 받았다.

그 이후에도 가끔 여자들이 그의 사진을 몇 장 찍어 가기도 했지만 그건 불쾌하고 어색한 경험일 뿐이었다.

"뭐 그럴싸하고 대단한 사진 찍겠다는 건 아니니까, 긴장할 필요 없어."

"긴장하려고 하는 건 아니에요."

"그런가?"

그녀가 키득거리며 웃는다. 하지만 시커먼 기계가 그녀의 얼굴을 반이나 가리고 있어서 그는 그 표정을 제대로 볼 수가 없었다.

카메라. 앞으로도 별로 좋아질 것 같지 않다.

"그래도 너무 뻣뻣하다."

"……뭘 어떻게 하고 있어야 하는지 모르겠단 말이에요."

"네가 하고 싶은 자세를 취해 보는 건 어때?"

그는 그대로 얼음이 되었다. 부동자세로 굳어진 그를 보며 그녀가 다시 낄낄거리며 웃었다.

"아무래도 안 되겠네. 일단 여기 앉아 봐. 너 맨날 TV 볼 때 앉는 것처럼."

"……내가 어떻게 앉았었는지 기억이 안 나요."

"그럼 그냥 쭈그리고 앉아."

정말로 그녀는 그를 멋있게 찍어 주고 싶은 생각이 없는 것 같았다. 그는 시무룩하게 벽에 등을 기대고서 쭈그려 앉았다. 그러고는 영 어색한 얼굴로 괜히 손을 주물럭거렸다. 그녀가 다시 막 웃는다.

"지금은 안 찍을 테니까 그냥 편하게 있어 봐. 나랑 같이 있을 때처럼."

"으응……."

"그나저나 렌즈를 통해서 보니까 지효 씨, 진짜 잘생기셨네?"

그녀가 장난스럽게 그의 코앞까지 렌즈를 들이대며 고개를 갸웃한다. 그는 렌즈가 무슨 대포라도 되는 양 벽에 바짝 붙으며 굳어 버렸다. 그녀가 다시 낄낄거리며 웃는다.

"자꾸 장난치지 마요."

"장난 아니라니까. 렌즈를 통해서 보니까, 뭔가 색다른데?"

좋다는 뜻일까? 나쁘단 뜻일까? 그는 괜히 앞머리를 만지는 척하며 살짝 얼굴을 가렸다. 그녀가 뒤로 물러나 한참이나 카메라를 조정하다가 다시 그를 바라보았다.

"음, 일단 네가 좀 이거에 익숙해져야 되겠다."

"그냥…… 찍으면 안 되는 거예요?"

"막 찍으면 의미가 없잖아."

"……."

"이걸 그냥, 내 눈이라고 생각하고, 봐 봐. 자연스럽게."

"현수 씨 눈은 저렇게 시커멓고 이상하지 않잖아요."

"그치. 내 눈이 좀 예쁘지?"

그녀가 농담처럼 말했다. 하지만 그는 그 말에 격하게 동의했다.

그녀의 눈은 숨 막히게 예쁘다. 새초롬하게 치켜 올라간 까만 눈이 그를 가만히 응시해 올 때면, 가슴이 다 떨린다. 그는 얼굴을 붉히며 슬쩍 고개만 돌렸다.

그때, 느닷없이 플래시가 터졌다.

"혀, 현수 씨!"

"응? 왜?"

"마음의 준비를 할 수 있게 예고 정돈 해 주세요!"

"예고하면 넌 또 얼 거잖아. 이건 그냥 무시하고, 평소 나랑 있을 때처럼 있으면 된다니까."

그는 난감한 시선만 던졌다. 그냥 무조건 편하게 있으라는데, 한숨만 나온다. 그는 애매한 얼굴로 어색하게 뒷머리를 쓸었다.

다시 찰칵. 그가 울상을 짓자 그녀가 키득거리며 또 웃는다. 그리고 또 찰칵.

"막 찍으면 의미가 없다면서요!"

"지금 막 찍는 거 아닌데? 신중에 신중을 다하고 있어."

"……."

"날 믿으라니까."

그녀가 자신만만하게 말했다. 결국 그는 웃고 말았다.

다시 찰칵. 또 찰칵. 정말로 그녀는 막 셔터를 눌렀다. 플래시가 번쩍번쩍. 처음엔 좀 멀리 있던 렌즈가 어느 순간 코앞까지 가까워졌다가 다시 멀어진다.

정신이 다 없다. 그가 얼빠진 표정을 짓자 그녀가 낄낄거리며 웃음을 터뜨렸다.

"지효 씨, 렌즈를 통해서 보니까 재밌는 구석이 많았네."

"……사실, 그냥 저 가지고 장난치는 거죠?"

그가 뚱한 얼굴로 불평했다. 다시 찰칵. 그리고 번쩍.

그녀가 카메라를 슬쩍 얼굴에서 치우고는 삐딱한 미소를 머금는다.

"왜? 내가 장난치는 거 싫어?"

"끄응……."

"싫어?"

"……좋아요."

그녀의 웃음소리가 울려 퍼진다. 그리고 찰칵, 찰칵.

그녀는 한참이나 그렇게 장난처럼 플래시를 터뜨렸다. 번쩍번쩍한 빛에 핑글 눈물이 다 돈다. 그때, 카메라를 내린 현수가 그의 눈가에 살짝 입술을 눌렀다.

그는 발갛게 얼굴을 물들였다. 또다시 찰칵 소리가 들려왔다.

"현수 씨!"

그녀가 웃음을 터트리며 다시 셔터를 눌렀다. 그러고는 그의 입술에 쪽 하고 자신의 입술을 누른다.

그는 어찌할 바를 모르고 눈만 멍청하게 끔뻑거렸다. 그녀가 필름을 바꿔 끼우고 다시 셔터를 누른다. 어느새 그녀는 그의 바로 앞에 서 있었다. 그는 흠칫 물러섰다. 그러자 그녀가 한 발자국 더 다가와 그의 뺨에 입술을 누르고, 다시 사진을 찍었다. 그는 뒤로 물러나고 또 물러나다 막다른 구석에 몰렸다.

눈앞에서 플래시가 정신없이 터진다. 번개가 번쩍번쩍하는 기분이었다.

결국 애가 타는 장난을 견디지 못하고, 그녀의 몸을 끌어안았다. 그녀의 얼굴을 가리는 기계를 치우고 그녀의 입술을 애타게 빨았다. 그녀의 어린애 같은 웃음소리가 목구멍을 간지럽힌다. 가슴이 타들어 가는 듯했다.

"야, 이러면 찍을 수가 없잖아."

"좀 나중에…… 찍어요. 현수 씨가 먼저, 먼저 시작했잖아요."

"하하, 뭐야. 간지러워."

싸한 방바닥에서 두 몸뚱이가 뱀처럼 뒤엉킨다. 그녀가 셔터를 마지막으로 눌렀다. 그는 기계를 멀리 치워 버렸다.

#6장

찰칵.

오렌지 주스를 따르다 멈칫했다.

침대 위에 엎드려 다리를 까딱까딱 흔들던 그녀가 그를 향해 한 번 더 셔터를 눌렀다. 그는 번쩍거리는 카메라 플래시에 눈살을 찌푸리며 뚱하니 불평했다.

“현수 씨, 예고 없이 찍지 좀 말라니까요.”

“이젠 익숙해지지 않았어?”

그녀가 카메라를 슬쩍 내리며 넉살 좋게 웃는다. 그는 툴툴거리며 오렌지 주스를 그녀에게 내밀었다. 그녀가 자연스럽게 받아 마신다. 그는 그녀 옆에 놓인 카메라를 힐긋거렸다.

언제부터인가 그녀의 옆에 자연스럽게 있게 된 물건. 확실히 익숙해지기는 했다. 그녀는 그걸 손에 쥐기 시작한 뒤부터 곁에서 한시도 떼어 놓질 않고 있었다. 그리고 민지효는 그런 서현수 옆에서 떨어지질 않고 있다. 익숙해지는 수밖에 없다.

그는 며칠 사이에 난데없이 번쩍하고 터지는 카메라 플래시에 완벽하게 적응했다. 그녀가 렌즈를 들이대며 저를 요모조모 여러 각도에서 살피는 것에도 익숙해졌다.

그렇다고 그게 좋아졌다는 뜻은 아니지만.

"문뜩, 찍고 싶어져서, 나도 모르게 누르는 거란 말이야. 예고할 새가 어딨니?"

"……엄연히 도촬이에요."

"그래서, 신고할 거야?"

그녀가 짓궂은 질문을 던졌다. 그는 얄미운 시선으로 그녀를 흘기고는 그녀가 싹 비운 컵을 받아 들었다. 개수대로 가려는데 갑자기 그녀가 그의 손을 잡아당긴다. 부드러운 입술이 그의 입술에 촉 하고 닿았다. 그녀가 그의 입술에 대고 씨익 웃으며 말했다.

"삐치지 마. 너 찍는 게 생각보다 재밌어서 그래."

"그래도, 자다 일어나서 부스스한데……."

"뭐 어때. 나만 두고 볼 건데."

그녀가 피식 웃으며 하는 말에 얼굴이 확 달아올랐다. 그는 거의 기어들어 가는 목소리로 그래서 더 문제라고 꿍얼거렸다. 그녀가 두고 볼 건데, 이왕이면 좀 괜찮게 찍히고 싶다. 아마 지금 자신의 모습은 '멋지다'라는 형용사와는 거리가 멀 것이다. 자다 일어나서 머리는 까치집이나 다름없을 테고, 세수도 미처 못 한데다 후줄근한 추리닝 바지에 시장에서 5천 원 하는 셔츠 차림. 그마저도 구깃구깃하다.

새삼 머쓱해져서 얼굴을 쓸어내리자 그녀가 키득거리며 웃는다.

"그럼 오늘은 좀 색다른 거 시도해 볼까?"

"……색다른 거요?"

"응. 난 내추럴한 게 좋지만, 원한다면 연예인 빰칠 만큼 멋있게 찍어 줄 수도 있는데. 화보처럼 촬영해 볼까?"

그는 당황스러움에 눈만 깜빡였다. 그 정도로 본격적으로 찍고 싶은 건 아닌데…….

그녀의 눈에 이상한 꼴보다는 좀 괜찮은 모습으로 비치고 싶다는 생각은 있지만, 그는 '사진을 찍는다'는 행위에서 그럴싸한 의미를 찾지 못하고 있었다. 그녀가 그걸 재밌어 하기에 어색하지만 애써 협조하고 있을 뿐, 굳이 자신을 꾸미고 카메라 앞에서 오글거리는 포즈를 취하고 싶은 것은 아니다. 그러기엔 제 낯이 매우 얇다. 특히나 TV에 나오는 연예인처럼은 더더욱 못 할 것 같다.

하지만 그가 우물쭈물 하는 사이에 그녀는 이미 그러기로 결정을 내렸는지 침대에서 기어 나와 옷을 주워 입었다. 그러고는 침대 밑에서 쭈그리고 앉아 뭔가를 뒤적거린다.

그녀가 꼼꼼하게 포장된 상자 하나를 우득우득 뜯더니 그 안에서 잡동사니들을 쏟아 냈다. 그는 멀뚱히 그것을 내려다보았다. 화려한 무늬의 천이 한 더미, 부숭부숭한 솜털이 달린 알록달록한 방울과 장신구처럼 보이는 은색 체인과 색색의 크고 작은 원석들…….

그녀가 사용하는 액세서리라고 하기에는 다 너무 요란한 것들뿐이라 그의 눈이 점점 휘둥그레졌다.

"이게 다…… 뭐예요?"

"응? 아, 내가 옛날에 빈티지나 오리엔탈, 뭐 그런 거 좋아했거든. 여행 다니면서 이것저것 사서 모으고 했던 거야. 거의 다 버리고 이거 남았지만."

"……."

"내가 하고 다녔던 것도 몇 개 있지만, 대부분 그냥 마음에 들어서 가지고 있었던 거야. 새삼 보니까, 참 별걸 다 샀었네."

그녀가 상자 안에 가득 든 걸 하나하나 살피다가 번쩍 고개를 들었다. 멀찍이 떨어진 자리에서 상자 안을 살피던 지효가 그녀의 묘한 눈길에 어깨를 경직시켰다.

그녀가 알록달록한 원석이 촘촘히 박힌 화려한 목걸이를 대뜸 그의 목덜미에 갖다 댔다.

"넌 은근히 화려한 게 어울릴 거 같단 말이야."

"저, 저기, 저는……."

"아, 이럴 게 아니라 씻고 나와라. 내가 화장도 멋지게 해 줄게."

"화, 화장요?"

"뭘 그렇게 기겁해? 요즘은 남자들도 화장하잖아."

그는 창백하게 질린 얼굴로 테이블 위에 난잡하게 쌓여 있는 그녀의 화장품 더미를 돌아보았다. 그녀가 킥킥 작게 웃음을 흘렸다

"걱정하지 마. 막 두껍게 떡칠하겠다는 게 아니니까. 남자 연예인이나 모델들도 메이크업하잖아. 나 이래 봬도 꽤 실력 있다? 옛날에 일할 때 급하면 직접 모델들한테 해 주기도 했고."

"그래도, 어색한데……."

"뭐 어때? 그러고 밖에 나갈 것도 아니고, 어차피 나만 볼 건데. 자, 빨리 씻고 나오기나 해."

그녀가 그를 욕실로 떠밀었다. 그러고는 그에게 사용할 액세서리를 추려 내기 시작했다.

결국 그는 싫다는 말 한 마디 못 하고 울상이 되어 욕실로 걸어 들어갔다. 그리고 미적미적 샤워를 하면서 제발 그녀의 마음이 바뀌어 있길 바랐다. 하지만 바닥에 쭈그리고 앉아 화장품을 쭉 늘어놓는 모습으로 보건대 여전히 의욕에 가득 차 있는 듯했다.

그는 수건으로 머리에서 물기를 털어 내며 바닥에 늘어선 화장품, 장신구, 어느새 코드까지 꽂은 조명 기구를 보며 침을 꿀꺽 삼켰다. 대체 어디에 숨어 있던 물건인지, 평소 사용하던 화장품 외에도 꽤 다양한 화장품이 늘어서 있었고, 빗, 헤어젤, 그 밖에 정체를 알 수 없는 미용 도구도 보였다. 그녀가 툭툭 제 앞에 앉으라는 양 손으로 바닥을 쳤다.

"다 씻었어? 이리 와 앉아 봐."

"……."

"자, 여기 토너랑 로션. 화장하기 전에는 보습을 잘해 줘야 돼."

"현수 씨, 굳이 이렇게까지 할 필요……."

"내가 찍고 싶어서 그래. 솔직히 매번 방구석에서 마구잡이식으로 찍어 대는 거에도 질렸고. 너도 처음엔 좀 어색하겠지만, 이거 은근히 재밌다? 평소와 다른 자기 모습을 보는 거, 좋잖아."

"……."

"소꿉장난이라고 생각하고 편하게 있어 봐."

결국 그는 얌전히 그녀의 손에 제 얼굴을 내어 주었다. 그녀가 손에 화장수를 적당량 덜어 그의 얼굴에 꼼꼼히 발라 주었다. 그는 낯간지러운 느낌에 속눈썹을 파르르 떨었다. 촉촉하고 부드러운 손가락이 제 얼굴을 빠짐없이 누비는 게 의외로 기분 좋았다. 그녀의 신중한 눈길이 이마에서 눈, 코끝, 입술에서 매끈한 턱까지 균일하게 오간다.

그는 쿵쿵 뛰는 심장 소리가 귀에 울리는 듯한 착각에 침을 꿀꺽 넘겼다. 얼굴을 만지는 게 이렇게나 야릇한 행위였나? 벌거벗고 서 있는 것보다 더 민망했다.

"피부가 깨끗해서 베이스는 최대한 얇게 바르는 게 좋겠다."

"아…… 네."

"진짜, 어떻게 잡티 하나 없니? 여드름 자국도 없고. 너 고등학교 때도 얼굴에 뭐 안 났어?"

"잘, 기억 안 나요."

고등학교를 다닐 때의 기억은 거의 남아 있는 게 없었다. 당시 그는 주유소 같은 데서 일하면서 연명하고 있었고, 생활고에 찌들어 있어 제 얼굴이 어땠는지 따위는 기억도 나지 않았다. 어색하게 시선을 내리깔자 그녀가 그러지 말라는 양 손으로 그의 턱을 들어 올렸다.

"가만있어 봐. 어쨌든 타고났다는 말이네. 부럽다."

"혀, 현수 씨 피부가 훨씬 더 예뻐요. 깨끗하고."

"장난하니? 푸석푸석하고, 눈도 퀭하니 요즘엔 다크서클도 심하고. 아, 말도 하기 싫다. 민지효 얄미워."

"아니에요! 진짜로 훨씬 더 예뻐요. 정말로……."

"알겠으니까, 찡그리지 마. 아이라인 좀 그리게."

"……진짠데."

그녀가 피식 웃었다. 그냥 하는 말인 것을 아는데도 얄밉다는 말에 가슴이 철렁한 자신이 우습다. 그가 초조해하는 걸 아는지 모르는지 그녀가 이번에는 아이라인 펜슬을 들었다.

"넌 눈매가 순한 편이잖아. 내가 카리스마 있어 보이게 만들어 줄게. 눈 살짝 감아 봐. 뜨면 안 돼."

"으응……."

"많이 칠할 필요는 없을 거 같고……. 음, 살짝 눈 떠 봐."

그녀가 속눈썹 위에 후후 입김을 불어 주며 말했다. 그는 조심조심 눈꺼풀을 들어 올렸다. 그녀가 바로 코앞에서 한껏 진지한 표정으로 그의 얼굴을 요모조모 살피고 있었다. 그녀가 그의 눈꺼풀 위에 차가운 펜슬을 가져다 대고 몇 번 더 쓱쓱 칠하더니, 반대편에도 똑같이 아이라인을 그렸다.

"에이, 그냥 눈 큰 지효 씨네. 쿨가이로 만들어 주려고 했더니."

"……."

"그렇다고 스모키 같은 게 어울릴 거 같지도 않고."

"……별로 어울리고 싶지도 않아요."

그의 뚱한 말에 그녀가 살짝 웃는다.

"잠깐, 가만있어 봐. 입술에만 살짝 더 하자……."

"그, 그건 싫어요!"

"왜?"

"이상하잖아요! 남자가 왜 립스틱 같은 걸……. 우스꽝스러워요."

"지효 씨, 은근 보수적이야. 그리고 이거 립스틱 아니다. 틴트야."

"같은 거잖아요!"

"엄연히 다른 거라고. 그리고 아이라인은 되고, 입술은 안 돼? 뭐가 그래?"

사실은 둘 다 싫지만 참은 건데. 그래도…….

그는 고집스럽게 제 입술을 가렸다.

자신의 외모에 관해 혐오감까지 가지고 있는 것은 아니었지만, 그렇다고 중성적인 제 얼굴을 좋아하는 것도 아니었다. 그 때문에 좋은 일보다는 험한 일을 더 많이 당했으니까. 군대에 있을 때는 트라우마가 생기지 않은 게 이상할 정도로 수치스러운 꼴도 당했다.

신경이 무뎌진 덕분에 외모에 콤플렉스까지 생기진 않았지만, 현수를 만나고부터는 자신의 얼굴이 은근히 신경 쓰이기 시작했다. 영화나 드라마를 볼 때, 그녀가 남성미가 물씬 풍기는 개성적인 얼굴의 남자 배우를 좋아한다는 것을 알고 나서부터 더더욱.

아무래도 자신은 그녀의 취향과 한참 동떨어져 있는 듯했다. 제가 보기에도 남성미완 거리가 먼 외모가 아닌가. 그런데 거기에 여자처럼 새빨갛게 입술을 칠한 모습까지 보여 주고 싶지 않았다. 하지만 그의 섬세한 남심을 조금도 몰라주는 여자가 불만스러운 얼굴로 눈을 가늘게 뜬다.

"정말 싫어?"

"……."

"정 그렇다면야……."

그녀가 포기한 듯 틴트를 내려놓는다. 안도한 것도 잠시, 그녀가 주섬주섬 와인색 립스틱을 꺼내 들었다. 그걸 열어 제 입술에 꼼꼼히 듬뿍 칠했다. 그러고는 새빨갛게 칠한 반들반들한 입술을 그의 얼굴 앞에 살짝 내민다.

"정말로 싫어?"

"……."

"정말로?"

"끄응."

결국 손을 치웠다.

그녀가 키득키득 웃으며 양손으로 그의 귀를 슬쩍 잡아당겨서는 그의 입술에 쪽쪽쪽 마구 도장을 찍었다. 그는 끈적끈적 닿았다 떨어지는 그 감촉에 순식간에 달아올랐다.

그녀의 화장품에서 나는 관능적인 향기가 코끝을 자극한다. 평소 혐오감까지 가지고 있던 냄새였다. 여자들이 화려하게 자신을 치장하던 광경 속에서 항상 감돌던 독한 향기.

하지만 이 순간, 굉장히 부정적이고 어둑했던 화장품에 대한 이미지가 순식간에 그녀의 색깔로 물들었다.

립스틱의 미끈미끈하고 촉촉한 감촉이 기분 좋다. 야하고, 여성스럽고……. 그녀의 손에 묻은 화장수의 톡 쏘는 향기가 알싸하게 코끝을 찔렀다.

그는 살짝 고개를 들어 올렸다. 그녀의 입술 근처에 번진 립스틱 자국을 보자 강렬한 성적 흥분이 일었다. 도무지 참을 수가 없었다.

마치 충동에 휩쓸리듯 손을 뻗어 그녀의 목덜미를 끌어당겼다.

립스틱에서는 묘한 맛이 났다. 그는 그녀의 입술을 자신의 입술로 짓뭉개며 혀를 깊숙히 밀어 넣었다. 호흡이 가빠 오고, 눈가가 뜨거워진다.

그렇게 얼마나 감미로운 감각에 취해 있었을까, 고개를 들어 그녀를 내려다보았다.

순간, 가슴이 덜컥 내려앉았다.

욕망으로 달아오른 자신과 달리 그녀의 얼굴은 무표정했다.

한 쌍의 검은 눈동자가 마치 관찰이라도 하는 것처럼 차분하게 그를 들여다보고 있었다. 그는 뻣뻣하게 몸을 굳혔다.

혹시 내가 불쾌하게 만든 걸까.

다급하게 사과의 말을 내뱉으려는데 그녀가 갑자기 침대 위에 올려 두었던 카메라를 집어 들었다. 그러고는 그것을 몇 번인가 매만지더니 그에게 렌즈를 들이댔다.

찰칵.

플래시가 터졌다. 예기치 못한 상황에 그는 멍하니 눈을 깜빡였다.

한 번 더 플래시가 터졌다. 어쩐지 당황스럽고 수치스러운 기분이 들었다. 그는 황급히 소매로 립스틱이 잔뜩 묻어 있을 게 뻔한 입술을 닦았다.

달아오른 몸이 단번에 차갑게 식는 기분이었다.

"가만있어 봐."

"혀, 현수 씨……."

"왜 그래? 아까 그 표정……. 그 표정 보여 줘 봐."

그는 당황스러운 눈으로 그녀의 검은 눈을 마주했다. 나른한 관능에 젖어 든 눈빛이 아니었다. 뭔가를 집요하게 추적하는 사냥꾼의 눈이었다.

그가 몸을 일으켜 얼굴에서 화장을 지우려고 하자 그녀가 그의 가슴팍을 손으로 밀었다. 뒤로 넘어가려는 몸을 겨우 세우며 그녀를 보았다. 그녀의 하얀 손이 그의 허벅지를 붙잡았다. 그의 몸은 바로 반응했다. 그가 멈칫거리는 사이 그녀가 다시 카메라 렌즈를 들이댔다.

"왜 그렇게 얼었어?"

"너무…… 갑자기 그러니까……."

그는 당황스러운 표정으로 입가를 가렸다. 그녀가 불만스러운 한숨을 토해 냈다.

"내가 찍고 싶은 건 그런 얼굴이 아니야. 아까 그 얼굴, 그 표정 다시 보여 줘."

그는 움찔했다. 뭘 어떻게 해야 좋을지 몰라 우왕좌왕하는데 그녀가 그를 불렀다.

"민지효."

그는 그녀를 보았다.

무언가를 잠시 생각하는 듯하던 현수가 천천히 셔츠를 벗었다. 그는 눈을 크게 떴다. 그녀가 머리 위로 옷자락을 끌어 올리자 날씬한 허리와 납작한 복부, 브래지어도 차지 않은 동그란 가슴과 뼈가 도드라진 야윈 어깨가 차례로 드러났다.

그의 눈이 파르르 떨렸다.

그녀의 몸은 그의 흔적들로 가득했다. 목과 가슴 위에 울긋불긋한 울혈과 어깨 위에 난 잇자국, 흥분을 주체하지 못해 너무 강하게 움켜쥔 탓에 희미하게 손자국이 남은 허리춤…….

그녀가 헐렁헐렁한 추리닝 바지도 벗어던졌다. 베이지색 팬티 아래로 길게 뻗은 다리가 그를 향해 다가섰다. 그는 오슬오슬한 방 안의 공기 때문에 그녀의 장밋빛 젖꼭지가 빳빳하게 오므라든 것까지 볼 수 있었다.

입에 바싹 침이 말랐다.

절대로 흔들리는 법이 없는 검은 눈이 그를 또렷하게 담아냈다. 살짝 잠긴 목소리가 그의 고막을 야릇하게 자극했다.

"그래, 그 표정."

"아……."

"그 표정이야."

그는 어깨를 움츠렸다. 이상하게도 궁지에 몰린 기분이었다.

그녀의 손이 그의 가슴 위로 살며시 올라왔다. 부드럽게 닿았다가 떨어지는 가벼운 터치에 그는 무너져 내렸다.

그 손이 천천히 위로 올라와 그의 턱을 조심스럽게 들어 올린다. 정면에서 플래시가 터졌다. 까만 렌즈 너머로 송곳 같은 시선이 느껴졌다.

"혀, 현수 씨……."

카메라를 치우고 그녀를 끌어당겨 키스하고 싶었다. 하지만 설명할 수 없는 이유로 그럴 수가 없었다. 마치 거미줄에 걸린 작은 벌레가 된 기분이었다.

그녀가 엄지로 그의 입술 부근을 훑었다. 번진 립스틱 자국을 훑어 내자 그녀의 손끝에 붉은 염료가 묻어났다. 멍하니 그것을 바라보는데 다시 번쩍하고 플래시가 터졌다.

"현수 씨! 이제…… 이제 그만해요."

"왜?"

"이, 이런 거 이상해요. 그만 찍어요."

"이상해?"

그녀가 이해할 수 없는 말을 들은 것처럼 고개를 갸웃했다. 그는 떨리는 손으로 살짝 얼굴을 가렸다.

"지금, 나…… 흉한 얼굴을 하고 있어요. 찍지 말아요."

그녀가 성가시다는 듯 그의 손을 치웠다. 그 바람에 팬티 한 장 입은 채로 카메라를 손에 쥔 그녀의 모습이 시야를 가득 채웠다.

그는 목을 울리듯 신음했다. 조명에 반사되어 하얗게 빛나는 그녀의 육체에서 도무지 시선을 떼어 낼 수 없었다. 성기가 너무 팽팽해져 아랫배가 다 아플 정도였다. 그녀에게 하고 싶은 일 때문에, 그녀에게 당하고 싶은 일 때문에 몸이 감당할 수 없을 정도로 뜨거워졌다.

"현수 씨……."

애원하듯 중얼거리자 그녀가 그의 앞에 무릎을 대고 앉았다. 검고 흉물스러운 카메라가 바로 코앞에서 그를 집요하게 내려다본다.

기묘한 두려움도 잠시, 그녀가 늘 입에 머금고 있던 장난스러운 미소를 지운 얼굴로 말했다.

"흉하지 않아. 예뻐."

"……."

"넌 정말 매혹적이야. 내가 본 것 중에서 가장."

찰칵하고 플래시가 터졌다. 심장이 쿵 하고 내려앉는 듯했다.

"그러니까, 지효야."

렌즈를 통해서 그녀가 그를 바라보았다. 등줄기를 따라 오싹함에 가까운 전류가 흘렀다.

놀리는 말로 늘 내뱉던 장난 같은 찬사.

예뻐. 귀여워.

약 올리는 듯하던 말투로 씩 웃으며 차마 밉지도 않게 하던 말.

하지만 이 순간, 그 말이 너무나 진실에 가까운 말로 들린다. 그녀의 눈길에 세상에서 가장 매혹적인 무언가가 된 듯하다. 그는 묘한 고양감에 휩싸여 그녀의 시선을 받아들였다.

찰칵. 찰칵.

그 순간 설명 못 할 쾌감이 솟구쳐 올랐다. 플래시가 번쩍거린다.

그 날카로운 빛이 그를 잘게 쪼개는 듯했다.

그는 그녀를 바라보며 몸을 떨었다. 생전 처음 느껴 보는 감각에 어지러웠다.

그를 찍는 것은 생각보다 재미있었다. 하지만 그 이상은 아니라고 생각했다.

과거 자신을 사로잡았던 강렬한 몰입감은 아무리 기다려도 찾아오지 않았다. 때문에 현수는 민지효를 찍는 것은 그저 일시적인 변덕에 불과하다고 결론 내렸다. 이따금 좀 더 다양한 표정을 찍고 싶다는 생각이 들기도 했지만, 그 욕구는 과거 자신을 집어삼켰던 열병과는 다른 미적지근한 것이었다.

결국 그 감각은 부활하지 못했다. 자신 안에서 잠시간 번뜩였던 것은 미처 정의하기도 전에 사라져 버린 것이다.

그녀는 쑥스럽고 머쓱해하는 남자를 찍으면서 점차 마음이 정리되는 것을 느꼈다. 이제 나는 카메라 없이는 살 수 없었던 20대의 서현수가 아니구나.

이것으로 일말의 미련조차도 떨칠 수 있을 것 같았다. 앞으로는 즐거운 취미 생활 정도로도 즐길 수 있을 것 같다는 생각마저 했다.

어쩌면 비정상적인 몰두 따위는 처음부터 없었던 것일지도 모른다. 철없던 시절의 열정이 우연치 않게 그쪽으로 기울었던 것뿐.

그렇게 결론 내리자 한때 철근처럼 무겁게 느껴져 내려놓을 수밖에 없었던 카메라가 깃털처럼 가볍게 느껴졌다. 그동안 왜 이걸 그렇게 피했나 싶을 정도였다. 사진 촬영을 계속해야 할 이유도 없었지만, 사실은 끝내야 할 이유 같은 것도 없었는지 모른다.

잠깐 혼란스러웠던 머릿속이 정리되자 한결 마음이 가벼워졌다.

그녀는 즉시 인터넷을 통해 필름을 주문했다. 그리고 하루 종일 그를 찍으며 시간을 보냈다. 찍은 사진을 현상하겠다는 생각도 없었다.

자신이 찍은 게 어떤 식으로 나올지, 굳이 인화해 보지 않아도 알 수 있다. 그가 궁금해하면 사진관에 맡겨서 몇 장 뽑아다 줄 의향도 있었지만, 민지효도 사진에 별 관심이 없어 보였다.

결국 그를 찍는 건 하나의 놀잇거리에 불과했다. 그에게도, 그녀에게도 큰 의미가 되지 못하는 한때의 변덕스러운 장난.

하지만 지금 이 순간, 그런 생각들은 모두 달아났다.

그녀는 달칵 조명등을 켰다. 빛의 강도와 색깔을 조정하고 남자의 얼굴에 절묘한 음영을 덧씌웠다.

벽에 등을 댄 채로 남자가 고개를 숙였다. 그늘진 어둑한 눈동자가 묘한 빛으로 일렁인다. 희미한 두려움, 그리고 성적 흥분으로 고조된 흐려진 눈동자가 주저하듯 저를 향한다.

목구멍이 바짝 조여들었다. 엉망으로 번진 화장과 헝클어진 옷차림. 상기된 얼굴로 어딘가 불안정한 표정을 짓는 남자.

퇴폐적인 그림자가 그의 하얗고 마른 몸 위에 덧씌워졌다. 그러자 공산품처럼 깔끔하게만 보였던 그의 외양이 섬뜩한 입체감을 띠기 시작한다.

'내가 찍고 싶었던 게…… 이런 거였나?'

제 안에 납득하는 부분과 그렇지 못한 부분이 있었다. 그녀는 삼각대 위에 카메라를 올려 두고 카메라에서 고개를 들었다.

알몸이나 다름없는 것은 제 쪽이었지만, 정작 심리적으로 벌거벗고 있는 쪽은 남자였다. 그도 그것을 알고 있는 듯했다.

카메라 앞에 웅크리고 앉은 남자가 불안감과 열망이 뒤섞인 눈빛을 보내온다.

남자는 외롭고 추워 보였다. 그리고 카메라 뒤에 서 있는 자신에게 안아 달라 간절히 호소하고 있었다. 그는 아마 단순히 안아 주는 것 이상을, 더 많은 것을 바라고 있을 것이다.

그녀는 당장이라도 그의 갈망을 충족시켜 주고 싶은 마음과 좀 더 그 안의 욕구를 부풀려 놓고 싶은 가학심을 동시에 느꼈다.

그녀는 카메라의 초점을 맞추고 셔터를 눌렀다. 남자가 움찔했다. 단조로운 동작으로 필름을 갈아 끼웠다.

그의 표정. 자신을 보는 욕망에 젖은 눈길. 무엇 하나 놓치고 싶지 않았다. 1분, 1초, 전부를 담아내고 싶었다.

남자는 더 이상 공장에서 빠져나온 듯한 인형이 아니었다. 피가 흐르는 게 의심스러울 정도로 아름다운 얼굴은 인간이 지닌 가장 연약하고 원초적인 갈망으로 일그러져 있었다. 그녀 안에서 깜빡깜빡 불이 들어왔다.

플래시가 터진다. 끊임없이. 계속해서.

"……현수 씨, 이제, 그만해요."

"왜?"

그녀는 카메라에서 고개도 들지 않고 말했다. 그의 눈이 희미하게 떨린다.

"나, 더 이상은……."

"조금만 더 하자. 응? 이거…… 걸어 봐."

"현수 씨……."

"더 찍고 싶어. 조금만 더."

그렇게 말하면 그는 거역하지 못한다. 불안하게 흔들리는 눈동자가 긴 속눈썹 아래 숨어 버린다. 그녀는 남자를 달래기 위해 카메라를 삼각대에서 분리해 목에 걸고 줌 렌즈를 제거했다. 그의 곁으로 다가서며 오래전에 관광지의 인디언들에게 산 싸구려 장신구를 아무렇게나 움켜쥐었다. 상아로 된 것, 쇠로 만든 투박한 세공품, 자갈과 유리를 보석처럼 어설프게 깎아 주렁주렁 매달아 놓은 것.

그의 다리 사이에 무릎을 대고 앉아 남자의 셔츠 자락을 움켜쥐었다. 그가 움찔거리며 불안한 눈으로 바라본다.

"벗어."

"……."

"너도 벗어. 내가…… 만져 줄게."

남자의 눈이 파르르 떨렸다. 그가 순순히 셔츠를 벗었다.

야위었지만 아름다운 몸. 그리고 곳곳에 남아 있는 하얀 흉터들. 그건 마치 오래된 물건에 남은 흠처럼 자연스럽게도 보였고, 가혹하게도 보였다.

그녀는 그 흔적을 하나하나 더듬어 나갔다. 그의 몸 곳곳에는 자신을 가꾸기 위해서가 아닌, 쉽지 않은 삶을 대변해 주기 위해 자리 잡은 근육들이 섬세하고 단단히 자리 잡고 있었다. 촌스러운 비유지만 그는 꼭 그리스 시대의 미소년처럼 아름다웠다. 그녀는 그의 목에 차가운 금속 세공품을 하나하나 걸었다. 맨살에 닿는 그 서늘한 감촉에 남자가 움츠러든다.

"……차가워요."

"하지만 어울려."

그녀가 달래듯이 그의 가슴팍을 쓸었다. 그의 떨림이 느껴졌다. 하지만 그것은 자극으로 인한 떨림이었다. 손 아래에서 그의 심장이 불규칙한 리듬으로 뛴다.

숨이 찬 것처럼 거칠게 오르락내리락하는 가슴팍. 남자의 살짝 벌어진 입술 사이로 애절한 숨이 터져 나왔다.

그녀는 그에게 더 가까이 다가갔다. 그 바람에 카메라의 초점을 다시 맞추어야 했다. 그의 입에서 불안정한 소리가 새어 나왔다. 그녀는 한 손으로는 카메라를 만지며 다른 손으로 달래듯 그의 배꼽 근처를 어루만져 주었다. 도움은 되지 않은 모양이다. 그가 움찔 몸을 경직시켰다.

바지 속에서 팽팽히 부풀어 오른 페니스가 손에 닿았다. 부드럽게 압박을 가하자 갈라지는 듯한 신음 소리가 들려온다. 촉촉하게 물기를 머금은 그의 회갈색 눈동자가 오래된 유리구슬처럼 빛났다.

"이제, 그만해요, 현수 씨……. 나, 나 이제 정말 못 참겠어요."

"참아 봐. 조금만 더."

"안 돼……. 싫어……."

"조금만 더, 찍고 싶어."

그녀는 냉정하게 대꾸하고는 그의 목 근처에 엉켜 있는 장신구들을 정리해 주었다.

짤그랑거리는 소리. 손끝에 닿는 금속의 감촉과 그의 오므라든 피부의 감촉. 그가 참지 못하고 그녀의 허리춤을 끌어당겼다. 하지만 그녀는 그 손길을 단호하게 밀어냈다. 그녀가 지금 하고 싶은 것은 섹스가 아니었다.

불안정하게 흔들리는 눈동자. 고통 때문에, 갈망 때문에 일그러진 아름다운 얼굴. 이 모든 걸 담아내고 싶다. 그래서 이 순간을 영원히 내 것으로 하고 싶어.

그녀는 셔터를 눌렀다. 그가 입을 벌리며 눈을 찡그렸다. 정말로 계속해서 사진을 찍을 줄은 몰랐다는 듯.

"혀, 현수 씨, 그만! 그만해요."

"그러지 마. 아까, 그 표정. 그 눈길. 그게 좋아."

그녀는 오로지 자신 안에 일어나는 감각에만 몰두했다. 오래된 버릇이 깨어났다. 찍고 싶은 것을 찍기 위해서라면 한겨울의 얼음을 깨고 물속에 뛰어들어서라도 찍어야만 했던 서현수. 한여름 탈수증에 걸려 가면서도 뙤약볕 아래에서 마지막까지 카메라를 놓지 않았던 서현수. 원하는 장면을 찍기 위해서라면 누구에게나 쉽게 상처를 주던 서현수.

지금 이 순간, 남자의 괴로움 따위는 상관하지 않고 그를 찍어야만 하는 서현수.

그녀는 그의 무릎 위로 올라가 다리를 벌렸다. 남자의 얼굴 위에 불안감과 기대감이 교차된다. 그녀는 한 손으로 그의 바지를 내려 단단하게 빳빳하게 부풀어 오른 남성을 꺼냈다. 위아래로 쓸어 주자 그의 입에서 갈라지는 듯한 신음 소리가 흘러나왔다.

찰칵. 그녀는 그 표정을 놓치지 않고 찍었다.

남자의 고풍스러운 아름다움이 동물적인 욕구로 인해 엉망이 된다. 그는 당혹감과 수치심, 그리고 쾌감 사이에서 정신을 차리지 못했다.

그녀는 다리를 벌리고 그 위에 살짝 엉덩이를 걸터앉았다. 팬티 위로 단단하고 뜨거운 살의 감촉이 리얼하게 느껴진다. 지그시 압박을 가하자 그가 몸을 떨었다. 그녀는 그 모습을 렌즈를 통해서 내려다보았다.

벌겋게 달아오른 얼굴. 초점이 흐릿한 눈동자. 살짝 벌어진 입술 사이로 가쁘게 내뱉는 뿌연 숨결. 엉망으로 흐트러진 머리칼.

플래시가 터졌다.

찰칵. 찰칵. 찰칵. 다리 사이에서 그의 허리가 꿈틀거렸다. 남자의 아름다운 몸이 한계까지 참고 참은 욕구를 해소하기 위해 안간힘을 쓰며 뒤틀렸다.

플래시가 계속해서 터졌다. 그게 자신의 머릿속에서 터지는 소리인지 실제의 것인지도 구분할 수 없었다. 오래전에 잃었다고 생각했던 감각이 파도처럼 밀려들었다. 이 순간을 소유해야 한다는 생각만이 머릿속에 가득했다.

잘라 내고 잘라 내고 또 잘라 내서 내 필름 안에 전부 다 담아낼 것이다. 그렇게 내 것으로 삼을 거야. 그녀는 땀이 고인 손바닥으로 카메라를 단단히 쥐었다. 그는 계속해서 꿈틀거리며 허리를 추어올리고 있었다. 궁지에 몰린 듯한 그 모습은 너무나 안쓰럽고 매혹적이었다. 서현수는 그 모습을 정확히 담아내기 위해 경련하듯 들썩이는 그의 몸을 단단히 짓눌렀다.

그는 피사체였다. 오로지 피사체였다.

황홀감과 도취감, 그리고 고통을 가득 담고 있는.

"현수 씨……."

"응……."

"제발요. 제발……."

"응."

그녀는 카메라에 정신이 팔려서 그가 무슨 말을 하는지, 자신이 무슨 대답을 하는지도 모르는 채 대꾸했다.

더 이상 참을 수 없게 되었는지 그가 그녀의 양 허벅지를 움켜쥐고 좌우로 넓게 벌렸다. 팬티 속으로 긴 손가락이 들어오는 게 느껴졌다. 하지만 상관하지 않았다.

그가 긴 손가락으로 질척한 내벽을 문지르다가 다리 사이에 두근두근 맥박 치는 단단한 살점을 가져다 댔다. 하지만 그녀는 카메라에서 고개를 들지 않았다.

그가 마침내 안으로 자신의 성기를 밀어 넣었다. 굵고 뜨거운 게 단숨에 배 속 깊은 곳까지 침투해 왔다. 익숙한 쾌감에 잠시 눈앞이 흐려졌다. 하지만 그보다는 방해를 받은 것에 대한 짜증이 더 컸다. 그녀는 그의 율동에 흔들리는 카메라를 간신히 부여잡았다.
"잠깐만……, 움직이지 마."
"아, 안 돼……. 현수 씨, 그만요. 그만하고 이제…… 으!"
그가 절박하게 허리를 움켜쥐고 몸을 흔들었다. 벽에 기대고 있던 그의 몸이 미끄러졌다. 그녀는 그의 몸 위에 앉은 채로 물결치는 허리를 꾹 조였다. 남자가 얼마나 흥분된 상태인지 고스란히 느낄 수 있었다. 민감한 내벽을 꽉 채운 두꺼운 남성이 당장이라도 정액을 뿜어낼 듯 미세하게 움찔거리며 맥동하고 있었다.
그녀는 그가 절정에 도달하지 못하도록 꿈틀거리는 허리를 단단하게 붙들었다. 초점이 흐린 시선으로 올려다본다. 물기가 그렁그렁 어린 애타는 눈동자가 이만 가고 싶다고 호소해 온다. 하지만 그녀는 카메라를 놓지 못하고, 렌즈 안에 그 모습을 담아내는 데만 몰두했다.
찰칵. 찰칵. 찰칵. 찰칵. 찰칵. 찰칵.
정신없이 터지는 플래시.
그가 입술을 짓씹으며 몸을 떨다가 다음 순간 허리를 격하게 쳐올리기 시작했다. 그녀는 넘어지지 않기 위해 그의 가슴팍에 손을 짚었다. 그의 심장이 물 밖에 나온 물고기처럼 팔딱거렸다.
파도친다. 애절하고, 조급하고, 자신을 제어하지 못하는 움직임. 깜빡깜빡 흐려지면서도 차마 감기지 못하는 눈동자. 쾌락에, 섹스의 감각에, 자신이 주는 감각에 완벽하게 함몰된 상태의 남자를 그녀는 거침없이 찍었다. 앵글이 흔들리고, 초점은 하나도 맞지 않았다.
상관없었다. 오로지 이 순간을, 그를, 담아야만 한다는 감정에 사로잡혀 헤어날 수가 없었다. 그가 오르가슴에 도달했다. 그녀는 그 표정을 남김없이 찍었다.
"흐윽!"

어둠 속에서 까맣게 흐려지는 눈길. 플래시가 터지는 소리. 그녀는 오싹한 한기에 휩싸였다. 서늘한 땀방울이 주륵 등 뒤로 흘러내리는 게 느껴졌다. 차가운 공기에 온몸의 솜털이 보스스 일어섰다.

까맣게 그늘진 어둑한 방. 좁은 굴 같은 방. 스포트라이트처럼 그들을 비추는 날카로운 조명.

그녀는 멍하니 눈을 떴다. 고개를 치켜들고서 좁은 정사각형 천장을 바라보다가 다시 그를 내려다보았다. 발갛게 상기된 눈가. 헐떡이는 숨. 맹목적인 시선.

그 열띤 눈길에, 가슴에 뻥 뚫린 구멍이 설명 못 할 무언가로 빠듯이 채워졌다.

묘한 충족감이 차올랐다.

하지만 그녀는 자신의 안에 자리한 공허감이 희미해지는 것을 기뻐할 수가 없었다. 제 안에서 무언가가 변했다는 사실이 당혹스럽게만 느껴져, 그녀는 차마 웃지 못했다.

눈을 떴을 때, 방 안에는 어둑한 스탠드 불빛만 희미하게 일렁거리고 있었다. 순간 낮인지, 밤인지 분간할 수가 없었다.

빛이 잘 들지 않는 그녀의 아파트는 때때로 시간조차 빗겨 가는 것처럼 보인다. 침침한 잿빛 그림자 속에 잠겨 있을 때면, 깊은 굴 속에 들어와 있는 것 같은 기분마저 들었다.

그는 흐릿한 시선으로 가만히 천장을 올려다보다가 천천히 상체를 일으켜 세웠다. 딱딱한 바닥에 얇은 이불 한 장 겨우겨우 끌어당겨 아무렇게나 깔고 잠든 탓에 몸 여기저기가 배겼다. 숨을 들이쉴 때마다 폐부에는 싸한 공기가 들어찼고, 두툼한 솜이불에 짓눌려 있던 몸은 반쯤 녹아내린 것처럼 나른했다. 그는 한참 동안이나 그렇게 멍하니 앉아 있다가 달칵거리는 소리에 부스스 고개를 들었다. 그녀는 노란 스탠드 불빛을 받으며 테이블 앞에 서 있었다. 맨다리를 드러낸 채 몸 위에 커다란 후드 티만 걸치고 선 모습에 눈을 가늘게 떴다. 그녀는 따뜻하고 동시에 또 추워 보였다. 한참이나 뭔가를 만지작거리던 여자가 무언가를 들어 올렸다. 풀어헤친 필름이었다.

그녀가 길게 펼친 필름을 쭉 눈으로 훑더니, 물기 흐르는 그것을 집게로 집어 빨랫줄에 널었다. 그녀의 머리 위에는 필름들이 베일처럼 펼쳐져 있었다.

"어……, 일어났네."

뻐근한 듯 목덜미를 주무르던 여자가 시선을 느낀 듯 고개를 돌렸다. 역광 때문에 한순간 그녀의 표정을 읽을 수가 없었다. 살짝 눈살을 찌푸리는데, 피식 하는 웃음소리가 들려왔다.

"배고프지? 뭐 좀 먹을래?"

"……지금 몇 시쯤 됐어요?"

"새벽 1시."

그는 눈살을 찌푸렸다.

도대체 얼마나 잔 걸까. 아니, 얼마나 섹스를 한 걸까. 시간 감각이 마비된 것 같다. 사실 오늘만이 아니었다. 이 집에 있는 동안 계속 그래 왔다. 느끼지도 못한 사이에 밤이 되었다가 아침이 되었다가, 그것이 반복된다.

"하루 종일 제대로 먹은 게 없잖아. 배고프지? 아예 뭐 시킬까? 야식으로."

"저는…… 별로 생각 없어요."

"하루 종일 아무것도 안 먹었잖아. 집에 라면이랑…… 아, 어묵 남은 거 있다. 그럼 국이나 끓여 먹자. 칼칼하게."

그녀가 방 불을 켰다. 눈부신 형광등 불빛에 눈 안쪽이 일순 찌릿했다. 그는 눈을 비볐다.

빛에 적응하자 다음 순간 방 안의 난잡한 풍경이 적나라하게 시야에 들어왔다. 엉망으로 헝클어진 채 뒹굴고 있는 이불. 바닥에 널린 조잡한 액세서리와 대충 한쪽 벽에 기대 세워져 있는 촬영 도구들. 그리고 테이블 위에 놓인 렌즈와 카메라 두어 개. 바닥에는 다 쓴 필름통과 그들이 사용한 콘돔 서너 개가 엉켜서 함께 뒹굴고 있었다.

그 어수선하고 퇴폐적인 흔적에 그는 무심코 발가락을 움츠렸다. 이해할 수 없는 전류로 배 속이 알싸하게 조여 왔다.

"아, 이런 데 무도 숨어 있었네. 이거 깎아서 넣으면 좀 먹을 만하려나? 저번에 파 대신에 라면 수프 넣었더니 국물 꽤 괜찮지 않았어?"

"아, 네."

"맥주 좀 있는데. 어묵 끓여서 안주로 먹자."

당혹스러워하는 그와 달리, 그녀는 언제나처럼 태평해 보였다. 이해할 수 없는 열로 그를 압도한 적이 없었던 것처럼, 날카로운 눈으로 그를 낱낱이 해부한 적이 없었던 것처럼.

평소와 다름없는 모습에 기분이 무겁게 가라앉는다.

"입 안이 자꾸 마르네. 맥주 먼저 줄까?"

"……전 됐어요."

"아, 빈 속에 술은 좀 그런가?"

그렇게 말하면서도 그녀는 캔을 따서 꿀꺽꿀꺽 시원하게 들이켰다. 그녀가 가스레인지에 냄비를 올리는 사이, 그는 주섬주섬 바닥에 널린 콘돔과 빈 필름통을 쓰레기통에 버렸다. 대충 바닥을 치우고 옷가지와 이불을 정리하는데 그녀의 속옷이 나왔다.

얼굴이 화끈 달아올랐다.

설마 지금 팬티도 안 입고 있는 건 아니겠지? 그는 무릎까지 늘어지는 후드 티 아래로 길게 뻗은 맨다리를 힐끔거렸다. 그렇게나 해 놓고도 부족한지, 입 안의 침이 마른다.

"왜 그래?"

"아, 아무것도 아니에요."

그녀가 보글보글 끓는 물에 무와 어묵을 썰어 넣으며 멍하니 서 있는 그를 이상하다는 듯 돌아보았다. 그는 애써 그녀의 종아리에서 시선을 뗐다.

새 속옷으로 갈아입었겠지.

그는 흐트러진 머리를 거칠게 긁어 올리며 이불을 옷장 안에 넣었다. 방 안을 깨끗이 치웠음에도 머릿속은 여전히 어지러웠다. 그는 고개를 돌려 빨랫줄에 널린 필름을 훑어보았다. 책상에는 이름 모를 약통 같은 게 어지럽게 쌓여 있었고, 못 보던 비커와 검은색 천, 가위도 놓여 있었다. 그녀는 꽤 오랜 시간 깨어 있었던 듯싶었다. 호기심에 그 물건들을 괜히 만지작거리고 있는데 그녀가 상 위에 냄비를 올려놓았다.

"배고프지? 먹어. 자고 일어나면 이상하게 국물이 당기더라."

그녀가 냄비 뚜껑을 열었다. 무와 어묵, 멸치가 둥둥 떠 있는 노란 국물이 김을 모락모락 뿜어내고 있었다. 그녀는 국물을 한 숟갈 떠서 먹어보더니 그의 그릇에 한 국자 덜어 내밀었다.

"음, 간은 대충 맞는 거 같다. 밥도 줄까?"

"……괜찮아요."

"뭐 해. 앉아. 별거 안 넣었지만 그래도 먹을 만해."

그는 그녀의 맞은편 자리에 앉았다. 그녀는 자신의 그릇에도 국을 덜고는 곧 묵묵히 떠먹기 시작했다. 한참 동안이나 둘은 말이 없었다. 그 역시 제 그릇만 내려다보면서 어묵을 먹었다. 빈속에 음식물이 들어가니 머리도 조금씩 깨는 느낌이었다.

그는 작달막한 상에 냄비 하나를 두고 앉아 그녀의 얼굴을 살폈다. 무슨 이유에서인지 언제나와 다름없는 그녀가, 조금은 낯설게 느껴진다.

그는 바닥에 놓인 카메라를 힐끔거렸다. 무슨 일이 벌어진 건지 명확히 설명할 순 없지만, 그들이 뭔가 묘한 감각을 공유했다는 것을 알 수 있었다.

그것은 단순한 정사가 아니었다. 그런 게 아니었다.

마치 그런 그의 혼란을 느낀 듯 그녀가 갑자기 입을 열었다.

"지효야."

"……네?"

"저거 다 버릴까?"

"네?"

"저 필름. 너 찍었던 거, 다 버려?"

그는 그릇을 쥔 채로 멍하니 그녀를 돌아보았다. 그녀는 검은 눈으로 빤히 그를 응시하고 있었다.

"네가 진짜 싫으면, 다 처리할게."

"아, 그럴 필요까지는……."

"뭐, 저렇게 현상해 두고 말하는 것도 웃기지만. 굳이 사진으로 뽑지 않아도 상관없으니까."

그녀는 태연하게 말하고는 곧 그릇을 들고 국물을 홀짝였다. 머릿속이 더 복잡해졌다.

그럼 왜 그렇게 집요하게 사진을 찍은 거지? 왜?

차마 그 질문을 내뱉지는 못하고 입만 달싹이는데, 그녀가 갑자기 소리 내서 웃었다.

"이상해? 난 결과물이 보고 싶어서 사진을 찍는 게 아니거든. 그냥 찍는 게 재미있어. 그래서 널 찍은 거야."

그녀의 말은 아무것도 모르는 그의 귀에도 이상하게 들렸다. 그런 감정이 얼굴에 그대로 드러났는지 그녀가 피식 바람 빠지는 듯한 웃음을 흘렸다.

"하지만 네가 싫다고 하면 더는 안 찍을게. 저것도, 보고 싶지 않으면 버려도 돼."

"……."

"싫었어?"

그는 눈을 내리깔았다.

싫었느냐고? 아니다. 하지만 마냥 유쾌한 것도 아니었다. 마치 무방비한 상태로 자신을 드러낸 채 낱낱이 해부당한 기분이었다.

당혹스러운 사실은, 그 낯선 행위에 자신이 어느 때보다 강한 쾌락을 느꼈다는 것이다. 자신을 집요하게 추적해 오는 눈길에 묘한 희열이 밀려들었다. 아마 그녀가 더 잔인하게 굴었어도 그는 싫어하지 않았을 것이다.

그녀가 하는 일이다. 싫을 리가 없다. 그게 어떤 행위든, 절대 싫어할 수 있을 리 없다.

하지만 그가 고개를 내젓자 그녀는 애매한 표정만 지었다.

"내가 이렇게 묻는 거 자체가 강요하는 건가?"

"그, 그런 거 아니에요! 강요한다든가, 그런 게 아니라, 좀 놀라서 그런 거지……. 정말로, 싫지 않았어요."

"지효야, 나는……."

그녀가 낯빛을 흐렸다. 뭔가 망설이는 기색이었다. 할 말을 정리하는 듯 잠시 뜸을 들이던 현수가 이내 한숨처럼 말했다.

"나는…… 두 번 다시는 그런 식으로 무언가에 몰두할 수 없을 줄 알았어."

"……."

"사진, 찍으면서 그런 느낌을 다시 느끼게 될 줄도 몰랐고."

그녀가 희미하게 웃었다. 하지만 그 눈은 어둑하게 가라앉아 웃음기가 없다.

"사실은, 한 번쯤은 네가 물어볼 줄 알았어. 왜 사진 관뒀느냐고."

그는 마른침을 삼켰다. 그리고 잠시 뜸을 들이고 물었다.

"……물어봐도 돼요?"

"궁금하지 않은데 억지로 물어보란 소린 아닌데……. 그냥 한 번쯤 물어보지 않을까, 나 혼자 막 그랬었거든."

"궁금했어요. 묻고 싶었는데, 혹시 물으면 안 되는 걸까 봐 못 물어봤어요."

"안 되는 건 아닌데……. 하긴, 네가 물어보면 난 뭐라고 얼버무릴까, 그런 생각만 하고 있었네."

그게 뭐야. 물어봐도 대답해 줄 생각이 없었던 게 아닌가.

그는 뚱한 얼굴로 그녀의 얼굴을 노려보았다. 그 표정에 그녀가 킬킬거리며 웃음을 흘렸다.

"그냥, 별거 없어서. 정말 시시한 이유거든. 그래서 솔직하게 말하기도 창피했어."

"시시해도 괜찮아요. 듣고 싶어요."

그녀가 할 말을 고르는 듯 큼지막한 어묵을 입에 넣고 눈을 굴렸다. 진지하게 대꾸해 주려는 걸까, 아니면 또 어영부영 넘겨 버리려는 걸까. 그는 그녀의 얼굴을 빤히 바라보다가 조심스럽게 질문을 던졌다.

"사진은 어쩌다 좋아하게 됐어요?"

그녀의 얼굴에서 미소가 사라졌다. 꿀꺽 입 안에 든 것을 삼키고는 의외의 질문을 들은 것 같은 표정으로 그를 쳐다보았다. 그는 그 눈길을 가만히 마주한 채 대답을 기다렸다. 한참이나 침묵하던 그녀가 곧 웃음기 어린 음성으로 말했다.

"허를 찌르는 질문이네."

"……곤란하면 굳이 대답하지 않아도 돼요."

"그런 건 아니야. 그냥 그런 거 생각해 본 지 되게 오래됐거든. 아, 바로 생각이 안 나네……. 사진을 좋아하게 된 이유?"

"……."

"아마 중학교 때였을 거야. 대구에서 학교 다닐 때였거든. 삼촌이 선물로 자기가 쓰던 구식 카메라를 줬는데, 그때부터 들고 다니면서 이것저것 찍는 데 재미를 붙였지. 그게 계기였던 거 같아."

그녀의 웃음이 좀 더 짙어졌다.

"그땐 그냥 좋아하던 정도였는데, 어느 순간 푹 빠져 버렸어. 하지만 진짜 카메라에 미치게 된 건 고딩 때였어. 언제인지 정확히는 기억 안 나는데, 귀갓길에 하늘을 올려다봤는데 노을이 유난히 예쁜 거야. 말로는 설명 못 할, 그런 감동이 있는 풍경이었어. 가던 길도 멈춰 서서 그걸 멍하니 바라보다가, 찍어야겠다는 생각이 들었어. 근데 때마침 카메라를 두고 온 거야. 하필 그날. 그래서 그 광경을 놓친 거지. 정말로 아름다웠는데. 내가 다시는, 앞으로 다시는 지금 이 풍경을, 이 빛깔을 보지 못할지도 모른다고 생각하니까 속이 다 상하더란 말이지. 그때 그런 생각을 했어. 이 순간이 지나가면 다신 오지 않는 거구나. 그냥 흘러가 버리면, 같은 자리에 다른 하늘이 있을 뿐이구나."

그녀의 입가에 흐릿한 미소가 떠올랐다. 그녀가 생각에 잠긴 표정으로 잠시 바닥을 내려다보다가 조용조용 말을 이었다.

"그때 이후로 닥치는 대로 사진을 찍기 시작했어. 시선을 잡아끄는 거.

매력적인 거. 아름다운 거. 사람도, 풍경도, 그 순간에만 찍을 수 있는 모습이 있잖아. 난 그걸 놓치고 싶지 않았어. 그냥 흘러가게 두고 싶지 않았어. 전부 내 소유로 하고 싶었지. 내가 찍은 건, 다 내 거니까. 내 것이 되니까. 카메라는 내 몸의 일부나 마찬가지였어. 눈으로 보는 것보다 렌즈를 통해 사물을 보는 게 더 좋았지. 과장된 것처럼 들리겠지만, 그땐 정말로 그랬어."

"그랬는데……."

그가 입술을 달싹거리다 곧 다물었다. 그녀가 그를 돌아보았다. 그 눈을 가만히 들여다보다가 결국 그 질문을 입 밖에 냈다.

"그렇게 좋아했는데 왜 그만뒀어요?"

그녀의 눈이 일순 흐릿해졌다. 그녀의 입가에 어딘지 모르게 씁쓸하게 느껴지는 미소가 걸렸다.

"순식간에 끓어올랐던 것처럼, 갑자기 식어 버렸거든."

"……."

"사실 나 되게 가벼운 인간이야. 얄팍하고. 카메라를 시작하게 된 것도 딱히 대단한 이유는 없어. 선물 받은 걸 가지고 다니다 재미를 붙였고, 뭔가 거창한 이유를 갖다 붙이면서 집착했지. 하지만…… 그렇게까지 집착할 필요가 없다는 걸 깨닫게 되니까, 그만큼 빨리 식었어. 그만두게 된 이유도 시시하지? 하지만 담아 두고 싶을 만큼 가슴에 와 닿는 게 없어지니까, 나중에는 카메라도 지겨워지더라고. 그래서 그만뒀어. 시시해져서. 질려서. 그렇게 몰두했던 게 거짓말인 것처럼 식어서."

가슴이 철렁 내려앉았다. 그녀의 안에 숨겨져 있던 냉정한 면을 정면에서 마주한 기분이었다.

나에게도 같은 걸 느끼면 어떡하지? 어느 날 질려 버리면? 그때도 그녀는 저렇게 냉정하게 나를 버리는 것인가.

하지만 적어도 지금, 그녀는 나를 찍는다. 그녀가 나를 찍는 게 좋다고 하지 않는가. 그 말의 의미를 되새김질하는데 그녀가 다시 말했다.

"그래서 놀랐어. 널 찍으면서."

"……."

"네 표정, 눈길……. 그게 가슴에 와 닿아. 계속해서 새기고 싶어져. 그런 감각이 다시 찾아올 줄 몰랐기 때문에, 놀랐어."

둔탁한 고통을 호소하던 심장이 미친 듯이 뛰기 시작했다. 그는 떨리는 눈으로 그녀를 마주 보았다. 새까만 눈동자 속에서 무언가가 번뜩이는 게 보인다. 아마 조금 전 본인이 했던 말처럼 머릿속에서 셔터를 누르고 있는 것인지도 모른다. 자신을 집요하게 담아내는 렌즈 같은 검은 눈동자.

어렴풋이, 그녀에게 '찍는다'는 게 어떤 의미인지 이해할 수 있었다. 그러자 그녀가 터뜨린 플래시의 하나하나가 그에게서 선명한 의미를 갖기 시작했다.

누가 목을 조르고 있는 것처럼 숨이 차올랐다. 그녀는 자신만의 방식으로 그를 철저하게 소유한 것이다.

가슴속에서 잔떨림이 일었다. 몸속 깊은 곳에서부터 설명 못 할 기쁨이 솟아오른다. 비어 있던 무언가가 충족되는 기분이었다. 동시에 더 큰 갈증이 일었다. 이 사람의 것이 되고 싶다. 나를 더욱더 철저히 소유해 주었으면 좋겠어. 남김없이 나를 차지해 주었으면 좋겠어.

"난……."

무슨 말을 하고 싶은지도 모르는 채로 입을 열었다.

"현수 씨가 하는 일이라면 뭐든지 좋아요."

그거로는 충분하지가 않았다.

"현수 씨가 좋아하는 일이라면 뭐든지 좋아요."

왜 그런지 설명해야 한다는 생각이 들었다.

"현수 씨가 좋으니까요."

그것으로도 충분하지가 않다. 자신이 무슨 말을 하는지도 이해하지 못한 채 그는 반복했다.

"현수 씨가 너무 좋아요."

그런 말도 충분하지가 않았다. 그래서 그는 계속해서 말했다.

"정말로 좋아해요. 그러니까, 나한테 무슨 짓을 해도 상관없어요. 그게 어떤 행위든. 현수 씨가 하는 거라면 뭐든 좋으니까……. 내가 현수 씨를 아주 많이, 좋아하니까."

"……."

"그러니까 현수 씨가 날 찍는 게 좋으면, 난 현수 씨한테 찍히는 게 좋은 거예요. 필름 버리지 말아요. 나…… 계속 찍어 줘요."

달그락, 그녀가 어설프게 쥐고 있던 숟가락이 식탁 위로 내려앉았다. 그녀는 섣불리 읽을 수 없는 표정으로 그를 조용히 바라보기만 했다. 마침내 그녀의 입가에 희미한 미소가 피어올랐다. 그녀가 말했다.

"……그래."

그리고 한 마디를 더했다.

"고마워."

이상하게도, 그것이면 충분했다.

그들은 며칠이고 집 안에서 뒹굴거렸다. 배를 깔고 누워 영화를 보고, 음식은 시켜 먹거나 둘 중 하나가 편의점으로 뛰어나가 조달해 왔다. 거의 한 박스 가깝게 주문한 필름을 쌓아 두고 그녀는 사진을 찍었다. 그에게 사진을 현상하는 과정을 상세하게 설명해 주기도 했다.

한 번은 그가 암반에 손을 넣고 필름을 감기 위해 서툴게 낑낑거리는 동안 옆에서 낄낄거리며 웃기도 했다. 그들은 바닥에 누워 노곤하게 졸며 서로를 애무하거나, 등골이 쭈뼛 설 정도로 야한 섹스를 하거나, 이상한 옷, 장신구, 화장품을 이용해 장난처럼 꾸며 놓고는 사진을 찍거나 했다.

블라인드를 쳐 놓으면 빛 한 점 들지 않는 아파트 내에서 그는 시간의 흐름도 잊었다. 낮인지 밤인지 구분할 필요도 없었다.

충분히 자면 깨어나고, 졸리면 다시 잤다. 추우면 서로의 알몸을 끌어안으면 되고, 배가 고프면 아무 음식이나 대충 먹으면 된다. 다른 건 생각할 필요가 없었다. 아무것도 걱정할 필요가 없었다. 뿌연 연기 속에 잠겨 있는 것 같았다. 그 속에서 그는 오로지 그녀만을 느끼면 되었다.

다른 건 다 필요 없다. 좁다란 아파트. 몇 걸음 떼면 끝인 좁고 어수선한 공간, 손 뻗으면 닿는 곳에 그녀가 있다. 달콤하게 안아 주는 서현수가.

그녀의 살, 부드러운 숨, 다정한 손길, 집요한 시선, 강렬하고 중독적인 맛. 그 외에 다른 건 느낄 필요도, 생각할 필요도 없다.

그녀에게 사진을 찍히고, 안기고, 안고, 만지고, 맛보고.

그 안락함은 순식간에 그를 점령해 버렸다. 그의 삶에서 이처럼 안락하고, 이처럼 달콤한 순간들은 전무후무했다. 그녀의 작은 아파트가 그의 세계 전부가 된 것이다.

그는 더 이상 움츠러들지 않게 되었다. 적어도 그녀 앞에서는 아무것도 망설이지 않았다. 묘한 두려움과 불안은 그녀가 카메라를 든 순간 사라지고 만다.

그녀의 날카로운 시선이 자신에게 고정될 때면 불안 따위를 느낄 필요는 없었다. 그녀는 집요하게 그를 찍었다. 다른 곳은 한시도 돌아보지 않았다. 오로지 그에게만 완벽하게 몰두하는 것이다. 그녀의 눈길이 그의 세계를 완벽하게 지배했다.

그녀가 카메라를 통해 자신을 볼 때, 그 비수 같은 시선은 그가 내쉬는 숨결 하나도 놓치지 않았다. 카메라를 든 그녀는 집요하며 끈질기고 탐욕스럽다.

그리고 자신은 그녀의 거미줄에 옭아매인 무력한 벌레였다. 그녀의 눈길에 야금야금 갉아 먹힌다. 그는 그 아찔한 감각에 점차 중독되었다.

그녀에게는 보여 주지 못할 게 없었다. 그녀는 그의 모든 것을 매혹적이라고 여긴다. 자신이 혐오스럽게 생각했던 제 안의 검고 음습한 욕망들을 끄집어내어 그것을 카메라 안에 가둬 둔다. 그 가학적인 행위 안에는 설명 못 할 쾌락이 있었다.

가장 내밀한 욕망, 심리적으로 가장 숨기고 싶은 부분까지 남김없이 그녀에게 내보여 주자 오히려 망설임이 사라졌다. 망설일 이유가 없었다. 그녀라면 자신에게 무슨 짓을 해도 괜찮았다. 아니, 오히려 어떻게든 해줬으면 좋겠다. 그녀에게 집어삼켜지고 싶다.

남김없이 나를 먹어 치워 줬으면 좋겠어. 아, 이곳은 너무나 완벽한 세상이다. 그녀가 지배하는, 완벽한 세상. 빠져나갈 길도 없고, 그럴 생각도 없다. 이 안락한 어둠 속에 누워 그녀가 주는 감각들만 누리면 되는 것이다.

"현수 씨, 좋아해요……."

그 말을 시작한 뒤로 그는 마치 처음 말을 배운 갓난쟁이처럼, 계속해서 반복했다. 그녀는 카메라 렌즈를 조정하며 피식 웃었다. 그는 뚱하니 그녀를 뒤에서 끌어안은 채 그녀의 어깨 위에 얼굴을 비볐다. 그녀가 간지러운 듯 키득거리며 웃는다.

"진짜로 좋아해요."

"알아."

"몰라요. 현수 씨는, 내가 얼마나 좋아하는지. 절대 몰라."

"네가 매일 말하잖아. 어떻게 몰라."

"매일 말해도, 내가 좋아하는 수준까진 못 미친단 말이에요."

"얘가 절제의 미덕을 모르네. 너무 남발하면 값싸진다고."

그는 허리에 두르고 있던 손을 올려 그녀의 젖꼭지를 살짝 꼬집었다. 그녀가 팔꿈치로 그의 허리를 치면서 반격했다. 그는 지지 않고 그녀의 허리를 꽉 끌어안고는 턱으로 어깨를 꾹 눌렀다. 그녀가 빠져나가려고 몸부림쳤지만 억세게 옭아맨 팔은 풀릴 기미가 보이지 않았다. 그녀가 위협적으로 으르렁거렸다.

"어쭈, 기어올라?"

"현수 씨가 너무하잖아요! 값싸다는 말이나 하고."

"안 했어. 값싸진다고만 했지."

"그게 그거지!"

"……역시 은근 성질이 있어."

"매일매일 말해도 부족한 걸 어떡해."

야금, 그녀의 어깨를 깨물면서 칭얼거렸다. 그녀가 무릎 위에 카메라를 내려놓고 그의 팔뚝을 꼬집었다.

"야! 너 요즘 애정 표현이 과격해!"

"어쩔 수 없어요. 뭘 어떻게 해도 표현할 수가 없는걸."

"그래서 자꾸 깨물어?"

"현수 씨도 나 깨물면서."

그가 창백한 어깨에서부터 목덜미까지 잘근잘근 깨물자, 그녀가 킬킬거리며 몸부림쳤다. 그는 더욱 단단히 그녀를 끌어안았다. 그러자 그녀가 그의 옆구리를 간질였다. 작게 신음하며 팔을 살짝 풀자, 그녀가 그 순간을 놓치지 않고 몸을 뒤집었다. 그리고는 카메라를 테이블에 올려 두고 본격적으로 그의 허리춤을 간지럽혔다.

지효의 몸이 뒤로 넘어갔다. 팔을 내저으며 빠져나가려고 하는 남자의 허리를 움켜쥐며 그녀가 음흉한 미소를 한껏 머금었다.

"넌 이제 죽었어."

"아, 안 돼. 아하하, 아, 그만해요! 하하하! 그만!"

그녀가 그의 옆구리를 쥐고 무자비하게 간질간질 주물러 댔다. 그는 이리저리 몸을 뒤틀었다. 하지만 그녀는 그를 놓아줄 생각이 없는 듯했다. 그의 등 위에 올라앉아 꽉 짓누르고서 목덜미에 이를 세운 여자가 위협적으로 말했다.

"이래도 까불래?"

"지, 진짜, 너무해."

"너무해도 넌 내가 좋잖아?"

눈물까지 글썽거리며 올려다보자 그녀가 낄낄 웃더니 쪽 하고 입을 맞췄다. 그는 얼굴을 붉히며 제 위에 엎드린 여자의 반바지 속으로 슬금슬금 손을 밀어 넣었다. 팬티 속으로 기어들어 가 엉덩이를 움켜쥐는 손길에 그녀가 기가 찬 숨을 내쉬었다.

"너 진짜 밝혀. 처음엔 이 정도는 아니었는데."

"으응, 좋을 걸 어떡해요."

콧소리까지 내면서 목덜미에 뺨을 비비적대자 그녀가 끄응, 하고 나지막한 신음을 내뱉는다. 그는 그 입술을 할짝거렸다.

목이 늘어난 셔츠를 잡아당기자 가슴골이 비친다. 그는 옷을 끌어 올려 한쪽 가슴을 꺼낸 다음 덥석 물었다. 말캉한 살에 얼굴을 문지르다 산호색으로 부푼 것을 혀로 부드럽게 빨자 그녀의 입에서 고양이가 갸르릉거리는 듯한 소리가 새어 나온다.

"처음엔 그래도 순진한 애였는데. 내가 만지면 막 떨고."

"나 순진한 적 없어요. 떨었던 건…… 만지기가 겁나서……. 나도 만지고 싶은데, 만져도 되는 건지 몰라서 참느라 그랬던 거예요."

그의 솔직한 고백에 그녀는 재미난 말이라도 들은 것처럼 웃었다. 그 모습을 뚱하게 올려다보다가 그녀의 유두를 살짝 깨물었다. 그녀가 움찔했다. 하지만 기분이 나쁘진 않은지 그를 향해 가슴을 더욱 들이민다.

아, 너무 좋다. 죽을 만큼 좋아. 값싸다고 해도 어쩔 수가 없다. 말하지 않으면 미칠 것 같은걸. 그녀를 향한 감정을 토해 내지 않으면 터져 버릴지도 모른다. 수백 수천 번을 반복해도 충분하지가 않았다.

이런 감정을 통제할 수 있을 리 없다. 끓어올라 넘치는 걸 무슨 수로 막는단 말인가. 그런 일은 불가능하다. 온 세상의 언어를 전부 다 끌어모아도 그가 느끼는 감정을 전부 표현할 수는 없을 것이다. 그는 달뜬 한숨을 내쉬며 그녀의 목덜미를 춉춉 빨아들였다.

그녀가 후, 하고 긴 한숨을 내쉬었다.

"내가 진짜 나쁜 거 가르쳤어."

"나쁘지 않아요."

그는 그녀의 바지 자락을 끌어 내린 다음 동그란 엉덩이를 꽉 감싸 쥐었다. 그러고는 보드라운 아랫배 위에 팽팽하게 발기한 성기를 나긋나긋 비비며 가쁜 숨을 내뱉었다.

"현수 씨가 하는 것 중에 나쁜 건 없어요."

그것은 진리였다. 의심의 여지가 없는. 그녀는 세계였다. 그의 중력이었고, 중심이었다. 거창하게 들리지만, 그랬다. 그녀 외에 다른 건 필요 없다. 아무것도 필요 없어.

"다, 너무 좋아요. 너무너무."

그는 그녀의 입술에 가쁜 숨을 몰아쉬며 입 맞추었다. 그녀가 그의 목에 팔을 감았다. 그는 만족스럽게 웃으며 그녀의 몸속에 자신을 밀어 넣었다.

아, 모든 것이 완벽하다.

그녀는 이불 속에 엎드린 채로 암반에 손을 넣어 필름을 감았다. 오로지 손의 감각만을 이용해 가위로 필름을 자르고 휠에 말았다. 이미 손에 익은 작업이라, 딴생각을 하면서도 능숙하게 해 나갈 수 있었다. 그녀는 다 감은 필름을 손에 쥐고 만지작거리다가 방 안에 쌓인 박스를 바라보았다.

'……현상한 필름만 쌓여 가네.'

그녀는 반대편으로 고개를 돌려 옆자리에 누운 남자를 돌아보았다. 그는 팔에 고개를 괸 채 엎드려 곤히 자고 있었다. 더없이 평온해 보이는 얼굴이었다.

최근 그는 무기질 같았던 첫인상이 믿기지 않을 정도로 다양한 모습을 보여 주었다. 섬세하고 상처 입기 쉬워 보이는 소년의 모습에서 매혹적인 남자의 모습까지…….

그녀는 그런 모습들을 하나하나 기록했다. 그녀 안에서 깨어난 욕구는 그를 찍을 때마다 점점 부풀어 올라, 이제는 한때의 변덕일 뿐이라고 치부해 버릴 수도 없었다.

아무래도 민지효로 인해 과거의 열병이 다시 살아난 모양이었다. 이번에 그녀를 사로잡은 것은 예전의 그 들끓는 듯한 열기와는 다른, 좀 더 고요하고 차분한 것이었지만 분명 본질은 같았다.

그녀는 다시 카메라를 통해서 세상을 느끼기 시작했다. 그리고 이제 그 욕구는 감당할 수 없을 정도로 커지고 있었다.

그녀는 남자의 얼굴을 덮고 있는 머리칼을 슬쩍 쓸어 넘겨 주었다. 색색 내뱉는 숨이 손끝을 간지럽혔다. 그 모습을 가만히 바라보다가 버릇처럼 카메라를 집어 들었다.

렌즈 너머로 소박한 평화를 누리고 있는 남자의 얼굴이 보였다. 그것은 그녀를 자극했던 강렬하고 퇴폐적인 모습은 아니었다. 하지만 평온하게 잠든 얼굴의 무언가가 그녀의 마음을 강하게 끌어당겼다.

현수는 초점을 맞추고 셔터 위에 손을 올렸다.

그때, 휴대전화 진동 소리가 들려왔다. 그녀는 카메라를 내려놓았다.

박선우.

인상을 찡그렸다. 귀찮은 생각에 휴대전화를 꺼 버리려다가 멈칫했다. 순간, 이상한 예감 같은 게 엄습해 왔다.

그녀는 집요하게 울리는 휴대전화를 가만히 내려다보다가 충동적으로 통화 버튼을 눌렀다. 그리고 남자가 무어라 쏘아 대기 전에 먼저 입을 열었다.

"난데……."

갑자기 망설여졌다. 그녀는 다시 민지효의 얼굴을 내려다보았다.

그가 자신 안의 망가져 있던 무언가를 되살려 놓았다는 것은 부정할 수 없는 사실이었다.

하지만 내 안의 열정은 과연 몇 퍼센트까지 복구된 걸까. 내일이면 다시 좀비 같은 서현수로 되돌아가 있지 않을까.

그런 생각을 하면서도, 그녀는 어느새 묻고 있었다.

"네 스튜디오에, 아직 자리 남아 있어?"

#7장

무의식중에 옆자리를 더듬다가 텅 비어 있다는 것을 깨닫고 번쩍 잠에서 깨어났다. 맨가슴팍에 와 닿는 찬 공기에 오스스 소름이 돋았다. 지난밤에 쳐 놓은 블라인드 때문에, 방 안은 온통 깜깜했다. 그는 그녀의 인기척을 느끼기 위해 신경을 곤두세웠다.

"현수 씨?"

"일어났어?"

달칵하고 열린 화장실 문 사이로 그녀가 고개를 내밀었다. 그는 눈을 찡그렸다.

"지금 몇 시예요?"

"아침이야. 잠깐만 기다려……. 안 깨우려고 일부러 불 안 켰거든."

그녀가 욕실에서 나와 블라인드를 걷었다. 그러자 창문을 뚫고 들어온 빛이 그녀의 얼굴 윤곽을 하얗게 물들였다. 그는 알 수 없는 이유로 숨을 죽였다.

베일처럼 늘어진 긴 머리카락. 희미한 곡선을 그리고 있는 입술. 엷은 화장. 긴 다리를 감싼 짙은 청바지에 파란색 스웨터. 딱히 화려하게 치장한 것도 아닌데, 그는 창백한 빛에 둘러싸인 그녀의 모습에서 시선을 뗄 수 없었다. 그녀가 창밖을 내다보는 듯싶더니 힐끗 그를 돌아보며 미소 지었다.

"어제 눈이 많이 왔나 봐. 밖이 온통 하얘."

"……어디 나가요?"

"응? 아, 깜빡하고 얘기 안 했나 보다. 나 오늘 일자리 구하러 나가."

일순, 무슨 말인지 이해가 되지 않아 멍하니 눈을 깜빡였다. 그는 마치 그런 단어를 처음 들어 보는 사람처럼 반문했다.

"일자리?"

"응. 지인이 스튜디오를 하는데, 스태프가 모자라다고 해서 도와줄까 하고."

"이렇게 갑자기……."

"뭐, 언제까지 집 구석에서 빈둥빈둥 놀고만 있을 수도 없잖아."

피식 웃으며 대수롭지 않게 하는 말에 가슴이 철렁하고 내려앉았다. 붕 뜬 구름 속에 기분 좋게 잠겨 있다가 갑자기 현실로 뚝 떨어진 기분이었다. 그녀가 손을 뻗어 여기저기 뻗친 그의 머리칼을 정리해 주며 말했다.

"암튼, 늦진 않을 거야. 집 잘 보고 있어. 혹시 나가게 되면 문 꼭 잠그고."

"아…… 네에."

"심심해도 꾹 참아라. 이 언니가 올 때 맛있는 거 사 올게."

평소라면 놀리는 듯한 말에 뭐라고 한마디 했을 텐데 이상하게도 아무 말도 할 수 없었다. 꿀 먹은 벙어리처럼 입술만 달싹거리는 그를 그녀가 이상하다는 듯이 바라보았다.

"너 아직 잠 덜 깼구나? 좀 더 자. 냉장고에 볶음밥 남아 있으니까 배고프면 데워 먹고."

"……."

"그럼 난 나간다."

"저기……."

"응?"

그녀가 등을 돌려 현관에서 신발을 챙기다 힐끗 뒤돌아봤다. 그는 우물거리다가 그녀 손에 쥐어진 굽 높은 부츠를 보고, 겨우 말을 이었다.

"낮은 거 신고 가요. 길 미끄러워요."

"괜찮아. 이 정도 가지고, 뭐."

"안 괜찮아요. 맨발로도 잘 못 걸어 다니면서."

"내가 무슨 세 살배기야? 왜 못 걸어 다녀. 완전 잘 다니는데."

"현수 씨 걸음걸이가 얼마나 위태로운지 알아요?"

"거참……."

그녀가 마지못해 굽이 낮은 신발로 바꿔 들었다. 그런데도 만족스러운 기분은 들지 않았다. 원인을 알 수 없는 초조함을 느끼며 그는 현관문 앞으로 다가섰다.

그녀가 문을 열자 쏟아져 들어온 밝은 빛에 그녀의 모습이 일순간 희미해졌다. 그리고 선명한 겨울 하늘과 은빛으로 반짝거리는 거리의 풍경이 밀려오듯 시야에 들어찼다.

"그럼 다녀올게."

"……다녀오세요."

그는 입술을 달싹거렸다. 달칵하고 문이 닫히고 그는 다시 침침한 어둠 속으로 돌아왔다. 이해할 수 없는 이유로 가슴이 두근거렸다. 빠르고 조급하게 쿵쿵쿵 뛰기 시작한다.

그는 침대로 돌아와 창밖을 내다보았다. 좁은 사각형 너머로 하얗게 빛나는 겨울 하늘이 보였다.

그 밝은 풍경이 방 안의 어둠을 더 짙게 만드는 듯했다. 그는 스산한 기분을 느끼며 다시 블라인드를 쳤다.

'왜…… 이렇게 춥지?'

언제나 쌀쌀한 방이었지만, 이런 한기를 느낀 것은 처음이었다. 그는 어깨 위로 이불을 끌어 올렸다. 싸늘한 얼음 조각 하나가 폐부에 박힌 듯했다.

왜 이런 기분이 드는지 이해할 수 없었다. 마치 이 세상에 덩그러니 혼자만 남겨진 것 같았다.

그는 무릎을 감싸 안았다. 그녀는 그저 "다녀올게" 하고 문밖으로 나갔을 뿐이다. 그런데 그는 마치 버림받은 어린아이라도 된 기분을 느끼고 있다.

공허한 웃음이 흘러나왔다. 설마 나는 언제까지고 그녀와 이 집에서 단둘이서만 지낼 수 있다고 믿었던 건가. 내 머릿속이 그렇게 꽃밭이었다는 게 믿어지지 않는다.

그는 다소 거칠게 머리를 쓸어 넘겼다. 한순간도 떨어지는 일 없이, 단둘이서만 지낼 수는 없는 일이었다. 언제까지고 그러고 있을 수는 없다.

'왜? 왜 그러고 있으면 안 되는데?'

그의 내부에 똬리를 튼 이기적인 어린아이가 반발하듯 말했다. 그는 엄지손톱을 잘근잘근 깨물다가 닫힌 문을 바라보았다. 음식을 사러 가게에 가거나, 쓰레기를 내놓을 때 외에 밖에 나가 본 게 언제였는지 기억나지 않는다. 그동안 그는 겨울잠을 자는 짐승처럼 지냈다.

이곳에서의 시간은 너무나 완벽했다. 할 수만 있다면 영원히 이렇게 지내고 싶을 정도였다. 그런데 그녀는 그냥 나가 버렸다. 너무나 쉽게.

'이상한 생각 그만해. 현수 씨 말대로…… 언제까지고 이렇게 빈둥거릴 수도 없는 노릇이잖아.'

이제 일자리를 찾아야 했다. 지난 몇 주간 그가 한 일이라곤 먹고, 자고, 배설하고, 섹스하는 것뿐이었다. 우리 속의 짐승이나 그렇게 산다.

하지만 이제부터 뭘 하면 좋단 말인가.

그는 초조하게 손톱을 깨물었다. 나이트클럽이나 바 같은 유흥업소밖에는 떠오르는 게 없다. 하지만 다시 밤의 세계로 돌아가기는 싫었다. 이왕이면 좀 괜찮아 보이는 일을 하고 싶었다. 건실한 일. 그녀가 좋아해 줄 만한 일.

그런 생각을 하던 민지효는 곧 피식 김빠지는 듯한 웃음을 흘렸다. 번듯한 일을 할 능력이나 되던가. 배운 거 없고, 제대로 된 자격증 하나 없는 그가 할 수 있는 일은 몇 개 없었다. 식당 서빙이나 패스트푸드점 알바 같은 최저 임금의 파트타임이 전부일 것이다. 그마저도 서투르고 손이 굼떠 한 달을 못 채우고 잘리기 일쑤였다. 한창 대학생들이 쏟아져 나오는 방학 시즌에는 그마저도 구하지 못해 절절매다가 결국은 술집이나 클럽 같은 데로 발길을 돌리곤 하지 않았던가.

가슴이 답답해지기 시작했다. 여기가 너무 따뜻해서 머리가 이상해졌나 보다.

현실은 언제나 찼다. 새삼 더 춥게 느껴질 이유가 없다.

거절과 학대, 욕설과 고된 노동, 향락, 매춘 같은 차갑고 지저분한 것들로 가득했던 삶이었다. 새삼 그리로 발 디디는 게 두려울 이유는 없다.

그는 이불 속에 얼굴을 파묻었다.

그날 저녁, 그녀는 평소와 다름없는 얼굴로 돌아왔다. 그리고 내일부터는 새벽같이 나가야 한다고 툴툴거렸다. 하지만 불평하는 그녀의 목소리는 평소보다 상기되어 있었다.

그녀는 카메라와 그 밖의 장비를 정리하느라 한참이나 부산을 떨었다. 그는 초조함을 감추기 위해 그날 밤 더욱 그녀에게 들러붙어 떨어지지 않았다.

그녀와 함께 있을 때면 그 정체를 알 수 없는 불안도 희미해졌다.

그는 그녀의 부드러운 육체를 집요하게 탐닉했다. 그 아찔한 관능 속에 잠겨 있을 때는 마음이 평화로웠다. 하지만 아침이 채 밝기도 전에 시트를 질질 끌고 욕실로 걸어 들어가는 그녀의 등을 보고 있자면, 그 이상한 상실감은 어김없이 되살아났다.

그는 다시 빈 방에 홀로 남아 가슴에 밀려드는 기이한 공허감과 싸워야 했다. 그녀가 나가는 걸 그저 지켜보다 하루 종일 그녀가 돌아오기만을 기다리는 일을, 단 하루도 더 지속하고 싶지 않았다.

그는 그녀의 노트북을 빌려 아르바이트를 찾기 시작했다. 그런 이유가 아니더라도 돈이 거의 바닥 난 상태라 하루빨리 새 일자리를 찾아야 했다.

그제야 스스로가 한심하다는 생각이 들었다. 그녀의 집에 얹혀사는 것까지는 그렇다 치더라도 집세라든가, 세금이라든가, 식비라든가, 돈은 분명히 필요하다. 그녀는 아무런 말도 하지 않고 있지만 사실 자신은 분명 큰 부담을 주고 있을 것이다.

며칠 동안 그는 인터넷으로 이력서를 넣거나 휴대전화를 빌려 여기저기 문의 전화를 돌리며 시간을 보냈다. 하지만 뚜렷한 이력도, 학력도 없는지라 일자리를 구하기가 쉽지 않았다.

결국 몇 군데에서 퇴짜를 맞고부터는 직접 밖으로 나가 일자리를 찾기 시작했다. 거리 구석구석을 누비며 구인 광고가 붙어 있는 가게들을 찾아

다녔다. 옷가게가 두 군데, 식당이 하나, 편의점이 하나. 세 군데에서는 퇴짜를 맞았고, 식당에서는 고려해 보겠다고만 했다. 돌려서 말하는 거절이라는 것을 알고 있었지만 그는 내일 다시 찾아뵙겠다고 말하곤 식당에서 나왔다.

그는 일단 휴대전화부터 장만하기로 마음먹었다. 가지고 다녔던 적도 있었지만, 매달 내야 하는 기본요금이 부담스러워 해지했었다. 하지만 이력서를 넣고 일자리를 구하려면 연락처가 필요했다.

그리고…… 많이 답답했다. 그녀와 연락조차 할 수 없는 게 가끔은 견딜 수 없을 정도로 불안했다.

결국 다음 날, 휴대전화 대리점에 가서 무료 기계를 받고 전화를 개통했다.

작성할 서류가 꽤 많아서 시간이 걸렸다. 결국 별다른 소득 없이 좀 부담스러운 기계 하나만 얻은 채 그날 하루를 날려 버린 셈이다. 그는 금세 어둑해진 거리를 바라보며 한숨을 내쉬었다.

'배고파…….'

그는 편의점 벤치에 앉아 힘없이 주린 배를 움켜쥐었다. 빵이라도 사 먹을까 잠깐 고민했지만 배가 고픈 것에 비해 식욕은 별로 없었다.

그는 주머니 속의 조그맣고 매끈한 기계를 만지작거리며 어깨를 늘어뜨렸다. 햇볕이 날 땐 그나마 온화했던 기온이 날이 저물자 서릿발처럼 차가워졌다.

지금 시간이면 집에 들어가도 그녀는 없을 것이다. 돌아가고 싶지 않았다. 혼자 빈 방에 있다 보면, 시간은 고문이라도 하듯 더디게 흘러간다. 그 쥐 죽은 듯한 적막함 속에서 그녀가 문을 열고 들어오기만을 기다리고 싶지 않았다.

그는 힘없이 머리칼을 쓸어 넘겼다.

빨리 뭔가를 해야 했다. 시간이 좀 더 빨리 갔으면 좋겠다. 옛날처럼 어디 고속도로 휴게소 같은 데라도 찾아봐야 하는 건가 하는 생각이 들었다. 하지만 휴게소는 너무 멀다. 안 그래도 함께 있는 시간이 줄었는데…….

그는 문득 쓴웃음을 지었다. 그녀와 최대한 가까이에 있을 수 있는 일. 그녀와 있는 시간을 침해하지 않는 일.

언제 이렇게 까다로운 조건이 생겨 버린 걸까. 이전의 그는 어떤 일이든 가리지 않았다. 그날그날 잘 곳을 마련해 주고, 배를 채울 음식과 쓸 만한 옷을 살 수 있는 돈만 주어진다면 뭐든 했다. 그런데 이제 와서 그녀가 싫어하지 않는 일, 그녀와 함께 있을 수 있는 일, 그런 걸 찾고 있다니.

'가릴 처지도 아니면서…….'

그는 초조하게 얼굴을 쓸어내렸다. 사실은 일 같은 건 하고 싶지 않았다. 언제까지고, 언제까지고 그녀와 붙어 있고 싶다.

그 좁고 어두운 방에서 단둘이 지낼 수만 있다면 얼마나 좋을까. 그런 한심한 생각을 하던 지효는 자조 섞인 웃음을 흘렸다.

자신은 그녈 부둥켜안은 채 굶어 죽고 싶은 건가. 둘이 한 몸처럼 엉켜 미라라도 되고 싶은 건가. 난 대체 얼마나 뻔뻔스럽고 염치가 없는 걸까.

'사실은, 내가 없는 쪽이 그녀에겐 더 나을지도…….'

그가 귀찮게 매달리지 않더라도 그녀는 충분히 여러 불편을 감수하고 있었다.

그 좁은 집에서 두 사람이 함께 생활하는 데서 오는 답답함과 두 사람분의 식비, 공과금을 비롯한 각종 생활비……. 말은 안 했지만 제 존재가 짐스러울 것이다. 어쩌면 눈치껏 떠나 주기를 바라고 있을지도…….

"어라, 지효야. 거기서 뭐 해?"

그는 번쩍 자신의 생각에서 벗어났다. 고개를 들자 바로 맞은편 버스

역에서 그녀가 손을 흔들고 있는 모습이 눈에 들어왔다.

"버스에서 내리는데 웬 미남이 그림처럼 앉아 있나 했더니, 지효 씨였네."

"현수 씨……."

타이밍 좋게 떡하니 눈앞에 나타난 그녀가 신기해 그는 멍하니 눈을 깜빡였다.

"오늘은…… 빨리 왔네요."

"갑자기 촬영이 취소돼서. 뭐 하는 중이었어?"

"아뇨. 그냥…… 산책 중이었어요."

"그래? 안 그래도 뭐 맛있는 거라도 사 가려고 했는데, 잘됐다. 어디 가서 뭐 먹고 들어가자."

그녀가 씨익 밝은 웃음을 머금었다. 그리고 여전히 그의 대답은 기다리지도 않고 팔을 잡아끌었다. 그는 그녀의 손에 이끌려 자리에서 일어났다. 그녀가 걸음을 옮기다 문뜩 멈칫했다.

"너 산책 오래 했어?"

"네?"

"손이 얼음장 같아."

그녀의 미간에 살짝 주름이 잡혔다. 그는 그녀의 가느다란 손가락이 자신의 손가락을 얽어매는 것을 물끄러미 내려다보았다.

그녀가 양손으로 그의 손을 감싸 쥐고 입김을 불었다. 갑자기 속에서 무언가가 북받쳐 올랐다. 그는 목 안쪽에 바늘이 걸린 물고기처럼 입을 벌렸다. 하지만 아무런 소리도 새어 나오지 않았다.

"이따가 가는 길에 장갑 하나 사자. 넌 너무 춥게 하고 다니는 거 같아."

"……."

"우와, 얼굴도 꽁꽁 얼었네. 너 밖에 얼마나 오래 있었던 거야? 목도리도 안 하고 정말……."

그는 얼굴 언저리에 와 닿는 그녀의 손을 움켜쥐었다. 그리고 그녀가 의문을 표할 새도 없이 확 잡아당겨 끌어안았다.

가슴 안쪽에서 터져 나온 것이 뜨겁게 끓어올라 일순간 목 안쪽을 새까맣게 태웠다. 그는 한 손으로 그녀의 뒷덜미를 감싸 쥐고서 절박하게 그녀의 입술을 빨아들였다.

"야, 갑자기…… 우읍."

"장갑 같은 거 필요 없어요."

그녀의 입술 위에서 뜨거운 호흡을 몰아쉬며 절박하게 말했다. 그녀의 까만 눈동자가 자신을 올려다본다. 더는 참을 수가 없었다.

그가 조급하게 그녀의 팔을 잡아당겼다.

"집으로 가요, 현수 씨. 오늘 하루 동안…… 충분히 떨어져 있었잖아요."

"그래도 밥은 먹어야……."

"괜찮아요! 아무것도 필요 없어. 빨리 집에 가요. 빨리."

그는 사람들을 헤치고 성큼성큼 걸음을 옮겼다. 어깨를 부딪힌 누군가가 욕설을 토해 냈다. 하지만 그는 그녀 이외의 무엇도 인식할 수 없었다.

거리의 좌우를 채운 건물들과 앙상하게 뼈를 드러낸 가로수, 분주하게 오가는 사람들. 그 모든 게 하얀 도화지를 오려 붙인 것처럼 희미하다. 그의 눈엔 그랬다. 안개가 자욱하게 낀 듯한 흐릿한 세상에서, 선명하게 입체감을 띤 것은 오로지 서현수뿐이었다.

그녀가 성가셔 해도, 내가 있는 게 사실은 민폐여도, 싫어, 떨어지지 않을 거야. 떨어지고 싶지 않아.

"현수 씨, 빨리……."

"지효, 너 무슨 일……. 야, 좀 천천히 걸어."

그녀가 불평했지만 그는 속도를 늦추지 않았다. 기다란 가로수 길이 휙휙 빠르게 지나갔다. 집까지 가는 길이 이렇게 멀었던가.

그는 좀처럼 줄어들지 않는 거리를 짜증스레 바라보다가 몸을 틀었다. 그녀가 어리둥절한 얼굴로 그를 쫓아왔다.

"대체, 뭐가 그렇게 급해서……. 야!"

인적이 드문 골목으로 들어가자 갑자기 경로가 바뀐 데 놀란 듯 그녀가 힘없이 끌려왔다. 그는 건물과 건물 사이, 사람 하나가 간신히 비집고 들어올 만한 좁은 공간 깊숙이 들어가 그녀를 끌어안았다.

그들 사이를 가로막고 있는 두툼한 외투, 스웨터, 청바지, 전부 다 싫었다. 그는 목도리를 풀어헤쳐 그녀의 목덜미에 뜨거운 혀를 가져다 댔다. 그녀가 놀란 듯 당황스러운 웃음을 흘린다.

"되게 열성적이네, 지효 씨. 이렇게 터프한 줄 몰랐어."

그는 옅은 미소가 어린 그 입술을 삼켜 버렸다. 게걸스럽게 뜨거운 입속에 혀를 밀어 넣는다. 쓰레기가 쌓인 좁은 골목에서 이성을 잃고 그녀를 탐했다. 누가 볼지도 모른다는 생각 따윈 들지도 않았다.

그는 그녀의 이마와 뺨, 코의 윤곽을 입술로 더듬어 나가며 스웨터 밑으로 손을 밀어 넣었다. 그녀가 흠칫 목을 움츠리는 게 느껴졌다. 그는 자신을 밀어내는 몸짓에 저항하며 더욱 바짝 몸을 붙였다.

그러고는 브래지어 안쪽으로 손을 넣으며 그녀의 가슴골에 얼굴을 파묻었다.

"야, 차가워."

"미안해요. 하지만…… 만지고 싶어."

그녀가 기가 막힌 듯 어깨를 들썩이며 가볍게 웃었다.

"민지효, 너 자꾸 야해진다. 난 이제 감당이 안 돼."

그는 고개를 들어 현수의 얼굴을 내려다보았다. 장난스러운 말투와 달리 그녀의 검은 눈은 무슨 생각을 하는지 알 수 없을 만큼 어둡게 가라앉아 있었다.

이런 시선을 원한 게 아니다. 그는 절박하게 그녀의 몸을 끌어당겼다.

"현수 씨가…… 날 그렇게 만들어요. 자꾸, 자꾸만…… 이상하게 만들어."

그는 브래지어를 끌어 올려 빳빳하게 곤두선 젖꼭지를 입에 물었다. 그녀가 그의 목 언저리에 더운 숨을 토해 냈다. 그 따뜻한 온기에 심장이 갈고리에 걸린 물고기처럼 사납게 파닥거렸다. 그는 거친 숨을 몰아쉬며 잔뜩 성난 아랫도리를 그녀의 다리 사이에 밀어붙였다. 그러고는 느릿하게 비비며 그녀의 갸름한 얼굴을 두 손으로 감싸 쥐고 키스를 퍼부었다.

아, 어떻게 해야 완벽하게 느낄 수 있는 건가. 감정이 주체할 수 없을 정도로 끓어올라 숨 쉬기가 버거웠다.

"좋아해."

"지효야……."

"너무너무 좋아해요."

그는 그녀의 청바지 솔기를 잡아당겼다. 지퍼를 끝까지 내린 다음 축축하게 젖은 팬티 안쪽으로 허겁지겁 손가락을 밀어 넣었다.

거기까지 나갈 줄은 몰랐던 듯 그녀가 다급히 그의 몸을 밀어냈다. 하지만 그는 그녀를 놓아주지 않았다.

바둥거리는 여자를 벽으로 밀어붙이며 강하게 억누르자 발치에 겹겹이 쌓여 있던 박스가 쓰러지며 바스락거리는 소리가 요란하게 울려 퍼졌다. 그녀가 당혹스레 속삭였다.

"야, 잠깐……. 진짜 누가 보면 어쩌려고……."

"정말로 좋아해."

"잠깐, 진정 좀……."

"현수 씨……. 아, 좋아요."

그는 다른 말은 할 줄 모르는 사람처럼 그녀의 귓가에 대고 쉴 새 없이 중얼거리며 뜨거운 내벽을 집요하게 어루만졌다.

점점 깊어지는 애무에 멈칫거리던 여자가 이내 그의 품에 매달려 왔다. 그녀가 숨을 가쁘게 몰아쉴 때마다 풍만한 가슴이 그의 셔츠 위에 부드럽게 뭉그러졌다.

그녀는 너무 야하다. 그는 필사적으로 그녀를 끌어안았다. 하지만 만족스러울 만큼 가까워질 수는 없었다. 절대로, 절대로 그의 성에 찰 만큼 가까운 위치까지 다가갈 수는 없을 것이다. 이대로 살점이 달라붙어 버려도, 멀게만 느껴질 것이다.

그는 코트 깃을 벌려 그녀의 몸을 감싸 안았다. 그러고는 그녀의 청바지를 더 아래로 끌어내린 다음 무릎을 넓게 벌렸다. 그녀가 불안하게 주위를 두리번거린다. 그는 그녀의 입술을 삼키며, 팬티 속으로 밀어 넣은 손가락을 더욱 분주히 움직였다.

"야, 너 진짜…… 으읏."

그가 예민한 돌기를 엄지와 검지로 쥐고 가볍게 잡아당기자 그녀가 어깨를 움츠렸다. 그는 떨리는 숨을 몰아쉬다가 어느새 다시 흘러내려 온 빨간 스웨터를 끌어 올리고 단단하게 곤두선 젖꼭지를 입에 물었다.

그녀의 아랫배가 단단히 조여들며 미끈한 점막이 희미한 경련을 일으키는 게 느껴졌다. 그는 옴쭉거리는 내벽 안으로 손가락을 깊숙이 밀어 넣었다. 그러자 그녀가 입술을 깨물며 나지막한 흐느낌을 토해 낸다. 그 모습을 보는 것만으로도 사정할 것 같았다.

그는 다급하게 바지 지퍼를 내렸다.

"현수 씨, 안에 넣고 싶어요."

“민지효, 잠깐만, 잠깐 참아 봐. 하다못해 집에 가서…….”

“싫어. 내가 그래서 빨리 가자고 했는데……. 아, 현수 씨, 나 못 참겠어요. 지금요. 지금 넣고 싶어.”

“아, 잠깐만 기다리래도!”

“현수 씨도, 젖었잖아요. 하고 싶죠? 내가 하는 거…… 좋아하잖아요.”

“야, 너 진짜…….”

“싫어. 밀어내지 마. 들어가게 해 줘요.”

쉴 새 없이 그녀의 입술, 뺨, 이마와 눈가에 입술을 누르고 혀를 대며 그가 절박하게 속삭였다. 얼음장 같은 공기 속에 그들이 내뿜는 더운 숨이 하얗게 흩어졌다. 몸에서 김이 올라올 정도로 열이 올랐다.

그는 그녀의 허리를 꽉 붙들어 자신에게로 잡아당기며 속옷 안쪽에서 성기를 꺼냈다. 그리고 흠뻑 젖은 팬티 위에 대고 거칠게 비볐다. 이내 그녀의 입에서 앓는 듯한 신음 소리가 새어 나왔다.

집어삼키고 싶다. 평생 느껴 본 적 없는 포악한 감정에 눈앞이 아찔해졌다. 집어삼켜지고 싶다, 그녀에게.

그는 자꾸 오므라드는 허벅지를 자신의 허벅지로 단단하게 내리눌러 고정시켰다. 그런 다음 팬티를 옆으로 젖히고 미끌거리는 점막 위에 제 남성을 가져다 댔다.

발목에 걸린 옷자락 때문에 그녀가 휘청거리며 그의 팔에 매달렸다. 그는 더운 숨을 토해 내며 동그란 엉덩이를 움켜쥐고 허리를 들썩였다. 그녀의 입에서 끙 하는 낮은 신음이 새어 나왔다.

이제 한계였다. 더는 참을 수 없었다. 그는 울컥울컥 애액을 토해 내는 입구에 대고 귀두를 문지르다가 그대로 안으로 밀어 넣었다. 녹아날 듯 뜨겁게 감싸 오는 그녀의 체온에 일순간 등줄기에 소름이 돋았다. 그는 이를 악물었다. 빡빡하게 조여 오는 미끈한 점막의 감촉에 눈앞이 다 흐려진다.

그는 벽에 이마를 누른 채 잠시 동안 꼼짝 않고 서 있다가 천천히 허리를 움직였다. 민감한 부분이 마찰할 때마다 질척이는 소리가 들려왔다. 너무 좋았다. 이대로 그녀의 안에서 녹아 버리고 싶었다. 그는 허리를 강하게 쳐올려 뿌리까지 밀어 넣은 다음 부르르 몸을 떨었다.

"아……, 미칠 것 같아요."

"자, 잠깐만, 조금만 살살……."

"현수 씨, 좋아해요."

"아, 아앗, 읏……."

"너무, 너무…… 좋아해."

그녀의 몸을 벽으로 밀어붙이며 코트 깃을 치켜세웠다. 그녀는 균형을 잡지 못해 그의 목에 매달렸다. 그는 자꾸 아래로 처지는 몸을 들어 올리며 더욱 빠르게 허리를 움직였다. 뇌수가 녹아들 것 같았다. 왜 계속 이러고 있을 수는 없는 걸까. 싸한 겨울의 냉기가 느껴질 때마다 그녀의 온기가 더 절박해졌다. 고통에 가까운 쾌락이 그의 내부에서 점차 고조되었다. 그는 그녀의 자궁 입구까지 비집고 들어갔다가 물러나길 반복하며 흐느끼는 듯한 신음을 토해 냈다. 아무리 움직여도 해소되지 않는다. 채 맞닿지 못한 피부가 아쉬워 옷 속을 더듬어 보아도 만족스럽지 못했다.

그는 침몰하듯 무너지며 그녀의 몸을 벽으로 밀어붙였다. 온몸의 체액이 바글바글 끓어올라 폭발할 것만 같다.

"흐윽!"

먹먹한 귓가에 도시의 소음이 희미하게 들려왔다. 겨울의 찬 공기가 폐부를 가득 채운다. 그 모든 게 선명해졌다가 멀어진다.

점점 빨라지는 그의 움직임에 그녀의 몸이 위아래로 흔들렸다. 결국 그녀가 먼저 절정에 올랐다. 그녀의 내벽이 요동치듯 경련하며 그를 쥐어

쌌다. 결국 참지 못하고 그녀의 안에 정액을 쏟아 냈다.

그는 헉헉 숨을 몰아쉬며 부르르 몸을 떨다가 그녀를 끌어안은 채로 바닥에 주저앉았다. 조금 큰 치수의 코트 속에 두 사람의 몸이 완벽하게 파묻혔다.

"하아…… 이게 뭐야. 이 나이 먹고 야외 섹스라니."

"……."

"언제까지 이러고 있을 거야. 너 콘돔도 안 하고 또 안에다가……."

"……약 먹고 있잖아요."

변명처럼 내뱉은 말에 그녀가 와락 인상을 쓰며 그의 귀를 잡아당겼다.

"지금 그걸 말이라고 해? 콘돔은 기본적으로……! 으, 너 설마……."

"자, 잠깐만……. 움직이지 말아요."

그는 움찔하며 그녀의 어깨를 꽉 끌어안았다. 안에 남아 있는 게 다시 단단해지자 그녀가 기가 막힌 듯 웃었다. 그는 그녀의 어깨에 이마를 비볐다.

"너 진짜 토끼처럼 생겨 가지고는 완전 짐승이야."

"옛날에 교회에서 토끼 키우는 거 봤는데, 걔네들 한번 발정 나면 하루 종일 그것만 해요. 진짜로 하루 종일."

"어쭈, 이젠 야한 말까지."

"현수 씨……."

"안 돼. 그런 얼굴 하지 마. 너 진짜 그만해. 여기서 이게 뭐 하는 거야. 나 집에 갈 거야."

"나 이렇게 됐는데 그냥 가려고요?"

"빨리 가라앉혀. 당장."

"그렇게 말한다고 되는 게……. 아, 현수 씨……."

"얘가 진짜, 너무하네. 야! 진짜, 그만 좀……. 으읏……."

"현수 씨……. 아, 어떻게 해. 너무 좋아요."

그가 슬쩍슬쩍 허리를 움직이며 열성적으로 속삭였다. 그녀가 매정하게 등을 퍽퍽 때렸지만 끙끙거리면서도 들러붙어 떨어지지 않았다. 그녀가 기가 막힌 듯 이를 악물었다. 그는 그 얼굴을 황홀하게 내려다보았다.

"너무너무 좋아해요."

그저 끊임없이, 맹목적으로 더하는 말들. 계속해서, 다른 말은 모르는 듯, 쏟아 내고야 마는 그 말.

"너무 좋아해서."

그가 그녀의 입술 위에서 떨리는 숨을 몰아쉬었다.

"멈출 수가 없어요."

그녀는 카메라 렌즈를 들여다보았다.

좁고 굴곡진 시야. 그 제한된 공간에 갇힌 그의 모습을 관찰하듯 한참 동안 뜯어보았다.

남자의 것치곤 좀 지나치게 갸름한 턱과 곧은 콧날, 완만한 광대뼈와 부드러운 곡선을 그리는 이마……. 마치 장인이 공들여 세공한 듯한 그 안면 윤곽을 아기의 것처럼 투명한 피부가 완벽하게 포장하고 있었다.

새삼스레 감탄스러운 마음이 들었다. 남자의 아름다움은 지나치게 정교해서 되레 오싹한 구석이 있었다.

그녀는 조명을 조절했다. 눈이 부신지 그가 눈을 내리깔았다. 길고 빽빽한 속눈썹 아래에서 잿빛 눈이 형형하게 빛났다. 그 눈빛이 더해진 것만으로도 흡사 공장에서 찍어 낸 마네킹 같았던 얼굴이 놀라울 정도의 흡인력을 뿜어냈다. 세속을 벗어난 천사 같은 외모에 어울리지 않는, 퇴폐적인 눈빛.

그래서 그녀는 플래시를 터뜨렸다. 단 한 순간도 놓칠 수가 없었다.

영화 포스터와 흑백 사진들이 마구잡이로 붙어 있은 회색 벽에 그의 뒤통수가 눌렸다. 마치 절정을 느끼기라도 하듯 그가 입술을 짓씹으며 미간을 찌푸렸다.

"지금 그 표정……, 야하다."

"현수 씨……."

"그거 알아? 지금 너……, 꼭 내 안에 들어올 때랑 같은 표정을 짓고 있어."

그녀가 엷은 웃음을 머금으며 어둠 속에서 쉴 새 없이 플래시를 터트렸다. 더없이 신중하게 그의 모습을 잘라 내고 도려내어 카메라 안에 담아낸다.

"예쁘다, 지효야. 정말 매력적이야."

웃음기 담긴 음성에도 그 공간에 흐르는 긴장감은 조금도 흐려지지 않았다.

그는 얼굴을 일그러뜨렸다. 고통스러운 듯, 혹은 기분 좋은 듯. 남자의 정신이 오르가슴을 향해 가고 있다는 것을 알 수 있었다.

그들은 실제 성교를 나눌 때와 비슷한 긴장감을 느끼고 있었다. 카메라는 페니스, 피사체는 여자였다. 어떤 의미에서 그것은 성교보다 더 내밀한 행위였다. 적나라하게 상대를 파헤친다. 더 깊이, 더 원초적인 곳까지 발가벗기고자 하는 욕망에 휩싸인 채 찍고 또 찍었다.

눈앞에서 불빛이 번쩍인다. 모든 감각이 그를 뒤쫓았다. 셔터를 누를 때마다 그녀 안의 빈 공간이 채워졌다가 빠르게 비워졌다.

갈증이 점점 더 심해진다. 목구멍이 조여들었다. 다신 손에 쥘 수 없으리라 생각했던 감각의 파도에 잠겨 무아의 지경까지 이른다. 카메라를 쥔 손이 떨렸다.

오랫동안 난 이걸 잊고 있었던 건가. 내가 잊었던 게 이런 거였나.

"넋 놓고 뭐 하냐?"

갑자기 들려온 목소리에 그녀는 진득한 상념에서 벗어났다. 이중문이 설치된 컴컴한 암실 안에 그녀 외의 또 다른 존재가 우뚝 서 있었다.

"새끼, 일 시켜 놨더니 아주 졸고 앉았네. 빠져 가지곤."

굳이 얼굴을 보지 않더라도 그 밉살맞은 말투의 주인공이 누구인지 쉽게 알 수 있었다. 박선우. 그녀는 놀라는 기색 없이 느긋하게 대꾸했다.

"하루 종일 암실에만 처박혀 일만 했다고. 격려는 못 할망정 구박이야?"

"일은 무슨. 내가 볼 때마다 멍 때리고 있더구만."

그가 언제 또 여길 들여다본 건지 알 수 없어 그녀는 인상만 찡그렸다.

"지금이 몇 시냐. 너 완전 실력 죽었어. 이거 하나 재깍재깍 못 하고. 대체 인화지를 몇 장이나 버린 거야? 그러게 적당히 놀고 감 죽기 전에 일하라고 했지."

"잔소리 좀 하지 마. 이제 다 했어."

"이제야 다 한 거겠지."

박선우가 끝까지 이죽거렸다.

그녀는 제가 하루 종일 인화한 필름의 양을 정확히 짚어 내 반박할까 고민했다. 대형 사진 같은 경우에는 손이 많이 가서 작업 시간도 더 들지 않던가. 실력이 전 같진 않겠지만 그래도 이런 구박까지 받을 정도는 아니었다. 하지만 작정하고 틱틱거리는 사람을 상대로 스스로를 변호해 보았자 입씨름만 더 길어질 것 같아 관뒀다.

"그래그래, 아주 죽을죄를 졌다. 그럼 난 이만 집에 간다."

그녀는 사용했던 트레이를 간단하게 정리한 뒤 훌쩍 암실을 나섰다. 그러자 박선우가 바짝 따라붙었다.

"야, 누구 마음대로 퇴근이야?"

"난 이미 근로 시간 초과했거든? 집에 좀 가자."

"야!"

"아이 씨, 왜!"

"나 배고파."

그녀는 기가 막혀 헛웃음만 흘렸다.

"뭐 어쩌라고."

"너 기다리느라 여태 저녁도 못 먹었다는 거 아니냐. 밥 먹으러 가자. 배고파 죽겠어."

"누가 기다리랬니. 죽든지 말든지."

"새끼, 말하는 싸가지하고는"

"누가 누구한테 싸가지 지적이야? 너나 잘하세요."

그녀는 몹시 노골적으로 비웃었다. 그게 얄미워 보였는지 박선우가 솥뚜껑 같은 손으로 퍽, 하고 등짝을 내리쳤다. 눈물이 핑글 돌 정도로 아팠다.

현수는 운동화를 신은 발로 그의 정강이를 걷어차며 폭행죄로 고소하겠다고 신경질을 부렸다. 그러자 남자가 헤드록을 걸며 반격했다. 그렇게 티격태격하다 정신을 차리고 보니 어느새 스시 바에 나란히 앉아 주거니 받거니 하고 있었다.

그녀는 박선우가 넘치도록 따르는 술잔은 받아 들며 대체 어쩌다 여기에 오게 된 건지 기억을 더듬어 보았다. 박선우에게 휘말려 한창 열 내다 정신 차리고 보면 어느 순간 꼭 술집에 앉아 있었다. 어쩌다 그렇게 되는지 도통 알 수 없었다. 이것도 능력이라면 능력이다. 그녀는 그가 따라 준 술을 비우며 한숨을 내쉬었다.

"에이 씨, 술맛 떨어지게 왜 한숨이야?"

남자가 초밥 세 개를 한꺼번에 입에 집어넣으며 밥풀이 다 튀도록 으르렁거렸다.

"선심 써서 사 주는 거니까 감사하며 먹으라고."

그리 생색내고는 비싼 술을 쭉 들이켰다. 뭘 하든 전투적이고 공격적인 그 모습에 그녀는 인상을 찡그렸다. 무식하게 우렁찬 목소리와 험악한 말투에 손님 몇몇이 힐끔거리기도 했다.

입을 다물고 있을 때도 박선우는 큰 체격과 날카로운 인상 때문에 사람들의 시선을 끌어모았다. 거기에 험악한 표정과 사나운 말투, 빈정거리는 듯한 미소가 더해지면, 남자의 존재감은 실로 어마어마해진다. 고백하자면 이런 부류의 남자가 그녀의 구미에 맞는 피사체였다.

그녀는 지효의 섬세한 얼굴을 떠올리며 눈살을 찌푸렸다. 본래 자신은 예쁘장한 미남보단 끌로 대담하게 깎아 낸 듯한 거친 인상의 남자에게 더 큰 매력을 느꼈다. 강한 개성을 지닌 인물이 더 찍는 묘미가 있다고나 할까.

그런데 어째서 민지효가 자신에게서 그런 몰입감을 이끌어 낸 것일까. 지금 눈앞에 있는 이 시끄럽고 난폭한 남자 따위는 조금도 찍고 싶다는 욕구가 들지 않는데.

"한 번만 더 한숨 쉬면 아구창을 찢어 놓는다."

무심결에 새어 나온 한숨을 놓치지 않고 박선우가 으르렁거렸다.

"아주 세상 고뇌는 혼자 다 짊어지셨구만."

"내키지 않는 사람 억지로 끌고 왔으면 된 거지, 네 기분까지 맞춰 주길 바라니?"

"내가 이렇게라도 안 챙겨 주면 넌 병원행이야, 새끼야. 고마운 줄 모르고."

"자선을 하려거든 차라리 돈으로 줘. 너랑 술 먹어 봤자 간만 더 나빠지지, 내 건강엔 별 도움 안 되거든?"

"아오, 하여간 한 마디도 안 지지."

그가 씨근덕거리며 술을 쭉 들이켰다. 그녀는 피식 웃었다. 만나기만 하면 서로 빈정거리기 바쁘고, 철없는 10대처럼 욕설이나 주거니 받거니 하면서도 참 질기게 이어온 인연이었다. 그렇다고 서로에게 애틋한 감정이 있는 것도 아닌데.

그녀는 그의 빈 잔에 술을 채워 주곤 자신의 잔에도 술을 따랐다. 짠, 하고 잔을 부딪치고 쭉 들이켜는데 문뜩 박선우가 입을 열었다.

"그래서?"

뜬금없는 한 마디에 의아한 시선을 던지자 그가 무심한 척 묻는다.

"뭐 하는 놈이냐?"

"……뭐가?"

"네 이거."

박선우가 굵고 긴 새끼손가락을 척 내밀었다.

그녀는 눈을 깜빡였다. 태연자약하게 툭 내뱉는 말이 생뚱맞다. 무슨 말인지 모르겠다는 양 눈살을 찌푸리자 남자가 빈정거리는 웃음을 한껏 머금었다.

"내가 알기로 서현수는 답답해서 목폴라 같은 건 손도 안 대지. 한두 번이면 이해하는데, 새끼, 요즘 네 패션 보면 무슨 사감이 따로 없어. 뭐, 꽁꽁 싸매고 다니는 이유가 있는 거겠지."

그녀는 거의 무의식중에 폴라티 안쪽에 남아 있는 키스 마크를 손으로 감쌌다. 몸을 빼곡히 채운 울긋불긋한 자국들 때문에 요즘 소매 한 번 맘 편히 걷지 못하고 있었다. 박선우의 눈썰미에 내심 혀를 내두르면서도 그녀는 시침을 뗐다.

"이유야 있지. 나이가 들어서 그런가 요즘 뼈가 다 시리더라고."

"까고 있네."

웃기지 말라는 양 그가 노골적으로 콧방귀를 뀌었다.

"혹시 사진 찍는 놈이냐?"

"이미 있는 거 확정이야?"

웃긴다는 양 코웃음으로 넘겨 보려 했지만 박선우는 눈 하나 깜짝 안 했다.

"금욕적이라고까진 못하겠고. 귀차니즘 때문에라도 남자와 깊게 엮이는 것을 기피했던 서현수가, 그렇게나 도망 다니던 카메라 앞으로 기어오도록 한 놈이니, 뭐가 있어도 있는 놈이겠지?"

"소설 쓰고 있네."

"네 전화 받고 처음엔 천지가 개벽했나, 얘가 이젠 약까지 하나, 별별 생각이 다 들었다고. 수상쩍고 미심쩍어서 무슨 꿍꿍이로 죽어도 않겠다던 일을 자청해서 하나, 이번엔 얼마나 가나 지켜보자 했단 말이지. 근데 근성이라곤 약에 쓸래도 없는 인간이 말단 스태프 아가들 사이에서 잔심부름은 다 떠맡고 있는데도 군소리 하나 없고, 손 가는 작업이란 작업은 다 맡겨 놔도 묵묵부답. 너 하는 거 보면 그 지랄 맞은 변덕은 아닌 거 같고……. 그럼 대체 무슨 바람이 다 불었을까. 뭘 잘못 먹어서 나한테 아쉬운 소릴 다 했을까."

"혼자서 오만 잡생각은 다 하고 있었구나."

그녀는 고집스럽게 비꼬았다. 박선우가 개의치 않고 말을 이었다.

"죽을 때가 되면 사람이 변한다더니, 상사병에라도 단단히 걸린 건가 싶었지."

"……."

"그래서? 진짜 뭐 하는 놈인데? 장난 단계는 넘어선 거 같고. 너 자주 가는 술집에서 헌팅이라도 했어? 아님, 그 시답잖은 아르바이트 하는 데서 만난 놈이야? 뜬금없이 카메라를 찾는 걸로 보아, 모델인가?"

가면 갈수록이다. 줄줄이 이어지는 추궁에 그녀는 술을 마시는 척하며 눈을 굴렸다. 하지만 그는 정말로 그냥 넘어갈 생각이 없는 것 같았다. 짜증스러운 한숨을 푹 내쉬며 뒤통수를 벅벅 긁었다. 사실 딱히 감출 이유도 없었다. 솔직히 뭐, 뒤가 구린 짓을 하는 것도 아니질 않은가.

괜한 추측만 부풀려 놓는 것도 귀찮고 골치 아픈 일이라 그녀는 결국 털어놓았다.

"사진 찍는 애는 아냐. 모델도 아니고."

그럴 줄 알았다는 듯 박선우가 의기양양하게 웃었다.

"그럼 뭐 하는 앤데?"

"뭐……. 지금으로썬 그냥 내 귀염둥이 하고 있지."

"뭐래."

역겹다는 듯한 말투였다.

"저 같은 거 만났구만. 게을러 빠진 백수건달."

"그런 애 아냐. 착한 애야."

비웃던 남자가 문뜩 멈칫한다. 그리고 의심을 가득 담아 노려보았다.

"혹시 미성년자냐?"

"야. 거기까지 막 나갈 생각은 없거든? 너 날 대체 어떻게 보고 있는 거야?"

"넌 그러고도 남을 인간이지. 근데 부탁이니까, 제발 거기까지 길을 벗어나진 말자."

"네가 내 아빠야? 제발 그러지 좀 마. 정 떨어지니까."

"너 같은 딸년 있음 진작 머리 깎아 절로 보냈어, 이것아."

그녀는 코웃음만 쳤다. 차라리 입에 뭘 물고 있으면 대꾸하지 않아도 되겠지 싶어서 그녀는 입 안 가득 새우초밥을 밀어 넣었다.

"뭐 하는 놈인지는 모르겠는데, 일단 다시 시작할 마음이 들게 해 준 건 고맙네. 그런 의미에서 내가 고마워하더라고 전해 줘라."

그녀는 술을 물 들이켜듯 벌컥 마셨다. 놈이 이젠 아예 작정하고 설교를 늘어놓기 시작한다.

"너도 이왕 다시 시작할 마음 먹은 거, 제대로 해. 지금처럼 어영부영 붕 떠 있는 꼴, 맘에 안 들어. 너도 알지? 이 바닥 치열한 거. 네 과거 경력이 얼마나 화려했든, 지금은 한물간 포토그래퍼다 이거야. 나도 너 데리고 일하려면 대의명분이 필요하단 말이지. 옛 추문 끌고 올 거 아니면 뭐 하나 제대로 터뜨려 와. 너 그 정도는 해 줘야 한다고."

"……."

"전에 말한 공모전 기억하지? 거기 입상해 가지고 와. 그럼 누가 뭐라 지랄하든 밀어 줄 테니까. 지금처럼 시답잖은 일거리나 하며 도 닦을 생각 말고, 제대로 된 사진 찍어. 너란 인간 자체는 거지 같은데, 네 사진은 짜증 나지만 예술인 거 인정한다고. 괜히 시간 질질 끌지 말고 입상부터 해. 알겠어?"

그녀는 고추냉이 때문에 핑 눈물이 고인 눈을 깜빡거리며 한마디 했다.

"아……, 맵다."

"씨발, 좀 들으라고!"

솥뚜껑 같은 손이 그녀의 등짝을 내려쳤다.

뒷일 생각 않고 밑 빠진 독처럼 술을 부어 대는 박선우 때문에 그녀 역시 취기가 올라올 정도로 마셔야만 했다. 그녀는 완전히 맛이 가 정신 못 차리는 남자를 택시에 태워 보내고, 그의 지갑에서 적당히 자신의 차비도 덜어 내 택시를 잡았다.

집과 스튜디오의 거리는 30분 남짓. 이미 버스는 끊긴 뒤였다. 그녀는 차창에 기대어 한적한 거리를 내다보며 눈을 깜빡거렸다. 까만 하늘에는 어느새 하늘하늘 눈발이 흩날리고 있었다.

'올 겨울엔 유난히 눈이 많이 내리네.'

그녀는 동네로 들어가는 좁은 입구 앞에서 내렸다. 주택가는 쥐 죽은 듯 고요했다. 그녀는 낡은 건물들 사이에 드문드문 자리한 가로등 불빛을 따라 휘적휘적 걸음을 옮겼다. 길은 온통 눈으로 뒤덮여 있었다. 가볍게 흩뿌리던 눈송이가 어느새 굵은 눈발이 되어 쏟아지듯 내리고 있었던 것이다. 그녀는 어깨에 쌓인 눈을 털어 내며 걸음을 재촉했다. 그러다 우뚝 멈춰 섰다.

아파트 입구의 밝은 가로등 불빛 아래 큰 키를 지닌 남자가 우뚝 서 있었다. 호리호리한 몸집에 좀 얇아 보이는 낡은 코트 자락. 희미하게 빛나는 연한 갈색 머리 위에 소복이 눈이 쌓여 있었다. 그가 주머니 깊숙이 손을 찔러 넣고, 뽀얀 입김을 드문드문 토해 냈다.

더 없이 고독하고, 외로워 보이는 모습이었다.

그녀는 무의식중에 카메라가 든 가방을 움켜쥐었다. 그러나 이내 그런 자신을 깨닫고는 묘한 혐오감에 젖어 들었다. 자신을 기다리며 얼마나 저기 서 있었을지, 그 시간 동안 얼마나 춥고 외로웠을지 모를 저 남자의 모습을, 정말로 찍고 싶은 거니. 그를 불러 세우고, 달려가서 반갑게 안아주는 게 먼저 아닌가. 왜 나는 이렇게 거리를 두고서, 가만히 바라만 보고 있는 건가.

문뜩 그가 인기척을 느낀 듯 고개를 돌렸다. 눈이 마주치자 텅 빈 눈동자가 가득 차오른다. 살아 있는 게 의심스러울 정도로 무표정했던 얼굴이 순수한 기쁨으로 환해졌다. 그 아이 같은 얼굴에 가슴 한곳이 뜨끔했다.

"현수 씨, 이제 와요?"

"왜 나와 있어. 추운데."

"집에만 있으려니 갑갑해서 잠깐 바람 좀 쐬려고 나왔어요. 오늘 많이 늦었네요?"

"응, 같이 일하는 사람이랑 한잔하느라."

"그랬구나."

화내는 기색 하나 없이 그가 희미하게 미소 지었다. 안도가 어린 웃음. 늦어져서 걱정했던 걸까. 그랬으면 전화 한 통 할 법한데. 아마 얼마 전에 구매한 휴대전화를 몇 번인가 들었다 놨다 했겠지. 그렇게 머뭇거리다가 결국 내려놓고 말았을 것이다. 그녀는 한숨을 삼켰다.

"다음부터 늦어질 거 같으면, 전화 미리 할게. 많이 추웠지."

그녀는 두 손으로 그의 얼어붙은 뺨을 감쌌다. 그러자 창백한 얼굴이 발그스름하게 달아올랐다. 그가 고개를 숙여 얼어붙은 얼굴을 그녀의 어깨 위에 대고 비볐다. 평소라면 웃었겠지만 어쩐지 지금은 웃음이 나오질 않았다.

"아, 맞다. 이것 봐. 네 것도 챙겨 왔다. 비싼 걸로만 골라서 포장해 달라고 했어. 장어구이랑 롤초밥이랑 새우튀김 세트."

"아……, 고마워요."

그가 봉투를 받아 들었다. 살짝 스친 손이 너무 차갑다. 그녀는 그의 손을 감싸 쥐며 인상을 찡그렸다.

"장갑 좀 사야겠다. 넌 왜 맨날 얼음장이니."

"……."

"이젠 이렇게 나와서 기다리지 마."

"전 괜찮아요."

"무조건 괜찮다지. 내가 안 괜찮아."

"정말 아무렇지도 않아요. 그냥…… 답답해서 나와 있던 거니까……."

뻔한 거짓말을 어설프게 하는 너. 그녀는 쓴웃음을 지었다.

"장난 단계는 이미 넘어선 거 같고……."

박선우의 빈정거리는 목소리가 이유 없이 머릿속을 스쳤다.

장난? 처음부터 장난은 아니었다. 하지만 충동적으로 그에게 손을 내밀었다는 것만큼은 부정할 수 없었다.

그를 처음 보았을 때, 그녀는 그의 안에 자리한 고독을 본능적으로 알아차렸다. 그가 얼마나 누군가를 필요로 하고 있는지 알 수 있었다. 바로 자신이 그랬으니까. 문득 입 안이 썼다. 결국 자신은 얄팍한 자기 연민에 빠져 자위하듯 선의를 베풀었을 뿐이다. 하지만 그 얄팍한 호의에 대한 대가로 그는 그 이상을 내어 주고 있었다. 바보가 아닌 이상에야 모를 수가 없다. 그가 자신에게 무엇을 쏟아붓고 있는지. 그 예상치 못한 맹목적인 애정이, 때론 당혹스러웠다.

'정말 예상 못 했어?'

머릿속에서 누군가가 빈정거린다. 솔직해지자, 서현수. 지독한 고독감에 휩싸였을 때, 지칠 대로 지쳐 모든 것을 놓아 버리고 싶을 때, 손을 내밀어 주는 사람이 어떤 의미가 될지 몰랐다고?

그런 거짓말로 네 얄팍함을 변명하고 싶은 거니.

포장하려 하지 마. 나는 이 애를 위안거리로 삼고 싶었던 것이다. 약해질 대로 약해진 사람을 구슬려 내 마음을 채우고 싶었던 거야.

"……현수 씨?"

"나 너무 좋아하지 마, 지효야."

그가 눈을 크게 떴다. 그녀는 언제나처럼 장난스러운 미소로 입 안에 맴도는 씁쓸함을 감추었다.

"뭐든 적당한 게 좋은 거야. 너무 뜨거우면 덴다, 너?"

놀리는 듯한 그 말에 그가 눈을 깜빡인다. 살짝 벌어진 입술 사이로 하얀 숨이 흘러나왔다. 한참이나 말이 없던 그가 무미건조한 음성으로 물었다.

"……적당히가 어느 정도인데요?"

낮게 가라앉은 목소리가 고요하게 울렸다.

"난 잘 모르겠어요. 뭘 해도 부족하고 모자란 기분인데……."

정말로 영문을 몰라 하는 것 같은 표정에 그녀는 다시 한 번 자괴감을 느꼈다.

"그러네……. 나도 잘 몰라. 어느 정도가 적당한 건지."

사실은 넌 아무 문제 없고, 그저 내가 모자란 걸지도 몰라. 턱없이 모자란 걸지도 몰라. 이런 비논리적인 죄책감을 떨쳐 낼 수 없을 정도로.

그래도 네가 괜찮다고 하는 한은, 나도 너와 같이 있고 싶어. 나도 너 좋아하니까.

그렇게 말하는 대신에 그녀는 씩 웃으며 얼버무렸다.

"우리 대체 여기 서서 뭐 하는 거라니? 빨리 집에 들어가자. 춥다."

"……네."

"들어가서 따뜻한 차 한 잔 마시고 자자. 오늘은, 유난히 날이 추워."

8장

– 미안한데, 지효야……. 부탁 좀 하자.

정오를 막 지났을 무렵, 그녀로부터 걸려 온 전화로 인해 예정에 없던 외출을 했다.

민지효는 번화한 곳에 자리 잡은 큼지막한 건물 안으로 들어서며 어깨에 쌓인 눈을 탈탈 털어 냈다. 새벽부터 먼지처럼 풀풀 날리기 시작한 눈발이 한낮을 지나며 무섭게 쏟아지기 시작한 탓에 그다지 두껍지도 않은 옷이 축축이 젖었다.

그는 발판 위에 눅눅하게 젖은 운동화를 문지르며 발갛게 언 코끝을 훔쳤다. 기껏 잡아탄 택시가 교통 체증에 갇혀 꿈쩍을 안 하자, 도중에 차에서 내려 허겁지겁 뛰어온 참이었다.

처음 와 본 곳이라 조금 헤맸지만 제대로 찾은 것 같았다. 그는 그녀가 알려 준 주소지를 적은 쪽지와 'SW Studio'라고 새겨진 대형 패널을 번갈아 보며 안도했다. 그녀가 일하는 스튜디오는 생각보다 더 컸다. 그는 검은색 타일이 깔린 넓은 공간을 빙 둘러보았다. 눈처럼 하얀 벽에는 위압적으로 느껴질 만큼 커다란 사진이 일정한 간격으로 전시되어 있었고, 높은 천장에는 밝은 조명이 빛나고 있었다. 박스나 기구 같은 것을 짊어지고 뛰어다니는 사람들이 아니었다면 스튜디오라기보단 전시관 같아 보였을 것이다.

갓 상경한 시골뜨기같이 주변을 두리번거리던 그는 곧 정신을 차리고 주머니에서 휴대전화를 꺼내 전화를 걸었다. 한참 동안 신호음만 울리다 부재중 전화 메시지로 넘어가 버린다.

그는 인상을 찡그렸다. 급하다고 했는데……. 주변이 시끄러워 벨 소리를 듣지 못하는 건가. 40분 전에 나누었던 통화를 생각해 보면 충분히 가능성이 있었다. 주변이 어지간히도 소란스러운지 목청을 한참 높여서야 겨우겨우 대화가 가능했던 것이다.

잠시 고심하던 지효는 때마침 옆을 지나가던 사람을 불러 세웠다.

"저기……."

"네?"

30대 초반 정도 되어 보이는 여자였다. 짧은 머리칼이 덤불처럼 삐쭉삐쭉 뻗친 화려한 헤어스타일의 여자는 그의 외모에 놀란 듯 눈을 동그랗게 뜨고 있었다. 워낙 익숙한 반응이기도 해 그는 대수롭지 않게 말을 이었다.

"혹시 서현수 씨라고 아시나요? 여기서 일하는 사람인데……. 급한 일이 있다고 연락을 받았거든요. 그런데 지금 연락이 안 돼서……."

"아! 생각보다 더 빨리 왔네요!"

그녀가 가져다 달라고 부탁했던 필름을 보여 줄 요량으로 가방을 뒤적이던 그는 멈칫했다. 여자가 난데없이 그의 팔을 잡아끌고 걷기 시작한 것이다.

"저, 저기……?"

"촬영 펑크 나는 줄 알고 아주 조마조마했어요. 당장 내일이 데드라인인데 대타로 오기로 한 사람은 눈 때문에 차가 밀리고 있다는 소리만 하고 있지, 잡지사에선 아주 닦달을 해 대지……. 피가 다 마르더라니까요."

그는 영문도 모른 채 그 손에 맥없이 끌려갔다. 그 괴상한 여자는 뭔가 알 수 없는 말들을 계속 늘어놓으며 그를 엘리베이터 안으로 밀어 넣었다.

"아무튼 대박이에요. 이래서 패션지 쪽 일은 아주 치가 떨린다니까. 툭하면 펑크에 시일은 시도 때도 없이 바뀌질 않나, 콘셉트 바꿔라, 새로 다시 찍어라, 말도 많고, 탈도 많고, 죽겠다니까. 에디터들은 어찌나 그리 잔소리가 많은지, 그렇게 맘에 안 들면 직접 찍든지."

"……."

"당장 발매일이 다음 준데 이제 와서 재촬영이라니, 미친 거 같다니까. 아무튼 죽겠어요."

그는 얼떨떨한 얼굴로 여자를 내려다보았다. 대체 무슨 말인지 몰라 어리둥절했다. 그저 현수를 만나 필름을 주면 되는 것인 줄 알았는데……. 빗질 한 번 못 하고 뛰어나와 엉망인 머리를 손으로 빗어 내리며 인상을 찡그리는데, 옆에서 여자가 계속 조잘댔다.

"그러고 보니 어디 소속이에요? 그 정도면 꽤 호응 얻을 만한 외몬데, 영 눈에 익지 않은 걸 보니 신인인가 봐요?"

"저기 저는……."

"키는? 한 177? 180은 안 되는 거 같고……."

"180이에요!"

그는 저도 모르게 발끈했다. 한동안 현수가 놀려 먹은 덕에 키에 좀 예민해진 상태였던 것이다. 여자가 눈을 가늘게 뜨면서 품평이라도 하듯 꼼꼼히 살폈다.

"178, 179, 그 정도만 돼도 다 180센티미터라고 우기긴 하더라."

"정확히 182센티예요!"

"그래요? 음……. 그렇게 작은 키도 아닌데 좀 왜소해 보이네. 어깨 좀 펴 봐요. 왜 그렇게 구부정하게 있어요? 흠, 그래도 스타일은 그럭저럭 좋네요. 뭐니 뭐니 해도 요즘엔 스키니한 스타일이 대세잖아요."

"저기요. 대체 아까부터 무슨 말을 하는 건지 도무지 이해가 안 가는데요. 저는 그냥 심부름으로……."

"아, 다 왔다!"

그의 말이 채 끝나기도 전에 땡, 하고 엘리베이터 문이 열렸다. 여자가 다시 그를 질질 끌고 가기 시작했다.

"일단 카메라 테스트부터 하고 바로 촬영 시작할 거예요. 앞 촬영은 다 끝나서 기다리는 중이니까 빨리 준비해야 돼요. 신상품 몇 컷만 더 찍으면 되거든요."

"이봐요……!"

"여기! 대타 도착했어요!"

대타? 그제야 뭔가 오해를 해도 단단히 한 것 같다는 생각이 들었다. 황급히 여자의 착각을 바로잡아 주려는데, 수십 쌍의 눈동자가 그를 향해 고정되었다. 그는 버릇처럼 어깨를 움츠렸다. 신경질적으로 생긴 남자가 성큼 다가와 그를 위아래로 훑어보더니 미간에 주름을 잡았다.

"야가 오기로 한 금마가? 혼혈인갑네. 니, 한국어는 할 줄 아나?"

"걱정 말아요. 말 다 통해요."

"그럼 퍼뜩 옷 갈아입히라. 6시까진 보내야 가들도 편집인지 뭔지 하지 않겠나."

"알아요. 여기 코디 좀 해 주세요!"

여자가 우악스럽게 그의 코트 자락을 잡아당겼다. 그는 또다시 자신을 끌고 가려는 손길을 잽싸게 뿌리쳤다. 그 손짓이 꽤나 매몰찼던지 여자가 놀란 눈으로 올려다봤다. 그러거나 말거나 그는 여자가 질질 끌고 다녔던 팔을 매만지며 인상을 찡그렸다.

"저기, 뭔가 오해하신 거 같은데요. 저는 그냥 부탁으로 필름을 가져다 주려고 온 겁니다. 대타, 그거 아니에요."

"뭐? 야, 쟈가 뭐라는 기고. 니 모델 아이가?"

"아닙니다."

단호히 대답하자 남자가 옆에 선 여자에게 팍 인상을 썼다.

"이연수, 니 뭐꼬! 안 그래도 정신 사나운데!"

"아, 왜 소린 질러요! 급하게 왔다기에 난 당연히 오늘 땜빵하러 나온 모델인 줄 알았지. 저게 민간인 외모예요?"

여자는 자신은 무고하다는 듯 당당했다. 지효는 인상을 찡그리다가 슬쩍 뒤로 물러났다. 이 사람들을 상대하느니, 차라리 한 번 더 전화를 걸어 보는 게 나을 것 같았다. 슬그머니 빠져나오려는데 갑자기 남자가 그의 어깨를 움켜쥐었다.

"니는 잠깐 가만있어 봐라. 어디 가나?"

"전 부탁받고 온 거라서……."

"누가 불러 온 긴데? 니, 확실히 모델 하러 온 기 아이가?"

"아닙니다. 그냥 물건을 전해 주러……."

"그럼 그거 전해 주고 나서 사진 몇 장 안 찍어 볼래? 우리가 지금 사람이 부족해가 그런다. 대타로 함 찍어나 보자."

"저기 전 그런 건 별로……."

"어려운 기 하나 없다. 얼굴도 반반하제, 비율도 좋제, 진짜로 괜찮아 그런다. 그냥 옷 좀 갈아입고 셔터 몇 번 누르몬 된다. 별거 없다. 니 'K-Lex'라는 패션지 아나? 지금 거기 실릴 거 촬영 중이다. 그냥 알바라고 생각하고 편하게 하몬 돼. 일당도 넉넉히 쳐주꾸마."

그는 멍하니 눈을 깜빡였다. 모델이라니. 허무맹랑하다.

그는 힐끔 검은색 바탕의 공간 위에 펼쳐진 불투명한 흰색 스테이지를 바라보았다. 많은 조명 기구와 카메라, 조리개가 그 흰 공간을 촘촘히 둘러싸고 있다. 저 가운데에 서서 사람들의 시선을 한 몸에 받는다? 거의 본능적으로 거부감이 밀려들었다.

한 번도 사람들의 눈에 띄었다가 좋은 일을 겪은 적이 없었다. 때문에 그는 언제나 누군가의 주의를 끌지 않도록 극도로 조심해 왔다. 자청해서 남의 구경거리가 된다니, 생각만으로 속이 울렁거렸다.

그가 이 상황을 어떻게든 빠져나가려 고심하는데, 타이밍 좋게도 휴대전화가 울렸다. 그는 다급하게 전화를 받았다.

"현수 씨!"

– 지효야, 미안. 정신이 없어서 전화 온 줄도 몰랐어. 지금 어디니? 아직 멀었어?

"저 지금 스튜디오에 와 있어요. 근데…… 길을 찾을 수가 없어서."

– 어딘데? 입구야?

"아뇨, 안에……. 엘리베이터 타고 올라왔어요."

그는 눈앞에서 떡 버티고 선 남자를 힐끔거렸다. 전화 통화에 관심이 있는 듯 남자가 그의 휴대전화 쪽으로 고개를 기울였다. 지효는 한 발짝 뒤로 물러나며 주변을 훑어보았다.

"지금 여기 촬영장인 거 같은데……."

"서현수? 니 지금 서현수랑 통화 중이가? 서현수가 불러서 왔나? 갸 지금 저기 뒤에서 촬영 중이다. 야, 서현수! 니 찾아온 아, 여 있다!"

남자가 갑자기 등 뒤쪽으로 고래고래 소리를 질렀다. 지효는 움찔하며 몸을 돌렸다. 그쪽에도 촬영 스테이지가 설치되어 있었다. 그는 북적이는 사람들 속에서 어렵지 않게 그녀의 모습을 찾아낼 수 있었다.

어깨와 목 사이에 전화기를 끼고 있던 여자가 고함 소리에 놀란 듯 휙 몸을 돌렸다. 그녀는 오늘 아침, 집에서 나설 때와 마찬가지로 빨간 스웨터에 딱 달라붙는 검은색 가죽 바지 차림이었다. 곧 현수도 그를 발견했는지, 늘씬한 다리로 성큼성큼 걸어왔다.

"지효야! 오느라 힘들었지? 세상에, 너 옷 이러고 온 거야? 야, 목도리라도 하고 와야지."

"현수 씨……."

얼굴을 가리는 게 귀찮았던 건지 그녀는 긴 머리채를 하나로 질끈 묶고서 소매는 팔꿈치까지 걷어붙이고 있었다. 그녀가 엉망으로 흐트러진 옷매무새와 그의 머리카락을 정리해 주었다. 그 세심한 손길에 그는 얼굴을 붉혔다. 그녀에게서 나는 독특하고 기분 좋은 향기가 코끝을 간질였다.

"미안해요. 좀 헤매서……. 오래 기다렸죠?"

"무슨 소리야. 내가 미안하지. 너 또 뛰어왔구나? 얘 몸 꽁꽁 언 것 좀 봐."

"전 괜찮아요. 별로 안 추워요."

"그 입버릇……. 끄응, 진짜 미안하다. 이 추운 날 심부름시켜서."

그녀의 손이 차갑게 식은 목덜미를 가볍게 매만지자 그는 살짝 고개를 움츠렸다. 눈 때문에 머리와 옷은 엉망이었고, 손발이 다 꽁꽁 얼어 얼얼할 지경이었는데도, 배 속이 홧홧하게 달아올랐다. 그녀가 이런 식으로 만져 주기만 한다면, 시베리아의 눈보라 속도 뚫고 나올 수 있다. 진짜로 그럴 수 있다.

그는 사람들의 시선도 잊고 그녀를 꽉 끌어안고 매달리고 싶은 걸 필사적으로 참았다.

"전 정말로 괜찮아요. 차 타고 왔는걸요."

"아무튼, 진짜 고마워."

"뭐고? 니들, 무슨 사이고?"

심상치 않은 친밀감을 과시하는 두 사람 사이로 좀 전의 그 남자가 불쑥 끼어들었다. 잘 아는 사인지 현수는 당황하는 기색도 없이 여유롭게 대꾸했다.

"보면 몰라? 친한 사이지."

"가시나, 니 말장난 재미없다. 니는 뭘 물으면 와 똑바로 대답하는 법이 없나? 꼴에 신비주의가?"

현수가 재미난 말이라도 들은 듯 낄낄거리며 웃었다. 지효는 눈을 내리깔았다. 그녀의 대답이 서운한 건 아니었다. 오히려 그 장난스러운 대꾸에 안도감이 들 정도였다. 아무 사이도 아니라거나, 별거 아니라는 말을 들을 바에야……. 그는 가방에서 그녀가 부탁한 물건을 꺼내 들었다.

"테이블 위에 있는 카메라에서 꺼낸 거예요. 이거 맞아요?"

"아, 고마워. 이거 맞아. 진짜로 살았어."

"……그럼 전 이만 가 볼게요."

"아, 잠깐만. 혹시 뭐 급한 일 있니? 오늘도 면접 보러 가?"

"아뇨. 그런 건 아닌데……."

그는 불편하게 눈을 굴렸다. 자신을 힐끔거리는 눈길에 가시방석에라도 앉은 것 같았다.

"그냥, 집에 가려고요."

"그럼 잠깐 기다릴래? 나 조금 있으면 끝나는데 같이……"

"면접? 니, 취업 준비하는 학생이가?"

남자가 또 불쑥 끼어들었다.

"뭔 일 하는데?"

"뭐야, 선배. 웬 관심?"

"말도 마라. 오늘 오기로 한 모델 아가 차사고 났다고 연락 온 거 알제? 일정 펑크 나게 생겼다. 지금 아는 모델 사무실이란 사무실마다 박선우 가가 다 연락해서 촬영 가능한 아들 좀 보내 달라캤는데 눈 때문에 차 막혀서 몬 오는갑다. 지금 입이 바짝바짝 마른다. 야야, 니 이름이 뭐라고 했제? 지효? 니 대타로 모델 함 해 봐라."

"죄송합니다. 저는 이런 쪽 일은 한 번도 해 본 적이 없어서……."

"안 어렵다. 내가 알려 주는 대로 포즈만 잡고 서 있으면 된다. 코디랑 메이크업도 다 알아서 해 줄게."

그는 도움을 요청하는 의미에서 현수를 돌아보았다. 그러나 그녀는 흥미진진한 눈길로 그와 남자를 번갈아 보기만 할 뿐, 남자를 만류해 줄 것 같지 않았다. 그는 공연히 목덜미를 쓰다듬으며 기어들어 가는 목소리로 말했다.

"죄송해요. 역시 저는……."

"마, 그라지 말고, 그냥 별난 경험 함 한다 생각해라. 응? 별로 오래 걸리지도 않는다. 일당도 내가 두둑이 쳐주께."

"하지만……."

"그러지 말고 한번 해 보지그래?"

잠자코 있던 현수가 불쑥 내뱉었다. 그는 멈칫하며 그녀를 돌아보았다. 그녀가 생긋 웃으며 툭툭 맞은편 남자의 어깨를 두드렸다.

"이 사람, 잘 찍어. 멋있게 찍혀서 잡지 같은 데 실리면 혹시 알아? 대박 날지."

"맞다. 이기 억수로 좋은 기회다! 빼지 말고 함 해 봐라."

그는 멍하니 눈을 깜빡거렸다. 이상하게도 가슴 한구석이 철렁 내려앉았다.

당연히 하지 말라고 할 줄 알았다.

왜?

왜 그럴 줄 알았는데?

그는 당황스러움에 어깨를 움츠렸다. 그녀가 약간은 가벼워 보이는 웃음을 입가에 머금고서 말했다.

"너 어차피 알바 자리 찾느라 애먹고 있잖아. 이런 일이 의외로 맞을 수도 있고……. 이 기회에 시험삼아 한번 해 보는 것도 괜찮잖아. 해 봐, 지효야."

그는 입술을 달싹거렸다. 하지만 정작 자신이 무슨 말을 하고 싶은 건지 알 수 없었다. 그는 정체 모를 망설임에 한참을 머뭇거리다 대답했다.

"현수 씨가 그렇게 말한다면…… 해 볼게요. 잘할 자신은 없지만……."

"그래, 니 잘 생각했다. 여그! 야, 코디 좀 해 주라. 메이크업도 해 주고! 마, 다음 촬영 준비하자."

남자가 그의 어깨를 덥석 움켜쥐고 우악스레 끌어당겼다. 현수가 그 모습을 보고 작게 킥킥거렸다.

"그럼, 난 저기에서 일 좀 마무리하고 올게. 촬영 끝나면 같이 가자."

"현수 씨……."

"내가 자주 찍어 줬잖아. 긴장하지 말고 잘해."

그녀가 그의 어깨를 두어 번 두드리더니 촬영지로 돌아갔다. 그는 그 뒷모습을 멀뚱히 응시하다가 곧 정신없이 바쁜 손길에 끌려갔다.

그는 탈의실에서 그들이 준 옷으로 갈아입고 나왔다. 두 번 정도 더 옷을 갈아입은 다음에는 시계, 구두, 신발 같은 액세서리도 착용했다. 제 몸을 마네킹처럼 다루는 손길에 혐오감이나 불쾌감을 느낄 새도 없었다.

그는 좋은 냄새가 나는 부드러운 재질의 셔츠와 물이 빠진 듯한 청바지, 스니커즈 운동화를 신고 거울 앞에 앉았다. 그러자 한 여자가 그의 옆에 서서 헤어드라이어와 왁스를 가지고 5분 정도 머리를 만져 주었고, 그 옆에 선 또 다른 여자는 그의 얼굴 위에 꼼꼼하게 화장을 해 줬다.

그는 순식간에 세련된 옷차림에 차가워 보이는 인상을 가진 남자로 뒤바뀌었다. 거울을 통해 그 모습을 어색하게 바라보길 잠깐, 그는 곧 카메라 앞으로 끌려갔다. 카메라를 든 남자가 그를 꼼꼼히 살피며 말했다.

"생각보다 더 괜안네. 분위기도 있고. 근데 표정이 좀 딱딱하다. 긴장 좀 풀어라. 바지 주머니에 손 넣고, 쫌 오른쪽으로 돌아 봐라. 어, 그렇게. 고개도 쪼깨 숙이고…… 아니, 너무 숙였다. 야, 점마 자세 좀 만져 줘라. 그래……, 그게 딱이다. 시선은 이쪽으로 하고."

그는 로봇처럼 시키는 대로 따랐다. 남자가 주문하는 대로 카메라를 응시하는데 정면에 설치된 조명에 불이 들어왔다. 그는 인상을 살짝 찡그렸다.

"눈 감지 말고 있어라."

"눈 감지 말고, 그래, 그렇게 날 봐……."

퍼뜩, 머릿속에 그녀의 어두운 시선이 떠올랐다. 그 순간, 찰칵하고 플래시가 터졌다. 갑자기 속이 울렁거렸다. 온몸에 개미가 기어가는 듯한 기묘한 불쾌감에 솜털이 하나하나 곤두섰다.

"몸을 오른쪽으로 돌려 봐라. 한쪽 팔로 어깨를 감싸고……. 마, 그거 좋다."

굳어 있던 그는 천천히 남자가 시키는 대로 했다. 조명이 아프게 눈을 찌른다. 신경이 예민하게 곤두서는 것을 느끼며 자꾸 일그러지려는 눈매에 의식적으로 힘을 풀었다. 규칙적인 템포로 카메라 플래시가 터졌고, 얼마 지나지 않아 그는 또 새 옷으로 갈아입었다. 진회색 카디건을 걸치고 연한 아이보리색 면바지를 입은 다음, 시계를 차고, 어울리지도 않는 안경을 꼈다. 그런 뒤에는 카메라 앞에 서서 몇 차례 플래시가 터지는 걸 견뎌 냈다.

마치 고문이라도 당하는 기분이었다. 카메라가 자신을 향할 때마다 속이 울렁거리고, 손끝이 차갑게 식었다.

그는 무심코, 그녀가 있는 곳을 바라보았다. 그녀는 다른 누군가를 찍고 있었다.

갑자기 위가 뒤틀려 왔다. 목 안쪽에 뭐가 걸린 것처럼 꺽, 하고 이상한 소리가 날 것만 같았다. 뭐가 그렇게 충격적인 건지 알 수 없었다. 다음 순간에서야 그 이유를 알았다.

그건 특별한 것이었다. 그에게는 그랬다. 그녀가 그를 보고, 카메라를 통해 자신을 범하고, 셔터를 누른다. 그 행위를 통해서 그들이 뭔가 특별한 것을 나누고 있다고 믿었다. 아니, 분명 특별했다.

속이 울렁거린다. 소중히 여겨 온 성역이 흙발로 짓밟히는 걸 본 기분이었다.

그녀의 렌즈가 주시하고 있는 대상은 사람들에 둘러싸여 보이지도 않는데, 그는 그 대상에게 전에는 느껴 본 적 없는 맹렬한 적의를 느꼈다. 너무나 격렬하게 끓어오르는 감정에 일순 모골이 다 송연해졌다. 그녀가 다른 사람을 찍는 게 싫었다. 자신을 봤던 식으로 누군가를 보는 게 끔찍하게 싫다. 그리고 나도 이런 식으로 다른 사람에게 나를 드러내고 싶지 않았어. 오로지 그녀의 시선 아래에만 갇혀 있고 싶었다.

그는 자신 안에 있는지도 몰랐던 기묘한 독점욕에 소스라쳤다. 비합리적인 감정이었다.

그녀는 사진가다. 그런 사람에게 나 말고 다른 사람은 찍지 말라고 조를 셈인가? 내게 그런 걸 요구할 자격이 있던가. 그런데도 그러고 싶었다. 그런 식으로 느낄 수 있다는 것 자체가 놀라웠다. 이전에는 한 번도 그녀에게 뭔가를 강요하고 싶어진 적이 없었다. 그에게 서현수는 절대적인 존재였다. 그녀에게 무언가를 요구한다는 것 자체가 불경한 일이었다. 그녀가 하는 모든 것이 옳고, 모든 것이 좋다.

하지만, 다른 곳을 보는 것만큼은 참을 수 없어.

"니, 표정이 와 그라노? 곱상하게 생긴 아가 뭐 그리 섬뜩한 표정을 짓나?"

지효는 흠칫하며 손으로 얼굴을 가렸다. 나는 어떤 표정을 하고 있었던 걸까. 가슴 한구석이 선득했다.

"그렇게 찡그리지 마라. 차라리 무표정하게 있는 쪽이 낫다."

"……."

"그래, 차라리 그라고 있어라. 야, 여그 옷 다시 갈아입히라. 다시 찍자."

그의 거부감과는 상관없이 결과물은 꽤나 그럴싸하게 나왔다. 그다음 날, 기념이라며 그녀가 건네준 세 장의 사진 속에는 자신이라고는 믿을 수 없을 정도로 세련된 남자의 모습이 담겨 있었다. 어색하게 사진을 내려다보는 그에게 그녀는 명함 한 장을 더 내밀었다.

"이게, 뭐예요?"

"네 사진 찍어 준 사람 명함이야. 너한테 전해 주라던데?"

그는 당황한 얼굴로 그녀를 바라보았다.

"저한테 왜요?"

"왜겠어. 네가 마음에 들어서 그런 거지. 너 모델 해 볼 생각 없는지 물어봐 달라더라."

그녀가 피식 웃으며 말했다.

그는 멍하니 눈을 깜빡였다. 오늘도 피곤한 얼굴로 어깨가 처져서 들어온 그녀는 막 뜨거운 물로 샤워를 하고 나와 캔 맥주를 따고 있었다. 시원하게 맥주를 벌컥벌컥 들이켠 현수가 특유의 가벼운 말투로 말을 이었다.

"네 사진, 브랜드 담당자 쪽에서 마음에 들어 했나 봐. 선배도 널 좀 더 써 보고 싶다고 하고. 생각 있으면 그리로 연락해 달래."

"어……."

그는 손에 쥐어진 명함을 멍하니 내려다보았다.

깔끔한 종이 위에 단정한 필체로 새겨진 이름, 윤태식. 패션 전문 포토그래퍼. 그는 멀뚱히 눈만 깜빡거렸다. 원래 빠릿빠릿한 편은 아니었지만, 이 순간만큼 제 머리가 둔하게 느껴진 적은 없었다. 명함. 사진. 모델.

"어……, 그러니까……."

"왜? 당황스러워?"

어물거리기만 할 뿐 별다른 액션을 취하지 못하는 그를 보며 재미있다는 듯 그녀가 씩 웃었다. 그는 어색하게 고개를 끄덕거렸다.

"좀…… 갑작스러워요."

"그렇게 의외의 제안도 아니잖아. 어제 선배 태도를 봤을 때, 무릎이라도 꿇을 기세던데."

"그건, 촬영이 급해서……, 대타가 필요해서 그런 거라고만……"

"야, 급해도 그렇지, 아무나 데려다 쓸 것 같아? 그래 봬도 그 사람, 이 쪽 업계에선 알아주는 찍사야. 고급 브랜드 촬영도 속속들이 도맡아 하고 있는 실력자라고. 다 싹수가 보이니까 들이대고 그러는 거지."

그는 별다른 대꾸도 않고 명함만 지그시 내려다보았다. 그게 뭔가를 위협하기라도 하는 것처럼. 그런 그의 모습에 그녀가 슬쩍 인상을 찌푸렸다.

“별로 안 내켜?”

“그런 게 아니라…….”

그는 자신의 기분을 명확하게 말로 설명할 수가 없어 어설프게 어물거리기만 했다. 어떤 반응을 보여야 하는 건가. 그녀가 흔쾌히 “한번 해 보지그래?”라는 가벼운 말로 그를 다른 사람의 카메라 앞에 밀어 넣었을 때와 비슷한 기분이 엄습해 왔다.

스스로가 느끼기에도 비합리적인 실망감이었다. 그는 자신이 느끼는 감정을 드러내지 않으려 애쓰며 침착한 음성으로 물었다.

“……현수 씨는 어떻게 생각해요?”

“어?”

“내가 이 일 했으면 좋겠어요?”

“뭐야.”

실없는 소리라도 들은 것처럼 그녀가 피식 웃었다.

“내 생각이 뭐가 중요해. 네가 하고 싶으면 하는 거지.”

“그래도 알고 싶어요. 현수 씨는 내가 어쩌면 좋겠어요?”

“참내.”

평소보다 집요한 물음이 의아하다는 듯, 그녀가 힐끔 그를 바라보았다. 그러다 곧 찡그리는 건지 웃는 건지 알 수 없는 애매한 표정을 짓는다.

“나쁜 일은 아니라고 생각해. 네 적성에 맞을지는 의문이지만, 그래도 흔치 않은 기회잖아. 너도 알바 찾느라 애먹고 있었겠다, 타이밍도 딱 좋지 않아?”

“…….”

“게다가 그 사람, 내 선배고 하니까 너 좀 챙겨 달라고 부탁할 수도 있고. 그러면 나도 맘이 좀 놓이지. 내가 단련시켜 준 덕에 카메라에도 꽤 익숙해졌잖아. 자신이 없어서 망설이는 거면 시험삼아 한번 해 봐. 안 맞는다는 생각이 들면 그때 관둬도 되니까."

문뜩 제 말투가 너무 강요하는 것처럼 느껴졌는지, 그녀가 좀 머쓱한 미소를 머금었다.

"정 싫으면 별수 없지만, 내 생각엔 괜찮을 거 같아."

"……할게요."

그는 명함을 살며시 그러쥐며 나지막이 대꾸했다. 그녀가 어이없다는 듯 고개를 설레설레 내저었다.

"야, 그러니까 내가 꼭 강요해서 억지로 하는 거 같잖아."

"그런 거 아니에요. 현수 씨 말대로…… 나쁜 제안은 아니잖아요. 잘할 수 있을지 자신은 없지만."

속마음을 들여다보려는 듯 그녀의 새치름한 눈이 슥 가늘어졌다. 제 안에서 들끓고 있는 어두운 감정을 들키고 싶지 않아 그는 그 시선을 살짝 피했다. 그리고 애써 밝은 목소리로 말했다.

"그리고 스튜디오에서 일하면, 현수 씨랑 더 자주 같이 있을 수 있잖아요."

"그게 뭐야."

실없는 농담이라도 들은 것처럼 그녀가 가볍게 웃어넘긴다. 그런 반응에 기분이 상하진 않았다. 좋아한다고, 당신과 같이 있고 싶다고 앵무새처럼 반복하는 말을 귀엽다는 듯 웃어넘기는 그녀의 반응은 이제 새삼스러울 것도 없다.

하지만 이전과는 다르게 신경이 팽팽하게 당겨지는 듯한 기분이 들었다. 그는 그 날 선 감정을 감추며 조심스럽게 웃어 보였다.

"생각해 보니까 나쁘지 않네요. 출근할 때 같이 나가면 되고, 또 끝나면 같이 집에 들어올 수 있잖아요."

"우와, 얘 동기 불순한 거 봐라. 민지효 씨, 진지하게 못 해? 진지하게."

"그치만, 모델이라고 해도 별로 현실감도 없고……. 지금은 그게 제일 중요하게 느껴져요. 현수 씨랑 같이 있을 수 있는 거."

적어도 그건 진심이었다. 그녀가 슬쩍 미간을 찌푸렸다. 뭔가 쌉싸래한 걸 입에 넣었을 때 짓는 표정이었다.

"근데 너랑 나랑 촬영 스케줄이 안 맞는 날이 더 많을걸?"

장난스러운 미소와 함께 내뱉어지는 그 심술궂은 말에 그는 우울하게 웃었다.

"그래도, 지금보단 낫겠죠."

"이게 도대체 몇 번째야!"

짜증이 극에 달한 남자가 제 분에 못 이겨 결국 벌컥 소릴 질렀다. 그러거나 말거나 현수는 시큰둥한 얼굴로 보조에게 지시를 내렸다.

"다시 세팅해 줘요. 조명 레벨도 조금 낮추고요."

"사진 몇 장 찍는 데 대체 얼마나 걸리는 거냐고!"

"그쪽이 어울리지도 않는 그 멍청한 표정 좀 관둬 준다면, 3분 안에 끝내 줄 수 있어요."

진심으로 그래 주길 바라고 한 말이었건만, 애석하게도 남자의 얼굴은 험악하게 굳어지기만 했다. 현수는 촬영이고 뭐고 다 내던지고 나가고 싶은 걸 꾹 참았다.

네가 그러면 그렇지, 하며 빈정거릴 박선우의 얼굴이 머릿속에 떠올랐다. 꼭 그 때문이 아니더라도, 제 성질머릴 어쩌질 못해 일을 내팽개칠 만큼 철없는 나이는 아니었다. 때문에 그녀는 티끌만치 있는 인내심을 긁어

모아 상냥하게 말했다.

"카메라를 지금처럼 필요 이상으로 의식하지 말아 달란 말이에요. 그거 진짜 못 봐 줄 정도로 부자연스럽다고요. 최소한 남 보기 거북한 얼굴은 아니어야 하잖아요."

"본인이 실력 없는 걸 지금 내 탓으로 돌리는 거야?"

남자의 얼굴이 붉으락푸르락해졌다.

그녀는 한숨만 내쉬었다. 애초에 상대는 협조할 생각 따윈 눈곱만큼도 없어 보였다. 물론, 이쪽의 말하는 방법에도 문제가 있지만. 유명 댄스 가수인 태후는 자신의 3집 앨범 포스터 촬영을 유명 포토그래퍼인 박선우가 맡는 줄로만 알았던 모양인지, 듣도 보도 못한 새파란 여자가 나와 이래라저래라 하는 것에 있는 대로 성질이 난 상태였다. 촬영 내내 삐딱하게 굴던 남자는 이젠 반말까지 해 대며 짜증에 짜증을 부려 댔다.

그녀는 목까지 올라오는 욕설을 삼켰다. 스튜디오에 들어온 지 채 한 달이 안 되어 메인 카메라를 잡기 시작했다. 옛날에 같이 일했던 스태프들은 그녀의 과거 실적을 아는지라 군말 없이 따라와 줬지만, 의뢰처의 반응은 달랐다. 뚜렷한 이력 하나 명시되지 않은 사진가를 밑도 끝도 없이 신뢰해 줄 턱이 없었다.

"젠장! 집어치우고, 박선우 불러! 이게 몇 시간째야!"

그리하여 이처럼 고약한 현실이 눈앞에 펼쳐진 것이다.

"애초에 박선우가 찍기로 한 촬영이었잖아! 왜 생판 처음 보는 삼류 카메라맨한테 내가 찍혀야 하냐고!"

"이 촬영, 걔가 하기로 확정된 건 아니었다고 들었는데요."

물론 그 비슷한 말이 오가기는 했겠지. 그녀는 씨알도 먹히지 않을 걸 알면서도, 잔뜩 화난 얼굴의 남자에게 당당하게 말했다.

"걔보다 내가 훨씬 잘 찍어요."

"하!"

당연히 냉랭한 불신의 반응만 되돌아왔다. 아니, 그 이전에 기가 막힌 얼굴이었다. 어찌나 노골적으로 코웃음 쳐 주시던지, 그 표정이 차가워 보이는 얼굴을 제법 재미있게 흐트러뜨렸다.

"지금 나랑 농담 따먹기 하잔 거야, 뭐야!"

씩씩거리는 남자는 꼭 영화 속에 나오는 깡패 같았다. 멀끔한 얼굴로 잘도 이런 흉포한 표정을 짓네. 그녀는 눈을 깜빡거리다가 카메라를 조정했다. 찰칵 소리와 함께 플래시가 터졌다. 최악의 타이밍이었는지 남자가 버럭 소릴 질렀다.

"지금 나랑 장난하자는 거야? 하! 다 집어치워! 여기 아님 스튜디오가 없는 줄 알아? 형, 차 대기해! 나 안 해."

"5번 조명, 레벨 낮춰 주세요."

"지금 사람 말 씹는……!"

"에이 씨! 좀 가만히 있어 봐요! 나도 퇴근 좀 하게!"

누군 소리 지를 줄 모르나.

어안이 벙벙한지 남자가 움찔했다. 그사이에 그녀는 초점을 맞추고 구도를 조금 변경했다. 오래 걸리진 않았다. 약이 바짝 올라 얼굴을 잔뜩 일그러뜨리고 있는 남자를 렌즈 안에 담아낸 뒤, 셔터를 눌렀다. 찰칵. 찰칵. 애써 쿨한 척 어설프기 그지없는 시니컬한 표정이나, 섹시한 척하며 나른하게 짓던 미소가 사라진 얼굴은 꽤나 거칠어 보였다.

불처럼 화난 눈빛. 짜증이 어린 오만한 표정. 심기가 불편한 귀족 도련님처럼 버릇없어 보이기도 하고, 삐뚤어진 사춘기 소년처럼 반항적으로도 보이는 표정이었다. 두세 번 더 플래시를 터뜨리기까지, 채 3분이 걸리지 않았다.

"다 찍었어요. 이제 가도 돼요. 자, 정리합시다."

"뭐, 저런 게 다 있어!"

남자가 발치의 물건을 거칠게 걷어차더니 휙 돌아서 스테이지를 걸어 나갔다. 곧바로 매니저가 그 뒤를 쫓았다. 그러거나 말거나 그녀는 후련한 얼굴로 장비를 정리하기 시작했다.

"니는 와 남의 승질을 안 긁으면 몬 찍나?"

"선배."

카메라를 정리하던 손을 멈추고 뒤돌아서니 멀뚱히 서 있는 태식이 눈에 들어왔다. 좀 전의 실랑이를 다 지켜보고 있었던 듯 질린 얼굴에 대고 그녀는 짐짓 느긋한 미소를 지어 보였다.

"그야 진심으로 웃게 하는 것보다 진심으로 화나게 하는 게 더 쉬우니까 그렇지."

"그 배배 꼬인 성격은 어째 고쳐질 기미가 안 보이는구마."

그녀는 씩 웃어 보이기만 했다. 어지간히도 얄미워 보인다는 걸 잘 알고 있는 미소였다. 남자는 고개를 설레설레 내젓더니 한숨을 푹 내쉬었다.

"타고난 걸 어쩌겠노. 생긴 대로 살아야제. 나와라. 커피나 한잔하자."

남자가 툭툭 어깨를 두어 번 치더니 대답도 듣지 않고 돌아섰다. 그녀는 슬쩍 인상을 찡그리다 뒷정리를 부탁하곤 그를 뒤따라 나갔다.

"커피 한잔하자더니, 기껏 인스턴트커피야."

"이거면 됐제, 뭘 더 바라노."

투덜거리는 그녀에게 태식이 김이 모락모락 올라오는 머그컵을 건넸다. 까만 액체에서 진한 커피향이 올라왔다. 그걸 한 모금 들이켜며 어지럽게 쌓인 책을 옆으로 밀어 두고 소파 위에 털썩 앉았다. 태식의 사무실은 그녀의 아파트 못지않게 어수선했다. 다만, 고급스럽고 세련된 인테리어 덕분인지 이런저런 책들이 널려 있는 게 좀 멋스럽게 보였다. 그녀는 적당한 크기의 사무실을 쭉 둘러보다가 쪼르르 제 커피를 마저 따르는 그의 등에 대고 물었다.

"그래서? 진짜로 커피나 주려고 부른 건 아닐 테고. 용건이 뭐야?"

"가스나, 말본새 봐라."

"진짜 궁금해서 그러는 거야."

"뭐, 별건 아이다. 이거 나왔는데, 니 보여 줄라고."

태식이 테이블 위에 쌓여 있는 잡지 중 한 권을 펼쳐 내밀었다. 얼마 전에 지효가 대타로 들어갔던 잡지의 최신호였다.

"그기, 어제 나온 기다. 생각보다 억수로 반응이 좋다."

"흐음, 진짜 속전속결로 나왔네."

지효가 실린 건 단 두 페이지였다. 전신 컷이 한 장, 세미 컷이 한 장. 자신의 초라한 아파트에서 살고 있는 생물이라고는 믿을 수 없을 정도로 고급스러운 분위기의 남자가, 무표정한 눈으로 정면을 응시하고 있었다. 세련된 옷차림과 아름다운 얼굴. 그 얼굴을 부드럽게 감싼 연갈색 머리칼 사이로 유리알 같은 눈동자가 흐릿하게 빛난다. 고혹적인 눈길. 남자는 단순히 세련된 걸 넘어서 오묘한 분위기를 자아내고 있었다.

그녀는 살짝 인상을 찡그렸다. 일을 다시 시작한 뒤로 그와 느긋하게 지내는 시간은 거의 사라지다시피 했다. 그래서 그런지 사진 속의 민지효가 더욱 낯설게 느껴졌다.

"와? 하라 부추길 땐 언제고 막상 내한테 줄라카니 아깝나?"

뜬금없는 말에 그녀는 고개를 들어 올렸다.

"갑자기 뭔 소리야."

"표정이 그게 뭐고. 흥이 식은 얼굴이다."

그녀는 눈을 동그랗게 떴다. 무의식중에 한 손으로 제 입가를 만져 굳어 있는지 확인했다. 실제로 제가 어떤 표정을 짓고 있었는지 확인할 수는 없었다. 남자가 떠보듯 물었다.

"이 머스마, 참말로 내가 써먹어도 되겠나."

"말투가 뭐 그래."

그녀는 잡지책을 덮어 테이블에 올려놓으며 짐짓 너털웃음을 흘렸다.

"지효가 하겠다고 한 거잖아. 내 허락이 왜 필요해?"

"니가 찜해 놓은 아 아이었나, 이 말이다."

그녀는 슬쩍 미간을 모았다. 대체 어떤 의도에서 하는 말인지 명확히 파악할 수 없어 뜸을 들이자 태식이 먼저 말을 이었다.

"니, 인자 진지하게 일 시작한 기 아이가. 이만한 인물이 어디 흔하겠나? 니도 눈깔이 있음 욕심나겠제. 근데 내한테 이래 쉽게 양보하고 나중에 후회하지 않을 자신 있나?"

"양보? 내가 선배한테 지효를 양보한 거야?"

그녀는 고개를 설레설레 저으며 헛웃음을 흘렸다.

"걔랑은 사진 다시 시작하기 전에 만난 거야. 나만의 뮤즈로 삼으려고 한 게 아니라고. 나 신경 쓸 거 없어."

그럼 걔가 너한테 대체 뭔데? 그렇게 물으면 마땅히 대꾸할 말은 없다. 현수는 살짝 눈길을 피했다. 그 역시 집요하게 파헤칠 생각은 없는지, 어깨만 한 번 으쓱했다.

"하긴, 니는 곱상한 머스마는 밍밍해서 찍는 재미가 없다캤었제? 니나 박가나 고런 덴 별나게 까다롭다니께."

바로 동의하기에는 찔리는 구석이 있다. 지효를 찍은 필름만 한 꾸러미이지 않던가. 그녀는 괜히 딴청을 부리며 물었다.

"그럼 선배 눈에는 다르단 소리야?"

"암, 쓸 만하다. 그 머스마가 니 취향은 아니겠지만서도, 내한테는 뭐

랄까……. 굳이 정하몬, 그런 놈이 내가 생각하는 이상적인 모델일 기다."

말을 돌리려고 내뱉은 물음에 의외의 대답이 돌아왔다. 그녀는 눈을 가늘게 떴다. 맘에 들어 하는 건 알고 있었지만 예상 이상의 평가였다. 의아해하는 기색을 읽었는지 태식이 피식 웃었다.

"내는 니나 박가 놈이랑은 다르다. 내가 집중하는 건 상품이지, 인간이 아이다. 오히려 물건을 돋보이게 해 주는 소품이제. 근데 이 바닥에는 필요 이상으로 개성이 강해가 완전히 제 스타일로만 만들어 삐는 아들이 대부분 아이가. 그런 게 가끔은 거추장스럽다. 그렇다고 또 평범하고 못난 놈을 가지고 찍으면 재미가 없제. 옷이 죽어 보이면 말짱 황 아이가."

그가 느긋하게 말을 이었다.

"적절한 선을 찾기가 참 힘들단 말이제. 그럴싸하게 생긴 놈치고 '자기'가 없는 놈은 또 없거든. 지가 잘난 줄 아는 인간은 자의식이 강하기 마련 아이가. 이래 생겼든 저래 생겼든, 모델이라는 놈치고 못난 놈 봤나? 어떤 이유로든 사람의 시선을 끄는 인간이란 대개 존재감이 있제. 마, 그라지 몬한 인간은 애초에 모델 일을 해 먹지도 못하겠지만 말이다."

"근데…… 지효는 다르단 얘기?"

"가한테는 '자기'가 없다."

그 말이 이상하게 뇌리에 박혔다. 태식은 담담하지만 어딘지 모르게 격양된 어조로 말을 이어 갔다.

"뭐 하던 놈인진 모르겠지만서도, 참 묘하데. 그리 생긴 놈이 존재감이 희미하다. 갸한테 무표정하게 있으라캤더니, 정말로 무표정하게 있더라. 진짜로 무無표정이었다. 표정이 없어지더란 말이다. 그게 말이 되나? 무표정도 표정이다. 알게 모르게 뭔가 남아 있게 마련이제. 근데 무기물처럼 단조로운 얼굴로 서 있는데, 나중에는 내가 사람을 찍고 있는 기 맞나 싶어 등골이 다 서늘했다."

그의 목소리는 차분했지만 거기에는 짙은 흥미가 어려 있었다.

"사람다운 색깔이 그맹키로 희미한 놈은 오히려 드물 기다. 미의 조건을 모두 완벽하게 갖추고서도 그러기는 정말 힘들제. 엄밀히 말하몬, 난 그 아를 근사한 마네킹으로 사용하고 싶은 거지, 피사체로 쓰고 싶은 기 아이다. 시키는 대로 자세를 잡고, 그 소름 끼치도록 곱상한 얼굴로 지가 입은 옷을 더없이 고급스럽게 연출해 내 주기만 하면 충분하다. 내한테는 그야말로 이상적인 모델인 셈이제."

"……마네킹으로서 말이지."

"와? 그 표현이 기분 나쁘나?"

"좋게 들리진 않네."

"마, 딱 한 번 묘한 표정을 짓긴 하더만……."

남자가 커피를 홀짝이더니 힐끔 그녀를 내려다보았다. 그의 얼굴에 복잡한 무언가가 스쳐 지나갔다. 그녀는 슬쩍 인상을 찡그렸다.

"무슨 표정이었는데?"

"모르겠다. 그게 어떤 의미였는지는……."

그렇게 말끝을 흐리고는 분명하게 덧붙였다.

"하여간에 나로서는 별로 찍고 싶지 않은 종류의 것이었다."

언뜻, 카메라를 빨아들일 듯 어둑하고 진득한 감정들에 취해 기묘하게 일렁거리던 지효의 눈이 떠올랐다. 섣불리 카메라 안에 담아내기에는 어딘가 어그러진 구석이 있는 그 모습. 태식이 본 게 무엇이었든지 간에 잔잔하고 고요한, 그 가면 같은 얼굴 너머에 담겨 있는 표정 중 하나였을 것이다. 그게 뭔지 알고 있다고 말하는 대신에 그녀는 인상만 찡그려 보였다.

모르는 척하는 이유는 스스로도 알 수 없었다. 나는 걔를 밀어내고 싶은 건가. 독점하고 싶은 건가. 정말로 모르겠다. 그녀는 그새 미지근하게 식어 버린 커피를 벌컥 들이켰다.

#9장

"으음……."

다리 사이에 축축하고 물컹한 뭔가가 스멀스멀 기어들어 왔다. 그녀는 베개 속에 뒤통수를 파묻은 채 짜르르 울리는 감각을 따라 허리를 휘었다. 무심결에 몸을 뒤로 빼려는데 커다란 손이 허벅지를 꽉 움켜쥐고 아래로 끌어당겼다. 그 억센 손길에 졸음에 잠긴 눈을 겨우겨우 떴다. 좁은 창문을 뚫고 들어온 희미한 빛이 그들의 몸 위에 흐린 그림자를 드리우고 있었다. 그녀는 인상을 찡그렸다. 싸한 방 공기에도 불구하고 몸은 습한 더위로 끈적끈적하게 젖어 있었다.

'……몇 시지?'

잠이 덜 깬 채로 눈을 깜빡거리길 몇 번, 여성 안으로 뭔가가 꾸물꾸물 밀고 들어오는 게 느껴졌다. 그녀는 움칠, 발가락을 오므리며 낮은 신음 소리를 토해 냈다. 고개를 들어 아래를 내려다보니 기이할 정도로 아름다운 얼굴이 제 다리 사이에 파묻혀 있다. 그 퇴폐적인 광경에 순간, 온몸의 솜털이 꼿꼿이 일어섰다. 움찔하길 잠깐, 그녀는 곧 꽉 잠긴 음성으로 투덜거렸다.

"아침부터 뭐 하는 거야? 너 때문에 어제 몇 시간 자지도 못했다고."

"……깼어요?"

"깼어요? 참나, 네가 이러고 있는데 잘도 자겠다……. 넌 졸리지도 않니?"

"원래 밤잠이 없는 편이라서……. 자는 시간이 아깝기도 하고요."

잘근. 밤새 지분거린 덕에 퉁퉁 부은 살점에 남자가 이를 세웠다. 그녀는 입술을 깨물었다.

"하지 마……. 아파……."

"미안해요. 너무 셌나."

그의 말투는 언제나처럼 정중하고 조심스러웠다. 하지만 혀를 길게 빼고서 제가 잘근거린 부위를 쓱쓱 핥아 내리는 행동은 예의 바른 것과 거리가 멀었다. 그녀는 베개 속에 한쪽 얼굴을 파묻으며 끙, 하고 낮은 신음을 삼켰다. 보드라운 머리칼이 허벅지 안쪽을 스칠 때마다 그 간지러움에 짜르르 아랫배가 조여든다.

"아직도 아파요?"

"조금 쓰라려."

"여기요?"

긴 손가락이 퉁퉁 부어오른 살점을 조심스럽게 문질렀다. 그녀는 살짝 그의 머리를 밀어냈다.

"됐어. 이제 그만해. 밤새 해 놓고도 그럴 기운이 있니? 나 오전에 촬영 있단 말이야."

"싫어요. 나는 모자란단 말이에요……."

남자는 그렇게 말하고는 도로 허벅지 사이에 고개를 파묻어 버렸다.

기가 막혀 헛웃음을 흘린 것도 잠시, 꿈틀거리는 입술이 아플 정도로 예민해진 부위를 빨아들이자 절로 갈라지는 듯한 신음 소리가 새어 나왔다.

"야, 나 진짜 힘들어……."

허리를 꾸물거리며 벗어나려 하자 남자의 팔이 제 어깨에 걸쳐 두었던 두 다리를 단단히 붙잡았다. 유난히 강압적인 태도가 좀 당황스러웠다. 남자가 물고 있던 살점을 더 세게 빨아들인다. 헉, 하고 숨을 들이켜며 거의 본능적으로 남자의 머리를 밀어냈지만, 마치 밥그릇에 고개를 처박고 있는 사냥개처럼 옴쭉도 하지 않았다.

"지효야……. 으, 으읏……!"

"……현수 씨."

촉촉하고 더운 입김이 달아오른 살점에 훅훅 와 닿았다. 날름, 끈적한 혀가 거길 건드린다. 휘감고 길게 빨아들인다. 그녀는 자르르 몸을 떨었다. 밀어내려고 내밀었던 손가락은 어느새 보드라운 머리칼을 움켜쥐고 있었다. 푸르스름한 빛 속에 그녀의 숨이 수증기처럼 뽀얗게 흩어졌다. 점점 아랫배로 몰려드는 감각에 그녀는 지그시 눈을 감았다. 길게 뻗은 다리에 빳빳하게 힘이 들어가고, 발가락은 부채처럼 쫙 펼쳐졌다. 이불 속에 파묻혀 꿈틀거리길 몇 번, 입에서 숨넘어가는 듯한 신음 소리가 터져 나왔다.

"……갔어요?"

이불 속에 얼굴을 파묻고 숨을 고르는데, 남자가 낮게 가라앉은 목소리로 물어 왔다. 시선을 내리자 그가 다리 사이에 엎드려 누운 채로 희미하게 미소 짓고 있는 게 보였다. 축축이 젖어 번들거리는 입가. 성적 흥분으로 달아오른 얼굴. 불규칙한 숨소리. 앤 정말, 기분 나쁠 정도로 예쁘게 생겼다. 그리고 저도 제가 예쁜 줄 알아, 요즘엔 화를 낼라치면 요망할 정도로 달달한 미소를 지어 김빠지게 만들었다.

'곰 같은 녀석이었는데 어째 점점 약아지네.'

"느꼈죠? 현수 씨……, 완전히 젖었어요."

"이 변태야. 뭘 집요하게 묻는 거야. 아침부터 자는 사람 붙들고……"

"그래도 좋았잖아요. 이렇게 젖을 정도로……."

"얘가 갈수록……. 읏……. 야! 그만하라니까!"

"현수 씨 신음 소리, 너무 귀여워요."

그가 다리 사이를 손가락으로 지분거렸다. 남자 것치고는 좀 가느다란 손가락이 쑥, 젖은 통로로 밀고 들어왔다.

"끈적끈적……. 너무 야하다."

"네가 더 야해!"

그가 슬쩍 웃었다. 하지만 올려다보는 남자의 흐릿한 눈동자에는 웃음기 하나 없었다.

"……현수 씨가, 그렇게 만들었잖아요."

"지금 내 탓 하는 거야?"

"응. 현수 씨 탓이야. 이렇게, 이렇게 좋은데…… 내가 어떻게 참아요. 너무 좋아서, 좋아서……. 아, 현수 씨는 진짜 예뻐요."

그가 두서없는 말을 내뱉으며 열정적으로 매달려 온다. 허리를 휘감은 단단한 팔에 좀 아플 정도로 힘이 들어갔다. 그의 달뜬 숨이 배꼽 언저리를 간지럽혔다. 연체동물처럼 미끈미끈하고 축축한 피부가 눅진하게 들러붙으며 느릿느릿 마찰했다. 그녀는 눈을 내리감았다. 짜릿한 감각의 파도가 밀려온다. 좀 버겁게 느껴질 정도로 기분이 고조되었다.

"너무 좋아요. 현수 씨 신음 소리도, 내가 해 줘서 젖는 것도, 여길…… 이렇게 조이는 것도, 느끼는 표정도. 전부 다. 다 너무 좋아요."

"나 힘들다니까……."

"한 번만요. 한 번만……."

길고 단단한 손가락이 몸속으로 조심스럽게 들어왔다 나가길 반복했다. 그가 말랑말랑한 아랫배에 입술을 누르다 살짝 깨물고 빨았다. 도취된 것처럼 흐릿한 눈이 황홀하기 그지없는 무언가를 보듯 저를 올려다본다. 세상에서 가장 특별한 무언가를 바라보는 듯한 시선이었다. 그 맹목적인 눈길이 머릿속에 난 틈을 빠듯이 채운다.

"지효야……."

"현수 씨는 가만히 누워 있어요. 내가 알아서 할게요. 그냥 누워만 있어요."

"너 진짜……."

"응? 조금만."

보채는 듯한 음성에 그녀는 짐짓 인상을 써 보았다. 하지만 이미 발동이 걸린 남자의 눈엔 별로 위협적으로 보이지도 않는 모양이었다. 그의 긴 손가락이 무서운 기분이 들 정도로 깊숙이 들어온다. 남자의 팽창한 남성이 다리에 와 닿았다. 그 흥분한 살점을 노골적으로 문지르며 그가 헐떡였다.

"이렇게 하면 기분 좋다는 거, 현수 씨가 알려 줬잖아요."

"아…… 으……."

"이렇게 만지면, 닿으면 좋아진다는 것도."

남자의 눈이 어둡게 가라앉았다. 안개 낀 날 어둑한 하늘처럼, 탁하게 흐려진다. 그가 교묘하게 안을 문지르던 손가락을 빼냈다. 그러고는 양옆구리에 허벅지를 끼우고서 단단하게 발기한 페니스를 밀어 넣었다. 부듯하게 안을 채우는 감촉에 그녀는 가늘게 허덕였다. 그가 양손으로 골반을 꽉 움켜쥐고서 허리를 움직이기 시작했다. 그녀는 이불을 쥐어뜯으며 눈을 감았다. 그의 목소리가 좀 더 또렷하게, 좀 더 흐릿하게 들린다.

"현수 씨가 알려 준 거잖아요. 이렇게 이어져 있으면 외롭지 않다고…….”

살갗이 찰박찰박 부딪히는 소리가 귓가에 들려왔다. 낭창낭창한 몸이 제 위에서 우아하고 애처롭게, 조금은 난폭하게 꿈틀거린다. 그녀는 손을 뻗어 그의 어깨를 붙잡았다. 촉촉하게 젖은 그의 눈이 점점 아득하게 가라앉는다.

“현수 씨 말이 맞아요. 정말, 정말, 좋아요. 미칠 것 같아……. 현수 씨, 좋아해요. 계속…… 이렇게 있고 싶어. 죽을 때까지…….”

그녀는 아찔한 오르가슴에 질끈 눈을 감았다. 쾌락에 들뜬 그의 음성은 울먹이는 것처럼 들렸다. 어깨 언저리에 쏟아지는 야릇한 신음 소리. 마치 물에 빠진 사람이 지푸라기를 잡듯, 절박한 동작. 그가 숨이 턱까지 찬 사람이 산소를 들이마시는 것처럼 자신을 요구해 온다. 그녀는 그의 등을 안았다. 그가 몸을 떨었다. 녹아내릴 것처럼 눅진눅진해진 몸이 그의 아래에서 짓뭉개지며 침대 속에 반쯤 파묻혔다. 숨 쉬기가 힘들었다. 그녀는 가물거리는 눈으로 그의 일그러진 얼굴을 바라보았다.

넓은 어깨 위로 수증기가 모락모락 피어오르는 것 같았다. 처음 만났을 때부터 느낀 거지만 앤 체온이 높다. 꼭 어린애처럼. 이렇게 몸을 섞을 때면 1, 2도는 더 올라가는 것 같다. 맞닿은 살결이 뜨끈뜨끈하다 못해 머릿속까지 녹일 듯 뜨겁다. 아니, 내가 차가운 건가. 모르겠다. 뇌가 물에 퉁퉁 불은 것처럼 머릿속이 몽롱하다.

‘무거워…….’

그녀는 조금 버겁단 생각을 했다.

좁은 침대에서 샴쌍둥이처럼 붙어 부자연스럽게 바동거리는 이 짓이.

옆자리를 더듬던 그는 텅 비어 있는 것을 깨닫고 벌떡 일어났다. 볕이 잘 들지 않는 그녀의 아파트는 날씨가 흐린 날이면 낮인지 밤인지 분간할 수가 없을 정도로 어두웠다. 그는 현수의 자취를 찾아 두리번거리다가 곧 자신밖에 없다는 것을 깨달았다. 더듬더듬 휴대전화를 찾아 들어 보니, 이미 정오가 다 되어 있었다.

'스튜디오에 간 건가…….'

엉망으로 헝클어진 머리칼을 쓱쓱 쓸어내리며 그녀가 들고 다니는 가방을 찾아보았다. 없는 걸로 보아 나갔나 보다. 그는 어깨를 움츠렸다. 아무도 없는 어수선한 방 안에서 홀로 깨어나는 기분, 참 별로다. 그는 차갑게 식은 발가락을 꼼지락거리며 무릎을 감싸 안았다. 이불 속에 얼굴을 묻고 깊이 숨을 들이마시자 그녀가 쓰는 샴푸 냄새가 희미하게 코를 간질였다.

"계속…… 이렇게 있고 싶어."

지난밤 허덕거리며 그녀의 귓가에 쏟아 냈던 말들이 머릿속에 메아리쳤다.

그는 초조하게 이마를 문질렀다. 그게 내 진심이란 것을 그녀는 알고 있을까. 그녀의 살에 몸을 묻고 그렇게 이어진 채로, 둘이서 한 몸처럼 달라붙은 채로, 떨어져 있고 싶지 않다는 거. 팔다리처럼 그녀를 몸에 붙이고 다녔으면 좋겠다는 생각마저 한다.

그런 뻔뻔스러운 상념을 방해하듯 드륵거리며 휴대전화가 요란하게 진동했다. 그는 몸을 일으켜 휴대전화 액정을 바라보았다. 태식의 전화다. 깊은 한숨을 내쉬고는 느릿느릿 전화를 받았다. 그러자 약간 상기된 목소리가 들려왔다.

– 내다. 저번에 찍은 니 샘플 사진을 보여 줬는데, 반응이 좋다. 지금 바로 스튜디오로 뛰어온나.

그는 귓속으로 흘러들어 오는 말들을 가만히 듣고 있기만 했다. 언제까지고 그러고 있을 수는 없어. 누군가가 그에게 그렇게 답해 준 듯했다.

좁고, 안락한 세계에서 흐르는, 그 온화하고 나른한 시간은 너무나 짧다. 그는 한숨을 삼키며 "곧 갈게요" 하고 대답했다. 태식이 곧 전화를 끊었다. 다시 숨 막히는 정적이 내려앉았다. 그는 방 한구석을 멍하니 응시하다 미적미적 자리에서 일어났다.

기계적으로 샤워를 하고, 옷을 갈아입고, 얼마 전에 새로 장만한 코트를 걸쳤다. 대충 가방을 메고 현관문을 열자 거리에서 밝은 빛이 쏟아져 들어왔다. 그는 슬쩍 인상을 찡그렸다.

생각보다 날씨가 좋았다. 그는 우울한 얼굴로 좁다란 골목길을 빠져나왔다. 발걸음이 이상할 정도로 무거웠다. 꼭 쇠사슬이라도 질질 끌고 가는 것처럼. 그는 파랗게 빛나는 겨울 하늘을 올려다보며 연기 같은 숨을 후우 하고 토해 냈다.

모르겠다.

문밖을 나설 때마다 왜 이렇게 막막한 기분이 드는 건지.

모델의 세계에서 그는 꽤나 운이 좋은 케이스인 모양이었다.

윤태식이라는 패션 전문 포토그래퍼는 국내뿐 아니라 해외에서도 활약 중인 유명 인사로, 그의 눈에 든 것만으로도 그는 꽤 많은 일을 소개받을 수 있었다. 패션지 촬영은 물론, 거의 백 대 일에 해당하는 경쟁률을 뚫고 유명한 광고 포스터의 모델로 발탁되기도 했다. 단 몇 주간의 경력으로 그는 꽤 많은 커리어를 쌓은 셈이다. 그리고 그것은 그가 생각하기에도 실력과 상관없이 인맥으로 이루어진 일이었다.

"너 윤태식 이거라던데, 진짜야?"

그러니 이런 소문이 퍼져도 이상한 일은 아니었다. 그는 무미건조한 눈으로 꽤 여러 번 촬영지에서 마주쳤던 남자를 돌아보았다. 모델답게 키가 큰 남자는 새끼손가락을 척 세우고는 놀리듯 히죽 웃고 있었다.

"네가 윤태식한테 뒤 대 주고 그 광고 채 갔다고, 걔들이 쑥덕거리더라."

남자가 한창 청바지 광고를 찍기 위해 포토라인 안에서 자세를 잡고 있는 두 명의 모델을 가리켰다. 지효는 얼굴을 찌푸렸다. 스튜디오에 들락날락한 지 꽤 되었는데도 그는 사람들의 이름 하나 외우지 못하고 있었다. 사실, 별로 알고 싶지도 않았다. 본래 타인에 대한 관심이 희박한 편이긴 했지만, 지금에 와서는 극단적일 정도로 무관심해져서 아예 주변 사람들의 얼굴과 이름도 인식하지 못하는 지경에까지 이르렀다. 그의 모든 집중력은 오로지 현수에게만 고정되어 버린 것이다.

그의 그런 무미건조한 반응이 심기를 건드렸는지 남자의 입가에서 빈정거리는 듯한 웃음이 사라졌다.

"사실이라서 가만있는 거야, 아님 병신이라서 화도 못 내는 거야?"

"……."

"야, 너 내 이름이나 아냐? 바로 아까도 얘기했었는데."

지효는 슬쩍 눈살을 찌푸리기만 했다. 상대가 자신에게 뭘 원하는 건지 알 수 없었다. 그와 자주 마주쳤다는 건 알지만, 그뿐이었다. 남자에게 일말의 관심도 없을뿐더러, 솔직히 왜 자꾸 말을 걸어오는지도 도무지 이해할 수 없었다.

할 말이 있다면 그냥 하고 가 버려 주었으면 좋겠다. 다른 사람을 상대하는 건 언제나 피곤한 일이었지만, 지금에 와서는 거의 고문에 가까울 정도로 성가시게 느껴졌다. 그런 지효의 무감각한 눈길에 남자의 얼굴이 기묘하게 뒤틀렸다.

"병신 맞네. 내가 너한테 몇 번이나 자기소개를 했는지 아냐?"

"……."

"너 이 일 계속할 생각이면 처세 똑바로 해. 여기 얼굴 반반한 애는 세고 셌다고. 마네킹처럼 가만히 앉아 있는 것도 한두 번이지, 사람들이랑 눈도 안 마주치고, 말도 안 섞고, 뭐라 해도 무반응. 백만 믿고 설치다가 아주 매장당하는 수가 있어."

"……."

"계속 그렇게 재수 없게 굴다간 뒤지는 수가 있다고."

반응을 보이지 않으면 계속 뭔가 험한 말을 할 것 같아 지효는 고개를 끄덕여 보였다. 남자가 어이없다는 듯이 고개를 흔들더니 자신을 부르는 소리에 돌아서 가 버렸다. 지효 역시 촬영을 위해 메이크업 아티스트에게 갔다.

거울 앞에 앉아 대충 옷차림을 점검하는데, 촬영이 끝났는지 그에 대해서 뭐라 쑥덕거리던 남자 둘이 쓱 지나쳐 갔다. 자신을 보며 시시덕거리는 게 그에 대해서 뭔가 안 좋은 말을 하고 있는 것 같았다.

아무래도 좋았다. 그래서 즐겁다면 문제 될 게 뭐가 있나. 그는 정말로 아무래도 상관없었다. 모든 인간들이 마치 유령처럼 느껴졌다. 희뿌연 인물들이 제 주위를 오가며 가끔은 말도 걸고, 지시도 내린다. 그뿐이다. 모든 것이 잿빛으로 바래 버린 듯했다. 사람들의 목소리마저도 불분명하게 들려왔고, 때로는 바로 코앞에 선 사람의 얼굴도 인식하기 힘들었다. 오직 서현수만이 선명했다.

"마, 이제 촬영 시작하자."

그는 지시에 따라 카메라 앞에 가서 섰다. 그저 시키는 대로 따를 뿐이었다. 차라리 진짜 인형을 가져다 쓰는 게 더 낫지 않을까. 이런 무의미한 일로 얼마간의 대가를 받는다는 게 좀 미안하기까지 했다. 남들이 대단하다고 말하는 광고에 뽑혀도 별 감흥은 없었다.

마치 어항 속의 열대어가 된 기분이다. 하늘하늘 꼬리를 흔들며 멍청한 얼굴로 어항 속을 헤엄치고 있으면, 사람들이 와서 구경한다. 먹이를 얻기 위해 그는 미지근한 물속을 유령처럼 부유하고 있기만 하면 되는 것이다. 매일매일이 그렇게 무의미했다.

그리고 그 모든 게 진행되는 동안, 그는 억지로 학교에 나온 초등학생처럼 집에 가고 싶다는 생각만을 반복했다. 그녀가 있는 집으로 가고 싶다. 어서 돌아가고 싶어.

'지금 집에 가도 없겠지만…….'

그의 눈이 흐릿하게 가라앉았다. 그의 모델로서의 커리어가 쌓여 가는 것 이상으로, 현수의 커리어도 착실하게 쌓여 가고 있었다.

그녀는 점점 바빠졌다. 그리고 그것만큼 그의 신경줄을 자극하는 사실은 없었다. 그녀가 카메라로 다른 사람을 찍는 것을 볼 때마다 궁지에 몰린 듯한 기분은 갈수록 강해져만 갔다. 말로는 설명하기 힘든 기묘한 심리 상태.

그녀가 그 집요한 시선으로 다른 대상을 주시할 때마다, 마치 그녀가 다른 남자와 성교를 나누고 있는 장면을 보고 있는 것 같은 질투심이 끓어올랐다. 미칠 것 같은 망상들이 점차 그의 안에서 부풀어 올랐다. 그녀의 탐욕스러운 눈빛과 쉴 새 없이 번뜩이는 불빛, 얄궂은 미소. 그것을 빼앗아 가는 다른 누군가를 떠올리는 것만으로도 속이 뒤집어지는 것 같았다. 상상만으로도 죽을 것 같은 기분에 사로잡힌다. 아가미로 호흡하는 법을 잊은 물고기가 된 것처럼, 숨이 막혔다.

"뭐 하는 기고! 옆으로 돌아서라카니까는!"

그는 번뜩 고개를 들었다. 날카로운 조명 불빛이 눈꺼풀을 찌른다. 순간적으로 머릿속이 혼란스러웠다.

대체 내가 왜 이렇게 초조하고 고통스러워하는 걸까. 그 허름한 창고에서 깨고 자길 반복하며 매일같이 술 취한 손님들을 상대하고, 술집 여자들의 인형이 되어 주며 근근이 연명하던 시절보다 모든 게 낫잖아. 그런데도 왜 나는…….

그때, 남자가 무어라 큰 소리로 지시를 내렸다. 그는 카메라를 향해 멀건 시선을 던졌다. 눈앞에서 불빛이 번쩍였다. 그 순간, 그의 내부에 똬리를 틀고 있던 무언가가 흉악한 얼굴을 드러냈다. 갑자기 거슬리는 조명들을 전부 깨부수고 카메라를 바닥에 내던져 짓밟아 버리고 싶은 충동이 치솟았다. 그 난폭한 욕구를 참아 내느라 등 뒤로는 식은땀이 맺힐 정도였다. 그는 저도 모르게 팔을 감싸 안았다.

"스톱."

그는 곧바로 그 말을 알아듣지 못했다. 조금 짜증 난 듯, 태식이 목소리를 한 톤 높인 다음에서야 겨우 그를 향해 시선을 옮겼다.

"오늘 와 이리 집중을 몬 하노?"

"……죄송합니다."

"아가 오늘따라 배는 멍하네."

"죄송합니다."

그는 고개를 숙이며 같은 말만 반복했다.

"거참……. 할 수 없제. 잠깐 쉬었다 하자."

뭐라 한마디 하려는 듯 인상을 쓰던 태식이 고개만 설레설레 젓더니 곧 스태프들에게 세트 정비를 지시했다. 포토라인 안에 어정쩡하게 서 있던 지효도 슬그머니 스테이지에서 내려왔다. 그러고는 휴게실을 향해 몸을 돌리는데, 태식이 다가와 어깨 위에 턱 하니 손을 올렸다.

"민지효, 니 요즘 잠 몬 자나?"

"아, 저기…… 조금……."

갑작스러운 질문에 머뭇거리던 그는 곧 솔직하게 답했다. 남자가 후, 하고 한숨을 내쉬었다.

"컨디션 조절하는 기도 일이다. 니 대신할 대타는 쎄고 쌨다. 아나?"

"……."

"따라온나, 커피 한 잔 주께."

남자가 어깨를 한 번 더 툭 치더니 자판기 쪽으로 갔다. 지효는 그의 뒤를 따라 걷다 무심코 다른 모델들이 모여 있는 곳을 바라보았다. 그들이 자신들을 가리키며 무언가를 쑥덕거렸다. 뭐라고 말하고 있을지 어느 정도 예상이 갔다.

"겉만 번지르르하지, 처절한 아들이 많다."

그는 태식을 돌아보았다. 그 역시 모델들의 시선을 눈치채고 있었던 듯했다. 그가 별수 없다는 양 어깨를 으쓱였다.

"어디든 그렇겠지만서도, 이 업계는 참말로 경쟁이 치열하다. 기회는 적고, 지원자가 줄을 섰다 아이가. 어느 놈이 한 발 미끄러지면, 금방 딴 놈이 그 자릴 빼앗아 삐는 게 이쪽 일이다. 한 브랜드와 고정으로 계약해서 일하려면 얼마나 많은 인지도를 쌓아야 하는지 아나? 말만 모델이지, 일이 없어서 알바 뛰는 놈들도 허다하다. 집안이 빵빵해서 재미로 하거나, 슈퍼 모델급이 아닌 이상은 대개 생활이 쪼들리게 돼 있다. 패션지 찍어가 받는 돈 몇 푼으로 묵고사는 건 거의 불가능한 일이고, 쇼케이스나 대형 브랜드 광고 같은 대박을 낚을라몬 실로 어마어마한 경쟁을 거쳐야 하제."

"……."

"그렇게 죽자 살자 해도 안 되는 아들이 허다한데, 설렁설렁 스튜디오에 심부름 왔다가 운 좋게 카메라맨 눈에 든 놈팡이가, 남들 다 달려드는 일거리를 마지못해 받아묵고 있으니 배알이 꼬이겠제."

남자의 목소리에는 신랄한 기색이 가득하다. 비난하는 건가 싶어 그는 낯빛을 흐렸다. 그러자 남자가 입가에 쓴웃음을 머금었다.

"뭐라카려는 게 아이다. 쟈들 신경 쓰지 말란 말이다. 니가 질투 나서 그러는 거니까는."

"저는…… 별로 상관없어요. 저에 대해서 뭐라고 하든……."

"하긴, 니가 뭐 관심 있는 게 있나? 절에서 도 닦다 온 놈도 아니고, 니 맹키로 맹탕인 아는 내 첨 본다."

비난하고 있는 게 맞는 거 같은데……. 뭐라 반응해야 좋을지 몰라 눈가에 주름을 잡는데, 남자가 계속해서 말을 이었다.

"그런 점이 묘해서 써묵고 있긴 한데, 계속 이런 식으로 하몬 니 오래 몬 간다."

지효는 그의 얼굴만 물끄러미 바라보았다. 태식이 자판기에 500원짜리 동전을 넣으며 그를 돌아보았다. 송충이 같은 굵은 눈썹이 한껏 위로 치켜 올라갔다.

"죽기 살기로 달려드는 얼라들한텐 몬 당한다, 이 말이다. 어떻게든 튈라고 발악하는 아들 사이에서, 움츠리지 못해 안달을 하는 니가 얼마나 가겠나?"

"……이제 스튜디오에 오지 말라는 말인가요?"

"니 자를라고 하는 말 아이다. 내는 그냥 니 생각이 궁금해서 묻는 거다."

태식이 그의 손에 김이 모락모락 올라오는 커피를 쥐여 주었다. 그 뜨끈한 감촉에 지효는 움찔했다. 그제야 제 손끝이 파리하게 식어 있다는 걸 깨달았다. 태식이 한층 진지한 음성으로 말했다.

"니, 이 일 하는 기 싫나?"

그는 인상을 찡그렸다.

"모르겠습니다."

"무슨 대답이 그라노?"

뭔가를 더 말하려고 입술을 달싹거렸지만, 무슨 말을 해야 좋을지 알 수 없었다. 그는 김이 모락모락 올라오는 믹스 커피만 뚫어져라 내려다보았다. 남자가 답답하다는 듯 물어 왔다.

"니, 이 일을 하겠다 한 이유가 뭔데?"

현수 씨가 하라고 해서 했다. 그것밖에 이유는 없었다. 그녀가 없는 빈 집에 혼자 있고 싶지도 않았고, 벌이도 없이 그녀의 집에 얹혀사는 것도 미안했다. 때마침 자신에게 주어진 일거리가 이것이었을 뿐이다. 하지만 그렇게 대놓고 대답하면 안 된다는 것 정도는 알고 있었다. 그렇다고 마땅히 그럴싸한 다른 이유를 지어내는 재주도 없어, 그는 남자의 시선을 피하기만 했다. 태식이 한숨을 푹 내쉬었다.

"니, 요즘 정말 괜찮다. 사진 반응도 좋고, 써 보고 싶다는 문의도 꽤 들어온다. 지금 니가 맘만 먹으면, 쟈들이 눈에 불을 켜고 달려들어도 잡을까 말까 한, 그런 기회도 잡을 수 있다. 니가 할 맘만 있으면 말이다."

"……."

"내 허튼 소리 하는 사람 아니다. 니는 더 잘되고 싶은 욕심도 없나?"

"……."

"함 진지하게 생각해 봐라."

지효는 고개를 끄덕거렸다. 자신의 말이 그의 관심을 별로 끌지 못한 걸 눈치챈 태식이 깊은 한숨을 내쉬었다.

'젊은 아가 와 이렇게 무기력하나.'

그는 답답하게 굴지 말라고 윽박지르고 싶은 것을 꾹 눌러 참았다. 그런 게 먹힐 상대가 아니었다. 압박을 가하면 그대로 떨어져 나갈 성격이지.

그는 한숨을 삼켰다. 의외로 애를 먹이는 녀석이었다. 기분 나쁠 정도로 수동적인 태도 때문에 주변인들에게 묘한 반감을 불러 일으키는 것은 둘째 치고라도, 이상할 정도로 주의력이 없어서 집중력을 끌어내기가 쉽지 않았다. 살다 살다 이렇게 만사에 무관심한 녀석은 처음이었다.

'특정인에게는 꼭 그렇지만도 않지만…….'

그 특정인에게 생각이 미치자 지효를 불러낸 진짜 용무가 생각났다. 태식은 주섬주섬 점퍼 주머니를 뒤적거렸다.

"맞다. 이거 보여 줄라고 불렀던 기다."

"이게…… 뭐예요?"

"다음 주에 있을 전시회다. 니 함 보라고. 이 근방에서 열리는 제일 규모가 큰 사진전이다. 꽤 볼 만할 기다. 동기 부여가 될지도 모르고……. 이 일에 흥미가 생길 수도 있지 않겠나?"

지효는 구깃구깃한 티켓과 팸플릿을 무미건조한 눈길로 내려다봤다. 태식이 한마디 덧붙였다.

"우리 소속 카메라 스태프들도 몇몇 참가한 기다. 그날 꽤 많이들 보러 갈 거다. 서현수도 거그에 작품 냈을걸."

"현수…… 씨도요?"

안개 낀 듯 흐릿하던 지효의 눈에 묘한 열기가 어리는 것을 본 태식은 속으로 혀를 내둘렀다. 우연히라도 현수와 촬영이 겹치는 날이면 이 녀석이 유난히 예민하게 군다는 건 조금만 눈치 빠른 사람이라면 다 알아차렸을 것이다.

지금도 그랬다. 달팽이에 버금갈 정도로 조심스럽고 방어적인 녀석이 '서현수'라는 이름이 언급된 것만으로 무방비하게 제 감정을 드러낸다. 태식은 그것을 모른 척하며 건성으로 말을 이었다.

"모르긴 몰라도 서현수 고 기집애라면 상 하나는 꿰차겠제. 꽃다발이라도 하나 들고 가라. 갸도 여잔데 좋아하지 않겠나."

지효의 손이 그제야 티켓을 받아 들었다. 뼈마디가 도드라진 하얀 손이 그걸 꼭 쥐는 것을 보며 태식은 쓴웃음을 삼켰다. 바보가 아닌 이상 모를 수가 없다. 앤 뭔가 비정상적이었다. 이런 맹목적인 감정은 오래가지 못한다. 특히나 그 대상이 서현수라면.

골치가 아파 오는 것 같아 태식은 남은 커피를 모두 들이켰다. 어쨌거나 자신이 개입할 일은 아니었다.

“지효야.”

입구 벤치에 앉아 꾸벅꾸벅 졸고 있던 지효는 번쩍 고개를 들었다. 그 순간 눈앞에서 번쩍하고 플래시가 터졌다. 깜짝 놀라 눈을 휘둥그렇게 뜨는데 키득거리는 웃음소리가 들려왔다. 제 체구보다 커 보이는 점퍼를 헐렁하게 걸쳐 입은 현수가 카메라를 손에 쥔 채 몇 걸음 떨어진 자리에 서 있었다.

“놀랐어?”

“아, 깜빡 졸았나 봐요……. 이제 끝난 거예요?”

그는 벤치에서 일어나 허둥지둥 그녀에게 다가갔다. 그러자 그녀가 차게 식은 그의 뺨과 귀를 만졌다. 너무나 자연스러운 손길에 얼굴이 달아올랐다.

“완전 꽁꽁 얼었네. 너 얼마나 여기서 이러고 있었던 거야?”

“어, 얼마 안 됐어요. 잠깐 바람도 쐴 겸…….”

“바람은 무슨 바람이야. 추워 죽겠구만. 집에 가서 쉬고 있지, 뭐 하러 여기서 이러고 있어?”

“……집에 같이 가려고요.”

그의 목덜미에 꽁꽁 목도리를 여며 주던 손이 멈칫했다. 빤히 올려다보던 그녀의 눈매가 살짝 가늘어졌다. 찡그리는 듯 웃는 듯, 알쏭달쏭한 그런 표정. 그는 괜히 안절부절못하며 변명처럼 덧붙였다.

“밤늦게 여자 혼자서 다니면 위험하잖아요. 골목도 어둡고……. 물어

봤더니 조금 있으면 촬영 끝날 거라고 하길래……."

"참나, 여태껏 잘만 혼자 다녔어."

"요즘 세상이 얼마나 흉흉한데요."

"난 괜찮으니까, 날도 추운데 기다리고 그러지 마. 응?"

살살 달래는 듯한 말투에 절로 얼굴이 굳어진다. 그는 그녀의 손길을 피하며, 뚱하니 대꾸했다.

"……싫어요. 기다릴래요."

"뭐?"

"기다리는 것 정도야, 뭐 어때서요……."

어린애처럼 볼멘 음성으로 내뱉는 말에 그녀가 눈꺼풀을 깜빡인다. 곧 피식 하는 웃음소리가 들려왔다.

"내가 그렇게 좋아?"

그 직설적인 질문에 얼굴이 화끈하고 달아올랐다. 매일 제가 하는 말인데도, 이렇게 대놓고 물어 오니 당황스럽다. 바보처럼 어버버거리던 그는 곧 한 손으로 얼굴을 감싸 쥐었다. 생글생글 장난기 어린 그녀의 얼굴을 피하며 고개를 끄덕였다.

"……좋아요."

수줍어하는 게 재미있는지 그녀가 다시 소리를 내어 웃었다.

"내가 왜 그렇게 좋은데?"

"현수 씨가…… 특별하니까요."

"내가 특별해?"

"……네."

"내 어디가?"

"전부 다요."

"하하, 그게 뭐야."

그녀가 어린애처럼 낄낄거렸다.

"민지효 씨, 이젠 제법 말도 잘하네. 기분도 맞춰 줄 줄 알고."

"……기분 맞춰 주려고 하는 말 아니에요. 진심이에요."

"하하."

"웃지 말지……."

불만스레 내뱉은 말에 그녀가 다시 키득거렸다. 그 웃음소리에 가슴이 간질간질한 것도 같고, 아픈 것도 같다. 다정한 듯 매정하고, 따뜻한 듯 차가운 여자. 그녀는 늘 그를 어지럽게 한다.

"알겠어. 그러니까 그런 표정 짓지 마. 은근 잘 삐친다니까."

"삐친 게 아니라……."

"그래그래."

그녀가 그의 손을 잡아당겼다. 차게 식은 손가락에 제 손가락을 하나하나 얽어매고는 자신의 주머니로 끌어당겼다. 그는 맥없이 끌려갔다.

"빨리 집에나 가자. 차 끊기기 전에."

"……네."

"가는 길에 야참이나 사 갈까?"

그녀가 다정하게 웃었고, 그는 더 깊이 빠져들었다. 바닥없는 호수에 침전하듯. 더 깊이. 더 깊이.

지효는 재촬영을 하기 위해 스튜디오를 다시 찾았다. 지난번 찍은 샘플을 두고 패션에디터와 약간의 의견 충돌이 있었다는 얘기를 전해 들었다. 어쨌든 모델 자체에 문제가 있었던 건 아니었던지라 촬영은 한 2, 30분 만에 금방 끝났다. 그가 느끼기엔 저번 촬영과 뭐가 다른지 알 수 없는 사진 몇 장 찍은 게 전부였다. 하지만 태식은 만족한 얼굴이었다.

"어쩔 기가. 오늘 갈 기제?"

모 브랜드 회사의 광고 촬영이 진행되는 도중에 재촬영이 잡힌 터라, 스튜디오에는 많은 스태프들이 북적이고 있었다. 정신없는 촬영장을 멍하니 바라보던 지효는 곧 태식을 돌아보았다. 일전에 그에게도 한 부 주었던 팸플릿을 태식이 살랑살랑 흔들었다.

"내가 전에 말한 전시회 말이다."

"네. 갈 거예요."

"니 태워다 줄라캤는데, 일이 안 끝나서 힘들겠다. 니 간다고 했으니까 도착하몬 현수한테 전화나 한 통 줘라. 그 기집애도 아침에 여그 오너한테 질질 끌려가더라. 최우수상자이니만큼 오프닝에는 꼭 참가해야 한담서."

"최…… 우수상자요?"

"못 들었나? 아, 하긴 그 가스나가 지 입으로 떠벌리고 다닐 귀염성이나 있나. 내도 오늘 들어 알았다."

그는 눈가를 찡그렸다. 최우수상이면 1등 아닌가? 그녀가 큰 대회에서 상을 탔는데, 당일이 되어서야 알게 됐다는 사실에 가슴 한구석이 선득해졌다. 원체 부정적인 사고방식의 소유자인지라 머릿속에서는 '혹시 일부러 나한테는 얘기 안 한 걸까?' 하는 우울한 생각이 제일 먼저 떠올랐다. 하지만 태식의 말대로, 그녀가 일부러 감췄을 것 같지는 않았다.

'잘해 주는 것에 비해 무심한 사람이니까…… 아마 잊어버리고 있었겠지. 원래 깜빡깜빡 잘하잖아.'

은근히 챙겨 줘야 하는 타입이었다. 만사 대충대충에 건성건성인 터라 먹는 것, 자는 것, 입는 것, 모두 엉성할 때가 많았다. 물건을 깜빡깜빡할 때도 허다하고, 말해 놓고 잊어버리는 것도 많았다. 그리고 일을 하게 된 다음부터는 더 자잘한 데 신경을 안 쓰게 된 듯했다. 아마, 상을 탔다는 사실도 금방 잊어버렸거나, 신경도 쓰지 않았을 가능성이 높다.

'나에게 굳이 말할 필요를 못 느꼈을 수도 있지만…….'

그는 애써 그 자학적인 생각을 지워 버렸다.

"암튼 축하한다고 좀 전해 줘라."

"네, 알겠어요."

"다음에 또 일 있으몬 연락하꾸마."

지효는 고개를 한 번 꾸벅하고는 북적북적한 촬영장을 빠져나왔다. 옷을 갈아입기 위해 대기실로 향하는데 뭔가 이상했다. 문이 활짝 열린 채였다. 항상 잠그고 다니는 건 아니지만 그래도 문단속은 다들 꼼꼼히 하는 편인데…….

의아한 얼굴로 문 앞에 다가선 지효는 흠칫 몸을 굳혔다. 방 안은 태풍이라도 휩쓸고 간 것처럼 엉망이었다. 설마 도둑이라도 들었나.

그는 갈기갈기 찢겨진 천 조각을 주워 들었다. 얼마 전 쇼핑몰에서 산 새 가방이 난도질 된 채 바닥에 나뒹굴고 있었다. 그는 바닥을 둘러보았다. 그의 지갑과 휴대전화, 목도리, 장갑 등등 몇 안 되는 소지품이 모두 흙발로 짓이겨진 채 널려 있었다. 휴대전화는 액정이 박살 난 상태였고, 외투는 커터 칼이나 가위 같은 것으로 마구잡이로 찢어 놓은 듯 엉망이었다.

"처절한 아들 많다."

그는 눈살을 찌푸렸다. 그 노골적인 적의에도 아무런 감흥이 일지 않았다. 조금 의아하기만 했다. 왜 타인에게 이런 식의 무의미한 감정 소모를 하는 걸까. 그저 체념만 하며 살아온 민지효로서는 도저히 이해할 수 없는 행동이었다.

'그보다…… 어쩌지?'

하지만 태어나서 처음 겪는 일도 아니고, 아마 마지막도 아닐 것이기에 그는 금세 궁금증을 털어 버렸다. 누가 이랬는지도 별로 알고 싶지 않았다. 그보다는 당장 입고 나갈 외투가 없다는 게 문제였다. 추운 건 둘째 치고라도, 이대로 그냥 갔다가는 현수가 이상하게 생각할 것이다. 그는 주섬주섬 널브러진 물건들을 주워 들었다. 쓸 만한 건 아무것도 없었다. 휴대전화를 켜 보았지만 잠깐 깜빡이다 다시 꺼졌다. 몇 번인가 시도해 보아도 마찬가지였다.

우선 휴대전화부터 새로 바꿔야 하나. 당장 현수에게 연락할 방법이 없다. 일단 전시회장에 가서 찾아보면 만날 수 있지 않을까? 하지만 그러다 엇갈리면?

그는 버릇처럼 엄지손톱을 잘근 깨물다가 곧 정신을 가다듬었다. 일단 가 보자. 의외로 쉽게 만날 수 있을지도 모른다. 수상자라고 하니까, 주변에 물어보면 안내해 줄 수도 있고……. 그는 그나마 멀쩡한 목도리에서 탈탈 먼지를 털어 내 목에 두른 다음, 다른 물건은 쓰레기통에 쑤셔 넣었다.

지갑을 열어 보니 현금은 물론 카드 한 장 보이지 않았다. 이래서는 꽃다발은커녕, 당장 쓸 차비가 문제였다. 태식에게 돈을 빌릴까 하다가 그는 그냥 가까운 곳에 있는 은행으로 향했다. 다행히 지갑 안쪽의 작은 틈새에 끼워 넣어 둔 신분증은 무사했던 터라 금세 카드를 재발급 받고 얼마간의 현금을 인출할 수 있었다.

그는 곧바로 시내로 나와 욕심껏 제일 큰 장미꽃다발을 사 들었다. 싸구려 외투라도 하나 사서 걸치고 싶었지만 쇼핑을 하기에는 시간이 촉박했다. 그는 너덜너덜한 목도리를 꽁꽁 두르고서 바로 택시를 잡았다. 다행히 30분 안에 도착했다. 그는 꽃다발을 챙겨 들고 요금을 지불했다.

생각보다 전시회장은 컸다. 그는 입구에 걸린 판넬을 올려다보았다. 전시회 제목과 전시 시간이 적혀 있었다. 그리고 수상자 명단도 나와 있었다. 그는 곧바로 현수의 이름을 찾아보았다. 그녀의 이름은 명단 제일 위에 올라와 있었다.

그는 안내 지도를 확인한 뒤, 전시관 안으로 발을 들였다. 실내는 더 크고 넓었다. 너른 대리석 홀에는 관람객들이 꽉 들어차 있었고, 행사 관련자인 듯한 이들도 꽤 보였다. 그중 몇몇은 튀는 외모의 남자가 요란스러울 정도로 커다란 꽃다발을 안고 있는 게 신기했는지 그를 힐끔거리기도 했다.

덜컥 걱정이 앞섰다. 이렇게 사람이 많은데 과연 그녀를 찾을 수 있을까. 어쩌면 이미 전시회장을 떠났을지도 모른다.

'일단…… 찾아보자.'

그는 직원에게 티켓을 건네주고 안내장을 받아 들었다. 차근차근 읽어보니 현수의 전시물은 가장 안쪽에 마련되어 있다고 나와 있었다. 그는 곧장 현수의 작품이 전시된 곳으로 향했다. 사람들이 자신을 힐끔거리는 게 느껴졌지만, 제 부실한 옷차림이나 지나치게 큰 꽃다발 때문이겠거니 하고 무시해 버렸다.

그는 성큼성큼 관람객들을 지나치며 현수에게 무슨 말을 해야 할지 생각해 보았다.

대단해요, 현수 씨. 상 받은 거 축하해요. 그렇게 말하면 되는 걸까? 누굴 축하해 본 적이 없어서 잘 모르겠다.

그나저나 옷차림에 대해서 물으면 뭐라고 답하지? 촬영 의상이라도 빌려 입고 올 걸 그랬나. 그녀에게 쓸데없는 걱정을 끼치고 싶진 않은데……. 그런 두서없는 생각을 하며 고개를 두리번거리는데, 불현듯 홀 정중앙에 걸린 한 장의 사진이 눈에 들어왔다.

그는 우뚝 걸음을 멈춰 세웠다.

[최우수상: 서현수]

사진 밑에 적힌 이름을 굳이 확인하지 않아도 알아차릴 수 있었을 것이다. 그것은 의심의 여지가 없는 그녀의 사진이었다.

그는 손아귀에서 꽃다발이 떨어지는 것도 인식하지 못한 채, 거대한 대형 사진을 멍하니 올려다보았다. 마치 둔기로 머리를 한 대 얻어맞은 기분이었다.

모노톤의 정사각형 안에는 석고처럼 창백한 피부를 지닌 남자가 들어 있었다.

빛바랜 벽지 위에 비스듬히 상체를 기대고서, 무언가에 도취된 표정으로 정면을 주시하고 있는 남자.

그는 떨리는 손으로 경련을 일으키는 입가를 가렸다.

감히 시선을 돌릴 수가 없었다. 사진 속의 남자는 수치도 모르고 색色에 취해 있었다. 열망에 물든 회색 눈동자. 백색에 가까운 창백한 몸. 흐트러진 회갈색 머리칼. 모든 게 잿빛으로 빛바랜 듯 보이는 그 얼굴에서, 오로지 입술만이 진득한 붉은빛을 띠고 있었다.

그는 뒷걸음질을 쳤다. 그러자 남자의 애원하는 듯한 시선이 그를 좇아온다. 등줄기에서 주륵 식은땀이 흘러내렸다. 발밑이 출렁출렁 괴이하게 흔들리는 기분이었다.

그 순간, 등 뒤로 사람들의 시선이 느껴졌다. 그는 고개를 돌렸다.

수많은 이들이 발가벗겨진 제 욕망을 바라보고 있었다. 모골이 송연해졌다. 당장이라도 질식할 것만 같은 기분이 엄습해 왔다. 수십 쌍의 검은 눈동자가 마치 총구처럼 그를 겨누고 있는 듯했다. 그는 뒤로 물러서며 목이 졸린 사람처럼 신음했다. 그때, 누군가가 그의 팔을 잡아당겼다.

"지효야!"

고개를 돌리자 현수의 얼굴이 보인다. 그는 입을 벌렸다. 하지만 무슨 말을 해야 좋을지 알 수가 없었다. 아니, 목구멍까지 치밀어 오른 뭔가가 터져 나올까 봐 아무 말도 할 수가 없었다. 그녀가 난처한 표정을 지으며 말했다.

"왔으면 연락하지 그랬어. 있잖아, 저 사진은……."

그 순간, 그의 안에서 뭔가가 끊어졌다. 그는 그녀의 팔을 잡아채고서 성큼성큼 걸음을 옮겼다. 그녀가 놀란 목소리로 제 이름을 불렀다. 하지만 그는 한순간도 돌아보지 않았다.

"지효야! 민지효!"

그녀가 비틀거리며 몇 번인가 넘어질 뻔했지만, 그 순간에는 조금도 신경 쓰이지 않았다. 그는 전시관을 빠져나와 비상구 계단을 내려갔다. 그러자 텅 빈 복도와 창고로 보이는 빈 방이 눈에 들어왔다. 그는 그 안으로 그녀를 끌고 들어갔다. 그녀가 당황하고 놀란 목소리로 외쳤다.

"민지효! 이게 대체 무슨 짓……."

"어떻게 그럴 수가 있어!"

비명처럼 터져 나온 말에 그녀의 입이 다물렸다. 그는 생전 처음으로 고함을 내질렀다.

"어떻게 그걸 거기다 걸 수가 있어! 어떻게, 그걸!"

"지효야……."

"어떻게 그럴 수가 있느냐고!"

분노와 배신감으로 몸이 덜덜 떨려 왔다. 그는 벽에 대고 주먹을 내리쳤다.

"사람들 눈앞에 그걸……, 그걸!"

그건 당신과 나, 둘만의 것이었는데. 당신이니까 보여 준 건데. 당신이니까. 서현수니까. 추잡하고 끔찍한 욕망을, 갈망을, 탐욕을 모두 드러냈던 것이다. 내 안에 있다는 것만으로도 수치스러운 감정들을 모두 보여 주었다. 그녀가 그걸 원한다는 이유만으로 그렇게 했다. 그런데 어떻게 그걸 구경거리로 내걸 수가 있어. 어떻게 사람들 앞에 전시할 수가 있는 거야!

둑을 잃은 감정들이 해일처럼 쏟아졌다. 그는 스스로를 주체하지 못하고 격렬하게 몸을 들썩였다.

"어떻게 그럴 수가 있느냐고! 어떻게, 어떻게!"

조리 있는 추궁이나 비난의 말은 떠오르지 않았다. 그저 자제력을 잃은 아이처럼 반복해서 외칠 뿐이었다. 어떻게 나한테 이럴 수가 있어. 어떻게 그걸 그렇게 해!

"민지효!"

"추잡하고, 끔찍해! 그걸, 그걸!"

"그만해."

"그걸……!"

그는 눈을 크게 떴다. 그녀가 그의 목을 끌어당겨 입을 틀어막았다. 놀라 벌어진 입술 사이로 말캉한 혀가 밀고 들어온다. 그는 거칠게 숨을 들이켰다.

그녀의 혀가 그의 혀를 강하게 빨아 당겼다. 심장이 아플 정도로 격하게 펌프질을 해 댔다. 그는 그녀의 몸을 꽉 끌어안았다. 입술 사이로 흐느끼는 듯한 소리가 새어 나왔다. 그는 이를 세웠다.

그녀의 입술을 깨물자 비릿한 쇠맛이 느껴진다. 확장된 동공에 그녀의 상기된 얼굴이 들어왔다.

순간, 눈앞이 어지러웠다.

어떻게 지금 이 순간, 이런 욕망을 느낄 수 있는 건가. 어떻게 그런 일이 가능한 건가.

머리가 당장이라도 터질 것만 같았다.

그녀가 그를 올려다보며 날카로운 웃음을 머금었다.

"내가 너한테 뭘 어떻게 했는데?"

"……."

"내 사진이 추잡해? 정말 그렇게 생각해, 설마…… 너도 좋아했잖아."

몸의 떨림이 더욱 거세졌다. 그는 낯선 사람을 보는 것처럼 그녀를 내려다보았다. 심장이 뒤틀리는 것처럼 고통을 호소해 왔다. 그녀가 폭군처럼 말했다.

"내 말이 틀려?"

"나, 나는……."

"왜 그런 표정이야. 내가 널 아프게 했니? 나 때문에 상처 입었어?"

그녀가 그의 가슴팍에 손을 올려놓았다. 마치 격렬하게 고동치는 그의 심장을 희롱하듯이.

그는 감정이 위험 수위에 도달하는 것을 느꼈다. 분노와 성욕이 뒤섞여 터질 것 같은 머릿속에, 그녀의 차가운 목소리가 송곳처럼 침투해 들어왔다.

"그래도 그게 왜 화낼 일이야? 넌, 내가 아프게 하는 거 좋아하잖아. 내가 괴롭히는 거 좋아하잖아."

그는 반박하기 위해 입을 벌렸다. 하지만 흐느끼는 듯한 소리만 흘러나왔다. 그녀가 그런 그를 비웃듯이 귓가에 대고 속삭였다.

"내가 하는 건 뭐든 다 좋다면서?"

그는 발작처럼 그녀를 밀쳐 내고는 도망치듯 그 자리를 벗어났다.

#10장

그녀는 엉망으로 망가진 꽃다발을 무릎 위에 올려놓은 채로 차창에 어깨를 기댔다. 밤거리를 밝힌 요란한 네온사인 불빛이 휙휙 지나갈 때마다 그녀의 얼굴이 어둠 속에서 드러났다 사라지길 반복했다.

"일부러 그런 거 아니야."

그녀는 옆 좌석을 돌아보았다. 핸들을 단단하게 움켜쥔 남자의 손에 힘줄이 곤두서 있는 게 눈에 들어온다. 그녀는 대답 없이 다시 창밖으로 시선을 돌렸다. 박선우가 억울하다는 듯 말했다.

"진짜 사고라고. 중간에 바뀐 거야. 나도 몰랐어."

"……."

"뭐라고 말 좀 해 봐."

"무슨 말? 네 덕에 상 타게 됐다고, 고맙다고 할까?"

"야, 서현수……."

그녀는 바닥을 구르느라 상한 꽃 몇 송이를 매만졌다. 쓴웃음이 새어 나온다. 그저 크고 많은 게 좋은 줄로만 알고 빨간 장미를 절제 없이 한 아름 싸맨 커다란 꽃다발. 당신이 좋아요. 너무 좋아요. 그렇게 쉴 새 없이 쏟아지는 너의 애정과 닮아 있는 선물에 입 안이 쓰다. 소중히 여기는 방법 같은 것은 모르는, 그런 무정한 여자한텐 아깝잖아.

"비꼬지 마. 진짜 사고라고. 내가 왜 그런 사진으로……."

그녀는 눈가를 찡그리며 그를 돌아보았다.

"그런 사진?"

"그래, 그런 사진. 그 사진, 네가 내놓겠다고 했어도 내가 막았어. 걔, 윤태식이 요즘 써먹고 있는 애 맞지? 네가 만나고 있는 애고."

잠시 빨간 신호에 걸린 사이, 차를 세우고 남자가 그녀를 마주 보았다. 좁은 미간에 주름이 깊게 팬 심각한 얼굴로 그가 딱딱하게 말을 잇는다.

"너 신인 작가로 처음부터 다시 시작하는 중이야. 이제 차근차근 경력 쌓아 가고 있다고. 잊힌 옛 예술가가 다시 활동하는 게 쉬운 일인 줄 알아? 젠장. 그냥 매 대회 때마다 나오는, 그런 재능 있는 젊은 포토그래퍼 정도로만 주목받아도 충분했어. 필요 이상 화제가 되면 오히려 골치만 아프다는 거, 네가 더 잘 알잖아? 너뿐만이 아니야. 분명 그 모델에게도 관심 갖는 사람들이 생길 거야. 젊은 포토그래퍼와 신인 모델, 무슨 말이 오갈지 안 봐도 뻔해. 괜히 가십거리 나돌면……."

"괜히 옛 추문까지 들춰낼지도 모르니까?"

"……."

제가 듣기에도 날카로운 어조였다. 하지만 과민하게 반응할 생각은 없었기에 그녀는 조금 더 가벼운 어조로 말을 이었다.

"앞서 나가지 마. 그저…… 사진 하나가 벽에 걸렸을 뿐이야. 내가 남성 모델을 찍을 때마다 이렇게 벌벌 떨 거야?"

"그냥 모델이 아니라, 실제로 너랑 자는 모델이니까 문제가 되는 거지."

애는 도대체 말을 돌려 할 줄을 모른다. 그녀는 인상을 찡그렸다.

"박선우, 선은 넘지 말자."

"선은 염병."

때마침 신호가 바뀌었다. 그가 차를 출발시키며 신랄하게 퍼부었다.

"그 사진을 보고 작가와 모델이 어떤 사이인지 어떤 멍청이가 눈치 못 채겠냐? 그리고 순수한 사랑으로 포장하기에 네 옛 평판은 거지 같거든. 괜히 가십거리 좋아하는 사람들 사이에서 옛일 파헤쳐지면 오물을 뒤집어쓰는 건 너다, 이 말이야."

"……."

"모델이랑 사진가. 로맨스로 포장하는 것보다 저질 야설로 만들어 버리는 게 더 쉽다는 거, 너도 잘 알지?"

"그래서? 하고 싶은 말이 뭐야? 전시회장에 몰래 숨어들어서 그 사진 불사르기라도 할까?"

가시 돋친 대꾸에 그가 후, 하고 깊은 한숨을 내쉬었다.

"비꼬지 마. 그렇다는 얘기야. 이미 벌어진 거 어쩌겠어. 내가 하고 싶은 말은, 지금 이 시점에서 네가 새파란 모델이랑 얽히는 일 따위는 조금도 도움이 되지 않는다는 거고, 그렇게 생각하는 내가 굳이 사진을 바꿔 제출할 이유가 없다는 거야."

"……알겠으니까, 그만해도 돼. 알아들었으니까."

남자는 진짜로 제 무죄가 입증된 건지, 아니면 이 계집애가 귀찮아서 대충 맞장구쳐 주는 건지 헷갈린다는 듯 힐끔거렸다.

"그리고…… 걔, 민지효라고 했나? 걔 아직 모델 에이전시랑 정식으로 계약하고 그런 건 아니지? 사고라고는 해도 괜히 초상권 침해니 뭐니 골치 아파질 수도 있다고."

"……내가 아는 한, 어느 에이전시랑 계약한 건 아닐 거야."

"그래도 동의 없이 사진을 제출한 건 문제가 될 수 있어. 일단 걔한테 잘 설명해 줘라. 착오로 사진이 바뀐 거라고."

머리가 지끈거리며 아파 온다. 그녀는 대답하지 않았다. 그에 뭔가 닦달하려는 듯 곁눈질로 째려보던 남자가 곧 하아, 하고 체념의 한숨을 토해 냈다. 더 밀어붙여 봤자 얻을 것 하나 없음을 알아차린 듯이.

"네가 알아서 잘하겠지만."

필요 이상 힘주어서 말하는 게, 정말로 그렇게 생각하지는 않는 것 같았다. 그녀는 다시 창밖을 내다보았다. 둘은 한참 동안 아무 말도 없었다. 그녀는 등을 시트 깊이 파묻었다. 마라톤이라도 하고 난 듯 온몸이 이상하게 묵직하다.

요 며칠 동안 잠을 제대로 못 자서 피곤하기도 했다. 그녀는 슬쩍 눈을 내리감았다. 그러자 지효의 일그러진 얼굴이 머릿속에 선명하게 떠올랐다. 산산이 부서지던 눈빛. 스스로를 주체하지 못해 휘청거리던 몸. 그 애가 움켜쥐었던 손목이 욱신거리며 미미한 통증을 호소해 왔다. 그녀는 소매 밑으로 손가락을 밀어 넣어 선명하게 남은 자국을 매만져 보았다. 불에 덴 것처럼 얼얼했다.

"여기서부터는 걸어갈게."

차가 동네에 들어서자마자 그녀는 안전벨트를 풀었다. 박선우가 붙잡았다.

"위험하잖아. 집까지 데려다줄게."

"골목이 좁아서 차가 들어오면 빠져나가기 힘들어. 5분이면 들어가니까 이만 가."

"괜찮다니…… 야! 서현수!"

"오늘 고마웠다."

그의 말이 채 끝나기도 전에 그녀는 차 문을 열고 나갔다. 묵직한 꽃다발이 한 손에 덜렁거린다. 그것을 옆구리에 끼고 천천히 걸음을 옮기자 등 뒤에서 경적이 두 번 정도 울린다. 그녀는 힐끗 돌아보며 가란 뜻으로 손만 두어 번 흔들었다.

'자기가 진짜 친정 오빤 줄 아는 거 아니야?'

그녀는 고개를 설레설레 내저었다. 잔소리와 독설로 달달 볶아 대는 놈이 오늘따라 유난히 성가시게 느껴진다. 이러니까 내가 배은망덕하고 못된 계집애 소릴 듣는 거겠지. 그녀는 피식 웃으며 어둑한 가로등 불 아래를 걸었다.

골목길에 들어서자 다닥다닥 붙은 주택들 사이로 제가 사는 낡은 아파트가 보인다. 그녀는 휘적대는 걸음으로 갈라진 자국이 가득한 콘크리트 도보 위를 걸었다. 아직까지도 수리되지 않은 가로등 불빛이 가냘프게 깜빡거리고 있었다. 그녀는 아파트 안으로 들어서며 묵직한 꽃다발을 반대편 옆구리에 고쳐 끼웠다. 그러고는 가방에서 열쇠를 꺼내는데, 복도 한쪽에 검은 그림자가 자리하고 있는 것을 발견했다.

"아……."

그녀는 못 박힌 듯 서서 그를 바라보았다. 얇은 셔츠 차림에 목도리 하나만 둘둘 매고서 현관문 옆에 웅크리고 있는 남자. 그를 발견하자 숨길 수 없는 안도감이 밀려들었다. 그리고 다음 순간, 죄책감인지 슬픔인지 알 수 없는 감정이 밀려들었다.

얼마나 저기서 저러고 있었던 걸까. 얼마나.

"지효야……."

남자는 무릎 위에 얼굴을 파묻은 채 꼼짝도 하지 않았다. 혹시라도 잠든 건가 싶어서 심장이 덜컥 내려앉았다. 그녀가 막 그의 어깨를 흔들려는 순간, 너무 작아서 알아듣기 힘든 목소리가 들려왔다.

"잘못했어요."

"……."

"내가 잘못했어요. 그러니까 나 미워하지 마요."

그녀는 멍하니 그의 정수리를 내려다보았다. 자신이 들은 말이 한순간 이해되지 않았다.

"네가……, 네가 뭘 잘못했는데?"

"소리 질러서 미안해요. 난폭하게 행동해서 미안해요. 화내서…… 미안해요. 나 미워하지 마요."

그녀는 입술을 달싹거렸다. 하, 하고 웃음인지 한숨인지 알 수 없는 소리가 흘러나왔다.

"도대체, 무슨 말을 하는 거야……. 나쁜 건 누가 봐도 나잖아. 정말로 나잖아. 너 이용해서, 내가 상 탄 거 못 봤어? 네 허락도 없이 그랬잖아. 내가 생각해도 내가 진짜 나쁜 년인데, 네가 왜 잘못했다고 해. 네가 왜 미안하다고……."

겨우 그가 고개를 들었다. 그 눈과 마주치자 순간, 눈앞이 깜깜해지는 듯한 기분이 들었다. 아득한 눈동자. 당장이라도 바스러질 듯, 그 상처 입기 쉬워 보이는 눈동자가 저를 응시해 온다. 그는 겁에 질린 것 같기도 했고, 궁지에 몰린 것처럼 보이기도 했다. 그 창백한 얼굴이 억지웃음으로 이상하게 일그러졌다.

"현, 현수 씨는 나쁘지 않아요. 내가, 내가 나쁜 거야. 현수 씨는 나 구해 줬는데, 날 살게 해 줬는데, 그깟 사진 따위가 뭐라고……. 현수 씨에게 도움이 된다면 뭐든 할 수 있다고 해 놓고는……. 내가 나빠요. 내가 다 잘못했어. 현수 씨가 옳아요. 내가 틀렸어. 현수 씨는 착하고, 내가 나빠요. 현수 씨는, 현수 씨는……."

"……."

"현수 씨는, 내 세계예요. 그러니까 나 이용해도 되는데……. 날 맘대로 해도 되는데……. 그런데 내가, 분수도 모르고, 주제도 모르고……."

가슴속에 쇳덩이 같은 게 내려앉는 듯했다. 그녀는 그의 앞에 쪼그리고 앉았다.

"그건…… 지효야. 신이네. 내가 너의 신이란 말이네."

"현수 씨……."

"난 말이야. 그냥 여자일 뿐이야. 어디에나 있을 법한 그냥 평범한 여자. 이기적이고, 필요 이상으로 개인적이고, 자존심 세고, 겁쟁이에, 비열하지. 네가 말하는 그런 좋은 사람도, 대단한 사람도 아니라고."

그녀는 웃었다. 이런 순간에 웃을 수 있는 스스로에게 경멸감이 들었다.

"내가 특별해서 좋다고 했지? 그런데 나는 조금도 특별하지가 않아. 네가 만나 온 사람들과 조금도 다를 게 없어. 내가 너한테 내준 건, 다른 누군가도 쉽게 건넬 수 있는 그런 거야. 내가 너한테 해 준 건 다른 누군가도 해 줄 수 있는 그런 가벼운 거라고. 넌 예쁘고, 착하고, 아름다운 남자애야. 그런 너를…… 좋아하는 건, 조금도 특별한 게 아니야."

"그렇지 않아요! 현수 씨는, 현수 씨는……!"

"난 네 신이 되어 줄 수가 없어. 그러고 싶지도 않고."

제가 듣기에도 정 떨어지는 말투였다. 이런 식으로밖에 말할 수 없는 건가. 넌 매사 꼭 그렇게 못되게 말해야 하느냐고 빈정거리던 박선우의 목소리가 귓가에 아른거린다. 그러게. 왜 달콤하게, 상냥하게, 안아 주면서 괜찮다고, 다 괜찮다고 말해 주지 못하는 건가. 왜 그렇게 못 해 줄까. 뜨거워지는 법을 잊어버린 사람처럼. 차가운 로봇처럼.

그가 갑자기 그녀를 와락 끌어안았다. 단단한 두 팔이 아프도록 등을 옥죄어 온다. 차갑게 식은 몸이 격렬하게 떨리는 게 고스란히 느껴졌다.

"혀, 현수 씨가 하라는 대로 다 할게요! 뭐든 할게요!"

"……."

"이제 귀찮게 굴지도 않을게요. 싫다는데 억지로 하자고 조르지도 않을게요. 피곤하게 하지 않을게요. 일도 방해 안 할게요. 일도 더 열심히 할 거야. 사진도 얼마든지 찍어도 돼요. 정말로, 진짜로, 뭐든, 뭐든, 뭐든 다 할게요."

"……."

"그러니까 나 밀어내지 마요! 그러지 마. 제발 그런 말 하지 마."

그만해.

그렇게 떨지 마. 무서워할 이유가 없다는 거, 왜 모르니. 아니, 너도 사실은 알고 있잖아. 인정하고 싶지 않은 거니? 내가 없으면 안 될 거 같지만, 사실은 그렇지 않다는 거. 내가 없으면 숨도 쉴 수 없을 거 같지만, 당장 죽을 거 같지만, 사실은 그렇지 않다는 거.

사실은 나한테, 그렇게 집착하지 않아도 된다는 거.

세상이 날 중심으로 도는 거 같지? 네 마음 알아. 얼마만큼 절실한지. 나도 그랬어. 그랬다고.

하지만 너도 곧 알게 될 거야. 영원히 꺼지지 않을 것처럼 격렬하게 끓어오르던 게, 얼마나 쉽게 식어 버리는지. 얼마나 허무하게 끝나 버리는지. 그게 다 타 버리면, 거기엔 재 무더기만 남아. 회색 무덤만 거기 덩그러니 남는 거야. 그게 다야. 세상이 끝나지도, 발밑이 무너져 내리지도 않을 거고, 시간이 멈추지도, 심장이 폭발해 버리지도 않아. 네가 잃을까 두려워 떨던 그것이, 사실은 아무것도 아니었음을 깨닫게 될 거야. 그리고 너는 곧 웃으면서 스스로에게 말하겠지.

내가 왜 그렇게 목맸을까. 바보같이…….

"알았어."

"……."

"그런 말 안 할게……."

그녀는 그의 등을 마주 끌어안았다. 부드럽게 달래듯이 토닥이며 차가운 머리칼을 쓰다듬었다. 그가 그녀의 목덜미에 얼굴을 파묻고서 떨리는 숨을 몰아쉬었다. 알싸한 아픔이 가슴께를 스쳐 지나갔다. 그녀는 하얀 입김을 그의 어깨 너머에 토해 내며 속삭이듯 말했다.

"이제 그만 집으로 들어가자. 춥다. 아직 겨울이야."

오래가지 않아서 너는, 나라는 무덤을 남겨 두고 가겠지.

그날 있었던 일이 거짓말인 것처럼 그들의 일상은 잠잠하게 흘러갔다. 적어도 그들의 관계는 표면적으로나마 평온함을 유지해 나갔다.

그녀는 전시회 이후로 전보다 더 바빠졌고, 그 역시 짬짬이 모델 일을 하며 벌이를 했다. 자연히 서로 마주치는 순간이 줄어들었다. 대화하는 일도 줄었다. 침대 위에 누워 자는 순간 외에는 닿는 일도 없었다. 그는 더 이상 그녀에게 매달리지 않았다. 밖에서 하염없이 그녀가 오길 기다리지도, 마중을 나가지도 않았다. 그녀의 일이 늦어지는 날, 뜬눈으로 밤을 지새우며 그녀가 돌아오길 기다리지도 않았다. 아니, 그러지 않는 척했다. 그녀가 혹시라도 부담스러워하는 기색을 보일까 싶어, 그는 극도로 조심스러운 태도를 유지하기 시작했다.

사실 현수에게 버림받을까 봐 전전긍긍하는 중이 아니었더라도, 그가 그녀와 함께 있을 수 있는 시간은 극히 제한되어 있었다. 그녀는 점점 더 바빠졌다. 그녀가 사진을 찍어 주길 바라는 사람들이 수두룩하게 스튜디오를 찾아왔고, 그중에는 유명 인사들도 있었다. 최근에는 큰 규모의 광고 프로젝트에 참여하게 되면서 하루 이틀 로케를 가는 일도 잦아졌다.

하지만 그것에 초조함을 느낄 새도 없이 지효 역시 그녀만큼이나, 아니 그녀 이상으로 바쁜 하루하루를 보내고 있었다. 어느 한 평론가가 현수가 찍은 그의 사진을 블로그에 올려 소개한 게 화제가 되면서 그 사진이 업계뿐만 아니라 대중적인 주목을 끌게 된 것이다. 그 사진은 인터넷상에서 들불처럼 번지기 시작해 단 며칠 만에 여러 사이트에서 검색어 1, 2위에 오르기까지 했다. 이전에 찍었던 사진까지 인터넷 각 게시판에 올라오기 시작했고, 의문의 모델에 대한 사람들의 궁금증도 순식간에 증폭됐다. 그를 모델로 써 보고 싶다는 의뢰도 쇄도해 왔다. 하루아침에 화제의 인물이 되어 버린 것이다.

"니, 내가 전에 했던 말 기억하나?"

빡빡하게 짜인 촬영 스케줄로 정신없는 와중에 그를 자신의 사무실로 불러낸 태식이 말했다. 민지효는 어리둥절한 얼굴로 그를 올려다보았다. 태식이 쓴웃음을 지으며 말했다.

"이대론 니 오래 몬 갈 기라고 했던 말 말이다."

그런 말을 했었나? 기억이 나지 않아 그는 살짝 인상을 찡그렸다. 딱히 그의 대답이 필요한 질문은 아니었던 듯, 태식이 주머니를 뒤적여 명함 몇 장을 꺼내 들었다.

"이게…… 뭐예요?"

"니한테 관심을 보인 모델 에이전시랑 연예 기획사 연락처다."

"……."

"지효 니도 인자 진지하게 생각해 봐야 할 때다. 니한테 흥미 보이는 회사를 몇 군데 추려 놨는데, 어떤 덴지 니가 함 확인해 봐라. 괜찮은 회사들이다. 내도 잘 아는 곳이고. 회사 규모도 괜찮고, 대표도 괜찮은 사람이다. 암튼 전문적으로 일하라몬 니도 더 배워야 할 것도 있고, 소속사가 있는 게 나을 기다."

"……."

"이번 기회에 잘만 자리 잡으면 니는 이 업계에서 성공할 수 있다. 내는 그럴 수 있다고 본다. 이참에 정식으로 모델 회사 들어가서 배워 봐라. 연예 기획사에 들어가는 것도 괜찮겠지만 내가 봤을 때 니는 그런 끼는 없다. 그나마 모델 일이 적성에 맞을 기다."

기대감이나 흥분과는 다른 이유로 심장이 쿵쿵거렸다. 등줄기가 오싹하다. 그는 무슨 뜻인지 알 수도 없는 영문자 로고가 찍힌 명함을 훑어 내렸다. 제일 먼저 머릿속에 떠오른 것은, 그날 밤 현수에게 매달리며 했던 말이었다.

일도 더 열심히 할게요. 뭐든지 할게요. 당신이 날 봐 주기만 한다면, 뭐든지, 뭐든지 할게요.

속이 울렁거렸다. 마치 벼랑 끝에 서 있는 그의 등을 누군가가 떠밀고 있는 것 같았다.

"아직도 망설이는 기가?"

"……."

"아, 새끼. 배가 불러 가가. 내가 보기에 니는 타고났다. 아마추어인데 대충 찍어도 이목구비랑 비율이 좋아 그럴싸하게 나오제, 특유의 독특한 분위기도 있제……. 비주얼적으로 그렇게 빠짐이 없는데도 개성은 두루뭉술하제. 그래서 작가한테 연출의 여지가 있다. 런웨이는 몰라도 니는 광고에서는 먹힐 기다. 내가 아니라도 니한테 관심을 보이는 사람은 수두룩할 기야."

"……."

"가끔씩 니맹키로 흐름을 타는 인간이 있다. 운이 억수로 좋다고밖에는 할 수가 없제. 잘나 빠진 아들이 수두룩한데도, 그 아들 다 제치고 어느 순간 갑자기 화제가 되고, 그게 계기가 돼 가지고 일거리도 큰 놈으로 들어오고, 그게 또 대박이 나서 유명해지고, 그래서 모델 일만 하믄서도 묵고살 만큼 버는 아들이 있다. 니는 어떻나?"

그는 빳빳한 명함 끝을 손끝으로 더듬었다. 윤태식 특유의 거친 말투가 사포처럼 고막을 스치고 지나갔다.

"프로 모델 함 해 볼래?"

지효는 살짝 내리깔고 있던 눈을 들었다. 늘 흐릿하기만 했던, 마치 연기가 자욱하게 낀 유리창처럼 희미한 그 눈빛이 어둑하게 가라앉았다. 조개처럼 다물려 있던 잇새로 특유의 고저 없는 음성이 새어 나온다.

"……제가 뭘 하면 돼요?"

'예스'란 뜻이다. 태식의 입가에 느긋한 미소가 어렸다.

"거기에 회사 연락처 쓰여 있다. 연락해가 조건도 들어 보고, 제일 적당한 데 골라서 계약도 하자. 마, 어디든 들어가면 일단 전문적인 교육을 받을 기다. 일을 받을라몬 오디션도 보러 다녀야 할 기고. 일도 내가 던져 주는 기보다 더 다양하게 할 수 있다. 어디로 갈지 퍼뜩 정할 필욘 없다. 일단은 내랑 일함서 찬찬히 함 골라 봐라."

지효는 고개를 끄덕였다. 그가 잘 생각했다면서 어깨를 탁탁 두드렸다.

그 후, 지효는 빡빡하게 짜인 촬영 일정 틈틈이 모델 에이전시의 관계자를 만나러 다녔다. 어려운 문장으로 가득한 계약서를 읽느라 골머리를 앓기도 하고, 여러 장소를 다니며 카메라 테스트를 받기도 했다.

사실 그도 뭐가 뭔지, 일이 어떻게 돌아가고 있는지 잘 몰랐다. 마치 폭풍우에 휩쓸린 듯, 주변의 모든 게 정신없이 빠르게 흘러갔다. 급류에 휘말린 기분이었다. 갑자기 많은 사람이 그에게 과도한 관심을 쏟기 시작했고, 그의 사진이 여기저기 걸렸다. 매일 짙은 화장을 하고, 옷을 차려입고, 조명 아래, 카메라 앞에 섰다. 그 모습을 지켜보는 사람들이 점점 더

늘어났다. 하루하루가 지나치게 빠르게 흘러갔고, 감당하기 힘들 정도로 많은 일이 들어왔다.

'정신없어…….'

이전에 계약했던 패션지 촬영을 겨우 끝낸 지효는 휴게실에 앉아 한숨을 내쉬었다. 망가진 인형처럼 기우뚱 벽에 머리를 기대고 있길 잠깐, 제대로 식사를 못 해선지 위가 살살 쓰렸다. 그는 어깨를 축 늘어뜨렸다.

'내가 대체…… 뭐 하고 있는 걸까.'

원인을 알 수 없는 초조함에 신경 끝이 팽팽해진다. 파도에 이리저리 떠밀려 어딘지 알 수 없는 곳까지 밀려나게 되면 이런 느낌이 들까. 모든 게 잘되고 있는데도, 왜 이렇게 불안한지 알 수 없었다.

'현수 씨…….'

그는 무의식중에 잘근 엄지손톱을 깨물었다. 그녈 생각하면 욕구 불만에 빠진 어린애처럼 초조해진다. 일견 고통스러운 기분이 되기도 한다. 그런데도 강박적일 정도로 그녀에 관한 생각을 멈출 수가 없었다. 제 자신도 이해할 수 없을 만큼 그녀에 관한 생각에서 벗어날 수가 없다.

'내가 하는 모든 게, 사실은 당신의 관심을 끌기 위한 것이란 걸 알게 된다면 질겁하겠지.'

매일매일 얼굴도 모르는 사람들에게 둘러싸여 시선을 받는 것, 카메라 앞에 자신을 드러낸 채 그들이 원하는 대로 해부하게 두는 것, 인형이라도 되는 양 제 얼굴을 만져 대는 것, 사실은 다 싫다. 그런데도 거기에 관심 있는 척하려고 애를 써야만 한다. 오로지 현수에게 보여 주기 위해서 참는 것이다. 나 이렇게 열심히 하고 있다고, 나도 쓸모가 있는 놈이라고, 그러니까 버리지 말라고.

"난, 네 신이 되어 줄 수 없어."

그녀의 차갑게 식은 눈동자가 떠오르자 뼛속까지 각인된 공포가 다시 피어오른다. 그는 까득 손톱을 깨물었다. 내가 바라는 건 그런 게 아니야. 정말 아니야? 확신할 수 있어? 몰라. 모르겠어. 그녀가 맞을지도 모른다. 그에겐 아무것도 없었다. 그런데 지금은, 서현수가 있다. 그녀는 그의 전부고, 중심이고, 세계 자체다. 그 외의 것은 전부 다 무가치하게 느껴지는데, 나보고 어떻게 하라고.

그는 이마를 감싸 쥐었다. 머릿속이 어지럽다. 당신 말이 맞아. 난 사실은, 당신 말고는 아무것도 필요 없어. 다른 사람과는 이제 말조차 섞기 싫어. 닿기도 싫어. 당신이랑만 있고 싶어. 하루 종일 떨어지고 싶지 않아. 왜 그녀 외의 사람과 대화를 나눠야 하고, 시간을 보내야 하는지, 도무지 알 수가 없다. 왜 다른 사람의 손길을, 시선을 받아야 하는지. 서현수가 있는데. 당신이 해 주면 되잖아. 왜 나와 함께 있어 주지 않는 거지?

그는 기분 나쁘게 쿵쿵거리는 심장을 내리눌렀다. 알고 있다. 제가 그렇게 말한다면, 그녀가 그를 밀어내리라는 걸.

'그러니까…… 그렇지 않은 척해야 돼.'

간단한 결론이었다. 그녀가 눈치채지 못하게 하면 된다.

그녀가 그의 세상 전부가 아닌 것처럼 위장하고, 일 따위 하고 싶지 않지만 흥미 있는 척 꾸며 내고, 그녀가 다른 사람 찍는 게 끔찍할 정도로 싫지만 응원하는 척하자. 열심히 하라고, 당신 정말 대단하다고. 매일 문밖으로 나서는 당신 등을 볼 때마다 죽고 싶은 기분이 들지 않는다고. 매일 밤 몸을 엮은 채 떨어지고 싶지 않다는 것도, 매일 살을 맞댄 채 누워 아침 해가 뜨지 않기만 기도한다는 것도, 전부 감추자.

그렇게 참고, 참고, 참아서 현수에게 증명하는 것이다.

'……뭘?'

그는 멍하니 눈을 깜빡였다. 두서없이 흘러가던 생각이 갑자기 벽에 가로막힌 듯, 정적에 휩싸였다. 잘근잘근 깨물던 엄지손톱 끝을 으득 씹었다. 뭉글뭉글, 뱃속에서 시커먼 게 피어오른다.

"엑, 지효 씨. 손톱에서 피 난다. 그만해."

그는 흠칫하며 고개를 들었다. 언제 온 건지 코앞까지 다가선 여자가 그의 손을 한 손으로 붙잡고 있었다. 한 템포 정도 지나서야 겨우겨우 그녀의 이름이 떠올랐다. 이연수. 처음 스튜디오에 온 날, 저를 모델로 착각해 이리로 끌어들인 장본인이다.

"욕구 불만이야? 요즘 자꾸 손톱을 깨무네."

"아, 죄송…… 합니다."

"죄송할 게 뭐 있어. 요즘 스트레스 받을 일이 많으니까 그렇지. 다 이해해."

여자가 넉살 좋게 웃으며 그에게 캔 커피를 불쑥 내밀었다.

"받아. 많이 피곤하지?"

"……감사합니다."

"그 아저씨가 사람을 아주 잡아먹으려고 드네. 좀 적당적당 시켜 먹지."

그 아저씨는, 태식을 말하는 건가. 살가운 말투에 그는 눈을 굴렸다. 제가 멋대로 착각해 끌고 온 것에 대한 책임감을 느낀 건지 여자는 꽤 그를 챙기려 들었다. 그 호의를 거의 대부분 무반응으로 거절해 버리는데도 개의치 않는 기색이었다.

"밥도 제대로 못 먹었지? 스태프들끼리 한잔하러 갈 건데, 같이 가자."

"……전 됐어요."

"에이, 빼지 말고. 너도 좀 다른 사람들이랑 어울려야지."

"……."

"네가 대체 남들하고 하루에 몇 마디 하는 줄 알아? 잔말 말고 가."

여자가 그의 팔을 잡아끌었다. 그 강압적인 행동에 움찔 놀라며 그는 거의 본능적으로 손을 확 잡아 뺐다. 그 행동이 생각보다 더 거칠었는지 휘청한 여자가 놀란 눈으로 올려다본다. 하지만 여자보다 그가 더 자신의 행동에 당황한 상태였다.

"아…… 저, 저기……."

"야, 내가 뭐 세균이라도 돼?"

"죄, 죄송합니다. 놀라서……."

"됐고, 미안하면 같이 가자. 내가 너 데려온다고 큰소리쳐 놨단 말이야."

여자가 씩 웃으며 그의 가방을 인질처럼 한 손에 냉큼 낚아챘다. 그는 난처한 눈으로 여자를 물끄러미 내려다보았다. 누군지도 모르는 사람들과 어울리고 싶지 않다. 그리 말하려다 멈칫했다. 여자가 이미 걸음을 옮기고 있었던 것이다. 그는 허겁지겁 코트를 챙겨 그 뒤를 쫓았다. 여자는 뭐가 재밌는지 하하하, 하고 웃음을 터뜨렸다. 제 가방을 한 손으로 빙빙 휘두르기까지 한다.

'집에 가고 싶은데…….'

그는 울상을 지으며 여자를 따라 스튜디오 밖까지 나갔다. 입구에는 이연수가 말한 스태프인 듯 보이는 이들이 모여 있었다. 이연수가 특유의 쨍쨍한 목소리로 그들을 불렀다.

"오래 기다렸지?"

"아, 배고파 뒤지겠다. 빨리……."

말을 내뱉던 사람이 그를 발견하곤 멈칫했다. 제가 올 줄 몰랐다는 양 놀란 표정이었다.

"어? 민지효 씨도 왔네."

지효는 여자가 들고 있는 제 가방만 난감한 얼굴로 쳐다보았다. 여자가 넉살 좋게 씩 웃었다.

"내가 친하다고 했잖아."

지효는 눈만 굴렸다. 제가 빠져나가기 난감한 상황에 몰렸다는 것을 깨달았다. 그들 중 빼빼 마른 한 남자가 못마땅한 듯 쯧 하고 혀를 찼다.

"몸값이 팍 뛰신 몸이니까 이런 데는 절대 안 낄 줄 알았는데."

"야, 빈정거리지 마. 싫다는 거 내가 억지로 데려온 거란 말이야."

억지로 데려온 거라는 자각은 있나 보다. 작게 한숨을 내쉬는데 곁에 선 남자가 노골적으로 코웃음을 쳤다.

"그럼 그렇지. 쟤가 제 발로 왔을 리는 없지."

"최성태, 너 왜 그래? 모처럼 껴 주는데, 좋지 뭐. 지효 씨, 잘 왔어요. 얘가 오늘 촬영이 캔슬돼서 좀 예민해요."

분위기가 싸해지자, 곰 같은 덩치의 남자가 나섰다. 성태라고 불린 남자가 빽 신경질을 냈다.

"형! 왜 쓸데없는 말을 하고 그래!"

"내가 뭐? 자자, 그만하고 빨리 가자. 나 배고파 죽겠다."

"난 술이 고프다. 지효 씨는 술 잘 먹어요? 저 가게가 아주 서비스가 끝내줘요."

주황색으로 염색한 긴 머리의 여자가 싹싹하게 말했다. 자주 화장을 해 주던 사람이다. 이름은 기억나지 않았다. 그는 고개만 끄덕였다.

"야, 너 벙어리야? 말로 하란 말이야."

"아, 진짜. 최성태, 넌 입 좀 다물어."

남자가 팍 인상을 찡그렸다. 그 표정이 눈에 익다. 그제야 지효는 그가 몇 번인가 같이 촬영한 적 있는 모델이라는 걸 기억해 냈다. 마주칠 때마다 이런 식으로 매사 빈정거리곤 해서 어렴풋하게나마 기억에 남아 있었다. 지효는 눈살을 찌푸렸다. 현재 그는 모델들 사이에서 따돌림을 당하는 중이었다. 아무래도 업계에 나쁜 소문이 퍼진 듯했다. 대기실에 놔둔

소지품이 없어지는 일이 허다했고, 뒤에서 태식과의 관계에 대해서 기분 나쁜 말들을 만들어 내 쑥덕거리는 이들도 있었다. 괜히 시비를 걸며 다리 같은 데를 걷어차고 지나간 사람도 있었다.

워낙 무감각한 터라 크게 신경 쓴 적은 없었지만, 그래도 제게 적의를 품은 사람과 한자리에 앉아 식사를 하고 싶진 않았다.

역시 그냥 돌아가자.

"……저기 죄송합니다만, 저는 그냥 가 보겠습니다."

"아, 왜 그래! 쟨 신경 쓰지 마. 성태가 원래 자기보다 잘생긴 애 보면 괜히 틱틱대고 그래."

"에이 씨, 연수 누나!"

"괜히 초딩처럼 퉁퉁거리지 마. 너희, 촬영도 자주 같이 했잖아. 나이도 비슷하겠다, 직업도 같겠다, 이참에 친구 먹고 그럼 좋지."

"친구는 얼어 죽을. 이런 또라이랑 내가 왜……."

"너 진짜 말조심 안 해?"

이연수의 새된 음성에 남자가 입을 꾹 다문다. 여자는 멀뚱히 서 있는 지효의 팔을 잡아끌었다.

"자자, 이런 데 멀뚱히 있지 말고 가자. 지효야, 스트레스도 풀 겸 오늘 신나게 놀자. 맛있는 것도 먹고. 아무리 모델이라지만, 넌 너무 말랐어. 아주 누나가 보기에 안쓰럽다."

"어울리지도 않게 콧소리 내기는."

"넌 다물라고 했지?"

"아, 진짜……."

"자자, 빨리 갑시다."

그녀가 앞장서자 한 무리의 사람들이 우르르 움직였다. 사람이 꽤 많았다. 카메라 보조를 해 주는 스태프 둘과 소도구를 정비하는 스태프 넷에 모델 셋. 다들 왁자지껄하다. 동시에 여러 명이 말하는 통에 정신이 하나도 없었다. 그는 인상을 찡그렸다. 이연수가 꽉 붙들고 있어 빠져나갈 수도 없었다.

'……별수 없나.'

그는 한숨을 내쉬었다. 어차피 집에 가도 멍하니 앉아서 우울한 생각에 허우적거릴 게 뻔했다. 차라리 잘됐는지도 몰라.

'현수 씨도 늦는다고 했으니까……. 잠깐 앉아 있다가 가자.'

결국 지효는 그들을 따라 스튜디오 근처에 위치한 커다란 술집으로 들어갔다. 네온사인이 번쩍이는 입구로 들어서자 빠른 비트의 음악 소리가 들려왔다. 그들은 알 수 없는 주제로 시끄럽게 떠들어 대며 계단을 따라 한 층 올라갔다. 안으로 들어서자 어두운 조명과 댄스 플로어, 창가 측에 자리한 테이블과 벽 측에 설치된 바가 한눈에 들어온다. 자주 오는 가게인 듯, 그들은 능숙하게 지배인을 따라가 안쪽 테이블에 자리를 잡았다. 지효는 그들을 따라 앉으며 고개를 두리번거렸다. 밖에서 보는 것보다 훨씬 넓었다.

"뭐 시켜?"

"식사로 먹을 만한 안주가 뭐 있었지?"

"여기 수제 소시지 세트이랑 꼬치요리 괜찮잖아."

"맥주부터 시켜. 생맥주."

"난 양주."

"네가 살 거야?"

"야, 쪼잔하게 굴지 말고, 오랜만에 비싼 술 좀 마셔 보자."

티격태격하던 사람들이 곧 몇 가지 메뉴를 골라 주문을 했다. 이연수가 가만히 앉아 있는 그를 팔꿈치로 툭 쳤다.

"지효 씨는 뭐 먹고 싶은 거 없어?"

"전…… 아무거나 괜찮습니다."

"여기 훈제소시지 세트도 괜찮은데. 이거 시켜 줄까? 맛있어."

그는 어색하게 고개를 끄덕였다. 여자가 곧 이것저것 시켰다. 웨이터가 금세 맥주가 든 잔과 안주용 과자를 테이블 위에 올려놓았다. 그 위로 무의식중에 손을 뻗는데 힐끔, 몇몇의 시선이 제게 쏠리는 게 느껴졌다. 그들 중 한 명이 싹싹하게 말을 붙여 왔다.

"민지효 씨는 이제 스물다섯이라고 했지? 학교는 휴학 중이에요?"

"……아뇨. 학교는 안 다녀요."

"아, 그럼 뭐 다른 일 했어요?"

"그냥…… 간단한 아르바이트 정도만……."

혹시나 무슨 일을 했느냐고 물어볼까 봐 얼굴이 굳어졌다. 싫어하는 티가 났는지, 남자는 더 질문하지 않았다. 안심한 것도 잠시, 우측에 앉은 여자가 또 질문을 던졌다.

"지효 씬 혼혈이죠? 부모님이 어디 사람이에요?"

"……아버지가 미국 사람이에요."

아마도. 그는 속으로 덧붙였다. 여자가 그를 향해 한껏 애교스러운 미소를 머금어 보였다.

"지효 씨 아버지, 엄청 잘생겼을 거 같다. 아니면, 어머니 쪽이 미인이셨어요?"

"글쎄요. 저는 잘……."

"지효 씨 누구 닮았는데요?"

"……어머니 쪽요."

"그럼 어머니도 엄청 예쁘시겠다."

뭐라 대답해야 좋을지 몰라 그는 어색하게 눈을 내리깔았다. 술을 마시는 척하면서 맥주잔에 입을 가져다 대자, 여자가 낄낄거리며 웃었다.

"부끄러워하는 거 봐. 지효 씨 되게 귀여운 거 알아요? 모델 중에 이렇게 얌전한 사람 흔치 않은데."

"저렇게 찌질한 성격으로 모델 하겠다고 나서는 애가 없지."

반대편에 앉아 있던 최성태가 불쑥 내뱉었다. 그 목소리가 제법 컸던지라 순간 분위기가 싸해졌다. 옆에 앉은 여자가 야유했다.

"야, 최성태! 너 진짜 말 못되게 한다. 질투하는 거지? 넘사벽이잖아. 잘생겼지, 예의 바르지, 착하지, 열심히 하지."

"착해? 예의가 발라?"

최성태가 코웃음을 쳤다.

"야, 너 여기 있는 사람들 이름, 쭉 대 봐."

지효는 물끄러미 그를 보았다. 남자가 으름장을 놓는다.

"씨발, 거의 한 달 가까이 같이 일했잖아. 읊어 봐."

"성태야, 너 진짜 왜 그래. 그만해."

"형! 얜 진짜……."

뭐라 욕설을 내뱉으려는 듯 씰룩거리던 남자가 곧 입을 꾹 다물었다. 그러고는 맥주잔을 들고 벌컥벌컥 들이켰다. 착 가라앉은 분위기를 정리하려는 듯 이연수가 과장되게 최성태의 어깨를 팍 쳤다.

"새끼, 히스테리는. 지효 씨, 기분 나빠하지 마. 얘가 오늘 좀 안 좋아서 그래."

"……괜찮습니다."

"자자, 이러지 말고, 뭐 쌓인 거 있음 풀어. 지효 씨, 건배하자. 사실, 지효 씨가 사람들이랑 잘 안 어울리고 그런 건 사실이잖아. 이게 다 인맥 쌓기야. 현장에서 부딪치는 사람들끼리 친목도 다지고 그래야지."

여자가 맥주잔을 들어 그의 앞에 내밀었다. 지효는 기계적으로 그 컵에 제 컵을 부딪쳤다. 여자가 쭉 술을 들이켠다. 자신도 그렇게 해야 되나

보다. 꿀꺽꿀꺽 몇 모금 들이켜고 내려놓자 분위기가 좀 풀어졌다. 그들은 곧 서로 이리저리 잔을 부딪치며 건배하기 시작했다. 곧 이런저런 말들이 오갔다. 소속사는 정해졌느냐, 어디에 무슨무슨 오디션이 떴다더라, 어느 기업이 새 브랜드를 론칭할 모양이더라, 요즘 어느 디자이너가 뜨더라……. 정신이 다 없었다. 서툴게나마 대꾸해 주며 간신히 대화에 끼길 잠깐, 다행히도 곧 음식이 테이블 위에 놓였고, 사람들의 관심은 금세 그를 떠났다.

몇 가지 화제가 오르내리는 동안, 그는 묻는 말에만 간간이 대답을 했다. 흥취가 오르자 다들 떠들고 먹느라 정신이 없어 보였다. 지효 역시 배가 고팠지만, 식욕은 없었다. 그는 별로 입에 맞지도 않는 쓴 맥주만 몇 모금 들이켰다. 사람들은 어느새 잔을 전부 비우고는 새 술을 시키고 있었다. 자리가 금방 끝날 것 같지 않다. 그는 주머니에서 휴대전화를 꺼내 시계를 보았다. 어느새 한 시간이 훌쩍 지나가 있었다.

"어라? 저기 우리 스튜디오 대표 아니에요?"

슬슬 일어날까 하는데 이연수가 바 한쪽을 가리키며 말했다. 모두의 시선이 그리로 향했다. 사람이 굉장히 많았음에도 매우 키가 큰 남자가 확 눈에 들어온다.

"맞네. 저 덩치는 모델 중에서도 흔치 않잖아. 불러서 술 사 달라고 해 볼까?"

"아서라, 여자랑 같이 왔나 본데."

진회색 코트를 한 팔에 걸친 남자는 바 스툴 위에 슬쩍 걸터앉아 긴 다리를 쭉 뻗고 있었다. 넓은 어깨에 까맣게 반들거리는 짧은 머리, 서른은 훌쩍 넘어 보이는 성숙한 남성이었다. 그가 양손에 술잔을 쥐고 있다가 곁에 다가선 여자에게 내밀었다. 무심코 그녀의 얼굴을 본 지효는 다음 순간 몸을 굳혔다.

웨이브 진 긴 머리칼을 어깨 위에 늘어뜨린 현수가 남자에게서 술잔을 받아 들고 있었다. 몸에 착 달라붙는 까만 터틀넥 스웨터에 길고 날씬한 다리 윤곽을 고스란히 드러내는 스키니 진, 굽 높은 부츠에 진한 화장. 그녀가 빨갛게 칠한 입술을 벌려 술잔에 가져다 댄다. 남자가 귓가에 대고 뭐라고 몇 마디 하자 그녀가 주먹으로 남자의 어깨를 퍽 하고 때렸다. 남자가 손사래를 치며 낄낄 웃는다. 그는 멍하니 그 모습을 바라보았다. 위장이 꽉 조여든다.

"어? 저 사람……, 혹시 서현수 아니야? 그 요즘 잘나가는 포토그래퍼."

"진짜? 맞는 거 같은데?"

"둘이 사귄다더니 정말인가?"

"무슨. 일인가 보지."

이연수가 말도 안 된다는 듯 딱 잘라 말했다. 몇몇이 순진한 소리 말라는 양 피식거리며 웃었다.

"바에서 일은 뭔 일이냐. 척 보기에도 둘이 심상치가 않은데."

"오빠가 몰라서 그래. 저 두 사람, 옛날부터 저랬어. 대학 동기거든. 둘이 딱 붙어 있을 때가 많아서 다들 사귀는 사인 줄 알았는데 나중에 보니까 각자 애인은 따로 있고 그랬다고. 둘 다 서로 곧 죽어도 친구래."

최성태가 노골적으로 코웃음 쳤다.

"웃겨. 남녀 사이에 친구가 어딨어?"

"네가 둘이 하는 거 못 봐서 그래. 어쩌다가나 저런 그림이 나오는 거지, 수틀리면 서로 죽자고 싸우는데, 욕설 퍼붓고 서로 인신공격하고. 하여간 장난 아니야. 옛날에는 더 심했어. 스태프들 다 보는 현장에서 서로 멱살 붙들기까지 했다고. 둘이 안 싸우는 날이 없었다니까. 이성으로 보는 상대한테 그러는 게 가당키나 해? 폭언에, 비난에, 살벌하다니까."

"연수 누나는 옛날부터 저 둘 알았어?"

"박선우 대표가 처음 스튜디오 시작할 때 서현수 씨랑 같이 했잖아. 난 그때도 같이 일했었으니까 알지. 뭐, 둘이 서로 격의 없이 막 대할 만큼 친하기는 해."

지효는 못 박힌 듯 현수에게서 시선을 뗄 수가 없었다. 음악 소리 때문에 시끄러워선지, 둘은 서로 가까이 고개를 기울인 채 무언가 이야기를 나누고 있다. 그녀가 살짝 미소를 짓자 울렁거림이 심해졌다.

"저, 잠깐 화장실 좀……."

그들의 대화를 가만 듣고 있던 지효는 곧 웅얼거리듯 말하고는 자리에서 일어났다. 사람들을 헤치고 복도 밖으로 나오자 메슥거림이 더 심해진다. 그는 성큼성큼 화장실로 뛰어들어 가 아무 변기나 붙들고 울컥 올라오는 신물을 토해 냈다. 시큼한 냄새가 코끝을 역하게 찔렀다. 얼마 먹지도 않은 술과 음식을 전부 게워 내고서야 겨우 구역질이 멈췄다.

"우욱……."

식도가 타는 듯이 쓰리다. 그는 입 안에 고인 침을 뱉어 냈다. 변기 물을 내리고는 휘청거리는 걸음으로 세면대로 가 입을 헹궜다. 뼈가 시릴 정도로 차가운 물이 피부에 닿자 어질어질한 머리가 좀 식는 듯했다.

그는 젖은 입매를 소매로 거칠게 훔쳤다. 심장이 아플 정도로 쿵쿵거렸다. 젖은 손을 쥐고 가슴께에 꾹 누르고 있길 잠깐, 천천히 고개를 들어 거울을 보았다. 백지장처럼 하얗게 질린 얼굴. 기묘하게 번뜩거리는 눈. 그녀가 다른 남자를 향해 웃는 모습이 머릿속을 가득 채웠다. 다시 욕지기가 올라오려 했다. 그는 이를 악물었다.

'……내 주제에, 질투를 하는 거야?'

그는 그녀의 것이지만, 그녀는 그의 것이 아니다. 그는 그녀의 무엇도 아니다. 그녀가 다른 남자와 함께 있다고 해도 그로서는 참견할 권리가 없다. 그런데도 속이 뒤집어지는 것 같았다. 그는 휘청거리는 걸음으로 화장실을 빠져나왔다. 다시 자리로 돌아가려는데 입구 쪽에 이연수가 서 있는 게 보였다.

"……괜찮아?"

그는 멍하니 눈을 깜빡였다. 여자가 무얼 묻는지 정확히 알 수가 없어서 아무 말 없이 서 있는데, 여자가 손수건을 내밀어 물이 뚝뚝 떨어지는 얼굴에서 물기를 닦아 냈다. 그 친근한 동작에 등줄기가 흠칫 굳는다. 여자가 머뭇거리며 손수건을 거뒀다.

"걱정돼서 쫓아왔어. 얼굴이 창백하다."

"아, 그냥 속이 좀 안 좋아서……. 술이 안 받나 봐요."

"많이 안 좋아?"

걱정스러운 표정이었다. 일순 묘한 기분이 들었다. 마치 여자가 그를 잘 이해하고 있는 것처럼 느껴졌다. 오지랖 넓게 잔소리를 해 대거나, 그로서는 별로 재밌지도 않은 농담을 할 때 짓는, 그런 쾌활한 얼굴과는 사뭇 다른 조심스러운 표정.

"있잖아. 진짜로 두 사람…… 별 사이 아니야."

"네……?"

"현수 씨랑 대표 말이야. 내가 잘 알거든. 두 사람, 진짜로 그냥 친구야. 그러니까 걱정할 거 없어."

"왜 저한테 그런 말을……, 딱히 저는……."

갑작스러운 말에 굳은 것도 잠깐, 그는 더듬더듬 발뺌을 해 보았다. 하지만 제 귀에도 부자연스럽게 들렸다. 그는 채 말을 끝맺지 못하고 입을 다물었다. 스튜디오 내에 그와 현수의 관계를 아는 사람은 몇 없었다. 하루에도 많은 스태프들과 촬영 팀이 오고 가는 대형 스튜디오라 마주칠 일이 거의 없는 데다가 최근 들어서는 마주쳐도 몇 마디 주고받는 게 다였던 것이다.

그나마 건물 입구에서 같이 오가는 것을 봤거나, 그 화제의 사진을 찍은 게 서현수라는 사실을 알게 된 몇몇 사람들이 친하냐고 묻는 정도였다. 이젠 그마저의 관심도 시들해져 둘이 아는 사이인 줄 모르는 사람이 태반이었다.

그런데 그는 잘 알지도 못하는 여자가, 마치 그의 속마음을 다 알고 있다는 양 구는 게 당혹스러웠다. 그런 그의 마음을 읽었는지 여자가 슬쩍 웃었다.

"괜찮아. 어디 소문내고 그럴 거 아니니까. 어차피 아는 사람은 알고 있을 테지만……. 지효 너, 현수 씨랑 촬영 겹치는 날엔 계속 현수 씨만 보고 있잖아. 그것도 되게 집요하게."

"……."

"현수 씨를 바라볼 때, 너 그 사진과 같은 표정을 짓더라."

그는 흠칫, 제 얼굴을 감쌌다. 그 사진. 그 욕망에 달뜬 얼굴을 떠올리자 귀가 화끈거렸다. 제가 그렇게 무방비하게 마음을 드러내고 있었던 건가. 여자가 문득 쓴웃음을 지었다.

"그런 얼굴도 하네?"

여자의 웃음이 살짝 흐려졌다.

"넌 그 사람한테만 반응하는 거 같아. 그런 네 모습이 얼마나 위태로워 보이는지 알아? 어쩐지 불안해서, 널 내버려 둘 수가 없어."

그제야 그는 여자의 얼굴을 제대로 인식할 수 있었다. 쾌활한 표정이 지워진 둥그스름한 얼굴은 어딘지 모르게 여린 인상이다. 피곤 때문인지 축 처져 있는 어깨. 자신의 말처럼, 걱정을 가득 담아 바라보는 눈동자.

"나는……."

그 눈길에 순간, 가슴속에 쌓아 둔 말들이 목까지 차올랐다. 갈 곳 없는 마음을 누군가에게 쏟아 내고 싶었다.

내가 그 사람만 보는 거, 어떻게 알았어요? 그렇게나 표가 나요? 감춘다고 애썼는데……. 그런데 왜 당신이 날 그런 눈으로 보는 거야? 동정인가? 혹시 진짜로 이 마음을 이해해 주는 거야? 가슴이 저미는 것 같은 이 기분을?

그는 입술을 달싹거렸다. 그 순간이었다. 무심코 돌린 시선 끝에 복도를 지나는 현수의 뒷모습이 들어온 것은. 그리고 다음 순간, 바로 앞에 서 있는 여자의 존재 같은 건 머릿속에서 깡그리 사라져 버렸다. 그는 거의 본능적으로 그녀의 뒤를 쫓아갔다.

"지효야!"

저를 부르는 소리가 언뜻 고막을 때렸지만 제대로 인식할 수 없었다. 다시 주변이 흐릿해지고, 모든 것이 잿빛으로 물들고, 현수만이, 그 사람의 등만이 선명해졌다. 그는 성큼성큼 복도를 지나 밖으로 나갔다. 문을 열고 나가자 계단을 내려가는 그녀의 뒷모습이 눈에 들어왔다. 누군가와 통화를 하는 중인 듯 휴대전화를 귀에 대고 입구를 서성거리고 있다. 그가 막 그녀의 이름을 부르려는 순간, 불쑥 다른 남자가 그녀에게 다가섰다.

"차 세워 놨어. 가자."

그는 계단 위에서 멈칫 굳어졌다. 남자가 차 키를 한 손에 쥔 채 현수를 향해 손짓한다. 그녀가 그를 향해 고개를 돌렸다.

"어, 잠깐만. 통화 중이야."

"클라이언트야?"

"응."

"참내, 이 시간에 무슨……. 암튼 차에 타. 이 오빠가 특별히 에스코트해 준다."

남자가 손을 뻗자 현수가 그 팔을 잡고 출구를 빠져나갔다. 그는 굳은 채 서서 그 모습을 물끄러미 바라보았다. 순간, 뱃속이 뜨거워졌다. 평생 느껴 본 적 없는 난폭한 충동에 손끝이 파르르 떨렸다.

"넌 내가 아프게 하는 거 좋아하잖아."

심장이 둔탁하게 갈빗대를 때렸다. 감당할 수 없을 정도로 뜨거운 게 가슴속에 치밀어 올랐다. 당장이라도 달려가서 그녀의 팔을 낚아채고 싶었다. 그 여자 건드리지 말라고 남자를 향해 고함을 내지르고 싶었다.

권리? 질투할 자격이 없어?

하, 하고 제 안에서 누군가가 냉소를 짓는다. 목까지 어둑한 흥분이 차올랐다. 그녀를 차에서 끌어내 당장 해 버리고 싶었다. 장소는 상관없었다. 더러운 술집 화장실이든 쓰레기가 들어차 있는 골목이든, 아무 데나 끌고 가서…… 그 마른 몸을 움켜쥐고, 바지를 벗겨 내고, 다리 사이로 들어가서, 내 걸 깊숙이 밀어 넣고 원하는 만큼 가지고 싶다. 잘 손질한 머리칼을 난폭하게 움켜쥐어 마구 헝클어 놓고, 화장이 다 번질 때까지 얼굴을 전부 깨물고 빨아서 엉망으로 만들어 놓고 싶었다.

그는 신음을 삼켰다. 눈앞이 어지럽다. 적나라한 제 욕망에 욕지기가 치밀어 올랐다.

쓰레기장 같은 집구석에서 남자와 뒤엉켜 있던 엄마의 얼굴이 떠올랐다. 그 얼굴은 곧 자신의 얼굴이 되었다. 그 사람이 낳은 오물이 바로 나다. 유령처럼 희뿌연 껍질 안에 그득 들어찬 찐득찐득한 욕망이 끓어오른다. 속이 뜨겁다. 자신의 실체를 대면한 것 같아 몸이 떨렸다. 그녀가 너무 좋았다. 너무 좋아서 미웠다. 망가뜨려 놓고 싶을 정도로.

마치 출렁거리는 파도 위를 아슬아슬하게 걷는 것처럼, 그는 위태로운 발걸음을 돌렸다.

#11장

유리창을 통해 쏟아진 빛이 아프게 눈을 찔렀다. 현수는 눈살을 찡그렸다.

한동안 우중충하더니 오늘은 유난히 날이 좋았다. 종이컵을 입가에 댄 채 멍하니 쇼윈도를 통해 밖을 내다보던 현수는 순간 움찔했다. 뜨거운 커피에 혀를 댄 것이다. 그녀는 "젠장" 하고 욕설을 내뱉으며 테이블 위에 컵을 내려놓았다. 소매로 얼얼한 입술을 누르는데 오늘 아침 그 위에 조심스럽게 입을 맞추던 남자의 모습이 떠올랐다.

"좋아해요, 현수 씨."

기묘할 정도로 고요하던 음성. 제게 애처롭게 매달렸던 그날 이후로는 한 번도 입 밖에 낸 적 없는 말이었다.

그녀 역시 바쁘다는 핑계로 그런 그를 방치했다. 때문에 오늘, 현관을 나서는 자신을 붙잡으며 하는 말에 순간 멍해지고 말았다. 지겹도록 들어왔던 그 말이, 어째서인지 이전과는 전혀 다른 언어처럼 들렸다. 넋을 빼고 있는 제게 남자가 천천히 고개를 숙여 아주 살짝, 조심스럽게 입을 맞추었다. 그녀는 눈을 깜빡이다가 "어……, 고마워" 하고 얼빠진 한마디만 내뱉고는 그대로 돌아서서 집을 나와 버렸다.

'……농담 한마디 정도는 할 수 있었잖아. 언제나처럼 가볍게 웃으면서…….'

그녀는 이마를 덮는 머리칼을 거칠게 쓸어 넘겼다. 그렇게 나와 버리는 게 아니었다. 뒤에 남겨진 남자는 어떤 얼굴을 하고 있었을까. 마음이 불편해진다. 그러고 보니 지효가 웃는 걸 봤던 게 언제였는지도 잘 기억나지 않았다. 바빠진 뒤로 제대로 얘기를 나눠 본 적도 없었다. 명확하지 않은 어떤 이유로 그들은 서로 거리를 두고 있는 상태였다.

'……낯선 일에 적응하느라 힘들 텐데.'

따지고 보면 그가 이 바닥에 들어온 것은 제 책임이었다. 내키지 않아 하는 기색을 읽었으면서도 해 보라고 권하지 않았던가. 집에서 저만 기다리고 있는 게 부담스러워서.

'진짜 최악이다, 서현수.'

새삼 스스로에게 혐오감을 느낀다. 하지만 걔는 내가 돌봐 주어야 할 어린애도 아니고, 애완동물은 더더욱 아니지 않은가. 그 애도 결국은 자기 살길을 찾아야 한다.

현수는 슬그머니 입술을 깨물었다. 남자의 위태위태하던 눈길이 떠오르자 그 매몰찬 생각에 대한 죄책감이 다시금 차올랐다. 마음속에서 누군가가 자신을 비난한다.

감당할 생각이 없었다면 처음부터 손을 뻗질 말았어야지. 외로울 때는 내키는 대로 예뻐해 주다가, 막상 이제는 성가셔진 거야? 그런 거 아니야. 그럼 너는 대체 걔를 어쩌고 싶은 건데?

'나는…….'

"뭘 그렇게 멍 때리고 있냐?"
그녀는 상념에서 깨어났다. 고개를 드니 휴게실 입구에 박선우가 서 있는 게 보였다. 그녀는 한숨을 내쉬었다.
"누군 바빠 죽겠는데, 누군 한가한 모양이지? 툭하면 튀어나와."
"말본새 봐라. 바쁜데도 짬 내서 와 주는 거야."
박선우가 껄렁거리는 걸음으로 다가와 커피 머신에 남아 있는 커피를 종이컵에 따랐다. 현수는 그 모습을 고깝게 노려보았다. 그가 어슬렁거리면서 나타날 때는 별 달갑지 않은 잔소리를 할 때가 대부분이었다.
"그래서, 용건이 뭔데?"
"꼭 용건이 있어야 찾냐? 넌 애가 왜 그렇게 뻣뻣해?"
"웃겨. 네가 내 애인이냐? 용건 없이 날 왜 찾아?"
빈정거리는 말에 박선우가 소름 끼친다는 듯 진저리를 쳤다.
"꼭 그렇게 끔찍한 비유를 해야겠어?"
"그럼 내 앞에서 고만 좀 얼쩡거려. 너랑 나랑 그렇고 그런 사이라고 스태프들이 수군거린다고."
"할 일 없는 놈들이 뭐라 수군거리든 말든."
코웃음을 치던 박선우가 문뜩 멈칫했다.
"혹시 그것 때문에 네 귀염둥이가 뭐라고 하디?"
현수는 인상을 찡그렸다. 그제야 그런 소문이 지효의 귀에도 들어갔을까 하는 데까지 생각이 미쳤다.
순간, 초조함이 밀려들었다. 예민하고 섬세한 남자이지 않은가. 설마 그런 말들을 진짜로 믿지는 않겠지? 그녀는 신경질적으로 머리칼을 쓸었다. 그들 사이에 무엇 하나 분명히 해 놓지 않은 것은 그녀였다. 묻지도 않는데 제가 나서서 설명하기에도 애매하다. 머리가 지끈거렸다.
"뭐야, 진짜 나 때문에 싸운 거야?"

"그런 거 아니야."

"그러고 보니 걔 요즘 장난 아니게 잘나가더라. 태식 선배도 걔가 어지간히 마음에 든 모양이던데?"

그렇게 말하고는 반응을 살피듯 노골적으로 바라봤다. 현수는 피식 웃기만 했다. 확실히 지효에 대한 업계의 반응은 대단했다. 그를 모델로 한 광고가 한마디로 대박이 나면서 몸값도 빠르게 오르고 있었다. 조금 당황스러울 정도였다.

혹시 나만이 그가 얼마나 아름다운 남자인지 제대로 보지 못하고 있었던 건 아닐까?

비현실적인 미모와 공허한 눈빛을 지닌 남자는 상상 이상의 파급력을 불러일으키고 있었다. 태식이 잘만 서포트해 준다면 아마 일회성 인기로만 끝나지도 않을 것이다.

그는 더 잘될 수 있다.

그러니까 더 이상은 나한테 연연할 필요가 없는데, 민지효만 그것을 모르고 있다.

"걔, 왜 태식 선배한테 넘긴 거냐?"

그녀는 문뜩 고개를 들었다. 박선우가 컵에 입을 댄 채로 빤히 살피듯 내려다보고 있었다.

"네가 찍어도 됐잖아."

"……너 내가 모델이랑 개인적으로 얽히는 거 부정적으로 보지 않았어?"

"아, 걔랑 자니까 안 찍는 거다?"

언젠간 꼭 직장 내 성희롱으로 고소해 버릴 거야. 현수는 이를 갈았다.

"너 말이야, 떠보는 것 좀 적당히 해. 대체 뭐가 알고 싶은 거야?"

"네가 걔 찍은 사진 봤을 때, 네가 다시 복귀한 이유를 알겠더라."

그녀는 멈칫했다. 남자가 예리한 눈길로 내려다보며 천천히 말을 잇는다.

"나야 너희가 서로 거리를 두는 게 가십거리 걱정 안 해도 되고 좋지만, 넌 그런 거 신경 쓰는 인간이 아니잖아. 근데 왜 다른 사람한테 떠밀어 버린 거냐?"

"떠밀어 버린 거 아니야. 나는……."

뒷말이 목 안쪽으로 넘어갔다. 번쩍하고 머릿속에서 플래시가 터지고, 좁다란 방 안에 부스스한 얼굴로 머쓱하게 서 있던 지효의 얼굴이 떠올랐다. 쑥스럽게 웃던 얼굴. 당황해하는 표정. 열띤 눈길. 쉴 새 없이 제 안에서 터지던 플래시. 마치 세상에서 가장 매혹적이고 대단한 무언가를 보듯 바라보던 눈길. 그 눈길에 가슴속에서 불이 일었다.

그런데 나는 왜 이제 너를 찍지 않는 걸까. 내가 다시 카메라를 잡은 이유는 분명 너였는데.

혼란스러움에 살짝 미간을 찌푸리는데 남자의 한숨 소리가 들려왔다.

"세상에 너처럼 배배 꼬인 인간도 드물 거다."

평소라면 피식 웃고 말았을 텐데, 지금은 그 말에 속이 뜨끔했다. 그녀는 퉁명스럽게 쏘아붙였다.

"내 사생활을 트집 잡으러 왔어?"

"당연히 용건이 있어서 왔지."

"그럼 제발 쓸데없는 참견 말고 할 말만 해."

"하여간 말하는 싸가지 하고는."

뭐라 톡 쏘아붙이려는 듯 입술을 씰룩거리던 남자가 곧 한숨을 내쉬며 말했다.

"저번에 네가 촬영했던 태후 알지?"

"그 까칠한 가수?"

뜬금없이 튀어나온 이름에 그녀는 눈을 가늘게 떴다. 촬영 내내 삐딱하더니, 듣보잡 카메라맨이 어쩌고 하면서 난리를 치던 남자였다.

"그 사람이 왜. 설마 이제 와서 뭐라고 해? 사진 반응도 좋았구만."

"너무 좋아서 그런다. 화보집 촬영, 너한테 맡기고 싶대."

"뭐어?"

그 난리를 쳐 놓고 나를 지목했다고? 멍하니 눈을 깜빡이던 현수는 하하 웃음을 흘렸다.

"진짜 사진이 마음에 들었나 보네. 아주 치를 떨면서 나갔는데."

"자랑이다. 내가 제발 부탁하는데 걔 괜히 약 올리고 그러지 마. 보통 자존심 세고 도도한 게 아니라고. 그런 놈이 먼저 숙이면서까지 너 지목한 거야. 거기다 대고 괜히 이죽거려서 파투 내지 마라. 어?"

"나 아직 한다고 안 했는데……."

"거절할 거야?"

그녀는 남은 커피를 모두 들이켜고는 종이컵을 쓰레기통에 던져 넣었다. 멀끔하게 생겨선 깡패처럼 꽥꽥거리던 그 가수의 얼굴이 떠오른다. 그녀는 피식 웃었다.

"못 할 건 또 없지. 근데 일정은 제발 루즈하게 잡아. 나도 좀 쉬자."

"배부른 소리 하고 있네. 이번 시즌 끝날 때까지 인지도 팍팍 안 쌓아 놓으면, 나중에는 일 없어서 손가락만 빨고 있을 거다."

"대스타가 알아서 지목하는 정도인데 설마."

"우쭐대지 마. 훅 가는 거 순간이다."

그녀는 어깨를 으쓱였다. 그 말처럼 확실히 화제가 됐을 때 일을 많이 해 두어야 한다는 것은 잘 알고 있었다. 아무래도 당분간 휴식을 기대하기는 힘들 듯했다. 그녀는 고개를 설레설레 내저으며 휴게실 문가로 걸어갔다.

"그럼 일정 나오면 알려 줘."

똑똑, 노크 소리에 의자에 기대앉아 꾸벅꾸벅 졸던 지효는 흠칫 고개를 들어 올렸다. 평소보다 이른 시간부터 시작된 촬영 때문에 지칠 대로 지친 상태였다. 벌써 휴식 시간이 끝난 건가. 힐끔 시계를 확인하니 겨우 5분이 지나가 있었다. 혹시 또 다른 모델들이 성가시게 하려는 건가 싶어 미간을 찌푸리는데, 문밖에서 재촉하듯 다시 문을 두드린다.

그는 한숨을 내쉬며 달칵 문을 열었다. 그 사이로 빼꼼 현수가 고개를 내밀었다.

"혹시 내가 쉬는데 방해한 거야?"

지효는 두 눈을 크게 떴다. 촬영 일정이 겹치는 날이면 간혹 스튜디오에서 마주치기는 했지만, 이렇게 그녀가 먼저 찾아온 것은 처음이었다. 어떻게 반응해야 좋을지 몰라 멍하니 서 있는데 그녀가 감탄하듯 그의 모습을 위아래로 훑어보며 말했다.

"우와, 근사하다. 이렇게 보니까 진짜 슈퍼 모델 같은데?"

"아, 오늘 촬영이 있어서……."

넋 놓고 있다가 겨우 내뱉은 말이 그것이었다. 그는 얼굴을 확 붉혔다. 당연히 촬영이 있으니 여기 있겠지. 무슨 바보 같은 소리를…….

"하하, 나도 스튜디오에서 촬영 있어. 네가 먼저 끝날 거 같긴 한데……. 혹시 또 뭐 스케줄 잡혀 있는 거 있어?"

눈을 씀벅거리다 곧 격하게 고개를 흔들었다. 진짜로 스케줄이 있는지 없는지 생각나지 않았지만, 그녀가 먼저 와서 말을 걸었다. 설령 뭔가 중요한 일정이 있다고 하더라도 취소할 작정이었다. 그에게 서현수보다 중요한 일정은 없었다. 그녀가 씩 웃었다. 오랜만에 보는 장난스러운 미소에 가슴이 미친 듯이 뛰었다.

"그럼 오랜만에 같이 가자. 근처에서 저녁 같이 먹어도 되고. 아니, 아예 집에서 영화 보면서 치킨 시켜 먹을까?"

그는 고개를 필사적으로 끄덕였다. 그녀가 귀엽다는 듯 웃는다.

"꿀 먹은 벙어리라도 된 거야?"

"아, 조금 놀라서……."

벙어리 냉가슴 앓듯 끙끙거리며 그녀의 뒷모습만 바라본 지 얼마나 지났는지 모른다. 집에 있을 때도 잠깐 자는 모습을 본 게 전부. 그녀는 대개 늦은 밤에 들어와 새벽같이 나갔다. 같이 뭔가를 먹고, 장난을 치고, 영화나 TV 프로그램을 보고……. 그런 걸 한 지가 얼마 만인지 모르겠다. 그렇게 오래 그를 방치해 둔 장본인이 예고도 없이 먼저 찾아왔으니, 당황할 법도 하지 않은가.

그는 이마를 쓸었다. 그녀가 손을 올려 그의 앞머리를 슬쩍 만졌다. 부드럽게 와 닿는 손길에 심장이 쿵 내려앉는다. 그녀가 희미한 웃음을 머금었다.

"너 머리 다시 만져 달라고 해야겠다. 모양이 흐트러졌어."

손끝이 파르르 떨려 왔다. 그녀를 잡아당겨서 등 뒤로 문을 닫아걸고 한 번 하는 데 얼마나 걸릴까? 붉게 칠한 입술과 뽀얀 목덜미가 가시처럼 망막을 파고들었다. 입 안이 바짝 마른다. 강렬한 충동에 휩싸여 뻣뻣하게 굳어 있는데 문득, 복도 저편에서 그녀를 부르는 소리가 들려왔다. 그녀가 "금방 갈게" 하고 목청을 높이고는 피곤한 듯 긴 한숨을 내쉬었다.

"후, 잠깐을 안 기다려 주네. 가 봐야겠다. 너도 곧 촬영 들어가지?"

"네, 저도 금방……"

"그럼 이따 집에 갈 때 보자. 아니, 뭐 촬영장에서도 마주치려나?"

고개를 갸웃하던 현수가 곧 어깨를 으쓱였다.

"혹시라도 나 촬영 길어지면 먼저 가서 쉬고 있어도 돼. 문자만 남겨 줘."

"기다릴게요. 요즘엔 날씨도 별로 안 춥고. 아니, 근처 카페에서라도 시간 때우면 되니까……."

허겁지겁 말을 잇다가 멈칫했다. 그녀를 부담스럽게 하지 말자고 결심했던 게 떠올랐다. 혹시라도 질리게 군 건 아닐까 당황하는데, 그녀가 살짝 미소를 짓는다. 장난스러운 고양이 같은 미소였다.

"그럼 최대한 빨리 끝낼게. 다 끝나면 전화할 테니까 폰 켜 놔."

"아, 네."

그녀가 곧 돌아서서 가 버렸다. 그 뒷모습을 멍하니 바라보던 그는 곧바로 휴대전화를 확인했다. 다행히 배터리가 가득 차 있었다. 최근 어디가 망가지기라도 했는지 휴대전화 배터리가 금방금방 닳아 없어지곤 했던 것이다.

'그래도 혹시 모르니까 충전기에 꽂아 놓을까?'

그는 고개를 흔들었다. 최근에도 물건을 훔쳐 간다거나 망가뜨려 놓는 식의 괴롭힘이 심해지고 있었다. 차라리 몸에 지니고 있는 게 안전했다. 그는 휴대전화를 옷 주머니에 깊숙이 찔러 넣었다. 그때, 다시 노크 소리가 들려왔다. 혹시 현수가 다시 왔나 싶어 그는 벌컥 문을 열었다.

"어, 슬슬 촬영 시작한다고 불러오라고 해서……."

스태프였다. 지효는 고개를 돌려 시계를 보았다. 짧은 휴식이 어느새 끝나 있었다. 차라리 그녀와 같이 들어갈 걸 그랬다. 아니, 그러면 다른 사람들이 이상하게 생각하려나. 그녀에게 폐를 끼칠 수는 없다.

"저기, 민지효 씨 괜찮아요?"

"아, 괜찮습니다. 조금 피곤해서……. 금방 가겠습니다."

멍하니 있는 그를 이상하다는 듯 올려다보던 스태프가 곧 돌아서서 가버렸다. 그는 천천히 숨을 골랐다. 감정적으로 지나치게 격양된 상태라 정신이 다 없었다. 이런 상태로 갔다가는 촬영에 집중하지 못한다고 태식에게 또 혼날지도 모른다.

'현수 씨가 볼지도 모르는데.'

어수룩하게 굴면 안 된다. 그는 후, 하고 깊게 심호흡을 한 번 한 뒤 대기실 밖으로 걸어 나갔다.

현수의 말처럼 머리 모양이 흐트러진 상태였는지 스튜디오로 들어서자마자 스태프 하나가 호들갑을 떨었다. 그 손에 이끌려 의자에 앉자 곧 코디가 달려와 머리를 만져 주고 메이크업을 손보기 시작했다. 그는 제 얼굴 위에 오가는 분주한 손길 사이로 힐끔 다른 세트장을 살폈다. 멀찍이 현수가 보였다. 그녀는 벌써 촬영에 들어간 것 같았다.

'누굴 찍는 걸까?'

자세히 보기 위해 눈을 가늘게 뜨는데 화장을 고쳐 주던 여자가 바로 지적한다.

"민지효 씨, 인상 쓰면 안 돼요."

"……죄송합니다."

그는 눈을 내리깔았다. 헤어스타일을 멀끔하게 손본 뒤에는 태식에게 간단한 설명을 듣고 세트장 안으로 들어섰다. 의자에 앉아 시키는 대로 자세를 잡자, 태식이 그의 모습을 깐깐한 눈빛으로 살피다가 스태프들에게 무어라 지시를 내렸다. 곧 달칵 소리와 함께 강렬한 조명이 눈앞에 쏟아졌다.

"좋아. 일단 한번 가 보자."

태식이 집중하라는 듯 손바닥을 두어 번 탁탁 부딪쳤다. 지효는 신중하게 호흡을 골랐다. 현수가 저를 보고 있는 것도 아닌데 같은 공간에 있다는 사실 하나만으로 온몸의 감각이 예민하게 곤두섰다. 태식이 카메라

쪽으로 고개를 돌릴 것을 요구해 왔다. 그는 지시에 따랐다. 곧이어 찰칵, 하는 소리가 들려왔다.

그 순간, 갑자기 그의 안에서 무언가가 번뜩였다.

그는 혼란스러운 눈빛으로 카메라를 바라보았다. 검게 빛나는 렌즈 너머에서, 현수가 말을 걸어오는 듯했다.

"예쁘다, 지효야……."

너는 정말 매혹적이야.

그녀의 뱀 같은 미소와 부드러운 손길을 떠올리자 머리를 어지럽게 만들던 위태로운 감각들이 생생하게 깨어났다.

아픔과 쾌락. 두려움과 희열. 목을 태우는 듯한 갈증. 그리고 끝없이 솟구치는 열망.

그는 마른침을 삼켰다. 제 모든 것을 담아내려는 듯한 탐욕스러운 눈동자를 떠올리자 말로는 설명할 수 없는 카타르시스가 밀려온다.

"너는 내가 아프게 하는 거 좋아하잖아."

그 말이 맞았다. 나는 그녀가 아프게 하는 게 좋다.

그녀로 인해 통증을 느낄 때마다 내가 이 세상에 존재하고 있다는 걸, 살아 숨 쉬고 있다는 걸 생생하게 느낄 수 있었다. 그녀의 시선이 자신을 난도질할 때면, 세상에 유일무이한 존재가 된 것 같은 기분마저 느꼈다. 그는 어둡게 눈을 빛냈다. 플래시가 번쩍거리며 연이어 터졌다.

"오케이, 이걸로 좋다."

그는 멍하니 눈을 깜빡였다. 묘한 감각에 도취된 상태라 곧바로 그 말을 알아들을 수 없었다. 조명이 꺼지고서야 몰입감에서 깨어나 태식을 보았다. 그는 뜻 모를 표정을 짓고 있었다.

"더 할 필요도 없겠다. 수고했다. 고마 쉬어라."

벌써?

촬영이 이렇게 순식간에 끝난 것은 처음 있는 일이었다. 혹시 무슨 실수라도 한 건 아닌가 싶어 그는 곧장 태식에게로 갔다.

"혹시 제가 뭔가 실수라도……"

"아니, 아니다. 마음에 드는 그림이 나와서 끝낸 기다. 내가 바라던 거하고는 조금 다르지만…… 광고 콘셉트랑은 매치되고, 딱 필이 와서 끝낸 거니까 쫄지 마라."

태식이 그의 어깨를 툭툭 두드렸다. 잘했다는 뜻인가.

그는 손을 올려 목덜미를 어루만지다가 그녀가 있는 세트장을 향해 고개를 돌렸다. 아직 한창 촬영 중인지 조금 어수선한 분위기였다.

그는 그 속에서 현수의 모습을 찾으며 지끈거리는 이마를 문질렀다. 아직도 머릿속이 혼란스러운 상태였다. 그녀를 통해서만 느낄 수 있었던 감각이 느닷없이 깨어난 이유가 뭘까. 나를 찍고 있었던 것은 당신이 아닌데.

그런 생각을 하며 시선을 이리저리 돌리는데, 카메라를 든 현수의 모습이 눈에 들어왔다. 그는 멈칫했다. 그녀는 신중한 표정으로 누군가를 바라보고 있었다.

진지하게 다물어진 입술과 집요한 눈길. 배 속이 기분 나쁘게 꼬여 왔다. 그는 옆으로 걸음을 옮겼다. 그러자 반사판에 가려져 있던 그녀의 모델이 눈에 들어온다.

조명을 받으며 거만하게 서 있는 남자. 위압적인 박력을 내뿜는, 다소 사나워 보이는 눈매를 지닌 남자를 그녀가 한 컷 한 컷 소중하게 찍기 시작했다. 그 광경을 가만히 바라보던 지효는 곧 돌아서서 화장실 쪽으로 달려갔다. 위가 바짝 뒤틀렸다. 그는 빈 칸에 뛰어들어 가 변기 안에 위액을 토해 냈다.

헉헉, 사포처럼 거친 숨을 내쉴 때마다 가슴이 불타는 것처럼 쓰려 왔다. 그는 손으로 목을 감싸 쥐었다. 뜨거운 연기가 그득 들어차 있는 것처럼 폐가 아팠다. 구름 위에 둥둥 떠 있다가 한순간 지면으로 곤두박질친 기분이었다.

'도대체 뭘…… 어째야 하는 거지?'

무력감이 밀려들었다. 이제 자신은 그 사람이 적선하듯 던져 주는 관심만으로는 만족할 수 없다. 분수도 모르고 매달리고만 싶었다. 나만 보라고, 나와 같이 있자고, 그런 말도 안 되는 요구를 하고 싶었다.

그는 신음을 토해 냈다.

나는 이런 데 나오고 싶지 않았어. 당신과 그 작은 아파트 안에 누워서, 서로를 느끼고만 싶었어.

그 안락한 평화 속에 잠긴 채로 두 번 다시 세상 밖으로 나오고 싶지 않았다. 입에서 흐느끼는 듯한 소리가 흘러나왔다. 점점 더 견디기가 힘들어진다. 자기 안에 있는 줄도 몰랐던 뒤틀린 욕구가 속을 새까맣게 태우는 듯했다.

사람을 좋아한다는 건 이렇게 고통스러운 것이었나. 그 사람만이 가득 차서 나 자신조차도 희미해져 버리는 게, 그런 게 누군가를 좋아한다는 건가. 이상하다. 정말 이상해.

"빌어먹을……."

그는 세면대로 가서 차가운 물에 얼굴을 씻었다. 화장이 물에 번져 눈이 쓰리다. 물을 퍼서 따끔따끔한 눈을 씻어 낸 다음, 소매로 쓱쓱 얼굴을 문질렀다. 열이 올랐던 머리가 조금은 차게 식는 듯했다. 그는 떨리는 손으로 눈을 찌르는 앞머리를 쓸어 넘겼다.

아직은 괜찮다. 아직은 참을 수 있어. 아무렇지 않은 척할 수 있다. 내가 이렇게 이상하다는 걸, 정상이 아니라는 걸 그녀가 알게 해선 안 된다. 그녀가 알게 되면 이번에야말로 버려지고 말 거다. 그렇게 끝날 수는 없다.

그는 한결 차분해진 걸음걸이로 화장실을 빠져나왔다. 복도를 지나던 다른 스태프들이 뭐라고 말을 걸었지만, 그는 시선도 주지 않고 성큼 대기실로 들어섰다. 도무지 다른 누군가를 상대할 만한 여유가 없었다.

등 뒤로 문을 닫고 사물함의 자물쇠를 열었다. 막 갈아입을 옷을 꺼내 드는데 문득 사물함 안쪽에 달려 있는 거울 위에 다른 한 사람의 모습이 비쳤다. 그는 움찔 고개를 돌렸다. 의자에 늘어지듯 기대앉아 있던 남자가 천천히 고개를 들어 올렸다.

"씨발…… 너냐?"

남자가 험악하게 입술을 씰룩거렸다. 그도 아는 얼굴이었다.

최성태. 마주치기만 하면 신랄하게 이죽거리는 통에 겨우 이름을 외웠다. 지효는 인상을 찡그렸다. 평소라면 그가 뭐라고 하든 조금도 신경 쓰지 않았을 테지만…… 지금은 상대할 여력이 없었다. 그는 짐을 챙겨 들었다. 다른 데서 옷을 갈아입으려고 돌아서는데 뒤에서 쾅, 하는 소리가 들려왔다. 그는 천천히 시선을 돌렸다. 최성태가 테이블을 걷어찬 것이다.

"사람 무시하냐? 마주쳤으면, 인사라도 해야지."

"……."

"착하고 순한 민지효 씨, 지금 내 말 씹으세요?"

지효는 그를 무시한 채 문손잡이로 손을 뻗었다. 그러자 최성태가 성큼 다가와 와락 그의 멱살을 거머쥐었다.

"넌 사람이 사람같이 안 보이지? 병신 새끼. 네가 입 싹 다물고 멍하니 있는 꼴을 보고 있으면, 아주 소름이 끼쳐. 얌생이처럼 뒷구멍으로는 챙길 거 다 챙기고 있으면서 아무 관심 없는 척, 무심한 척. 역겨운 자식."

"도대체, 뭐 때문에 이러는지 모르겠습니다만……"

"뭐 때문에 이러는지 몰라? 씨발……."

남자의 얼굴이 험악하게 일그러졌다. 그가 주먹을 그러쥐더니, 위협적으로 내리치며 말했다.

"네가 오늘 찍은 광고, 원래 나로 내정되어 있던 거였어. 그걸 윤태식이 가로채서 홀딱 넘어가 있는 너한테 던져 줬지. 씨발, 이번뿐이 아니야. 할 맘도 없는 주제에 설렁설렁 기어와서는……. 누군 죽자 살자 매달리고 있는데, 약 올리는 것도 아니고."

우득, 이 가는 소리가 들려왔다. 굳은 눈으로 그를 가만히 바라보던 지효는 곧 그의 손을 털어 냈다. 입을 열자 스스로도 놀랄 만큼 차가운 목소리가 흘러나왔다.

"나는 윤태식 씨가 소개해 준 일을 했을 뿐입니다. 나한테 이럴 게 아니라 그 사람에게 직접 가서 항의하세요."

"하, 다 윤태식이 나쁜 거다?"

최성태가 코웃음을 쳤다. 지효는 한숨을 내쉬었다. 깊은 피로감이 몰려들었다. 원래도 남들과 말을 섞는 게 싫었지만, 지금은 정말 단 한 마디도 하고 싶지 않았다. 그는 몸을 돌렸다. 그대로 문을 열고 나서려는데 남자의 다음 말이 발목을 붙들었다.

"너 서현수랑은 무슨 사이냐?"

멈칫 굳어져 있다가 천천히 뒤를 돌아보니 남자가 잔뜩 비열한 웃음을 머금고 있었다. 그가 알 만하다는 듯 말했다.

"그 여자랑 자냐?"

"……."

"그 여자가 찍은 네 사진 보니까 바로 알겠더라. 야릇한 얼굴을 해 가지고는……. 그 여자한테 봉사해 준 대가로 윤태식을 소개받았나 보지?"

남자가 낄낄거리며 웃었다. 지효는 그런 남자의 모습을 굳은 얼굴로 바라보았다. 남자가 멈추지 않고 독 같은 말들을 마구 토해 냈다.

“그 여자, 옛날에 걸레로 유명했던 거 알아? 한때는 꽤 잘나갔던 거 같은데, 스캔들 터져서 한 방에 훅 갔지. 자기 가르쳐 주던 사진가랑 동거까지 했다던데, 그 남자가 어디 외지에서 비명횡사한 모양이더라고. 근데, 대박인 게 뭔지 알아?”

지효는 최성태가 쏟아 내는 말의 절반도 이해하지 못한 채 눈을 깜빡이기만 했다. 남자가 부자연스럽게 느껴질 정도로 과장된 미소를 머금었다.

“그 남자 유품에서 서현수 누드집이 쏟아져 나왔다는 거 아니야. 그게 공개되는 바람에 난리도 아니었대. 그년 아주 닳을 대로 닳아서는…….”

최성태의 몸이 뒤로 휘청거리며 넘어갔다. 그것을 보고서야 자신이 주먹을 휘둘렀다는 것을 깨달았다. 하지만 그런 제 행동에 놀랄 새도 없이 다시 남자에게 달려들었다.

바닥 위로 넘어져 버둥거리던 최성태가 곧 격렬하게 발길질을 해 댔다. 지효는 복부를 차였다. 하지만 통증은 느낄 수가 없었다. 마구 발버둥 치는 남자의 목을 꽉 움켜쥐었다. 몸부림을 치며 벗어나려던 최성태가 테이블을 건드리는 바람에 와장창 물건이 쏟아져 내렸다. 필사적으로 몸을 일으키려던 최성태가 그걸 밟고 주륵 미끄러졌다.

“젠장!”

지효는 곧장 남자의 배를 무릎으로 누른 채 바닥에 손을 뻗어 잡히는 대로 아무거나 움켜쥐었다. 머리칼을 자르는 데 쓰는 가위였다. 그걸 높이 치켜들어 남자를 향해 내려찍으려는 순간, 덥석 누군가가 그의 팔을 붙들었다.

지효는 흠칫 고개를 돌렸다.

“지, 지금…… 뭐 하는 거야?”

여자가 떨리는 눈으로 내려다보고 있었다. 한 박자 뒤에야 그녀의 이름이 떠올랐다. 이연수. 멍하니 여자의 얼굴을 올려다보고 있는데 그 순간을 놓치지 않고 밑에 깔려 있던 남자가 그의 복부를 걷어찼다. 지효는 배를 움켜쥐며 뒤로 나뒹굴었다.

"이 미친 새끼!"

"성태야!"

"이거 놔! 이 새끼가 지금 날 죽이려고 했어!"

"그만해!"

여자가 달려들려는 남자를 붙들고서 무어라 말했다. 하지만 귓속으로 들어오지 않았다. 그는 제 손에 쥐어진 은색 가위를 멍하니 내려다보았다. 속이 울렁거렸다. 물속에 잠긴 것처럼 시야가 불안정하게 흔들렸다. 그는 고르지 못한 숨을 토해 내며 남자를 올려다보았다. 눈이 마주치자 그가 질겁하며 뒤로 물러났다.

"뭔가 이상한 놈인 줄은 알았지만, 씨발! 이렇게까지 정신 나간 새끼일 줄은……!"

"그만해. 너도 잘한 거 없어!"

"누나, 지금 저 새끼 편 드는 거야? 저걸 보고도……!"

"밖에서 네가 하는 말 다 들었어. 이번뿐만이 아니라는 것도 다 알아. 네가 계속 지효 괴롭혀 온 것도."

"누나!"

"그냥 덮고 넘어가자. 나도…… 못 본 척할 테니까. 응?"

"지금 그걸 말이라고 해?"

남자가 뭐라고 더 욕설을 토해 냈다. 여자가 그런 그를 막아서서 계속 설득했다. 지효는 그 모습을 멀거니 바라보기만 했다. 여자의 말이 먹힌 것인지 남자가 곧 "젠장" 하고 욕설을 씹어뱉으며 돌아섰다. 그러고는 제

가방을 챙겨 들고는 성큼 문밖으로 나가 버린다. 문이 닫히기 전에 남자의 욕설이 귓가에 메아리쳤다.

미친 새끼.

지효는 숨을 몰아쉬었다.

"지효야, 그거 내려놔."

"……."

"위험하잖아……."

여자의 부드러운 손가락이 가위를 꽉 움켜쥐고 있는 그의 손 위로 조심스럽게 내려앉았다. 그는 움찔했다. 여자가 그의 손을 펴 가위를 빼앗아 들었다. 그러자 몸이 사시나무 떨리듯 덜덜 떨리기 시작했다. 여자가 달래듯이 그의 손을 감싸 쥐었다.

"진정해, 지효야. 성태가 일부러 나쁘게 말한 거야."

"……그 남자가 나한테 거짓말한 거야?"

목소리가 이상하게 갈라져 나왔다. 멍하니 바닥을 내려다보던 그는 곧 고개를 들어 여자의 얼굴을 바라보았다. 얼굴에 당혹감이 어려 있는 것을 보고 바로 알아차렸다. 거짓말을 한 게 아니다. 몸의 떨림이 그치지 않았다.

"그…… 성태가 말한, 그런 저질 가십이랑은 달랐어. 현수 씨랑 김성호 선생님은……."

김성호. 그게 그 사람 이름이다. 머릿속이 기분 나쁜 노이즈로 가득 채워졌다.

그녀와 뒤엉켜 있는 얼굴 모를 남자. 속이 메스꺼웠다. 그는 그녀의 손을 뿌리치며 자리에서 벌떡 일어났다. 듣고 싶지 않았다. 다른 사람한테서 그가 모르는 그녀의 이야기를 듣고 싶지 않다. 지효는 성큼 대기실을 걸어 나왔다. 어딜 향해 가는지도 모르는 채로 걸음을 옮겼다. 아슬아슬하게 유지되던 뭔가가 그의 안에서 완벽하게 무너져 내리는 게 느껴졌다.

"오늘은 말 잘 듣네요."

그녀는 순조롭게 끝난 촬영에 대한 감상을 전했다. 제 딴에는 칭찬이었는데 상대에겐 전혀 그렇게 들리지 않은 모양이었다. 매니저가 건네주는 미네랄워터를 한 모금 마신 남자가 인상을 팍 찡그렸다.

"원래 말투가 그렇게 밉살맞아?"

"네. 원래 이래요."

현수는 카메라를 정리하며 성의 없이 대꾸했다. 남자가 입술을 씰룩거렸다.

"알면 좀 고치지?"

"난 아쉬울 거 없는데. 내 말투가 마음에 안 들면 다음부터는 다른 사람한테 찍어 달라고 해요."

"……당신 진짜 재수 없다."

그녀는 대답 대신 씩 웃어 보였다. 뭐라고 신랄한 말을 쏟아 낼 것처럼 입술을 비쭉거리던 남자가 곧 인정하고 싶지 않은 사실을 인정하듯, 퉁명스럽게 말했다.

"그래. 재수 없을 만한 실력이긴 하더라."

좀 이상한 칭찬이었지만, 일단 답례했다.

"감사."

"더 솔직하게 말해서…… 당신이 찍은 내 사진 보고, 놀랐어. 정말로."

이어지는 감상에 현수는 눈썹을 들어 올렸다. 고집스러운 인상과는 달리 꽤 솔직하네. 의외라는 듯 바라보는데 남자가 흠흠 헛기침을 하며 묻는다.

"당신 눈에는 내가 그렇게 보였어?"

"그렇게가 어떻게인데요?"

"날, 무슨 황제나 폭군처럼 거만하게 찍어 놨던데. 완전 사납고 위압적으로 보이게……. 하여간 끝내주더라."

"하하하, 스타라 그런가 낯 뜨거운 말을 거침없이 하네."

비웃음을 당했다고 생각했는지 남자가 얼굴을 붉혔다.

"난 그냥 느낀 대로 말했을 뿐이야!"

"뭐, 마음에 들어 해 주니 고맙네요. 이번에도 끝내주게 뽑아 줄게요."

"……당신, 진짜 밉살맞아. 그래서 어디 애인이나 생기겠어?"

렌즈를 분리하던 현수는 멈칫하며 남자를 올려다보았다. 떠보는 듯한 말투. 남성적인 매력이 돋보이는 각진 얼굴에 거만한 눈길. 흡사 도베르만 같은 인상이었다. 슈퍼스타답게 카리스마도 있고 개성도 강해 나름 찍는 재미가 있는 피사체지만, 그뿐이다. 박선우가 노래를 부르지 않아도 일로 엮인 상대와 사적으로 얽힐 생각은 눈곱만큼도 없었다.

그녀는 정중한 미소를 머금어 보였다.

"걱정 마세요. 내 애인은 내 성격, 마음에 들어 하거든요."

"……취향이 이상한 인간인가 보네."

"짚신도 다 짝이 있는 거 아니겠어요?"

"……."

"자, 그럼 수고했어요. 샘플 나오면 보낼게요."

남자가 미간을 찌푸리다가 곧 휙 돌아섰다. 현수는 어깨를 으쓱하고는 나머지 정리를 도왔다. 분주하게 움직이며 시계를 확인해 보니 생각보다 늦은 시간이었다. 현수는 살짝 인상을 썼다. 아까 슬쩍 보니까 지효 쪽은 금방 촬영이 끝난 것 같은데.

'아직까지 기다리고 있으려나.'

눈을 빛내며 기다리겠다고 하던 그의 모습이 떠오르자 마음이 조급해졌다. 그녀는 나머지 뒷정리는 스태프들에게 맡기고 가방을 챙겨 들었다. 그리고 스튜디오를 빠져나오며 휴대전화를 꺼내 들었다.

띠리리리.

현수는 그에게 전화를 걸면서 외투를 걸쳤다. 하지만 신호음만 한참 동안 이어지다가 곧 음성 안내로 넘어갔다. 그녀는 테라스로 나서며 다시 한 번 전화를 걸었다. 이번에도 단조로운 신호음만이 들려왔다.

'꺼져 있는 건 아닌데…….'

그녀는 혹시 벤치에 앉아 있진 않을까 하며 고개를 두리번거렸다. 대부분의 촬영이 끝난 상태라 주위가 썰렁했다. 혹시 피곤해서 먼저 갔나? 깜빡 잠들었을 수도 있다. 그녀는 곧바로 문자함을 뒤적였다. 하지만 새로운 메시지는 대출 광고 두 개가 다였다. 그가 남긴 메시지는 없다. 그녀는 눈을 가늘게 뜨다가 다시 전화를 걸어 보았다. 그때, 등 뒤에서 조심스러운 목소리가 들려왔다.

"현수 씨."

그녀는 휙 고개를 돌렸다.

"……이연수 씨?"

스튜디오 초창기 때부터 같이 일했던 스태프였다. 지금은 일정이 폭발 중인 태식에게 붙어서 매니저나 다름없는 역할을 하고 있다고 들었는데……. 현수는 곧장 전화를 끊었다. 혹시 지효에게 무슨 일이라도 생긴 건가.

"왜 그래요? 무슨 일 있어요?"

"제가 참견해도 괜찮은 건지 몰라서 망설였는데, 아무래도 아셔야 할 것 같아서……."

여자가 쉽사리 말을 잇지 못하고 머뭇거렸다. 현수는 미간에 주름을 잡았다.

"무슨 일인데 그래요?"

"혹시 지효와 사귀는 사이인가요?"

뜬금없는 질문에 그녀는 눈을 깜빡였다. 안부 인사는 주고받아도 개인적인 얘기를 나눌 만큼 가까운 사이는 아니었다. 기분이 언짢아진다. 무엇보다 여자가 '지효'라고 다소 친밀하게 지칭하는 것이 마음에 들지 않았다. 그런 스스로의 반응에 조금 놀랐을 정도로.

"왜 그런 걸 묻는 거죠?"

"저는…… 지효가 너무 걱정돼요. 걔가 너무 아슬아슬해 보여서……. 서현수 씨가 지효를 어떻게 생각하는지 알고 싶어요. 이대로는 지효가 너무 불쌍……."

"저기요."

현수는 두서없이 이어지는 여자의 말을 중간에 끊었다.

"아까부터 대체 무슨 말을 하는지 모르겠어요."

"아, 미안해요. 제가 너무 느닷없이……."

당황하던 여자가 곧 얼굴을 쓸며 깊은 한숨을 내쉬었다.

"오늘 조금 소동이 있었어요. 지효가 다른 모델이랑 크게 다퉜거든요."

현수는 눈을 크게 떴다. 순간 가슴이 철렁 내려앉았다. 혹시 다치기라도 한 건가. 그래서…….

"제가 중간에 말려서 큰 사고는 안 났지만…… 자칫하면, 정말 큰일 날 뻔했어요."

"대체, 어쩌다가……. 걔 누구랑 싸우고 그럴 애가 아닌데……."

놀라서 제대로 된 문장이 흘러나오지 않았다. 하지만 어렵지 않게 그녀의 질문을 알아들은 듯 이연수가 가라앉은 어조로 답변했다.

"현수 씨 때문이었어요. 지효가 그렇게 격렬하게 반응하는 거, 현수 씨와 관련된 일밖에는 없잖아요."

마치 민지효와 서현수, 둘 사이를 잘 알고 있는 듯한 말투다. 그녀는 언짢은 표정으로 물었다.

"나 때문에…… 싸웠다고요?"

"갑자기 뜨게 된 탓에 지효는 다른 모델들의 질투심을 사고 있어요. 그래도 평소에는 지효가 무심하게 넘겼는데……. 오늘, 한 명이 현수 씨 얘기로 지효를 자극하는 바람에 크게 싸움이 났어요. 그……."

여자가 머뭇거리다가 조심스럽게 말을 이었다.

"김성호 선생님 얘기로……."

마치 금기를 입에 담은 것처럼 여자가 죄스러운 눈길을 보내 왔다. 현수는 눈을 깜빡였다. 김성호. 너무나 오랜만에 들어 보는 이름이라, 순간 멍했다. 그리고 다음 순간에는 난감함이 밀려들었다.

현수는 얼굴을 쓸어내렸다. 그 애가 무슨 말을 들었을지 예상이 됐다. 그 옛날, 자신이 들었던 말들 그대로겠지.

"저기, 괜찮으세요?"

조심스럽게 묻는 말에 현수는 쓴웃음을 머금었다.

"괜찮아요. 아무튼…… 알려 줘서 고마워요."

"저기, 지효랑은……."

"지효랑은 내가 알아서 할게요. 걱정하지 말아요."

그녀가 부드럽지만 단호한 어조로 말했다. 무언가를 더 말할 듯하던 연수가 곧 고개를 끄덕이고는 돌아섰다. 현수는 건물 밖으로 나서며 다시 그에게 전화를 걸었다. 역시나 받지 않았다. 그녀는 곧바로 택시를 잡았다. 기사에게 주소를 말하고 시트에 등을 기대며 한 번 더 그에게 전화를 걸었다. 신호음이 계속될수록 초조함이 밀려들었다. 혹시 무슨 사고라도 난 건 아닐까.

'아니면…… 드디어 나한테 넌더리를 내며 가 버린 건가.'

그녀는 어둑해진 창밖을 내다보았다.

돌연, 집으로 돌아가 봤자 그 애가 없을지도 모른다는 생각이 들었다. 그러자 조급하던 마음이 식었다.

녀는 일부러 조금 거리를 두고 택시에서 내렸다. 찬 바람이 얼굴을 스쳐 지나갔다. 네가 떠나 버렸으면, 나는 뭘 어쩌면 좋을까? 텅 빈 아파트에서 네가 돌아오기를 기다려야 하나? 아니면 결국 그날이 왔구나, 하며 언제나처럼 혼자서 살아가게 될까.

가만히 서서 좁은 골목을 바라보던 현수는 천천히 걸음을 옮겼다. 짙게 어둠이 깔린 거리를 지나자 그를 처음 발견했던 가로등이 보였다. 그녀는 깜빡이는 불 아래 서서 어두운 창문을 바라보다가 건물 안으로 발을 들였다. 그대로 복도를 지나 현관문 손잡이를 돌리니 달칵 문이 열렸다. 순간, 안도감이 밀려들었다. 그녀는 천천히 안으로 들어섰다.

방 안은 온통 캄캄했다.

'……밖으로 나갔나?'

그녀는 전등 스위치로 손을 뻗었다. 그 순간 어둠 속에서 낮게 가라앉은 음성이 들려왔다.

"켜지 말아요."

그녀는 멈칫하며 방 안을 주시했다. 어둠에 익숙해진 눈에 벽에 기대 앉아 있는 그의 실루엣이 잡혔다. 잠시 머뭇거리던 현수는 불을 켰다. 남자가 불안정한 숨을 내뱉으며 몸을 웅크렸다. 잔뜩 위축된 모습에 절로 한숨이 흘러나왔다.

"지효야, 있잖아……."

가방을 내려놓으며 그에게 다가서던 현수는 우뚝 걸음을 멈춰 세웠다. 피. 남자의 입가에 붉은 피가 덕지덕지 묻어 있었다. 그가 죄다 물어뜯어

놓은 엄지손톱을 잘근잘근 씹었다. 그러자 너덜너덜해진 손톱이 벌어지며 분홍빛 살갗이 드러났다. 현수는 흠칫했다. 그가 손톱을 이로 잡아당겼다. 손끝에서 흘러나온 검붉은 핏방울이 그의 입가를 적셨다. 아연한 얼굴로 그 광경을 바라보던 현수가 덥석 그의 팔목을 붙들었다. 그러다 그의 열 손가락이 전부 피로 얼룩져 있는 것을 보고 소스라쳤다.

"대체, 이게……."

그가 엉망이 된 손가락을 모아 쥐었다. 손끝이 뭉개지며 피가 흘렀다. 그녀는 비명을 내지르며 그의 팔을 잡아당겼다.

"하지 마! 피가……."

"나, 이제 한계예요."

남자가 거칠게 그녀의 양 어깨를 움켜잡았다. 현수는 무섭게 식은 그의 얼굴을 보고 몸을 굳혔다. 창백하게 질린 얼굴. 검붉은 핏자국이 얼룩덜룩한 입가. 섬뜩하리만치 형형한 두 눈이 차갑게 빛난다.

"계속 계속 참았는데, 당신은 절대로 날 봐 주지 않아. 처음부터 내 것이 될 생각 같은 거, 조금도 없었지? 나를 당신 것으로 해 줄 생각도 없었어."

어깨를 움켜쥔 손에 아프도록 힘이 들어갔다. 현수는 입술을 달싹였다. 하지만 아무런 소리도 나오지 않았다.

"아무것도 가진 거 없고 갈 데도 없는 내가, 매달리고, 안달을 하고, 몸이 달아서 어쩔 줄을 몰라 하는 게, 기분 좋았지? 당신은 그저 그거면 됐던 거야."

"그런 게……."

그녀는 가느다란 신음을 흘렸다. 차마 아니라는 말이 나오지 않았다.

사실이다. 절실하게 바라보는 네 눈길이 좋았다. 내 몸의 일부 같아져 버린 외로움조차 누그러들 정도로. 너와 있으면 내가 혼자가 아닌 거 같았어. 그 느낌이 너무나 만족스러웠다. 그녀는 떨리는 음성으로 내뱉었다.

“나는, 그냥 너랑 있는 게 좋았어.”

다음 순간 남자의 얼굴이 무섭게 일그러졌다. 비스크 인형처럼 정교하고 아름다운 얼굴 위에 섬뜩한 섬광 같은 것이 어렸다.

“못 믿어.”

“…….”

“당신은 항상 등을 돌리고 가 버려. 내가 뒤에서 어떤 얼굴을 하고 있는지 돌아보지도 않아. 망설이지도 않고 나를 밀어내. 내가 아무것도 아니라는 걸 알려 주려는 것처럼……. 착각하지 말라고 말하고 싶은 것처럼…….”

“그렇지 않아. 나는…….”

“그럼 보여 줘.”

남자가 몸을 일으켰다. 그녀는 움찔 뒤로 물러났다. 성큼 다가선 그가 손을 뻗어 외투를 움켜쥐었다. 아직 마르지 않은 피가 연갈색 코트에 얼룩을 만들어 냈다.

“지효야, 일단 상처를…….”

그의 손을 잡으려는 순간, 강한 힘에 코트 단추가 우두둑 떨어져 나갔다. 현수는 입을 다물었다. 그가 등 뒤로 코트를 벗겨 내며 셔츠 자락을 움켜쥐었다.

“아니라면, 나한테도 보여 줘.”

차게 식은 두 눈이 송곳처럼 빛났다. 순간, 그녀는 궁지에 몰린 기분에 휩싸였다. 등줄기에 오스스 소름이 올라온다. 그가 천천히 다가와 그녀의 입술을 베어 물었다. 이를 세우고는 짐승처럼 깨물었다가 혀로 느릿하게 훑는다. 비릿한 피 맛이 입 안에 퍼져 나갔다.

"전부 다 보여 줘요. 그 남자한테 보여 준 것보다…… 더, 더 대단한 걸, 나한테 보여 줘."

그녀는 한 걸음 뒤로 물러났다. 등에 벽이 닿았다. 그가 바짝 다가붙어 그녀의 셔츠 밑단을 움켜쥐었다. 새하얀 폴로셔츠에 붉은 핏자국이 번졌다. 가만히 눈을 마주한 지효가 천천히 옷자락을 위로 끌어 올렸다.

현수는 그가 하는 대로 두었다. 그가 그녀의 옷을 머리 위로 벗겨 내던져 버리고는 브래지어 호크를 풀었다. 맨살에 차가운 공기가 와 닿자 그녀는 질끈 눈을 감았다. 그가 이번에는 청바지 단추를 풀어헤쳤다. 순식간에 옷과 속옷이 벗겨졌다.

"지효야……."

목소리가 가느다랗게 갈라졌다. 겁을 먹어서 그런 건지, 흥분 때문에 그런 건지 알 수가 없다. 그가 알몸이 된 그녀를 번쩍 안아 들어 싱크대 위에 앉혔다. 엉덩이에 와 닿는 차가운 쇠붙이의 감촉에 그녀는 움찔했다. 그가 몸을 가까이 붙이며 무표정한 얼굴로 가만히 그녀를 내려다보았다. 그 냉담한 시선에 몸이 떨려 왔다. 독수리의 발톱에 걸린 무력한 생쥐가 된 기분이었다. 그가 피가 말라붙은 손으로 그녀의 무릎을 움켜쥐며 말했다.

"벌려요."

낮은 목소리가 채찍처럼 울렸다. 현수는 얼어붙은 표정으로 그를 바라보았다. 서늘한 얼굴을 한 낯선 남자가 무자비하게 재촉했다.

"직접 벌려서 보여 줘."

떨리는 숨을 토해 내던 현수가 천천히 허벅지를 벌렸다. 깜빡이는 전등불이 제 모습을 낱낱이 비춘다. 강한 조명 아래 그를 가두었을 때처럼, 이번에는 그가 그녀를 빛 아래 가둬 두고 낱낱이 살핀다. 남자의 두 눈이 어둡게 가라앉았다.

"손으로 벌려서 보여 줘. 안쪽까지……."

그녀는 떨리는 숨을 토해 냈다. 그가 무표정한 얼굴로 빤히 응시해 온다. 거기에는 흥분도, 황홀함도 없었다.

그가 말없이 재촉했다. 그 냉혹한 얼굴을 올려다보던 현수는 곧 손을 내려 그 부분을 벌렸다. 끈적한 감촉에 절로 신음이 흘러나왔다. 차가운 공기가 안으로 스며들었다.

움찔, 저도 모르게 그 부분을 조였다. 수치심인지 흥분인지 알 수 없는 감정으로 몸이 달아올랐다. 그가 그녀의 허벅지 사이를 빤히 내려다보았다. 바늘 같은 시선이 벌어진 틈을 비집고 들어와 몸속 깊은 곳을 구석구석 누비는 듯했다. 등 뒤로 땀이 고였다.

얼마나 그러고 있었을까. 배 속이 꼬여 올 지경이 되어서야 그가 고개를 숙였다. 그리고 마치 사료를 먹어 치우는 개처럼 축축이 젖어 든 점막을 핥기 시작했다.

현수는 입을 틀어막았다. 전등이 빠르게 깜빡거린다. 눈앞이 어질어질했다.

그가 고개를 들어 입을 맞추었을 때, 더는 피 맛을 느낄 수 없었다.

그녀는 그의 등을 끌어안았다. 그가 몸속으로 밀고 들어오는 것이 느껴졌다. 신음을 뱉어 내고 싶었지만 입 안 가득 밀려든 혀 때문에 숨조차 제대로 내쉴 수 없었다.

그가 그녀의 머리를 꽉 움켜쥔 채 거세게 허리를 움직였다. 그녀는 정처 없이 흔들리며 질끈 눈을 감았다.

#12장

목이 아팠다. 그녀는 마른침을 삼키며 뻑뻑한 눈을 비볐다.

온몸이 두들겨 맞은 것처럼 욱신거렸고 팔다리는 물먹은 솜처럼 무겁게 느껴졌다. 그녀는 멍하니 천장을 올려다보다가 천천히 고개를 돌렸다. 베개 속에 얼굴을 반쯤 파묻은 민지효가 어두운 눈빛으로 저를 바라보고 있었다.

그녀는 조용히 숨을 죽였다. 모든 것이 불타 버리고 재만 남은 듯한 눈이었다. 그 황량한 폐허 위에 제 모습이 비쳤다. 순간, 그가 느끼는 감정들이 제 것처럼 느껴졌다. 처음 그와 눈을 마주쳤을 때도 그랬다. 그녀는 자신의 고독이 사람의 형태를 하고 나타났다고 생각했다.

그래서 아무 경계 없이 손을 뻗을 수가 있었다.

"……내가 뭘 어떻게 해 줬으면 좋겠니?"

입을 벌리자 꽉 잠긴 목소리가 흘러나왔다. 남자는 눈도 깜빡이지 않고 가만히 바라보기만 했다. 그녀는 그의 이마에 들러붙은 머리칼을 조심스럽게 쓸어 주었다. 그러자 남자의 속눈썹이 사르르 떨린다. 그가 천천히 입을 열었다.

"그 사람이 찍었다는 당신 사진……, 인터넷에 찾아봤는데, 나오는 게 없었어요."

"……보고 싶어?"

"보고 싶지 않아."

"……."

"정말로 보고 싶지 않은데…… 상상만 하다가는 그대로 돌아 버릴 거 같아서…… 차라리 두 눈으로 확인하는 편이 낫지 않을까……."

그가 말을 채 잇지 못하고 두 눈을 감았다. 그런 그를 조용히 바라보던 현수가 자리에서 일어나 책꽂이를 뒤적였다. 그러고는 제일 구석에 처박아 둔 사진집을 꺼내 들었다. 그 남자가 남긴 것이었다. 처음에는 어딘가에 꼭꼭 숨겨 뒀었다. 눈에 띄지 않게. 하지만 그러는 게 마치 당신 못 잊고 있다는 뜻인 것 같아서 나중에는 보란 듯이 꽂아 놨다. 한 번도 펼쳐 보지는 않았지만.

"보고 싶으면 봐."

"……."

"버리고 싶으면 버려도 되고."

한참을 주저하던 그가 앨범을 받아 들었다. 그녀는 그 옆에 등을 기대고 앉아 잠자코 기다렸다. 잠시 후, 종이를 넘기는 소리가 들려왔다.

앨범 안에는 여러 사진들이 두서없이 뒤섞여 있었다. 새파랗게 빛나는 정글, 투명하게 빛나는 바다와 해변, 아프리카 난민들의 머루 알 같은 눈동자, 그리고 유적들이 가득한 사막……. 도시의 모습도 있었다. 홍콩의 화려한 야경, 질서 정연한 건물들. 그리고 마침내, 그녀의 사진이 나왔다. 알몸에 커다란 박스 티를 입고 비좁은 부엌에 서서 우유를 마시고 있는 사진, 대학 졸업식 날 찍어 준 사진, 그리고 이국의 카페에서 선글라스를 끼고서 야자 주스를 마시고 있는 사진까지.

그것들을 가만히 내려다보던 지효가 다음 장을 넘겼다. 그의 어깨가 움찔 굳어졌다. 하얀 시트 위에 알몸으로 엎드려 누워 있는 그녀의 모습이 나온 것이다. 창백하고 마른 몸에 뼈가 오돌토돌 도드라져 있는 등, 동그란 엉덩이와 앙상한 다리. 외설적이라기보다는 의학 전공 서적에나 나올 법한 해쓱함이 어린 사진이었다. 다음 사진은 더 심했다. 지효는 그걸 한참 동안이나 내려다보았다.

어두운 방 안. 벽지가 반쯤 벗겨진 회색 벽. 그보다 더 창백하고 파리하게 빛나는 피부. 그녀는 마치 궁지에 몰린 작은 짐승처럼 벌거벗은 채 구석에 웅크리고 있었다. 부스스한 머리칼 사이로 퀭한 두 눈이 빤히 위를 올려다보고 있다. 그 사진 안의 여자는 꼭 회색 생물처럼 보였다.

"이건…… 어느 나라 말이에요?"

그가 사진 아래에 적힌 문구를 가리키며 물었다. 현수는 쓴웃음을 지으며 답했다.

"라틴어야."

"……무슨 뜻인데요?"

"당신의 연회는 단맛보다 쓴맛을 더 가지고 있다."

그가 고개를 돌려 그녀를 보았다. 현수가 천천히 말을 이었다.

"혹시 '시골 쥐 도시 쥐'라는 이솝 우화 알아? 거기에 나오는 말이야."

"……."

"도시 쥐가 도시의 풍요로움을 자랑하며 시골 쥐를 도시로 데려와. 그런데 시골 쥐 눈에는 도시가 별로 좋은 곳이 아니었던 거야. 시골 쥐는 고향으로 돌아가 버리지. 거기 쓰여 있는 말은 시골 쥐가 떠나기 전에 하는 말이야."

그녀는 씁쓸한 미소를 머금었다.

"진짜 너무하지 않아? 가려면 그냥 가 버릴 것이지. 도시 쥐는 깨닫고 싶지 않았을 텐데……. 그렇잖아. 도시 쥐는 시골 쥐처럼 떠나 버릴 수도 없어. 그런데 그러고 가 버리다니."

그녀는 머리를 쓸어 넘겼다. 그 말이 꽤나 오랫동안 뇌리에서 떠나지 않았다. 혼자 남겨진 도시 쥐는 어떤 기분이었을까. 떨어지는 부스러기가 나를 위한 달콤한 만찬이라고 믿은 채 살아가는 편이 더 나았을 텐데.

"그 사람 눈에는, 내가 쓰디쓴 세상에서 단꿈이나 꾸는 생쥐로 보였던 모양이야."

그녀는 가볍게 웃어 보였다. 아무 말 않고 가만히 사진을 내려다보던 지효가 물었다.

"……그 사람, 사랑했어요?"

현수는 멈칫했다. 곧 솔직하게 답했다.

"지금은…… 잘 모르겠어."

"……."

"내가 집안 반대 무릅쓰고 카메라랑 돈 몇 푼 들고 상경했다고 얘기했었지? 그때 그 사람을 만났어. 학교 입학은 했는데 기숙사가 너무 비싸서 찜질방을 순회하면서 버틸 때였지. 알바란 알바는 이것저것 다 해 봤는데 쉽지 않더라고. 학교 다니면서 일하는 게. 그때 그 사람이 도와줬어. 자기 스튜디오에서 일하라고……."

김성호는 세계적으로 유명한 천재 사진가였다. 이미 10대 시절에 온갖 상을 다 휩쓸고 다녔고, 국내에서는 실력을 견줄 사람이 없었다. 그 사람은 유명 인사들의 사진도 많이 찍었지만, 상업적인 사진보다는 순수 예술 사진을 더 좋아했다.

성인이 되자마자 전 세계를 쏘다니며 사진을 찍었다고 했다. 뉴욕에서 전시회도 열었고, 퓰리처상까지 두 번이나 수상해 국내에서는 내로라하는 인사였다. 그런 사람이 관심을 보이니, 제가 뭔가 대단한 인간처럼 느껴졌다. 지금 생각해 보면 자아도취에 빠져 있었던 것 같다.

"나한테 딴마음 품고 그런 제의를 한 건 아니었어. 그냥 내 사진이 마음에 들었대. 나한테는 엄청난 기회였지. 세계적인 사진가 밑에서 배울 수 있다니 꿈만 같았어. 그렇게 몇 년간 학교도 설렁설렁 다니면서 그 사람 밑에서 스태프로 일했는데, 그러는 동안에 조금씩 가까워졌어. 어느 순간 정신을 차리고 보니까 연인 사이가 되어 있더라. 누가 먼저 사귀자고 한 것도 아니었는데 자연스럽게 그렇게 됐어."

하지만 그 사람이나 저나 자존심만 세고, 굽히고 들어가는 걸 죽도록 싫어하고, 자기 속마음을 드러내는 데 서툰 인간이라 그들의 관계는 순탄하지 않았다. 아니, 그야말로 불꽃이 튀었다. 마냥 좋다가도 어느 순간 미친 듯이 싸우고, 죽일 듯이 물어뜯다가 반나절도 안 되어 다시 붙어 있고 그랬다.

치를 떨면서도 헤어질 생각은 하지 못하는, 그런 연인 관계.

"우린 참 자주 다퉜어. 성격이 죽도록 안 맞았지. 내가 졸업하고 일을 시작한 다음에는 더 자주 싸우기 시작했어. 나는 일에 빠져들었고, 그 사람은 역마살이 끼어서 한 곳에 오래 있지 못하는 성미였거든. 조금이라도 더 같이 있으려고 동거까지 시작했는데 1년에 넉 달도 같은 집에서 머문 적이 없었어. 그 사람은 습관처럼 얼마간 머물다가 가 버리고, 또 얼마간 머물다가 가 버리고……. 그러면 나는 기다리고, 또 기다리고……. 그걸 지속하다가 이런 관계가 무슨 의미가 있나 싶었지. 떠나가는 그 사람을 보는 게 넌덜머리가 났어."

"……."

"지치더라. 그래서 그 사람이 돌아왔을 때 헤어지자고 했어. 아무렇지도 않게 그러자 할 줄 알았는데, 싫다고 하더라. 놀랐어. 이 사람, 나한테 애착이 있었구나 하고. 미안하다고, 이젠 한국에 정착하겠다고 프러포즈까지 하더라니까. 자기 인생에 내가 없으면 안 된다고도 했어. 나는, 거기에 또 홀딱 넘어갔지."

그녀는 지그시 눈을 감았다.

"근데 보름도 못 가 또 비행기표를 끊는 거야. 기가 막히고 허탈했어. 이번이 마지막이라고, 정말 마지막 여행이라고, 금방 돌아오겠다고 하는 그 사람한테…… 내가 그랬어. 난 상관 안 해. 가 버려. 가서 뒈져 버려."

그게 내가 그 사람한테 한 마지막 말이었다.

"지금은, 그 사람 얼굴도 희미해. 그렇게 헤어지고 사진 같은 건 꼴도 보기 싫다고 진작 다 처분해 버렸거든. 출국하던 날, 그 사람 물건도 싹 다 정리해서 버렸어. 그래서…… 남은 유품이라고는 그 앨범 한 권뿐이야. 차마 버릴 수가 없더라. 그 사람은 가족이랑은 사이가 별로 안 좋았거든."

"그 사람은, 어쩌다가……."

"산사태에 휘말렸대. 아마존이나 아프리카 오지, 내전 지역. 그런 위험한 곳만 골라 다녔던 사람이라 다들 언젠가는 그런 날이 오지 않을까 했었을 거야."

그녀는 살짝 웃음을 흘렸다. 하지만 제 귀에도 메마르게 들렸다. 잠자코 있던 그가 가라앉은 음성으로 물었다.

"아직도 그 사람, 사랑해요?"

"아니."

"……."

"나, 그 사람 못 잊고 있는 거 아니야. 떠올리면 막 괴롭고 그런 것도 아니야. 그런데…… 그 순간은 잊히지가 않아. 내가 했던 말, 그리고 헤어질 때 그 사람이 짓던 표정. 그거 하나만큼은 계속 후회했어. 그 말만큼은 하지 말았어야 했는데, 그 말만큼은…….”

그녀는 질끈 두 눈을 감았다.

“겨우 그 정도야.”

“……사진은 그 사람 때문에 그만두었던 거예요?”

“그 사람 때문만은 아니었어. 그 사람이 남긴 작품을 정리하다가 거기서 내 사진이 나온 게 악질적으로 보도되기 시작했지. 한국이 낳은 세계적인 포토 아티스트와 그 제자. 싸구려 가십으로 매일매일이 시끄럽고, 인간들은 나만 보면 수군거리고. 나는 그런 거에 염증이 났어. 그래서 어느 순간 다 때려치우고 나왔어. 그게 다야. 그 사람이 죽은 충격으로 너무 괴롭고 슬퍼서, 그래서 그만둔 게 아니라, 그런 상황들이 지긋지긋해져서.”

그녀는 고개를 돌려 그를 보았다. 그늘진 회색 눈동자가 가만히 자신을 바라보고 있었다. 상처 입기 쉬워 보이는 그 눈길에 막막한 기분이 든다. 너를 어떻게 해야 좋을지 도무지 모르겠어.

“지금에 와서는 내가 그 사람을 정말로 사랑했었던 건지도 잘 모르겠어. 고달프고 힘들 때, 매력적이고 능력 있는 남자가 짠 하고 나타나 도와주는 거, 완전 여자들 판타지잖아. 내 멋대로 그 사람을 구원자로 착각했다가, 아니라는 걸 알고 마음대로 실망하고…… 그랬던 거야. 필요할 때 타이밍 좋게 옆에 있어 주니까 좋아했다가, 나중에는 내 옆에 있어 주지 않는다고 미워하고…….”

“…….”

“그런 걸 사랑이라고 부를 수는 없잖아.”

“그러면…….”

그가 입을 열었다. 남자의 눈이 출렁거렸다. 눈물을 흘리는 것도 아닌데 우는 것처럼 보였다.

"그러면 뭐가 사랑인데요?"

"……."

"힘들 때, 그래서 누군가의 도움이 절실할 때, 손을 내밀어 준 사람을 사랑하는 게 뭐가 이상해요? 세상이 그저 캄캄하게만 보이고, 희망 같은 건 없는 거 같아서…… 더는 해 나갈 자신이 없을 때, 그럴 때 내 옆에 있어 준 사람을 사랑하는 게 왜요. 사람이 사람을 사랑하는데 그것 말고 대체 뭐가 더 필요한데요?"

현수는 멍하니 입을 벌렸다. 그의 얼굴이 희미하게 일그러졌다.

"당신이 나한테 손을 내밀어 줘서, 나는 당신을 사랑해. 죽고 싶을 때, 죽을 것 같았을 때, 당신이 나를 구해 주고 다정하게 대해 줘서…… 그래서 당신이 좋아. 그게 대체 뭐가 잘못됐다는 거야."

그녀는 아무런 대답도 하지 못했다. 그의 두 눈이 격렬하게 일렁거렸다.

"나는 모르겠어. 내가…… 이상한 거야? 정말, 모르겠어."

그녀는 그의 얼굴을 물끄러미 바라보다가 그의 손으로 시선을 내렸다. 손톱이 반쯤 벗겨진 손끝에 피가 시커멓게 굳어 있었다.

확실히 정상이 아닌지도 모른다. 어딘가가 잘못되어 있는지도 모른다. 설령 그렇다고 해도 그를 밀어낼 수는 없었다. 할 수 있는 한 도와주고 싶다. 네게서 내 모습을 보기 때문인지, 단순히 안쓰러워서 그런 건지는 알 수 없었다. 다만, 이 사람이 조금만 덜 외로웠으면 좋겠다.

하지만 그가 바라는 것은 그런 미적지근한 애정이 아닐 것이다. 제 애매모호한 태도는 그를 더욱 괴롭게 만들 뿐이었다. 그녀는 괴로운 눈으로 그를 바라보았다.

"내가 뭘 어쨌으면 좋겠니?"

다시 그 질문을 던졌다. 그가 질끈 두 눈을 감았다. 결국은 눈가에 고여 있던 눈물이 창백한 뺨을 타고 흘러내렸다. 그가 떨리는 음성으로 말했다.

“어디에도 가지 말고, 내 옆에만 있어 줘.”

어린애 같은 요구. 현수는 입술을 달싹였다.

“그래.”

담담하게 흘러 나간 대답에, 그가 멍한 표정을 지었다.

“나는, 지금 일도 다 때려치우고 둘이서만 있자고 하는 거야.”

“그래. 그렇게 하자.”

“제정신이에요? 이 집에서 하루 종일 아무것도 안 하고…… 나랑만 있어 주겠다고? 지금 그렇게 말하는 거예요?”

하, 하고 그가 냉소적인 웃음을 흘렸다. 그녀는 담담하게 말했다.

“응.”

그의 얼굴이 천천히 일그러졌다. 네가 원하는 대로 하겠다고 하는데도, 왜 너는 고통스러운 표정을 짓는 건가.

“당신은 대체 왜…… 왜 나한테 그렇게까지…….”

“나도, 너랑 있는 게 좋다고 했잖아.”

진심으로 들리길 바랐지만, 스스로 듣기에도 너무나 가벼운 어조였다. 나는 어느새, 진심을 전하는 방법을 잊어버린 건가. 나의 말들은 언제나 공허하게 겉돈다.

“네가 좋아.”

그 공허한 메아리를 다시 한 번 토해 냈다. 그가 질끈 두 눈을 감았다. 그녀는 몸을 일으켜 불안하게 떨고 있는 그를 끌어안았다. 뜨거운 피부가 맨살 위에 맞닿았다. 그가 그녀의 등 뒤로 팔을 둘러 매달리듯 꽉 마주 안았다. 그녀는 그의 귓가에 대고 다시 한 번 말했다.

"둘이서만 있자."

네가 그것으로 안심해 준다면, 다른 건 아무래도 상관없어. 지금은, 불안해하는 너를 밀어낼 수 없다. 나는 그렇게 못 해. 그녀는 지그시 두 눈을 감았다.

"오늘 그만둔다고 말할게."

그녀가 웃으며 말했다. 그는 정말로 그렇게 해도 괜찮은 거냐는 질문을 삼켰다. 하고 싶은 말들이 어지럽게 머릿속을 빙빙 맴돌았다. 진심이에요? 나 같은 거 때문에 정말 일도 다 그만두겠다고? 그런 거 이상하잖아. 나 같은 걸 주웠다는 이유 하나만으로 당신이 왜 그런 손해를 봐야 해? 내가 당신을 죽도록 좋아한다는 이유 하나만으로 왜…….

"……지효야."

그는 움찔 몸을 굳혔다. 문고리를 잡던 그녀가 머뭇거리며 그를 돌아본다. 역시 관두자고 하려는 건가. 그래, 역시 이런 건 말도 안 된다. 내 그런 터무니없는 요구를 들어줄 리가 없다. 바짝 긴장하고 있는데 그녀가 손을 뻗어 붕대를 감아 놓은 그의 손가락을 만졌다. 마치 깨어지기 쉬운 것을 만지듯 조심스럽게.

"당장은 힘들겠지만…… 되도록 빨리 정리할 테니까, 두 번 다시 이런 짓은 하지 마."

그녀는 언젠가 그가 멍투성이가 되어 돌아왔을 때와 같은 표정을 하고 있었다. 안타깝고 속이 상한 듯한 눈길. 그 눈길에 속이 술렁거렸다. 순간 와락 끌어안을 뻔했다. 가슴이 부풀어 올라 터져 버릴 것 같다. 숨이 차서 아무런 말도 하지 못하고 서 있는 그를 가만히 올려다보던 여자가 곧 뒤돌아서 문을 열고 나갔다. 달칵. 문이 닫혔다. 그는 그제야 멈추고 있던 숨을 토해 냈다.

'정말로…… 조금만 참으면, 이제는 떨어지지 않아도 되는 거야?'

불안정하게 떨리는 손으로 앞머리를 쓸어 넘기다 두 손으로 얼굴을 감싸 쥐었다. 숨길 수 없는 안도감이 치밀어 올랐다. 더는 불안해하지 않아도 된다. 더는 그렇게 괴롭지 않아도 돼. 편해질 수 있어.

문득 렌즈 너머로 어둡게 가라앉던 그녀의 두 눈이 떠올랐다.

소중하다는 듯 카메라를 만지던 손길도. 셔터를 누르고 난 뒤 싱긋 웃던 모습도. 두 눈을 감았다. 그래도 괜찮다고 했어. 그래도 나와 있어 주겠다고 했어. 나와 있겠다고. 그는 현관 앞에 털썩 주저앉았다. 머리가 지끈거렸다. 어째서인지 눈물이 날 것 같다.

태후의 화보 샘플 사진을 확인한 박선우는 한참 동안 말이 없었다. 그녀는 얼마 전에 배정받은 제 좁다란 작업실을 다 채우고 앉아 있는 남자를 힐끔 살폈다.

그녀가 찍은 태후의 사진은 다소 투박했다. 손을 대면 베일 듯 날카로운 선들이 남성적인 얼굴을 거칠게 그려 내고 있었고, 도전적인 구도는 피사체가 지닌 단점과 장점 모두를 적나라하게 부각시키고 있었다. 상업 사진으로는 적절하지 않은 표현 기법. 하지만 야만적일 정도로 생동감이 넘치는 사진들을 들여다보는 박선우의 눈은, 그 어느 때보다 초롱초롱했다.

"……너는, 진짜 천재야."

잠자코 있던 박선우가 조용히 입을 열었다. 그가 손을 뻗어 사진을 매만졌다. 얼굴 근육의 미묘한 움직임을 하나도 놓치지 않고 집요하게 포착해 낸 사진이었다. 빛, 배경, 구도. 모든 것이 대담하기 그지없었다. 그는 하, 하고 떨리는 웃음을 흘렸다.

"띵까띵까 놀았던 주제에, 이런 사진을 찍다니……."

"혹시 샘플 보내고 마음에 안 든다고 하면 재촬영 일정 잡아서 알려 줘."

"왜 안 어울리게 겸손이야. 눈깔이 제대로 박혔으면 마음에 안 든다고 할 리가 없잖아."

박선우는 사진에서 눈을 떼지 못하며 말했다. 그녀는 애매한 미소를 지었다. 제법 잘 나왔다고 생각은 했지만, 이렇게까지 극찬해 줄 줄은 몰랐다. 당혹스러워하는 것을 아는지 모르는지, 남자가 상기된 음성으로 말을 이었다.

"너한테 정나미가 떨어져서 연을 끊을까 싶다가도, 이런 걸 보면…… 그래, 내가 더러워도 참지, 한다."

"웃겨. 누가 누굴 참아? 내가 네 더러운 성격을 참아 주고 있는 거야."

톡 쏘는 말에 평소 같았으면 무어라 한마디 했을 남자가 잠잠하다. 그녀가 찍은 사진을 하나하나 꼼꼼히 살피던 박선우가 이윽고 고개를 들었다. 두 눈에 만족스러운 기색이 가득했다.

"분명 반응 좋을 거야. 서현수 몸값 좀 오르겠는데?"

웃으며 하는 말에 그녀는 씁쓸한 미소를 머금었다.

"그거 아쉽게 됐네."

그가 의아한 눈길을 보내온다. 그녀는 짐짓 가벼운 음성으로 말했다.

"지금 잡혀 있는 일정 다 끝나면, 나 그만둘 거거든."

"……뭐?"

박선우가 멍하니 눈을 깜빡였다. 그녀는 또박또박 다시 한 번 말했다.

"나 일 그만둔다고."

"……."

"이미 계약한 건 어쩔 수 없지만 그 이상 다른 일은 안 할 거야. 잡혀 있는 일정이 다 끝나는 대로 짐 정리할게. 청소 정도는 해 줘야지."

"아까부터…… 무슨 헛소리를 하는 거야?"

남자의 목소리가 차갑게 식었다. 좀 전까지만 해도 싱글벙글했던 얼굴이 살벌하게 굳어져 있었다. 그녀는 한숨을 내쉬었다.

"헛소리하는 거 아니야. 혹시 나한테 의뢰 들어오더라도 거절해 달라고 미리 말하는 거야."

"너 지금…… 나랑 장난 까냐?"

"네가 이것저것 신경 많이 써 준 건 잘 알고 있어. 고맙게 생각하고 있고……"

"미친, 네가 나한테 고맙게 생각한다면……!"

버럭 고함을 지를 듯 시근덕거리던 남자가 입을 꾹 다물었다. 화를 눌러 참는 듯 잠시 침묵하던 남자가 곧 한층 가라앉은 음성으로 물었다.

"이유나 알자."

"별 이유 없어. 그냥, 내 적성에는 백수가 딱인 거 같아서."

"……네가 남자였으면 한 대 쳤어."

"하하, 여자로 태어나길 잘했네."

"씨발, 지금 웃음이 나와?"

그가 쾅, 거칠게 책상을 내리쳤다. 거구를 들썩거리며 험악하게 노려보는 기세에 오금이 저릴 법도 한데, 그녀는 눈 하나 깜짝 안 했다. 그 담담한 표정에 더욱 화가 치민 듯, 그가 버럭 언성을 높였다.

"누굴 병신으로 알아? 너 그렇게 가벼운 마음으로 다시 시작한 거 아니잖아! 너 사진 찍는 거 좋아하잖아! 딴 건 생각도 못 할 정도로 좋아하잖아! 아니면 왜 그동안 밤낮없이 여기 처박혀 있었던 건데? 너 이제야 겨우 정상 궤도까지 올라왔어. 이제부터가 시작이라고. 근데, 뭐? 이제 와서 그만둬? 어떻게 그렇게 제멋대로야! 넌 인생이 그렇게 쉽냐? 이 업계가 그렇게 만만해?"

"박선우, 너한테 고마운 건 사실이지만 그래도 뭐 해 먹고살지는 내가 정할 일이야. 너한테 피해 안 가도록 계약한 건 다 해 놓고 가겠다고 하잖아."

"지금 계약이 문제가 아니잖아! 이유나 알자고. 대체 왜 또 마음이 바뀐 건데? 이유가 있을 거 아니야! 설마 너 아직도 그 자식 일 못 잊겠어서……"

"그만해!"

끈질기게 추궁하는 말에 그녀의 인내심도 끊어졌다. 현수는 거칠게 머리칼을 쓸어 넘기며 날카롭게 외쳤다.

"뭘 그렇게 꼬치꼬치 캐물어! 내가 그만두겠다고 하잖아. 그냥 그런가 보다 하면 안 돼?"

"지금 그걸 말이라고……!"

으르렁거리던 남자가 문뜩 멈칫한다. 그가 눈을 가늘게 뜨며 물었다.

"혹시 네 애인이랑 뭔가 있는 거냐?"

"……제발 그만하자."

"뭘 그만해! 진짜 그런 거야? 뭔가 납득할 만한 설명이라도 해야 할 거 아냐! 그냥 그만둔다고 하면 장땡이야?"

"미안해. 진짜 미안한데…… 나한테도 사정이 있어."

"그 사정이 뭔지 말하라고!"

그녀는 가방을 챙겨 들었다. 문밖으로 나가려는 그녀를 그가 잽싸게 붙잡았다.

"야! 서현수!"

그녀는 한숨을 내쉬었다. 고개를 돌리니 잔뜩 일그러진 얼굴이 보인다. 씩씩거리며 사납게 노려보던 박선우가 곧 욕설을 내뱉으며 손을 놓았다.

"무슨 사정인지는 모르겠지만, 오늘은 못 들은 걸로 할 거야."

"난 분명 그만둔다고……"

"새 스케줄은 안 잡고 있을 테니까, 생각해 봐. 좀 더 생각해 보고 말해. 남은 촬영 다 끝낼 때까지는 시간 있으니까. 곰곰이 잘 생각해 보고, 씨발, 그래도 그만둬야겠으면 그때 말해. 나랑 두 번 다시 안 보겠다는 각오는 하고."

가만히 그의 얼굴을 올려다보던 현수는 곧 돌아서서 나왔다. 등 뒤에서 책상을 걷어찼는지 거친 욕설과 함께 요란스러운 소리가 들렸다. 문 앞에서 잠시 지끈거리는 눈가를 문지르던 그녀는 뚜벅뚜벅 복도를 걸어 나갔다.

정리를 해야 하는 것은 지효 역시 마찬가지였다.

그는 스튜디오 입구에 서서 빤히 건물을 올려다보았다. 그만두려면 정확히 뭘 어떻게 해야 하는 건가. 태식에게 말하면 되는 건가. 사직서라도 들고 와야 하나. 망설이던 그는 곧 안으로 들어섰다.

잠깐 휴식을 취하고 있었는지 홀 카페에 앉아 있던 스태프 몇몇이 알은척 손을 흔들었다. 그는 고개를 까딱하고는 엘리베이터 앞에 가서 섰다.

어느새 스튜디오 로비에 걸려 있던 사진들은 새것으로 싹 바뀌어 있었다. 그중에는 지효의 사진도 있었다. 벽에 걸린 광고 사진을 빤히 올려다보던 그는 곧 엘리베이터를 타고 아래층으로 내려갔다. 아마 태식은 한창 촬영 중일 것이다. 그는 초조하게 머리칼을 쓸었다. 그 사람이 제게 유난히 신경 써 줬다는 것은 저도 잘 알고 있었다. 그만둔다고 하면, 화를 낼지도 모른다.

그래도 상관없어. 서현수 외에는 어찌 되어도 좋다. 그녀와 그녀의 비좁은 아파트. 그것으로 충분했다. 둘이서 거기 틀어박혀서 두 번 다시는 나오지 않을 거야. 다른 인간들의 시선도, 질투도, 귀찮기만 한 호의도, 얄팍한 호기심도 다 지긋지긋했다. 그녀가 자신을 두고 가 버릴까 봐 전전긍긍하는 것도 더는 견딜 수 없었다. 그는 그녀와 함께 그 안락한 세상으로 돌아갈 것이다.

땡, 하고 엘리베이터 문이 열렸다.

그는 새로 산 파카의 후드를 더 깊게 눌러썼다. 힐끗 둘러보니 태식은 한창 촬영 중이었다. 그는 세트장 구석에 가서 섰다. 몇몇이 그를 알아보고는 촬영 스케줄도 없는데 웬일이냐며 말을 걸어왔다. 하지만 그는 대꾸도 하지 않았다. 말을 건 사람들은 곧 기분이 상한 듯한 얼굴로 가 버렸다.

아무래도 좋다. 다 가 버려. 나한테 다가오지 마. 사실은 다 귀찮고 성가셔서 참을 수가 없었어.

그는 지끈거리는 머리를 감싸 쥐었다. 그때, 누군가가 툭툭 어깨를 두드렸다. 그는 흠칫 뒤를 돌아보았다. 굉장히 키가 큰 남자가 우뚝 서 있었다.

"네가 민지효지?"

남자가 한껏 인상을 찌푸리며 물어 온다. 그는 눈을 가늘게 떴다. 선이 굵은 얼굴, 비싸 보이는 옷차림에 위협적으로 느껴질 정도로 큰 체구. 지효는 일전에 바에서 그녀와 함께 있었던 사람이라는 걸 금세 알아차렸다. 남자가 엄지로 제 어깨 뒤를 가리키며 말했다.

"직접 마주칠 거라고는 생각 못 했는데, 잘됐군. 잠깐 얘기 좀 할까?"

"……."

"어차피 촬영 있는 것도 아니잖아."

남자는 그의 대답도 듣지 않고 휙 돌아섰다. 그는 그 뒷모습을 가만히 바라보다가 한창 촬영에 빠져 있는 태식을 돌아보았다. 분위기로 보건대 금방 끝날 것 같지 않았다. 그는 작게 한숨을 내쉬며 남자를 뒤쫓아 갔다. 한참을 걷던 남자가 곧 복도 제일 안쪽의 문을 열고 들어갔다.

커다란 책꽂이와 책상, 그리고 크고 작은 사진들이 장식되어 있는 방이었다. 남자가 책상 위에 엉덩이를 걸치고 앉아 들어오라는 듯 턱짓을 했다. 그는 방 안으로 들어서서 남자가 용건을 말하기를 기다렸다.

"이거 무슨 말부터 꺼내야 하나……."

남자가 볼펜을 하나 집어 들고 까딱까딱 흔들며 뜸을 들였다.

"우선 내 소개부터 할까. 박선우다. 이 스튜디오 대표야."

"……알고 있습니다."

지효는 그가 내민 손을 가만히 내려다보기만 했다. 남자는 무안해하는 기색도 없이 손을 거두었다. 이런 큰 스튜디오의 대표라는 사람답게 자신만만한 태도였다.

고압적인 말투에 거만해 보이는 표정. 다소 험상궂어 보이는 얼굴에서는 자신감이 묻어났고, 별로 깔끔한 차림이 아니었는데도 온몸에서 관록이 뿜어져 나왔다. 척 보기에도 자신과는 전혀 다른 종류의 사람이라는 것을 알 수 있었다. 현수가 얽혀 있지 않았더라도 거북한 부류의 사람이었다.

남자가 주머니에 양손을 찔러 넣으며 다소 건조한 어투로 말을 이었다.

"민지효 군한테는 진작부터 관심이 있었어. 아마추어가 운 좋게 뜬 케이스치고는 평가가 아주 좋더군. 윤태식도 마음에 들어 하고. 나도 개인적으로 이쪽에서 실수한 걸 크게 문제 삼지 않아 줘서 고맙게 생각하고 있어."

가만히 듣고 있던 지효는 미간을 찌푸렸다.

"실수……?"

"현수가 찍은 사진, 민지효 군 동의도 없이 출품됐잖아. 이쪽에서 저지른 실수였던 만큼 한 번쯤은 만나서 사과해야지, 생각은 하고는 있었어."

'현수'라고 친근하게 부르는 호칭에 신경이 바짝 곤두서던 것도 잠시, 이어지는 뒷말에 머릿속이 멍해진다. 남자가 인상을 찡그리며 말했다.

"설마, 현수한테 못 들었어? 그 사진 때문에 꽤 불쾌해했다고 들었는데……. 출품 직전에 사진 파일이 뒤바뀌었잖아."

그는 아무런 말도 하지 못하고 멀거니 남자의 얼굴을 올려다보았다. 그 사진, 그녀가 출품한 게 아니었나. 그는 떨리는 손으로 입가를 가렸다.

"내가 너 이용해서 상 탔잖아."

그런데 왜 그렇게 말했을까? 내가 당신을 오해해도 상관없었던 건가. 그래서 설명조차 하지 않은 건가. 아니. 아니! 이제 그런 건 아무래도 좋아. 사진 따위, 원한다면 어디다 써도 좋다. 내 옆에만 있어 준다면.

그는 격한 동요를 애써 진정시키며 서늘한 눈빛으로 남자를 노려보았다. 목소리에 절로 바짝 날이 섰다.

"하고 싶은 말은 그게 다인가요?"

"아니, 이제 막 서론을 끝낸 참이지."

남자가 손으로 뱅뱅 돌리던 펜을 탁 소리 나게 내려놓았다. 그러고는 심드렁하게 물었다.

"현수랑 만난 지는 얼마나 됐어?"

"……왜 그런 걸 물으시는 겁니까?"

"걔에 대해서는 얼마나 알아?"

"이봐요."

"진지한 관계인 건가? 아니면 가볍게 즐기는 중?"

남자는 그의 반문은 싹 무시한 채, 제가 하고 싶은 말만 떠들어 댔다. 마치 심문이라도 하는 듯한 태도에 지효는 인상을 굳혔다. 뭐라고 쏘아붙이려는데 남자가 마지막 질문을 내던졌다.

"걔가 왜 일 그만두겠다고 하는 거냐?"

그는 멈칫했다. 남자가 그런 그를 빤히 내려다보며 추궁하듯 말을 이었다.

"평소 변덕이 죽 끓듯 하기는 해도, 카메라와 관련된 일에서만큼은 짜증 날 정도로 신중하고 조심스러웠던 애야. 그런 녀석이 다시 이 바닥에 기어들어 왔을 때는, 가벼운 마음은 아니었을 거란 말이지."

"……."

"여태껏 잘해 오다가 느닷없이 그만둔다고 하는 이유가 뭔지, 민지효 군은 아나?"

남자는 그녀가 일을 그만둔다고 하는 이유가 그에게 있을 거라고 이미 단정하고 있었다. 지효는 차갑게 응수했다.

"왜 내가 그쪽에게 말해야 합니까."

"그러니까, 이유를 알고 있다는 거군."

"그러니까 그쪽이 무슨 상관이냔 말입니다!"

다소 거친 어조에도 남자는 놀란 기색 없이 여유롭게 웃어 보였다.

"상관이야 있지. 난 말이야, 스무 살 때부터 지금까지 서현수 사진에 홀딱 반해 헤어나질 못하고 있거든. 난 걔 때문에 사진을 찍기 시작했어. 그래서 걔가 그만두겠다고 하는 게 도저히 용납이 안 돼."

"……당신이 용납하든 말든, 현수 씨는 그만두겠다고 말했습니다. 당신이 참견할 권리는 없습니다."

"너는 서현수가 그만두겠다고 해도 말릴 생각이 없는 거군."

"……."

"너, 걔 사진 제대로 본 적이나 있어?"

남자가 한 발짝 다가서며 싸늘하게 묻는다. 무어라 쏘아붙이려던 지효는 입을 다물었다. 그의 말대로 그녀가 찍은 사진을 제대로 본 적이 없었던 것이다.

그가 본 것이라고는 그날, 전시회장에 걸려 있던 자신의 사진뿐이었다. 그녀가 찍은 다른 사람의 사진 따위는 괴로워서 볼 수가 없었다. 그 밖의 다른 사진도 마찬가지였다. 카메라에 몰두하고 있는 그녀의 모습 따위, 보고 싶지 않았다.

나를 보지 않는 서현수 따위는 보고 싶지 않아.

그의 침묵만으로 답이 된 듯, 박선우가 입술을 비틀었다.

"봤으면 그런 소리는 못 하지. 웃기지도 않는군. 난 또 진지한 사이라고……. 새파란 모델이랑 얽혀서 좋을 거 하나 없지만, 그래도 걔가 사진 다시 찍을 마음 들게 해 준 게 고마워서라도 참견 안 하려고 했었어. 그런데 정작 당사자는, 현수가 하는 일에 관심도 없었군."

"나는……!"

"이거 걔가 열아홉 살 때 찍은 거야."

그의 말을 툭 끊은 남자가 자신의 뒤쪽 벽에 걸린 액자를 가리켰다. 그는 움찔 시선을 올렸다. 그의 머리 위, 미처 시야가 닿지 않았던 자리에 커다란 액자가 걸려 있었다.

그는 반사적으로 한 발짝 뒤로 물러났다. 빼곡히 펼쳐진 넓은 수수밭이 한눈에 들어온다. 순간 사진이 아니라 유화 그림인 줄 알았을 정도로 강렬한 색상이 사각형 안에 가득 들어차 있었다. 붉게 물들어 가는 황금빛 하늘, 마치 불길처럼 휘몰아치는 새빨간 수수. 그 속을 헤치며 나아가고 있는 작은 소녀의 등. 사진 안에서는 바람이 격렬하게 휘몰아치고 있었다. 소녀가 날아가려는 밀짚모자를 꽉 붙잡고 있다. 어찌나 생생하던지

어디선가 거센 바람 소리가 들려오는 듯했다.

"걔는 말이지, 이런 걸 찍어. 이보다 더 대단한 것도 찍어 내."

그는 굳어진 채로 그 사진을 바라보았다. 남자의 목소리가 송곳처럼 고막을 찔렀다.

"너는 서현수에 대해 아무것도 모르고 있어. 걔가 어떤 인간인지도. 그렇게 얄팍한 관계라면, 그냥 헤어져 버려. 괜히 어설프게 얽혀 있다가 서로 앞길 망치지 말고."

그렇게 말한 남자가 차갑게 뒤돌아섰다.

"서현수 좀 설득해 달라고 부탁하려고 했는데…… 관두겠어. 내가 사람을 잘못 찾은 모양이니까."

남자가 문을 열고 나갔다. 지효는 주먹을 움켜쥐었다. 채 아물지 않은 상처가 터지며 붕대 너머로 축축이 피가 배어 나왔다. 하지만 통증은 느낄 수 없었다.

그는 사무실 안에 혼자 남겨진 채 못 박힌 듯 서서 그녀의 사진을 올려다보았다. 눈 속이 뜨거워진다. 온몸이 주체할 수 없을 만큼 격렬하게 떨려 왔다. 다정하게 웃던 그녀의 얼굴이 머릿속을 가득 채웠다.

'……나도 알고 있었어.'

알고 있었다. 언제까지고 계속될 수 없다는 것을. 둘만의 세상 따위, 이 세상에 존재하지 않는다는 것도. 알면서도 매달렸다. 현실을 마주하고 싶지 않았다. 좁은 굴 속에 파묻혀 아픈 일도, 괴로운 일도 피해 버리고 싶었다. 나는 그런 한심한 생각들로 당신을 갉아먹어 가고 있었던 것이다.

늦잠 자길 좋아하는 당신이 매일 새벽같이 일어나 출근을 했다. 밤늦게까지 일하느라 지쳤을 텐데도 카메라만큼은 가지런히 정리했다. 늘 나른하고 지루해 보이던 얼굴이 활기를 띠고 있었다. 그걸 못 본 척하며 나는 그저 당신이 나를 봐 주지 않는다고 괴로워했다.

'그런데도 나와 있어 주겠다고…….'

이런 나와 있어 주겠다고 했다. 두 손으로 얼굴을 감쌌다. 주륵, 눈물이 흐른다. 내가 잠겨 있는 이 진흙탕 같은 어둠 속으로 그녈 끌고 들어갈 건가. 너무나 좋아하는 그녀를. 정말로 그렇게 할 건가.

"우흑……."

목 언저리까지 아프게 올라오는 울음을 삼켰다. 온몸이 뒤흔들린다.

제대로 된 인간이었으면 좋았을 텐데. 내가 좀 더 제대로 된 인간이었으면, 강한 인간이었으면……, 그렇게 만났으면…….

질끈 두 눈을 감았다.

눈앞이 깜깜하다. 이런 순간이 올까 봐, 자신이 계속 두려워하고 있었다는 것을 깨달았다. 계속 두려웠었다.

하루 종일 연락이 되지 않아 걱정으로 애를 태우다 결국 일과의 반도 못 채우고 퇴근했다. 스튜디오를 나오며 다시 한 번 전화를 걸어 보았지만 역시나 받지 않았다.

현수는 초조함에 못 이겨 허겁지겁 아파트 안으로 들어섰다. 머릿속에는 피가 줄줄 흐르는 손끝을 집요하게 물어뜯던 남자의 모습만이 가득했다. 그녀는 복도를 달려 다급한 손으로 현관문을 열었다. 안으로 들어서자 침대 앞에 선 그의 모습이 눈에 들어왔다. 순간, 안도감으로 어깨에서 쭉 힘이 빠져나갔다.

"지효야, 왜 전화……."

흐트러진 머리칼을 쓸어 넘기며 성큼 안으로 들어서던 현수는 멈칫 굳어졌다.

방 안에는 기묘한 정적이 흐르고 있었다. 그녀는 차곡차곡 개 놓은 이

불과 반듯하게 세워진 좌식 탁자, 빈 옷걸이와 썰렁해진 선반을 천천히 살폈다.

남자는 인기척을 느꼈을 텐데도 미동도 하지 않았다. 그를 둘러싼 무거운 침묵이 의미하는 바를, 그녀는 너무나 잘 알고 있었다.

서늘한 예감에 입 안이 말라 왔다. 그녀는 시선을 내려 그의 옆에 놓인 커다란 가방을 응시했다.

그가 이 집에 들어왔을 때 가져온 가방이었다. 약간 헐거웠던 그 짐 가방이 풍선처럼 빵빵하게 부풀어 있었다. 그것을 가만히 내려다보던 현수가 마침내 입을 열었다.

"……가려고?"

그의 어깨가 움찔 굳어진다. 얼어붙은 듯 등을 돌린 채 꼼짝 않고 서 있던 그가 이윽고 몸을 돌렸다. 울고 있을지도 모른다는 생각과 달리, 그는 차분한 표정이었다.

"전화 안 받아서 미안해요."

"……."

"청소를 하는 데 정신이 팔려서……. 지금 막 부재중 전화가 찍혀 있는 거 보고 연락하려던 참이었어요. 그런데 이상하게 손가락이 굳어서……."

비교적 침착하던 남자의 목소리가 뒤로 갈수록 불안하게 흔들렸다. 본인도 그것을 느낀 듯, 그가 다소 거칠게 얼굴을 쓸어내렸다. 남자의 얼굴이 억지웃음으로 부자연스럽게 뒤틀렸다.

"이것저것 생각해 봤는데…… 나 이제 직업도 생겼고, 돈도 제법 벌고 하잖아요. 그런데도 현수 씨 집에 얹혀사는 거, 조금 이상한 거 같아요. 그렇죠? 갈 데 없는 불쌍한 애, 재워 주는 것도 하루 이틀이지. 아예 죽치고……. 하하, 몰랐는데, 나 그동안 되게 뻔뻔했네요. 진짜…… 거머리도 아니고."

마지막 말은 거의 씹어뱉듯 싸늘하게 흘러나왔다. 현수는 움찔하지 않으려 애썼다.

"……그렇지 않아."

"그동안, 무슨 자기 최면에라도 빠져 있었던 거 같아요. 생각이란 걸 할 수가 없게 됐었던 거 같아. 뇌까지 눅진눅진 녹아 버려서는……."

날카로운 목소리, 묘하게 뒤틀린 웃음. 현수는 그 모습을 음울한 시선으로 바라보았다. 그의 얼굴이 얼핏 울듯이 일그러진다.

"당신은 꼭 이런 날이 올 줄 알고 있었던 것처럼, 침착하네요."

"……."

"얼굴색 하나 변하지 않아. 왜냐고 묻지도 않아. 그렇구나. 당신은 알고 있었어. 이렇게 될 거라는 거, 알고 있었어. 그래서……, 그래서 그렇게……."

그녀는 지그시 눈을 감았다가 떴다.

"내가 뭘 어떻게 해 줬으면 좋겠니."

"현수 씨는…… 내가 하자는 대로 다 할 거예요? 내가 원하는 대로 다? 일도 그만두고, 밖에도 나가지 않고, 내가 만족할 때까지 여기 처박혀 있겠다고? 그저, 내가 원한다는 이유만으로? 하, 현수 씨는 그것만으로 돼요? 그걸로 만족해?"

속에 고인 것들을 마구 게워 내듯 점점 거칠어지는 말에 그녀는 입술을 달싹거렸다. 하고 싶은 말들이 빙빙 입 안을 맴돌았다.

그게 나한테는 그렇게 어려운 일이 아니야. 네가 오기 전에는 그렇게 살았어. 관 속에 누워 땅에 묻히기만을 기다리는 인간처럼. 시간을 모래처럼 흘려버리며. 그건 그렇게 괴로운 일이 아니야. 지금 나한테는, 네가 어떻게 느끼느냐가 더 중요해. 고독하고 지친 스무 살의 내 모습을 하고 있는 네가…… 슬프고 괴롭지 않은 게 더 중요해.

"나는 그것만으론 안 돼요."

남자의 그 말에, 머릿속으로 침묵이 내려앉았다. 그가 차갑게 입술을 뒤틀었다.

"나는 이제 그것만으로는 만족할 수가 없어."

"……."

"그렇게 당신 살을 파먹는 기생충이 되고 싶지 않아."

그가 갑자기 입술을 깨물며 눈을 내리깔았다. 그리고 치밀어 오르는 어떤 충동을 견뎌 내듯, 몸을 뻣뻣하게 굳히며 말했다.

"그렇다고 당신과 떨어져 있을 수도 없어. 이러지도 저러지도 못하고 머릿속만 점점 이상해져 가. 나는 하루 종일 당신밖에는 생각하지 않아요. 정말로 하루 종일. 아침에 눈을 떴을 때부터 잠드는 그 순간까지…… 오로지 당신 생각에만 빠져서, 눈앞의 풍경들이 그저 빨리 흘러가 버리기만을 기다려. 매일 보는 사람들의 얼굴도, 이름도 기억하지 못해. 이게 비정상적이라는 거, 나도 알아요. 내가 정말 이상하다는 거, 나도 알아."

그녀는 격렬하게 쏟아지는 그의 말을 가만히 듣고만 있었다. 그의 눈이 물기를 머금고 뿌옇게 일렁거린다. 그걸 참아 내려는 듯 눈가를 한껏 찡그린 민지효가 꽉 잠긴 목소리로 말을 이었다.

"당신이 내 안에서 점점 커져서, 나는 없어지고 당신만 남은 거 같아. 이대로 가다가 나는…… 완전히 망가져 버릴 거 같아. 당신도 망칠 거 같아."

"……."

"일전에, 내 신이 되어 줄 수가 없다고 했죠?"

"……그래."

"그러면, 이제 됐어요."

그가 한결 진정된 얼굴로 그녀를 응시해 왔다.

"나는 너무 멀리 와서, 당신이 적선하듯 주는 것만으로는 만족할 수가 없어요. 내 세계가 되어 줄 수 없다면, 이제 됐어."

그의 마지막 말이 머릿속에 고요하게 울려 퍼졌다. 부풀어 올랐던 감정들이 거품처럼 가라앉아 간다. 그녀는 목구멍까지 치밀어 오른 말들을 삼켰다. 이 관계는 서로의 외로움을 달래는 데서부터 시작되었다. 너는 나를 필요로 했고, 나는 누군가가 날 필요로 해 주기를 원했다. 하지만 네가 괴로워한다면, 내가 괴로움이라고 한다면, 나는…….

그의 얼굴을 가만히 관망하던 현수는 천천히 두 눈을 감았다.

"그래……."

그의 짐은 가방 하나에 모두 들어갔다.

처음에는 옷 한 벌, 신발 두 켤레가 전부였던 짐.

모델 일을 하면서 옷이 몇 벌 늘어나지 않았다면, 그 가방마저도 헐렁했을 것이다. 그녀는 현관 앞에 서서 신발을 신는 그를 지켜보았다.

당장 갈 데가 있느냐는 질문에 그는 호텔로 갈 거라고 했다. 그렇게 말하고는 진작 그러지 않은 게 이상하다는 양 웃었다. 왜 자신이 이 비좁은 아파트 말고는, 겨울 한파를 피할 데가 없다고 믿었는지 모르겠다는 양.

"이제 곧 겨울도 끝나네요."

현관 앞에 선 남자가 문득 말했다. 현수는 가만히 응수했다.

"……그렇네."

"어쩐지 상상이 안 돼요. 따뜻해진다는 게……. 그냥 계속 겨울이었던 거 같아요."

그녀는 속으로 조용히 동의했다. 그래. 너와 내가 함께한 한 계절이, 한평생 계속되어 왔던 것 같다. 앞으로도 계속될 것 같다. 하지만 한편으로는, 알고 있었어. 이게 언젠가는 끝난다는 거. 그게 다음 달이 될지, 그

다음 달이 될지는 몰랐지만…… 네 말대로 나는 알고 있었던 것이다. 내가, 떠나는 너를 지켜보게 되리란 걸.

"오늘 현수 씨 사진들을 찾아봤어요. 아주 옛날에 찍은 것까지."

"……."

"어쩐지 눈물이 났어요. 당신의 눈에는 세상이 이런 식으로 비치는 건가 생각하니까, 내가 여태까지 알아 왔던 서현수가 허상인 것처럼 느껴져서……."

그의 입가에 쓴웃음이 걸린다. 그것은 자신의 것과 너무나 닮아 있었다.

"사실은 내가 당신에 대해서 별로 아는 게 없다는 생각이 들었어요. 우리가, 사실은 서로 잘 모르는 사이였는지도 모른다고……."

그녀는 입술을 달싹였다. 우리가 서로 잘 몰랐다면, 그건 오로지 내 탓이었다. 나는 너에 대해 많은 것을 묻지 않았다. 자신을 드러내지도 않았다. 대체 뭘 지키려고 그렇게 했던 걸까.

"그래도 그거 하난 알겠어요. 현수 씨가 사진을 계속 찍어야 한다는 거. 이제 와서 내가 이런 말 하는 것도 웃기겠지만…… 계속 사진 찍어요."

"……너는?"

"난 모델 일 계속해 볼 거예요. 지금 내가 할 수 있는 일은, 그것밖에 없으니까. 잘될지는 모르겠지만……."

"너는 잘될 거야."

"……."

"분명 잘될 거야."

그의 두 눈이 어둡게 흐려졌다. 어떤 충동을 느낀 듯 어깨를 들썩거리던 그가, 다음 순간 지그시 주먹을 움켜쥐었다.

"……현수 씨는 참 담담하네요."

"……."

"그런 당신이 조금은 미워요."

원망스럽다는 듯 물끄러미 내려다보던 남자가 곧 몸을 돌렸다. 현수는 입술만 달싹였다. 목에 가시가 걸린 것처럼 따끔하다. 달칵, 그가 문손잡이를 돌렸다. 찬 공기가 휘릭 안으로 스며든다. 그의 코트 깃이 살짝 나풀거렸다. 문을 열고 밖을 향해 걸음을 내딛던 남자가 다음 순간, 우뚝 멈춰 섰다.

"……거짓말이에요."

그가 뒤를 돌아보지 않고 말했다. 때문에 그녀는 그가 어떤 표정을 짓고 있는지 알 수 없었다. 마치 현악기처럼 불안정하게 떨리는 음성으로 그가 말을 이었다.

"밉다는 거 거짓말이야. 당신은, 보잘것없는 나를 구해 줬어요. 죽은 시체 같던 나를, 살아 있게 해 줬어. 그런 당신이 너무 좋아서 줄곧……."

말을 채 잇지 못하며 그가 거친 숨을 들이켰다. 그가 결국은 뒤를 돌아보았다. 창백한 뺨을 타고 한 줄기 눈물이 흘러내리고 있었다. 그가 희미하게 미소 지었다. 눈이 시려 올 듯한 파리한 미소였다.

"잘…… 있어요."

달칵, 문이 닫혔다. 그녀는 방 안에 혼자 남았다. 천천히 숨을 들이켜자 스산한 공기가 폐부 안에 가득 들어찼다. 그녀는 그것을 토해 냈다.

"잘 가……."

지그시 눈을 감았다. 마치 슬픈 꿈을 꾸고 있는 것처럼 몽롱한 기분이었다. 그녀는 다시 한 번 중얼거렸다.

"잘 가."

#13장

시간은 단조롭게 흘러갔다.

그녀는 일에 열중했다. 그만두지 않겠다는 말에 박선우는 맘 졸이게 한 복수라도 하듯 닥치는 대로 일거리를 주기 시작했다. 그 덕에 갑작스러운 이별을 곱씹을 새도 없었다. 그녀는 매일 기절하듯이 잠들었고, 깨면 쏜살같이 나갔다. 아예 스튜디오 사무실에서 담요를 뒤집어쓰고 잘 때도 있었다.

늘 잠이 모자라고 피로한 덕인지 머리는 멍했고, 몸은 노곤했다. 꼭 뇌가 물에 퉁퉁 불어난 느낌이었다.

그렇게 정신없는 상태에서 마구잡이로 찍어 대는데도 의뢰처에서 항의 한 번 오지 않는 게 신기하기까지 했다. 그녀는 진짜 내가 재능이 있긴 한가 보다, 하는 다소 태평한 생각을 했다.

그동안 지효와 마주칠 일은 별로 없었다. 듣기로는 대형 브랜드의 메인 모델 자리를 땄는데, 해외에서 촬영이 있는 모양인지 준비할 게 많은 듯했다. 태식의 말에 의하면, 이것저것 배우느라 정신이 없다고 한다. 그녀도 점점 야외 촬영이 많아지는 바람에 더더욱 그와 마주칠 일은 없어졌다.

그렇게 정신없이 몇 주가 지나는 사이, 민지효의 광고가 온 거리에 내걸렸다.

처음 그 사진을 본 것은 막 지방 로케를 다녀왔을 때였다. 며칠 동안의 촬영 일정을 끝내고 녹초가 되어 버스터미널에서 나온 그녀는 집으로 가는 버스를 타기 위해 긴 줄 끝에 가서 섰다 그 순간, 역 전광판에 걸린 그의 얼굴이 눈에 들어왔다.

'볼크'라는 일본의 남성복 브랜드 광고였다. 사진 속의 그는 화려한 무늬의 카키색 후드를 머리끝까지 뒤집어쓰고서 나른히 눈을 내리깔고 있었다. 유혹하는 듯, 혹은 슬퍼하는 듯 고혹적인 눈빛. 후드 아래 비죽 삐친 머리카락을 한 움큼 부여잡고서 괴로운 듯 희미하게 인상을 찡그린 모습이 다소 날카로워 보인다.

그녀는 못 박힌 듯 서서 한참 동안 그 사진을 바라보았다. 그건 이전의 사진과는 확연히 달랐다. 그를 뒤덮고 있던 흐릿한 안개가 모두 갠 듯했다. 그야말로 나를 보라고 온몸으로 외치고 있는 듯한 사진이었다.

그리고 그 광고는 단순히 화제가 되는 걸 떠나 신드롬을 일으켰다. 중성적인 분위기를 풍기던 남자가 어느 순간 남성적인 매력을 물씬 내뿜기 시작한 것이다.

그의 변신에 대중들은 열광했다. 각종 패러디 사진이 인터넷 포털을 뒤덮었고, 그가 실린 잡지가 불티나게 팔렸다. 길거리에는 그의 사진이 하나 둘 늘어 갔다. 화장품, 향수, 시계, 청바지……. 상가를 지날 때면 어렵지 않게 그의 포스터를 볼 수 있었다.

연예인도 아닌 모델이 이렇게까지 광고를 휩쓴다는 것 자체가 놀라웠다. 괜찮은 에이전시에 들어갔다는 얘기는 들었지만, 그래도 신인 모델이 이만큼이나 일을 따냈다는 것은 기적에 가까운 일이 아닌가.

"그놈, 뭐에 씌었는지 닥치는 대로 오디션 보러 댕기는갑다."

최근에 스튜디오에서 우연히 마주친 태식이 슬쩍 지효의 안부를 전해주었다.

"하루에 꼬박 대여섯 군데씩 오디션 보고, 카메라 테스트도 받고 그러나 보더라. 무슨 심경의 변화인지, 금마가 그렇게 적극적이란다. 요즘 화제가 되고 하니 꽤 관심을 보이는 데가 많은 모양인데, 그걸 가리지 않고 다 하겠다고 나선다 아이가. 그렇게 맹탕 같던 아가 맞는가 싶다."

그녀는 쓴웃음을 지었다. 자신을 떠나고 나서야 그는 제대로 빛을 발하기 시작했다. 그녀가 맨 처음 발견했던, 그래 놓고 방치했던, 그 섬뜩한 매력이 사방에 드러나 버린 것이다.

그녀조차도 보지 못했던 그의 다양한 표정들이 점점 잡지 안에 빼곡해지기 시작했다. 그녀가 알던 어수룩하고 수줍음 많은, 그 조심스럽던 청년은 마치 허상이었던 듯 그는 점점 모르는 사람이 되어 간다.

그렇게, 제 옆에 머물던 남자애가 이제 떠났다는 게 점점 생생해져 갔다. 아이러니하게도 어디에서나 그의 얼굴을 볼 수 있었기에, 그녀는 더 이상 자신이 겪은 이별을 외면할 수가 없었다.

네가 나를 떠났다.

매일 아침 버스를 타기 위해 줄을 서는 그녀에게 전광판에 붙은 포스터가 말했다. 당신은 이제 혼자야. 그녀는 무심히 버스에 올라타며 대꾸한다. 나도 알아.

머릿속에 문득문득, 어딘가에서 혼자 애를 쓰고 있을 그의 모습이 떠올랐다. 원망스러운 듯 바라보다 뒤돌아서던 모습도 자주 떠오른다. 그러면 쇳덩어리가 들어앉은 듯 가슴이 답답해졌다.

그녀는 그 아픔의 속성을 잘 알고 있었다. 이별 후에 자연스럽게 찾아오는 상실감과 슬픔, 그리고 지독한 고독감…….

'시간이 지나면 괜찮아질 거야.'

그것들이 얼마나 지독하든지 간에 시간은 이길 수가 없다. 지금 느끼는 감정들도 하루하루가 지날수록 점점 희미해져서, 나중에는 형태도 알아볼 수 없게 될 테지. 비단 슬픔뿐만이 아니라 모든 감정이 그러하다. 그저 흘러가 버리기를 기다리면 되는 것이다.

적어도 그녀에게는 사진이라는 도피처가 남아 있었다. 뭔가에 몰두하고 있는 동안에는 아픔도 잊을 수 있었다. 육체적 피로까지 더해지면 더할 나위 없다. 그녀는 졸음을 참을 수 없을 때까지 일하다가 아무 생각 없이 기절하듯 잠들기를 반복했다. 진부한 방법이긴 했지만 효과가 있었다. 슬퍼할 새도 없이 시간이 흘러갔다.

"너 집에 다녀온 지 얼마나 됐냐?"

그렇게 일에 매달리는 그녀의 모습이 심상치 않았는지, 오랜만에 작업실에 들른 박선우가 한껏 심각한 어조로 물었다. 그녀는 고무줄로 질끈 동여맨 머리칼을 풀어내며 눈을 굴렸다.

"그제인가?"

"……잠은?"

그녀는 엄지로 간이침대와 담요, 히터를 가리켰다. 박선우는 입술을 씰룩거렸다.

"이런 전기 도둑 같으니라고……."

"야! 밤낮없이 일하는 직원한테 보너스는 못 줄망정, 지금 히터 좀 쓴 거 가지고 뭐라 하는 거야?"

"집도 가까운 인간이 왜 여기서 자! 잠은 집에 가서 자야 할 거 아냐."

"……그런 말은 적어도 스케줄 조정은 해 주고 꺼내."

양심은 있는지 그가 곧바로 입을 다물었다. 그녀는 쯧 혀를 차고는 하던 작업을 마저 하기 위해 컴퓨터 스크린을 보았다. 순간 눈앞이 침침해져 왔다. 그녀는 안경을 벗고 지끈거리는 미간을 꾹 눌렀다. 그 모습을 내려다보던 남자가 작게 한숨을 내쉰다.

"저녁은 먹은 거야?"

"……저녁?"

그녀는 어리둥절한 얼굴로 시계를 보았다. 8시. 오전 11시쯤, 스튜디오에서 간단한 촬영을 끝낸 뒤부터 계속 여기에 틀어박혀 있었으니 거의 아홉 시간 가까이 지난 셈이다. 눈이 아플 만도 했다. 뻣뻣한 어깨를 주무르는데 깊은 한숨 소리가 들려온다.

"일어나. 밥 사 줄 테니까."

"이거 마저 하고 내가 알아서 먹을게."

"컴퓨터 코드 뽑아 버리기 전에 일어나라."

으르렁거리는 소리에 그녀는 결국 사진 파일들을 모두 저장하고 컴퓨터를 껐다. 일하라고 난리를 칠 때는 언제고, 좀 열심히 해 보려니까 방해질인가. 툴툴거리며 코트와 목도리를 집어 드는데, 박선우가 기가 찬 듯 중얼거린다.

"날 풀린 지가 언젠데 목도리야."

그녀는 멍하니 눈을 깜빡였다. 한껏 가벼운 옷차림의 박선우를 바라보다가 곧 쓴웃음을 머금었다.

"난 아직 추워."

보란 듯이 파란 목도리를 목에 둘둘 감고는 남자를 따라 나갔다.

그들은 늘 가는 선술집 안으로 들어갔다. 구석에 자리를 잡고 앉자 박선우가 알아서 주문을 했다. 현수는 컵에 물을 가득 채워 마셨다. 모래알이 들어가 있는 것처럼 텁텁한 입 안에 차가운 물이 흘러들어 가자 기분이 조금 상쾌해진다.

"술도 한잔하자."

"혼자 술 홀짝거리기 싫어서 끌고 왔구만."

빈정거리는 말에 박선우가 히죽 웃으며 술을 주문했다. 그리고 얼마 안 가 유부만두와 어묵, 곤약이 가득한 탕과 장어구이가 지글지글 끓고 있는 철판이 테이블 위로 올라왔다.

점심도 먹지 않고 계속 일했던 탓인지 음식 냄새를 맡자마자 절로 입 안에 침이 고였다. 그녀는 밥까지 시켜 반찬과 장어를 마구 먹기 시작했다. 박선우가 그 모습을 딱하다는 듯 바라보았다.

"……맛있냐?"

"어, 맛있네."

"너…… 괜찮은 거지?"

볼이 불룩하도록 음식을 입 안에 넣고 우물거리던 현수가 고개를 돌렸다. 박선우가 걱정스러운 눈길로 저를 바라보고 있었다. 그녀는 입 안에 든 음식물을 꿀꺽 삼키고는 잔에 든 청주를 단번에 들이켰다.

"괜찮냐니, 뭐가?"

인상을 찡그리던 남자가 빈 잔에 술을 채워 주며 말했다.

"느닷없이 일 그만두겠다던 녀석이, 이젠 뭐에 씐 것처럼 죽자 살자 일에만 매달리고 있잖아. 괜찮으냐는 질문이 안 나오게 생겼어?"

"언제는 죽어라 일하라며? 말 잘 들어도 뭐라 그래."

"……세상에 너처럼 방어벽이 두꺼운 사람도 드물 거다. 가끔은 말이야, 그냥 솔직하게 속마음을 털어놔도 되잖아. 힘들면 힘들다, 괴로우면 괴롭다."

"하하."

"야, 웃음이 나와?"

"아니, 옛날에 그런 얘기 있지 않았냐? 한 겁쟁이가 자기를 보호하려고 높게 담을 쌓기 시작했는데, 정신을 차리고 보니까 너무 높게 쌓아서 그 밖으로 나갈 수 없게 돼 버렸다는 얘기."

"……너도 그래?"

"……응."

그녀가 다시 술을 입 안에 털어 넣었다. 그 모습을 물끄러미 바라보던 박선우가 곧 술과 음식을 더 주문했다. 그녀는 피식 웃으며 말을 이었다.

"곰곰이 생각해 보면 참 웃겨. 누가 날 물어뜯는 것도 아닌데, 나는 나를 지키려고 꼭꼭 감추지. 내 앞에서 웃고 있는 이 사람이, 언제고 나를 할퀴고 갈지도 모른다는 피해망상에나 휩싸여서. 그렇게 해서 밀쳐 낸 다음에는 '하하, 역시 가 버릴 줄 알았어. 담을 쌓고 있기를 잘했지. 나는 너무 현명해서 상처 따위 받지 않았어' 그렇게 자위나 하고 있는 거 아냐. 진짜 우습다."

"……."

"지킬 거라고는 알량한 자존심밖에 없으면서."

피식 바람 빠지는 듯한 웃음이 입에서 흘러나왔다. 그녀는 다시 술잔을 채워 입 안에 흘려 넣었다. 그까짓 자존심을 지키려고 나는, 스스로를 조금도 보호하지 못하는 네 앞에서 갑옷을 단단하게 두르고 있었다. 너는 왜 하필 나 같은 겁쟁이 앞에 나타난 거니…….

"……헤어진 거냐?"

"……응."

그녀는 쓰게 웃었다. 줄곧 그녀는 그들의 관계에 이름을 붙이지 않으려 했다. 그러면 나중에 덜 아플 줄로만 알았나. 난 정말로 비겁했다. 뻔히 보이는 걸 줄곧 아닌 척했어. 너는 내가 좋다고 하고, 나도 너를 좋아했다. 우린 한집에서 살았고, 밤낮없이 서로를 탐했다. 우리 관계는 분명했다. 우리는 연애를 했던 것이다.

이런 생각 해 봐야, 이미 늦었지만.

"결국 헤어졌어."

"……젠장."

남자가 거칠게 머리칼을 쓸어 넘겼다.

"혹시나 했는데, 역시나였나."

"뭐야, 그 반응은. 내가 모델이랑 얽히는 거 안 좋게 보지 않았어? 쌍수 들고 환영할 줄 알았는데……."

남자가 뭔가 켕기는 듯 괜히 목덜미를 주물렀다. 그녀는 눈을 가늘게 떴다. 잠시 머뭇거리던 박선우가 곧 한숨을 내쉬며 고백했다.

"사실, 전에 걔 만났어. 네가 일 그만두겠다고 한 날……."

"……뭐라고 했는데?"

"너 좀 설득해 달라고 할까 했는데, 말도 안 통하고 짜증이 좀 나서, 홧김에 그럴 거면 헤어지라고 했지."

그녀는 살짝 인상을 찡그렸다. 남자가 슬그머니 시선을 피하며 술잔에 대고 "아니, 설마 진짜로 헤어질 줄 알았나" 하고 우물거린다. 뭐라 한마디 쏘아붙이려던 현수는 곧 후, 하고 한숨을 내쉬었다.

"쫄지 마. 너 때문에 헤어진 게 아니니까. 너는 문제도 안 됐어."

"그럼 뭐 때문에 헤어진 건데? 좀 뜨니까 스캔들 날까 걱정된다던?"

"너 진짜 친정 오빠 같다."

남자가 코웃음을 쳤다. 그녀는 피식 웃으며 그들이 헤어진 이유에 대해 생각해 보았다. 하지만 한참을 되짚어 보아도 아무것도 떠오르는 게 없었다. 분명, 너무나 많은 이유가 있었던 것 같은데, 머릿속이 백지라도 된 것처럼 새하얗다.

그녀는 굳은 얼굴로 술잔만 물끄러미 내려다보았다. 그 순간, 잠잠하던 속에서 뜨끈한 뭔가가 치밀어 올랐다. 그녀는 불쑥 내뱉었다.

"문제는 나였어. 나 때문에 헤어진 거야."

"……."

"박선우가 툭하면 스캔들이 어쩌고 한 거, 걔가 신인 모델이고, 내가 과거에 추문에 휩싸였던 사진가라는 거, 내 과거나 걔의 과거, 그런 게 문제가 됐던 게 아니야. 내가 문제였어."

너나 나나 가진 것도 없고 별로 대단치도 않은 사람이라는 거나, 네가 그다지 떳떳하지 못한 일을 하며 연명해 왔다는 거, 내가 너보다 나이가 여섯 살이 많다는 것도……. 우리는 모든 게 엉망진창이었지만 그래도 그런 게 문제가 됐던 게 아니다. 우리 둘 사이를 가로막고 있었던 것은 그런 게 아니었다.

아니. 사실은, 너와 나 사이를 가로막는 것은 아무것도 없었다. 그저 내가 그리로 건너가는 게 두려웠을 뿐이다.

"난, 걔가 너무 가까워지니까 겁이 났어. 그래서 이건 정상적인 게 아니라 일시적인 거라고. 걔는 누군가를 필요로 했고, 나는 외로웠으니까…… 그래서 우린 함께 있는 거니까, 곧 끝날 거라고…… 그렇게 온갖 이유들을 만들어 내서는, 우리 둘 사이의 거리를 좁히지 못하게 했어."

계속 모른 척해 왔던, 애써 가볍게 만들었던 상실감이 가슴을 무겁게 짓누른다.

"사실은…… 무서워할 이유 같은 건 없었는데……. 우리 둘이, 같이 있어야 할 이유는 얼마든지 있었어."

"……."

"이 도시에 그렇게나 많은 집이 있었는데도, 걔가 하필이면 내 아파트 앞에서 그러고 있었잖아. 매일 집에 틀어박혀 있던 서현수가, 하필이면 그렇게 눈이 많이 내리던 그날 저녁에 외출을 했잖아. 그냥 지나칠 수도 있었는데, 내가 걔를 발견했잖아. 그냥 지나치지 못했잖아. 경찰에 신고하고 말 수도 있었는데, 내가 걔를 집으로 데려왔잖아. 일어나지 않을 수도 있었던 그런 일이, 일어났잖아."

지끈거리는 이마를 부여잡았다. 네 말이 맞았어, 지효야. 네가 누군가를 필요로 할 때 만난 사람, 그게 나였잖아. 내가 외로울 때, 네가 내 앞에 나타났잖아. 그거로 됐었던 건데…….

"사실은 그거면 충분했어. 걔랑 내가 같이 있어야 하는 이유는, 그것으로 충분했던 거야. 내가 그렇게 말해 줬으면, 그랬으면 우린 아무 문제도 없었어. 그래야 한다는 것도 마음 한편에선 알고 있었어. 그런데도 모른 척했어. 내가 걔를 밀어낸 거야. 걔는 조금도 자신을 보호하지 못하고 있었는데, 나는 계속 걔를 밀쳐 내기만 했어."

"너…… 울어?"

그녀는 멍하니 고개를 들었다. 후드득, 턱에 고인 물방울이 떨어진다. 손을 펼쳐 그걸 멍하니 내려다보았다. 눈물. 가슴 깊이 안도감이 치밀었다. 나도 제대로 슬퍼할 줄 아는 인간이었구나. 네가 떠나서, 너를 잃어서, 나는 울고 있는 거야. 그녀는 두 손으로 뺨을 감싸며 고개를 숙였다.

"……시간이 지나면 괜찮아질 거야."

남자가 퉁명스러운 목소리로 서툴게 위로했다. 그녀는 쓰게 웃었다.

"나도 알아."

그래도 지금은 슬퍼할래. 이 이별을.

한 잔 두 잔 하다 둘 다 술에 얼큰하게 취해 버렸다. 늘 그렇듯 박선우가 먼저 뻗어 버렸다. 그녀는 몸도 제대로 가누지 못하는 거구를 낑낑거리며 택시에 태워 보내고는 자신의 택시를 잡기 위해 반대편 차도로 이동했다. 싸한 바람이 휙 몰아쳐 왔다.

'날이 풀렸다고……?'

그녀는 의아한 얼굴로 까만 하늘을 올려다보았다. 지금 당장이라도 눈이 펑펑 쏟아질 것 같은데 사람들은 이제 겨울이 끝났다고 한다. 그녀는 목도리를 더 칭칭 동여맸다. 순간, 정류장 전광판에 걸린 사진이 눈에 들어왔다. 못 보던 사진이었다. 그새 새 광고를 찍은 건가. 너무 빠르다. 계속 그런 속도로 나가다가는 몸이 남아나질 않을 텐데.

'내가 너를 흘려보내려고 애를 쓰고 있는 것처럼…… 너도 나를 흘려보내려고 애를 쓰고 있는 거니?'

그녀는 하얗게 빛나는 그의 얼굴을 물끄러미 바라보았다. 나른하게 내리뜬 눈 아래로 눈물을 쏟을 듯한 회갈색 눈동자가 보인다.

손을 뻗어 창백하고 아름다운 남자의 얼굴을 가만히 쓸어 보았다. 손끝이 시리다. 마음이 아팠다. 그날 저녁, 내 집을 떠나며 너는 얼마나 춥고 고독했을까. 가방 하나 들고 거리를 헤맸을 모습이 잔상처럼 머릿속을 맴돌았다.

아마 계속 잊지 못할지도 모른다. 과거, 뒤돌아서던 그 사람의 모습이 잊히지 않는 것처럼, 기억 속의 네 모습들은 오랫동안 나를 괴롭게 할 거야.

'그래도 괜찮아.'

그녀는 다시 검은 하늘을 올려다보았다. 날카로운 바람이 뺨을 매몰차게 긁고 지나갔다. 그녀는 기도하듯 중얼거렸다.

"네가 혼자가 아니었으면 좋겠다……."

이렇게 추운 날, 제발 네가 혼자가 아니었으면 좋겠어. 나를 흘려보내도 좋으니, 네가 그저 슬프고 외롭지 않았으면 좋겠어.

그녀는 곧 택시를 타고 그가 떠난 집으로 향했다. 괜찮아. 나는 견딜 수 있어. 혼자 남는 것에는 익숙하다. 이별의 쓴맛에도 익숙하다. 인생에는 만찬 따위 없다는 것을 오래전에 깨우쳤고, 나는 겁쟁이에서 벗어날 수가 없다.

"박선우, 바람피우더라."

촬영을 하나 끝내 놓고 잠깐 앉아 커피를 홀짝거리고 있던 참이었다. 그녀는 스태프들이 사용하는 휴게실에 쳐들어온 남자를 멀뚱멀뚱 올려다보았다. 남자가 맞은편 자리에 의자를 빼 앉으며 말했다.

"우리 기획사 앞에서 윤지혜를 차에 태우고 가던데?"

그녀는 종이컵에 입을 댄 채 눈을 깜빡였다. 윤지혜라면 영화배우 윤지혜를 말하는 건가? 그녀가 아는 다른 윤지혜는 없다. 윤지혜와 박선우? 그녀는 입꼬리를 늘렸다. 흥미로운 소식에 눈을 가늘게 뜨던 것도 잠시, 일단 인사부터 했다.

"오랜만이네요, 한태후 씨. 촬영이 있었나 봐요?"

"그래. 당신한테 찍어 달라고 했는데, 스케줄이 꽉 찼다고 거절했더라?"

"내가 좀 비싸졌습니다."

그녀는 종이컵을 입에 물고 우물우물 말했다. 남자가 웃는 건지 찡그리는 건지 애매한 표정을 지었다.

"그래서, 박선우는?"

"박선우가 뭐요?"

"박선우가 바람피우잖아. 어쩔 거냐고."

"윤지혜 씨, 미혼 아니었어요?"

그녀는 미간을 찌푸렸다. 잠이 모자라서 그런지 머리가 제대로 작동하지 않는다. 이 남자가 뜬금없이 튀어나와서 제게 박선우 얘기를 하는 이유를 도무지 알 수가 없었다. 물론 자신한테는 스캔들이 어쩌고 잔소리를 해 대던 박선우가 영화배우와 연애질을 하고 있다는 건 괘씸하기 그지없지만, 어쨌거나 제가 신경 쓸 일은 아니었다.

"불륜은 법률적으로나 도덕적으로나 용납할 수 없는 일이지만…… 뭐, 결국은 남 일이고, 지가 알아서 하겠죠. 내가 뭘 어쩌겠어요."

"무슨 소릴 하는 거야! 윤지혜는 당연히 미혼이지! 난 당신 얘길 하는 거라고. 그쪽이랑 박선우, 사귀는 사이잖아."

"……아."

"아?"

"아뇨. 이제 좀 맥락이 이해가 돼서요. 그러고 보니 그런 소문이 돌고 있었죠."

그녀는 시큰둥하게 대꾸하고는 빈 종이컵을 한 손으로 구겨 툭 쓰레기통에 던졌다. 남자가 인상을 찡그리며 물었다.

"소문이라고?"

"네."

"애인 있다며?"

"그게 왜 박선우여야 하는데요?"

"……그럼 진짜 애인은 뭐 하는 인간인데?"

그녀는 짧게 소리를 내어 웃었다. 남자가 인상을 팍 쓴다.

"왜 웃어?"

"관심이 너무 노골적이라 재밌어서요."

"하! 애인에 관해 좀 물었다고 관심? 당신 도끼병 있어? 그거 다 자의식 과잉이야."

"갑자기 나타나 뜬금없이 박선우 얘기에, 애인에 관한 것까지 물어 놓고 발뺌하는 거예요? 우리가 사적인 얘길 나눌 만큼 가까운 사이도 아니잖아요."

남자는 조금 분한 표정이었다. 하기야 면전에 대고 웃어 대니, 무안하지 않을 리가 있나. 제 반응이 남의 신경을 마구 건드린다는 자각은 있었다. 그녀는 좀처럼 가시지 않는 피로를 몰아내기 위해 블랙커피를 한 잔 더 뽑으며 특유의 가벼운 어투로 말했다.

"앞서 나간 거면 미안한데요, 그래도 말해 둘게요. 나 당분간 남자 만날 생각 없어요."

"……그 말은, 지금은 솔로라는 거네?"

"어라, 진짜로 나한테 관심 있나 보네."

"그래, 당신한테 관심 있어. 나 정도면 나쁘지 않잖아."

그녀는 깜빡이는 자판기 버튼을 바라보다가 힐끗 고개를 돌렸다. 배우 못지않게 잘생긴 얼굴이 한껏 심각하게 굳어져 있었다. 그녀는 눈을 굴렸다.

이 남자가 나한테 이런 호감을 가질 만한 무언가를 한 적이 있던가? 모르겠다. 기억에 없다. 촬영 중에 모델을 도발하는 발언을 자주 하기는 했지만, 대개 성질만 돋우는 선에서 끝나지 않았던가. 아, 혹시 그건가. 그런 태도가 정복욕이라도 건드렸나? 그녀는 피식 웃으며 커피를 꺼내 들었다.

"뭐, 나쁘진 않지만, 딱히 좋지도 않은데?"

"내가 어디가 부족한데? 잘생겼지, 키 크지, 인기 많지, 춤 잘 추지, 노래 잘하지, 돈도 잘 벌지, 이번 앨범도 대박 터져서 차트 올 석권했다고."

"그러고 보니 노래 좋던데요."

그녀는 남자의 말을 귓등으로 들으며 툭 내뱉었다. 뻔뻔스럽게 자기 PR을 하던 남자의 얼굴이 믿을 수 없게도 살짝 붉어졌다.

"들어 봤어?"

"……온 길거리에서 흘러나오는데 어떻게 안 들어 봐요."

"앨범은 안 샀어?"

남자의 진한 눈썹이 꿈틀한다. 비난하는 듯한 어투였다. 그녀는 시큰둥하게 어깨를 으쓱여 보였다.

"난 원래 앨범 같은 거 안 사요."

"앨범 같은 거? 지금 가수 앞에서 앨범 같은 거라고 했어?"

"거참, 세일즈 하러 오셨나."

"나는 당신 화보집 비싸게 주고 샀단 말이야!"

억울하다는 듯한 남자의 외침에 그녀는 눈을 깜빡였다. 재기한 후로 내가 화보집을 낸 적이 있던가. 없다. 설마 이전에 김성호를 따라 여기저기 다니며 찍었던 사진을 한데 모아 만든 걸 말하는 건가.

그녀는 남자를 올려다보며 희미하게 인상을 찡그렸다. 절판돼서 구하기 쉽지 않았을 텐데……. 남자의 관심이 가벼운 게 아닌 것 같아 슬그머니 걱정이 된다. 찌푸린 눈으로 빤히 쳐다보는데 남자가 민망한지 얼굴을 쓸어내리며 더듬더듬 말했다.

"그…… 당신이 찍은 사진이 마음에 들어서 이전에는 어떤 걸 찍었나 이것저것 찾아봤어. 그러다 우연히 중고 서적에 화보집이 있길래 구매해서 심심할 때면 들춰 보고 그랬는데…… 점점 좋아졌어. 그래서……."

"……."

"당신이 어떤 사람인지 궁금해졌어."

그녀는 종이컵을 입에 문 채 멀뚱히 눈만 끔뻑거렸다. 어색한 침묵에 목덜미를 주무르며 딴청을 부리던 남자가 결국 한숨을 내쉬며 말했다.

"그러니까 연락처 좀 가르쳐 줘."

"싫어요."

"왜!"

"연애는 이제 귀찮아요."

인상을 찡그리며 내뱉은 말에 다시 침묵이 흐른다. 묘한 표정으로 빤히 그녀를 바라보던 남자가 굴하지 않고 말했다.

"원래 실연의 상처는 새로운 만남으로 극복하는 거야."

"미안한데요, 나는 별로 극복하고 싶은 생각이 없거든요."

그녀는 뭔가를 더 말하려고 하는 남자를 두고 망설임 없이 휴게실을 나섰다. 카페인을 집어넣은 덕인지 지끈거리는 머리가 조금은 가라앉아 있었다. 아니, 좀 전의 대화가 꽤 기분 전환이 되어 준 건가? 그녀는 피식 웃음을 흘리며 작업실로 돌아갔다.

잘나가는 연예인의 대시. 드라마에서나 써먹을 소재가 아닌가.

그날의 만남을 생애 한 번 있을까 말까 한 재밌는 해프닝 정도로 치부하고 넘어간 현수는 곧 매일매일 날아오는 문자 메시지에 사태의 심각성을 깨달았다. 대체 그녀의 개인 번호를 어떻게 알아냈는지 한태후는 매일 시시콜콜한 문자를 보내 왔다. 처음 의례상 시큰둥한 답장을 보낸 게 실수였던 건가. 남자의 적극성은 놀라울 정도였다.

오늘 날씨도 좋은데 데이트할까?

촬영이 끝나고 휴대전화를 확인해 보니 또 문자가 와 있었다. 그녀는 눈을 가늘게 떴다. 자신만만한 남자의 무서운 점은 거절에 쉽게 상처받지 않는다는 점이었다.

'……그런 점은 조금 부럽군.'

무서울 정도의 자존감이었다. 비결을 알고 싶을 정도였다. 남자는 생각했던 것보다 더 저돌적이고, 솔직하고, 적극적이었다. 그 정반대였던 섬세하고, 예민하고, 조심스럽던 남자를 떠올리니 그러한 점들이 불가사의하게까지 느껴졌다.

'점점 귀찮아지는데…….'

그녀는 살짝 눈가를 찡그리며 휴대전화를 주머니에 쑤셔 넣었다. 신경질적으로 머리를 긁적이다가 카메라 가방을 어깨에 멨다. 촬영 일정이 예상보다 빨리 끝났지만 당연히 잘나가는 연예인과 놀러 갈 생각은 없었다.

'오랜만에 집에 가서 청소나 할까.'

한동안 방치해 놨던 집구석이 떠오르자 안 그래도 피곤했던 몸이 더 무거워지는 듯했다. 그녀는 뻣뻣하게 굳은 목덜미를 문지르며 터벅터벅 걸음을 옮겼다. 그때, 1층 난간 아래로 한창 촬영 중인 세트장의 풍경이 눈에 들어왔다. 윤태식의 촬영장인 것 같았다. 아무 생각 없이 그들을 내려다보던 현수는 흠칫, 몸을 굳혔다.

민지효가 짙은 색의 청바지 한 벌만 입은 채로 카메라 앞에 서 있었던 것이다. 환한 조명이 그의 벌거벗은 상체를 환하게 비추었다. 그러자 잘 다듬어진 유연한 근육의 윤곽이 한층 더 또렷해졌다.

그 모습을 멍하니 내려다보던 현수는 다음 순간 움찔했다. 그 조각 같은 가슴 위에 늘씬한 팔이 휘감긴 것이다. 그제야 그녀는 그의 등 뒤에 선 늘씬한 여자 모델을 발견해 낼 수 있었다. 그녀 역시 청바지만 입고 있는 상태였다. 퇴폐적인 얼굴을 한 여자 모델이 벌거벗은 상체를 그의 등에 붙인 채 조각 같은 어깨 위에 뺨을 기댔다. 조명이 더 밝아지고, 남자가 오만한 표정으로 턱을 치켜들었다.

그들의 시선이 허공에서 마주쳤다.

그녀는 저도 모르게 숨을 죽였다. 막 침대에서 일어난 것처럼 흐트러진 머리카락 밑으로 그의 눈동자가 차갑게 일렁였다. 더없이 건조한 눈길이었다. 마치 낯선 사람을 보는 듯한 무심한 눈빛…….

등줄기가 서늘해졌다. 그는 더 이상 무기력해 보이지도, 슬퍼 보이지도 않았다. 권태감에 젖은 표정으로 제 아름다운 육체를 무심히 뽐내고 있는, 전혀 다른 남자.

플래시가 몇 번인가 터지고, 태식이 지시를 내리자 남자가 몸을 돌렸다. 그러고는 여자와 마주 보고 서서 끌어안은 자세를 취했다. 크고 섬세한 손이 여자의 풍성한 갈색 머리칼을 쓰다듬는다. 그 동작이 더없이 우아하고 세련되어 보였다.

그녀는 보답으로 자 주겠다며 서툴고 우악스럽게 자신을 만지던 그의 손길을 떠올려 보았다. 제 손 아래 무기력하게 떨던 모습도. 황홀하다는 듯 바라보던 더없이 뜨거운 눈길도.

'나는 정말로 그 애를 잃은 거구나.'

그 사실이 뼛속까지 스며들었다. 모르고 있었던 것도 아닌데, 외면하고 있었던 것도 아닌데……. 새삼 슬퍼할 이유가 없다. 그런데도 그녀는 그의 등에서 시선을 떼어 낼 수 없었다. 그때, 누군가가 그녀의 어깨를 두드렸다.

"뭐 하냐?"

그녀는 멍한 얼굴로 고개를 돌렸다. 박선우였다. 그가 미간을 찌푸린 채 그녀가 바라보던 곳을 살피다가 짙은 한숨을 내쉬었다.

"잠깐 할 말 있어. 사무실로 따라와."

"……뭔데?"

"여기서 할 말 아니야. 젠장, 아까부터 전화를 몇 번이나 했는데 받지도 않고……. 넌 꼭 쫓아 나가게 만들어야 성에 차지? 빨리 와."

남자가 툴툴거리며 성큼 엘리베이터가 있는 쪽으로 갔다. 그녀는 한 번 더 촬영장을 내려다보고는 이내 박선우를 쫓아 걸음을 옮겼다. 그 애의 시간과 자신의 시간은 제각각 흐르기 시작한 지 오래다. 그 사실을 눈으로 확인했다고 새삼 동요할 이유가 없다.

“한 달 뒤에 얼라이브 포토 콘테스트 1차 심사가 있어. 너 한번 준비해 봐라.”

그녀를 사무실로 데려온 박선우가 한껏 심각한 얼굴로 말했다. 오늘로 몇 잔째인지 알 수 없는 커피를 홀짝이던 현수가 놀란 표정으로 그를 바라보았다. 갑작스러운 말에 한순간 뇌가 작동을 멈추었다.

그녀는 미간을 찌푸렸다. 얘는 왜 늘 이렇게 느닷없을까. 그리고 왜 이렇게 강압적일까.

“내 말 듣고 있어?”

“듣고 있어.”

“해 볼 거지?”

그녀는 커피잔을 내려놓으며 한숨을 내쉬었다.

“뭘 해 봐. 한 달 만에 준비해서 참여할 수 있는 규모의 콘테스트가 아니잖아.”

얼라이브는 세계적인 규모의 순수 예술 사진 콘테스트였다. 세계적으로 유명한 포토 아티스트들이 참여하는. 몇 년간의 공백기를 겨우겨우 벗어난 사진가가 무턱대고 덤벼서 될 대회가 아니었다. 하지만 남자는 무슨 고등학생들을 대상으로 하는 콘테스트를 말하듯 가볍게 이야기했다.

“뭐, 떨어지면 어쩔 수 없는 거고. 그래도 너 정도 실력이면 신인상 정도는 노려볼 만하잖아.”

“……너, 옛날에는 나 정도 찍사 널렸다고 하지 않았냐?”

“그걸 곧이들어?”

남자의 당당한 말에 그녀는 고개를 설레설레 내저었다.

“아무튼, 너무 갑작스러워. 참가한다면, 조금 여유를 가지고 준비를 하고 싶다고. 지금 일만으로도 정신없는데 무슨……"

"김성호 그 자식은 할 일 다 하면서도 스물둘에 입상했어."

그가 너무나 자연스럽게 그 이름을 입에 담아서, 그녀는 조금 놀랐다. 남자가 태연하게 말을 이었다.

"그러니까 너도 할 수 있어."

"그 남자는 천재고."

"그 남자보다 네가 더 천재야."

그녀는 멍하니 눈을 깜빡였다. 터무니가 없어서 곧 웃어 버렸다.

"야, 네가 그 사람 싫어했던 건 나도 아는데, 그래도 객관적으로 평가해야지. 어떻게 내가 그 사람보다 나을 수가 있어? 그 사람은 세계가 알아주는 아티스트였어. 누가 뭐래도 최고였다고."

"기술적인 면에서는 물론 그 자식이 몇 수 위였겠지만…… 그래도 네가 더 나았어. 그 자식도 그걸 잘 알고 있었으니까 너한테 그렇게 집착했던 거잖아. 너를 보면서 내심으로는 무서웠을걸? 제 스킬을 스펀지처럼 빨아들이는 네가. 뭐, 나는…… 네가 그놈 밑으로 들어간 이후 그딴 자식 흉내나 내는 게 짜증 나서 참을 수가 없었지만."

남자가 냉소적으로 입꼬리를 비틀었다. 그녀는 멍청한 얼굴로 눈만 깜빡거렸다. 너무나 황당해서 웃음도 안 나왔다. 어디서부터 지적해야 좋을지 알 수가 없었다.

우선, 그 남자는 그녀에게 집착한 적이 없었다. 집착한 것은 제 쪽이었다. 그 남자는 언제나 그녀를 두고 훌쩍 떠나 버렸고, 애를 태우며 기다리는 것은 언제나 그녀의 몫이었다. 그리고 그 남자의 사진은 소름 끼칠 정도로 아름다웠다. 자신과 비교하는 게 모독으로 느껴질 정도로.

"나에 대해서 좋게 평가해 주는 건 고마운데, 나한테는 그 사람 반만큼의 재능도 없어."

"서현수."

박선우가 조금은 짜증 난다는 듯 제 머리칼을 흐트러뜨렸다.

"이제 그 자식한테서 좀 벗어나라."

그녀는 어처구니가 없다는 듯 그를 바라보았다.

"꼭 내가 아직까지 그 사람한테 연연하는 것처럼 말하네?"

그럼 아니냐는 듯 박선우가 한쪽 눈썹을 치켜세웠다. 그녀는 울컥한 얼굴로 반박했다.

"누차 말했지만 난 그 사람 잊은 지 오래야. 이미 오래전에……."

"넌 누군가가 널 떠나 버릴 게 무서워서 깊은 관계를 못 맺어. 지난 몇 년 동안 방구석에 틀어박혀서 기어 나오지도 않았고, 카메라에 미친 듯이 집착하던 네가 몇 년간 카메라엔 손도 못 댔어."

"난……!"

"너만 몰라. 그 남자가 널 엉망으로 만들고 가 버린 거."

그녀는 반론하기 위해 입을 벌렸다. 난 그 남자를 떨쳐 버린 지 오래다. 지금은 얼굴도 기억하지 못한다. 1년이 채 못 가 잊어버렸다. 그러다 문득 그게 정상인가 하는 데에 생각이 미쳤다. 수년간 사귄 상대의 얼굴을 그렇게 금세 잊어버리는 게 가능한 일인가. 혼란스러운 표정을 짓는데, 그가 굳은 어조로 내뱉었다.

"너, 그러다가 평생 자기 마음도 모른 채 살아가게 될 거야."

"……."

"그만 회피하고, 가끔은 똑바로 마주 보라고."

그녀는 얼굴을 굳혔다.

"나만 내 마음을 모르고, 네가 내 마음을 다 안다고 생각해? 너야말로 착각하지 마. 아프지 않기 때문에 아프지 않다고 하는 거야. 괴롭지 않기 때문에 괴롭지 않다고 하는 거고. 잊었기 때문에 잊었다고 하는 거야. 견딜 수 있기 때문에, 이별 같은 거 얼마든지 견딜 수 있기 때문에…….”

돌아서던 남자의 모습이 섬광처럼 머릿속을 스쳤다. 건조한 눈길로 올려다보던 그의 모습도. 그녀는 잇새로 내뱉었다.

“견딜 수 있다고 하는 거고.”

“…….”

“……콘테스트 한번 생각해 볼게.”

그러고는 카메라를 챙겨 들고 사무실을 빠져나왔다. 박선우의 목소리가 기분 나쁘게 머릿속에서 메아리쳤다. 너만 몰라, 그 남자가 널 엉망으로 만들고 간 거. 입술을 깨물며 걸음을 더 빨리했다. 엘리베이터를 타고 내려와 로비를 가로지르던 그녀는 일순 멈춰 섰다. 로비 끝에, 테이블을 사이에 두고 마주 앉은 남녀의 모습이 눈에 들어왔다. 이연수가 가까이에 붙어 앉아 무어라 하자 민지효가 희미하게 웃는다.

그 모습을 조용히 바라보던 현수는 곧 건물을 빠져나왔다.

돌연 입에서 바람 빠지는 듯한 웃음소리가 흘러나왔다.

흐트러졌던 마음이 이상할 정도로 차분하게 가라앉았다. 가만히 하늘을 올려다보던 그녀는 이내 천천히 보도를 따라 걷기 시작했다. 드라마 속 주인공처럼 몸을 돌려 민지효에게 달려가는 제 모습을 상상해 보았다. 그를 붙들고 열렬하게 사랑을 고백하는 모습도 그려 보았다.

웃음이 나온다. 거슬러 헤엄치는 법을 잊어버린 연어. 겁을 잔뜩 집어먹고 쥐구멍에 틀어박힌 생쥐. 심장을 잃어버린 양철 인간. 그렇게 망가져 있는 서현수. 하지만 너는 앞으로 나아가고 있다.

너, 내 살을 파먹을 수 없다고 했지?

나도 그래.

그녀는 성큼성큼 앞으로 걸어 나갔다.

#14장

현수는 번쩍 눈을 떴다. 팔다리가 묵직했다. 무서운 꿈을 꾼 것도 아닌데 온몸이 식은땀으로 축축이 젖어 있었다. 그녀는 눈을 찌르는 머리카락을 긁어 올리며 어두운 창문을 바라보았다.

'……몇 시지?'

더듬더듬 침대 옆에 올려놓았던 휴대전화를 찾아 들었다. 6시 30분. 끙, 하고 낮은 신음을 흘렸다. 겨우 세 시간 잔 셈이다. 그녀는 베개 속에 얼굴을 파묻은 채 한숨을 내쉬었다.

'빌어먹을…….'

최근 세 시간 이상 잠을 잘 수가 없었다. 피로감으로 늘 몸이 무겁고 눈은 점점 안 좋아졌다. 빡빡하던 스케줄도 슬슬 느슨해지고 있는데 생체리듬은 좀처럼 느슨하게 돌아가질 않았다.

그녀는 더 자 보려고 안간힘을 쓰다 결국 자리에서 일어나 욕실로 들어갔다. 뜨거운 물로 샤워를 하고 나와 커피를 한 잔 타 마시는 동안 창가가 어스름하게 밝아졌다. 조그만 창문을 통해 하늘이 새벽빛으로 파랗게 물드는 것을 바라보던 현수는 곧장 카메라를 어깨에 메고 집을 나섰다.

식당에서 아침을 사 먹고 공원에 앉아 건성으로 이것저것 찍다가 시간이 되자 스튜디오로 출근했다.

이른 시간이라 온통 텅텅 비어 있었다. 그녀는 인화실에 가서 그동안 찍은 사진들을 뽑기 시작했다. 얼라이브전에 참가하기로 한 후로 틈틈이 이것저것 찍으러 다녔지만, 마음에 드는 사진을 건지지 못해 골머리를 앓는 중이었다.

마감일은 슬슬 다가오는데 주제조차 명확히 정하질 못했다. 당연히 자신은 없고, 머릿속에는 괜한 짓을 하고 있다는 생각만 가득했다. 차라리 정신없이 바빴으면 좋겠는데, 박선우가 배려해 준답시고 일도 뺏어 가는 바람에 매일 거리나 배회하는 신세. 당연히 괜찮은 사진을 뽑아낼 수 있을 리 만무하다.

'진짜 어림도 없겠다. 그냥 참가에나 의의를 둬야 하나.'

현수는 무념무상 상태로 수십 장의 사진을 인화했다. 문득 주머니에서 드르륵 소리가 울렸다. 그녀는 빛이 새어 나오지 않게 조심하며 휴대전화를 꺼내 보았다. 문자 메시지였다.

나 뉴욕 콘서트 갔다가 이제 도착함. 뭐 해?

그녀는 눈을 굴렸다. 한태후의 어택은 아직도 계속되고 있었다. 이제는 예의고 뭐고 초성으로만 답하든가, 무시하는 게 대부분인데도 남자는 전혀 굴하지 않았다. 가끔은 불쑥불쑥 튀어나와 졸졸 쫓아다니기도 했다. 본인도 스캔들은 걱정되는지 사람들 눈을 피해 들이대기는 했지만,

부담스럽기는 매한가지였다. 그녀는 혀를 쯧, 하고 찼다.

'출장 갔다가 오자마자 문자라…….'

집념인지, 오기인지, 아니면 나한테 진짜로 홀딱 반한 건지…….

'어느 쪽이든, 귀찮네.'

그녀는 휴대전화를 주머니에 찔러 넣으며 인화실을 빠져나왔다. 어느새 복도에는 스태프들이 하나둘 나와 있었다. 그들과 가볍게 눈인사를 주고받고 커피를 뽑기 위해 휴게실로 들어갔다.

"어? 현수 니도 오전 촬영 있나?"

휴게실 안에는 윤태식, 그리고 이연수가 나란히 앉아 커피를 마시고 있었다. 그녀는 눈을 굴렸다. 한쪽은 선배, 한쪽은 조금 어색한 관계의 스태프. 돌아서 나가는 것도 이상하겠지. 그녀는 가벼운 미소를 머금으며 자판기 앞에 가서 섰다.

"아니. 그냥 작업할 게 있어서 일찍 나왔어. 선배는 오전 촬영?"

"말도 마라. 시즌 끝난 지가 언젠데, 또 새 시즌 촬영으로 정신이 없다. 여그는 매 한 계절씩 앞서가 억수로 피곤하다."

아닌 게 아니라 남자는 전보다 더 깡마른 것 같았다. 현수는 피식 웃고는 블랙커피를 뽑아 들었다. 그러고는 인사할 타이밍을 놓쳐 어정쩡한 얼굴을 하고 있는 이연수 옆에 태연히 앉았다. 여자가 어색하게 말을 걸어왔다.

"안녕하세요, 현수 씨. 오랜만이네요."

"오랜만이에요."

"니들, 와 그리 서먹하게 구노? 어디 한두 해 보는 기도 아이고."

"실제로 같이 일한 건 얼마 안 되니까 그렇지."

"그른가? 하긴. 이전에도 니가 스튜디오에 진득하니 붙어 있지는 않았제. 아, 그라고 보니 니 얼라이브전 준비 중이라제? 잘 생각했다. 니는 상업 사진보다는 역시 그쪽이 맞제."

그의 말에 이연수가 눈을 동그랗게 떴다.

"얼라이브전이라면 워싱턴에서 열리는 전시회 말이에요?"

"콘테스트에서 2차 예선까지 통과한 사진만 거가 걸린다. 입상하면 잡지에도 소개되고. 암튼 올해에도 경쟁 치열할 기다."

현수는 한숨을 푹 내쉬었다.

"박선우가 아주 오만 데 다 떠벌리고 다니나 보네."

"뭐 어때서 그라노? 감춰야 할 비밀도 아이고……. 암튼 쎄빠지게 함 준비해 봐라."

"1차나 통과하면 다행이지."

"우는 소리 말고 잘해 봐. 입상하면 해외에도 이름 알릴 수 있는 기회 아이가."

남자가 어깨를 툭툭 두드리며 격려해 주었다. 그녀는 인상만 찡그렸다.

"다들 쉽게도 말하네."

"내 일이 아이니까 당연히 쉽지."

윤태식이 낄낄거리며 말했다. 그녀는 피식 웃으며 커피를 들이켰다. 피로는 좀처럼 가시지 않았다. 조만간 카페인에 중독되진 않을까 걱정된다. 아니, 이미 늦었나.

"아, 그럼 니 사진전 준비하느라 바쁘겠네?"

문득 태식이 뭔가가 생각났다는 듯 말했다. 그녀는 의아한 눈으로 그를 보았다.

"왜? 무슨 일 있어?"

"모레가 민지효, 가가 처음으로 런웨이 서는 날 아이가. 내색은 안 하지만서도 긴장 많이 하는가 보드만, 꽃다발이라도 들고 함 와 줘라. 그동안 금마가 아주 죽어라 연습했다."

순간 공기 중에 어색한 기운이 감돌았다. 이연수가 당황한 표정으로 태식의 옆구리를 찔렀다. 그가 어리둥절한 표정으로 그녀를 보았다.

"와?"

"이제 슬슬 촬영 들어가야죠."

윤태식이 힐끔 시계를 보더니 살짝 미간을 찌푸렸다. 시간이 아직 남아 있다는 듯. 하지만 그도 영 눈치 없는 남자는 아닌지라 군말 없이 자리에서 일어났다.

"내는 이만 간다. 나중에 박선우 금마랑 셋이서 술이나 한잔하자. 여태 한 번을 안 뭉쳤다 아이가."

현수는 희미하게 웃어 보였다. 그들이 곧 휴게실을 나섰다.

그녀는 남은 커피를 홀짝이며, 런웨이를 걷는 민지효의 모습을 머릿속에 그려 보았다. 좀처럼 떠오르지 않는다. 늘 어깨를 웅크리고 걷던 남자가 아니던가. 이제는 정말로 제집에서 지냈던 그 남자와 모델 민지효가 동일 인물인지도 모르겠다.

'더 이상은 우연히 마주칠 일조차 없겠네.'

그녀는 순수 예술 사진 쪽으로 활동하게 되고, 그는 패션 전문 모델로 활동하게 되면, 그들의 영역은 확연히 갈라진다. 그가 해외에서 활동하게 된다면 더더욱. 그녀는 쓴웃음을 머금었다. 정말 굉장한 속도였다. 그렇게 오래 지난 것 같지도 않은데, 이렇게나 멀어져 버렸다.

"같이 밥 한 번 먹으면 큰일 나지?"

스튜디오를 나서던 현수는 멈칫했다. 모자를 푹 눌러쓴 태후가 길 한쪽에 기대서서 으르렁거렸다.

"문자에 답하면 손가락 부러지고."

"잘 아네요."

그녀는 가볍게 미소 지으며 응수하고는 성큼 그를 지나쳤다. 남자가 옆으로 따라붙으며 계속해서 빈정거렸다.

"내가 그렇게 영 아니야?"

"네."

"에이 씨, 내 어디가 그렇게 마음에 안 드는데!"

남자의 언성이 한 템포 높아졌다. 그녀는 후우, 하고 깊은 한숨을 내쉬었다. 우뚝 멈춰 서서 남자를 돌아보았다.

"한태후 씨, 한태후 씨는 타이밍을 잘못 잡아도 한참 잘못 잡았어요. 나는 정말로 누굴 만날 마음이 없는 상태거든요. 아니, 그런 걸 다 떠나서, 일적으로 얽힌 사람과 사적으로까지 얽히고 싶은 마음 없어요. 더군다나 유명 연예인이라니……. 내 나이쯤 되면, 그렇게 리스크 큰 상대는 알아서 피하게 되어 있다고요."

"리스크는 무슨. 나도 인간이야! 연애도 하고, 장가도 가고 해야 할 거 아냐."

그녀는 질겁을 했다.

"아, 진짜! 장가 얘기가 여기서 왜 나와요?"

"누가 당신한테 장가가겠대? 그냥 나도 평범한 남자다, 이 말이지."

"평범한 남자 씨, 이왕이면 같은 연예계에서 짝을 찾아보시지 그래요?"

"나한테는 그쪽이 더 리스크가 크다고!"

"그거야 내 알 바 아니고요."

그녀는 단념시키는 것을 포기하고 다시 성큼 걸음을 옮겼다. 진짜 파파라치에게라도 걸려서 나란히 찍히기라도 하는 날에는 얼마나 피곤해질지 상상도 할 수 없었다. 도망치듯 걷는 그녀의 옆에 남자가 포기하지 않고 바짝 따라붙었다.

"그럼 꼭 사귀지 않아도 되니까, 연락이나 주고받자."

"우와, 진짜 뻔한 수법."

"아니, 나 진짜 당신 마음에 들거든. 성격 시원시원하고, 조금 재수 없는 것도 재미있고, 사진 진짜 끝내주게 잘 찍고. 당신, 여자 친구보다 남자 친구가 더 많은 타입이지?"

그녀는 제 몇 안 되는 인맥을 모두 뒤져 보았다. 어떻게 된 건지 여자 친구라 할 만한 인간이 하나도 없었다. 그녀는 입을 꾹 다물었다.

"그럴 줄 알았어. 박선우랑도 막역한 사이라던데, 나랑도 그거 하자니까."

"난 박선우도 지긋지긋한 사람이거든요?"

"……진짜 비싸게 구네."

"싼 사람 찾아보세요. 대체 뭐가 아쉬워서 나예요?"

"꽂혔다니까."

고등학생들이나 쓸 법한 표현에 무심코 웃음이 흘러나왔다. 명백한 실수였다. 남자가 금세 꼬리를 흔드는 강아지처럼 옆에 바짝 붙는다.

"거봐. 웃는 거 봐라. 내 그럴 줄 알았다. 역시 그냥 내숭 떠는 거지?"

"진짜 찰거머리가 따로 없네."

짐짓 싸늘하게 말해도 남자는 눈 하나 깜짝 않는다. 이만한 철판도 없다. 남자의 쇠심줄 같은 신경줄이 실로 놀랍다. 결국 한숨을 내쉬며 백기를 들고 말았다.

"알았어요. 문자에 답 정도는 할 테니까 그만 쫓아와요."

"나같이 바쁜 사람이 여기까지 왔는데, 그냥 가라고?"

"그냥 안 가면요?"

"술이나 한잔할까?"

그녀는 이를 갈았다. 박선우와 친하다더니 동족이었다. 그러고 보니 그놈과도 이 비슷한 패턴으로 꼬여 버렸다. 한마디로 여기서 잘못된 선택을 하면 박선우 루트를 타게 되는 것이다. 그녀는 냉랭한 어조로 말했다.

"수신거부 당하고 싶어요?"

"농담이야. 나도 심야 촬영 있어서 가 봐야 돼."

남자가 무안한 기색도 없이 히죽 웃는다.

"둘이서만 만나는 게 정 뭐하면, 다음에 박선우랑 셋이서 술 한번 먹자."

남자가 기어코 약속을 받아 내고는 제 할 일을 하러 갔다. 그녀는 진이 다 빠진 채로 집에 들어왔다. 여러 가지 의미에서 참 피곤하다. 가방을 내려놓고 침대 위에 철퍼덕 엎어져 있는데 문뜩 웃음이 나온다. 누군가와 티격태격하는 거, 성가시기는 해도 마냥 나쁜 기분은 아니었다. 가만히 눈을 감았다. 이별은 만남으로 채워야 한다. 누가 그런 말을 했더라.

'그런 것도…… 나쁘지는 않나?'

아서라. 그녀는 피식 웃었다. 외로움을 달래기 위해 누군가를 만나는 거, 해 봤잖아. 그 짓을 또 하고 싶니? 그녀는 눈을 감았다. 무리해서 잊을 생각은 없다. 천천히, 느릿느릿, 손아귀의 모래가 빠져나가는 걸 지켜보듯, 그를 흘려보낼 생각이었다. 그렇게 네가 멀어지는 걸 지켜보는 것도 나쁘지는 않다.

그녀는 아슬아슬하게 마감일을 맞추어 사진을 보냈다. 새벽녘의 푸르스름한 빛에 물든 도시의 풍경 사진이었다. 민지효는 첫 런웨이를 성공적으로 마쳤고, 그날 결국 그녀는 패션쇼에 가지 않았다. 그리고 그는 성공적인 데뷔 이후에 여러 디자이너에게 콜을 받기 시작했는지 스튜디오에 더는 얼굴을 비치지 않게 되었다. 그는 완전히 사진이나 TV 속 인물이 되어 버린 것이다. 그리고 어느 순간, 그녀는 이전처럼 식은땀에 젖어 잠에서 깨지 않게 되었다.

그녀는 점점 태후의 문자에도 익숙해져 갔다. 시답지 않은 내용에 건성으로 답장하는 것이 몇 번 반복되자, 차츰 연락을 주고받는 게 자연스러워졌다. 박선우와 셋이서 술자리를 가진 적도 있었다. 그 남자에게 이성적으로 호감을 느끼게 된 건 아니었지만, 전처럼 성가시다고는 생각하지 않게 되었다.

그러던 어느 날, 얼라이브 콘테스트 주최 측으로부터 1차 예선을 통과했다는 연락이 왔다.

얼떨떨해하는 그녀에게 박선우가 그럴 줄 알았다며 축하한다는 말을 건넸다. 그녀도 들뜨지 않을 수가 없었다. 하지만 싱숭생숭하던 것도 잠시, 바로 발등 위에 불똥이 떨어졌다. 2차 예선 심사를 받기 위해서는 사진을 두어 장 더 보내야 했다. 당연히 떨어질 거라고 생각했던 터라 마땅히 준비해 놓은 사진이 없었다. 박선우에게 일을 몽땅 떠맡기고 집으로 돌아온 현수는 이전에 찍은 사진들을 뒤지기 시작했다. 하지만 영 쓸 만한 게 안 나왔다.

'역시 새로 찍어야 하나.'

그녀는 한숨을 내쉬었다. 제가 맡은 촬영 스케줄을 박선우가 대신 해 준다면, 기간 내에 새로 준비 못 할 것도 없었다. 결국은 새로 찍기로 결정하고는 야외 촬영 기구를 정리하기 시작했다.

사진은 그림과 달라서 괜찮은 풍경을 찾으려면 열심히 발로 뛰어야 했다. 좋은 셔터 타이밍을 포착해 내는 것도 중요하다. 최고의 사진을 찍는 것은 그야말로 신의 인도하심이 필요한 일이었다. 그녀는 짐짓 경건한 얼굴로 카메라 렌즈를 꼼꼼히 닦았다.

순간, 드르륵하고 휴대전화가 진동했다. 누구인지는 뻔했다. 그녀는 인상을 찡그리며 휴대전화를 들어 올렸다. 아닌 게 아니라 한태후였다.

좋은 일 있다며? 축하주로 맥주 한잔하자. 지금 박선우랑 렉스바에 같이 있어.

피식 웃음이 나왔다. 어쩔까……. 밤거리도 살필 겸 나가 보는 것도 나쁘진 않겠다는 생각이 들었다. 그녀는 카메라를 챙겨 들었다. 필름을 찾기 위해 서랍을 뒤적이는데 문득 제일 안쪽에 밀어 넣어 둔 상자 하나가 눈에 들어왔다. 뭐가 들었는지 곧장 떠오르지 않았다. 그녀는 필름통이겠거니 하며 상자를 꺼내 들었다. 뚜껑을 열어 보니 사진이 잔뜩 들어 있었다.

'언제 이렇게 많이 찍었던 거지?'

그녀는 눈을 가늘게 떴다. 뭘 찍은 건지 보기 위해 한 손을 상자 속에 집어넣었다. 순간 무게를 이기지 못하고 상자를 아예 바닥으로 떨어뜨리고 말았다. 방바닥 위에 사진이 우르르 쏟아져 내렸다. 그녀는 정리를 하기 위해 무릎을 굽혔다. 사진을 쓸어 모아 도로 상자에 넣으려는데 그 안에 들어 있는 얼굴이 망막을 파고들었다.

그것은 지효의 사진이었다.

남자는 침대 위에 앉아 시선을 어디에 둬야 할지 모르겠다는 양 어색하게 눈을 내리깔고 있었다. 그녀는 그게 맨 처음으로 찍은 그의 사진이라는 것을 기억해 냈다. 미간을 찌푸리며 다른 사진을 집어 들어 보니, 역시나 지효의 사진이었다.

얼굴을 붉히며 머쓱하게 웃고 있는 사진. 그걸 멀뚱히 내려다보다가 발밑을 내려다보았다. 그의 사진들이 좁은 방바닥 위에 양탄자처럼 깔려 있다. 순간 머릿속이 혼란스러워졌다. 나는 언제 이렇게나 너를 찍었던 걸까.

그녀는 뭔가에 이끌린 듯 사진을 하나하나 주워 들었다. 부엌에 서서 오렌지 주스를 마시는 모습. 까치집이 된 머리를 어색하게 빗어 내리는 모습. 배를 깔고 누워 TV를 보는 모습. 무릎을 끌어안은 채 멍하니 창가를 바라보는 모습. 아이 같은 미소를 짓고 있는 얼굴. 당황한 얼굴. 조금은 골난 눈길로 노려보는 얼굴. 졸음에 취해 있는 모습. 턱에 치즈를 묻혀가며 어설프게 피자를 먹는 모습. 울상을 짓고 있는 얼굴, 미소를 짓고 있는 얼굴, 조금은 슬퍼 보이는 애달픈 눈길…….

그와 그녀의 시간이 파도처럼 범람해 왔다. 탐욕스럽게 담고, 담고, 또 담아냈던 그의 모습들.

그가 그렇게도 잃고 싶지 않아 했던 그 시간들이 계속해서 끝없이 넘쳐흐른다. 사진을 주워 모으던 손끝이 점점 떨려 왔다. 희미해졌다고 생각했던 감정들이 점차 선명해진다.

좋아요. 난 당신이 너무 좋아요. 하염없이 토해 내던 말들. 거침없이 쏟아 내던 애정. 집요하게 요구해 오던 몸짓. 그 모든 것을 담아내려고, 하나도 놓치지 않고 다 가지려고 안간힘을 썼다.

몸이 떨려 온다. 마지막의 마지막까지 외면했던 제 본심이 여기 있었다. 그것들이 더 이상 피할 데가 없도록 발치에 펼쳐져 시야를 가득 채웠다.

"이미 늦었어."

이상하게 들릴 정도로 거친 목소리가 흘러나왔다. 자꾸만 떨리는 손끝을 꽉 부여잡았다.

"이제는 늦었다고."

걔는 떠났어. 멀리 가 버렸어. 이제는 돌아오지 않아. 민지효는 더 이상 네가 필요 없어. 너는 변하지 못하잖아. 누가 묶어 놓은 것도 아닌데 옴짝달싹 못하고 있잖아. 달려가서 붙잡을 수도 있었어. 가지 말라고 할 수도 있었어. 하지만 그러지 않았잖아. 한 발짝만 내디디면 됐을 텐데, 그 한 발짝을 내딛지 못했잖아. 이제는 늦은 거야. 걔는 절대로 돌아오지 않을 거야. 어긋난 시간을 이어 붙일 수는 없어. 너는 그냥 굴 속에 틀어박혀 혼자 지내는 게 어울려. 너는 절대로 거기서 못 기어 나와.

"당신은, 보잘것없는 나를 구해 줬어요. 죽은 시체 같던 나를, 살아 있게 해 줬어."

그 순간, 단단히 막아 두었던 둑이 무너져 내렸다. 그 안에 억눌러 둔 감정들이 흘러넘쳐 전신을 때렸다. 그녀는 흐느낌을 삼켰다.

아니야. 죽은 시체 같던 건 나야. 네가 나를 구한 거야.

너를 만나서, 나는 신이 나고 들떴어. 네가 누군가를 필요로 했던 것만큼이나, 아니, 그 이상으로 나 역시 누군가를 필요로 하고 있었던 거야. 내가 그저 온기를, 애정을 나눌 수 있는 상대를 간절히 필요로 하고 있을 때, 네가 내 앞에 나타나 주었던 거야. 너한테 그 말을 했어야 했어. 더 많은 걸 말했어야 했어. 서툴러도, 겁이 나도, 꼴사나워 보일지라도, 결국은 우리가 이별하게 된다고 할지라도, 말했어야 했다.

지금은 왜 안 되는데?

너무 늦어서?

누군가가 머릿속에서 비웃는다. 너, 대체 언제까지 핑계만 대고 있을 거야?

마치 마비된 듯 굳어 있던 두 다리가 제멋대로 움직이기 시작했다. 심장이 격렬하게 쿵쾅거렸다. 그녀는 외투를 낚아채듯 주워 들고서 아파트 밖으로 뛰쳐나갔다.

머릿속에는 그를 만나야 한다는 생각만이 가득했다. 더듬더듬 주머니에서 휴대전화를 꺼내 들었다. 그리고 머릿속이 정리가 되지 않은 상태에서 무작정 그의 번호를 눌렀다. 혹시 연락처가 바뀌었으면 어떻게 하지?

태식에게 먼저 물어봤어야 했나? 마음이 조급해졌다. 그녀는 초조하게 전화가 연결되기를 기다렸다. 그때, 아파트 앞에 선 한 남자의 모습이 눈에 들어왔다.

그녀는 멍하니 눈을 깜빡였다.

그는 그녀처럼 계절에 맞지 않는 겨울 코트 차림이었다. 남자는 주머니에 양손을 찔러 넣은 채 언젠가 제가 웅크리고 앉아 있던 전봇대 아래서 있었다. 그들이 함께했던 아파트 창문을 하염없는 눈길로 올려다보며…….

숨 쉬는 것도 잊은 채 그를 바라보던 현수가 천천히 입을 열었다.

"지효야……."

그제야 그녀를 발견한 듯 남자가 흠칫, 고개를 돌렸다. 마치 유령이라도 마주친 것 같은 표정이었다.

그가 당황한 얼굴로 횡설수설하기 시작했다.

"아, 저, 저기…… 그게, 우, 우연히 이 근처에 볼일이 있었는데…… 그, 산책을 하다가 그냥 지나치는 길이었어요. 그런데…… 아파트가 보이길래 우연히…… 우연히……."

남자의 눈이 어지럽게 흔들렸다.

"이 근처에서 촬영이 있었는데, 조, 조금 늦게 끝났거든요. 그냥 걷다가…… 조금 피곤해서 잠깐 여기 멈춰 서 있었을 뿐이에요. 그냥, 우연히 여기 있었을 뿐, 나는…… 아무것도……."

두서없는 말들을 마구 늘어놓던 남자가 다음 순간, 입술을 깨물었다. 그의 얼굴 위에 원망스러운 기색이 어렸다.

"당신은…… 왜 하필이면, 하필이면 오늘……."

"……."

"오늘이 마지막이었는데……. 정말로, 정말로……. 마지막이라고, 이

번이 마지막이라고, 이제는, 두 번 다시는 기다리지 않을 거라고, 여기 서서 처량하게 기다리는 일 따위, 더는 하지 않을 거라고, 그렇게 다짐했는데…… 그렇게 마음먹었는데! 왜 당신은 오늘에서야…… 하필이면 왜……!"

남자가 고통스러운 듯 이마를 감싸 쥐었다. 두 어깨를 격렬하게 떨며 마치 피를 토하듯 외쳤다.

"당신 따위 정말 싫어. 최악이야. 당신은 절대로 거기 서서 움직이지 않아. 내가 무너지는 걸 그렇게 가만히 바라보기만 해! 그럴 거면, 나 따위 여기서 얼어 죽게 놔뒀어야지! 희망 따위 갖게 하지 말았어야지! 이런 감정, 모르는 채로 살다 죽었어야 했어. 그랬으면, 그랬으면 이렇게 괴롭지는 않았을 거야. 이렇게 안간힘을 쓸 일도 없었을 거야. 왜 나를 구했어. 왜 내가 당신 없이는 살 수 없게 만들었어!"

"……."

"이젠, 이젠 정말로 끝이야. 다 떨쳐 버릴 거야. 당신 따위 정말로, 더는 기다리지 않아! 당신 같은 사람…… 더는……!"

남자가 말을 채 잇지 못하고 가는 흐느낌을 토해 내다가 힘없이 주저앉았다. 남자의 창백한 뺨 위로 주륵 눈물이 흘러내렸다.

"젠장! 가만히 있지 말고, 제발 무슨 말이든 해 봐."

현수는 천천히 그의 앞으로 다가가 그의 어깨를 끌어안았다. 그의 몸은 얼음장처럼 차갑게 식어 있었다. 처음 그를 만났을 때만큼…….

그녀는 그를 안은 팔에 더욱 힘을 주었다. 남자가 그녀의 어깨 위에 얼굴을 파묻었다. 마치 물에 빠진 사람이 동아줄을 붙잡듯이, 단단한 두 팔이 억세게 등을 끌어안아 온다.

"지효야, 나는……."

하고 싶은 말이 너무 많아서 도리어 아무런 말도 할 수 없었다.

여기 얼마나 서 있었던 거니. 나는 네가 가 버렸다고 생각했어. 성큼 멀어졌다고. 그런데 넌 왜 제자리에 서 있는 거니. 나는 내 아픔에만 빠져 돌아보지도 않았는데. 질끈, 두 눈을 감았다.

그녀의 눈에서도 눈물이 흘러내렸다. 그가 흐느껴 울며 더듬더듬 토해 냈다.

"사, 사랑해. 당신을 사랑해. 미안해. 그래도 역시 사랑해. 너무 사랑해. 괴로워. 죽을 거 같아. 제발…… 날 좀 구해 줘."

그녀는 고개를 들어 두 손으로 그의 얼굴을 감싸 쥐었다. 떨리는 입술 위에 제 입술을 눌렀다.

남자의 울음이 목 안으로 넘어온다. 젖은 얼굴을 어루만지며 쉴 새 없이 그의 입술 위에 자신의 입술을 눌렀다. 입술 안으로 눈물이 스며들었다. 제 것인지, 그의 것인지 알 수가 없었다.

"이리 와."

그녀는 그의 손을 잡아끌었다.

"우리 집에 가자."

달칵, 남자의 등 뒤로 문을 닫고 차게 식은 몸을 감싸 안았다.

남자가 문에 등을 기대며 그녀의 등을 꽉 끌어안았다. 그녀는 쉴 새 없이 눈물을 쏟아 내는 눈가에 거듭 입을 맞추다가 그의 어깨에서 코트를 벗겨 냈다. 진회색 셔츠 아래로 손을 밀어 넣자 그가 그녀의 목덜미에 얼굴을 파묻었다. 어깨가 축축이 젖어 들었다. 그녀가 안타깝게 말했다.

"울지 마, 지효야……."

남자의 어두운 눈동자가 위태롭게 흔들렸다. 그녀는 혀를 내밀어 그의 눈물을 핥았다.

"울지 마."

"멈추는 법을 모르겠어."

그가 그녀를 끌어안은 팔에 더욱 힘을 주었다. 맞닿은 몸이 애처롭게 떨려 온다.

남자가 그녀의 스웨터 밑으로 손을 집어넣어 맨살을 쓰다듬었다. 애무라기보다는 온기를 찾는 본능적인 몸짓에 가까웠다. 그녀는 그의 얼굴을 두 손으로 감싸 쥐고서 쉼 없이 눈물을 핥아 냈다.

그가 스웨터를 위로 끌어 올렸다. 그녀는 머리 위로 옷을 벗어 던지고는 고개를 숙여 그의 쇄골 위에 살짝 이를 세웠다. 그가 그녀의 머리카락 속에 손가락을 파묻고서 제 쪽으로 끌어당겼다. 그녀는 고개를 들어 올려 그의 입술에 자신의 입술을 가져다 댔다. 뺨 위로 미지근한 눈물이 뚝뚝 떨어졌다.

"지효야……."

"흐윽……."

"이제 그만 울어. 응?"

그가 넘치는 눈물을 막아 보려는 듯 손등으로 눈가를 눌렀다. 현수는 손을 뻗어 그의 목을 끌어안았다. 남자가 아이처럼 매달려 왔다.

"이제 내가 어디에도 못 가게 할 거니까……."

그의 귓가에 대고 속삭이자, 남자의 몸이 격렬하게 떨려 왔다. 그가 그녀의 입술 사이로 혀를 밀어 넣어 부드럽게 안을 훑었다. 부드럽게 혀와 혀가 스친다.

입술에서 눈물 맛이 났다. 그가 내쉰 숨을 그녀가 들이쉬고, 그녀가 내쉰 숨을 그가 다시 들이쉰다. 한 몸처럼 붙어 서로를 단단히 끌어안은 채 계속해서 숨을 뒤섞었다.

얼마나 그러고 있었을까, 이번에는 그녀가 그의 셔츠를 끌어 올렸다. 머리 위로 벗겨 내려 했지만 그가 입술을 떼지 않아 쉽지가 않았다. 아이처럼 보채며 떨어지려 하지 않는 그를 살짝 밀어낸 다음 잽싸게 셔츠를 벗겨 냈다. 남자의 상체가 어둠 속에서 하얗게 빛을 발했다. 그녀는 그의 가슴팍을 쓰다듬었다. 이전보다 야위어 있었다.

"살이 빠졌다."

"자꾸 토해서……."

그가 채 말을 잇지 못하고 우물거리며 다시 그녀의 목덜미에 얼굴을 묻었다. 그는 좀처럼 눈물을 그치지 못했다. 그녀는 등을 부드럽게 쓰다듬으며 단단한 어깨 위에 입술을 가져다 댔다. 매끈한 살갗을 부드럽게 빨아들이다가 이를 세워 자국을 내고, 다시 혀를 내밀어 핥자 그의 입에서 서서히 흐느낌이 잦아들었다.

그의 떨리는 손이 더듬더듬 브래지어 호크를 풀었다. 그녀는 브래지어를 벗어 던졌다. 하지만 한기를 느낄 새도 없이 그의 몸이 뜨겁게 맞닿아 왔다.

그녀는 그의 머리칼 속에 손가락을 집어넣어 부드럽게 쓰다듬었다. 남자의 손이 그녀의 젖가슴을 와락 움켜쥐었다. 그가 그녀의 가슴을 애무하는 동안, 그녀는 그의 바지 단추를 풀어 안으로 손을 집어넣었다.

허덕이는 듯한 숨소리가 들려왔다. 단단하게 부풀어 오른 것을 교묘하게 어루만져 주자 허리를 감싼 팔에 아플 정도로 힘이 들어갔다. 그녀는 더욱 빠르게 손을 움직였다. 그러자 그의 몸이 더욱 단단해졌다.

더는 참기 힘든지 그가 거칠게 그녀의 바지를 잡아당겼다. 현수는 그의 손을 떼어 내고는 스스로 청바지와 속옷을 벗었다. 그의 눈이 격렬하게 흔들렸다.

이내 남자가 달려들듯이 와락 안겨 왔다. 그녀는 휘청거리며 뒤로 넘어갔다. 그가 한 팔로 그녀의 머리를 감싸 안은 채 다른 한 손으로는 자신의 바지를 끌어 내렸다. 그리고는 벌어진 다리 사이에 엎드려 곧장 삽입

해 왔다. 묵직한 이물감에 입이 벌어졌다. 아픔과 쾌락 사이에서 아슬아슬하게 줄타기를 하는 듯한 감각이었다.

남자가 몸을 움직이기 시작했다. 몸 안쪽에서 느껴지는 강한 압박감에 절로 신음이 터져 나왔다. 그녀는 차가운 방바닥 위에서 몸을 뒤틀었다. 남자의 뜨거운 몸에서 땀이 배어 나왔다. 그들의 몸 위로 하얗게 수증기가 올라올 것 같았다. 그녀는 앞뒤로 흔들리며 어지러운 눈으로 천장을 올려다보았다. 그의 몸짓이 점점 더 빨라진다. 거칠어진다.

그의 몸짓에 따라 이리저리 흔들리던 현수는 어느 순간 그를 밀치며 몸을 뒤집었다. 순식간에 그가 그녀의 밑에 깔렸다. 그녀는 고개를 숙여 그의 입술을 깨물었다. 그러고는 빠르게 허리를 흔들었다. 그가 황홀한 눈으로 올려다본다.

열띤 눈동자.

가쁜 숨.

점점 올라가는 체온.

피부를 파헤칠 듯 집요하게 서로를 만지고, 또 만진다.

그녀가 그의 몸 위에 엎드리자, 그가 허리에 팔을 둘러 왔다. 살점이 들러붙을 정도로 격하게 서로를 끌어안는다. 맞닿은 피부가 증발할 듯 뜨겁게 달아올랐다. 그녀는 흐릿한 눈을 가늘게 떴다. 교미하는 뱀처럼 한데 뒤엉킨 몸이 이대로 풀릴 길이 없게 엉켜 버렸으면 좋겠다. 어디부터가 나이고, 어디부터가 너인지 도무지 알 수 없을 정도로.

그녀는 그의 입술에 입을 맞추었다.

그녀는 가물가물 눈을 떴다. 어느 틈에 침대로 이동했는지 기억이 없었다. 노곤한 눈길로 멍하니 어두운 천장을 올려다보길 잠깐, 고개를 옆으로 돌리자 남자의 실루엣이 눈에 들어왔다. 매끄러운 등, 뼈가 도드라진 목, 흐트러진 머리칼……. 그는 엎드려 누운 채로 베개 속에 얼굴을 파묻고 있었다. 그녀는 손을 뻗어 그의 귀 근처에 덥수룩한 머리칼을 쓸어 넘겼다. 잠든 건가, 하는데 그에게서 차분한 목소리가 흘러나온다.

"이래 놓고……."

그가 베개를 끌어안은 채 말했다.

"이래 놓고 또다시 헤어지게 되면, 그때는 나…… 정말로 죽을지도 몰라요."

"……이제 어디에도 못 가게 할 거라고 했잖아."

"당신은 내가 매달리니까, 어쩔 수 없이, 불쌍해서 그러는 거잖아."

"아니야."

"전에는 그래도 상관없다고 생각했는데 이젠……"

"아니라고."

단호한 말에 그제야 남자가 베개 속에 파묻고 있던 얼굴을 들었다. 여린 눈빛. 젖은 속눈썹에 감싸인 흐릿한 눈동자가 위태롭게 흔들리고 있었다. 그녀는 손을 뻗어 그의 뺨을 어루만졌다.

"네가 가고 싶다고 해도, 내가 가지 말라고 할 거야."

"……이전에는 그러지 않았어."

"……무서워서 그랬어."

"나는 계속 붙잡아 주길 기다렸는데…… 일부러 천천히, 천천히 걸었어. 혹시라도 당신이 쫓아오지는 않을까……. 그러다 길이 엇갈릴 수도 있으니까……. 되돌아갔다가, 다시 걷고……. 또 되돌아가고……. 바보같이."

그녀는 다시 눈물이 차오르고 있는 눈가에 입술을 눌렀다.

"미안해."

"매일매일, 죽은 거 같았어. 내가 죽은 거 같았어. 그렇게 유령처럼 멍하니 지내다가…… 이대로 당신한테서 잊힐지도 모른다고 생각하니까 점점 무서워졌어. 그래서, 나 잊지 말라고, 잊어버리지 말라고…… 당신이 어딜 가나 내 얼굴을 볼 수 있게 만들려고…….”

그가 채 말을 잇지 못하고 숨을 삼켰다. 그녀는 쓴웃음을 머금었다. 그렇기 때문에 되레 네가 멀게 느껴졌더란 얘길 하면 넌 어떤 얼굴을 할까. 바보 같다. 너도 나도. 서로를 이해하지 못한 채 어긋나고, 밀어내고, 돌아서고……. 그런데도 서로를 필요로 한다.

“정말, 죽을 만큼 힘들었어.”

“……나도 힘들었어. 너 가 버리고.”

“거짓말. 멀쩡했으면서.”

“너도 겉으로는 멀쩡해 보였어.”

“나는, 나는! 숨도 쉬기 힘들었어요!”

남자가 버럭 언성을 높였다.

“내 기분이 어땠는지 당신은 죽어도 몰라. 죽고만 싶었는데……. 매일 벼랑으로 굴러 떨어지는 것 같았어! 근데 당신은 다른 남자랑 시시덕거리기나 하고……!”

“다른 남자?”

그녀는 미간을 구겼다. 그가 싸늘한 눈으로 노려보며 말했다.

“당신이 그 가수인지 뭔지 하는 남자랑 있는 거 봤어요.”

“시시덕거리지 않았어.”

“……시시덕거렸어. 웃고 있었잖아.”

민지효가 울먹이며 베개 속에 도로 얼굴을 파묻는다. 그녀는 너도 이연수와 웃고 있었다고 말하려다가 참았다. 그건 너무 유치한 것 같다. 솔직해져야겠다는 생각은 하고 있지만, 그래도 내가 얘보다 여섯 살이나 많은데……. 눈을 굴리던 현수가 그의 어깨 위로 손을 올리며 달래듯이 말했다.

"난 싫은데, 그 사람이 귀찮게 나 쫓아다니고 있는 거야."

"싫은 사람한테 왜 웃어 줘요?"

의심이 가득 찬 목소리. 그녀는 보란 듯 싱글 웃으며 답했다.

"예의상 웃은 거야."

"난 그 사람 죽어 버렸으면 좋겠다고 생각했어. 갑자기 트럭 같은 게 달려들어서 깔려 죽어 버렸으면 좋겠다고."

"……."

"지금도 죽어 버렸으면 좋겠어. 그 남자도, 박선우도."

"……박선우는 또 왜?"

"그냥 싫어."

얼음장 같은 목소리. 그런 말, 함부로 하는 게 아니라고 지적하려다가 말았다. 안 그래도 불신감으로 가득 차 있는 남자를 괜히 더 자극하고 싶지 않았다. 그녀는 남몰래 한숨을 삼켰다. 위험한 구석이 있다는 것은 알고 있었기에 별로 놀라지는 않았지만, 조금 걱정스러워진다. 그가 굴하지 않고 싸늘하게 덧붙였다.

"당신이 찍은 남자 모델들도 다 죽었으면 좋겠어."

"야, 무서운 소리 그만해."

"싫은 걸 어떡해……. 미칠 것 같은데."

그가 괴롭다는 듯 머리를 부여잡았다. 그녀는 턱을 괸 채로 그런 그를 물끄러미 바라보다가 웃으며 말했다.

"다른 누구보다, 너를 찍는 게 좋아."

그가 고개를 돌려 그녀를 본다. 현수는 그의 헝클어진 앞머리를 넘겨 주었다.

"내 눈에 너보다 아름다운 건 없어."

그는 뭔가를 말할 듯 입술을 달싹거리다 꾹 다물었다. 기어코 눈에 고인 물기가 주륵 흘러내리는 것을 본 현수는 웃고 말았다. 팔을 뻗어 목을 끌어안자 그가 눈가를 어깨에 꾹 눌러 왔다. 그녀는 고개를 설레설레 내저었다.

"그만 울어, 이 울보야."

"……당신을 만나기 이전엔, 울어 본 적 없는데."

그가 억울하다는 듯 말했다. 현수는 피식 웃으며 그의 뺨에 쪽, 하고 입을 맞추었다.

"나도 네가 좋아."

"……당신이 말하는 건 진심이 아닌 것처럼 들려."

그녀는 쓰게 웃었다.

"그래도, 진심이야."

"……."

"내 나쁜 버릇이야. 진지하지 않은 척, 가벼운 척, 장난인 척……."

"……."

"그런 식으로 회피만 하다 보니, 진심을 전하는 법을 잊어버렸나 봐."

어두운 눈을 하는 그에게 다시 한 번 입을 맞춘다.

"아마 난 또다시 다른 누군가를 이렇게 좋아할 수 없을 거야. 나는 방어벽이 두꺼운 사람이거든. 잘생긴 인기스타가 졸졸 쫓아다니는데도 조금도 설레지 않는 걸로 봐서, 아주 심각하지."

"……잘생긴."

"야야, 객관적으로 봐서 잘생겼잖아."

그래도 남자의 얼굴은 밝아지지 않는다. 그녀는 낄낄 웃으며 그의 어깨를 장난스럽게 깨물었다.

"그렇게 멋진 사람이 내가 좋다고 하는데도, 난 네 생각만 했어."

"……거짓말."

그녀는 피식 웃었다.

"네가 아무 의심 없이 믿을 수 있을 때까지, 얘기해 줄게."

그녀는 이불을 끌어 올리며 그의 몸 위로 올라갔다. 남자의 눈에 황홀한 빛이 어린다. 그녀는 매끄러운 가슴팍을 더듬으며 귓가에 속삭였다.

"나도 네가 좋다고."

회갈색 눈동자가 뜨겁게 일렁인다. 그녀는 입을 열어 그의 숨을 삼켰다. 천천히 어둠 속으로 침전해 들어간다.

너를 안심시켜 주고 싶다. 하지만 설령 네가 완전히 안심하지 못한다 해도 괜찮아. 평생 우리가 서로를 오롯이 이해하거나 믿게 되지 못한다고 해도 상관없다. 마음이 통한 듯 통하지 않는 듯, 그렇게 불안정한 상태여도 괜찮다. 불안에 떨거나, 의심하거나, 겁을 먹거나……. 그런 감정들 속에서 아슬아슬 흔들리다가 결국 우리는 멀어지게 될지도 모른다. 그때야말로 너덜너덜해져서 회복 불가능한 상태가 되어 버릴지도 모른다. 만신창이가 되어 또다시 이별의 쓴맛을 보게 될지도 모른다.

하지만 그런 불안 요소들을 끌어안게 된다고 해도, 너를 놓을 수는 없다.

그렇다면, 애를 써 보는 수밖에는 없다.

우리가 계속 함께할 수 있게.

그녀는 팔을 뻗어 그의 목을 끌어안았다. 그렇게 부둥켜안은 채 점점 침잠해 들어간다. 너와 내가 누우면 빠듯이 차는 이 좁은 세계. 피부에 와 닿는 찬 공기에 몸서리를 치다가 열기를 찾아 그의 품속으로 더욱 깊숙이 파고들었다.

어둠 속에서 남자는 고통스러운 듯 찡그렸고, 만족스러운 듯 웃었다.

#Epilogue

날씨가 따뜻했다.

노곤한 햇살을 받으며 벤치에 앉아 있던 남자가 몰려오는 졸음을 못 이겨 살짝 눈을 감았다. 벚꽃이 눈송이처럼 하얗게 쏟아져 그의 머리 위로, 어깨 위로 사뿐 내려앉았다. 툭툭 털어 내던 것도 몇 번, 곧 귀찮아졌는지 내버려 둔다.

나른한 공기. 바람이 사라락 그의 머리칼을 부드럽게 훑고 지나갔다. 몇 번인가 눈을 깜빡거리던 남자의 고개가 결국 아래로 내려갔다. 꽃잎을 맞으며 졸고 있는 그의 모습은 비현실적으로 느껴질 만큼 아름다웠다

한 폭의 그림 같은 장면을 가만히 바라보던 현수는 곧 셔터를 눌렀다. 찰칵 소리에 꾸벅꾸벅 졸던 남자가 번쩍 고개를 들었다. 그녀는 카메라를 내리며 씩 웃었다.

"웬 꽃미남이 있나 했더니 지효 씨였네."

"현수 씨."

그가 벌떡 일어나 성큼 다가왔다.

"누가 잡아가면 어쩌려고 이런 데서 자?"

"그냥 나른해서……."

민망한지 남자가 살짝 얼굴을 붉혔다. 그녀는 킬킬거리며 그의 머리에 소복이 쌓여 있는 꽃잎을 털어 냈다.

남자가 얌전히 머리를 숙여 온다. 그러고 보니 처음 봤을 때는 눈에 파묻혀 있었는데……. 그녀는 햇살 아래서 벚꽃투성이가 되어 서 있는 그를 물끄러미 올려다보다 아예 남자의 머리칼을 한 손으로 마구 흐트러뜨렸다. 꽃잎이 나풀나풀 날린다. 그가 살짝 웃음을 흘렸다.

"생각보다 일찍 끝났네요. 난 더 기다려야 할 줄 알았는데."

"예정보다 빨리 끝났어. 모델이 센스가 있어서 촬영이 순조로웠거든."

"남자 모델?"

해맑던 남자의 눈에 순간 위험한 빛이 머물렀다. 그녀는 고개를 설레설레 내저었다.

"여자였어."

"오토바이 광고 촬영이라고 하지 않았어요?"

"오토바이나 자동차 모델로 여자들 많이 써."

그래도 그의 눈에서 의심스러운 기색이 가시지 않았다. 그녀는 남자의 뺨을 꼬집어 옆으로 쭈욱 잡아당겼다.

"야, 그만 좀 해. 질투를 해도 내가 해야지. 네 주위에 쭉쭉빵빵한 여자들이 널려 있는데, 왜 네가 더 그래?"

"그야 나는 다른 여자들이랑은 말도 안 섞는데, 현수 씨는 딴 남자랑 툭하면 실실 웃고 농담하고 장난치고 그러니까 그런 거 아니에요."

그가 꼬집힌 볼을 쓰다듬으며 차갑게 말했다.

떨어져 지냈던 사이, 남자는 조금 날카롭고 신랄해졌다. 그 고분고분하고 유순하던 청년은 어디로 갔는지, 때때로 그는 깜짝 놀랄 정도로 냉소적인 표정을 짓는다.

"현수 씨는 참 좋겠어요. 질투할 여지가 없어서. 누군 매일매일 초조해서 위가 남아나질 않는데."

"네 사회생활에 문제가 있는 거야. 성별을 떠나서 인간 대 인간으로 만나서 협동하는 게 일이라고. 업무를 매끄럽게 잘 진행하려면 농담도 하고, 어느 정도 신뢰도 쌓고 그래야지. 어떻게 여자라는 이유만으로 말도 안 섞어? 넌 사교성을 기를 필요가 있어."

"……현수 씬 내가 다른 여자들이랑 친해져도 별로 상관없는 거죠?"

그녀는 멈칫했다. 남자가 어두운 눈으로 빤히 내려다본다.

'또 그렇게 시험하는 듯한 말을…….'

여기서 상관없다고 하면 '역시 당신은 날 좋아하지 않는 거야' 하고 침울해할 게 뻔하다. 상관있다고 하면 '우와, 자기도 싫으면서 내 기분은 생각지도 않고 다른 남자들이랑 시시덕거리는 거예요?' 하면서 귀찮게 굴겠지. 어느 쪽도 성가실 뿐이다. 그녀는 한숨을 삼켰다.

'어쩌다 이런 귀찮은 남자가 된 건지…….'

다른 사람들과는 말도 섞지 않는다면서 남자의 언변은 날로 날로 일취월장했다. 그 얌전하고 조용하던 사람이 맞나 싶을 정도로.

최근에는 끈질기게 말꼬리를 물고 늘어지는 버릇까지 생겼다. 그 덕에 참으로 괴롭게도, 더는 의미심장하게 웃으며 얼버무리는 게 통하지 않게 되었다. 애매한 표현들로 말을 흐리는 버릇을 가진 현수로서는 참 고달픈 일이 아닐 수 없었다.

"내가 어떻게 느끼느냐가 중요한 게 아니야. 네게 무엇이 더 좋은지가 중요한 거지."

"나한테는 현수 씨가 어떻게 느끼느냐가 제일 중요해요."

"넌 세계를 넓힐 필요가 있어. 나한테만 그렇게 연연하다가는 더 크게 성장할 기회를 잃는다고."

"아, 또 그 소리."

남자가 지겹다는 듯 한숨을 내쉬었다. 이것 역시 이전에는 하지 않았던 행동이었다. 특유의 신중하고 조심스럽던 태도를 벗어던진 민지효는 꽤 건방진 면이 있었다.

"좀 좁은 세계에 살면 어때요? 모든 인간이 다 사교적이어야 하고, 성공을 향해 달려야 하고, 더 큰 세계를 향해 나아가야 해요? 금붕어한테 바다에서 헤엄치는 법을 배우라고 하는 건 죽으라는 거나 마찬가지예요. 난 어차피 그릇이 작은 인간이에요. 세계적인 모델이 되고 싶은 마음도 없고, 유명 인사가 되고 싶은 마음도 없어요. 그저 현수 씨랑 같이 먹고살 수 있을 정도로 벌면 만족하는데다가, 인간관계도 현수 씨면 충분해요."

"……너 점점 더 말솜씨가 는다."

웅변가 기질까지 있는 줄은 몰랐다. 그녀는 눈을 굴렸다. 제 앞날이 심히 걱정스러워진다.

"자꾸 말 돌리지 말고, 대답해 봐요. 내가 다른 여자랑 붙어 있는 거 봐도 현수 씨는 별로 질투 안 나죠?"

"질투 나."

"……거짓말."

웃음이 나기도 하고, 짜증이 나기도 한다. 이를 갈며 그를 노려보던 현수는 다음 순간 남자의 멱살을 움켜쥐고 휙 아래로 잡아당겼다. 움찔하는 입술에 열렬하게 키스를 퍼붓자 남자가 얌전해진다.

그녀는 벌어진 입 안으로 혀를 밀어 넣었다. 그가 낮은 신음을 흘린다. 그녀는 씩 웃으며 날름 그의 입술을 핥고는 떨어졌다. 그가 불만스러운 표정으로 달아오른 얼굴을 감쌌다.

“현수 씨는…… 툭하면 키스로 얼버무리려고 하고…….”

“넌 내가 그러는 거 좋아하잖아.”

가끔은, 그래서 일부러 더 그러는 게 아닐까 의심스럽다. 그녀는 키득거리며 그의 팔을 잡아당겼다.

“그만 떠들고 가자. 간만의 데이트인데 입씨름할 새가 어딨어. 실컷 놀아야지.”

성큼 앞으로 걸음을 옮기자 툴툴거리던 남자가 곧 뒤따라왔다. 그녀는 희미하게 웃었다. 그가 마주 잡은 손에 하나하나 깍지를 끼고는 제 주머니로 쓱 집어넣었다. 가끔은 그런 행위가 못 견디게 기분을 좋게 만든다.

‘나도 상당히 나사가 빠졌어.’

툭하면 의심하고, 좋아한다고 해도 잘 믿어 주지 않고, 가만 놔두면 뭔가 이유를 만들어 자학하고 있는 남자.

귀찮고 성가시게 느껴질 만한데도, 그런 점들마저 귀엽게만 느껴지다니, 난 이미 글러 먹었어.

그녀는 살랑 부는 바람을 따라 시선을 옮겼다. 벚꽃이 바람결에 나풀거린다. 가슴이 싱숭생숭하고 기분이 들뜬다. 이유도 없이 자꾸 웃음이 나온다.

아, 내가 진짜 연애를 하고 있기는 한가 보다.

새로운 사진을 찍어 워싱턴에 보내고 몇 주가 지나서야 그녀는 자신이 콘테스트 2차 예선을 통과했다는 소식을 들었다. 그뿐만이 아니었다. 한 중국인 포토그래퍼와 공동으로 신인상을 받기까지 했다. 달초에 발간된 얼라이브 잡지에 들어간 그녀의 사진을 내밀며 박선우는 잔뜩 빼겼다.

“나 미아리에 돗자리라도 펴 볼까?”

그녀는 얼떨떨해져서는 잡지 안에 들어 있는 제 사진을 가만히 내려다보기만 했다. 사진 아래에는 선정된 이유와 비평이 영어로 빼곡하게 쓰여 있었다. 멍하니 그걸 훑어 내리는데 박선우가 탁탁 어깨를 두드렸다.

"인마, 축하한다."

"어, 고맙다."

"그렇게 징징거리더니, 사진 멋지던데."

잡지에 실린 사진 속에는 모든 것이 웅장하게 묘사되어 있었다.

버스 정류장에 길게 줄을 선 사람들과 횡단보도 앞에 늘어서서 신호를 기다리는 사람들. 거대한 건물들과 희미하게 보랏빛을 머금고 있는 하늘. 현란하게 빛나는 자동차 불빛. 푸른빛을 띤 건물들과 불그스름하게 물든 구름. 그 다채로운 풍경 속에서 사람들만이 모두 검거나 잿빛이었다.

타이틀은 '도시 쥐'.

시궁쥐가 바라본 도시의 풍경을 담아낸 것이었다. 이 사진을 찍기 위해 더러운 골목길 바닥에 엎드려 별별 짓을 다 했다.

"넌 말이야, 역시 이런 걸 찍는 게 어울려. 풍경이나, 자연이나, 동물들이나…… 뭐 그런 거. 김성호처럼 말이야."

그녀는 고개를 들었다. 남자는 드물게 온화한 표정을 짓고 있었다.

"옛날에 그런 말 자주 했잖아. 전 세계를 다 찍을 거라고."

"……그랬지."

문득, 제가 미처 찍지 못하고 흘려보냈던 저녁노을이 머릿속에 떠올랐다. 기억 속에서 날로 날로 아름다워지는 그 풍경. 그때 한 번 놓쳤던 셔터 찬스가 그녀의 마음에 목마름을 남겼다. 그 순간을 다시 붙잡고 싶다. 그런 욕구로 그 시절의 그녀는 열병을 앓고 있었다.

"하지만…… 나는 그 사람처럼 살지는 못해."

그녀는 쓴웃음을 머금었다. 늘 어딘가로 가지 않고는 견딜 수 없었던 사람. 그녀는 그가 앓고 있던 열병을 이해하고 있었다. 그럼에도 불구하고 혼자 남겨지는 것을 견딜 수가 없었다. 그러니 나는 그 사람처럼 그를 남겨 두고 떠나는 짓은 하지 않아. 그를 위한 게 아니다. 자신을 위해서였다. 그와 함께 있고 싶었다.

“게다가 광고나 유명 인사를 찍는 것도 충분히 재밌거든.”

“네가 그것으로 됐다면야 상관없지만.”

박선우가 아무래도 좋다는 듯 어깨를 으쓱였다.

“암튼 이제 몸값이 확 뛸 테니까, 이참에 제발 그 거지 같은 아파트에서 나와.”

“넌 왜 자꾸 남의 집 가지고 뭐라 그래?”

남자가 쯧 하고 혀를 찼다.

“거기가 사람 사는 집구석이냐? 방도 좀 나누어져 있고, 볕도 잘 드는……. 하여간 좀 아늑한 데 찾아봐. 그 동네, 치안도 안 좋아 보이더만.”

“아직 계약 기간 조금 남았는데…….”

“집주인이랑 얘기 잘해 봐서 위약금 안 비싸면 그냥 나와. 넌 어떻게 그 닭장 같은 데서 사냐?”

그녀는 입술을 비틀었다. 그래. 넌 있는 집 자식이다, 이거지. 제 집이 좁아터진 것은 사실이지만, 그래도 아르바이트로 연명하는 자취생 처지란 게 다 그런 게 아니던가.

‘그래도…… 둘이서 지내기에는 확실히 좁지.’

저 혼자 쓰기에도 빠듯한 공간이었다. 그 비좁은 공간에 키 182센티미터의 남자와 그 남자의 물건들까지 들였으니…….

사실 조금 숨 막히긴 했다. 최근에는 옷 같은 게 늘어 수납할 곳이 부족할 정도였다. 임시방편으로 박스 같은 것을 켜켜이 쌓아 놓았더니 안 그래도 답답한 집 안이 더 어수선해져서 그녀도 골머리를 앓고 있던 중이었다.

'이사라…….'

볕이 잘 들고, 통풍이 잘되고, 깨끗하고, 공간도 넉넉한 새 집.

'좀 더 큰 침대도 사고…….'

"……나쁘진 않네."

지효도 별로 싫어할 것 같지는 않다. 좀 한가해지면 둘이서 같이 적당한 집을 보러 다녀 볼까. 그녀는 미소 지으며 자리에서 일어났다.

"생각해 볼게. 아무튼, 고맙다."

그 이후 그녀는 몇 군데 잡지사와 인터뷰를 가졌다. '세계적인 사진가'란 타이틀이 붙자 박선우의 말처럼 몸값이 훌쩍 뛰었다. 제 잘난 맛에 시건방을 떨던 연예인들도 좀 더 말을 잘 듣게 되었고, 개중에는 심지어 '선생님'이라고 부르는 사람도 있었다.

처음에는 그냥 장난으로 그러는 건 줄 알았는데 그게 한 주, 두 주 지속되자 사태의 심각성을 깨달았다. 소름 끼치니까 그만하라고 몸서리를 쳤더니 나중에는 재미삼아 그렇게 부르는 사람까지 생겼다.

"오랜만이네요, 서현수 선생님."

바로 이 남자처럼.

현수는 싱글싱글 웃고 있는 태후를 가만히 노려보았다.

5월에 발매되는 싱글 앨범 포스터를 찍기 위해 스튜디오를 찾아온 남자는 촬영이 끝나기가 무섭게 설렁설렁 다가와 놀려 댔다.

"나 여기 사인 좀 해 줘."

남자가 척 하고 국내에 번역되어 발매된 얼라이브 잡지를 내밀었다. 그녀는 고개를 설레설레 내저었다.

"잡지에 사인 받는 사람이 어딨어요?"

"뭐 어때. 내가 받고 싶은 데 받으면 되지."

"참나."

찡그리던 것도 잠시, 피식 웃음이 나왔다. 그녀는 카메라를 내려놓고는 가방을 뒤적였다. 얼마 전에 구입한 앨범을 내밀자 남자가 눈을 동그랗게 떴다. 그녀는 씩 웃으며 말했다.

"객관적으로, 사인은 내가 받아야죠. 스타한테 사인해 주는 사진가가 어딨어요?"

"……샀어?"

"그럼 내가 이걸 훔쳤겠어요?"

그녀는 짐짓 인상을 썼다.

"전에 불법 다운로더가 어쩌고, 저작권법이 어쩌고 했잖아요."

제 MP3 기기를 보고는 한동안 아주 못살게 굴었다. 그녀는 멀뚱히 눈만 씀벅거리는 남자에게 펜까지 꺼내 내밀었다. 물끄러미 그걸 내려다보던 남자가 곧 CD를 꺼내 들고 그 위에 사인을 한다.

"이번 앨범…… 어떤 노래가 가장 좋은 거 같아?"

"맨 마지막에 수록된 곡요."

그녀는 망설이지 않고 답했다. 남자가 희미하게 인상을 찡그렸다.

"야, 그건 사운드 트랙이잖아. 지금 내 목소리가 별로다, 이거야?"

"그냥 그 곡이 제일 마음에 들었어요. 멜로디가 신선하고, 그러면서도 잔잔하고……. 듣기 좋더라고요."

순간, 묘한 침묵이 흘렀다. 의아한 눈길로 올려다보니 남자가 어색한 음성으로 내뱉었다.

"그거…… 내가 직접 만든 거야."

"작곡도 해요?"

"가끔……. 잘은 못 해서 그냥 끝에 하나씩 끼워 넣는 정도지만."

"괜찮던데? 다음에는 가사도 붙여 봐요. 좋으면 또 사 줄 테니까."

그녀는 잘난 체하는 듯한 투로 말했다. 뭐라 빈정거리는 말을 할 줄 알았는데 긴 침묵만이 이어졌다. 그녀는 인상을 찡그렸다. 문득, 저를 빤히 내려다보는 남자의 눈길에 진득한 기운이 어렸다. 위기감을 느낀 그녀가 기민하게 남자에게서 한 걸음 떨어졌다.

"나 남자친구랑 다시 합쳤다고 분명히 얘기했어요."

"앞날은 어떻게 될지 모르는 거야."

"이거 아주 속이 시커멓네."

그녀는 설레설레 고개를 내저었다.

"이젠 문자 와도 답 안 할 테니까 그렇게 알아요."

그녀는 보란 듯이 그의 앞에서 휴대전화를 꺼내 수신거부를 했다. 그가 인상을 팍 찡그렸다.

"야, 꼭 그렇게까지 해야 돼?"

"남자친구가 질투가 좀 심하거든요. 오해받기 싫어요."

뭔가를 말할 듯 입술을 달싹이던 남자가 곧 한숨을 푹 내쉬었다.

"너, 진짜 가차 없다."

"이런 건 확실히 해 주는 게 매너예요."

"그래, 너 오지게 매너 있네."

쯧 하고 혀를 차던 남자가 곧 피식 웃음을 흘렸다.

"이런 거 저런 거 다 떠나서, 네 사진이 좋다고 한 건 진심이야."

그가 뒤돌아서며 말했다.

"전국투어 시작하면 한동안 마주칠 일 없을 테니까, 혹시 그사이에 남친이랑 헤어지면 문자나 남겨 줘."

그녀는 대답 대신 가운뎃손가락을 세워 보였다. 남자가 낄낄 웃으며 설렁설렁 촬영장을 나갔다. 그 뒷모습을 물끄러미 바라보다 곧 그녀도 마저 일을 끝내기 위해 돌아섰다.

작업을 다 끝내고 스튜디오 밖으로 나오자 어김없이 지효가 기다리고 있었다. 그녀는 한숨을 내쉬었다. 문자나 전화로 언제 끝나느냐고 한 번쯤 물어볼 만한데도 그는 꼭 말없이 기다리고 있었다. 전보다 직설적이고 대범해진 것 같다가도 문득 돌아보면 그는 여리고 고독한 청년의 모습 그대로다.

"지효야."

음악이라도 듣고 있는지 그는 미동도 않는다. 그녀는 성큼 다가가 그의 어깨를 짚었다. 남자가 깜짝 놀라며 귀에서 이어폰을 뺐다.

"현수 씨, 빨리 끝났네요."

"뭐가 빨리야. 벌써 밤인데."

"요즘 계속 9시 넘어서 끝났잖아요."

그걸 알면 먼저 집에 가 있으면 좋으련만. 여기서 마냥 기다리고 있을 게 아니라. 가만히 그를 바라보던 현수는 곧 한숨을 내쉬며 그의 손을 잡아끌었다.

"아직 저녁도 안 먹었지? 우선 밥부터 먹으러 가자."

성큼 걸음을 옮기자 남자가 따라오며 조용히 미소를 머금었다. 그녀는 의아한 눈길을 보냈다.

"왜 웃어?"

"좋아서요. 요즘에는 현수 씨가 기다리지 말라고 안 하잖아요."

그게 그렇게 기쁜 일일까. 그녀는 웃고 있는 남자의 얼굴을 가만히 올려다보았다. 연한 잿빛 눈동자가 유리알처럼 반짝거리고 있었다. 마치 세상에서 가장 좋은 뭔가를 바라보는 듯한 시선으로 저를 본다. 변함이 없는 그 시선. 순간, 슬픈 듯 기쁜 듯 알 수 없는 모호한 감정이 가슴속에서 피어올랐다. 몇 시간이고 미련하게 기다리고도 그게 좋다고 말하는 남자.

너를 보고 있으면 때때로 이유 없이 가슴이 아파 온다. 그녀는 그의 손을 꽉 잡았다.

"사실은, 나도 네가 나를 기다려 주는 게 좋거든."

"……."

"너랑 같이 집으로 돌아가는 게 좋아."

남자의 얼굴이 상기되었다. 기쁜 듯 출렁거리는 눈동자를 바라보며 그녀는 쓴웃음을 머금었다.

"이번엔 거짓말이라고 안 하네?"

"……거짓말이에요?"

"아니야."

그녀는 횡단보도 앞에서 걸음을 멈췄다. 차들이 빠르게 앞을 지나갔다. 먼지 냄새가 물씬 풍겨 왔다. 어둑한 저녁 하늘을 올려다보던 그녀가 툭 내뱉었다.

"난, 너 사랑해."

맞잡은 손에 움찔 힘이 들어가는 게 느껴졌다. 그녀는 살짝 웃으며 물었다.

"이번에도 진심으로 안 들려?"

"……나는요."

그녀는 고개를 돌려 그를 올려다보았다. 떨리는 음성과 달리 신호등 불빛을 바라보고 있는 남자의 얼굴은 차분하다. 그가 조용히 말을 이었다.

"나는, 현수 씨와 있을 때만 내가 살아 있다고 느껴요."

"……."

"현수 씨와 있을 때만, 내가 살아 있는 거 같아요."

그가 천천히 고개를 돌려 시선을 마주한다. 희미한 미소가 그의 입가에 머물렀다. 기쁨, 그리고 약간의 슬픔이 어린 미소였다. 꽉 마주 잡은 손에 저릿할 정도로 힘이 들어갔다. 그녀는 더 힘주어 그 손을 마주 잡았다.

많은 말이 입 안을 빙빙 맴돈다. 여전히 나는 내 마음을 표현할 언어를 쉽게 찾아내지 못한다. 꾸며 내는 말들은 얼마든지 할 수 있다. 얄팍한 말로 얼버무리는 것도. 하지만 진심을 전하는 것은 너무나 어렵다. 그 때문에 가끔은 서글퍼져. 진짜로 내가 느끼는 것들을 모두 너한테 전할 수 있는 날이 과연 올까.

"어서 가요. 배고프죠?"

어느새 신호등 불빛이 바뀌었다. 그가 밝게 웃으며 손을 잡아끌었다. 그녀는 그를 따라 걸음을 옮겼다. 성큼성큼, 박자를 맞추어 발을 내디딘다. 분주히 오가는 사람들 속에 그들의 모습이 섞여 들었다. 그녀는 복잡한 거리의 풍경을 바라보다가 고개를 들어 그를 보았다. 그가 시선을 느낀 듯 그녀를 내려다보며 희미하게 미소 지었다.

그녀는 그를 따라 웃었다.

어느 순간 가슴에 불안들이 스며들지는 알 수 없다. 우리가 영원히 함께할 것이라는 확신은 여전히 없다. 그런 불안이 불현듯 깨어나 또 나를 흔들겠지만, 그래도 괜찮다.

그녀는 스스로에게 말해 보았다.

우리는 괜찮을 거야.

빠르게 걷는 사람들 속에서 그들은 천천히, 느긋하게 걸음을 옮겼다.

Another story. 폭염

그가 서 있는 자리에만 다른 공기가 흐르는 것 같았다.

그는 카메라 앞에 서서 주머니에 손을 찔러 넣은 채 가만히 눈을 내리깔았다. 그 순간, 남자는 이질적인 무언가가 된다. 그가 진득한 눈빛으로 카메라를 응시한다. 마치 그 너머 어딘가에 미치도록 탐나는 게 있기라도 한 듯이. 그런 집중력을 발휘할 때의 남자는 엄청난 입체감을 띠기 시작한다. 그는 우아함과 격렬함 속에서 아슬아슬 줄타기를 하고 있었다.

"스톱."

한참 동안 렌즈를 통해 그런 남자를 바라보던 박선우가 곧 왼손을 가볍게 들어 올리며 말했다. 한창 남자의 진묘한 매력에 취해 있던 얼뜨기 스태프 하나가 그 신호를 바로 읽어 내지 못하고 멀뚱히 눈을 깜빡였다. 그는 신경질적으로 다시 외쳤다.

"그만!"

"선생님, 왜 그러세요? 이번에는 진짜 몰입감 좋았는데……."

옆에서 보조 카메라맨이 툴툴거렸다. 그는 무섭게 눈을 부라렸다.

"네가 찍을래?"

다 큰 사내놈이 징그럽게 입을 삐쭉 내민다. 그는 한 대 후려갈길까 하다가 쯧 하고 혀를 차고는 민지효를 향해 손가락을 까딱였다. 조명 아래서 있던 남자가 천천히 그를 향해 다가왔다.

남자의 얼굴은 어느새 딱딱하게 굳어 있었다. 유순하고 고분고분하다는 모델 민지효는 촬영 내내 반항적이고 적대적인 태도를 취하고 있었다. 그가 고개를 치켜들며 싸늘하게 물었다.

"무슨 문제라도?"

박선우는 한숨을 푹 내쉬었다.

"민지효, 너 이게 무슨 광고인 줄 알지?"

"……슈트 광고요."

"그래. 세계적인 남성 브랜드 슈트 사진이지."

명품 브랜드 '마구스'에서 국내에만 출시하는 한정판 슈트로, 남자 모델 셋을 선정했다. 동양인의 특징이 강한 개성적 얼굴에 남성적인 매력을 물씬 풍기는 영화배우 한성만과 본사에서 직접 선정한 이태리 모델 카로, 그리고 국내에서 가장 핫한 모델 민지효가 지목되었다. 명백한 미스 매치였다. 지나치게 남성미가 강조된 새까만 슈트와 중성적인 미모의 남자는 미묘한 불협화음을 일으켰다.

"이건 향수나 화장품을 홍보하기 위한 게 아니야. 여자를 유혹하는 듯한 표정을 지으면 곤란하다 이 말이지. 좀 자신감 있고 남자답게. 내 말 무슨 말인지 모르겠어?"

"아까는 어울리지도 않게 남자다운 척하지 말라면서요?"

남자가 차갑게 말한다. 박선우는 머리를 벅벅 긁었다.

"억지로 꾸며 내지 말라는 말이었지!"

"미안하지만 전 남자답지가 않아서 억지로 꾸며 내지 않고서는 남자다운 모습을 연출할 수가 없는데요?"

입술을 비틀며 비꼬는 말에 핏대가 올라온다. 박선우는 가슴께에 팔짱을 낀 채 사나운 눈으로 민지효를 노려보았다.

"넌 모델이야. 내가 꾸며 내지 않은 남자다움을 연출하라고 요구하면, 그런 모습을 연출해 내야 한다고!"

"다소 남자답지 않은 모델도 남자답게 보이도록 찍어 내는 게 당신의 일 아닌가요?"

"……이 애송이가."

싸늘하게 읊조리는 말에도 민지효는 눈 하나 깜짝 않는다. 결국 박선우 쪽에서 먼저 인내심을 잃고 언성을 높였다.

"에이 씨! 이 더운 날 머리까지 열 뻗치게 만들래?"

"이 더운 날, 세 시간째 양복을 껴입고 있는 사람 앞에서 할 말은 아니네요."

그가 굴하지 않고 빈정거렸다. 한 대만 쳤으면 좋겠네. 이를 갈다가 결국 어깨를 축 늘어뜨렸다. 그 역시 잔뜩 지친 상태였다. 쉽지 않은 촬영이 되리라는 예상은 했지만, 정말로 어렵다. 민지효는 그에게 호전적인 태도를 취하다가도 카메라 앞에만 가면 나른한 분위기로 돌아가 버렸다. 아마, 현수가 들인 버릇일 테지. 그 여자가 이 남자를 어떻게 찍었을지는 뻔하다.

'조금 오기가 생기는데…….'

서현수와 자신의 실력을 냉정하게 놓고 비교해 보자면, 서현수가 우위였다. 셔터 찬스를 포착하는 그 여자의 본능은 거의 신기에 가까웠다. 인물의 본질을 통찰해 내는 능력도 대단했다. 그것을 끄집어내는 능력도.

하지만 광고 사진에 대한 센스와 연출력에서는 그가 월등히 우위였다. 그 여자가 밥통같이 폐인 생활이나 할 때 부지런히 커리어를 쌓아 온 몸이다, 이거야. 서현수가 길들인 모델 하나를 다루지 못해서야 어디 스튜디오 대표 사진가라고 할 수 있겠냐.

"야."

그는 팔짱을 낀 채 느긋하게 말했다. 민지효가 눈가를 찡그렸다. 그 앞에 그는 짤랑 목에 걸린 체인을 들어 보였다. 가느다란 금반지가 걸려 있었다.

"이거 말이야, 서현수가 나한테 선물한 반지다?"

"……."

"졸업식 날 준 거야. 찢어지게 가난한 형편에 금반지라니……. 걔 딴에는 엄청난 선심이었지. 어때? 귀엽지 않아?"

남자의 눈이 어둡게 가라앉았다. 박선우는 보란 듯 히죽 웃었다.

"네가 잘만 협조해 주면, 이거 너 줄게. 탐나지?"

그의 얼굴이 천천히 식었다. 두 눈에는 순간 뱃속이 서늘해질 정도로 맹렬한 적대감이 번뜩거렸다. 마치 송곳 같은 시선으로 싸늘하게 노려보던 민지효가 곧 뒤돌아서 가 버렸다. 그 뒷모습을 바라보던 박선우가 스태프들에게 외쳤다.

"다시 촬영 시작하자!"

신속하게 스태프들이 자기 위치로 돌아갔다. 그는 조명 아래 선 민지효를 향해 카메라 렌즈를 들이댔다. 남자가 좀 전에 취했던 자세를 그대로 취했다.

하지만 이전과는 달랐다. 깊은 물속에서 하늘하늘 헤엄치던 열대어는 어디로 가고, 가시를 바짝 곤두세운 신경질적인 생물이 거기 있었다. 다소 굳어진 입매가 냉소적으로 비틀렸고, 싸한 시선으로 노려보는 두 눈은 타는 듯 맹렬했다.

'……아주 내 얼굴을 뚫어 버릴 기세군.'

크게 표정을 바꾼 것도 아니었다. 그저 미간에 희미한 주름이 잡혔을 뿐이다. 그것만으로 남자의 얼굴에 놀라울 정도의 사나움이 더해졌다. 그럴싸하게 꾸며 낸 게 아니었다. 남자의 눈은 실로 냉혹했다. 분노가 어려 있었다. 그는 이제 카메라를 통해서 제가 홀딱 빠져 있는 다른 누군가를 찾지 않는다. 그는 렌즈를 통해 박선우를 본다. 그리고 노골적으로 말한다. 건방지게 인상을 쓰며.

'죽지그래?'

그는 플래시를 터뜨렸다.

촬영은 채 20분도 안 되어 끝났다. 세트를 정리하고 잠깐 화장실에서 손을 씻는데 등 뒤로 민지효가 다가왔다. 그는 고개를 돌렸다. 남자는 어느새 옷을 갈아입고 화장도 지운 채였다. 박선우는 눈을 가늘게 뜨고서 그 모습을 살폈다. 얇은 면바지에 반팔 티셔츠를 입고 있는 그는 본래 나이보다 두세 살은 어려 보였다. 서현수의 취향은 정말 알다가도 모르겠다.

"무슨 할 말이라도?"

그 앳된 낯으로 잘도 냉랭한 표정을 짓던 남자가 쓱, 한 손을 내밀었다.

"……반지."

기가 막혀 웃음을 흘렸다. 그걸 기어코 받아 내겠다고 따라 들어온 건가.

그는 제 목에 걸린 반지를 슬쩍 들어 올려 보았다. 사실 이 반지는 후배가 직속 선배에게 주는 졸업 반지였다. 같은 동기로 시작한 서현수는 김성호의 뒤꽁무니를 쫓아다니느라 휴학을 거듭해 심지어는 군대에 갔다 온 그보다도 1년 늦게 졸업했다. 그 덕에 졸업식 날, 박선우에게 졸업 반지를 해다 바치는 굴욕을 겪어야 했다. 그때, 받은 것으로 치면 안 되겠느냐고 징징거리는 서현수에게서 기어코 뜯어낸 졸업 반지. 분해 죽으려고 하는 모습을 고소하게 바라보면서 때때로 눈앞에서 흔들어 약을 올리기도 했었다.

'그 계집애도 신나겠구만.'

박선우는 한숨을 내쉬며 목걸이 체인을 풀어 민지효에게 내밀었다. 그것을 받아 든 남자가 휙 돌아섰다. 가려나 보다 하고 저도 문 쪽으로 걸어가는데 돌연 민지효가 몸을 틀어 맞은편에 자리한 좌식 변기 칸을 열었다. 그는 눈을 가늘게 떴다.

그가 보란 듯이 반지를 변기에다 휙 빠뜨렸다. 그러고는 가차 없이 물을 내려 버렸다. 박선우는 꿀 먹은 벙어리가 되어 입만 뻐끔거렸다. 콸콸 내려가는 물을 내려다보던 민지효가 고개를 들어 싸늘한 눈길을 던져 왔다. 순간, 박선우는 진저리를 쳤다.

'……저거도 제정신이 아닌 놈이었구만.'

위험스러울 정도로 어둑한 눈빛을 하던 남자가 곧 휙 돌아서서 나가 버렸다. 그는 조용히 이를 갈았다. 그러면 그렇지. 서현수의 취향은 참으로 한결같다. 좀 이상한 인간만 줄줄이……. 하긴, 저도 좀 이상한 인간이니 끼리끼리 잘 놀겠지. 그는 쯧, 하고 혀를 차고는 돌아섰다.

날이 정말이지 더웠다. 끈적끈적 녹아나는 아스팔트 위를 걸어 이번 달 초에 새로 입주한 아파트 단지에 들어선 지효는 입구에 서서 위를 올려다보았다. 베이지색 건물이 지글지글 끓는 것처럼 보인다. 그는 아이스크림이 든 종이 백을 팔에 걸고는 아파트 입구에서 비밀번호를 눌렀다.

처음에는 비밀번호를 누르고 집에 들어간다는 게 어색하기만 했는데 지금은 어느 정도 익숙해졌다. 내 집이라는 생각도 들기 시작했다. 그도 그럴 것이, 현수와 둘이서 바지런히 돌아다녀 찾아낸 아파트였다. 그와 그녀의 집.

늘 이곳으로 돌아오면 피로가 풀리고 기분이 좋아지곤 했는데, 오늘은 이상하게 몸이 무겁다. 그는 엘리베이터에 올라타며 한숨을 내쉬었다.

'그 남자랑은 두 번 다시 일하기 싫어…….'

박선우가 찍는 줄 미리 알았다면 이 일을 받아들이지 않았을 것이다. 남들은 배부른 소리 하지 말라고 하겠지만, 상관없다. 그의 세계는 현재 명확하게 구분지어진 상태다. 현수와 현수가 아닌 것들, 그리고 좀 사라져 줬으면 좋겠는 것들. 그리고 박선우는 명백하게 세 번째 군에 들어가는 인간이었다. 좀 없어져 줬으면 좋겠는 인간. 그런 남자에게 사진을 찍히다니……. 정말 최악이야.

그는 신경질적으로 얼굴을 쓸었다. 최대한 빨리 끝내고 돌아가고 싶어서 싫은 것도 참고 최선을 다했는데도, 그 남자는 집요하게 찍고, 또다시 찍고…….

'오랜만에 쉬는 날이었는데…….'

현수가 하루 종일 집에 있는 날은 흔치 않았다. 또 언제 로케인지 뭔지로 2, 3일 집을 비울지 모르는 일이다. 그리고 그것은 자신도 마찬가지였다.

혹시 해외 로케라도 가게 되는 날에는 끝장이었다. 최소 일주일 이상 그녀와 떨어져 있어야 한다. 조만간 그는 외로움의 바다에서 허우적거리다 죽게 될지도 몰랐다. 방에서 혼자 누워 있을 때면 너무 울적해져서 당장이라도 심장이 멈출 것 같은 기분이 들기도 했다. 그렇게 되지 않으려면 최대한 많이 그녀를 보충해 놔야 한다. 이건 생존의 문제였다.

땡, 하고 엘리베이터 문이 열렸다. 그는 성큼 밖으로 나가 현관문을 열었다. 그러자 후끈한 열기가 몸을 감싸 왔다. 그는 눈을 깜빡였다. 집 안은 찜통이라도 된 듯 더웠다. 밖보다 더 뜨거웠다.

'왜 에어컨을 꺼 놨지?'

그는 신발장 위에 아이스크림이 담긴 봉투를 내려놓으며 안을 살폈다. 이상할 정도로 고요하다. 신발을 벗기 위해 허리를 굽히는데, 그제야 그 밑에 알몸이나 다름없는 모습으로 축 늘어져 있는 현수의 모습이 눈에 들어왔다. 그는 소스라치며 그녀의 어깨를 흔들었다.

"혀, 현수 씨! 왜, 왜 그래요? 무슨……."

"으…… 왔어?"

그녀가 땀방울이 맺힌 얼굴을 들어 올리며 힘없이 말했다. 그녀는 온통 땀투성이였다. 얇은 오렌지색 민소매 티가 끈적하게 젖어 그녀의 몸에 딱 들러붙어 있었다. 심지어는 브래지어도 하지 않은 채였다. 얼룩말 무늬 팬티 역시 땀에 젖어 찰싹 달라붙어 있었고, 미끈한 두 다리 역시 땀으로 끈적하게 젖은 채였다. 그 숨 막히도록 야한 모습에 일순 머리가 어질어질했다. 그는 굳어진 채로 침을 꿀꺽 삼키다가 애써 정신을 다잡았다. 아파 보이는 그녀를 두고 넋을 빼고 있을 때가 아니었다.

"현수 씨, 혹시 어디 아파요? 병원에 갈까요?"

"……더워."

그녀가 말하기도 귀찮다는 듯 느릿느릿 중얼거렸다. 그는 눈을 깜빡였다. 확실히 집 안은 아열대 우림처럼 후덥지근했다.

"에어컨은요?"

"에어컨이 되면 내가 미쳤다고 이러고 있겠어? 12시 넘어가서부터 먹통이야. AS센터에 전화했더니 지금 직원들이 파업 중인데다가 서비스 대기자가 많아서 수리하러 오려면 4일이나 걸린대."

"……."

"이제 난 끝장이야. 남은 휴일 동안 집에서 빈둥거리려고 했는데…… 죽을 거 같아."

그녀는 그야말로 영혼이 빠져나간 듯한 얼굴이었다. 연체동물처럼 축 늘어져 줄줄 땀을 흘리는 모습에 그는 안절부절못하며 냉동실에서 아이스팩을 꺼냈다. 그것을 수건에 감아 얼굴에 대어 주자 그녀가 뭉그적거리며 품에 끌어안는다. 아기처럼 무릎을 구부리는 통에 그녀의 엉덩이가 팽팽해졌다. 순간 아랫도리가 뜨끈해졌다. 그는 열이 오르는 얼굴을 애써 가리며 베란다 창고에서 선풍기를 찾아 거실에 설치했다. 그것을 그녀에게로 가까이 끌어당겨 놓고 강풍을 틀자 돌연 엄청난 열풍이 쏟아져 나왔다. 그녀가 헉, 하고 숨을 들이켜며 바닥을 기었다. 그는 화들짝 놀라 선풍기를 껐다.

"괘, 괜찮아요?"

"더워……. 죽을 만큼 더워……. 미치도록 더워. 이놈의 아파트는 왜 단열이 안 되는 거야! 계약금은 개같이 비쌌으면서!"

그는 고개를 두리번거리다가 욕실로 들어가 욕조에 차가운 물을 콸콸 틀었다. 어느 정도 물이 고이자 다시 거실로 나와 그녀를 부축하기 위해 손을 뻗었다. 하지만 어깨에 손을 올리자마자 그녀가 기겁을 하며 확 뿌리쳤다.

"야! 네 손 진짜 뜨거워!"

"……조금 참아 봐요."

"싫어! 덥다고!"

그녀가 분통을 터뜨렸다. 그는 한숨을 내쉬다가 한 손으로 그녀의 등을 받쳐 들었다. 그러고는 반대쪽 팔을 그녀의 무릎 뒤에 밀어 넣어 번쩍 들어 올렸다. 말캉한 가슴이 얇은 셔츠 위로 부드럽게 눌렸다. 그는 신음을 삼켰다. 땀에 젖은 끈적한 피부의 감촉은 무서울 정도로 선정적이었다. 그 찰박찰박한 살을 마구 핥아 내리고 싶어 입 안에 침이 다 고였다. 그는 눈을 질끈 감으며 그녀를 안고 재빨리 욕실로 들어갔다. 그새 욕조에는 물이 조금 더 차올라 있었다. 그 안에 그녀를 내려놓고는 샤워기를 틀어 그녀의 몸 위로 물을 뿌려 주었다.

"좀 나아요?"

"으응, 고마워……."

"휴, 놀랐잖아요. 더우면 어디 카페나 호텔에라도 가 있지."

"씻고 옷 갈아입기 귀찮단 말이야. 괜찮을 줄 알고 그냥 누워서 자기 시작했는데…… 어느 순간 이 꼴이야."

그녀가 희미하게 웃었다. 그는 고개를 설레설레 저었다. 원래 좀 게으른 편이었지만, 여름이 되고 나서부터 여자의 귀차니즘은 심각한 수준에 도달했다.

"그나저나 3일 동안 어쩌지? 휴일 동안 아무 데도 안 나가고 집에만 있으려고 했는데……."

그녀가 물을 떠서 얼굴을 닦으며 투덜거렸다. 물기를 머금은 까만 머리채가 그녀의 목과 가슴 위에 해초처럼 달라붙었다. 그는 마른침을 삼키며 천천히 시선을 미끄러뜨렸다. 물 위에 둥그런 젖가슴이 둥둥 떠 있었다. 물에 완전히 흠뻑 젖어 피부에 찰싹 달라붙은 얇은 천 위로 톡 튀어나와 있는 젖꼭지와 납작하게 파인 배꼽. 그리고…….

그는 멍하니 눈을 깜빡였다. 그녀가 물을 떠서 그의 얼굴에 뿌린 것이다. 더위가 한풀 가셨는지 그녀가 두 눈을 빛내며 짓궂은 미소를 지어 보였다.

"이거 봐라. 엉큼하기는."

"그런 꼴을 하고 있었으면서……, 그 자리에서 덮치지 않은 것만으로도 난 충분히 신사적이에요."

볼멘소리에 그녀가 키득거리며 웃었다. 그는 한숨을 내쉬며 티셔츠와 바지를 벗어 던지고 욕조로 들어갔다. 좁은 욕조 안에서 물이 잔뜩 넘쳐흘렀다. 그는 뒤에서 그녀의 몸을 끌어안은 채 그녀의 목덜미에 입술을 눌렀다.

"현수 씨가 너무 야해서 그래요. 집에서도 맨날 팬티 바람이고."

"뭐 어때. 집인데."

"그러고 다니는 게 귀엽긴 하지만…… 그래도 혹시 누가 오면 어떡해요. 문단속도 잘 안 하면서. 반바지랑 브래지어 정도는 입고 다녀요."

"자동잠금장치 달았잖아."

"그것도 꽉 안 닫아서 툭하면 열려 있고 그러잖아요!"

그는 툴툴거리며 토실토실한 그녀의 가슴을 부드럽게 주물렀다. 동그란 엉덩이가 하체를 부드럽게 압박해 오자 절로 신음이 흘러나왔다. 그녀가 낄낄거리며 고개를 젖혀 뒤통수를 그의 어깨에 눌렀다.

"야, 혼내든지 만지든지 둘 중 하나만 해."

"그럼 만지는 거 할래요."

그는 얇은 천 조각을 젖혀 그녀의 피부를 어루만지기 시작했다. 손가락이 녹아내릴 듯한 감촉이었다. 그는 몰캉한 가슴을 감싸 쥐고 주무르다가 손끝으로 젖꼭지를 바짝 세웠다. 단단하게 곤두선 것을 조밀조밀 주무르니 그녀의 입에서 나지막한 신음이 터져 나왔다. 그는 고개를 숙여 새하얀 어깨를 가볍게 깨물었다. 물속에서 다리와 다리가 얽혀 들어갔다. 후덥지근한 공기. 차가운 물줄기. 찐득하게 들러붙은 피부.

'나는 여름이 좋은데…….'

이 녹아날 듯 더운 열기가 좋다. 뇌 속까지 찐득찐득 녹아내리는 것 같은 습한 공기가 좋아. 땀에 흠뻑 젖어 아무것도 못 하고 둘이서 들러붙어 늘어져 있는 것도 좋다. 그녀는 덥다고 난리를 치지만, 그렇게 바동거리는 여자를 끌어안고 있는 것도 기분이 좋다. 그대로 녹아서 한데 섞여 버렸으면 좋겠어.

"야, 아파……."

목덜미를 강하게 빨아들이자 그녀가 움찔 다리를 오므린다. 동그란 엉덩이 밑에 깔린 남성이 자극을 받아 더 크게 부풀어 올랐다. 그는 낮은 신음을 흘리며 그녀의 팬티 속으로 손가락을 밀어 넣었다.

"읏……."

미끈거리는 점막을 벌려 손가락을 깊게 넣었다. 뜨겁고, 축축했다. 팔팔 끓인 크림 같았다. 그는 몽글몽글한 내벽을 부드럽게 문지르며 그녀의 목덜미에 연신 입을 맞추었다. 길고 유연한 다리에 빳빳하게 힘이 들어가는 게 보였다. 손가락을 더욱 깊게 넣어 압박을 가하자 그녀가 고개를 뒤로 젖히며 그의 허벅지를 꽉 움켜쥐었다. 내가 만져 주는 게 기분 좋다고 말하는 듯한 그 모든 신호가 참을 수 없을 정도로 좋았다. 그는 더욱 집요하게 그녀가 좋아하는 부분들을 찾아 문질렀다.

"으응……."

그녀의 전신에 빳빳하게 힘이 들어가는 게 느껴졌다. 그는 현수의 귓불을 물고 부드럽게 빨았다. 목을 움츠리던 현수가 곧 등을 휘었다. 오르가슴으로 그녀의 안이 빡빡하게 조여들며 경련을 일으켰다. 그는 갈라지는 듯한 탄성을 내뱉었다.

"현수 씨는…… 너무 예뻐요"

"……네가 더 예뻐."

"예쁘다고 하지 마요."

"그럼?"

멋있다거나……. 그는 우물거리며 천천히 손가락을 빼냈다. 그녀가 움칠 발가락을 오므렸다. 그게 왠지 귀여웠다. 그는 그녀의 몸을 뒤집었다. 마주 보는 자세가 되어 그녀의 입술을 빨았다. 현수가 가늘게 웃으며 그의 가슴팍에 손을 올렸다. 마치 강아지나 새끼 고양이를 어루만지는 듯한 손길이었다. 한없이 부드럽고 다정하지만, 어딘지 모르게 조심스러운 손길……. 그것은 늘 그의 애를 태웠다. 그는 욕망에 들뜬 짐승이 되는 데 반해, 그녀는 언제나 느긋하다. 그리고 그 차이가 그를 초조하게 만들었다.

"현수 씨, 조금만 세게요……."

그는 흥분을 참지 못하고 요구해 왔다. 그녀의 손을 잡아당겨 자신의 물건을 쥐여 주자 키득거리며 웃는다.

"넌 어떻게 점점 성급해지냐?"

"……현수 씨는 항상 여유롭네요."

"그렇게 보여?"

볼멘소리에 그녀가 의미심장한 미소를 지으며 뺨에 입을 맞춰 온다. 가끔은 뜨거운 키스보다 그런 솜털 같은 입맞춤이 가슴을 더 떨리게 한다.

"현수 씨……."

그는 조르듯 허리를 밀어붙였다. 그녀가 그의 남성을 부드럽게 주무르기 시작했다. 위에서 아래로, 아래에서 위로. 끝부분을 쥐고 손 안에서 살살 굴리다가 꾹 조여 준다. 그는 몸을 떨었다. 그녀의 목덜미에 얼굴을 파묻으며 등을 끌어안자 그녀가 손을 조금 더 빠르게 움직였다. 그는 허덕였다. 다음 순간, 왜 이런 짓을 하고 있는지 의문이 들었다. 왜 이런 고문을 하고 있는 거지. 진작 하나가 됐어야 했는데. 그는 그녀의 엉덩이를 확 끌어당겼다. 그녀의 허벅지를 벌리고 팬티를 젖히자 현수가 살짝 엉덩이를 들어 주었다. 그는 자신을 향해 벌어진 입구에 터질 듯이 부풀어 오른 남성을 밀어 넣었다. 품 안에서 섬세한 몸이 파르르 떨려 온다. 가슴이 아팠다. 왜인지는 모르겠지만, 애달픈 기분이 들었다.

"너무 좋아……."

그녀가 탄성처럼 중얼거렸다. 그는 자제력이 끊어지는 것을 느꼈다. 그녀의 안으로 끝까지 몸을 밀어 넣었다가 빼내자 물이 찰박거리는 소리가 울려 퍼졌다. 그녀의 까만 눈동자가 더욱 새까맣게 물들었다. 그는 좀 더 빠르게 허리를 움직였다. 점점 격렬해지는 몸짓에 물이 바닥으로 흘러 넘쳤다. 그는 그녀를 욕조 끝으로 밀어붙이며 부르르 몸을 떨었다. 숨이 가빠 오고, 수용하기 힘들 정도로 강렬한 감각들이 몰아닥친다. 꽉 조여 오는 내벽의 감촉과 쿵쿵 엇박자로 뛰는 심장 소리, 점점 더 높아지는 체온…….

아, 이보다 더 황홀할 수는 없다.

매 순간이. 너무나. 그는 지그시 눈을 감았다.

침대 위에 축 늘어져 있던 현수가 스르륵 눈을 떴다. 등 뒤에서 가만히 그녀의 몸을 어루만지던 지효가 그 눈가에 살며시 입을 맞추었다.

"괜찮아요? 욕실에서 갑자기 늘어져서 놀랐어요."

"……연하랑 사는 게 생각보다 체력을 필요로 한다는 걸 알게 됐어."

그는 말랑말랑한 가슴을 주무르며 그녀의 말을 귓등으로 흘려버렸다. 멍하니 눈을 깜빡이던 현수가 불현듯 인상을 찡그렸다.

"넌 덥지도 않니? 난 성욕이고, 식욕이고, 수면욕이고 싹 달아날 지경인데……."

"난 현수 씨하고라면 사하라 사막 한복판에서도 할 수 있어요."

그는 그녀의 가슴을 꼭 움켜쥐며 몽롱하게 말했다. 뜨거운 손에 끈적끈적한 피부가 캐러멜처럼 녹아내릴 것 같다. 진짜로 녹을 만큼 뜨거웠다. 그녀는 인상을 찡그리며 그 손을 밀어냈다.

"나는 더워 죽겠단 말이야."

"현수 씨는 칭얼거리는 것도 귀여워요."

"……너도 사실 더위 먹은 거 아냐? 요즘 나사가 하나 빠진 것 같아."

그녀가 한숨을 푹 내쉬었다. 그는 그녀의 목덜미에 입술을 누르며 웅얼거렸다.

"나사 좀 빠지면 어때요……. 아, 좋다. 현수 씨, 한 번 더 하면 안 될까요?"

"……날 죽여라."

"네? 죽여주는 거 하자고요?"

현수는 너무 기가 막혀 억 소리도 못 냈다. 남자가 허리를 끌어안으며 귀 근처에 쪽쪽 입술을 눌러 댔다. 맞닿은 피부가 홧홧하다. 정말로 뇌가 녹을 것 같다. 너무 더워 떨어지고 싶지만, 밀어낼 힘도 없어 현수는 팔다리를 축 늘어뜨렸다. 남자가 그녀의 허벅지 사이로 매끄럽게 들어온다. 찐득찐득하다. 해가 졌는데도 공기는 후덥지근하고, 습도가 높아 숨 쉬기가 힘들었다. 그런 와중에 헉헉, 가쁜 숨을 몰아쉬며 끈적한 운동에 몰두한다.

"이대로 같이 녹아 버려요."

남자가 그녀의 몸 위에 엎드리며 나른한 미소를 머금었다. 어둠 속에서 가늘어지는 눈동자가 무서울 정도로 예뻤다. 그가 그녀의 입술을 베어 물었다. 겹쳐진 몸에서 땀이 줄줄 흘러내린다. 아니, 피부가 녹아서 질척하게 흘러내린다. 줄줄 흘러 섞여 들어간다. 그녀는 가물가물 눈을 감았다.

올해 여름은 그렇게 죽도록 뜨거울 예정이다.

#작가의 말

안녕하세요. 이렇게 책으로 찾아뵙게 되어 영광입니다. 완결까지 꽤 오랜 시간이 걸렸는데, 끈기를 가지고 기다려 주신 분들께도 감사합니다.

저도 감개무량하네요. 책이라는 게 참 묘한 거 같아요. 수백 장의 종이에 활자를 찍어 내 그럴듯한 표지로 감싼 것뿐인데도, 손에 딱 쥐면 컴퓨터 안에 늘어놓은 활자들과는 조금 다른 의미로 다가옵니다.

제가 쓴 글이 저만의 즐거움을 위해 엮은 단순한 결과물이 아니라, 누군가가 값을 지불해 구매하는 상품이 됐다는 실감. 그런 생각을 하면 조금은 마음이 무겁습니다. 이 책의 마지막 장을 넘긴 누군가는 인상을 찌푸리며, 혹여나 돈이 아까운 글이었다고 느끼지는 않을까.

그런 의미에서 바라 봅니다. 이 책이 적어도 독자님께서 지불한 금액에 상당하는 즐거움을 선사해 드렸기를.

그런 점에서 '우리 집에는 쥐가 있다'가 그다지 밝고 유쾌한 글이 아니어서 독자분들께 조금 죄송한 마음도 듭니다. 혹시 이 지리멸렬한 글이 누군가의 머리만 아프게 만들지는 않았을까.

처음 이 소설을 쓰기 시작할 때만 해도 이렇게까지 어둡게 할 생각은 아니었습니다. 외로운 두 사람이 만나 사랑하게 되는 과정을, 그리고 그들이 서로를 절절히 필요로 하는 모습을 그려 보자. 이런 희망찬 생각에서부터 출발했는데 어찌 된 노릇인지 구체적인 플롯을 짜는 과정에서 뭔가 또 묘한 글이 되어 버리고 말았습니다.

사실 이 글에서는 큰 사건이 별로 일어나지 않습니다. 많은 사람이 염려했던 것처럼 지효의 과거가 그들 사이의 큰 위기가 된 것도 아니고, 둘 사이를 방해하는 조연이 나타난 것도 아니고, 둘 사이를 반대하는 부모도 없습니다. 서로가 상대의 성공에 장애가 될 여지가 있기는 하지만, 그렇다고 그게 그들 사이에서 크게 부각되는 것도 아닙니다.

둘 사이의 갈등은 외적인 것이 아니라 거의 내면적인 것에 치중되어 있지요. 지효의 결핍과 의존. 그리고 현수의 견고한 방어 기제. 에고이스트인 현수는 외로움을 느끼면서도 타인에게 자신을 오픈하지 못하고, 반면 자존감이 약한 지효는 맹목적으로 현수에게 빠져듭니다.

현수는 상대와 적당히 거리를 유지하길 바라고, 지효는 그저 가까워지기만을 바라죠. 이런 불안한 관계가 둘 사이의 주된 갈등이며, 이야기의 대부분을 차지하고 있습니다.

이 소설 속에서는 다른 등장인물들의 영향력도 미미하지요. 그들은 정보를 제공하고 때로는 조언도 해 주지만, 두 사람의 관계에 직접적으로 개입하지는 않습니다.

저는 주인공들을 둘러싼 환경에 제한을 두고, 오로지 그들의 내면에서 벌어지는 일에 집중하고 싶었습니다. 누군가를 사랑하게 되었을 때 마음속에서 벌어지는 일들. 자존감을 갉아먹어 가는 병적인 애정과 자기애를 넘어서지 못하는 수동적인 애정. 뭔가 어긋나 있는 두 사람이 상대와 나 사이의 적당한 거리를 찾기 위해 갈등하는 모습을 한번 담아내 보자.

저는 사람과 사람의 사이는 너무 가까워서도 안 되고, 너무 멀어서도 안 된다고 생각합니다.

서로를 상처 입히지 않으면서도 깊은 유대감을 나눌 수 있는 거리.

그 거리를 찾지 못하면 관계는 형식적인 선에서 머물거나, 오래 못 가 파국으로 치닫게 되겠죠. 어느 정도 나이를 먹고 그 사실을 깨닫게 되면, 위험을 무릅쓰기보다는 차라리 대부분의 관계를 형식적인 선에서 머물러 있게 만듭니다.

현수는 그런 캐릭터입니다. 체면을 구기는 게 싫고, 거절당하는 것도 싫고, 상심하는 게 싫고, 다투고, 오해하고, 의심하는, 그런 마음의 갈등이 싫은. 타인과 깊은 관계를 맺는다는 것은 그런 위험에 자신을 내던지는 일이라는 것을 잘 알고 있었던 현수는 마지막까지 한 발짝 내딛기를 망설입니다. 반면에 지효는 지나치게 무방비하죠. 자기를 보호하기 위한 기본적인 방어선마저 갖추지 못한 채로 그 위험 속으로 뛰어들어 가 순식간에 만신창이가 되어 버립니다.

결국에는 해피엔딩으로 끝나긴 하지만, 사실 둘 사이의 불안 요소는 완전히 해소된 게 아닙니다.

여전히 지효는 미숙하고 자기감정에 도취되어 있으며, 현수는 생각만 많고 진심을 내보이는 데 서툽니다. 때문에 앞으로도 둘 사이에는 많은 우여곡절이 있을 것 같습니다만, 그래도 함께 있기로 한 이상 '괜찮을 거야. 잘해 나갈 수 있을 거야' 하며 헤쳐 가는 수밖에 없겠죠.

나름 대비되는 두 캐릭터를 가지고 연애의 아슬아슬함과 온갖 쓴맛,

단맛을 극단적으로 그려 보고 싶었습니다만, 제 경험 미숙으로 인해 잘되었는지는 확신이 안 서네요. 두 사람의 심리만으로 이야기의 거의 대부분을 끌고 와야 했기 때문에 다소 지루해지지 않았나 하는 아쉬움도 남습니다.

여러 가지 면에서 편한 글은 아니었으리라 생각됩니다.

단조로운 문체에 무거운 분위기, 집요한 심리 묘사에 다소 버거운 설정들, 마이너한 요소까지……. 늘어놓고 보니, 과연 얼마나 많은 분이 좋아해 주실까 걱정이 앞서지만, 기차는 이미 떠나 버렸네요. 낙관적으로 생각하는 수밖에.

마지막으로, 인내심을 가지고 이 이야기를 끝까지 읽어 주신 분들께 감사의 말씀을 올립니다.

다음에는 조금 더 좋은 글로 찾아뵙겠습니다.

건강하시고 행복하세요.

— 2013년 겨울, 김수지 드림.

우리 집에는 쥐가 있었다

초판 1쇄 인쇄 2013년 12월 17일
초판 1쇄 발행 2013년 12월 24일
2판 1쇄 발행 2023년 10월 31일

지은이 | 김수지
펴낸이 | 김진희
펴낸곳 | 도서출판 오후
기 획 | 군자란, 월악산
편집•교정 | 군자란, 월악산
본문디자인 | 군자란
전략마케팅 | 신 의
전략기획 | 데렐라

주 소 | 서울시 강서구 방화대로 294 5층 513호
전 화 | 070) 4365-5959
팩 스 | 0505) 999-5959

출판등록 | 2012년 4월 6일 제2012-000134호

오후블로그 http://ohwoobooks.com

ISBN 979-11-6640-037-7(03810)